故事的烟火气，文字的温润度，情节的妙趣感，只为助人相信爱情

情窦重开

任智 / 著

QING DOU CHONG KAI

中国社会出版社
国家一级出版社·全国百佳图书出版单位

图书在版编目（CIP）数据

情窦重开／任智著．-- 北京：中国社会出版社，2020.12（2022.6 重印）
ISBN 978-7-5087-6449-8

Ⅰ．①情…　Ⅱ．①任…　Ⅲ．①长篇小说－中国－当代　Ⅳ．①I247.5

中国版本图书馆 CIP 数据核字（2020）第 225568 号

出 版 人：浦善新　　终 审 人：尤永弘
责任编辑：马潇潇　　策划编辑：马潇潇
责任校对：刘海飞　　封面设计：时　捷
压题图片：陆　瑶

出版发行：中国社会出版社　　地　　址：北京市西城区二龙路甲 33 号
邮政编码：100032　　编 辑 部：(010)58124868
网　　址：shcbs.mca.gov.cn　　发 行 部：(010)58124868
经　　销：新华书店

印刷装订：北京九州迅驰传媒文化有限公司　　开　　本：170 mm×240 mm　1/16
印　　张：22.5　　字　　数：350 千字
版　　次：2021 年 2 月第 1 版　　印　　次：2022 年 6 月第 3 次印刷
定　　价：78.00 元

中国社会出版社微信公众号　　中国社会出版社天猫旗舰店

目　录

第一章　携笔从戎，相逢军部招待所

火车在青山绿水与断断续续的隧道之间奔驰了一夜，终于在长长吁出一口气后便悄无声息地停止不动了。

“到站啦！立青站到啦！”女列车员大声嚷喊起来。早已有些骚动的车厢这会儿立刻膨胀起来，座位底下闷在编织袋里的几只鸭子突然扯开嗓门“嘎嘎”叫唤起来，用力挣扎扑扇着翅膀，将空气中缠在一起的汗臭味与方便面味搅得更加黏稠。

长这么大，庄仁今天算是真正意义上的第一次独自出远门，也是第一次到立青市。坐了整整一夜火车，庄仁却一点也不感到劳累，相反，为自己不顾父亲的意见坚持买硬座票而省下九十五元钱，心里油然而生大赚一把的快感。更重要的是，大学毕业参军入伍，在他看来不远处一扇令人无限憧憬的大门在“嘎吱”作响声中被徐徐推开。

看着邻座几位皮肤黝黑满脸皱纹的农村老妇，庄仁又想起临出门时跟母亲斗气的话。

背上牛仔包走出家门时，母亲以近似哭泣的腔调冲庄仁的背影大喊：“留校多好，在县城里当老师也好啊，你都不选，偏要上部队。不留校那就到县城，真要上部队，以后就别进这个家门！”

庄仁停下脚步，转身朝母亲嚷：“进部队又不上前线，现在又不打仗你急什么？我没说当老师不好，只是当军官不是更好吗？我跟部队签的就业协议是新闻采编。再说，派遣证已经过期，不去部队就要改派，多麻烦知道吗？”

父亲从里屋出来，黑着脸走近庄仁，用力将其往前推一把，吼道：“别啰唆了，要走赶紧走！”

陌生的火车站，陌生的南来北往的人。除了母亲的牵挂，庄仁感觉心里空空的。庄仁知道，母亲是担心他像隔壁四老太的独生子一样牺牲在前线，也担心他像父亲一样最终没个好结果。庄仁一直没弄明白，为啥父亲当兵五年，同村跟他一块儿退伍的几个人最终都当上了国家干部，吃上了令人羡慕的“国家粮”，而父亲却当了一辈子农民呢？

进了车站地下通道，庄仁仔细打量着眼前如潮水般的人群。

“请问去心愉宾馆怎么走?”庄仁感到背上的牛仔包被人碰了一下，一个柔软的声音从身侧传了过来。

熙熙攘攘的人流中，庄仁这才发现自己到了站前广场，一个女孩站在自己的右边询问。

“是去部队报到的吧?”庄仁盯着女孩，只感到她的声音柔软得像家乡山里面雨过天晴后蘸满雨水的翠绿苔藓。

女孩“嗯”了一声，轻轻点了点头。

“真巧，我也去。”庄仁扫了女孩一眼，发现一袭蓝色碎花连衣裙罩在她娇小的身上显得很是般配。

“到那宾馆你知道怎么走不?”女孩旁边的妇人问庄仁。

庄仁微笑着说不急，边走边问呗。

妇人脸一沉，拉起女孩：“我们自己找吧。”

庄仁看着女孩渐远的背影，感觉她好似一朵悄然舒展的含露玫瑰，又好似一只早起的鸟儿突然降落在面前一阵叽喳跳跃后像风儿一样飞走。庄仁空空的心很快又被一种自由自在的感觉填满。在陌生之地的清晨，欣赏一位陌生女孩的美丽背影，像是被一把清凉的山泉洗湿双脸，顿时除去一宿的疲倦。望着女孩的背影，庄仁心里莫名地直乐呵。

女孩脑后的马尾辫用一根橡皮筋随意扎着，刚好触及脖颈。一个不大不小的黑色背包就像一只熟睡的兔子趴在她后背上，蓝色碎花裙在微风中轻摆，不高不矮的凉皮鞋后跟轻轻叩击着水泥地面。

“萍水相逢，一个不能叫艳遇的早晨。”庄仁自嘲一下，目送着她俩渐渐地融入人车之中，突然感到尿憋得厉害。

走了六七分钟，庄仁抬头一看心里便乐了。眼前的楼顶上分明立着“心愉宾馆”四个大字，二层窗户间还拉着一条写有“地方大学生入伍报到处”字样的横幅。没错，庄仁想起大红印章盖在就业协议书上的一串阿拉伯数字正是这部队代号。

庄仁看时间还早，便走进一层的军人接待站。刚进门，就见“蓝色碎花连衣裙”和那个妇人坐在空调机旁的桌子边正吃着。庄仁凑过去，在她们旁边坐了下来。

“嗨，又见面了。”庄仁向“碎花连衣裙”说，“这宾馆还挺好找的。”女孩侧向他点了一下头，算是礼貌回应。庄仁侧望女孩身边的妇人时正好与妇人四目相对。妇人与“碎花连衣裙”用家乡话嘀咕了一下。庄仁注意到女孩低头吃东西时一直放在碗边的左手这时突然压到胸前，将先前庄仁一眼瞟过去所见的一片白皙严严实实地遮了起来。

“有这必要吗？”庄仁差点笑出声来，“这妇人还真把我当好色之徒了。”庄仁觉得这社会越来越开放，女人越来越两极化，要么露得厉害，要么包得太严，露与包的程度其实并不与本人的美貌成正比。

服务员走到庄仁跟前问他吃啥。看了看价格表，庄仁要了一碗米粉。“搞辣一点。”服务员转身离去时庄仁在“辣”字上猛然提高了嗓门儿。

辣得爽啊。庄仁享受着眼前的美味，脑海里又浮现出大学锅炉房的景象。除了寒气逼人的冬天，每到打开水时，那个热气腾腾的角落才叫春色满园。那些女生或绾着湿漉漉的头发从浴室出来，或拎着吃空的饭盆懒懒散散地从饭堂出来，在水龙头旁弯腰之际，从衣或裙口处自然泄露出来的部位鲜被人为掩藏。

庄仁觉得那自然展露出的肩或胸如惊鸿照影般的美，才是世上真正的美，也是充满善意的美，没有刻意炫耀，也没有含蓄勾引，有的只是顺其自然。而对于这种美的欣赏，庄仁有一种独特的体会，那就是眼睛停留的时间不能过长，长就色迷，短则心亏，最好是随风就风随雨就雨，于稍纵即逝间自然瞟上一眼。

大一时首次打开水体验到这种感觉后，庄仁就坚信女人有意无意露出身体某个部位的美，就是给旁人看的，也是可以欣赏的。大学四年庄仁一直坚持打开水，即使当了校学生会主席整天因七七八八的事情忙得不亦乐乎，也坚持不懈。这种坚持也不全是为了欣赏这种美，室友们常在耳边敲着空空的杯子更是动因。大学毕业时，左邻右舍的哥们儿都说这大学四年庄仁给大家留下的最深刻印象，不是他的横溢才华与地下恋情，而是喝他打来的开水。吃毕业散伙饭的那天，大伙轮番拍着庄仁的肩膀说，就冲你这四年风雨无阻地打开水，往后必定大有出息。庄仁只是乐，说你们哪懂得打开水的乐趣啊。

庄仁对于留校当个学生辅导员什么的不感兴趣，虽然毕业留校在父老乡亲看来是一件甚是光宗耀祖的事。庄仁觉得，在一个待了四年的地方接着待一辈子，得要天大的勇气与耐心，这不是自己的性格，在捉摸不定中扼住命运的咽喉，那才充满奋斗的快乐。当校里系里领导热心推荐庄仁留校时，庄仁一概婉言谢绝，连省委组织部与省公安厅的选调也推掉了。庄仁说不清自己想要什么工作，只觉得眼前轻松得来的东西根本激不起内心的快意。

“哎，你学什么专业？”庄仁正端碗喝汤时，“碎花连衣裙”偏过头来问。

庄仁一看，那妇人不知啥时已到了街上。看着眼前喝得精光的碗，庄仁有点不好意思，一把将它推向桌子另一边，说：“我原本教书，师大毕业。”

“这个部队也要?”“碎花连衣裙”仍盯着问。

庄仁觉得她瞪大好奇的双眼特别有女人味，既有只可意会的俏皮与俏丽，还有难以言传的毫无防范心理的撩人温柔。

庄仁笑笑，说：“我是没人要了部队才要的。毛主席他老人家当初也是师范毕业，后来不也成了三军统帅伟大领袖嘛。”

“碎花连衣裙”扑哧一笑。庄仁觉得她这一笑顿时让室温清凉起来，而且这笑美得有些熟悉。

“你妈妈送你来的吧？我看就像老母鸡护鸡宝宝一样，是不是平常对你管得很严啊?”庄仁向外望了一下那妇人的背影问。

“碎花连衣裙”看了庄仁一眼却不吱声。

“我叫庄仁，庄稼汉的庄，仁义的仁。”庄仁刚说完，“碎花连衣裙”又扑哧一笑。

庄仁正要问她笑啥，见妇人拎着一袋洗漱用品和零食走了进来，便沉下脸埋头喝水。

妇人对“碎花连衣裙”说：“我打听好了，上二楼办手续，那儿有部队上的人。”

“碎花连衣裙”起身跟在妇人后面，出门时回望了庄仁一眼。庄仁将目光落在“碎花连衣裙”的后背，突然感到一阵猛烈尿胀感再次袭来。

庄仁付了账便直奔卫生间，瞄准便池里一个烟头使劲尿着，一股隔夜方便面的味儿窜进鼻孔。庄仁心想幸福有时真的很简单，比如憋尿憋得难受时能有一个既安全又能自由撒尿的地方。

撒完尿，庄仁在龙头下痛快地洗了一把脸。正对着镜子打理有些凌乱的头发时，一位穿军装的干部走了进来，庄仁明白他是少校军衔。庄仁心里突然冒出想仔细观察他撒尿的冲动。当初与部队签下就业协议书时，庄仁听那些死活不想进部队的兄弟说部队规矩多得令人头疼，连撒尿都有，比如与上级一起撒尿不能比他尿得响、尿得远，更不能比他时间长。上级尿完了你必须果断收缩尿道括约肌，上级可以抖几下但你不能抖得比他响，因为这意味着你有明显的优势。庄仁觉得这话有趣也在理，撒尿里面是大有学问的。

庄仁故意磨蹭着偷偷观看少校撒尿，感觉还真有点意思。庄仁注意到他站立时与墙壁保持着相当近的距离，不仅目不斜视，而且没一点声响。待少校走出卫生间，庄仁心头又涌起一股愉悦的收获感。

庄仁瞧见少校走进一间办公室，便快步跟了过去，轻轻敲了几下门，刚说完“请问”，少校便干脆响亮地应了一声“来”。

“是办报到吧？”少校问。

“是的。”庄仁小心应着。

正在埋头填写表格的“碎花连衣裙”抬头看了庄仁一眼，那妇人也侧头看过来。

少校对庄仁说：“稍等一会儿，她填完了就你。”

“好的，谢谢。”趁少校放下手中报纸，庄仁又开口，“能不能问您一个问题，就是我们报到后干什么？怎么分配？”

“先体检，再集训，最后分。”

庄仁盯着少校的眼睛，见“碎花连衣裙”抬起头来也盯着少校。

“要是体检不合格呢？”庄仁问。

“退回原毕业学校！”

庄仁心里嘀咕起来：“你说得轻巧，都开出了派遣证，这时候如果再改派，哪还有好单位？”

少校好似看出了庄仁的心思，说：“只要没啥特殊病，体检一般都能过。”

“啥叫特殊病？”庄仁又问。

少校半晌没吭声，只顾翻阅文件夹。少校停止了翻阅动作，问庄仁：“你叫啥名？”

“庄稼汉的庄，仁义的仁。”庄仁每次向陌生人自我介绍时，都用这一句。考上大学，庄仁尽管深刻意识到自己已脱离农民阶级，但还是对自己的农民身份敏感。大学四年，那些城里出生的哥们儿买流行音乐磁带、穿得体衣服、看电影、跳舞、请人下馆子，花起钱来完全不像自己那般节省。

“你还真像个记者啊。”少校用笔在表格上轻轻敲了两下。

庄仁听着少校“啊”的发音，脑海里分明呈现出一只葫芦深深被按进水里突然松手“哗”一声又冒出水面的情景。尽管少校和蔼可亲地笑着说，庄仁还是觉得他的话里包含了冷漠的讽刺意味。

“咨询一些问题，这跟记者不记者有啥关系？”庄仁在心里对少校少了一些好感。在一些影视作品中，庄仁觉得军人心直口快，但城府也深。要是问这么几句就把他给得罪了，这也太搞笑了吧？庄仁不敢再问，只是静立在一边。

“碎花连衣裙”放下笔，望了庄仁一眼。妇人客气地询问几句，道谢着与“碎花连衣裙”一同出了办公室。填登记表时，庄仁得知“碎花连衣裙”的名字叫雪霏霏。

下到一楼时，庄仁猛然见到一个熟悉的身影四处张望着准备找人询问。

“婊子!”庄仁双眼一瞪，激动地将牛仔包甩了过去。雪霏霏和那个妇人有些吃惊，回头望一眼便消失在人流之中。

“婊子”是大学里兄弟们给崇良起的绰号。崇良压低嗓门正色道:“以后不准再这么叫了，给我记住了。”

“那得看你表现。”

庄仁与崇良大学同校不同系，同楼不同室。因为一同加入文学社，两人便成了好哥们儿。平时找对方借书或相邀看电影，隔着窗就能招呼。崇良写得一手好诗，很快在校园文学社团中声名鹊起。以往从不写作的庄仁不仅成了校报的得力记者，还是校报副刊的写作高手。

庄仁与崇良似乎天生就是一对好哥们儿。上大学前素昧平生，高考时都未填报师大却一同被提前录取，都未填本专业，庄仁被录进了中文系，崇良被录进了历史系。毕业前，不想留校的两人一同扎进省城大中专院校应届毕业生就业招聘会，七挑八换又一同与部队签下就业协议书。

庄仁说:“他们刚上班，快去填表吧，很简单，我在楼下餐厅等你。”

崇良办完手续回到餐厅时，见庄仁正出神地望着街面上的行人，一把按住他的头转了一下:“别老盯着美女看，以后到这儿安家落户了够你看的。”

“谁知道以后分哪儿。”庄仁望着窗外,“你别看这山区小城，姑娘们长得还挺耐看的。”说着突然拉起崇良,“快追，上军部!”

“追谁呀?”

“雪霏霏。”庄仁一脸神秘，崇良有些反应不过来。

“走吧，快点！一会儿就知道了。”庄仁拉起崇良就走。

“看，雪霏霏她们就在前面，快到哨兵那儿了，看见没，两个女的排着走，右边那个就是。”下了公交车，庄仁指着前方百余米处，拉着崇良快步奔起来。

一条坡度不大且宽阔笔直的连接路，连着军部机关大院。高大的“皿”字形大门就在坡顶上，远远就能瞧见大门顶上毛氏草书“提高警惕　保卫祖国”八个暗红色繁体大字。

妇人和雪霏霏在大门岗办完登记手续进入营区时，庄仁和崇良正好赶到，却被哨兵拦了下来。

庄仁上前笑着搭话:“兄弟，跟前面那个漂亮女生一样，今天我们也是来政治部报到的。”说着将身份证和盖有部队公章的就业协议书递过去。

哨兵望一眼雪霏霏的背影，给庄仁和崇良做了一个放行手势:“往前走到十字路口左拐直行二百米，到路头直行三百米然后左拐就到了招待所，男生住五号楼，女生住四号楼。”显然，哨兵已接待了好几拨。

庄仁和崇良相视一笑，不停道谢。

“看见没，哨兵都扛真枪啊。”庄仁刚说完，立马被眼前一马平川的气势给镇住了，“这当初要推平多少个山头呀！”

望着远近横竖成行的苍翠树木和棱角分明的绿篱，崇良也感慨：“部队就是部队啊，一花一草一树一木都修剪得有形有序！”

“在这个鸟语花香、空气清新的大院上班，不错啊。”庄仁打量着一排排营房，眼里话里满是憧憬。

“天黑了赶紧做梦吧你！我说，那个雪霏霏身材不怎么样嘛。”

“什么眼啊你？尽糟蹋人，会不会欣赏？”

“你会欣赏，咋不把她追到手呢？”崇良反唇相讥。

庄仁皱起眉头直瞪眼，崇良赶紧闭嘴不言。

营区马路上几乎看不到行人。与外面街道上的熙熙攘攘相比，此时的军部大院完全是另一处幽静天地。行至左转拐弯处，庄仁分明听到清脆而又富有节奏的“嘀嘀嘀”声音。

“发报，发电报！”庄仁眨眨眼，惊疑地看着崇良。

崇良懒得吱声，埋头往前走。

“看，好大的锅！”顺着庄仁的视线，崇良望见路旁一栋大楼顶上立着五个巨大的白色铁锅状家伙。

“怎么不见兵小伙们操练呢？”庄仁嘀咕道。

“这是军部机关，不是作战部队，懂不懂？”

“以后想留机关干还是作战部队，你？”

“你看看脚下，这像是进了自家菜地吗？记住，一切行动听组织安排！”

庄仁嬉笑：“那我要是不听呢？”

崇良朝庄仁直翻白眼：“不听肯定有不听的死法，取决于你怎么不听。”

庄仁乐得哈哈大笑，远远见雪霏霏和妇人进了招待所四号楼西头第二间房。

在招待所小院门口，庄仁拉住崇良，指着嵌在小平房墙面上的一块木板：“看到没，小卖部。”

“瞎啊你，这不用红漆写着‘军人服务社’吗？”

“你这人就是不会撩人，教你还不学，你这么生硬怎么讨女孩儿喜欢呢？顺道买点牙膏香皂什么的吧。”庄仁给崇良做了一个请的手势。

“得了吧，你要看里边那几个女兵你就去，别拉我，我也不拦你。”

“小声点你！”庄仁拉一把崇良，“赌不赌，那几个女兵肯定是发电报的。”

“没看出来，你小子不仅好色，还好赌！”

“我敢打赌，长这么大你真没见过发报女兵。”

“是，我是没见过，对我身体心理有什么伤害吗？我告诉你，我身体心理好得很！”

“你看，她们一身绿军装，连背影都青春飞扬。真善美你得向往吧，你不能不玩物也丧志啊！”崇良被庄仁缠得无奈，被半拉半扯着进了军人服务社。

庄仁走近女兵，见她们手里提着鼓鼓一袋花花绿绿的零食，笑道：“哟，这儿东西还挺丰富的。你们是发报的吧？”

五个女兵彼此瞧了瞧，个个瞪着眼不吭声。

“我们是地方大学毕业入伍的，刚到机关报到。”庄仁顺手拍了拍崇良的肩头，“这位以后可能就是你们领导了。来，崇良，给同志们问个好。”

崇良被庄仁悄悄用力按着脖子，只得向女兵们挤出一丝笑，又点点头。

一位女兵终于开腔：“我们是通信营的，管发报。”

庄仁两眼放光，接过话茬儿：“发报机是不是电影里一个指头按住‘嘀嘀嘀’的那种？”

女兵们被庄仁的模仿动作逗得开心发笑。出了军人服务社，女兵们又是一阵你挤我推的欢笑。

“好！”庄仁摸了摸胸口，一副心旷神怡的样子，“这青春的笑，终于驱散了我内心的寂寥！”

崇良碰了一下庄仁：“我提醒你啊，现在务必做好心理准备，以应对你万一分到一年到头见不到女人的地方。”

庄仁一脸诧异，问：“祖国大好河山上还有这样的地方吗？能不能再提一个务必？”

“务必戒色！”

“本来就少，还要我戒，你是不是少一根神经啊。”

崇良一愣，盯着庄仁，“我看你是多一根神经！”

“给你讲一个真实故事啊，别不当真。”崇良满脸严肃，“我看过一篇新闻报道，说是解放军战士守岛时带去一条狗，公的，没两年，这狗就疯了。知道为什么吗？”崇良盯着庄仁，一字一顿地说，“岛上没母狗，它受不了！”崇良将重音狠狠地放到“受不了”上。

庄仁哈哈一乐：“瞧你这样，好像你就是那条公狗似的！”

一眼望去，招待所各楼层人进人出，一派热闹景象。

庄仁又对崇良嘀咕："你说军部这回招了多少毕业生？应该是面向全国吧？"

"你瞎操心什么呀。"崇良兴高采烈，懒得跟庄仁絮叨。

找服务员一查，庄仁和崇良居然同住一室。

崇良躺到床上直发笑："我发现啊，咱俩上辈子就是缘分未尽且并不恩爱的夫妻。"

庄仁将牛仔袋往床上一扔："也就是前世孽缘未了，今生再续呗。"

崇良"唉"一声："就是这意思。"

庄仁摆弄着牙刷牙膏问崇良："你猜那个女人是雪霏霏亲妈还是后妈？"

崇良懒得作答，起身进了卫生间尿得哗哗响。

庄仁进了卫生间站到崇良身后，催道："快点，你强烈刺激我了，咋尿这么响？我看啊，那女的十有八九是雪霏霏后妈！"

未等崇良拉起拉链，庄仁便接着哗哗尿起来。

"你这鸟人真爱管闲事，雪霏霏是你谁啊？亲妈后妈关你屁事？"

庄仁瞪眼看着崇良，用力憋出一个响屁："你看你看，还真关我屁事。"

"报到人员，全体集合！"庄仁和崇良正乐呵时，室外突然响起一串清脆的哨声。

吹哨的正是那位负责填表的少校军官。

"共一百二十五人，全部到齐，好！从今天起到集训出发前，由我负责管理大家，希望各位好好配合。我是政治部干部处马干事。"马干事指着西边一栋高楼方向，"那是政治部办公楼，我在415，有急事可找我。我明确下，大家暂住招待所期间，由庄仁具体负责日常管理。"

庄仁突然听到马干事点到自己的名字，心里猛地一紧。

马干事指着庄仁，说："举一下手，让大家认识下。"

"大家好，我是庄仁！"庄仁举手时注意到，几位家长站在队伍外的不远处观望，其中就有陪着雪霏霏的那位妇人。

队伍解散前，马干事严肃宣布："有亲属陪送的，今晚亲属一律不得在招待所住宿，这是纪律。"

庄仁微微侧过头看了看站在左侧的雪霏霏，觉得从她身上散发的淡淡香味，不但闻着舒服，还很安神。雪霏霏目不斜视，满脸恬静地望着马干事。

一声"解散"，马干事便往办公楼方向走，庄仁连忙追了上去。

"啥事？"马干事停下脚步，盯着庄仁。

"我们到时候去哪儿集训？"

“到时候会集体组织。”

“我们在这儿要待多久？”

“都在计划中，听通知。还有什么问题吗？”

庄仁摇摇头：“谢谢！”

马干事点了下头阔步而去。

崇良走近庄仁：“又问啥？”

庄仁苦笑：“心里七上八下的，也是替大家问些事儿，人家惜墨如金，多说几句会累死人吗？”

“不该问的你就别问嘛，活该你。”

庄仁眼一瞪：“我知道不该问的不问，但你该说的也得说明白呀！”

“哎，问一下庄仁。”庄仁与崇良打嘴仗时，一位身材高挑的女孩走到庄仁跟前柔声细语道，“我叫申颖，省民族学院的，计算机专业。”

“有什么问题吗？”

申颖一双大眼睛盯着庄仁问：“我们去哪儿集训呀？”

庄仁一本正经地答：“到时集体组织。”

“我们在这儿要待多久？”

庄仁依旧一本正经：“都在计划中，听通知。”

“这不没说嘛你！”申颖瞪着庄仁，噘起嘴满脸不高兴。

“看见了吧，是我瞎问吗？”庄仁瞪一眼崇良，又盯着申颖问，“你是少数民族吗？”

“怎么啦？”申颖摇摇头。

“没啥，我看你挺有少数民族美女气质，真的。”

崇良和申颖顿时乐了。崇良指着庄仁：“说实话，你好色其实也不能说明你品行有多么不好，但也得注意一下方式。”

申颖脸上顿时泛起红晕。庄仁拍拍崇良肩头，对申颖说：“这位叫崇良，崇高的良民，一贯说实话，深得我喜爱。”

“去！”崇良胳膊一挥。

“你干吗叫庄仁啊？挺搞笑的。”申颖一脸好奇地问。

“不是人，装人呗！”崇良抢先回应申颖。

庄仁躲开申颖的视线，见雪霏霏和那个妇人往招待所小院外走去。“我祖辈世代务农，以仁立家传世。换言之，我家世代种庄稼，都是好人，所以叫庄仁。”末了，庄仁突然提高嗓门，“这有啥搞笑的？！”

看着申颖冷不丁被吓一跳，庄仁哈哈大笑起来。

“你这人咋这么讨厌啊！”申颖乐呵呵地抬手就往庄仁胳膊上拍了一下。

部队大院准时响起的起床与熄灯号，让大家真切感受到自己已进入了军营生活。庄仁突然感觉自己患上了怀旧毛病，分明感到这夏夜来得太迟，白天思绪无处躲藏。而且，这思绪还易被人捕获，一如偶尔发呆就被崇良明明白白地察觉自己的心思。

悠扬的熄灯号又响起。庄仁不顾崇良正翻着行李箱，“啪”一声关了灯，然后到楼里各层检查。对于女生楼仍亮着灯的房间，庄仁只能在楼下喊着房号催熄灯。好在大伙都挺配合，庄仁一嚷便应声熄灭。

庄仁往床上一躺便兀自感叹：“真是人生如戏啊，这大学四年真是一眨眼，一睁眼却过上军营生活了。”

崇良瓮声瓮气地接过话茬儿：“是啊，排队打饭叫你等几分钟，你觉得天长地久。大冷天你在操场上抱着她说悄悄话，一两个小时却不觉手脚冷。我说，有本事你就别眨眼啊！为情所困，天一黑就发情，早知如此，何必当初呢？”

崇良唐僧般的啰唆让庄仁忍不住开怀浪笑起来，引得单人床都与身体共振。

“我一直以为你高冷得没趣，没想到还这么可爱。老实交代，你总共偷窥过我几回？”庄仁问崇良。

“承不承认，大冬天在操场抱过没？”

“人家说冷抱一下怎么啦？你也抱啊！”

在师大，一对对恋人晚自习后在操场相牵或拥抱，各种亲密一年四季司空见惯。庄仁一直搞不明白，大学四年崇良就是不谈恋爱，虽然资本十足。

“现在抱被子吧！”崇良一副幸灾乐祸的语气，“一抱就戒不掉喽！”

庄仁觉得刚才在黑暗中漫溢的思绪，突然被崇良搅得遍地横流，丝毫没了云蒸霞蔚般的美感，更没了睡意。各房间虽然熄了灯，却照样有说有笑。

湿热的夏天，有空调的饭堂远比饭菜的浓香更令人向往。开饭前，庄仁组织大家集合列队。

“老队形，各站各位！”待大伙站定，庄仁提高嗓音说，“饭前讲几句。第一，大家都很关心上哪儿集训，现在明确相告，到时会集体组织，别再问这个了。第二，在这儿到底要待多久，部队自有计划，到时听通知。”

庄仁停顿了一下，发觉申颖正抿着嘴笑：“另外，请按时熄灯，电扇别通宵吹，小心着凉，病了没妈疼。第三，陪送亲友从现在起不能在招待所逗留了。第四，请大家遵守纪律，别被遣送回老家。完毕，左一路，进！”

庄仁正要进饭堂时，被雪霏霏拉住袖子：“对不起，庄仁打扰一下，我妈妈想跟你说几句话，好吗?”

庄仁转过身点点头，对着妇人满脸微笑：“阿姨您请讲。”

“我这就去市里，下午三点的火车。霏霏这是第一次出远门，还请你多照顾，大家都是战友了嘛。”

“阿姨您放心，部队比大学严多了，想变坏没能力，想使坏没机会，您看我刚才管得细吧。”

“是的，就要这样。谢谢你啊!”

目送妇人离去，庄仁看着雪霏霏说：“别弄得跟昭君出塞似的，马上就是女军官了。走，吃‘皇粮’去!”

雪霏霏抿嘴一笑，挨着庄仁轻声问什么叫皇粮。庄仁一乐，盯着雪霏霏抿嘴一笑时脸上露出的两个小酒窝道：“你真傻还假傻呀，皇粮就是部队大锅饭啊。”

走进饭堂，一股饭菜香味扑面而来。偌大的食堂整洁有序，一张张圆桌上照例已摆好四盘菜。

申颖跟在庄仁身后，在他腰间推一把，说：“快走快走，今天真饿了。”

“急什么急。”庄仁掩嘴凑近申颖说，“部队吃饭不限量，你就敞开肚皮吃。”

申颖又用拳头捅一下庄仁后背，说：“你才敞开肚皮吃呢。”

走到饭锅前，庄仁抓起饭勺敲了敲锅沿，对申颖说：“看看，这就是大锅饭，从此你就放开吃。”

申颖不接话，调皮地对庄仁翻了一个白眼。

大伙对免费吃饭充满新奇，吃起来更是美滋滋的。庄仁靠着崇良，雪霏霏挨着申颖，与另外四人围坐一桌。

庄仁边吃边赞叹：“这饭菜合胃口，好吃!”

申颖用筷子敲了一下庄仁的碗：“好吃你就吃，别哼哼叫唤。”

崇良撂下饭碗直乐，雪霏霏低着头笑得双肩发颤。

庄仁见崇良端着空碗起身，便急急扒了几口将他拦住：“正好，帮我也添一碗。”

崇良斜眼看着庄仁：“你还没当首长哩，自己动手，丰衣足食。”说罢扬长而去。

庄仁与申颖四目对视，没好气地说：“看什么看，想给我添饭啊，才不给你机会!”

申颖起身要夺碗，庄仁吓得赶紧双手抱住："坐下，注意社会影响。"

申颖一脸骄傲地笑："哼，想当饲养员还没机会。"

崇良添了饭又坐下，抓过庄仁的碗往自己面前一放，将自个碗里装得满满的米饭拨出一大半。

庄仁笑逐颜开，连说谢谢："懒人懒办法，还是兄弟亲。"

庄仁不挑不拣，吃得津津有味，好似多日不食人间烟火。雪霏霏和申颖看着庄仁，一同双眼圆睁。

庄仁见状沉下脸："没见过吗？一个碗里分饭吃怎么啦，大学里你们彼此喂饭时怎么就不嫌脏？"

"人家那是男女朋友啊，情不自禁也正常。"申颖接过话头，笑眯眯地盯着庄仁。

"我们就不正常？我们现在还同居呢，你怎么看？就你话多！"

申颖掩着嘴直笑，笑得连连咳嗽。雪霏霏见状，连忙在她后背轻轻拍了拍。

崇良几人刚出餐厅，突然听到女生楼四层一位站在护栏边的女生撕心裂肺地叫喊："马渊，你要走，我就从这儿跳下去！"说着往护栏上爬。

庄仁一个饱嗝才打一半，感觉脑袋里"嗡"一声，头皮就炸裂开来。

申颖立马凑近庄仁，小声说："这是我同宿舍的女孩啊！那男的昨天还去我那洗澡了。估计两人的校园爱情出问题了！"

庄仁见那个叫马渊的小伙子一手拎着背包一手抓着行李箱，停住脚步甩了甩一头长发，抬眼对哭喊的女孩怒目而视。

餐厅里吃完和没吃完的，此时都到楼下围观来了。

雪霏霏抓着庄仁胳膊，焦急地哀求："快想办法庄仁，要出人命的！"

庄仁跑上前，从马渊手里夺过行李箱和背包，低声吼道："咋回事兄弟？你就回答我，别动！"

"我不想到部队待，就想回家。又不跟她散伙，她想待这儿就待，反正我要回去，这要死要活的干吗呀？"

庄仁用力抓住马渊的手，说："我女朋友听说我跟部队签了，立马就跟我散伙了，咱们谈了几年啊。人家心甘情愿跟你，多好的姑娘啊。别吃饱了就忘记大米饭啊，都过来人，有些话不用说你也懂，我现在憋得太难受了，赶紧上去哄哄吧。实在要走，半夜三更悄悄走别让她看见啊，你这笨蛋！"

马渊看了看庄仁，突然咧嘴大笑，然后箭一般冲上楼去。

望着马渊和那女孩抱在一起，楼下男女笑的笑叫的叫，有的还吹起了口哨。申颖轻拍胸脯，瞪着庄仁一脸如释重负："吓死我了！"

傍晚的太阳依旧无遮无拦地晒着营区的每个角落。虽然已近六点，却威力不减。几辆军绿色的大客车将城里上班的女人和上学的孩子拉回大院，停在大礼堂前面的宽阔广场上。每天这个时候，是机关大院最热闹的时分。在庄仁看来，这也是大院里最美的风景。

吃过晚饭，庄仁与崇良一同走出招待所小院。弥漫在空气中的呛喉辣味与雄壮豪迈的军歌声交汇在一起，让庄仁莫名地生出些许乡愁。

望着远处的群山，庄仁叹道："人言落日是天涯，望尽天涯不见家。"

崇良大笑："想家是假吧，想她才是真！"

庄仁骂："吃这么久'皇粮'，你长点解放军的肉没有啊？喂猪都赚几十斤猪肉了。一不摸枪二不玩炮，整天吃饱了没事做，闲得慌啊。"

崇良讥笑说："你呀，目前的最大问题，就是饱暖思淫欲！"

崇良老在庄仁面前说起的她，是庄仁大学女友艾昕，一个被男生们公认的才貌俱全的女孩儿，与崇良一样也是校园文学圈里的才女。

艾昕现在咋样？自从那天登上报到的火车，庄仁就一直在心里自问。对于家在农村装不起电话且天各一方的热恋中的男女来说，毕业无异于分道扬镳各奔前程。报到前，庄仁在自家地里望着日渐泛黄的稻谷得出这个结论。

每年暑假，庄仁都要回家双抢。在骄阳似火的稻田里劳作，庄仁觉得回想着与艾昕一同在食堂跳舞、在图书馆静读、在草地上背靠背聊天的日子，充满了快乐。好奇怪，脑瓜里只要装着心爱的人，干这种汗流浃背的辛苦活也不觉得苦了。

吃完毕业散伙饭那天，庄仁帮着艾昕提行李，看着她和一群男女老乡登上一辆包租的中巴车。庄仁站在车外，看着坐在车窗边的艾昕。一同前来送行的崇良碰了碰庄仁："走过路过，最后的吻别不要错过。瞧这氛围多好啊。"

庄仁从来就不想将自己的儿女情长摆在大庭广众之下。那天，庄仁只是站在路边目送着艾昕远去。

庄仁与艾昕的恋情逐渐在庄仁哥们儿与艾昕老乡间公开，是在庄仁大二下学期成为正式党员之后。那时，系里规定谈恋爱的学生不得入党，入了党偷偷谈恋爱的一经发现会严肃处理。

庄仁与崇良漫步到花园入口时，申颖突然在他们身后"呸"一声，蹦跳到庄仁跟前。庄仁回头，见雪霏霏朝自己抿嘴微笑。

申颖看了庄仁又看崇良，兴奋地发出倡议："打篮球去吧！那儿有我们的人。"

在这批地方入伍大学生眼里，整个大院只有两拨人，一拨是大院里的人，一拨是报到的人。望着不远处篮球场上一片欢腾景象，申颖嬉笑着跃跃欲试。庄仁的身体里压根儿就没有篮球细胞，大学四年没摸过篮板，只觉得戴着近视眼镜跟一帮人同抢一个球是一件让人心惊肉跳的事。

“那走啊！”崇良蹦跳起来，开始活动肌肉。

申颖想拉庄仁上场却被崇良拦住。

“干吗呀你？”

崇良看着申颖，满脸真诚地说：“你别伤害他，让他做狗爬也行！”

申颖看着庄仁哈哈直笑。

崇良和申颖一加入，场上气氛顿时热闹起来。庄仁和雪霏霏并肩站在场外观战。

“没猜错的话，她的染色体应该是XY。”庄仁指着申颖说。

雪霏霏偏头看着庄仁，轻声说：“骂人还挺讲究的。”

庄仁连忙解释：“别误会，我不是说她生理上有毛病，只是觉得她活脱脱一个男人婆。”

雪霏霏乐了，露出雪白的牙：“不都一个意思嘛，反正是高水平骂人。”

庄仁盯着雪霏霏：“你信不信，他们俩有点志趣相投，说不定往后有戏。”

“啥戏呀？”

庄仁笑而不答，对雪霏霏说：“走着瞧吧。”

庄仁和雪霏霏正聊得投缘时，从申颖手里飞出的篮球差点砸到庄仁脑门上。庄仁捡过球交给申颖，一脸怒状：“要是把我脑袋给打残了，一辈子得端屎端尿照顾我，知道不知道你？”

大伙哄笑起来。

申颖满脸绯红，双手抱球高高举起，却轻轻挨着庄仁头皮，嚷道：“我就想打残你！”

庄仁赶紧躲闪到雪霏霏身后：“你哪是想打残我，分明是往死里整！”

崇良在一旁大声火上浇油：“整死好，免得一辈子端屎端尿！”

球场上又是一阵热烈哄笑。

第二章　吃着“皇粮”，想着心爱的姑娘

庄仁喜欢有规律的日子，更喜欢被起床号叫醒的每一个早晨。每天清晨，起床号响过之后便是军营歌曲，歌声过后是一阵长短结合的清脆哨声，接着便是整齐有力的铿锵跑步声与男女呼喊“一、二、三——四”的混合声。

报到前，下雨天没法干农活时，庄仁喜欢早上赖在床上想着诸如明天将踏上的旅途、功成名就时的喜悦、与艾昕重逢时的激情。庄仁很奇怪，过了这些天的准军营生活，突然戒了赖床的毛病。

起床号还未响，崇良依旧酣睡，庄仁却被鸟儿的欢叫吵醒，便洗了把脸走出房间，远远看见雪霏霏在招待所池塘的西边漫步。说不清是满腹好奇还是乐意接近，庄仁情不自禁地朝雪霏霏走去。

“雪霏霏，早啊!”

“你也挺早嘛。”

“我当农民时每天起得比鸡早，你现在是起得比鸟早啊。”庄仁说完差点笑起来。这句要是上大学时撞到兄弟们耳里，不知要演绎出多少七荤八黄的话来，又赶紧打趣说，“这大院林子大鸟也多，起床号没响就开始闹腾了。”

“不能叫闹腾吧。”雪霏霏温柔应着，“是不是叫欢腾好些?”

“对对对，用欢腾恰到好处。”

庄仁与雪霏霏聊得投机时，起床号准时响起。

望着由远而近的女兵队伍，庄仁感叹：“你看，跑得多整齐，咱们是不是也得练跑步啊?”

雪霏霏灿烂一笑，说：“那肯定啊。”

“我都老胳膊老腿了，能练好吗你说?”

“老什么老呀，你就做好心理准备吧。”

“我看不仅得有心理准备，还必须有肌肉准备才行。不瞒你说，我现在的最大目标，就是趁闲着多吃多睡，争取集训前长它个十斤八斤！肉多了经得起摔，扛得住饿。你说是不是?”

雪霏霏偏头呵呵直笑，留给庄仁跃动的马尾和嫩白的脖颈：“肉多摔着也

疼，饿了更感到饿，另外行动也不方便。”

“看来增肥得谨慎。”

“别呀，我这随便一说都打乱你的计划了。”

女兵们清一色的齐耳短发随着跑步节奏在晨曦中飞扬。在庄仁看来，她们因军装包裹而丰满得有些夸张的胸脯在行进中也是整齐划一地跳跃着。庄仁感到，这些天来一股像熔岩又像暗流一样的东西在心间奔涌。

出操结束，雄赳赳的军歌旋律照例响起。庄仁回到房间，崇良洗漱完毕正从卫生间出来。崇良得意地高高扬起毛巾，朝庄仁脸上甩去，甩得镜片上满是雾水。

“精力过剩就胡来，是吧？”庄仁摘下眼镜斥崇良。

崇良一脸贼笑凑近：“你小子觉得跟雪霏霏有缘是吧，差不多要成了吧？”

庄仁故作惊讶“啊”一声，说：“连你这蠢货都看出来了？”

崇良嘿嘿一笑：“一大早当这么多人面黏上一个大姑娘，你觉得正常吗？已经憋了一晚上，就不能再憋一早上？”

“我这是偶遇，真正意义上的偶遇！”

“我就知道你善于制造偶遇，整个两栋楼的人刚才都看见你泡妞了。”崇良伸了伸胳膊，瞪了一眼庄仁，“别怪我事先没提醒你，闹出桃色事件，将一次性毁你前程。”

庄仁边哗啦啦撒尿边扭头冲崇良喊：“人言可畏，人眼更可畏！”

“你干了蠢事还叫屈，你一急我就知道你心中有鬼！”

庄仁出了卫生间，推了一把崇良：“你别乱说，我真没打雪霏霏主意，我是主有名花的人。”

崇良一笑：“懒得理你，走！”

庄仁这才明白，早上雪霏霏与自己闲聊几句后，为何突然分道扬镳拐向池塘东侧。原来，站在招待所四、五号楼上，池塘西侧尽收眼底，而东侧则被一号招待所遮挡了。

庄仁和崇良并肩走下台阶时，雪霏霏和申颖也并着肩走到了楼前空地上。

“哎！”庄仁拉一把崇良悄声说，“既然你这蠢货看透又把话说透，你说我怎么挽回负面影响吧？”

“哈！”崇良朝雪霏霏和申颖瞟了一眼，“算你聪明，终于认清了形势。一个西瓜伺候本大人！”

“猪啊你，十多斤一人啃得完吗？四分之一！”

“不行！”

“二分之一！”

“我说不行，就得一整个！”

“好吧，你说！”

“两条道，”崇良在庄仁面前伸出两个指头晃了晃，一脸诡异，“一是你将计就计，对雪霏霏继续展开流氓攻势，直到搞定。”

“接着说！”

“二是你自证清白，从此不再勾搭雪霏霏。不，勾搭是贬义，叫勾连吧。”

“说重点！”见庄仁心急，崇良愈加优哉游哉，“你呀，要不跟艾昕领证算了，反正该做的你们也做了。要不跟申颖或是咱们这批其他女生好上，我说的是立即！”说罢，乐颠颠地向雪霏霏和申颖走去。

“哎，你俩真是天生一对啊。”申颖盯着庄仁，一脸调皮。

庄仁注意到，申颖昨天短袖配牛仔裤，今天便换成了黑色连衣裙，不对称裙摆在大腿右侧高开，诱人白肤被一抹黑纱遮掩，尽显性感却不失优雅。

“你们不也是天生一对嘛！”庄仁朝申颖和雪霏霏打哈哈，双眼却盯着雪霏霏。从第一天见到申颖，庄仁就感觉她换不完的漂亮衣服包裹下的身子，有一股凌厉的诱惑，却又让人不敢将目光在她身上作须臾停留。

崇良看着庄仁呵呵直笑，却不说话。

“搞清楚，我和霏霏天生一对那就对了，你们到一起就是老天爷的错。”申颖直言快语，拢着雪霏霏的肩乐不可支。

庄仁看着申颖，眼光在她的脸和胸之间游离：“哦老天爷不是你亲爷，你就可以乱怪吗，是我的错行了吧？”说完吹响口哨，大喊一声集合。

早上的饭堂因有人睡懒觉未起远不如午餐时热闹。

申颖边啃着馒头边对雪霏霏嬉笑：“得减肥了，这吃了睡睡了吃的，都不知道长多少了。”

庄仁接过申颖的话，说：“多吃点长肥了好，说不定哪天打仗弹尽粮绝陷入绝境，有一身肉撑着还能扛到大部队来拯救。”

申颖朝庄仁白一眼，冷不丁朝他头上砸去小半截油条。雪霏霏不劝不战，笑容满面地吃着。

“而且，脂肪层厚了还能挡子弹，一身肉关键时刻能保命啊。”

“还说，没完了你！”申颖捏着一小截油条，又朝庄仁高高举起。

“再闹你就别跟我们一起坐了！”崇良用腿别一下庄仁，朝他怒目而视。

“为这事你拆散几对革命战友，不好吧？”庄仁朝崇良挤了挤，见雪霏霏笑得双颊泛红，申颖一副自在模样。

“要不你俩坐一桌!”崇良一抹嘴，盯了庄仁又盯申颖。

庄仁将碗里稀饭一口气喝了个底朝天，慢悠悠地说：“别这样，再过几天咱们就要散伙了。”

“啥意思?”雪霏霏伸长胳膊，用筷子敲了下庄仁。

“马上体检了，合格的去集训，不合格的从哪儿来回哪儿去。”

“没事，咱们肯定都能过。”雪霏霏立即柔声接过庄仁的话。

雪霏霏的自信，让庄仁莫名感动。庄仁不得不承认，雪霏霏的似水温柔加上申颖的魔鬼身材，让自己时时刻刻疯想着艾昕。在庄仁看来，思念的感觉如此折磨人，主要是因为自己已熟悉艾昕的温柔，特别是她的身子。

大四过完年返校不久，庄仁便找好了工作。那晚出了图书馆，庄仁牵着艾昕的手在运动场跑道上漫步。月上枝头，春寒料峭。庄仁搂抱着艾昕问：“想当军嫂吗?”

艾昕瞪着双眼，有些吃惊：“你跟部队签了？不是说留校吗？到部队不仅一切从零开始，是不是还要浪迹天涯呢?”

庄仁半晌无言，任凭艾昕轻抚着自己的脸。庄仁知道，自己签下这份工作，向往的就是闯荡与冒险。

穷人家的孩子早当家，早当家的孩子易早熟。庄仁与艾昕似乎天生就是一对早熟儿，两人都出生于农家，且都家中排行老大，在师大又同班四年。在庄仁眼中，艾昕温柔又善良，有才又有德，是最适合做老婆的那种女人。

“如果通不过体检咋办?”庄仁对体检能否过关一直心存强迫式焦虑。

申颖拍了下庄仁的肩头：“你这近视眼，怕是通不过啊。”

庄仁双肩一耸：“我不过近视，又不色盲。”

崇良哼一声：“不色盲就不好色，谁说的?”

庄仁抬腿朝崇良踢去，笑骂：“尽瞎搅和，这不你说的嘛!”

“谁好色？谁拐走了校花？自己说!”崇良指着庄仁鼻子问。

庄仁感到浑身不自在起来，有些恼恨崇良竟当着雪霏霏与申颖的面扯起了自己的八卦。

申颖却热情高涨，回头冲着崇良惊呼：“拐走了校花？胆子大本事更大呀!”

雪霏霏目不斜视，抬手遮掩着刺眼的阳光，抿嘴微笑着。

申颖满脸堆笑凑近庄仁：“不会她也来了部队住在这大院招待所吧？你这人深藏不露啊!”

庄仁板着脸问申颖：“谁呀?”

申颖依旧笑脸示人，碰一下庄仁：“装什么糊涂？校花啊。”

庄仁哈哈两声：“听说来这儿的女生都是校花，我看你是校花中的校花。”

申颖咂了下嘴，挨近庄仁悄声说：“果然好色！”

庄仁觉得申颖哈哈大笑的模样实在可爱，主要是她的朗笑里没有一丝做作，有的只是调皮俏皮与没心没肺。上大学时，庄仁常以自己特有的幽默引得艾昕开怀大笑。在庄仁内心，艾昕的笑是那么灿烂那么纯洁，一如师大樱花园里夜雨中绽放的花朵。

这一顿早餐，庄仁觉得饭桌上的气氛明显少了往日的轻松与开心。走出饭堂，庄仁看了一眼申颖，却欲言又止。

申颖见状，便凑近庄仁，问：“平常伶牙俐齿，这会儿羞于启齿，有难言之隐吧？”

“我告你，那校花没来这儿。我说我跟她散了，你信吗？”

庄仁见申颖脸上表情一时僵住。

“散不散是你的事，跟我说干吗？”

庄仁嘴一撇：“你这啥话，作为校花你就不能安慰一下没校花的人吗？”

“我不是校花。”

“我说你是，你就是！”

申颖笑着，转身一路碎步跑上了楼。

庄仁有些后悔不该跟申颖说自己与艾昕散了。干吗要跟她说这个呢？虽然现在与艾昕天各一方杳无音信，但艾昕并未明确表示要散啊。庄仁害怕失去艾昕，但又感到无法留住她。世俗里的爱情，有多少由得了自己当家做主呢。也许，艾昕也正陷入如自己一样的情感纠结之中。

第二天早餐时庄仁发现雪霏霏没有上桌，找一圈也不见身影。早上庄仁在院子里散步时，就未见雪霏霏如往常溜达。

庄仁对崇良说：“雪霏霏不知出啥事了，等会儿你找个盘子给她带一份，我和申颖去房间找下她。”庄仁放下碗筷，又对申颖说：“走，你带路，咱上楼。”

“嗯。”申颖头一甩，披肩长发一甩而过时带着的一股令人陶醉的香味直扑庄仁鼻孔。

雪霏霏房间门虚掩着。申颖轻轻敲了几下却无人应答，便推门而入。雪霏霏正熟睡着，两只胳膊露在被子外。申颖看着雪霏霏，又看了看庄仁。庄仁犹豫了一下，还是用手背轻轻在雪霏霏额头贴一下，说：“发烧了！”

雪霏霏突然睁开眼睛，看着庄仁和申颖站在床边，连忙坐起来。

"我们差点去火车站贴寻人启事了，还以为你受不了这长肉的日子叛逃了，没想到卧病在床啊。"庄仁开口就把一旁的申颖说得呵呵笑。

雪霏霏理了理有些凌乱的头发："没事儿。"又羞涩地拢了拢睡衣解释说，"可能是昨晚着凉了。"

"说了别整夜吹吊扇，不听忠言现在吃亏了吧？"庄仁盯着雪霏霏。

"没呢，热水器坏了，睡前用冷水擦了下，晚上盖被子又热，不盖又凉。"

庄仁觉得雪霏霏病了愈显温柔。

"唉，真笨，你不知道上申颖那儿洗吗？"

"她那儿不方便。"

"咋不方便？"

雪霏霏苦笑着不语。申颖倒是爽快，说："那个马渊常跑我那儿洗，烦死了。对了，幸亏你搭救，女孩不跳楼了，男的也不走了，他俩从此又过上了幸福生活。"

"单身青年要经得起身边人甜蜜幸福的考验啊，成全别人是一种善良，懂吗？"庄仁一脸慈祥样，盯着申颖说。

"行，"申颖忍住笑，"行啊，你现在成了观音菩萨。"

庄仁知道这批学员中至少有五对恋人一同签了部队，有的在招待所一起洗澡，有的还通过调换房间睡到一起了。大家虽是住在军部机关大院，也算是部队的人，但还是名副其实的老百姓，马干事对这些事根本不管，也管不住。庄仁理解恋爱中的人特别是热恋中的人将爱情进行到底的劲头，甚至有些羡慕他们。将校园爱情修成正果，是多么幸福啊。相爱的人在最美好的青春季节，在彼此最需要之时相伴相聚，温馨浪漫的爱情不再是一时的虚幻，而是长足的真实。

庄仁看着雪霏霏说："没事，一会儿我帮你买点药，然后找人修热水器。等会儿先吃点东西，不吃身上没劲。"

正说着，崇良两手端盘进了房间，大嚷道："雪霏霏，好羡慕你啊，我也要生病！"

崇良将盘筷放在雪霏霏床头。雪霏霏似乎没了力气笑，只是不停地道谢。

庄仁和申颖赶回食堂，就着剩菜匆匆吃着。

申颖嚼着馒头，一脸好奇地盯着庄仁问："哎，我看你用手给雪霏霏量体温挺专业的，还学过医呀？"

"学啥呀？生活常识。"

"那干吗用手背贴而不用手摸呢？"

“用手背贴是职业行为，摸就是耍流氓。我摸你一下你愿意吗？”

申颖笑着，伸长脖子凑近庄仁，白净的脸上泛着自在开心的柔光，悄声说：“你摸啊？”

庄仁压低嗓子喝一声：“我告诉你，你这是明目张胆耍流氓！”

申颖撕一小块馒头朝庄仁头上丢去。

“请爱惜粮食行吗？不事稼穑还不惜五谷。”庄仁眉头一皱，朝申颖直翻白眼。

申颖举手又做丢馒头状，胳膊在庄仁面前挥了一圈，却将手中的小块馒头丢进自个儿嘴里，边嚼边问：“你皱眉的样子挺可爱的。问你，大学里你是不是很风光啊？”

“是问我风流吧？”

“我可没这么说。”

“风流有理，下流有罪。这个逻辑懂吧？”

“你的意思是，大学你既风光又风流，对吧？”申颖又凑近庄仁，一副调皮的样子。

庄仁笑着一推碗筷：“真想摸你一下，给你量下体温，我看你烧得很。慢吃，我去军部卫生所帮雪霏霏买点药。”说着起身出了饭堂。

申颖赶紧放下碗筷，快步跟上庄仁。

“你别跟着我，这不好。”庄仁看一眼申颖。

“哎我真有点烧，我也去买点药，还想买点好吃的。”

“不是烧，是骚吧。”庄仁带着一丝快意脱口而出，站在树荫下想劝退一路跟在身边的申颖。

“骚怎么了，我功能正常呀。”申颖不愠不恼，反倒一脸惊喜状，对庄仁圆睁双眼，“那边不有个超市嘛，一块去吧，我带零钱了。”

“等以后要用大钱时你再出手吧，这点小钱就不用你支援了。”

申颖将一沓钞票塞到庄仁手里：“先用着吧，剩下的给我，不够的话你出。行吧？”

庄仁像是被火烫了一般，一把将钞票塞进申颖的短裙口袋。

申颖又掏出来塞到庄仁手里：“一个大男人扭扭捏捏，别让人误以为你对本小姐耍流氓啊。”

庄仁抓着钱，茫然傻笑：“完了，大白天我都完成了耍流氓！”

庄仁分明感到，碰触申颖身体时手上传来的柔软感觉，突然消解了内心攒下的一股莫名骚动。庄仁知道，短暂的抚慰之后，这种柔软感觉反而会让内心愈加骚动。

“走吧，一会儿更热了！”申颖拉了下庄仁。

“走走走！”庄仁拗不过，只得由着申颖。

这是一条通往家属区的主干道，两旁绿树成荫。申颖像只久关笼子一朝放出的鸟儿，一路蹦跳着。庄仁看到长而笔直的路上，身着军装的官兵经过身旁时虽然步履匆匆，眼光却像饥肠辘辘的人看见美食一般盯着申颖。

申颖昂首挺胸走在路左侧树荫下，将迎面而来的那些官兵一个个逼到右侧。庄仁没好气地问申颖：“你不仅行走靠左，还一身资产阶级情调，知不知道有多擦解放军吗？是大地主家的亲闺女吧？”

申颖白一眼庄仁，嬉笑着点头“嗯”一声。

在这一批报到学员中，庄仁分明感觉申颖身上散发着别具一格的气息，而这种气息并不仅仅源自她每日脱俗的穿戴。

“快走，别人还以为咱们吃饱了没事谈恋爱呢。”庄仁快步走着，回头见申颖摘下一片树叶，夹在两指间吹出长长一声脆响。

看着庄仁有些尴尬，申颖肆无忌惮地笑起来，挺拔而丰满的胸脯在庄仁眼前无所拘束地跳跃着。

“谈恋爱怎么了？又没碍着谁。我告诉你，谈恋爱就得吃饱了谈，饿着肚子谈的话成功率很低哦。”申颖越发顽皮，全没了往日的矜持。

“哦，”庄仁突然兴致高涨，驻足盯着申颖，“真没看出来啊，大地主家的闺女还是恋爱高手，多多赐教啊！”

申颖哈哈笑，不再还嘴。

该买的都买了，庄仁又带着申颖转到院内小型菜市场买了几块姜和一把葱。

申颖有些不解，盯着庄仁手中的姜葱问：“买这干吗？”

“这可不能告诉你，家传秘方传男不传女。”

“讨厌！”

路过机关班车站停靠点时，申颖一屁股在水泥长凳上坐下：“歇会儿吧，太热了，回去还这么远呢。”

庄仁站在阴凉处，一脸苦笑地看着申颖：“叫你别跟你偏要跟，又吃不了苦头，集训了我看你咋办！”

申颖抬手碰了下庄仁手中装着葱姜的塑料袋，说：“你还没告诉我买这东西干吗用呢。”

申颖直直地看着庄仁，用手背抹了一把鬓角和鼻尖上渗出的细细汗珠。

庄仁说："不该问的别问。"

申颖呼地起身站到庄仁跟前："不说今儿就不让你走!"

"哟，这是撒赖还是撒娇呢你!"庄仁瞪一眼申颖，停顿一会儿又缓声说，"给雪霏霏煎水喝。"

"煎水喝?"申颖脸上顿时绽开笑颜，"没想到，风流才子还是个土郎中。"

庄仁央求申颖："快走，咱们去炊事班弄吧。"

申颖起身，一路碎步将庄仁甩在身后。

"生姜与葱加盐一块熬水喝，也是治伤风良药。"庄仁和申颖挤着走在树荫下，炎热使人完全忽略了肩挨肩与胳膊之间的肌肤接触。

一路走着，庄仁给申颖碎碎讲着小时候母亲用姜葱熬水治愈感冒的琐事："我告诉你，伤风与感冒还真不是一回事，想不想听?"

"想!"申颖欢笑着，侧头送给庄仁一脸娇柔。

"普通感冒中医称伤风，用标准术语说，就是急性上呼吸道感染，一般因受凉引发。如果没并发症，三四天即可痊愈。感冒有普通感冒和流行性感冒之分，后者严重影响健康和战斗力。"

"你还会什么呀?"申颖问。

"我会的多了!"

"比如，"申颖兴奋地接过庄仁的话，"快说!"

"做菜算不算?"

"这也会?"

"都老厨师了!"

"哪天让我尝尝你的手艺，怎么样?"

"没问题!"

"不许赖啊。"

"没问题!"

庄仁将"题"字拖得老长，逗得申颖直乐。

回到招待所院子时，庄仁见雪霏霏和崇良在走廊上靠着栏杆聊天，便朝他俩挥挥手："我去弄个东西，一会儿上去。"说着又嘱咐申颖，"你把这药跟吃的拎上去，我去饭堂找人熬姜汤。"

申颖快步上楼，突然扭头叫住庄仁："等我一下，我马上下来!"

庄仁见申颖"噔噔噔"跑上楼时，齐膝裙摆内一双白皙长腿若隐若现。

申颖又急急跑下楼，庄仁朝她摆摆手："你去陪雪霏霏和崇良聊天吧，别跟我凑热闹了。"

“不行，我要跟郎中学熬汤技术。”

庄仁领教了申颖的性子，不再跟她费口舌：“走，今天为你干脆破了家规。”

“这爽快我喜欢！”

饭堂门口，一名穿着白色上衣的胖子兵正坐在小板凳上悠闲抽烟。庄仁还未开口，申颖便冲胖子兵甜甜地打招呼：“班长好。”

胖子兵站起来，将烟屁股扔到地上，又用胶鞋底踩了踩。

申颖说明来意，胖子兵热情地将她和庄仁带进操作间。

“班长，您歇着，我来。”庄仁操起菜刀在砧板上麻利地切着，看得申颖兴奋不已。

庄仁白申颖一眼：“一看你就从没进过厨房。”

“你咋知道？”

“我看你进厨房比进洞房还高兴。”

申颖拍一下庄仁肩头，嘴里嗔骂着讨厌，目不转睛地盯着庄仁双手。

庄仁朝胖子兵谢了又谢，端着碗出了操作间。胖子兵热情地跟申颖说：“以后有什么需要尽管说啊，咱们都是战友不要客气嘛。”

“看见没，长得漂亮性感到哪儿都受欢迎。”出了厨房，庄仁小声跟申颖打趣。

申颖哼一声应道：“以后说漂亮就可以了，我讨厌说我性感。”

“姜汤来喽，趁热喝，出汗就见效！”庄仁扯过一张纸垫在碗底，捧着小心递给雪霏霏。

“你这熬的啥呀，不是蒙汗药吧？”崇良舞着手凑近汤碗闻了闻。

“蒙你个头，滚开。”庄仁瞪着崇良，“你别添乱行不行！”

雪霏霏捧过碗吹了吹，喝了一口：“嗯，盐味辣味正好！以前感冒了我妈也这么熬汤给我喝。”

雪霏霏笑了笑：“谢谢几位，小病一场害得大家东奔西忙。”

“感谢生病吧。”庄仁从床头扯过一张纸巾递给雪霏霏，“我觉得啊，生一场病就像听智者上一堂哲学课，让我们懂得生死。”

崇良拍手连连嚷好：“没想到，人家生个病也会让你文思泉涌，高手啊。雪霏霏这病生得值！”

雪霏霏眼放光芒，盯着庄仁直笑。

回到房间，崇良笑问庄仁：“哎你真将计就计啊？”

“啥将计就计？”

“我看你对雪霏霏一片赤子之心，对申颖也一往情深，都让我看糊涂了，你到底选定哪个下手啊?”

庄仁哈哈大笑，说：“我要选两个下手呢?”

崇良瞪着眼直摇头：“这国家政策不支持啊!”

“这不你教我的吗?”

“我说的是要么，要么，二选一或者三选一，不懂选择句吗?”

“二选二或者三选二有啥错呢?”庄仁一副左拥右抱得意神态。

崇良咬牙笑骂：“你这鸟人，算你狠!”

早上洗漱完毕，庄仁满脸堆笑地邀崇良一块去市里买书，以慈母般的疼爱口吻提醒他：“你也出去逛逛小伙子，别闷坏身子了!”

“这话听着暖心，但我肯定你别有用心。大热天我还是待房间自在!”

“不去拉倒，我自个儿去!”庄仁撒了泡尿准备出门。

每日三餐之后，大伙不是玩牌下棋侃大山，就是出门溜达逛大街。在庄仁看来，集训前的日子虽偏安一隅，却快活似神仙。

“去哪儿呀?”申颖在宿舍门口探进了半个身子。

“干吗？找崇良啊，不在。”庄仁故意逗申颖玩。

“这不大活人吗?”申颖指着崇良。

“有吗？我怎么看不见？哪有啊?”

崇良一言不发，推开庄仁便往门外走。

听说庄仁要去市里买书，申颖顿时欢呼雀跃：“去去去，我跟你去!”

庄仁见雪霏霏走过来，便放缓步子等着。雪霏霏依旧扎着马尾，头发梳得一丝不乱，换上那件蓝色碎花连衣裙，配着一双黑色高跟凉鞋。庄仁觉得雪霏霏朴素得妩媚，很是合乎自己口味，就像艾昕一样。

“雪霏霏，去市里逛逛吧，我去买几本书，申颖也去。”庄仁向雪霏霏发出邀约。

“这太阳太可怕了，我一晒就头晕，改阴雨天吧。”雪霏霏朝庄仁灿烂一笑，以手当扇在脖子前挥着。

“求云求雨我可没这法力啊!”庄仁尴尬地笑笑，顿觉早晨的太阳愈加燥热。

“去吧，再不去以后恐怕没机会了。”申颖也劝雪霏霏。

雪霏霏笑着摇头：“你们去吧，我就偷个懒，有好书回来借我看。”

庄仁打趣说：“世上的小偷，唯有偷懒警察没办法抓人啊。”

崇良瞥庄仁一眼：“我看你有点想动手抓人的冲动!”又压低嗓门凑到庄仁

耳边，"一大早你求云雨，真有你的！"

"我就抓你！"庄仁张开五指朝崇良头上抓去。

出了饭堂，申颖叫住庄仁："等我几分钟，我上楼一会儿就下来。"

"这大热天的，还是甭去了吧。"

申颖头一偏，朝庄仁直瞪眼："一个大男人，怎么说话不算数，不是说好去吗？你要偷懒，我就抓你。"说着伸出五指做着鬼脸。

"抓吧抓吧，抓破我衣服让你赔新的！"

"等我啊！"申颖转身小跑上楼。

"我在门口等你！"

申颖回头做了个"OK"手势。

庄仁站在招待所院外的树荫下等着申颖。三五成群相约出门的男男女女，见了庄仁嬉笑着打招呼，算是请假外出。对于这类需求，庄仁都是大手一挥，然后叮嘱一句注意安全早去早回。

庄仁见申颖将早上的两根长辫散成披肩长发，刚才穿的黑色收腰露肩短裙已换成拖至脚背的黑白相间条纹长裙，双肩和两只胳膊也藏进了条纹袖里，斜挎的红色小包垂在小腹前。

"走！"申颖走近庄仁欢快喊着。

"说等几分钟，你自个儿看时间！"庄仁指着腕上手表朝申颖瞪眼。

申颖哈哈笑："才六分钟！你看表嘛！"说着从包里掏出一副墨镜戴上，又"啪"地按开一把绿色小伞撑在两人头上。

"你这哪是上街啊？"庄仁有些紧张，斜眼看着申颖。

早上端庄文静的申颖，眨眼就变成了活脱脱的时髦女郎。申颖故意将戴着墨镜的脸凑近庄仁的脸，问："不上街难道上你家呀？"

庄仁胳膊一挡迈开步，边走边说："我看你是要上非洲大草原跟斑马群会合千里大迁徙吧，这条纹晃得我头晕。"

"没事，保证安全带你返回。"

"你昨天穿的裙子叫啥？"

"啥叫啥？"申颖咯咯笑，"那叫一片式低开衩碎花高腰裙，晕了吧？"

"我看那就一块大桌布。不过配那小褂还挺好看。"

申颖笑着用胳膊肘别了下庄仁："什么小褂，那叫小衫。"

人来车往的大街上，共在一把伞下，庄仁对申颖挨得自己太近感到有些难为情，抱怨说："热热热！都要晒出不育症了，我这是舍命陪女子，知道吗你？"

“什么啊，我看你就想陪雪霏霏逛街。”申颖“哼”一声，双眉一扬，“你以为我看不出来！”

庄仁笑笑，一把取了申颖的墨镜：“我戴下，看看有没有土匪气质。”

“我看你土著气质倒不少！”

庄仁还给申颖墨镜，一时没了言语，心里感叹，这申颖面上看没心没肺，其实心细如发明察秋毫。

“对了，今晚大礼堂前广场上放电影，《高山下的花环》，露天电影哦。”申颖挥手拦了辆出租车，对庄仁一副命令口气，“上车，别走太累了，留足精力晚上看电影。”

“你咋知道有电影？”庄仁奇怪于申颖的信息如此精准。

“出来时炊事班那个胖子班长告诉我的。”

庄仁一乐：“那可爱的胖子班长是不是开始追你了？”

“追我？拿菜刀追呀？”申颖说着，自个儿乐得哈哈大笑，笑得一侧长发盖到了庄仁胳膊上。

如果把申颖换作艾昕，庄仁这时候肯定会情不自禁一把将她揽到怀里。与艾昕离别三个月，在庄仁看来每天都是在漫长的思念中煎熬。刚才申颖说起露天电影，庄仁又想起在师大偎着艾昕看露天电影的情景。

热恋中的男女在毕业离校前相拥着看电影，每个人都有一万个为爱而冲动的理由。日落时分，长且宽的石凳上总留存着太阳的余热，似乎专为热恋中的男女在夜色中引燃激情。

庄仁的第一次冲动，就是秋意渐浓时在露天电影院将随意放在艾昕大腿上的手悄悄行进到她的小腹之后，又在黑暗中乘势钻进上衣游入她的胸前，最后被艾昕隔衣紧紧握住。一番拉锯战般的僵持后，最终成功翻越艾昕胸前的双峰。那柔滑温热的感觉，让庄仁热血沸腾，全然忽略了屏幕上的影音与周遭的眼睛，仿佛世间的天大地大，一切都在伸张的五指之下。

恋人间的情欲冲动，一如侵略成性的帝王，每当拿下眼前一城，眼光便瞄准了远方一池。庄仁第二次冲动的爆发距上一次才不过两周时间，在露天电影看到一半时便拉着艾昕走进了图书馆旁的树林。

静静的树林里，洋溢着图书馆舞厅传来的交谊舞曲旋律。庄仁亲吻着艾昕，一手搂着艾昕，另一只手悄然从她小腹下行。庄仁的每一寸前行自然招致艾昕的全力抵抗，可执着的前行一路摧毁着艾昕的抵抗。

当艾昕双手用力环抱住庄仁脖子时，庄仁顿时因挺进的道路没了阻挡而豁然开朗。舞厅斑驳陆离的彩光透过窗户，从枝叶缝隙间洒落到艾昕脸上，一闪而过。小树林的虫鸣与舞厅的旋律倏地消失，艾昕不时冰裂般颤动。合着彼此“咚咚”心跳的节拍，庄仁感觉艾昕在自己指尖上开始跳跃。

申颖碰一下庄仁，将他拉回车水马龙的街道。

“想什么呢?”申颖盯着庄仁问，“是不是男人上街见了漂亮姑娘就忍不住想入非非?”

“是的，真不骗你，刚才我就想入非非了，你就别问怎么个想了。”

申颖斜眼盯着庄仁笑，笑得面红耳赤：“我也不知道你说的是真的还是睁眼瞎说，你爱怎么想就怎么想吧!”

午饭前庄仁和申颖刚回到招待所，马干事便将电话打到了值班室：“体检都过了，预订火车票的事已与火车站联系好，现在请做好钱款预收，晚饭前务必订好明天的所有车票。”

庄仁与马干事逐一确认后便挂了电话，径直上到雪霏霏房间，抑制住兴奋说：“你的体检没问题，明天上午咱们乘火车出发，提前做好准备吧。下午我带人去买火车票。”

“太好了!”雪霏霏一脸兴奋，“辛苦你了庄仁!”

庄仁又敲开申颖的房门，见她一人在屋，洗了把脸正边擦脖子边吹吊扇。

“告诉你一件事，得正确对待啊!”

“啥事?”

“体检的事，结果都出来了。”

“怎么样?”申颖眼巴巴地盯着庄仁。

庄仁满脸凝重，一言不发。

“结果怎么样？快说，求你了庄仁!”

庄仁“唉”地叹一声，然后一拳重重砸到墙上，贴着墙壁直摇头，痛苦地说：“这不是你求不求的问题啊，求我有啥用，我是多么希望啊。”

“过没过你倒是说结果啊!”

庄仁转身盯着申颖，一字一顿拖着长腔说：“过了!”

申颖狠狠地在庄仁胳膊上抽了一下，眼眶里顿时泪水直打转，止不住抽泣起来。庄仁一时不知所措。

“真打啊!”庄仁疼得龇牙咧嘴，不停地摸着被申颖抽打的胳膊。

“你过了吗?”

庄仁不敢盯着申颖的泪眼，没好气地应着过了。

申颖破涕为笑：“有你这么讨厌的吗?”

“行，我讨厌我走，走越快越好，离越远越好!”

申颖望着庄仁背影抹一把泪，说："讨厌！"

庄仁高兴地下楼吹哨集合，向大家宣布体检结果及午饭后带人去市里订火车票的事，引得队伍中口哨与欢呼声一片。这一顿，大家吃得兴高采烈。

傍晚，大红落日徐徐西沉。大院里三五成群的人们纷纷朝大礼堂方向走去，广播早就播了今晚放电影的通知。

申颖从服务社买了一袋冰激凌给崇良几个分发。

"那儿有座吗？站着看多累呀。"庄仁问崇良。

崇良笑庄仁："你以为你是军长的亲儿子啊！看电影都叫累，叫你上前线咋办，还给你配几个按摩技师？"

大家正说笑着，一支纵队步伐整齐地走了过来，每人左手拿着一个小巧的方形木质板凳。

庄仁悄声对雪霏霏说："我看那小板凳都他们自个儿坐，不会给咱们吧？"

雪霏霏微笑："好看就看，累了就回房间歇吧，你也累了一天。"

大礼堂东面广场四周的灯已亮起，又有几支队伍呼喊着"一二三四"入场。带队骨干高喊一声"放"，队伍便统一侧身弯腰，小板凳齐刷刷地"啪"一声撞击着水泥地面。带队骨干一声"坐"，队伍眨眼间又齐刷刷地坐下来。

"见了没，这就是统一行动听指挥！"崇良忍不住感慨。

庄仁正环顾左右时，申颖突然喊起来："哟，好可爱的小宝宝！"

一个刚学会走路的小男孩一手抓住了申颖的裙子。申颖蹲下身，一手轻拍着小家伙的屁股，一手握住他抓住裙子的小手。

年轻的妈妈跑过来从申颖手中抱过小家伙，说："宝宝叫阿姨。"

小家伙奶声奶气地朝申颖喊了一声阿姨，逗得申颖直乐。

电影放了不到半小时，雪霏霏便跟申颖打招呼："你们看吧，我先回招待所了。"说着便从人群中走了出来。

庄仁拍了下申颖和崇良的肩头："你们接着看，我送雪霏霏一下。"

"挺远的，我送你回吧。"庄仁跟在雪霏霏身旁。

"谢谢，不用。"

"这院子大，晚上还挺阴森的。"

"没事，实习时我都跟人体标本待过一晚呢。"雪霏霏执意不让庄仁送，"明天借本书给我看，好吗？"

庄仁只好止步："那不送了，小心点。"

望着雪霏霏远去的背影，庄仁一时没了继续看的心思。等雪霏霏走远，也悄悄回了房间。

崇良看完电影回到房间，见庄仁盘腿坐在床上看书，一脸惊讶，问："说，碰了没？"

"碰啥碰？"庄仁懒得抬头。

"你看你看，装得外人一点都看不出来。"

"你说我今晚碰雪霏霏？我告你她头发我都没挨。"庄仁盯着崇良，"你老实说，你是不是成功碰了？"

崇良一屁股坐到床上，说："我发现个秘密。关于申颖的，想听吗？"

庄仁突然大笑："是不是见她身上那块紫色胎记了？"

"你啥意思？刚才还给我一个劲装正人君子，这会儿又原形毕露。"

庄仁催着崇良："啥秘密？快说。"

"那还是算了吧。"崇良拿过庄仁的书翻看起来。

庄仁夺过书，一把掐住崇良的脖子："说！"

崇良甩开庄仁的手，两眼望着天花板感叹："原以为申颖是个粗人，没想到情感细腻着呢。"

"怎么个细腻法，用事例证明之！"

"看电影时你猜她咋了，被感动得眼泪哗哗流！"

"就这秘密？"庄仁哈哈大笑，"到底是她被电影感动得哭，还是被你弄哭的？这是问题要害所在。"

崇良气得哼一声："你别一天到晚以小人之心度我君子之腹！"

庄仁嬉笑着凑近崇良，问："你没跟她抱头痛哭？"

崇良朝庄仁吼一声："懒得跟你扯，冲澡睡觉！"说着，昂首哼唱"谁娶了多愁善感的你，谁安慰爱哭的你"，进了卫生间。

第三章　西北千里，青春做伴进“黄埔”

北上集训，在大家眼中远比组团旅游更刺激也更富有诗意。

分配火车票时，庄仁提出的“女生每人一张卧铺票，剩余卧座男生自行调换”方案，以男生的嗷嗷直叫与尖锐口哨形式一致通过。

女生对漫长北上的旅途充满浪漫憧憬，男生则对车票的座卧毫不在意。这不仅因为男女搭配乘车不累，更重要的是体检过关即意味着毕业学生转变成了集训学员。军官梦基本成真的喜悦，让大家对成为一个战壕的战友高度认同，彼此间也越发亲近。

庄仁内心禁不住涌起一股解脱感。这些日子只要静处，庄仁大脑便不由自主地陷入幻想，幻想着在文字的排列组合中不断收获堪比战功的荣光，幻想着历经九死一生胜利归来后与艾昕喜结良缘，甚至幻想着在炮火硝烟中为掩护雪霏霏身中数弹，弥留之际在她耳边说出“我爱你”便昏迷在她怀里。

出发前的短暂忙碌让大家愈加兴奋。幸好，九点到站的火车，并未打乱大家的正常作息。

早餐后，雪霏霏找庄仁借书：“现在就拿，行吗？”

“行！”

“一会儿我去外面邮局寄信，你有要寄的吗？”

庄仁摇头道谢时见雪霏霏满眼温柔，便断定她要寄的信是写给男朋友的。庄仁对自己的敏锐直觉向来充满自信。这段时间，庄仁也想给艾昕写信，心中万语千言却不知从何下笔。更重要的是，庄仁觉得给艾昕写信是一件很私密的事，住在招待所这毫不设防的双人房间，写信实在没有现实条件。

庄仁见申颖出了饭堂，便向她招手：“马上转场，有啥需本大人效劳的？”

申颖哈哈一乐，说：“那就麻烦帮我背包拎行李箱呗，我两手空空登车简直太爽了。”

“拎行李箱可以，我一大男人背个女包不像话吧？”对于申颖的快语，庄仁早已习惯直言相对。

申颖大步上楼，回头轻声笑骂庄仁：“胆小鬼，不让你管！”

"回来！"庄仁朝申颖招了招手，"什么鬼不鬼，都快新世纪了还满脑子封建思想啊。说，干吗到部队来呀？"

"你咋这么搞笑？"申颖推一把庄仁，动作与语气里明显多了一分亲昵。

申颖双眼望天："在家我爸妈什么都替我安排，我就想自己的事自己做主，就来了！"

申颖笑着问庄仁："你还没告诉我你为啥上部队来呢。"

"祖国知道我，懒得跟你说，说了也没用，你赶紧准备吧。"

"不行，你全废话，我要听你内心想法！"

庄仁朝申颖眨眨眼，悄悄说："我想当大官，你信吗？"

申颖缩头一笑："信！"

四辆大客车一字排开准时停靠在招待所小院前的马路上。

"再见了！"庄仁扭头回望，禁不住感慨。

崇良嘻哈说："再什么见啊，说不定回来你还接着住呢。"说着一把抢过申颖手中的行李箱，嚷着"走喽，上车喽"。

庄仁上车时，见雪霏霏在中间靠窗坐下。雪霏霏招呼着申颖坐到自己身旁，崇良和庄仁便在紧靠她俩后面一排坐下。

四辆大客车几乎同时启动。庄仁往招待所望去时，发现雪霏霏正侧头张望。申颖往右后侧扭头，正好迎上庄仁的目光。大客一拐弯，招待所转眼就被抛到车后。

庄仁转过头时见申颖依然从座位空隙间盯着自己，便朝她低吼："看啥，又不是小猴子。"申颖这才抿嘴一笑扭过头去。

"人家就喜欢看猴子，让她一次看个够嘛！"崇良碰了下庄仁。

"我是怕她触景生情思念老祖宗。"

"一只老猴有这么大能耐？"

看着庄仁和崇良又你来我往，雪霏霏扭头相劝："你们能停战一日吗？"

"没问题！"崇良和庄仁这下步调一致了。

大客车在火车站内大院门口停住。

一下车，申颖便将行李箱塞给庄仁："帮我看下，我去买点东西。"

"买啥？"

"西瓜！"

"你尽瞎整，小心人家将你当瓜卖了！"

申颖买了西瓜回来，一脸怨气嗔着庄仁："干吗发这么大火，不就在你眼皮底下行动嘛！"

“不听招呼，擅自行动，最讨厌！”

申颖从庄仁手中一把夺过行李箱，“哼”一声快步跟上队伍。

大伙零零星星散在三四节车厢。申颖与雪霏霏的硬卧铺位同厢相对，庄仁和崇良带着行李随她俩暂时落座。

崇良给大伙发冰激凌，说：“赶紧凉快凉快。”

庄仁咬一口，问崇良：“突然爱上慈善事业，是不是想找投桃报李的感觉？”

崇良斜一眼庄仁，说：“好好吃，别嘀咕，要是闲得慌，给人看看手相嘛。”

“这个你也会啊？给我看！”申颖兴奋地将手伸到庄仁面前，“免费收费都行，但必须认真！”

庄仁咂巴着嘴，拨开申颖的手：“女右女右，还是免费吧，我要让你欠这一次情一辈子都还不完。为啥？因为看得准啊！”

申颖笑着又伸出右手。

庄仁在申颖摊开的手掌里拨划几下：“我就真认真了，不准生气不准哭，不准穿小鞋、抓小辫、搞打击报复。”

“快说！”申颖有些急不可耐。

“你啊，总的看，苦命！”庄仁又端详着申颖的手掌，一本正经地说，“中国特色的苦命！”

雪霏霏笑容满面，催着庄仁予以详解。

“申颖赶紧给钱让他走人，听他瞎说你都活不下去，满嘴荒唐言！”崇良指着庄仁笑骂，“把自己的快乐建立在别人的痛苦之上，这是你一大喜好。”

申颖一脸坦然盯着庄仁：“好吧，要不是苦命，小心我要你小命。”

庄仁猛地拍了一下申颖手掌，嚷道：“你看你看，说了不搞打击报复，钱没付还威胁我老命！”

几节车厢因为这批青年男女的加入明显热闹起来。食品袋在大伙手中或抛或递时，一头闷坐的男生突然起身拦截，引得女生快意尖叫。大家放开嗓门呼朋引伴，男生将招待所未打完的牌、未下完的棋重新摆开，女生撕开瓜子袋边嗑边说笑。男女混合着玩乐，更是向周边陌生人展示着两小无猜般的情谊。

望着车厢里陡涨的青春朝气，庄仁觉得路途上的这三十多个小时，实在是生命中不可复制的一段美好时光，因短暂而宝贵。置身其中，谁能保证熊熊燃烧的爱火不会熄灭呢？而悄悄擦出的爱的火花，谁能阻止它分分钟燎原呢？

“上回我和霏霏吃了你的瓜，崇良说是你特意慰问我们的。都怪你，让我一吃上瘾。还别说，这本地瓜真好吃！”申颖看着庄仁，开始给周边座位上熟悉的男女分发西瓜。

听申颖这么一嘀咕，庄仁才明白上次崇良以近乎勒索的方式要一个西瓜，原来变相搞了一次献佛行动，只不过以他的名义借花。

崇良看了眼申颖说：“吃一次这香甜的瓜，我已爱上这个盛夏。又何妨远离爹妈，哪一天你会明白，瓜儿生长的地方，就是咱们的家。”

庄仁瞄准过道垃圾桶，不偏不倚将瓜皮“唰”地扔进去，击掌赞叹：“好好听的儿歌！”

崇良捅了一下庄仁：“你看人家多贤惠，以后出息了可别忘了申颖的瓜。”

“苟富贵，定不忘你们人类！”庄仁擦着手应着。

申颖指着庄仁笑：“看，小猴变小狗了！”

崇良一抹嘴，来不及擦手就被拉着补缺玩牌去了。

雪霏霏离座洗手时，申颖盯着庄仁悄声说：“你给我俩都留着下铺，不怕别人说啥吗？我是怕你……”

庄仁立马打断了申颖的话，压低嗓门说：“睡自己的铺，让别人说去吧。”又指着申颖的长腿，“你跟谁比美呢，还是换上长衣长裤吧，别着凉了。”

“你不是会熬姜汤嘛，我还没喝过呢。”

“说得轻巧，想感冒容易，问题是我上哪儿找姜呀？”

“我不管，你有办法！”

整整一上午，列车仍在崇山与隧道间穿行。午饭后的倦意像海潮般漫上脑门，庄仁开始习惯性犯困。见雪霏霏捧着书在铺上打盹，便想去自己座位上歇会儿。

申颖好似看透庄仁的心思，凑近他轻声说：“别走，硬座那边太热，你就坐这儿打盹嘛。我不睡。”

庄仁摇摇手说：“你在我旁边，感觉就像小白兔被大灰狼盯着，心里要想个美女都没啥感觉，下午再过来吧。”说着便朝硬座车厢走去。

申颖扯一把庄仁裤子，嘀咕道：“讨厌，三句话不离美女，不想美女就活不下去啊。”

庄仁挨着相熟的学员刚坐下，列车“咣”一声慢下来，在一个小站停住。列车员站在车厢连接处大喊，一遍又一遍提示到站乘客带好自己的行李物品下车。

邻座一位高个子学员站起来取了行李箱，喊着庄仁打招呼：“不行，这啤酒一喝太困了，我得去硬卧那边躺一会儿。”

庄仁知道，这位高个子叫李伟，名牌大学毕业，因为谈了几年的女朋友不想来部队，在招待所待着的这一段时间，他一天到晚跟丢了魂一样，跟女朋友打电话成了他的生活主旋律。

旁边一位男学员跟李伟开玩笑：“卧铺不多啊，不行找个女学员商量商量，挤挤睡一下没事的，都革命战友嘛。”

“小马哥，挤出问题了你负责，我真挤去了啊。”李伟应着那位兄弟，笑着往卧铺车厢一头走去。

列车启动时，刚才跟李伟开玩笑的男学员突然指着车窗外惊叫：“庄仁你看，那小子下车了！”说着将脑袋探出窗外大喊李伟。

庄仁头皮一炸，朝窗外跟着大喊：“李伟，你干吗！”

没错，人流中的那位高个子正是李伟。显然，李伟听到了呼喊，朝庄仁挥了挥手，停下脚步吼一声：“你们走吧，我不想去了！”

“停车！”庄仁起身拦住走过来的列车员，“能停车吗？我们是部队的，我们一个人刚才私自离队下车了，我得把他追回来。”

“这怎么行？没法停！”列车员说着将庄仁轻推到一边，径直往前走去。

不到两三分钟，小站便被甩在了列车身后，李伟也不见了踪影。

被李伟唤作小马哥的学员名叫马达，在学员中还算活跃。马达瞪着庄仁说：“我想起来了，这小子家就是这儿的。完了，肯定是他不愿到部队干直接走人了，兄弟又少了一个。”

“操！”庄仁狠狠骂一句，“王八蛋，还没打仗呢就当逃兵！”

庄仁嘴里骂着，心里开始紧张起来，现在走一个，下一站会不会还走呢？去也好回也罢，这两头都没法交代啊。

马达像是看透了庄仁的心思，安慰道：“没事，咱们只是跟军部机关签了就业协议，没啥法律约束力，现在咱们也没穿军装，还不是正式工呢。就是上战场了，还有人逃呢，你也没法全拦住。有他不多，少他不缺，估计这事军部机关也没法管。”

庄仁拍拍马达肩膀，马达这才停下嘴。听马达这么一说，庄仁紧张的心顿时舒缓开来，但李伟刚才一走，却像一块巨石般隐隐压在心头。庄仁立即想到那个马渊，他不也不想到部队干吗，还差点害得那个女朋友跳楼。想到这儿，庄仁立即不动声色地寻找马渊，在卧铺车厢看到他跟女朋友挤一铺睡得正香才放下心来。

列车依旧不知疲倦地奔驰。庄仁也毫无睡意，一路想着不可预测的下一站和无法掌握的明天，也一路悄悄想念着艾昕。

素昧平生的人从天南地北走到一起，然后同吃一口锅，同乘一趟绿皮火车，同坐一个卧铺。也许，这都是命中注定吧。同不到一块，也是命吧。庄仁认为与崇良甚至雪霏霏和申颖的相遇相识，都是命中注定。与艾昕相识，也是如此。

大二夏天的那个晚上，艾昕走进阶梯教室时，不挑不拣就瞅着庄仁左边的空位坐了下来。晚自习结束时，庄仁将对折的小字条悄悄塞给艾昕，然后收拾书本。庄仁见艾昕收了字条后展开看一眼又将其夹到书里。然后，两人出了教室，一路无言各自回了宿舍。

“你就是我生命中爱的路上注定要结伴而行的女孩，让我们从今天起牵手吧。我会给你快乐!”庄仁依旧记得字条上的那句话。让庄仁感到幸福的是，艾昕不但没有拒绝，而且从此步步深入地予以回应。

大四寒假刚过，返校不久，庄仁虽因感冒咳嗽得厉害，但还是陪艾昕乘火车回老家联系工作。寒冷的硬座车厢里，乘客寥寥无几。庄仁枕着艾昕的腿蜷躺在座位上。艾昕摘下庄仁的眼镜，一只手贴在他额头上，又脱下外套帮他盖着。

“不行，你感冒了可影响面试，穿上!”庄仁感觉自己的脑袋枕在艾昕大腿与小腹间，随着她的呼吸被温柔地抬举按压着，很是舒服。心想，世上最幸福的港湾，莫如这脑袋下柔软暖和的洼地。

庄仁用脑袋拱了拱艾昕的腹部，开玩笑说：“你看那华老栓真傻呀，儿子咳得要死却花钱去买人血馒头，给他娶个媳妇枕着腿不就好了嘛。这人肉枕头好，恒温减震止咳，真舒服!”

艾昕抚摸着庄仁的脸应道：“你才傻呢，华老栓给儿子买人血馒头吃那是他想治本，娶个媳妇只能治标呀，他才不干人财两空的傻事呢。”

“是啊，我怎么没想到呢。”庄仁嘿嘿笑，闭上眼睛尽情享受着艾昕的这份温暖。庄仁喜欢艾昕的另一个重要原因，就是自己的语言与思维无论怎样跳跃，她总能跟得上趟儿。

奔走几所院校后，在沥沥细雨中艾昕将庄仁带到了乡下老家。那是离丘陵小山不远的一栋普通平房，房前几棵长成的果树还未出绿。竹子、刺槐和干枯藤蔓扎成的篱笆，围着一块菜地。几只麻雀立在篱笆上梳理着羽毛，惬意地叽喳叫着。一只显然已长至青春期的黑色土狗突然窜出，朝艾昕和庄仁猛吠。艾昕一声吆喝，黑狗便老实下来，在她脚下撒着欢儿前后蹦跳，又凑到庄仁脚跟前使劲嗅着，庄仁趁机吹着口哨与它套近乎。

见过艾昕父母，庄仁跟着艾昕进了她的闺房。

“闭上眼睛，本姑娘更衣。”

待艾昕一声“好了”，庄仁睁开眼时，艾昕活脱脱一副村姑打扮。

艾昕交给庄仁一把砍刀，叫他把屋檐下那些杂乱木柴砍了，然后忙着洗锅生火。庄仁将柴火抱到灶台边，见艾昕呛得泪水盈眶。

“让让，这个我在行。”庄仁将艾昕搂到身旁，往灶膛里添了些枯枝干草，拨拉几下，里面立马烧得噼啪作响。

“往锅里倒水。”艾昕命令庄仁。

看着灶火将艾昕的脸烤出红晕，庄仁禁不住在她脸颊上亲吻了一下。

“我妈看见了会说你的！”

“这也说？我不信。”

庄仁抓起艾昕的手，帮她擦着手背上的锅灰，笑问：“你这架势，不会为了我第一次到你们家要杀一头大肥猪吧？”

艾昕调皮地伸出指头在庄仁鼻尖上轻轻一刮：“给你杀一头大蜘蛛！”

水烧开后，艾昕亲热地喊了一声妈，庄仁听得一声应答。艾昕妈端着刚杀的大母鸡走了过来。

艾昕提来一只半高木桶，往桶里丢下几把干枯的枝条与枯叶，又往桶中倒了小半袋盐。

“把锅里水舀桶里。”艾昕又下命令。

庄仁镜片顿时模糊起来，一股熟悉的艾叶与紫苏的清香穿过鼻黏膜弥漫在肺腑之间。

“拎我房去！”艾昕拿着水瓢跟在庄仁身后。

待庄仁放下桶，艾昕半掩房门，又拉过两把椅子下令：“脱鞋。”

庄仁瞪大双眼，小声问：“咱俩一块洗澡啊？”

艾昕开心地笑着，朝庄仁屁股拍一巴掌：“什么呀，泡脚！”

庄仁呵呵笑：“吓我一跳，还以为你们这儿有奇风异俗。唉，空欢喜一场！”

艾昕贴近庄仁耳边说：“你想得美。记住，在这儿不准耍流氓。”

庄仁打量着艾昕的房间，指着床铺问：“今晚我是不是睡这儿？”

艾昕轻拍一下庄仁的指头，笑了笑：“今晚你打地铺睡灶屋！”

庄仁将双脚浸泡在水中，享受着倒春寒时节祛寒止咳的温暖，顺手将艾昕按坐在椅子上：“让我多看看这位村姑吧！”庄仁想着，真要在农村过一辈子，有艾昕这般温柔体贴贤惠的女人相伴，也应是幸福一生。

庄仁看着艾昕说：“你也泡泡吧，你爸妈见了不至于骂吧。”

艾昕摇摇头，麻利地脱了鞋袜，将双脚伸进桶里。庄仁用暖暖的脚板踩踏着艾昕的脚背，分明感到传来一丝凉意。

艾昕看着庄仁发呆，便扑哧一笑，说：“泡傻了吧，说话呀。”

“谢谢你，亲爱的！”庄仁轻轻吹去艾昕头发上的灰屑，又在她脸上亲吻一下。

“不准耍流氓，小心我爸揍你。”

庄仁看着艾昕，笑得心花怒放。

往事如昨。庄仁觉得这种有节奏的颠簸充满了愉悦感。只有充满力量的撞击，加上火车与铁轨间的默契配合，才能演奏出如此富有激情的律动。庄仁回味着当初留在艾昕闺房里的欢乐时光，心里禁不住轻叹，世间有一种无奈，就是心想得越近，人却离得越远。

庄仁醒来时，发现申颖穿着牛仔短裤，光着一双撩人美腿立在眼前。

申颖说：“你睡得好香，上我那儿睡会儿吧。”

庄仁感到脑袋昏沉，没好气地应着：“明明睡得香还弄醒我，你那儿又不是双人床。”

申颖笑着拉了下庄仁：“走吧。”

庄仁瞟一下表，刚才一觉才睡了半个多小时。

走到硬座车厢尽头，申颖拉住庄仁问：“我那儿真要是双人铺你敢睡吗？”

庄仁没想到申颖竟提出如此令人发笑的问题：“我花钱买票，对号入睡，有啥不敢，我是睡我的铺，又不是睡——”庄仁将快到嘴边的“你”硬是紧紧咬住。庄仁知道，跟申颖尽管已无话不说，但还未到开这种玩笑的地步。

“把话说完！”申颖张开双臂，在庄仁面前毫无顾忌地伸了一个懒腰。

庄仁瞥见申颖腹间露出指宽的嫩白肚皮，圆润的肚脐眼像浮出水面呼吸新鲜空气的鱼嘴，忽闪一下又潜入水底。

“我又不睡你的铺，各睡各的，相安无事，懂吗？”

“还是不太懂。”

“你是不相信我会老老实实睡呗！”

申颖盯着庄仁不说话。

庄仁走近申颖轻声说：“学员中谈恋爱的这会儿正挤一块睡呢，不信我带你去看看。我承认我好色，但我不坏啊！”

申颖一乐，说：“走吧走吧。不坏是因为没胆吧？”

“不是胆不胆，是德，以德服人懂吗？”

“还是不太懂。”

“你要气死我!”

庄仁不想告诉申颖李伟中途下车走人的事，与她说笑着走到硬铺车厢。

雪霏霏面朝里侧，盖着薄被纹丝不动。庄仁在申颖铺位上轻轻坐下，看着盘腿端坐一头的申颖轻轻长吁一口气。

“干吗叹气，你?”申颖轻声问庄仁。

庄仁琢磨着如何准确回答，好让申颖不再追问下一个问题。申颖盯着庄仁，一副不给答案不眨眼的神情。

“因为我还活着，有气。”

申颖低头弯腰，笑得双肩直颤，从脖颈下露出的雪白双乳毫不设防地呈现在庄仁眼前。

雪霏霏翻身坐起，看了眼庄仁，说:“你们没睡啊，这一觉睡得好沉。”

庄仁有些不自在地应着:“你还别说，这火车一路摇啊摇，真有利于睡觉。”

雪霏霏笑笑，起身朝外边走去。

当雪霏霏轻甩着一双湿手坐下时，崇良也慢悠悠踱着步子走了过来。

“怎么才来呀你，申颖望你都望穿眼了。”庄仁当即拿崇良调侃。

“怎么这么不小心呢，穿了一只眼还是两只眼啊?都望出安全事故了。是这样望的吧?”崇良摇头晃脑，朝申颖夸张地翻白眼，“眼珠子穿了我可不会修，你会弄你来呗，这个情估计申颖下辈子都还不完，你不就要这效果嘛!”

崇良一副混沌状盯着庄仁。被崇良这么一逗，雪霏霏几个笑得睡意全无。

列车突然“咣当”一声刹住。庄仁撩起窗纱朝外望去，只见远近一片汪洋，黄浊的水面已漫至路基。

“在硬座那边，我听说这一带洪水成灾，一些地方已经有解放军抗洪抢险了。”庄仁盯着申颖和雪霏霏问，“你们会游泳吗?”

雪霏霏笑着摇了摇头。

“我也不会，从现在起我就跟你走!”说着，申颖一把揪住庄仁腰间的衣服。

“你都不知道他会不会游就跟着，别生得伟大死得稀里糊涂哦。”崇良朝申颖挤眉弄眼，“快松开快松开，别让他误人子弟。”

“好，现在我宣布，你们三个同时掉水里，我只救雪霏霏和申颖!”

“哎你先救谁呢?”申颖偏头问庄仁。

“谁听我话先救谁!”

“那我要不听呢?”申颖一副挑战的神情盯着庄仁问。

"不听话只好打晕了再救！"

"我呸！"申颖朝庄仁直翻白眼。

半个多小时后，列车又徐徐启动，一路缓慢开行。庄仁有些担心，如此灾情，老家那边肯定也躲不过，但愿没多大灾情吧。

夜已深，列车仍在飞奔，铁道两旁偶尔现出的灯光一闪而过，就像一只贴窗掠过的萤火虫。庄仁见周边兄弟们有的几张报纸一铺便在过道上呼呼大睡，有的在座位底下香睡。

庄仁睡意浓浓，感觉头顶被一个沉重的铁盖子扣着，脖子都有些承架不住，便闭目靠着椅背，任凭车身引发的颠簸在后脑与椅背间对撞。不错，当倦意深深时，这种硬碰硬反倒给人以解困的舒服感。

昏睡中，庄仁感觉手臂被人碰触。雪霏霏站在面前，正朝庄仁招手示意。庄仁一骨碌起身，跟雪霏霏朝车厢连接处走去。

"你睡我那儿，白天我睡多了这会儿睡不着，我坐你那儿正好接着看书。快去吧！"雪霏霏头发依然丝丝不乱，略带沙哑的低音让庄仁觉得包含着母爱的成分。

"别别别。"庄仁双手推着雪霏霏。

雪霏霏一手抓住庄仁："别你推我推的了，抓紧时间睡，这儿都是咱们的人，不用担心，去吧。"说完轻盈移步，在座位上坐了下来。

庄仁看着雪霏霏，仍不肯挪步。

"走吧，你都妨碍我看书了！"

"好吧。"庄仁这才离开。

庄仁摸索着在雪霏霏的铺位上坐下。微暗的灯光中，申颖朝外侧安详入睡，一只胳膊弯曲着露在薄被外，轻掩着胸口。庄仁屏住呼吸，拉开被子慢慢躺下，分明感觉被子里不仅留存着雪霏霏的体温，还有应该是从她身上散发出的淡雅清香。虽然卧铺并不真正具备床的条件，但庄仁还是觉得因为睡到了雪霏霏的铺上，这个深夜便有了特别的寓意。

"这时候怎么睡不着呢？"雪霏霏的让座之举让庄仁有些辗转难眠，"是趁申颖熟睡之时表达爱意，还是礼貌性回报以往对她的关心？"庄仁觉得雪霏霏温柔内敛不善言辞，以这种方式表达爱意不是没有可能，只是可能性不大。毕竟人家极可能有男朋友，最大可能还是因想男朋友无法入睡，与其黑暗中枯坐还不如换到硬座看书。

琢磨透这一问题，庄仁如释重负，又为申颖冒出的双人卧铺的想法感到好笑，更为她这一妙想感到可爱。对呀，火车干吗不为情侣或夫妻设置一定数量的双人铺呢，这是多么充满人性的创新啊。突然，申颖微微侧身，先前压着的胳膊顺势外伸，像是热恋中的女孩示意牵手。庄仁觉得申颖身体内蕴藏着如涌动岩浆般的强大热力，只要给她一点火星，说不定就会将她连同自己一块熊熊燃烧起来。

庄仁又想到了艾昕。今夜，她在哪儿呢？是不是早已安睡？或者如雪霏霏一般因为思念而难以入睡？

回忆快乐是对付火车上难以入眠的最好方法。静想往事，庄仁思绪如水。

初夏时节，艾昕的工作有了着落后，庄仁一身轻松地将她带回了家。

庄仁父母对于儿子突然带回一个天仙般的女孩儿，高兴得不知所措。邻里左右纷纷前来串门，艾昕一遍遍端茶问好。平静的村里因为艾昕的到来明显热闹起来，村民们茶余饭后更是多了聊说的内容。

吃过晚饭，母亲将庄仁拉到里屋，高兴地悄声问："要准备两个床铺吗？"

庄仁毫不犹豫地嚷道："当然两个了！"

母亲欢快地从柜子中翻出浆洗干净的铺盖，忙着整理床铺。

艾昕轻手轻脚地走近庄仁，一把挽住他的胳膊，问："什么两个？"

庄仁转身拥着艾昕，说："咱们家床铺数量有限，今晚咱们两个就凑合着睡一起。"

艾昕一听，连忙抽回胳膊，抱住庄仁："不行，现在还不行嘛。"

"我睡外面，你在里间，放心了吧？"

"这也不行！"

庄仁顺势搂住艾昕，一把将她抱起来。

艾昕"啊"一声，双手拍打着庄仁后背，扭摆着身子说，"放下放下！"

"你咬了我的钩，又叫我放下，世上有这么傻的渔夫吗？"庄仁用鼻子蹭着艾昕的脸，一只胳膊搂住她的脖子，另一只手潜入她的后背。艾昕来不及呻吟一声，就被庄仁吸吻住唇角。

庄仁觉得艾昕美就美在嘴角。那略带细细白绒又微微上翘的左右唇角，双唇稍稍后展便在脸颊牵引出两个酒窝。

庄仁亲吻着艾昕："你怎么会有酒窝呢，是专为我长的吧？"

"就是专门为你垒的窝，说怎么谢我！"

"我这就谢你！"

没了校园里多余的眼睛，庄仁的手毫无顾忌地在艾昕身上漫游，艾昕也不阻拦，只是用热唇迎堵。艾昕让庄仁的手在自己身体的旷野上自由奔跑，就像让儿子吸饱母乳的妈妈，放开双手让他在田野上撒欢。艾昕在庄仁的手心里起伏，就像被荷叶兜住的一滴雨露，不时随风摇滚。

当庄仁感到后背被艾昕抓握得一阵钻心疼痛时，感觉艾昕已如一片冰晶暖化在掌心，泛着柔柔的光。艾昕将头埋在庄仁肩上，双手从庄仁后背慢慢垂落至腰际，懒懒地将庄仁环抱。

庄仁拨开散在艾昕眼前的头发，在她耳边轻语："今夜多么美好啊，以后怕是没机会再重复了，错过了会不会遗憾终生啊？"

艾昕揪住庄仁的双耳，将脸埋在他胸前，满是撒娇语气："你又找理由！"

深夜，庄仁仍赖在艾昕床上不走。"不走也行，找理由没用，你得答应我！"艾昕侧身用一只胳膊支起下巴，直直盯着庄仁。

"答应什么？"

"你又装傻！"艾昕抱住庄仁，"被你钩住的鱼儿跑不掉，放心吧。"

"好吧，我忍，我等！"

"真乖！"艾昕给了庄仁一个吻，翻身滚进他的怀里。

夜色如墨，蛙声如潮。庄仁熄了灯，只觉得怀里的艾昕犹如一条静水中游动的鱼儿，轻轻握住，掌心里便满是光滑跳弹的感觉。庄仁觉得，远离了世俗目光，与相爱的人儿在一起，这样的夜晚是多么美妙。

在火车上回想那个并不遥远的夜晚，庄仁觉得今夜依旧美妙。

晨曦，庄仁早早醒来。列车仍在峰峦叠嶂之间穿行，窗外的地形地貌像是完全换了天地，陡峭的山脉如黑幕般接连扑面而来，视野狭窄处倒也绿树成荫稻麦茁壮，一派田园风光。

庄仁一转头，突然发现申颖正抱着被子目不转睛地盯着自己。

女生洗漱完毕，纷纷到硬座车厢叫醒相熟的男生，让他们去卧铺补觉。庄仁远远见雪霏霏趴在桌上，便在她外侧空位上轻轻坐下。显然，过往男生叫喊庄仁名字时将雪霏霏也喊醒了。雪霏霏舒展双腿，双手使劲高举，尽情享受着伸懒腰的滋味。

雪霏霏看着庄仁，笑着问："怎么不多睡一会儿？"

"睡得太香了，是不是在被窝里下迷魂药了，我躺下就睡了。"

"哪有迷魂药啊？"庄仁见雪霏霏说话时脸上舒展开容光焕发的神情。

"反正我是感觉到了迷魂药的厉害，睡着了一动不能动，想喊你都喊不出来。我这书好看吧？"庄仁说着，指了指雪霏霏手中的书。

"你喊我干吗呀？"雪霏霏瞪着庄仁，好奇地轻问。

"喊你送解药呀！"

雪霏霏合上书朝庄仁笑："你这人说话也不打底稿，前后还衔接得天衣无缝，你究竟看了多少书才修炼成这样啊？”

“你这话是表扬还是批评？”庄仁盯着雪霏霏双手，“如果是批评的话，我只能说落到今天这个地步，都是因为看坏书太多，你不用同情我，部队不收留我了嘛。”

雪霏霏双手抱书，笑着趴到桌上，一会儿才抬头：“我说不过你，以后你说我就听，顺便把你看过的坏书也借我看看，行吗？”

“借书没问题，以后我说你也别光听啊，不然都把你弄成哑巴了，多欺负人啊！”

雪霏霏笑着环顾前后，问庄仁：“见崇良了吗？赶紧叫他去躺会儿吧。”

“早去了，正和申颖聊着呢。”

雪霏霏转头看着庄仁：“所以你才跑到我这儿来，对吧？”雪霏霏欲说还休，盯了庄仁一阵挨近说，“申颖挺喜欢你的，我都看出来了，你不知道吗？”

“哈，真不知道！你是咋看出来的？”

雪霏霏瞥了眼庄仁，笑而不答。

欢快的音符在车厢里响起，列车开始广播。

“咱们上卧铺那边吧，你也洗洗。”庄仁从雪霏霏手中拿过书，“走，我替你拿着。”

雪霏霏抢过书：“你先走吧，我一会儿到。”

“想吃啥，各位？早餐我请客，一会儿去餐车如何？”待雪霏霏坐定，崇良问申颖，又朝雪霏霏一仰鼻，转而将目光落在庄仁身上。

“也包括我？”庄仁故作受宠若惊状，“我只是绿叶，她俩才是红花，你把红花养得更灿烂些吧。”

“我懒得跑，反正带的东西还没吃完，要去你们去。”申颖说着弯腰从铺位底下拉出了行李箱。

“明明大家都有粮，我看你就是虚情假意。”不等雪霏霏开口，庄仁便呛起了崇良。

“不对啊，”庄仁盯着申颖惊呼，“崇良是要请你，我们不吃就算了，你不去那就辜负人家一片苦心真情了呀，对吧？”庄仁用力拍一把崇良的大腿，拍得他直跳，手却一直用力按着，使他没法动弹。

“算了吧，又不是吃散伙饭，下次补上！”申颖打着哈哈，递给崇良一块饼干。

“行行行，下次补！”崇良接过饼干，张嘴一口吞下。

说笑间，列车到了终点站。车还未停稳，大伙便欢呼叫喊起来。庄仁想帮雪霏霏拎行李箱，没想到雪霏霏一口拒绝，坚决自己拎。崇良背着申颖的背包，左右手各拎一只行李箱。申颖两手空空，像一只兴奋快乐的小鸟。

“庄仁，过来！”

庄仁刚到站台，便听到一位高个子上尉大声招呼着自己。

“我是训练大队的史队长，我负责接你们，你立即把人召拢！”

“好的！”庄仁吹响口哨，迅速整好队伍。

“听口令！”史队长洪钟般的声音扑面而来，精瘦的躯体好似蕴藏着无尽能量，“面朝我，以我为中心，我喊向右看齐时站成四列。向右看齐！”

史队长将“右”字拖得稍长，嗓音越过“看”时紧接着以短促“齐”字收音，铜锣般的嗓音干净利索、抑扬顿挫。“在接下来的两个半小时行程里，我负责带车！”

队伍一阵骚动，有人开始嘀咕。庄仁朝队伍猛吼一声：“安静！”

史队长交代完注意事项，又命令大家：“排成一路，向站前广场行进，将行李集中放一辆卡车，然后分乘其他大客。”

庄仁瞅准时机，将李伟中途下车的事向史队长作了情景再现式的汇报。史队长听完，只是说声知道了便不再多说。

到出站口时，申颖拉住庄仁悄声叮嘱：“我坐到最前面那辆车上，顺便帮你占座。”

“嗯！”

放行李时，庄仁招呼着崇良和雪霏霏上了第一辆大客。

“这儿！庄仁！”庄仁一上车，申颖便兴奋地喊着朝他挥舞双手。

庄仁刚到座位边，便被申颖一把拽着坐下。

“干吗呢，这是抢座还是抢人啊！”庄仁压低嗓门数落。

申颖却满脸堆笑，噘着嘴昂首挺胸凑近庄仁。

雪霏霏跟在崇良身后上车时，庄仁立马起身招呼。

“不行，满了，换车！”崇良看着庄仁指了指后面一辆大客，转身跟雪霏霏下了车。

“傻小子，明明跟他说了上这辆，慢腾腾磨叽半天！”庄仁后悔没给崇良和雪霏霏抢到座位。

大客开动，庄仁闭上眼睛往后一靠，禁不住轻轻长叹，既为一路无缘与雪霏霏同行，又为不能与崇良一块同乐。

庄仁没心思欣赏车窗外的嘈杂风景，问申颖：“干吗不给他俩占座呢？”

申颖碰了下庄仁，赌气地说：“都两手空空拿什么占啊，你这座位还是我用屁股占着的呢。”

庄仁低头看着申颖，哼笑一声伸手指着座位：“今天我还得感谢这臀部啊，没想到和平年代它不仅悦目还能占座。”说着还用手指轻轻碰了下申颖。

对于庄仁不冷不热的嘲讽与并不算顺手牵羊的骚扰，申颖不愠不恼，趁势抓住他的手，皱着眉头咬牙切齿地紧握一下，算是对庄仁的报复与惩罚，然后不动声色地将庄仁的手放回到他腿上，最后还不忘用力按压一下。

申颖凑近庄仁：“站队时你那么一声大吼，我魂都被你吓飞了，太凶了，对你的认识算是又进了一步。”

庄仁白了一眼申颖，挤着嗓门细声细气低头朝她吼：“安静！”

“有你这么搞笑的吗？”申颖伸手拍了下庄仁，双手捋了捋头发，“今天我坐它八小时也不急了，看把我拉哪儿去。”

“怎么这么淡定了？”

“不告诉你！”申颖伸长脑袋，给庄仁露出一脸得意。

大客在窄窄的街道上行驶了十来分钟，便将这座不起眼的小城甩在车后，然后沿着山脚公路蜿蜒前行。路边峰峦叠嶂，群山相连，大客犹如一只爬行在大山脚背上的蚂蚁。颠簸中张望带来的眩晕实在令人难受，庄仁便闭目养神。静默中，又禁不住感慨。对于车窗外的风景，谁不是匆匆过客？这次集训的百多号人，也是一道风景吧，聚散之后有的人会相伴而行，有的注定只能想念，谁能说清后面还有多少聚散呢。

申颖推开车窗，一阵山风猛地窜入，将申颖的长发吹起又甩到庄仁脸上。庄仁只觉脸上像有虫子在四散惊爬，便碰了下申颖示意她关窗。

“哎你说，”申颖慢腾腾关了车窗，问庄仁，“咱们这批怎么分班啊？”

“怎么，担心跟我分不到一块啊？”庄仁一副漫不经心的样子。

“你正经答话，问你呢。”

“我判断，男女肯定分开，不然肯定会出问题。”

“出啥问题？”申颖碰了碰庄仁，“说呀！”

“出男女问题。”

“哼！”申颖白一眼庄仁，转头望向窗外。

大客过了一道窄窄石桥，便驶入陡坡急弯地段，一路尽见陡山深沟与纵横沟壑，热热闹闹说说笑笑的车内很快一片静寂。庄仁往窗外望去，只见漫山遍野长着苍绿的灌木，伴路而行的是窄而深的一沟清水，一块块巨石静躺在潺潺流水中。

一路默不作声的史队长这时开腔：“有人不舒服想吐，座位前面备有塑料袋。”

庄仁一听便苦笑。这用得着你说吗，不提醒也罢，一说不想吐的大约也控制不住了。果然，前面一位女生开始吐了。

申颖身子靠着座椅靠背，头却慢慢偏向庄仁。

“心里难受！”申颖脸色苍白，微睁双眼，一副有气无力的样子。

庄仁这才发现，申颖交叉于胸前的双手早已垂落至大腿上，虽然状如霜打般的茄子，却比平日里多了些温柔。

庄仁凑近申颖：“闭上眼别看窗外了，要看就看我好了。”叹口气又接着絮叨，“在家有妈无微不至养着多好，不远千里跑到这大山里，遭罪了吧，现在想回也没回头路了。”

申颖歪着脑袋轻轻撞了下庄仁，咯咯笑起来，一双眼睛忽又闪亮。申颖将头自然斜靠在两个座位间的凹处，半头秀发散落在庄仁一边。

申颖用胳膊碰了下庄仁，闭着眼说：“你这语气可像我妈了。”

“哟，都怪我不好，害你想妈了，但这语气一时半会儿也改不了啊。”

“改不了就别改嘛！”

“不改又天天见，我都担心你会把我当成妈啊。”

“去，”申颖使劲坐起，醉眼迷离般盯着庄仁，又摇头苦笑，“你一个大男人怎么有这么一张婆婆嘴啊？”

庄仁凑近申颖耳朵，说：“我这么一唠就遭你嫌弃了吧，看来得重新做人啊。”

申颖立马侧身盯着庄仁：“谁嫌弃你了？”

“我就说你没这个胆嘛！”

申颖用腿别了下庄仁，又心满意足地转身入座。

“看，雪山，好大的雪！”突然，一位女生指着窗外惊喊。

申颖一蹦，伸长脖子张望。庄仁看着天空白花花的太阳，远眺着苍翠山顶上耸立着的那片白色山峰，大喊：“不可能！”

申颖盯着庄仁问：“有啥不可能？你是瞎眼神仙啊，那不是雪吗？”

庄仁懒得说话，“哎哟”一声说好冷啊，缩着脖子紧抱双手，装作直打哆嗦的样子，身体直往申颖身上凑。申颖嘴上骂着讨厌，却并不拒绝庄仁的肌肤相亲。

“你真以为那是雪啊！”庄仁眯着眼问申颖，“瞧你这花岗岩脑袋，那山顶一片岩体，经长期风化，反着太阳光，远看就像积雪。你动动脑子想想，几百米高的山上大夏天积雪不化，可能吗？要不，就是仙女窦娥住那儿。”

“什么仙女窦娥?”申颖问。

庄仁笑笑:“窦娥被冤成仙了，雪都还没化呢!”庄仁心里轻叹着，要是坐在申颖位子上的是艾昕多好，艾昕肯定不会像申颖这般发问。

“马上进城，快到了啊!”史队长一句话顿时让车里空气都兴奋起来。

大客鸣一声喇叭，庄仁注意到站在院门口小木屋里的一名哨兵一手持枪一手敬礼，横拉在大门顶上一条长长的红色标语像火苗一般从车顶掠过。

“还真到了!”申颖兴奋地一甩头，双手禁不住在庄仁身上拍打着。路旁一排排高耸的白杨树，院子西侧红瓦灰砖结构的四层营房南北朝向一字排开，东侧貌似新建的平房里轰轰响着，院子里洋溢着庄仁熟悉的大锅饭菜的油烟味。

大客在南端营房旁的篮球架前停下。从营房楼顶垂至地面的几条红色条幅煞是引人注目。

“有志青年从军建功，热血男儿矢志报国”“博士硕士学士先当好战士，连长排长班长先当好兄长”。庄仁嘴里念着，笑着说:“对得还挺工整!”

庄仁见崇良和雪霏霏一脸慵倦，便指着崇良开玩笑:“还活着呢。这儿可比军部机关大院有意思，像不像黄埔军校?”又指了指自己，“像不像投奔延安的爱国青年?”

崇良嘿笑两声应道:“别想着私奔啊，这山里你跑不了，要跑也是死路一条。”

“你想啥啊，来了就好好过日子!”

庄仁几个正乐呵时，又有几辆大客驶进院子。一群男女下了车，又开始围着行李车大呼小叫。

突然，一声哨响，史队长开始招呼集合站队:“带好自己的行李，面朝我，女生站一路，男生站三路，动作迅速!”

队伍刚一成形，不远处一名战士大喊一声“跑步走”，十多名男女兵步伐整齐地跑起步来，在史队长一侧立定。带队男兵向史队长敬了个礼:“队长同志，骨干班前来领取学员，请指示!”

史队长抬臂回礼:“按计划进行!”

庄仁听着想笑，心里嘀咕起来:“怎么说领取呢，咱们这些人都成啥东西了?”

不用挑选，不用询问，男女兵各拿出一张字条，念着名字点好人头，然后领人进楼。庄仁见一名胖胖的留着清汤挂面短发的女兵领走了申颖，雪霏霏则跟在一位满脸青春痘的女兵身后。

第四章　天边眼前，情断情迷真情在

一场离散聚合，让人毫无心理准备就结束了。庄仁只觉得刚下车的一批批男女，就像免费派送的青菜萝卜，被人拎着就走了。目送雪霏霏和申颖进楼时，庄仁见申颖扭头回望了一眼。

一对男女学员在大庭广众之下拥抱告别，女生竟然泪花点点。庄仁冷眼看着显然爱得如胶似漆的这对恋人："至于吗这么生离死别？又不要上前线。就算谈了十年八年，集训分开一百天就受不了了？就算分到不同区队也还抬头低头可见嘛，两人还想住一宿舍不成？"庄仁斜眼指着这对男女，凑近崇良嘀咕，"记住兄弟的话啊，以后千万别找这种女人，一看就是生活不能自理，如果不是病残，要么太蠢，要么太宠。"

崇良朝庄仁做了个皱眉闭眼表情，转头又望着正忙于领取学员的男女班长。一名矮个憨厚的男兵走到庄仁跟前，又朝另外几人指点几下："跟我走。"

跟着矮个憨厚男兵走进楼门口时，庄仁碰了下崇良，给他一个得意笑脸，崇良转头会心一笑。在庄仁看来，走进这栋楼，就意味着跟申颖和雪霏霏分在了同一区队。被矮个憨厚男兵领走，也意味着跟崇良同班。

一些早已混熟的男女因重新编排班队被拆散而一时陷入悲愁。庄仁毫无这种情绪，甚至为人员的重新排列组合感到新鲜，人一辈子哪有永远的别离与相聚呢，人总是在如蚂蚁赶路中遇见最合意的朋友或是最心仪的伙伴。庄仁对于跟雪霏霏同在一个区队，还是颇感欣慰，正如报到时偶聚到一块，这是冥冥中看不见的一种力量使然，比如命运之手。要不，为何偏偏遇到她而不是别人呢？

进了楼道，庄仁见胖胖的女兵带着申颖上了三楼。矮个憨厚男兵领着庄仁、崇良和从军部一块过来的武忠与胡强等八人到了二楼一间宿舍。

"我叫薄强，集训期间担任你们班长，平常叫我薄班长好了。"矮个憨厚兵一进屋，便命令庄仁八人挤挤地站成两列，当场分配了宿舍和床铺。

"三楼是咱们二队三区队女学员，未经许可不准上去啊！"薄强舔了舔嘴唇，"放下行李，换上军装，跟我立即下楼。对了，现在没军衔，过些时间会授的，别着急啊，反正都是军官。另外，再宣布一条纪律，以后各宿舍不准串门瞎聊，没事老老实实在宿舍待着，不准坐床，要坐就坐小板凳。明白吗？”

庄仁迎着薄强的眼光“嗯”一声点了点头。

“不行！”薄强又补充，“以后问你们明白没有，别对我点头摇头，要大声说明白，记住啊！”

“明白！”庄仁几个异口同声地应着。

趁着薄强领着另外四人去隔壁宿舍的空当儿，庄仁摸着床上一应俱全的被子被套与枕头，兴奋地拍着崇良肩头：“还是社会主义好、人民军队好啊！来时走得急，我那裤头忘收了，是不是也发两件换洗啊？”

崇良将行李箱往床下一塞，盯着庄仁说：“你记着以后不准串门瞎聊的规定就行了，出了事可不是闹着玩的。”

“你管住你自个儿，别瞎操我的心。”

庄仁堵了崇良的嘴，武忠又嘀咕起来：“这日子咋过呀，管得跟太平天国似的。”

庄仁一乐，指着武忠笑骂：“你小子懂得还挺多啊，看来要求也不少不低，小心啊，出了事可不是闹着玩的！”

“走了走了，薄班长在叫咱呢！”胡强喊一声，催着大家赶紧出门。

庄仁几个回到刚才集合站队的地方时，见十几位男女理发师一字排开，忙得旁若无人。雪霏霏与申颖正端坐在镜子前，一块白布将脖子以下严严实实罩住。

“这只怕把全县的理发师都征用过来了吧？”庄仁一见这阵势惊得直嚷。

申颖一动不动，朝庄仁翻白眼，随之莞尔一笑。几名女生急得站起来，双手在白布底下无助地挠着。理发的小伙与姑娘微笑着将他们一一按住，全然不顾男女生尽量留长些的央求，舞着梳子剪刀几分钟便解了白布叫下一个。

雪霏霏一脸平静地看着镜子，似乎享受着一剪一把长发掉落的感觉。申颖随着剪子的一张一合不停地小声尖叫。

“干吗剪这么短啊？”庄仁问薄强，却发现薄强笑眯眯的眼神在申颖和雪霏霏身上来回转悠。庄仁忍不住碰了下：“班长，打搅问一下……”

“你说为啥要剪这么短？你说！上前线还要剃光头呢。”薄强从申颖身上收了眼光，转头盯着庄仁，“你哪这么多话啊，叫你剪你就上，赶紧！”

庄仁感受到薄强刀一般的目光，二话不说在申颖刚才坐过的凳上一屁股坐下。

申颖冲庄仁做了个鬼脸，一脸痛苦表情。

“看着挺可爱的，好纯，真的！”庄仁窃笑着夸申颖。

申颖轻轻朝庄仁呸一声，跟着雪霏霏一块进了楼。理发的姑娘正剪得起劲，庄仁突然从白布里伸出手抓了一把后脑勺，嚷道：“太短啦，都剪成劳改犯了！”

“庄仁你又瞎说啥，这板寸多阳刚啊，劳改犯都光着呢。”庄仁被薄强又一顿呛，便闭眼又闭嘴，任凭理发姑娘摆弄。

楼上“咣当”一声响，接着便是女生清脆撩人的一阵欢笑。庄仁和崇良抬头侧望，见申颖与雪霏霏等几个女生打开了三楼的一扇窗，挤在窗前朝底下指点着。

崇良剪完头发凑到镜子前照了照，一言不发上了楼。庄仁对着镜子低头摸了摸脑门上的碎发，朝薄强一笑，说：“感觉精神多了。”

“是不错。赶紧冲一下，完了立马上楼！”

“明白！”庄仁进楼时抬眼朝上一望，申颖站着的那个窗口又传来一阵欢笑。

吃过午饭，庄仁急急赶到服务社时，正好碰上雪霏霏与申颖。庄仁眼前一亮，都有些认不出了。申颖和雪霏霏已换上军装，齐耳短发像风中垂柳随着身体不停摇摆，丰满胸脯被衬衣罩着，给人以完全不服管束的傲然神气，还恰到好处地突出了胸脯的挺拔轮廓，一双黑色布鞋不动声色地增高了身高，身上少了都市女孩的风情，却多了干练灵秀的气息。

“哈，好可爱的脑袋！”见到庄仁，申颖顿时眉开眼笑，伸出胳膊装作要摸庄仁的脑袋。

“请注意你的身份好吗？都啥人了知道不？”庄仁两眼放光，看着申颖和雪霏霏直笑，“都说女大十八变，我看你们一穿军装十八变！”

雪霏霏用手压了压胸脯，说：“这衬衣再大点就好了，你是买信纸信封吧？赶紧买吧。地址和邮政编码这儿有，抄了赶紧回。”

申颖唉一声，说：“你们一来就写信打长途，好幸福。”

庄仁哈哈一笑：“你才出门不会连爹妈都不要了吧？”

“哼，”申颖扬起拎着的一袋零食，“谁不要爹妈，我是没男朋友啊！”

庄仁听得出申颖话里有话：“这好啊，不一身轻嘛。”

雪霏霏催着申颖：“咱赶紧回吧，区队长一会儿要休息了。”

“等等我！”庄仁买了信封信纸，急急追了出去。

“以后可别随便欺负人啊，霏霏可是咱们肖区队长的勤务兵了。”

从申颖的快言快语中，庄仁得知雪霏霏与肖区队长两人同住一个宿舍，肖区队长家就在院内，时不时可以回家。

“你们肖区队长叫肖啥来着？”庄仁问。

申颖抢着答：“肖曦，晨曦的曦。”

庄仁忍不住大笑：“肖曦还行，千万别叫肖炎。”

“为啥不能叫？她弟弟就叫肖岩，岩石的岩。”雪霏霏急急走着，轻声应着庄仁。

“她爸还是她大爷，这也太幽默了吧？”庄仁嬉笑。

雪霏霏突然瞪着庄仁，指着另一条小道说：“你从这边回吧，别再跟着我们了。别问为什么，这是命令！”

庄仁赶紧停住，来不及张口便见申颖和雪霏霏一路笑着疾步进了二队学员楼。顿了一会儿，庄仁还是绕回了宿舍。

是该给艾昕写封信了。庄仁见崇良几个都已睡下，便轻轻端出宿舍唯一的一把椅子，坐在唯一的一张桌子前提笔写了起来。从军部大院招待所的日子到千里迢迢奔赴西北秦岭山脉，从校园里的点点滴滴记忆到白天黑夜的所思所想，庄仁将见闻与感慨、思念与渴望，一一流诸笔端，在纸笔之间向远方的艾昕倾诉。

当崇良几个随着楼道里一声哨响惊醒时，庄仁已写完整整五页，正给信封口涂着胶水。崇良美美地打了个哈欠，双手在脸上使劲搓了几下，面无表情地看着庄仁说：“是该向她倾诉衷肠了，不然肠子会打结的。”

庄仁会心一笑，瞅一眼崇良，又仔细抹了抹信封口，长吁一口气：“梦回高老庄见到小高高翠兰了吧，瞧你睡相都一副八戒进洞房的样儿！”

崇良“哈”一声：“纸短情长，诉不完相思苦，心慌压抑啊。”

武忠一脸迷糊地问胡强：“下午是自由活动吗？该办的事赶紧办吧，以后的日子我看都是火烧眉毛鬼打屁股，唉！”

“要烧一起烧，要打一块打，又不烧你打你一个人，看你丧魂落魄样，出息点行不？”胡强像端着机关枪似的对武忠一顿扫射。

“行了，你们各办各的事吧，我去服务社把信发了，谁要带东西？快说！”庄仁揉搓着膝盖，起身要走，“我告诉你们，经侦察得知，那收信箱挂在服务社，信统一盖了免费邮戳再送往城里。”

“你小子肯定瞒着我们跟申颖她们跑了一趟。”崇良盯着庄仁。

“我看你想申颖都想疯了！”庄仁呵呵笑着调侃崇良，“真想的话，给点辛苦费我帮你搞定。”

把信塞进邮箱的那一刻，庄仁突然感到远处高高的群山变得温柔起来，以往躁动不已的内心，居然顷刻之间静如止水。有朝一日，艾昕在家里收到盖着红色三角形义务兵免费邮戳的信，该是怎样的反应呢？庄仁回味着午间写下的满纸情话，算计着艾昕回信寄信及自己收信的时间，感觉世界一下子变得简单透亮起来。真是奇怪啊，心中一有盼望，就觉得日子有了过头。

晚饭开饭哨声一响，庄仁与崇良几个便飞奔下楼。列队，练齐步、正步，唱革命歌曲，这几样动作是饭前的必修课，如果时间尚余，还得练半面向左向右转什么的。食堂排烟道吹出的油烟与大锅灶烟囱喷出的煤气混合成一股呛人心肺的气味，对庄仁来说，这种混合气味倒适合激发肠胃的兴奋。

庄仁抓着陶瓷碗抢先排在队伍前列，崇良和武忠几个紧随其后。那一掰开便散发出一股酸碱味的又硬又实的馒头，从一见面就遭到了庄仁几个的强烈嫌弃。庄仁与胡强几个为抢到满满一碗米饭而欢欣鼓舞，几人围坐一桌吃得津津有味。

“咣!”

突然一声响，惊得庄仁差点掀翻陶瓷碗。

大伙齐刷刷朝饭锅望去。这不咱二队教导员吗？庄仁瞪大双眼朝崇良示意。崇良赶紧埋下头，一动不动。庄仁远远看见最里面一桌上申颖圆睁的双眼，像是一对大大的黑葡萄。

教导员一手抓着饭勺使劲敲打着空空的饭锅，一手在空中挥舞，以最大嗓门吼道：“自私！太自私了！这是当代大学生军官应有的素质吗？不客气地说，这样的行为很无耻!”

庄仁和崇良几个惊得面面相觑，一致停止了咀嚼动作。

五个学员抓着空空的陶瓷碗排队站在饭锅旁呆望着，个个满脸尴尬。

“都革命战友啊同志们，应该相互照顾爱护嘛！知不知道上甘岭一个苹果的故事？啊?!”教导员训话完毕，气呼呼地命令炊事班又抬出一锅米饭。

庄仁与崇良几个埋头互相滴溜着双眼，大气不敢出。见教导员转身离去，几个人一阵风卷残云，收拾碗筷与桌子后出饭堂成一路纵队回了宿舍。

“舒服!”庄仁一屁股坐到床上，骤然又像是扎到针尖一般蹦跳起来，转身一边念叨着对不起我不是故意的，一边仔细抚摸着床单，旋即双脚一踮坐到桌上，摸着肚皮一副惬意神态。

崇良学着教导员的语气，左手使劲拍打着大腿，右手伸出的指头几乎触到庄仁鼻尖：“自私！太自私了！这是当代大学生军官应有的素质吗？不客气地说，这样的行为很无耻！你，就很无耻!”

庄仁“哈”一声抬腿就朝崇良扫过去，喝道：“去你大爷的，失节事小，饿死事大啊！”

吃过早餐，晴朗的天空突然下起小雨。大队临时调整训练计划，将室外训练改成到军官训练中心上军事理论课。队伍整齐入座，丝毫不乱。雪霏霏在前面一排最左侧坐下，申颖另起一行，坐在雪霏霏后面。庄仁随后补入，在申颖右侧坐下。

理论课教官虎视眈眈地望着台下，以最大嗓门宣布课堂纪律：“不准交头接耳，不准写信，一经发现严肃处理！”

庄仁见雪霏霏慢慢将桌面上一本信纸从教材底下抽出，悄悄放入桌屉。

教官刚开讲，一声炸雷在窗外爆响，惊得女生一片尖叫，女生的尖叫又引得男生一阵开心的哄笑。教官当即板着脸训话：“我提醒大家，有第一声雷，肯定有第二声，我不希望听到女学员再次惊叫，也希望男学员多些同情心！”

申颖借着大家哄笑的时机，悄悄将胳膊滑向庄仁那边。庄仁双手抱胸，出神地盯着申颖。上大学时，庄仁喜欢夏夜里挨着艾昕在图书馆或教室静读。那时，彼此胳膊相接触时传递的滑溜清凉感觉，有一种说不出的特别味道。今天大家都统一着迷彩服，申颖连手背都被衣袖藏住，庄仁见不到她胳膊上的肌肤，也没心思挨着她体验那种肌肤相亲的感觉。

“你咋不笑？”申颖盯着庄仁悄声问。

“我是同情并尊重你才不笑啊！”

“哼！”申颖抿住笑，“谁信呀！”

惊雷之后，大雨倾盆而下。天地顿时一片混沌，投影仪照着的幕布越发显得亮白。风雨声一阵紧过一阵，完全盖过了教官的声音。教官无奈地看着台下，欲言又止。突然，一道闪电将室内外照得雪亮。随着女生一阵撕心裂肺的尖叫，震耳欲聋的雷声轰隆隆掠过地面，投影仪和教官桌上的台灯同时熄灭。教官走到座位中间，大声喊着：“暂时停电，不要惊慌！”

庄仁凑近申颖说：“应该是电闸跳了，看把你吓的！”

“怎么这北方也有这么大的雨啊？”

“怎么不能有？是不是你来了就不能有？你以为你不会游泳就可以求得老天爷特殊照顾？我看你这回在劫难逃！”

申颖一把抓起桌上教材朝庄仁砸去。庄仁慌忙抬手阻挡，又想抓住教材，没想一手抓到申颖的大腿上。趁着庄仁低头捡教材脑袋几乎贴着大腿时，申颖就势在他脑袋上咚咚敲了两下。庄仁摸着脑袋，一把将教材扔到申颖桌上。

雪霏霏扭过头盯着庄仁：“怎么回事你，别老欺负人嘛。”

“我欺负她？我都被打残了！”

申颖得意地哼一声：“这叫迎头痛击。”

庄仁悄声在申颖耳边解释：“刚才碰你腿，我不是故意的。”

申颖盯着教材，一副大义凛然的样子：“你说不是就不是？先打五十大板，错了再平反！”

庄仁乐得直笑，突然感觉申颖幽默得可爱：“如此断案，把问题弄复杂了你知道吗？”

申颖双手托着下巴，一言不发地瞪着雪霏霏后背。

雨越下越大。庄仁见雪霏霏正全神贯注地写信，申颖以臂为枕，埋头养神。电一直没来，暴雨接连下到午饭开饭时间势头才稍稍减弱。教官吹响口哨，命令各队带回。饭堂与训练中心三百多米的距离，早已变得遥不可及。有的带队班长也不整队，一声“跑”便将大家赶进雨中。

“这么大雨，炊事班将饭菜扛到这儿多好啊！”

雪霏霏无助地望着窗外，对于庄仁的玩笑毫无兴致。

崇良收拾好书包过来与庄仁打着哈哈：“你们还等啥呀，饿死事大。”

申颖从桌屉里摸出一把伞：“我送你们去饭堂吧。”

崇良笑伞太小：“要等你们等，我走啦。”说着嗷叫一声扎进雨中。

雪霏霏不愿走，说：“再等等。”

“走不走？”申颖问庄仁。

“你这人还挺有先见之明啊，居然带伞了！走，这个人情就让我欠你一辈子，行吧！”

“我看你欠几天就忘了！”

“我是这样的人吗？”

“那走吧！”

庄仁向申颖使了下眼色：“听口令，跑步走！”申颖咯咯笑起来，右手撑伞左手紧抓着庄仁的迷彩服冲进雨里。

“我来！”庄仁一把从申颖手里抢过雨伞，伸出左臂揽住她的肩头嚷，“你往里点，左边都湿了，别送我一程，害你大病一场。”

“我没这么脆弱好吧？”

傍晚，营区终于来电。

“今儿上午那个炸雷太厉害了，把大队变压器给劈得稀巴烂了！”薄班长不知从哪儿得到的消息，在班里眉飞色舞地介绍。庄仁望着窗外黑沉沉的天空，感觉这雨下得太邪门。

如注暴雨终于变成细细雨丝。集合站队时，庄仁发现半天未见的雪霏霏双颊绯红、神采飞扬，申颖也一路蹦蹦跳跳，像一只快乐的小鸟。

吃过饭，各路人马又被带到训练场。庄仁对暴雨洗礼过后的训练场竟然有了一些陌生感。终于晴空万里，早上的阳光给人以明显灼烧感。正当庄仁诅咒着太阳的毒辣时，操场几个方向突然同时响起尖锐的长哨。各学员队领导一路跑进操场，大喊“集合”。

刚才一脸轻松的男女学员个个感受到了异样的紧张气氛。二队三个区队迅速被教导员调整成面对面两列。教导员神情严峻，大嗓门一吼：“左右两列都有，听口令！是共产党员的向前一步走！”

整齐的队伍仿佛突遭强力撕扯。庄仁见雪霏霏闻令出列，申颖仍站在原地未动。

“两列党员听口令，会游泳的向前一步走！”

庄仁见雪霏霏又果断迈步，不禁有些目瞪口呆。

“同志们，大队党委刚接到驻地县委紧急求援电话……”教导员开始进行抗洪动员。原来，昨日暴雨致驻地数个乡镇灾情严重。“会游泳的共产党员到饭堂前登车。全体都有，跑步走！”教导员一声令下，队伍脚步铿锵，刚才热热闹闹的训练场眨眼间空无一人，仅留一团黑尘弥漫在铺着煤渣的环形跑道之上。

庄仁见雪霏霏跑在队伍左前侧，一头短发被迷彩帽盖住。申颖几乎与雪霏霏并列，完全看不清脸面。

一声令下，熟悉不熟悉的伙伴被分成两拨。庄仁想着生命还未体验真正意义上的男欢女爱，一腔壮志丝毫未酬便踏上生死未卜的征程，心里突然涌起一股悲壮。

快到篮球场时，庄仁追上雪霏霏，一把将她拉住：“你干吗去呀！”

“我为啥不能去？”

庄仁将雪霏霏拉到人群外侧，盯着她厉声说：“你这是瞎胡闹知道吗？你以为是去野炊吗？”

“你能去我就能去！”

庄仁一脸无奈，“我是真会游泳啊，你是不会游，懂吗？”

“哎呀求你别婆婆妈妈了，你放心我会没事的！”

教导员朝庄仁吼起来：“干啥呢庄仁？登车！”

雪霏霏伸长双臂，像一只小猫似的被拉上覆盖着军绿帆布顶篷的卡车，庄仁伸出右手托着雪霏霏的脚用力朝上送一把。

申颖找到崇良，给他手里塞一小袋零食，又朝雪霏霏抛去一袋。

庄仁正准备登车时，申颖气喘吁吁地在他身后拉一把，从口袋里掏出几小袋零食，使劲往口袋里塞，说："饿了吃，注意安全，等你们回来啊！"

庄仁咧嘴笑："那我要回不来呢？"

申颖突然怔住，又从口袋里掏出一包零食，塞进庄仁迷彩裤袋时用力在他腿上悄悄揪了一把，疼得庄仁紧皱眉头。

六辆卡车同时启动，急速驶出营区。那些经过两轮挑选后留下的学员，此时已列队两旁，夹道目送着抗洪抢险队伍。庄仁看见申颖在队伍里朝卡车使劲挥舞着双手。刚才，庄仁真切地感受到了申颖手上那让人生疼的力度，也明白那力度里包含的情意。

卡车一路疾驰，驶出县城。

待申颖送别时的直直眼神在眼前消散，庄仁才摇晃着走近雪霏霏，挨她耳边说："我记得来时你在火车上明确说不会游泳，怎么欺骗组织呢？想立功想疯了吗？"

雪霏霏一副大义凛然，不动声色应着："你不也想疯了吗？"

"我疯啥啊？我是真会！"

庄仁突然觉得雪霏霏有些偏执，而且还有些城府。庄仁盯着雪霏霏的脸说："以前我多次在水里大难不死，这次如果为国捐躯没关系，家里还有弟妹呢。"庄仁说完，顿感脚趾一阵钻心的疼痛。

"你说一声乌鸦嘴，我就松开！"雪霏霏双手抓住庄仁胸前的衣服，凑在他耳边说。

庄仁咬紧牙关挤出一句"乌嘴鸦"，雪霏霏便抿嘴一笑。庄仁盯着雪霏霏，对她刚才不分轻重踩住自己脚指头感到有些难受，也有些尴尬。

卡车在一个交叉路口停下。五名驻地领导干部模样的人走过来，与大队带车领导热情地打招呼。整好队伍后，大家分头从一辆地方卡车上领取手套和铁锹等工具。

大队领导开始简单动员："同志们，这个美丽村庄已被洪水夷为平地。我们来主要是做一些抢救补救工作。不负乡亲养育恩，让我们以实际行动展示人民解放军的风采，展示共产党员的风貌！"

一片茂密树林里依稀残留着村落的痕迹。昨天的突发山洪荡平了村庄，一条东西向原本六七米长的道路，成了潺潺流水的河道。

说是抗洪抢险，其实根本用不着抗，也不用抢，准确地说只是打扫山洪横扫过后的现场。庄仁心中的悲壮感突然消去。一场男多女少的抗洪抢险，男生因女生的鼓励而越发奋勇当先，女生因男生的照顾而愈加无所畏惧。

让庄仁惊奇的是，这里的河水竟然如此透心凉。雪霏霏将裤腿卷到膝盖，跟着几名男生一起慢慢走到小河深处探寻。远远见河水浸到雪霏霏大腿根部，庄仁突然感到裆部一阵凉意。原以为匆匆奔赴受灾一线会经历惊心动魄的生死营救，现在看来只不过是对水毁道路的小修小补而已，要大修的话没机械设备根本无能为力。

大家不停地往一段被洪水掏空的断头路深坑里扔石头，不断砸起冲天水花，不仅营造了热火朝天的抢险氛围，也吸引着女生的兴奋加入。

庄仁见雪霏霏在断头路边搬起石块，便开玩笑说："你干脆把自个儿也扔出去得了，给兄弟们一个英雄救美的机会。"

雪霏霏朝庄仁呸一声："什么英雄救美，是你想得美！"引得大家一阵哄笑。

午饭是早已备好的面包牛奶火腿肠之类的东西，一人装一袋。庄仁坐在树荫下，远远看着雪霏霏细嚼慢咽。雪霏霏拎着塑料袋走到庄仁跟前，在一块石头上坐下，小声问道："共进午餐，不介意吧？"

庄仁说："都坐下了，我还能赶你走啊。"

"真要介意那我就走呗！"雪霏霏说着缩起双脚。

庄仁伸手按住她的肩头："既来之则共进之嘛。"

"今天的事替我保密，行吗？我是不会游泳。"雪霏霏盯着庄仁。

"行！别解释了。"

"为什么？"

"有些事不能说太细。"

雪霏霏一笑："好吧。"

暮色尚未降临，抢险队伍开始归队。崇良在卡车角落一屁股坐下，拉下迷彩帽檐遮住整张脸。

"怎么了？"庄仁走过去拍了拍崇良。

"别烦我，累！"

卡车几经颠簸摇晃，先前兴奋不已的男女这时一个个变得疲惫不堪。

雪霏霏靠着车厢一侧站立。庄仁挪过去，靠着雪霏霏站定，问："有什么感受？"

雪霏霏一笑，说："有些感受不能说出来。"

庄仁不依不饶，盯着雪霏霏问："比如？"

雪霏霏低下头，轻声说："别比如了，有些事不能细说。"

庄仁点点头，不再问话。

车队驶进营区时，卡车里又兴奋起来。卡车挡板“咣”一声放下，前来接应的留守学员拉着从车上跳下的男女问长问短。

庄仁见申颖在人群中跳跃搜寻时，内心压根就没有胜利归来的感觉。庄仁跳下车，申颖一把抓住他的手臂激动不已：“终于回来了！”

庄仁发现申颖的脸呈现出前所未见的红润，逗笑道：“怎么，你还以为我为国捐躯了啊？”

申颖狠狠在庄仁手臂上抽了一下。“叫你乱说！”一边嗔骂庄仁，一边跟雪霏霏和崇良打招呼，“那边保温桶里有姜汤，先喝点吧别感冒了。”

教导员吹响口哨，命令大家换下湿衣服后赶紧吃饭。

申颖指着庄仁几个带着命令口吻说：“你们换下衣服放到盆里，带到二楼楼梯口，我来洗，你们快去吃。”又看着庄仁补充说，“给抗洪学员洗衣服是教导员的命令。违令者不得吃米饭！”

申颖这一句，让庄仁顿觉胃口大开。

庄仁吃完饭上楼时，碰巧在二楼楼梯口遇见端着脸盆的申颖。申颖递过脸盆说：“洗好了，拿去晾吧。”

“我感觉这楼梯口不应是你我之间的偶遇，我看是你精心策划的喜相逢吧。”

申颖的脸愈加红润，问：“还有一件呢，赶紧拿来替你洗了。”

“哪一件？”

“又装傻是吧？”

庄仁有些难为情：“那件你就别洗了，咱们那有风俗，洗了得做人家老婆。”

申颖笑：“都啥年代了还有这封建陋习呀。”

“敢不敢洗？”庄仁问，见申颖一排整齐的白牙咬住下唇，充满决断语气的“拿来”一词毫不犹豫地冲出唇齿之间。

“哈，真是个笨蛋，怎么这么好骗啊。我看你是盼着这年头有这封建陋习吧？”

申颖笑着向庄仁抬起胳膊：“我抽你！”

庄仁不想让一个从未有过肌肤之亲的女人给自己洗内裤，那被她搓揉过的内裤穿到身上，会是怎样的别扭啊。申颖不再坚持，递给庄仁一袋青豆，说：“你怎么没吃啊，装兜里又带回来了，你真是。”

庄仁一乐：“舍不得吃，训练休息时偷偷补充能量吧。”

“你小心被抓！”

回到宿舍，庄仁发现雪白床单上躺着一封赫然写着自己名字的信。庄仁感到心脏骤然狂跳起来。没错，是艾昕写来的。

庄仁抓起信兴冲冲往卫生间奔去，裤子未解便蹲了下来。

“庄仁，我从来就没有怀疑过你的才华，用不了多久，你一定会脱颖而出直上云霄的，没有人和困难能阻挡住你。可恨万水千山阻隔，我们还是做一般朋友吧。谢谢你曾经带给我的快乐，永远珍藏你的爱。保重！”

庄仁没料到，苦苦盼来的竟是艾昕的分手信。庄仁又默看一遍，然后将信细细撕成碎片，一把丢进下水道，然后果断拉下连着水箱的细绳。水流呼啸着冲出，庄仁觉得一段刻骨铭心的恋情就这样被冲得无影无踪。

容不得庄仁再作伤感，一声急促哨声又响起，紧接着“楼下集合”的吼声传遍楼道上下。庄仁洗一把脸，边飞奔下楼边用袖子擦拭。

集合完队伍又上到三楼大教室集体观看中央电视台播出的抗洪晚会。

“哎，今天危险吗？”申颖悄悄转头问身后的庄仁。

“都死过一回了！”

申颖朝庄仁竖起大拇指抖了抖。

“注意观看纪律，不准交头接耳！”值班员是一区队区队长。

这一声吼，庄仁明显感到是冲自己来的，赶忙正襟危坐目不斜视。

电视里，庄仁叫不出名的一位女歌手唱得婉转悠扬。歌声在耳边回荡，庄仁脑海里却满是艾昕的影子。“此一去，我不知道你何时能回到我身旁。前不久，我们这儿发大洪水，看着爸妈和妹妹受惊吃苦，我就想，要是你在我身边该多好啊！”艾昕写在信里的话，庄仁感觉好似在耳边回响。庄仁感受得到，艾昕写下这些话时她的心该是多么疼痛，她的内心经历了怎样的挣扎才能写出那些话呢。想着，庄仁两行热泪禁不住夺眶而出。

晚会结束队伍下楼时，申颖在楼道一角悄悄拉住庄仁：“真行，看场晚会你都感动得稀里哗啦！”

庄仁咧嘴一笑，说：“农民嘛，易动真情。”

第二日早餐后出了饭堂，庄仁便一路跑步直奔卫生间，蹲进了昨天冲走艾昕来信的那个坑位。上大学时庄仁一直认为进卫生间带本书蹲半天是件惬意的事，阅读与排泄互不干扰还雅俗共享。可参训后，蹲厕所的悠闲自在突变成了如开关水龙头一般的快节奏。庄仁一蹲下来，艾昕写在信里的那些话，好似又在耳边念叨。

楼道里突然响起尖锐的哨声，紧接着厉声大喊：“带小凳楼下集合！”

“天哪！”庄仁使劲揉了揉腹部，擦一把匆忙起身，边提裤子边扣裤扣，一路跑进宿舍，抓起小板凳又一溜烟下楼。

教导员因过度肥胖而发泡的双眼一直瞪着楼门口。

“站住！”教导员厉声喝住一溜烟跑出的庄仁，“干什么去了？没听到哨声吗？”

庄仁气喘吁吁，小声说：“对不起，刚才肚子不舒服。”

跑在庄仁后面的三个学员乖乖地站在他后面，大气不敢出。

“入列！”教导员瞪着庄仁几个进了队伍，又大喝一声，“记住，下不为例！”

三个区队集合完毕，值班员便分别向史队长报告。史队长双眼天然地眯成缝，仿佛始终处于射击瞄准状态。庄仁觉得史队长身材精干得恰到好处，很有黄埔军校时期周恩来的气质，外形也与周恩来颇有几分神似。据薄班长介绍，史队长是陆军学院毕业的高才生。

“一会儿开训动员，现在前后左右间隔三十厘米散开，练习放小凳。”史队长开口了，嗓音却温柔得让庄仁有些意外。

庄仁脑海里便闪现出军部大院看露天电影时那些战士放小凳的情景。

“听口令！”

史队长这一声命令，却让庄仁感到摄人心魄，感觉声源根本不在喉咙，而在史队长的腹腔深处。

“准备小凳、放小凳、坐。”史队长边示范边讲解，“第一步，右手持凳自然垂于身体右侧。第二步，听到口令后，以自然垂直状态摆臂，抓握凳一角置于身体后面。第三步，弯腰下蹲将小凳平稳放在自己的脚后跟处。总的要求是声音要响、动作要齐、干净利索。”

史队长刚讲解完，队伍里就有人忍俊不禁。

史队长紧绷严肃的脸突然舒展：“有人忍不住笑，有人忍住不笑。现在给大家一分钟时间，想笑的迅速笑完，一会儿不准再笑！”

队伍里努力想憋住的笑意仿佛一个饱胀的气球骤然被针扎破，一阵哄笑肆无忌惮地被释放。庄仁见左侧的申颖笑得一脸灿烂，便对她轻声说：“笑啥笑，以后有你哭的。”

申颖回瞥一眼，高兴地“哼”一声。

“好，下面大家练习一遍！”史队长一声令下，“准备小凳！”

“哎哟！”武忠突然一声惨叫。

整齐的队伍顿时又笑得大乱。武忠弯着腰，双手捂着裆部，一脸痛苦表情。一位女学员竟直接朝后将小板凳甩了出去，砸到了武忠。

一波刚平，一波又起。练习放小板凳时崇良居然一把将自己放翻在地。

队伍中扑哧一笑瞬间转为集体爆笑，引得对面学员队停下训练欢快围观。

史队长笑着朝崇良大喊：“没事，从哪里跌倒就从哪里爬起来！”

庄仁碰了下申颖，指着崇良哈哈大笑：“这个蠢货，专挑战高难度！”

申颖笑得难以自持，干脆双手抱膝蹲地。雪霏霏双手取了大檐帽，一把盖住脸。一阵大笑之后，庄仁感到刚才有些郁结的腹部变得甚是舒坦。

史队长平静地看着大家，直至队伍平静下来。

“刚吃饱劲头足，大家别跟小板凳过不去！”史队长的话又引发一阵小规模哄笑。史队长突然声色俱厉，“下面，再练几遍！练好了带过去，谁练不好谁就在这儿练！”队伍顿时鸦雀无声。

四个学员队雄赳赳地向操场集结，此起彼落的呼号声惊得一群群乌鸦在高大的白杨树间扑腾。队伍一进入跑道，一团黑色烟尘便升腾而起，在蔚蓝晴空的映衬下很是显眼，庄仁感到一阵缺氧般窒息。

“立定！”史队长跑到阅兵台下朗声报告，“大队长同志，第二学员队集合完毕，应到实到一百四十六名，请指示！训练大队第二学员队队长史小军！”

各学员队在距检阅台约十米处逐一列队坐下。庄仁觉得眼前朴素的检阅台与操场四周枝繁叶茂的钻天杨很是般配，两条贴着“流血流汗不流泪苦练一百天”“掉皮掉肉不掉队实现两转变”字样的大红条幅紧悬于检阅台两侧。

庄仁悄悄用皮鞋尖碰了下申颖的小板凳，轻声说：“怕不怕？流血流汗、掉皮掉肉！”

申颖稍稍转了下头旋即复位，对庄仁的问话默不作声。

“全体起立！”检阅台两侧大喇叭响起雄壮的军歌。

“坐下！”

一起一坐，队伍中又升起一团黑尘。

大队长的声音实在洪亮：“我代表训练大队党委机关和全体官兵，对同志们的到来表示热烈欢迎！你们的到来，给这个寂寞之地带来了青春的热闹，连这些过惯了平静日子的乌鸦，也兴奋起来了！”

大伙一阵哄笑，庄仁却丝毫笑不起来，心想，兴奋的只是那些雄性乌鸦吧。

“说实在的，你们来这儿集训，既是磨砺，也是遭罪。”

庄仁为大队长这句话感到有些吃惊。

“你们中不少人第一次远离父母，甚至远离恋人，气候不适应，饭菜吃不惯，纪律受不了。”大队长的话音陡然提高，“要从地方青年转变为合格军人，从地方大学生转变为合格军官，必须经历流血流汗与掉皮掉肉的磨砺！”

庄仁心头一热。是啊，抗洪、失恋、流汗甚至流血，都来一遍吧，没啥了不起。

“从军入伍的大门，从来只为革命者敞开，想升官发财请走别路，贪生怕死莫入此门。我相信，携笔从戎、知识报国是大家的自信选择。大家到这儿之前，我敢肯定有人开小差离开了我们这支队伍，没关系，人各有志，不必勉强，我们应该为选择军人职业而感到自豪骄傲！”

申颖借鼓掌之机悄悄瞟了眼庄仁。

庄仁又见申颖脸上的酒窝，心里百味杂陈。艾昕也有着这种风情荡漾、令人着迷的酒窝，也有着养眼挠心、令人神往的身子。庄仁这才觉得，以往自己一次次在艾昕身上细细感受的令人神魂颠倒的肌肤相亲感觉，在思念的日子里成了一剂穿肠毒药，让人难以自拔，一封分手信似乎将这毒瘾连根拔了去。

“军人职业与其他职业有一个重要不同，你们谁知道？”大队长挥起胳膊指着台下。

庄仁突感紧张，害怕被大队长点到。

大队长将悬空的胳膊稍作停留后又收了回去，大声自答：“农民种地收获粮食，商人经商收获金钱，军人收获和平。农民的粮食和商人的金钱基本上是自己享用，但军人收获的和平为国人所共享，这就是最重要的不同。”大队长稍作停顿，语气开始平缓：“和平要通过防止战争、遏制战争和准备战争才能取得。战争年代军人比其他职业更艰苦、更危险，和平时期也比平常百姓更孤单更寂寞。可以说，军人的付出都以生命和青春为代价。以后，在无数个万家团圆的日子，你们将坚守在平凡却又不可或缺的岗位上。在此，我以个人名义，向你们道一声谢谢！”说着，起身向台下敬礼。

台下爆发的掌声明显要比往常热烈得多。

庄仁对大队长充满激情且不看稿子的演讲佩服不已。要是分手前艾昕能听到这些话多好，也许现在听到这些话会更加坚定她分手的决心。幸福不就是我需要时你恰好在，在的时候恰好能给我所需吗？庄仁想，艾昕决心分手也许正是害怕深爱的人急需时不在身边，却为陌生人献出满腔的爱。

庄仁闭目端坐，内心却翻江倒海。从道理上讲，军人应该首先属于国民，然后才属于爱人。明明目睹掉入河中的老婆正在挣扎，却要奋力去抢救与自己毫不相干的另一落水之人，这叫人如何做到呢？庄仁觉得军人职业有些令人纠结。

庄仁对申颖的转头一瞥全然无视，坐在申颖前方的雪霏霏将帽檐压得恰到好处，始终纹丝不动注视着检阅台。

第五章　楼上楼下，爱与不爱在心间

吃过晚饭，庄仁从饭堂出来时远远见雪霏霏和区队长肖曦迎面走来。待她俩走到跟前，庄仁立定之后朝肖曦敬礼，大喊一声“首长好”。这是大队的规定，学员遇到大队干部必须立定敬礼喊首长好。肖曦不还礼，只是给庄仁一个观音菩萨般的微笑，雪霏霏却调皮地抬手回敬。

崇良从饭堂追出，朝庄仁大喊：“等我呀你小子！”

庄仁在楼门口阴凉处望一眼崇良，腆着肚子等着。庄仁觉得今天真是笑够了，脑子里装了不少大队长的暖心话，又抢先吃下满满一碗米饭，心里满是踏实感。

刚进楼道，崇良便乐颠颠地跟在庄仁身后嘀咕：“你这鸟人，刚才又有艳遇吧，是不是美得无以言表啊？”

庄仁白一眼崇良，吸一口气面朝楼道猛吼一声：“首长好！”

崇良吓得全身激灵，没料到庄仁此时竟有如此好心情和好体力，楼道两边宿舍的脸盆杯子似乎被激起共鸣，一齐发出嗡嗡声。

“胡闹！谁?!”高分贝吼声从对着楼梯的宿舍传出。

楼道两侧宿舍里的笑闹声戛然而止。几乎就在碗筷滚落及桌凳相碰声交会的同时，教导员风一般闪出，左边嘴角还沾着一粒米饭。

崇良惊兔一般朝二楼飞蹿。

“跑什么跑，下来！”教导员大吼，楼道里顿时鸦雀无声。

教导员此时脱了外套，肥硕的肚子撑得衬衣没一丝皱褶。

崇良惊魂未定下了楼，庄仁一脸茫然原地呆立。楼道两旁纷纷探出半边脑袋，半露的脸与眼分明因抑制不住窃笑而错位。不时走进楼道的男女学员疑惑地打量着崇良和庄仁。

“谁喊的?!”教导员盯着崇良吼。

崇良看了眼教导员，又瞟了眼庄仁，默不作声。庄仁“啪”地敬了个礼，怯生生地说：“是我喊的。”

“想干什么？庄仁！”教导员咆哮起来，又指着庄仁鼻子吼，“我告诉你，我带过四期地方入伍大学生，还没见过你这种闹法！”

教导员指着自己的宿舍，命令庄仁：“到后面院子大喊一百次‘首长好’。听口令，立正！向后转！跑步走！”

庄仁三个动作一气呵成，毫不含糊，迅速跑到后院。教导员朝崇良挥挥手，说：“没你事，回去。”

崇良敬了礼，蹑手蹑脚上了楼。

后面的院子其实是训练大队营区最南侧围墙与二队宿舍楼之间的一片封闭地带，院里立着的三个拉有晾衣铁线的架子平时没人晾晒，一排高大白杨树下间隔种着一片诱人的玫瑰，高高的围墙外是一片长满草的荒地。

教导员“咣”一声推开窗子，朝庄仁吼：“开始，喊！”

庄仁多么希望老天瞬间暗下来，最好暗得伸手不见五指，或者狂风暴雨雷电齐到。可是，夕阳穿过厚厚云层，依然给营区一个亮堂堂的傍晚。庄仁见二楼开了窗户，几个脑袋挤在一块。

“首长好！”庄仁刚喊出第一声，就听到楼上传来笑声，还有撞击地板的咚咚响。那笑声肯定是从男女学员喉咙里挤出来的，咚咚声估计是崇良、武忠和胡强他们笑成一团时跌坐地上发出的声响。

庄仁突然见雪霏霏将头探出窗外，紧接着申颖也伸出脑袋。庄仁面朝教导员的窗子大喊“首长好”。申颖先是目瞪口呆，继而掩嘴窃笑。雪霏霏圆睁着惊疑双眼，一直注视着庄仁。

史队长出现在教导员宿舍窗口，庄仁停止了呼喊。

“学员一时犯错，多教育引导，用这种体罚方式不见得好，还可能适得其反。”庄仁听得出，这是史队长的声音。

顿时，庄仁心里莫名地涌起想哭的冲动。

“就是要让他长记性，大学生怎么啦，你不挫挫他，他简直要上天！”教导员仍旧在屋里吼着。

一阵沉默后，庄仁听见史队长隔着窗户喊：“庄仁，过来！”

庄仁纹丝不动。

史队长又提高嗓门朝庄仁招手：“到这儿来！”

“来！”教导员朝庄仁吼一嗓子。

怎么就忘了队领导值班室就在宿舍一楼上楼处呢？庄仁懊悔着，慢吞吞走进教导员宿舍。

“怎么回事？”庄仁一进门，史队长就劈头盖脸地问。

庄仁耷拉着头应着：“刚吃过饭路上碰到肖区队长，我向她喊‘首长好’

时发现她没反应，是我声音不够响亮，进楼道时就练了一嗓子。就这样，我真不是故意捣乱。”说着一脸真诚地看着教导员。

教导员瞪着庄仁，嗓音一下子低下来：“部队不是你家菜园，时时有纪律，处处有约束，知道吗？”

“明白！”

史队长拍拍庄仁的肩膀，说：“以后可不能再犯了，好好干，啊！去吧。”

庄仁面无表情地回到宿舍，崇良几个猛地围上来问怎么样。

庄仁一身轻松状，压着嗓子咯咯笑：“及格了，以后不用练了。”

武忠和胡强一头雾水。崇良问：“你说啥呢？”

庄仁嘿嘿一笑，一副神气活现的样子：“以后不用再练喊‘首长好’了，这次喊得非常到位。以后，你们整个学员队就按我这标准做。”

崇良朝庄仁直瞪眼：“吹吧，你这个冤孽，以后得跟你保持相当距离。”

庄仁朝崇良呸一口，说：“你才是个大冤孽。你不跟着我，今天不就没这破事了！”

从集训开始，就餐不再是闲暇享受，也不再是充满情趣的小范围欢聚，男女间一切泾渭分明，一张桌子四盘菜，八个人看谁吃得快。庄仁觉得吃饭的意义，主要在于满足身体的基本新陈代谢。

星期天早餐过后，一道“整理内务”命令下达后，各宿舍便围着军被各展神通，平日整洁有序的宿舍很快像遭浩劫一般，几乎能产生位移的都被搬动，能拆的都被拆分，而所有能产生压力的东西，无一不加到了被子之上。

庄仁去了一趟卫生间，回到宿舍便傻眼了。只见书桌四脚朝天，被武忠压在军被上，连两个抽屉都被用作挡板放在被子两侧。胡强坐在倒扣的椅子上，椅子底下自然是军被。崇良神宁气定，盘腿坐在床上，轻轻地捏着被子一角。

庄仁一手按压在崇良的军被上，呵呵直笑：“你这哪是捏被子，简直就是手淫！”

崇良一把抓住庄仁的手腕，大声嚷着拿开。庄仁盯着崇良，按压着军被的手臂突然一旋，然后抓住拎起。棱角分明、四四方方的军被瞬间变成土堆状。崇良“啊”一声惨叫，挥起手掌就朝庄仁手臂猛砍。

庄仁闪到一边，瞪着崇良说：“你这棉疙瘩离刀切豆腐的模样还远着呢，老这么捏也不是个事儿，你看武忠跟胡强的被子，这么一压肯定能成型，而且还能固化。”

“有种，你就帮我找扇门来，我也想弄利索啊！”崇良对庄仁怒目而视。

“门？你说卸哪个？把教导员那门卸给你，行吧！”庄仁摇头晃脑，白一眼崇良，“你想得美，挪别的东西可以，要卸门根本没门，你要卸门教导员会吼死你。”

崇良嘿嘿笑，指着庄仁鼻子：“你赶紧弄吧，你看你那玩意儿整个就是一大馒头，拜托别再拖我们后腿了。”

武忠一脸不屑，盯着庄仁说：“卸啥门啊，这不找抽嘛，你俩就是现成的东西啊。”看着庄仁脸上起怒，武忠赶紧满脸堆笑，“我不是这个意思，我是说你们俩身上都一百多斤鲜肉，坐被子上压着吧，管用。”

“你是真不懂压力与压强的关系吧！”庄仁白一眼武忠，“你把桌子给我，你坐被子呗，用屁股压能压出豆腐块吗？我看能压出一个鸡窝。”说着俯身在崇良耳边嘀咕几句。

武忠和胡强相视一乐，得意地哈哈大笑。

“这行吗？”崇良双眉紧皱。

庄仁推一把崇良：“队长和教导员都回家了，咱们用完复位嘛。”

崇良双眉舒展开来，一脸灿烂，激动地搓着双手：“这也是个办法，那干吧。”

崇良起身下床盯着军被作深情状表达：“被子啊，曾经我只当你是睡在我上面的兄弟，多少个夜晚你陪我入睡。夜里你给我温暖，天亮了我却给你一脚。从今以后吧，我把你当女皇！”

胡强圆睁双眼“咦”一声，指着崇良骂：“好，发骚了就好，肯定有好戏。”

庄仁忍住笑，对崇良说：“你视被子从兄弟到女皇，终于实现一个转变了啊。”又凑到崇良跟前，“不对呀，你把被子当兄弟我觉得怪怪的，有点性错乱的味道有没有？”

崇良一挥手，朝庄仁嚷着“滚滚滚”。

“当女皇干吗，不觉得压抑吗，当个初恋女友吧，情感平等才好交流。”庄仁仍调侃着崇良。

“有意思有意思，我得把它当二婚少妇！”武忠乐得直颤。

庄仁拉一把崇良，说：“别啰唆了，走吧。”

庄仁带着崇良若无其事地走进宿舍楼后的小院。铁线上早已晾满迷彩衣，不知谁在几棵白杨树之间系上了背包带，晾着各色衣服。

崇良望着开得灿烂的玫瑰，小声对庄仁说：“这花儿开这么艳，你也不摘几朵送送人。”

庄仁白一眼崇良，压低嗓音说："你先别管它艳不艳，地上就这俩，赶紧动手。"说着弯腰一把抠起，抱起就跑。

庄仁和崇良闪进宿舍，武忠当即瞪着眼惊叫："哇兄弟，这玩意儿都弄来了，亏你想得出！这叫下水道井盖吧？"

庄仁看着武忠："哇啥哇，桌椅都被你俩占了，这叫办法总比困难多。"

胡强学着教导员上次训庄仁时的语气和神态，走到庄仁跟前指着他鼻子说："我带了四期地方入伍大学生，没见过你这么闹的！"

庄仁对胡强连打带踢："我这还不是为了咱集体荣誉！"说着甩给崇良一张报纸，"垫着赶紧压吧，这玩意儿死沉肯定管用。"

庄仁搬起井盖往被子上一放，然后在上面一屁股坐下，得意地哼起"我是一个兵，来自老百姓"。崇良也一屁股坐上去，捏着被子四角惊喊："这压强厉害！咱们宿舍内务要是成了全大队的样板，那可咋办？我还不习惯当先进典型呢。"

庄仁大笑，说："我看你早就急着想当先进典型了。"

"一、二区队集合！"就在庄仁几个正说笑时，集合哨猛地吹响。

"按理说这时候不该集合。不好，有情况，赶紧走！"庄仁一骨碌跳下床，迅速跑到楼下。

教导员板着铁青的脸吼道："院子里两个井盖不见了？肯定是我们队学员搬走的，这是多么大的安全隐患，知道不知道？谁干的?!"说着猛地高擎右手，像是高高举起一条鞭子随时准备狠狠抽打。

庄仁心里猛地一紧，暗暗叫苦，朝崇良使了下眼色。

"报告！"庄仁大喊一声，崇良紧随其后。

"出列！"教导员双目圆瞪，肥头大耳加上一副阔脸，让人几乎看不到脖子。

庄仁敬了个礼："报告教导员，我们搬了井盖压被子，对不起，马上复位！"

崇良看着教导员怯生生地说："对不起，我们错了。"

教导员缓了声调，说："入列。"

庄仁和崇良应声答"是"跑步入列。

"同志们，这不是我小题大做啊，你想想，井盖没了，万一把到院子里晒衣服的人摔了，出了事你负得起这个责吗？你负得起我负不起啊！"说了一通，教导员终于放下右手，"解散，继续整内务！"

大家带着抑制不住的亢奋朝庄仁宿舍奔去。庄仁赶到时宿舍门口已堵得水泄不通，申颖和几位到水房洗衣服的女学员也端着脸盆踮脚往里瞅。

“让让，看啥看？井盖又不是天灵盖，没见过吗？有没有欣赏品位？”庄仁敲着申颖的脸盆大嚷。男生欢叫着挤进宿舍瞅一眼，然后哄笑着散去。

“你凑啥热闹？”庄仁盯着申颖，“男人的宿舍少看，看了眼睛会疼！”

申颖抱着脸盆微笑：“你又被抓了，怎么这么不小心啊。”

“被抓咋了？我不被抓第一个掉下水道的准是你，抓得好，还不祝福我！”

申颖和几位女生哈哈笑着，转身进了水房。

崇良怨庄仁尽出馊主意，庄仁却对教导员这次小题没大做感到有些意外和不解。

“不对呀，教导员话没说完吧？也不惩罚我们，我心里不踏实。”庄仁一副忧虑状。

“他是不敢吼你更不敢罚你了，怕你再弄出啥惊天动地的大事，知道吗？他不说了嘛，你负得起我负不起啊。我看，他是真怕你了。”

崇良和庄仁做贼一般迅速将井盖复位。刚走出小院，又撞上史队长。两人敬了礼低眉顺眼挺立着。史队长一脸平静，说：“历史真是惊人地相似啊，上一届也有个学员像你们这么干，听说那家伙前不久已调到总部机关了。下次可不准这样瞎搞了！”

“是！”经史队长这么一训，庄仁觉得心里才真正踏实。

上训练场其实远比待在宿舍叠被子更有乐趣。训练场上男女虽然分开，却相隔不远，女生的一颦一笑尽在男生眼中。只要在休息时间内，男女间也可近距离聊上几句。

休息间隙，庄仁跟薄班长抱怨：“又不让摸枪，整天不是走就是跑，不是敬礼就是叠被子，太没劲了。”

薄班长笑庄仁：“脑子里有这想法，说明离合格军人与优秀军官还远着呢。”

庄仁喜欢薄班长的直爽脾气，笑问：“上一届有在这儿谈恋爱的学员吗？”

薄班长拔起一根青草朝庄仁扔去，然后咧嘴一笑：“多着呢。”

庄仁不躲不闪，又问：“你们男女班长间有谈恋爱的吗？”

薄班长一脸不屑地看着庄仁：“亏你还大学生，没看出来吗？”

薄班长扭头看了看身后不远的一区队六班班长，又指着训练场上正指挥练齐步的三区队八班班长，说：“他俩正热恋着呢。”

“班长你爱上谁了？”庄仁直问。

薄班长羞涩一笑，嘴里嚼着根青草，说：“没谁。”

“这回来这么多漂亮女学员，还不开始行动？”庄仁逗着薄班长。

“我一个兵，不像你们是大学生军官，超期服役几年了，年底转不了志愿兵就退伍回家吧。”薄班长突然停住笑，问庄仁，“你小子是不是看上三区队八班学员了？”

“谁呀？”庄仁吃惊地反问。

薄班长一脸贼笑指着三区队八班队伍，说：“第二排左起第三个。”

那不是雪霏霏吗？庄仁不得不佩服薄班长，短短这么些天，他就看透了自己的心思。自立青市火车站相遇，庄仁就觉得雪霏霏也是老天送来的女人，尽管那时艾昕牢牢占据着内心深处爱的地盘，但他还是执着地认为，若不与雪霏霏发生几个故事，似乎对不起老天那一场善意的安排。艾昕提出分手后，庄仁悄悄心痛着，觉得唯有雪霏霏能带给自己止痛的安慰，每天视线里只要有她，心里就踏实。每次上训练场，庄仁都要搜寻雪霏霏，直到锁定她的身影才感到心安。

薄班长又将一根青草放进嘴里嚼，不紧不慢地说：“都大男人了，谈恋爱没错，千万别违纪违规。”

庄仁嘴上哈哈笑着，心里对薄班长充满了感激。

教导员突然来到训练场，三个区队立即列队集合。

教导员声音响亮地宣布：“大队机关刚开会，下周举办两个转变主题演讲比赛，我与史队长商量了，确定由二区队八班庄仁代表咱们队参赛。”

庄仁应声答“到”。

教导员盯着庄仁说：“抓紧写稿，比赛时必须脱稿。”

“是！”庄仁目不斜视，大声应答。

晚上熄灯后，庄仁等到整个楼层安静下来才悄悄下床，搬起椅子和小板凳到洗漱间。庄仁觉得这个洗漱时段拥挤不堪的逼仄之处，才是写演讲稿的最佳场所，尽管空气中满是牙膏与洗发水、洗面奶以及隔壁卫生间飘来的尿骚混合味。这儿不仅能摆下椅凳，还有长明灯，更重要的是无人打搅。奋笔疾书的感觉真好，庄仁分明感到一阵久违的写作快感。

“小伙子，你在干吗呢？”温柔的男中音突然响起，将写得入神的庄仁吓了一跳。

教导员一手撩帘子，一手拿手电筒，惊疑地看着庄仁。

庄仁立即起身，轻轻喊一声教导员，说：“写演讲稿。”

教导员“嗯”一声：“写吧，别弄太晚了。”

“是！”庄仁向教导员敬了个礼。

半截门帘又轻轻放下，教导员消失在楼道的黑暗中。

庄仁轻手轻脚地回到床上时，宿舍里鼾声正此起彼伏，窗外明月朗照，窗台上满是清凉月光。庄仁一时没了睡意，又想起艾昕来。是不是该另写封信给她呢，艾昕不是说咬了钩的鱼儿不会跑吗，咋说散就散呢？可是，她在信中又是如此断恩绝义，再挽留又有啥用呢，更何况这儿连发呆的时间都没有，更不用说静心写信。

有的人留不住也许只有离开，有些东西强求不得也许只能放弃，过去的就深埋心底吧。庄仁长吐一口气，脑海里又闪现出申颖和雪霏霏的身影。庄仁觉得她们走在队列中，那神态才叫风姿绰约，而不能叫英姿飒爽。在训练场上，庄仁发现连薄班长都管不住自己的眼睛，时不时偷瞄一眼女学员。

散发着油墨清香的第一集《集训专刊》分发到了每个宿舍。崇良几个知道庄仁被大队政治处拉去干文字活了，没想到他在那儿挑起了大部分活儿。

“《我自豪，我有这样一个称谓》。作者，庄仁。哎呀，这还不请客天理难容啊！”武忠翻开专刊，盯着庄仁啧啧称赞。

庄仁一脸乐呵：“行，想搞啥你们定。”

胡强抢过专刊，找着页码翻了翻，然后抑扬顿挫地念起来：“我们都在人生的选择关口，在祖国需要之时，毅然加入人民军队。优秀儿女、热血青年、人民子弟兵，多么令人羡慕的美好称谓啊。而能够使这些美好称谓集于一身的，就是我们这批学员。”

胡强定定地盯着庄仁：“好家伙，你这次请定了，写这么好，我看请客的规格还得加高！”

崇良指着庄仁说：“你呀这么干下去肯定要出事。”

胡强一把抓住庄仁：“别吓我，趁着还没出事帮我个忙吧，兄弟你把它改改，就用你这篇，以我的名义弄成一封情书，再不弄真要散了！记住，一定要情深意切、以情动人。真的，散了太可惜，写了要是再散也无所谓，行吗？求你了兄弟。”顿了一会儿，胡强激动起来：“这样，庄仁你别请了，我来，就这么定了，啥规格大家一个一个说，以最高标准为标准，坚决满足！”

崇良依旧瓮声瓮气地说：“树大招风，文好招妹啊！”

武忠笑崇良：“这招妹子，是做好事成人之美，多多益善。”

“行了，都别请，请来请去又得挨教导员吼。”庄仁朝胡强肩上一拍，“你这忙我帮定了，反正我也散了，妹子能招一个是一个，我就不信和平年代好情书打动不了好女人。”

崇良一愣，呆呆地盯着庄仁问：“真的？”

庄仁一拍胸脯，“嗯”一声：“当然了。”

“什么当然了，我是问你真的散了？”

“嗨！大丈夫失恋不失节，别要死要活。”

“我是怕你要死要活！”崇良凑近胡强，“失恋这种事，最可怕的方式是走极端，最有效的摆脱是另觅新欢。”

“这么大岁数了连女人都没碰过，说起来却一套一套，还挺在理！”庄仁笑过崇良又问胡强，“她要收了情书，情不自禁要为你献身咋办？”

胡强咧嘴直笑：“你只管写文章，其他的事就别操心了。”

“我写我得负责后果啊。”

“以我的名义，你负啥责啊！”

崇良嘿嘿一笑，盯着庄仁从牙缝中挤出一句“卑鄙”。

庄仁觉得这么一嚷嚷，心中暗藏的和艾昕分手之痛明显减轻。

让教导员和史队长感到有些意外的是，这一集专刊庄仁还写了三篇新闻稿，报道了第二学员队抓教育管理的经验做法，不仅篇幅不短，而且总结到位，令史队长心花怒放。

史队长跟教导员感慨地说：“幸好那天没批太重，这小伙子还是个人才嘛。”

“那也不能这样说，人才咋了？人才就不能批了？批重了你以为他会飞啊！”教导员话虽这么说，还是在早操讲评时对庄仁提出了表扬。

无论写新闻稿还是背演讲稿，庄仁只能挤占业余时间，训练时间一分钟也不能落下。好几个夜晚，胡强几个偷偷喝着啤酒却只能给庄仁留一份，大伙享受着突破禁令的快意时庄仁正忙着策划集训专刊、撰写各类稿子。庄仁喜欢披着夜色从专刊编辑部一路听着崭新皮鞋的嘎吱声走进宿舍楼的感觉，觉得夜深人静时楼道里天雷滚滚般的一片鼾声倒给人以安然入睡的静谧，这种紧张忙碌的快节奏生活最能催生具有止痛效果的亢奋。在庄仁看来，这种紧张忙碌产生的一个重要作用，就是能够让人不由自主地忘记艾昕，忘记与艾昕有过的故事。

训练间隙，教导员将正休息着的三个区队集中到操场草地。

“坐下！”一声命令之后，教导员说道，“大队演讲比赛前，让我们以热烈的掌声欢迎庄仁试讲。”

庄仁一骨碌爬起，对教导员突然来这一招颇感意外。

出列、齐步上前、立定、转身敬礼、自报演讲题目，一连串动作庄仁一气呵成，然后慷慨陈词。

“……血性男儿沾着故园泥土的气息，踩着白发亲娘或新婚妻子在油灯下赶做的新鞋，以这个民族特有的吃苦精神、容忍美德与抗争韧性，大踏步杀向鬼子方阵。万里长空且为忠魂舞，伟大胜利的背后又有谁数得清，有多少鲜血染红了脚下这片泥土?”

此时的庄仁激情四溢、热血澎湃，跟平日里相比像换了一个人似的。庄仁不时将目光自然地停留在雪霏霏身上，一会儿又转向申颖，也在教导员身上稍作停留。雪霏霏一脸平静地仰视着，迎着庄仁的目光。申颖注视着庄仁富有骨感的喉结，那充满磁性而又浑厚的声音，就在喉结起伏间送出。在申颖眼中，此时庄仁全没了往日的诙谐风趣，有的只是振臂一呼应者云集的意气风发。

庄仁的演讲吸引住了其他学员队，不少男女学员也围过来驻足倾听。当庄仁朗声喊着“谢谢大家”时，操场四周响起一片掌声。庄仁朝几个方向敬礼，见雪霏霏朝自己莞尔一笑。庄仁相信，此时雪霏霏白净圆润脸上的笑意里，有深情的赞许，这应是她内心快乐的甜美外露。

演讲比赛马上正式开始。下楼列队时，大家不仅统一换上了夏常服，而且脱了胶鞋穿上了新皮鞋。上一次穿皮鞋打领带，还是在授衔仪式上。

庄仁觉得打着领带脚穿胶鞋的样子实在别扭，夏常服与皮鞋搭配才符合最基本的审美标准。

庄仁说雪霏霏穿夏常服好看，雪霏霏只是笑，并不回话，申颖却要庄仁说到底哪儿好看。庄仁凑近申颖耳边：“胸部挺拔春光不露，好看！背部没一点富余，简约！腰以下风情万种却不失侠女气质。”

申颖直乐：“你脑子里怎么装这么多词儿啊，好好演讲，拿了第一为你庆功!”

“拿第二呢?”

“庆功!”庄仁朝申颖竖起大拇指，“好个财大气粗，我喜欢!”

演讲比赛在大礼堂举行。五男三女共八人参赛，庄仁抽签抽到第七。

轮到庄仁上场时，庄仁见台下一片昏黑，根本找不到雪霏霏和申颖，台下眼镜片反衬的亮光，像夏夜里的萤火虫。庄仁一开腔就尽显与众不同，给人全新的感受。雪霏霏听着听着不由得张大嘴巴，天哪，庄仁演讲的内容几乎全变了。

“……从军入伍，是我们人生道路上的一次重大转折。从此，我们的身心发展、职业定向、人格素质甚至喜怒哀乐，都将与人民军队结下不解之缘，也由此开始谱写我们崭新的人生篇章。保家卫国和建设社会主义，是军人一肩挑起的两副担子……”

申颖靠着椅背双臂交叉于胸前，微笑着远望，陶醉在庄仁的语句与嗓音之中。

评委现场给出了结果，去掉最高与最低分后庄仁夺得第一名。

队伍被带回宿舍楼时，教导员当着整个学员队对庄仁提出了表扬。解散时，教导员又把庄仁单独叫到一边，厉声问：“演讲内容跟试讲那天的大不一样，为什么会这样？”

庄仁一脸平静，说：“在咱们学员队试讲了一遍，再到大队讲就炒剩饭了，所以换了些内容。”

教导员瞪着庄仁吼：“换了些内容？你全换了！你不要以为自己有才就可以目无组织目无领导，你这是自作聪明自以为是，明白吗?!”

“是!”

教导员训到最后时，申颖恰好从昏暗处走过，一路快步上楼。

庄仁上到二楼楼梯口，见申颖悄悄在此等候。申颖悄声问：“没事吧，又批你啥呀？”

庄仁双肩一耸：“批我谈恋爱，说我跟你谈，你说我冤不冤？”

申颖满脸惊疑，尴尬地笑：“不会吧？”

“还不会，以后咱们得注意社会影响，赶紧走吧。”庄仁说着给申颖一个笑脸，然后往宿舍走。

紧张训练中，庄仁还是悄悄盼着艾昕的来信。终于，又收到一封信。虽然不像艾昕的笔迹，庄仁还是满怀兴奋地躲进卫生间。撕开信封，看到申颖的署名时，庄仁感到眉头好似掠过一团火。一页纸就写着一行字：“庄仁，演讲真棒，喜欢你的样子！”庄仁将信封一点一点撕碎，将其冲进下水道，将信纸折好放进迷彩服口袋。

中午，申颖去庄仁宿舍时被崇良一把拦住：“庄仁出去了，找他干吗？”

“请教个事。”

“这段时间你最好别惹他，人家正失恋呢！”

申颖“哦”一声，又立马“噔噔噔”下楼。

庄仁走出服务社时老远见申颖走了过来，干脆笑眯眯地立定。

申颖走近庄仁，一脸奇怪地问：“干吗在这儿晒太阳发呆啊？”

“节省气力，等你靠近我。”

趁着申颖哈哈笑，庄仁一脸平静地说：“你的信收到了，谢谢鼓励啊。咱们寄信不是不要邮票吗，干吗有权不用？”

申颖一脸傲娇："信封是船，邮票是桨，有邮票才能一起过河呀。"

庄仁很是吃惊，没想到申颖竟说出这等诗一般的语句。

"光天化日之下怎么冒出一诗人来了？"庄仁跟申颖逗趣，冷不丁追问，"绕一圈给我写表扬信，你不会爱上我了吧？"

申颖愣一下，又一阵哈哈笑。

庄仁满脸堆笑地看着申颖，直到她止住笑两行眼泪滑过脸庞，才有些慌乱起来。庄仁来不及安慰，申颖双手一抹脸咬着嘴唇扭身朝宿舍楼跑去。

"哎！"庄仁望着申颖远去的背影嚷，"跑什么跑，有话好好说嘛，让人看见多不好。"

吃过午饭，庄仁就钻进被子，一声不吭地睡下。庄仁想，这时候上床应是一种积极的休息方式。训练累，饭后困，抓紧时间享受睡眠，也是惬意人生。这种惬意，一方面源自肢体的暂时解放，另一方面则是可以自由自在回味过往。躺进被窝，世界便自由得无人打搅，思绪如潮水般泛滥。曾经多少个月色昏暗的夜晚，在学校樱花园、运动场一隅甚至在冬夜的露天电影院，庄仁用滚烫的手带给艾昕激情似火的爱抚，也给自己难以名状的欢悦。在距艾昕千里之外的床上，回味那些是一种快乐，是宝贵的精神享受。

晚上熄灯号一响，楼道里又准时吹响熄灯哨。说黑话瞎吹牛，是集训生活中的重要内容。

庄仁尽情伸展四肢，说："我已总结出集训生活五大怪，你们想不想听？"

武忠几个嚷着"赶紧说吧"。

"吃饭比猪吃得快、被子正反两面盖、解放胶鞋扎领带、邮票不用花钱买、男女偷偷谈恋爱。"

胡强笑一声："还真有意思，亏你想得出。"

崇良嚷起来："继续总结，争取散伙时弄出十大怪。"

说笑间，一阵香味在楼道里突然弥漫开来，明显引发各宿舍一阵骚动。

"猪肚香！"庄仁率先嚷起来，"别跟我争，我鼻子灵，这不是猪肠的味儿，真真切切就是猪肚味！"庄仁感到这浓浓的香味一飘进鼻孔便扎入肠胃，心里顿时泛起一阵空落落的饥饿感。

武忠咬牙切齿地说："肯定又是教导员在吃消夜。"

胡强拍着墙骂："你个死胖子，吃啥我没意见，别这时候吃嘛，我闻着饿啊！"

一道手电筒强光从对门宿舍反射过来。"还磨叽啥？睡！"教导员的高分贝吼声让人感到好似刺刀入肉。庄仁几个屏气凝神，一动不敢动。

教导员一走，大家该说还照说。对于教导员动辄吼人的做法，崇良明确表示反感，一个政工干部怎能靠一副粗嗓门干工作呢？庄仁对于崇良的看法不以为然，说："天生一副大嗓门放着不用，不是白浪费吗？你们几个要有这副大嗓门，我看比他吼得更起劲。"胡强打着哈哈，说："教导员爱吼人极可能以前被人吼过，等到自己能吼以后便想吼就吼，以后你们当了领导可别乱吼。"胡强说上一连串的吼，引得庄仁几个蒙着被子一阵爆笑。

集训的日子一开始，爱情的种子便在多情男女中萌芽。据武忠保守估计，两个月时间不到每个学员队至少成了五对。庄仁将这种爱情戏称为战地爱情，尽管相见时难来日不长，但催生战地爱情的恰恰是时间。集训的日子，没时间给对方考验，也没工夫考察，尽在眼前的分秒片刻感觉美好便是爱啊。

庄仁觉得崇良说得对，摆脱失恋的痛苦走极端毫无裨益，最好的方式还是另觅新欢。为何要守着一段失去的爱情黯然伤怀呢？爱情可以铸就痛苦，也可以疗伤，一念之间全在角色转换。庄仁想选择一个天成的时机表达对雪霏霏的爱意，就像当年向艾昕表达一样。

天成的时机说到就到。晚饭后，大队组织各学员队开展篮球比赛。几个笨重音箱被搬上场，各学员队带着小板凳在篮球场四周坐定，一名担任解说的男学员接通电源对着话筒一连"喂"了几下，然后嗷地叫一声，逗得大伙一阵哄笑。庄仁看着雪霏霏和申颖开怀大笑的样子，感觉篮球场上顿时有了恋爱的气氛。

教导员交代庄仁多写广播稿，因为广播上稿量也是考评集训中政治工作的一项重要内容。庄仁在雪霏霏身边坐下，发现她居然带了一个笔记本。

"多好的同志啊！"庄仁碰了下雪霏霏，"多写几篇广播稿吧，为咱们队争光。"

雪霏霏爽快一笑："好啊，你带着我写呗。"

申颖兴高采烈地望着庄仁说："快写快写！"

庄仁起身朝广播处走去，等绕过人群往回走时，广播里便开始播音："现在播送二队庄仁来稿：训练场上我们摸爬滚打，再苦我们不曾叫苦。比赛场上我们拼搏争抢，再激烈也不退让。只因为，我们是热血儿郎。加油，二队健儿们，赛出我们的威风！"

申颖笑眯眯地迎着庄仁坐下："广播稿这样子啊。"

庄仁隔着雪霏霏回应申颖："你以为写情书啊。"

申颖当即回一句："刚才播的我就觉得挺肉麻的呀。"

"我看你身上有一根麻神经！"庄仁嘴上说着，眼睛却毫无顾忌地盯着雪霏霏。

雪霏霏一转头，见庄仁定定盯着自己，脸上闪过一丝羞涩，随即灿烂一笑，说：“写得好，别骄傲，再写！”

庄仁送完另一篇广播稿回来，发现申颖和雪霏霏不见了踪影，雪霏霏的小板凳上搁着那个笔记本。庄仁迟疑一下，还是拿过笔记本随手一翻，两页折好的信纸突然掉落出来。庄仁悄悄展开，雪霏霏秀气的字迹跃入眼帘：“亲爱的，你肯定无法想象我们苦中有乐的集训生活。分别的日子，我是多么希望我们能够朝夕相处啊。每当看到云朵贴着山腰飘移，就像肥肥的绵羊，我想山腰上就我们俩多好，我躺在你怀里看云朵游走。你说，这是多么幸福的时刻。”

球场上潮水般的掌声和呐喊声，庄仁觉得此时都入不了耳。没错，雪霏霏果真心上有人。安静的雪霏霏能写出如此充满柔情与诗情的字句，一定是拥有甜蜜的爱情，她内心的思念该是多么纯净而热烈。

庄仁突然感到一阵疼痛涌上心头。用另觅新欢的方式摆脱艾昕离去的痛苦，原来只是自欺，如饮鸩止渴，醒了之后心更疼。庄仁觉得几个月来对雪霏霏悄悄萌生的情愫，突然被这一段文字化为乌有。

庄仁看完信，又悄悄将其塞进笔记本放好。一会儿，申颖和雪霏霏满脸笑意地回到座位。

雪霏霏一手抓住笔记本，朝记分牌望一眼，兴奋地惊叫起来：“咱们队赢八分了，厉害！”又握拳一挥，朝庄仁“耶”一声。

庄仁说：“厉害啥，没你们呐喊助威，给他们一米的胳膊两米的腿都不行！”

雪霏霏开怀大笑，眼睛追着场上的篮球转。

球赛在天黑之前恰到好处地结束。崇良几个兴高采烈地回到宿舍，武忠赶紧点燃一支烟，将身子伸出窗外尽情享受着嘴鼻之间的烟雾缭绕。

庄仁靠着窗，突然朝窗外喊：“天上飘着云，地上吹着风。啊，风吹动了我的发，教我如何不想妈！”

楼上女生突然哄笑，随后传来清晰一句：“如果谁送我一朵玫瑰，我定回报一个最动人的微笑！”话音刚落又是一阵笑闹。庄仁听得明白，这是申颖的声音。

崇良将半边屁股挂在床沿，吃惊地望着庄仁：“干吗呢，到底是诗兴大发还是兽性大发？”

庄仁懒得理会崇良，呆呆地望着楼下开得正艳的玫瑰花。

武忠朝庄仁轻轻吐出一个烟圈，说："别骗人骗自己了，你不是想妈。想她就想对了，想女人说明你生理机能正常。此处有芳草，何必走天涯，赶紧下手！"

集训终于有了新课目，令男女学员兴奋不已的射击训练开始了。一连几天，史队长从枪械库领出一堆自动步枪，给每人发一支，然后讲解示范背枪持枪动作要领。

靶场在营区五公里外的一个峡谷。四个学员队带队骨干暗自较劲，命令所在队学员跑步前进，只为第一个赶到靶场。带队骨干一路兴奋地鼓动激励着，却苦了不善长途奔跑的男女。清清爽爽的早晨，大家都跑出一身大汗。

队伍出了营区，穿过村庄，沿着简易公路进入山里。一路虽说不上风光旖旎，但相比早已看腻的营区，放眼远望足够让眼球快活。

大队领导乘吉普车飞奔，车后扬起长长浓尘。四个学员队跟在吉普车后一路跑步挺进，每名学员除携带一支步枪外，还得背子弹袋、沙包、水壶和小板凳。

庄仁见申颖费力地奔跑着，而雪霏霏的步枪不知何时被一名男学员背了过去。庄仁汗流满面地跑到申颖身边，一把抓住她的步枪。申颖边跑边取下枪给庄仁，又将庄仁手中的小板凳抓了过去。

倒着放稳小板凳，垫好沙袋，支好枪，史队长拿着喇叭开始讲解动作。申颖趴在庄仁右侧一米开外，一副激动得无以言表的样子。

庄仁朝申颖小声说："今天实弹射击，这考核成绩要进档案，认真点啊。"

申颖哼一声，满脸笑意地说："等着瞧吧。"

庄仁打量着步枪，感觉枪又有了新的韵味，一如趴着瞄准的申颖。黑黝黝的枪口，香蕉状的弹匣，带有沧桑感的铁木组合，使枪身散发出粗糙的美感，像一位壮汉不用刻意显摆，无意露出的结实肌肉即呈现出令人生畏的威慑力。庄仁悄悄右斜望去，见申颖脸颊紧贴着枪身，一双长腿外张，不时调整着趴姿，肥大的迷彩服掩不住翘臀的轮廓。

"射击是一门考验技艺和耐力的功课。只有对枪怀有敬畏，才能真正驾驭它。"

庄仁有心说给申颖听，却装作自言自语，没想到引得申颖侧目抗议："你别嘀嘀咕咕，都影响我瞄准了！"

庄仁感到申颖的话里分明带着娇嗔滋味。

"你说，喜欢枪的女人对男人是不是有很强的控制欲？"庄仁悄声问。

"不知道！"申颖目不斜视，干净利索地应着。

“现在进行站立举枪瞄准！”史队长一声命令又引得大家一阵兴奋。

申颖顾不上拍打身上的灰土，兴致勃勃地起身举枪。

申颖大喊一声好累啊，接着放下枪搓揉胳膊。

“你，端枪！”史队长走过来命令申颖。待申颖做好瞄准姿势，史队长将水壶轻轻挂到申颖的枪管上。申颖一声尖叫将枪抱在怀里，红着脸取下水壶还给史队长。在大伙的哄笑中，史队长下令“休息十五分钟”，引得男学员嗷嗷叫唤。

庄仁对于史队长刚才不露声色指导申颖练习瞄准，心里还是生出一丝醋意。这么多女生，干吗偏要盯上申颖呢？说白了，还是申颖不光脸蛋美、身材性感，还有着与众不同的味道吧。听薄班长说史队长正处于热恋当中，女朋友就在百余公里外的市里上班。那次早餐列队时，大家都一个劲地偷瞄小家碧玉状的史队长女友。庄仁不得不承认，史队长女友不仅会穿衣配鞋，而且凹凸有致的身材甚是撩人心魄，浑身散发着优雅气息，女学员穿胶鞋着迷彩服的模样更反衬出她的清新脱俗。

申颖与雪霏霏聚到一起，坐在树荫下以帽当扇享受着清凉。崇良与庄仁凑过去，与她俩打着哈哈。

庄仁拧开水壶递给申颖：“喝点吧，解渴提神，放心，没蒙汗药！”

申颖接过水壶仰头就是一口，随即“哇”一声吐出来。

申颖将水壶扔给庄仁，一脸怒容嚷道：“啤酒！”

庄仁碰一下申颖：“你小声点！”

崇良边嚼边喝，一副有滋有味的样子。

申颖坐了一会儿，起身拉着雪霏霏朝远处一间简易房走去。崇良一看，找个隐蔽处尿了起来。庄仁扭头望着申颖和雪霏霏的背影，凑到崇良身边瞄准一朵浅色野花憋足劲地尿。

庄仁嘿嘿笑问：“那间破屋应该是女厕所吧？”

“我说你操这么多心干吗？”

“我是担心没合适地方会把她们憋坏！”

“我看你巴不得她们憋坏，正好献殷勤呗！”

“你这人咋这么阴啊，”庄仁扣了裤扣，“憋坏了我还用得着献殷勤吗，我是想这地方该有一个利索点的女厕。不然，憋坏了可毁了人家一辈子的幸福，你说对不对？”

“我怎么觉得好像要毁你一辈子的幸福啊。”

“行了行了，懒得跟你扯。”

哨声又响，队伍重新集合。史队长摆开一块白布，给大家演示枪械拆解与重装。刚才还好端端的步枪，三下五除二就被史队长大卸八块，亮晶晶的弹簧、拧巴的活塞等部件都安静地躺在布上，仿佛还在呼吸。史队长就像一位麻利的工匠，简单几下拼凑又予枪重生。史队长拉开枪栓，抬手朝天扣动扳机，发出“啪”一声脆响。

练了半天，实弹射击终于开始。一声令下，射击场哨声四起。史队长又给大家做示范。一声枪响，远处报靶显示十环。又一声枪响，仍是十环。站在史队长身后数米之外的男男女女不约而同报以热烈掌声。史队长五发子弹接连单发，发发十环，看得庄仁目瞪口呆，申颖不停地哇哇尖叫。史队长突然一阵连发，空旷的射击场像是点燃了一小串鞭炮。

史队长命令五人一小组、一次五个小组上场。每人十发子弹，各射一次单发和连发。同在一个小组的雪霏霏和崇良兴冲冲地撤下时，庄仁和申颖一同出发。先前重复的一个个动作，又一步一动重复。

史队长下令：“开始射击!”

胡强率先打响一枪，高分贝噪声惊得庄仁一跳。

庄仁见右侧的申颖伸手调整了一下枪身，又继续瞄准。就在扣动扳机的同时，庄仁听得身边一阵短促爆响，扭头一看，见申颖软软地趴倒在地，忍不住惊叫起来。

申颖鬼使神差地将单发改成了连发，而且靶上不见一个弹孔。史队长旋风一般冲到申颖身边，将手伸到她鼻子底下探了探，看了眼庄仁说：“没事。”又命令庄仁：“把她背到那边树荫处!”

庄仁两手扶膝蹲在申颖身边，大伙七手八脚地将申颖扶到庄仁背上。雪霏霏一手用淋湿的手帕替申颖擦脸，一手用迷彩帽给她扇风。

一会儿，申颖醒了过来。

庄仁劈头盖脸问：“你是突发心脏病吧?”

申颖呆望着，像是熟睡中被人唤醒。

崇良在一旁看着申颖说：“要不是庄仁背你过来，我看你都活不过来。”

庄仁瞪着申颖：“练这么久了，单发连发你分不清啊，都把我吓出心脏病了，你这心理素质能打仗吗?”

申颖红着脸，轻声说：“我看你心理素质也好不到哪儿去，都怪你，让我喝酒。”

“那是啤酒好吧，你还吐了呢。”

“啤酒不是酒吗?”

“你没看电影里吹响冲锋号时，解放军喝一碗白酒，一摔碗端起枪就冲。知道打仗时为啥要喝酒吗？”

“不知道。”

“喝了不怕死啊。你倒好，射击未捷身先死。”

“反正这事赖你！”

雪霏霏看着庄仁和申颖打嘴仗，也不插话。

“还有打仗前喝喜酒的呢，知道为啥吗？”崇良像是问庄仁，又像是问申颖。

庄仁接过话头嚷：“这有啥稀奇，还有打仗前进洞房的呢，知道为啥吗？”

“去！赶紧准备重考！”崇良朝庄仁大喝一声。

顺利重考后，申颖问庄仁：“你说，打仗前干吗进洞房喝喜酒啊？”

庄仁张大嘴巴，摇头晃脑说耳朵听不见。

申颖凑近庄仁大喊：“打仗前干吗进洞房喝喜酒？”

“你傻呀，打仗要死人，进洞房就是给心爱的女人留种啊。知道留种啥意思吧？”

申颖抿嘴一笑，脱口而出：“不知道！”

庄仁一偏头，用指头掏了掏耳朵，问申颖：“说慢点，刚才你说不要啥？”

申颖凑近庄仁耳边，一字一顿地说：“不—知—道！你真聋还是假聋啊？”

第六章　峰回路转，爱你吻你不懂你

中午，申颖在楼道口坐岗时，庄仁悄悄溜过教导员门口，在申颖桌前站定。

申颖下意识起身站立，问："干吗还不午睡呀？有事吗？"

庄仁平静一笑："当然有，问你，你是不是睡我楼上东边角那个铺？"

"嗯！"

"以后你动作轻点好不好，我在你底下有时受不了那响动。能接受我这个善意批评吗？"庄仁朝申颖一个劲地眨眼。

申颖没想到庄仁午休前还来这么一出，顿时面露羞赧："怎么不早说啊你？"

庄仁不说话，往楼道方向退了几步又停住，小声说："以前不是没机会嘛，今天说给你听我心里也轻松了。"

申颖满脸堆笑，望着庄仁蹑手蹑脚地上了楼。

庄仁注意到，这些天申颖脸上的皮肤越发白里透红。庄仁知道，这应该是申颖体内荷尔蒙引发的体征变化。

午饭后，庄仁到水房洗脸时，碰巧见申颖一人在洗衣服。

"午休时间洗什么洗啊，我看咱们队就你这个同志最讲究个人卫生。"庄仁学着教导员的腔调，跟申颖边开玩笑边拧开龙头洗脸。

"你不也一样嘛！"申颖停止搓洗看着庄仁。

"这么说，难道是革命事业将两个有着共同爱好的有志青年拉扯到一起？"

申颖笑容满面，右手蘸水朝庄仁脸上一弹。

"大胆！"庄仁又拧开龙头抹了一把脸，"走了，还洗啥呀，赶紧休息吧。"

申颖"嗯"一声，待门帘平静一会儿才出去。

上午训练间隙，薄班长提醒庄仁："坐岗的事别忘了，凌晨两点。"

大伙都笑庄仁倒霉，庄仁却一脸乐呵："夜深人不静，正好思念人。"

"思念？思念女朋友吧？"薄班长问庄仁，"谈得差不多了吧？"

庄仁笑薄班长想女朋友想得走火入魔了，开口闭口都是女朋友。薄班长盯着庄仁说："看中了就大胆追，不在一个单位没事，到手了以后再办调动，集训一完就没机会了。我告诉你们，以后下连队了找女干部可真难！"

"我追，我现在就追！"庄仁一拍大腿，原地做着快速摆臂飞奔状，引得大伙哄笑。

薄班长说话依旧不紧不慢："追可以，但你们别追撞了，就像射击各瞄各的靶，别几条枪同时瞄同一个，会伤兄弟感情。"

崇良一把揪住庄仁的衣领："说，准备追谁？"

庄仁将目光转向薄班长，满是求助语气："班长，我能不能追两个啊？"

薄班长呸一声："你可别瞎整。"

庄仁嘿嘿一笑："兄弟们懂了吧？什么叫以情带兵，这就是，薄班长没谈过恋爱，但情感训练有方，让我们受益终生啊。"

大伙一阵掌声，羞得薄班长连连摇头摆手。

晚上叫岗时，庄仁一骨碌爬起来。楼道口亮着灯，两扇小门随意掩着，将凉凉的夜空挡在外面，夏虫的热闹鸣叫声从门缝里钻进来。庄仁透过小门玻璃，看见对面学员队坐岗的男学员用胳膊支着脑袋，一动不动地闭目养神。庄仁从桌屉中掏出一本翻得有些破烂的杂志，瞧一眼又塞回去。一个大胆主意早已在庄仁脑中形成决断，而且今夜必须成功。

庄仁轻手轻脚地出门，也就一泡尿工夫，将一朵玫瑰连枝带叶藏进了衣袖。庄仁坐下来，借着昏黄的灯光悄悄欣赏。这是一朵含苞欲放的粉色玫瑰，几片叶子舒展着。庄仁那次无意得知申颖喜欢粉色玫瑰，摸黑掐到这种颜色的玫瑰，真是天意。庄仁盯着玫瑰，眼前飘过申颖那双顾盼多情的眼。

第二天出操集合，庄仁借口肚子疼跑回宿舍，迅速将玫瑰放到申颖的洗漱杯里，然后飞快下楼追赶队伍。

出操仍是跑步至郊外，然后返回至宿舍楼下解散。庄仁松了腰带，看着申颖一手扇着迷彩帽，一手抹着额头上的汗水，感觉她比往常明显多了几分妩媚。

晚饭后半小时是大家自由撒欢的时间。庄仁决定独自到营区转转，因为与崇良他们嬉闹之后更感孤独，那些不能与人诉说的心里话，只能在心里自言自语，还有内心的一些强烈渴望，比如与艾昕或是申颖的肌肤相亲，是无法与人诉说的，只能在独处中以消遣孤独的形式安抚躁动的灵魂。

在操场路口，庄仁见申颖也独自在白杨树间漫步。

庄仁满心欢喜地走过去，朝申颖背影开玩笑："天没黑就想亲妈了吧？"

"这么巧啊，又碰上你。"申颖回过头，兴奋之情溢于言表。

“这哪碰上啊，是我厚着脸皮追过来的。想家了吧？”

“没有，只是想清静一会儿。”

庄仁凑近申颖：“干吗不想家呢？”

“好不容易大学毕业，还要过集体生活，讨厌！”

“集体生活也不是没好处，至少开心热闹嘛。”

申颖瞟一眼庄仁：“我就怕闹，你听树上这虫子叫，闹死了。”

虫子躲在钻天杨宽大的叶子里，正以它们特有的多重奏形式欢快鸣叫着，似乎太阳晒得越厉害它们越欢喜。

庄仁盯着申颖眼睛，说：“这虫子叫蝉，认识吗？”

申颖看着庄仁点点头。

“蝉这小东西，是典型的集闷骚与明骚气质于一身的物种。”

听着庄仁如此评说，申颖开心地笑起来：“你是不是跟它们一块骚过啊？这么懂它们。”

“咦，瞧你这话说的！”这回轮到庄仁有些吃惊了，“隔三岔五跟我说上几句，我欣喜地发现申颖同志居然越来越会说话了。你是真不知道吧，这蝉在泥洞里一藏数月一声不吭，矜持得很。可一上树，就放开喉咙呼朋引伴，搔首弄姿，生怕勾不住别人的心思。你说是不是这样？”

申颖双眼直直地盯着庄仁：“我感觉你在含沙射影！”

“我射谁啊？你说。”

申颖朝庄仁双眼一瞪：“谁射谁知道。”

庄仁凑近申颖：“干吗非得逼我说含沙射影你啊，我跟你前世有仇今生有怨吗？”庄仁闻到申颖身上的淡淡香味，瞬间激发出想拥抱更想亲吻她的冲动。

“其实，我倒喜欢蝉的这种双重性格。”庄仁长吁一口气。

申颖小声笑：“你哪是喜欢，你就是这种双重性格，是不是？人一多就骚，人一少就闷，对不对？”说着又是一阵窃笑。

“有这么好笑吗？”庄仁讪笑几声，“走吧，别人见了还以为咱们谈恋爱呢。”庄仁没想到自己被申颖看得如此透彻。

操场上有不少男女散步。申颖往操场一边走去，每遇一棵白杨树便绕其一圈。庄仁与申颖保持着两米开外的距离，目光始终锁定着申颖。

“你咋这么怕别人说啊？”

庄仁听到申颖在问自己，只是呵呵笑，一时不知如何应对。庄仁向来不惧向心上人表达爱意，只是不想在大庭广众之下将两人间的恩爱做给别人看。当初，庄仁给艾昕递了字条便邀她看电影，看完电影又完成了对艾昕的亲吻与爱抚。而艾昕对于庄仁看似激进的爱的表达却欣然接受。爱过一回，庄仁得出一个重要结论，就是喜欢给对了人就是真爱，给错了便是变态，真爱应该是彼此取悦、两情相悦。

庄仁央求申颖："你好好走行不行，都被你绕晕了。"

申颖靠着白杨树哼一声："这么绕几下都晕，还保家卫国呢。"

"我看你有些不开心啊，是不是挨批评了？说说，让我开心下。"

"是啊，早上出操回来，区队长批评我偷摘玫瑰了。"申颖说着低头又绕了一圈。

"有意思，出冤案了！"庄仁嘴上说着心里却有些慌乱起来。难怪，原来是肖区队长那天晨检时没收了他送给申颖的玫瑰，害得她还挨了批评。

庄仁突然兴奋起来，走近申颖替她分析："我判断这事有三种可能，一是有人想害你，二是有人爱你，三是有人逗你。"

申颖双手叉腰，定定地盯着庄仁。

庄仁知道，申颖水汪汪的眼睛在催促他接着细说。

"第一种情况我想不大可能，第三种情况嘛也没意思。我看极可能是有人真的爱上你了。你信不信？这玫瑰之约，是爱的表达呀。"

申颖低下头咬着嘴唇，用鞋尖使劲挤着一块小石子。

庄仁急了，朝申颖低吼："你说话呀！想想，有谁对你有点那个？就是想入非非。"说完，浪笑几声。

庄仁还想逗申颖时，见雪霏霏朝操场这边走过来，申颖一见便大喊着招手。

雪霏霏满脸笑容，朝服务社方向指了指，说："你们聊吧，我去买点东西。"

庄仁有些吃惊："坏了，这下雪霏霏肯定信咱们真好上了。"

申颖望着远处，一副赌气神态："信就信，我才不怕。"

庄仁挨着申颖问："真要跟我好啊，不是有人给你送玫瑰了吗？不等真人露面了？"

申颖一乐，哈哈笑起来，扭头快步朝雪霏霏追去。

庄仁朝申颖大喊："买点好吃的，明天拉练路上吃！"

申颖朝庄仁回头一笑，挥了挥手。

万里无云，又是一个风和日丽的日子。拉练路上，队伍一路进山谷、过村庄、穿丛林，女学员像久困笼中的小鸟突然放飞，个个兴奋不已，放肆袒露着胳膊和脖颈处的肌肤，本该由她们背负的东西尚未到半路几乎全被男学员抢了去。

中途休息时，史队长在大石块上坐下，举起水壶咕噜咕噜喝着。胡强和武忠几个男学员围着史队长坐下，慢悠悠地掏出香烟和打火机，却被史队长严厉制止：“这能抽吗？知不知道这是国家森林？”

史队长一训，几个家伙立马捏着香烟闻了闻然后放回口袋。

女学员挽了裤腿，大呼小叫着下到溪涧。女学员吴艳玲用迷彩帽居然舀到了一条小小的娃娃鱼，高兴得直蹦。

申颖兴奋地上前递给吴艳玲一个喝空的矿泉水瓶，嚷道：“快快快，装这儿！”

雪霏霏端详着瓶子，激动地说：“真的是娃娃鱼啊，你看，都有手脚，一二三四,四个手指呢！”

申颖抢过瓶子瞪着眼嚷：“有五个脚指头，好可爱啊！”

“放了吧，虽然是条小鱼，也是个娃嘛！”庄仁凑过去，央求吴艳玲。

“不，我要带回部队养着，这是多好的集训纪念啊。”

吴艳玲是本地中师毕业生，能歌善舞。在庄仁眼里，二队女学员中数她最活跃。每次挤在水房用水，男女学员就她的衣袖挽得最高，骄傲地露着雪白的胳膊，而且胸口最上面那粒扣子总是不扣，故意露着雪白的胸，引得男学员将衣服洗了又洗迟迟说笑着不愿走。

“怎么手指头脚指头数不一样呢，我看看！”庄仁抢过水瓶，瞪眼数了数，“哟，还真不一样！”然后假装给瓶子加水，一把将娃娃鱼倒进溪里。

“庄仁你浑蛋！”吴艳玲双手捧水，气呼呼地朝庄仁脸上泼去。

“侯中华，你看你媳妇当众给我洗脸，你不管管吗？”庄仁抹一把脸，朝正立在巨石上拍照的侯中华大喊，喊得大伙一阵哄笑。

集训一开始，吴艳玲就跟与南方部队文艺队签约的侯中华谈起了恋爱，谈得就要结婚的样子，让大伙眼睛很是不好受。

“洗脸没事，没揍你就好！”侯中华笑着朝庄仁大嚷。

“都过来！”史队长吆喝着，“集训马上结束，大家聊聊集训前后的变化吧。”

大伙围着史队长，你一言我一语又嬉笑起来。

“以前我从不叠被子，现在见了被子手就发痒！”武忠双手伸向空中，做着抓挠捏扯动作。

史队长装作一脸严肃地批评武忠：“你对被子还有抵触情绪！”

“是，又爱又恨，爱恨交加！”武忠张牙舞爪的模样引得大伙一阵哄笑。

“队长，那我就说真话了，以前我看美女从不流口水，现在一看美女都流鼻血!”

“来部队前我一直留分头，现在上街见个女的，都恨不得给她剪成平头。”

“之前我喜欢红色，现在帮厨都恨不得把馒头染成绿色。”

男学员的哄笑一声高过一声。

庄仁揪住崇良的胳膊：“说，混进革命阵营后你有啥变化?”

崇良甩开庄仁，说：“之前我这人比较粗，现在干活比女人还细。”

庄仁见无人发笑，便嚷道：“大家笑笑啊?”

顿时，大伙一阵爆笑。

唱着《打靶归来》，队伍又开拔，也许是蓄足了劲，大伙一迈步就跑了起来。没跑几分钟，队伍很快变得稀稀落落。有人嗷叫着开始狂奔，有人因脚底起泡一路慢走。庄仁控制着速度，始终与申颖并肩疾走。

“给我!”庄仁伸手抓住申颖的背囊，不料申颖摇肩扭腰予以拒绝。

“不给！后边还有人，不怕他们看见了?”申颖瞟一眼庄仁，从口袋里掏出一个小包，“上次说过演讲比赛夺了第一为你庆功，一粒迟到的糖，给!”

庄仁连糖带手一把抓住，任申颖作徒劳的挣脱，就是紧抓不放。

“你是没谈过恋爱吧？没经验就老实跟我走!”庄仁说着，申颖不再挣扎，庄仁便轻轻松了手。

晚饭前，教导员发布重要通知：“今晚咱们队在大队俱乐部举办歌舞晚会，统一着冬装皮鞋，不戴帽，七点集合。”

队伍中骤然一阵欢腾。

“注意纪律!”教导员绷紧刚才笑眯眯的脸，吼了起来，“希望大家保持好作风好纪律!”

一旁的史队长笑容可掬地说：“晚饭大家多吃点，确保能量充足。”

浓浓的樟脑味混合着难以抑制的青春骚动，洋溢于宿舍，连楼道里都闻得着。脱了胶鞋换上锃亮皮鞋，单薄且有些褪色的迷彩服也换成厚实笔挺的冬装，还有鲜红的硬肩章。男女学员人人上下焕然一新，个个光彩照人。楼道里上下进出的皮鞋摩擦着水泥地板，发出欢快的吱吱叫声。

集合整队时，庄仁闻到空气中飘着摄人心魄的香水味。今晚，得邀申颖至少跳两曲吧。庄仁心里盘算着，有口无心地跟着队伍唱《说打就打》。

大队俱乐部还真大，庄仁略略估算，应有六百多个平方米，跟大学时代学生食堂桌椅一收转眼就成舞厅一样。瓜子花生对男学员来说，是无法激发亢奋的摆设，他们的眼睛多在女学员身上扫荡。

庄仁捅了一下身旁的崇良，说："瞄准了就果断出手啊，机会难得。"

崇良漫不经心地嗑着瓜子，不时盯着对面角落一位着便装的女孩。

"那不是史队长女朋友吗？上回来过咱们这儿。"崇良兴奋地问庄仁。

"对对对，就是她！"庄仁一拍大腿。

教导员手握话筒，笑容满面地开了腔："各位战友，昨天你们从祖国四面八方会聚这里，在流血流汗中苦练本领。在大家的密切配合下，我们圆满完成了集训任务。明天，你们就像种子撒播到部队。请记住，你们的军旅从这里起步。请记住我们的共同理想，为人民扛枪、为祖国站岗。祝愿大家早日成为部队建设的栋梁之材。在离别之际，为怀念集训、加强沟通、增进感情，现在就让我们唱起来！"

顿时，掌声、叫喊声、口哨声四起。

侯中华和吴艳玲自然成了主角。两人率先上场，先是激情表白，感谢教导员和史队长，然后牵手合唱《血染的风采》。

有了浓情开场，大伙争相登台，一首首军旅歌曲轮流唱响。

史队长一曲《想家的时候》唱毕，大伙报以热烈的掌声。

"对不起各位，现在我插个广告，给大伙介绍一下，这位是我对象翟英红，今天也来参加歌舞晚会。"史队长邀请便衣女孩上台。

男学员又是一阵嗷嗷叫，雪霏霏笑着捂住双耳。

"翟英红，我爱你，嫁给我好吗？"史队长说完便将话筒递到翟英红跟前。

大伙没想到，平日威严却不失可爱的史队长，竟在大庭广众之下上演浪漫一幕。大伙屏住呼吸，等待她说话。翟英红只是朝史队长微笑着点下头，便牵着他走下台。

"大家继续唱！"史队长笑着交了话筒，挨着翟英红坐下。

男欢女爱的气氛陡涨。一开始，庄仁没想到队里还能组织歌舞会，原以为满是离愁，没料到热烈的氛围将大家又带回大学时代。

男学员手挽手连成一个圆圈，将圈内女学员团团围住，两圈男女齐声唱响《相逢是首歌》，一边唱一边踩着节拍摇摆转动。

舞曲响起射灯旋转，大伙兴奋地跳起了交谊舞。庄仁起身走到雪霏霏跟前，做了个邀请手势。斑斓灯光下，慢四的旋律让人迷离。

"好快吧，看着过来，转眼就结束了！"

对于庄仁的感慨，雪霏霏只是微笑，完全沉浸于舞曲节拍。

崇良与申颖一块跳着，有说有笑。崇良瞄准时机，靠拢庄仁猛地用屁股一撞。庄仁一个踉跄扑到雪霏霏怀里，转头朝崇良瞪眼骂一声"臭小子"。

庄仁一副标准交谊舞姿势，随着鼓点移步。刚走几步，雪霏霏便笑着夸庄仁："没想到，还是舞林高手呢，大学一定很风光吧？"

庄仁盯着雪霏霏不语，直盯得雪霏霏有些不自在。

舞曲又起，庄仁与崇良互换舞伴。

申颖右手一把抓住庄仁的左手，却被庄仁轻轻甩开。

庄仁贴近申颖耳际说："手反了，笨蛋。"

申颖调皮地用力捏了下庄仁的手，温顺地让他将自己的手握在手心。

申颖面若桃花，顾盼多情。在庄仁眼里，此时的申颖就是一颗熟透的桃，轻咬一口便会甜汁四溢。看着崇良故技重演，庄仁搂住申颖将其往怀里一揽，顺势抱住转一圈，让崇良扑了个空。

申颖回头一望，看着庄仁笑："都被你弄晕了。"

庄仁揽着申颖跳到门口时，贴着她耳边说："咱出去下，我有话跟你说。"说着，牵着申颖轻快出门。

俱乐部右侧是一片树林，昏暗且隐蔽。

"你是不是喜欢她？"未等庄仁开口，申颖带着赌气的口气问。

"她谁啊？我不要雪霏霏。"庄仁猛地抱住申颖，吻住她双唇，"我爱你。"

"那刚才干吗不上台说呀？"

"走！"庄仁一把抓住申颖的手，却被使劲拉住。

"要去你去，反正我不敢。"

"要不要我当众宣布？"

申颖羞怯地望着庄仁，坚定地摇了摇头。

庄仁用力顺势一拉，申颖便扑进怀里，一手环绕住她脖子继续热吻，一手顺势猛地撩起衣服伸进后背。申颖还没来得及阻止，庄仁的手已从后背滑到胸前。

"你疯了吗？"申颖又羞又急，使劲挣扎着，却被庄仁紧紧抱住。

庄仁的手在企图下滑至小腹时被牢牢抓住。

"讨厌！"申颖猛地推开庄仁，扭头往宿舍方向跑去。

庄仁像是遭雷击一般，脑子一片空白，缓步朝操场走去，湿的唇与热的手此刻全没了感觉。明月高挂，冷霜洒满跑道。高高的钻天杨早已被秋风脱去盛装，裸立在寒风中。庄仁没料到，自己刚才的激情表露竟遭到申颖如此猛烈反抗。爱情是一个灵魂对另一个灵魂的态度，那饱含真情的手总不能装聋作哑吧？庄仁想着，申颖毕竟不是艾昕，男女之爱既然天作佳缘，就一定情投意合。否则，就如同鸡跟鸭谈恋爱。

晚会结束崇良和武忠兴奋而归时，庄仁正端着脸盆从水房回宿舍。

崇良盯着庄仁，一脸惊奇地问："你这不是急于销毁啥情况吧？"

武忠笑问庄仁："是不是把裤头也洗了？"

庄仁哈哈大笑："你们俩都是人才啊，我脱裤子放个屁都躲不过你们。"

熄了灯，大家仍止不住兴奋，楼上楼下处处是意犹未尽的笑闹声，庄仁心头依旧亮堂堂照着，申颖在林子里说的一句讨厌，绝非往常脱口而出的那一句，她的奋力抵抗与落荒而逃，让人感觉体内暴涨的激情顷刻间全被清仓。

早饭后，大家忙着整理托运行装、购买土特产。

在篮球场，庄仁遇上申颖，便上前笑问："需要我帮忙吗？我有力气。"

申颖笑着回应："我也有。"

庄仁哑然一笑。是啊，昨晚不是互相领教了力气嘛。

真正的离别终于到来。锣鼓突然开始喧闹，早早亮起的路灯下，空气中满是伤感离愁，天空一开始下着细细雪粒，不一会儿便粉状雪屑漫天飞扬。男女班长和区队长站在球场两侧相送。几个大音箱立在小凳上，循环播着《驼铃》。

大家不顾认识不认识、是男还是女，见面便拥抱着互道珍重。庄仁有些纳闷，为何不播欢快一点的曲子让大家尽欢而散，大冬天本来就冷，弄得一把鼻涕一把泪多难受。

庄仁打着哈哈与二队外的男女相拥道别，找到薄班长时仍一副笑脸："班长，祝你早日娶到漂亮老婆。"

庄仁这一说竟说得薄班长泪流满面，被他一把抱住。

史队长被大家包围起来，一边笑着抹泪，一边与大家打招呼："兄弟们，以后多联系，期待你们成长进步的好消息！"

教导员被大伙晾在一边，仅几人跟他敬礼道别。

庄仁走到申颖跟前，笑着说："我们一伙的，没必要拥抱道别吧。"

申颖红着双眼，睫毛上挂着泪珠："随便你。"

大客驶出营区，庄仁心头涌上轻松快感。百日集训除收获嘉奖和优秀学员证书外，牛仔包里还装进了十本集训专刊，那是多少个夜晚趴在卫生间奋笔疾书的成果，一摞专刊算是记下了这段岁月。

黑暗中，大客缓缓行驶，车窗外已是一片雪白。雪霏霏仍与申颖并排而坐，庄仁在她们身后隔着两排座位。申颖突然打了个喷嚏，庄仁直起身见申颖穿着冬装，便脱下军大衣叠好，示意前排帮忙递给申颖。申颖回头接住，望见庄仁的眼神，接过军大衣抱在怀里，过一会儿才慢慢穿上。

庄仁闭目自问，还没从失恋中走出为何要另觅新欢呢？庄仁知道，自己并非对艾昕爱得不深，恰恰相反，而是爱得投入爱得真，可惜她已离去，申颖是再好不过的疗伤之药。而且，她也值得爱。野外上军事地形学，申颖认真执着。站军姿和阅兵排练，也是一丝不苟。更令人动容的是，在山上进行战术训练时，天上下着雪粒，一声令下申颖便持枪卧倒在泥水里一路匍匐前进。虽奔放任性，却无一丝骄娇之气。这样的女孩儿，怎能不让人动心呢？可是，面对激情咋不动情呢？

华灯初上时，火车返回了大家熟悉的南方省城。

庄仁召集队伍，说："明天早上大家准时在此换乘火车回立青市，今晚放羊，各位务请确保安全！"

申颖走到庄仁跟前，说："我姐离这儿不远，你们几个都上我姐家去吧，能住下。"

显然，申颖的"都"字里包含了站在庄仁身边的雪霏霏和崇良。

雪霏霏立即说明："我早有计划，谢谢，不打搅了。"

崇良打着哈哈说："今晚必须找兄弟们疯一把。"又看着庄仁："今晚你就别潇洒了，赶紧护花吧。"

崇良和雪霏霏说笑间消失在车来人往中。

庄仁问申颖："我去你姐家里好不好？"

申颖拉了下庄仁，高兴地喊着口令："齐步走！"

申颖敲开姐姐的家门，姐妹俩高兴得抱成一团。申颖姐姐揪着申颖的短发大呼小叫着。

"这是庄仁，我们学员队的领导。"申颖将庄仁拉到姐姐面前。

申颖姐姐看着庄仁，笑盈盈地点头示意："欢迎欢迎。"

"不不不，我不是领导，我是跟申颖一块集训的学员，我们是战友关系。"庄仁觉得有必要纠正申颖的介绍用词。

"姐夫呢？"申颖环顾家里问姐姐。

"出差了，后天回。"

申颖脱了军大衣又脱冬装，剩下粉色毛衣。

庄仁从卫生间洗了手出来，呆呆地打量着收拾得井然有序、散发着新婚气息的室内环境。

申颖凑近庄仁悄声说："你随便一点，别这么一副首长样。"

庄仁笑了笑："干吗说我领导啊，别让你姐以为我要领导待遇啊。"

申颖看着庄仁直笑，说："你不是咱们领头的嘛。"

申颖安排庄仁睡次卧，看起来屋子里都是全新的。

庄仁摇摇头："我穿大衣睡沙发。"

申颖不依不饶："不行，会感冒，都现成的又不必动手。"

庄仁哀求申颖："你就听我这回吧。"

申颖姐姐出来将申颖拉进主卧，悄声说："主随客便，就让他睡沙发嘛。记住，以后遇到这种事，退一步海阔天空。如果他使劲你用力，针尖对麦芒，再有钱的日子过起来都心慌。"

申颖出来又瞪着庄仁问："洗个澡吧？"

庄仁抬起头看着申颖，头摇得拨浪鼓似的。

申颖仍一副命令口气："那好，你赶紧洗漱，待会儿我洗。"

庄仁发现，申颖姐姐不仅漂亮，而且比申颖要温柔得多。

庄仁洗漱时，申颖姐妹俩乐哈哈笑声不断。

庄仁刚坐下看电视，申颖便穿着毛衣进了卫生间。浴霸一开，卫生间门上的磨砂玻璃便红彤彤一片。庄仁没心思看电视便关了，随手从茶几底下拿起一本杂志翻起来。

申颖"呀"一声抱着一堆衣服出了卫生间，发际仍滴着水，将衣服扔进洗衣机，然后坐在庄仁一旁细细擦着脚丫、剪着脚指甲。

"洗个澡多舒服啊！"

见庄仁仍埋头翻着杂志不搭不理，申颖夺了杂志丢一边："澡也不洗，床也不睡，你这闹情绪吧，还没当首长就耍脾气呀。"

庄仁见申颖仅穿着薄薄的紧身秋衣秋裤，美白肌肤毫无遮掩地呈现在眼前。

"哪呀，我是不想麻烦，有些东西用一次要换洗，怕麻烦你姐。"

"这么多麻烦都过来了，洗个澡就麻烦了？"

庄仁双眼无处躲藏，压低嗓音说："你把头发擦干，多穿点别着凉，赶紧去你姐房里吧！"

"那你帮我剪完脚指甲。"

庄仁一边剪，申颖一边小心收着，起身时故意假装将趾甲往庄仁头上扔，握拳在庄仁头上轻敲一下，又凑近哼一声："我就想着凉，看你怎么办！"

看着申颖曲线玲珑的身子，庄仁笑笑："请务必保持谦虚谨慎，我身材也不错，但我不骄傲，你看我都穿大衣了，低调得跟农民一样。"

"呸。"申颖朝庄仁开心一笑，转身进了姐姐房间。

申颖吹干头发，泥鳅般钻进被窝。

“好舒服啊！”申颖尽情舒展着四肢。

申颖姐姐捋过申颖耳边头发，指了指客厅问：“是男友吧？”

“战友。”

申颖瞪着屋顶，裹紧被子往姐姐身边凑。

“说过爱你吧？”

申颖半晌不吱声。

“碰过你吧？”

“没有！”申颖说着，用胳膊肘不停地顶着姐姐的肚子，顶得她止不住笑。

“你不说我都知道！”

“知道什么？”申颖腿一伸压住姐姐，“你都知道啥？”

“他肯定对你表白过爱你，肯定碰过你！”

“瞎说，都没有！”

“别骗我，刚才坐他旁边折腾半天，还骗我。”申颖姐姐说完又强调，“你胸衣都没穿！”说着用胳膊肘顶得申颖满床乱滚。

庄仁躺下来，感觉依旧在火车上颠簸。听不清申颖和姐姐说啥，却听得到她俩一阵接一阵开怀大笑，军大衣里仿佛全是申颖的气息。

早上，申颖姐姐轻手轻脚出了门。一会儿，申颖进了客厅，轻轻拉起被子一角，帮庄仁盖上。

庄仁猛地坐起问：“昨晚跟你姐啰嗦到几点？”

“醒这么早啊，”申颖笑了笑，挨着庄仁坐下，“睡得怎么样？”

庄仁其实在申颖姐姐出门前就醒了，只是一直闭目养神。庄仁原以为内心对申颖的爱欲已炉熄火尽，不料昨晚由申颖引发的生理反应，经过一晚发酵渐至临界状态。申颖姐姐出门后，庄仁更是感到身不由己。

庄仁抓住申颖的手。

“干吗？”

“过来点。”

申颖稍微挪身，庄仁突然用力将她抱住压在身下，又紧紧吻住双唇。

“一会儿我姐买早点回来。”

“不刚出门嘛。”

庄仁将申颖紧紧裹压住，一只手又老马识途般伸到申颖胸前。一边奋力反抗着，一边得寸进尺。申颖并不排斥庄仁的热吻，却竭力躲闪着他上下游走的手。直到庄仁喘着粗气像狮子低吼几声，紧抱着的手慢慢松开，然后将申颖拉起。

申颖板着脸推一把庄仁："你老这样，讨厌！"

庄仁定定地盯着申颖尴尬一笑，起身进了卫生间。

清晨，队伍重新集合登车。庄仁发现雪霏霏脖子上多了一条灰白色围巾，很是美，衬着红润脸色，一位戴眼镜的帅气小伙拎着行李箱跟在她身后，火车开动前才下车。

火车驶出省城，庄仁见车窗外的田野仍是一片青绿。

几个小时后，火车驶入立青市。这回，马干事带着三名干部接站。

庄仁集合整队后，马干事一脸严肃地开了腔："现在点名，点到谁谁出列！"

队伍重新排列组合，方正的豆腐块一会儿就被切成四个方条，出站的出站，上车的上车，队伍一会儿便烟消云散。庄仁感到心慌，眼前的别离太令人猝不及防。

重新登上火车，庄仁与崇良、武忠和胡强并排坐着，对面是申颖与雪霏霏和另一名女学员。庄仁盯着申颖，又看看雪霏霏，不再言笑。

胡强说："我们这批还在一个军，只是要下到各师团，有一点可以肯定，我们现在已与军部机关无缘。"

"无缘就无缘，咱们有缘！"武忠试图活跃气氛。

火车依旧奔走在苍山翠谷之中。

崇良打着哈哈说："几个人分到一个师，就像飞机撒种，一口袋里出来，能有几粒共一个山头啊，估计跟泥牛入海差不多。"

庄仁盯着申颖："听说部队女军官被奉若神明，以后多借点仙气给我们啊。"

申颖一脸平静，双唇紧闭，只是盯着庄仁。

雪霏霏一脸微笑："就算泥牛入海，也会很快浮出水面的。"

"说得好！这才是革命英雄主义加乐观主义的生动表现！"庄仁为雪霏霏这句禁不住击掌赞叹。

立青市已远去，扑面而来的是翠绿的连绵群山和层次分明的梯田。在一个偏僻小站，一拨男女学员被点名干部带下火车。列车启动时，庄仁见山上橘子树纵横有序，一栋栋单层或双层的木屋安静地坐落在山腰或山脚，山的亲密接触者似乎只有那些在枝头跳跃的鸟雀。

三个小时后，火车仍在前行。申颖与雪霏霏靠着椅背闭目养神，崇良几个也耷拉着脑袋打起了瞌睡。庄仁这才真切感受到前途的不可知与命运的不可测，就像一个从未走出家门的村姑，突然间要远嫁千里之外素昧平生的男人。庄仁望着窗外的群山，感到又困又晕。

火车又停。一名中校带着一名中尉在站台迎候。马干事命令庄仁列队。

“王副主任，亲自来啊，辛苦了！”马干事一下车就与中校互敬军礼。

王副主任满脸谦恭笑容地说：“感谢首长机关给我们送人才，黄主任这会儿有事，委托我来接您。”

马干事哈哈笑：“我还是娘家人嘛，这九位都是特意留给咱们三师的。对娘家，这点私心不能挨批吧。”

“哪有这么上纲上线的？军部首长机关对三师建设的良苦用心与深情厚谊，正彰显了三师的地位作用啊。”王副主任仍旧满脸堆笑，“老马还是这样幽默风趣，对三师的感情我们看得见摸得着。”

一辆面包车刚好把大家都装上，车慢慢从提篮叫卖的村姑老汉、热切询问是否住宿休息的妇人以及见缝插针的摩托车中驶出。

王副主任低身凑近马干事说：“老马你看这样安排行不，已到午餐时间，咱们在招待所就餐，干部科肖科长已做好准备。饭后您休息，我们按计划送人，下午上班时间再送您上火车返城。”

马干事连连说“好”时面包车驶进了一个小院，中尉麻利下车帮马干事拉开车门，然后通知庄仁几个不拿行李先吃饭。

王副主任和肖科长陪着马干事进了包间，学员在外间大厅落座。

庄仁抓起碗筷，讪笑道：“吃吧，这才是真正的散伙饭。”

武忠立马回应：“再怎么散，不还在一个师嘛。”

雪霏霏看着崇良：“赶紧吃，别弄得生离死别似的。”

吃完大家出了招待所时，中尉大喊：“女学员拿行李跟我走，其他人上车。”

庄仁迅速帮雪霏霏和申颖拿下背包和行李箱，申颖张开双臂，背过庄仁抓起的背包。

“走啦，后会有期。”庄仁拍拍申颖肩头。

庄仁坐下往车外张望时，见申颖双眼有些潮红。面包车往县城外驶去，过了镌刻有“拥军桥”字样的石拱桥，路面上便没了挑着叫卖、坐着吆喝、走着呼朋引伴的喧嚷。车子在山道上疾驶，一湾浅溪随路蜿蜒，路边及山坡上是成片的苍松翠竹和绿樟，连空气都好似泛着绿意。

庄仁迷迷糊糊醒来时，发现崇良拿着行李准备下车。

崇良拍了下庄仁：“我下了，四营，有空联系。”

庄仁已睡意全无，车里仅剩他一人。不到十分钟，面包车驶离公路，过了一座石桥迎面爬上一段窄窄高坡，七八栋木楼依次散立于两旁。面包车“嘀”一声拐进一个小院。

“哟，肖科长！首长机关对一营就是好！”一位黑脸中校朝肖科长敬礼，用大嗓门喊话。

“好鞍配好马，牛营长又添秀才了。”

庄仁一手拎着行李，一手向牛营长敬礼。

牛营长朝身边一位瘦高个上尉大喊：“高连长，这个学员给你们，安顿好！”

高连长一声吆喝，几名战士跑步过来，从庄仁手中接过行李。一群土狗连蹦带跳地将庄仁包围，在脚边兴奋地嗅着。庄仁仔细一数，一个狗群竟有十六条。

一名军衔显示已服役六年的战士帮庄仁铺好床，热情地帮庄仁张罗着：“排长，我叫鲁智深，跟那个梁山泊好汉鲁智深同一个名，五班班长，咱们一营就两个连，咱们是一连，二连在那边。”说着指了指东边，“以后咱们四个睡这屋，有事你使唤我。今晚营里欢送老兵。刚才那营长叫牛德，我们都叫他‘牛得很’，小心他！”

鲁智深一头板寸，身材魁梧结实，说话就像放鞭炮。

“谢谢兄弟，你这名字有意思！”庄仁随后几句话，逗得鲁智深和三名战士哈哈大笑。

晚饭前照例集合列队，大家一路吼着一二三四，土狗也训练有素地跟在队伍一旁。饭前仍是一首歌，一位战士吼了声“越高山跨平原——预备唱”，队伍便咆哮起来。

庄仁静心听着浑厚激越的唱音，感到这首歌从未听过。人还没进饭堂，土狗们早已蹿到桌子底下做好争抢准备。扔下的第一块骨头立即引发土狗们的哄抢，庄仁的一只皮鞋也被狗挤掉，连忙钻到桌下四处寻找，引得大伙一阵哄笑。

晚上的熄灯号声与集训大队的是同一个曲调。庄仁睡下不到一刻钟，猛然听到室外一阵玻璃被砸得哗啦啦的刺耳声，闷雷般的脚步声迅即远去。

“干吗，军装还没脱，还像军人吗?!”牛营长冲下楼，站在走廊上大吼，吼得庄仁心惊肉跳。

鲁智深悄悄靠近庄仁，悄声说：“排长别怕，每年退伍时兄弟们心中有怨，撒撒气而已。深夜两点机关来接退伍兵，安心睡就是。”

庄仁拍了下鲁智深，长吁一口气躺下。

昏暗中，庄仁的脑海里明晃晃地现出申颖的身影。庄仁觉得在集训大队未跟申颖相拥道别，是一个重大误判。看着先是一百多号人住一起，然后数百人一起集训，如今各自散去。以前对分配尽管作了最坏打算，可现在别说有一间独立居住的宿舍，就连一个放书的桌屉都没有。庄仁感觉自己就像被撒落在枯井中的一粒种子，与申颖不知隔了多少重山水路。庄仁懂得申颖已接受自己对她的这份情感，只是排斥爱的表达方式。这多么令人痛苦啊，恋爱中的男女表达激情的方式，是不是如基因序列般既独具个性又无法改变呢？在姐姐家，申颖毫不设防地向庄仁展露着亲近着，却难以接受肌肤相亲，没有肌肤相亲哪有两情相悦呢？庄仁轻叹一声，沉沉睡着时又被送退伍老兵的锣鼓声吵醒。

第七章　缘随风过，寂寞情欲寄山沟

早上匆匆洗漱完，庄仁便忙着掐捏被子。

鲁智深一进宿舍立即放下洗漱盆，说声“庄排我来”便一把扯开被子，像熟练的厨师在案板上揉面，时而硬拳重砸，时而利掌平削，时而胳膊横压，一会儿就将胖乎乎的被子摆弄得棱角分明。

庄仁正满心佩服时，高连长走了进来，身后跟着一名少尉和几名红牌学员。

“咦，被子叠得不错嘛！”

庄仁赶紧起身敬礼，解释说：“鲁班长帮的忙，叠得不好还得下功夫。”

高连长“哦”一声，拖着腔说：“搞利索啊，内务可不能拖咱们连后腿。”

“是！”

高连长又问庄仁老家哪儿、哪儿大学毕业、学啥专业，又一一介绍旁边的少尉和红牌。

一旁的少尉用力握住庄仁的手说：“欢迎兄弟加入光荣的一连。”

高连长一走，鲁智深就凑到庄仁身边解释：“咱连长叫高进军，陆军学院毕业的，家属在广州，太漂亮了。那少尉是咱们军政治部主任的儿子。其他几个红牌都是军校毕业，但都不是干部，到时你红牌一换就两颗星中尉，比他们厉害着呢。”

庄仁突然觉得鲁智深很是可爱，也记住了少尉的名字叫张胜利。

早饭后全连集合，高连长命令：“上午阵地伪装，一会儿登车。”

庄仁拉住鲁智深悄悄问：“这儿有报社吗？”

“这儿哪有报社啊？倒有个服务社，那嫂子美着呢。”鲁智深吃一惊，满脸疑惑地看着庄仁，又指着营区门口方向，“吃的一会儿我去买，你甭管，我先到工具间找家伙，你赶紧换迷彩服。”

卡车驶出营门口时，庄仁靠着鲁智深，一手抓着铁杆，见服务社一位女人朝外张望，屋里柜子上摆放着花花绿绿的袋子与盒子。

鲁智深贴着庄仁耳边说：“这女的是张副营长家属，以前在老家教书，随军后一直没工作。”

虽然一晃而过，庄仁还是记住了女人的模样，脸蛋圆润，长发盘顶，一身城里人衣饰，明显异于路边木屋里的女人。

鲁智深又凑近庄仁：“这山沟哪有报社啊，报纸和信件都晚得要死。”

卡车敞着车厢在山路上疾驶，战士们一个个兴奋得欢呼雀跃。只要看到路边等车的年轻女子，便吹响口哨嗷嗷叫，唤得女子惊奇地抬头相望，而女子一抬头又让他们愈加亢奋。

鲁智深带庄仁上山，手把手教他如何用铁锹铲草皮。

“用草皮伪装阵地，天上看不见，地上难发现，这植被伪装是咱们牛营长的发明，师里正准备推广呢。接着！”鲁智深将铁锹伸向庄仁，庄仁张开双臂一把接住。鲁智深又飞快地铲下另一块，撂给庄仁，“送卡车上，小心别散了，一会儿咱换着干。”

一股泥味直扑鼻孔，庄仁深一脚浅一脚地将草皮送到车上时已是一身泥灰，胶鞋里也灌了不少土石。

休息时，鲁智深将庄仁拉到一边，一屁股坐到地上，双手在迷彩服上擦了擦从口袋里掏出一堆零食。

“小干鱼！”鲁智深撕开袋子递给庄仁，一副垂涎欲滴的顽皮样，又从口袋里掏出一个浅绿色小瓶子，“天冷，这玩意儿能喝就喝了，喝不了搞几口，四十六度。”

庄仁接过小瓶抿一大口，大口嚼着干鱼，一股久违的辣味立即从舌底直通胸腹。

“过瘾！”庄仁顿感神清气爽，阴沉沉的天空仿佛有了生机。

铺完草皮，一身泥土的战士们依旧兴致勃勃地享受着车厢里的欢乐颠簸，遇到路边年轻女子照例将手指伸进嘴里吹出尖锐哨声。

庄仁胃口大开，一连吃了三碗米饭。

“下午不用挖草皮了，进教室学专业。”回到宿舍，鲁智深热情动员庄仁冲澡。

“行！”庄仁抓起鲁智深备好的脸盆，换上又冷又硬的拖鞋，跟着他穿过对面宿舍楼的一个小门，见百余平方米的露天小院里八名战士光着身子在一排水龙头前正洗得起劲。

“冷水啊？”庄仁心里顿起寒意，看着浑浊的流水直皱眉头。

“这山泉水呢！”鲁智深脱得精光，将脸盆往龙头底下一扔，边蹦跳边猛叫唤，“这水是用半边竹管从对面山上接过来的，下雨天水就浑，晴两天就清了，一个煤炉根本烧不过来，热水都喝不上，哪有热水洗，不如洗冷水痛快。”

庄仁刚脱光，黄豆大小的雪粒像是从对面山头上一把一把扔过来，砸在脸盆里叮当作响活蹦乱跳。鲁智深“嗷”一声，将刚接满的一盆水从头顶倒下。庄仁鼓足劲，端起脸盆朝脖子浇下。一会儿，雪粒夹着雪末下得更欢了，庄仁冻得瑟瑟发抖。

庄仁哆嗦着换好衣服，咬牙切齿地一溜烟奔回宿舍，一把扯开棱角分明的被子盖上，沉沉睡了个午觉。

下午，鲁智深不知从哪儿帮庄仁找来一本粘满透明胶布的《导弹概述》，说：“先凑合着看吧，你肯定在这儿待不了多久，先应付下营长。”

“啥意思？”庄仁疑惑地问。

“嗨，你不知道，这山沟有本事有关系的谁愿待啊，今年营里几个干部考研走了，咱们指导员都考了。营长抓专业抓得严，大家都被他考怕了！”

庄仁正和鲁智深嘀咕时，高连长走进教室碰了下庄仁又转身出门。

庄仁看了一眼鲁智深。

鲁智深悄声说：“你快跟上连长呀。”

高连长在楼下操场等着庄仁，没等他走近便开腔了：“明天下午有一节政治教育课，指导员休假了，你备一下课然后给大家讲讲，如何？”

“是！”整整一下午，庄仁奋笔疾书，洋洋洒洒写了九页纸。

“好好干，咱们是老乡呢！”高连长这一句，让庄仁倍感温暖。

“行啊！”高连长翻着庄仁交来的教案，一脸惊喜，“写东西这事我不行，就会欣赏，明天好好讲！”

下午起床号还没响，鲁智深就陪庄仁在教室忙碌着。

张胜利将全连带进教室，然后向庄仁报告：“教员同志，一连参加教育人员实到九十八人，准备完毕，请指示！”

“请坐下！”尽管上大学时见过不少大场面，可面对眼前这些半生不熟的官兵，庄仁还是有些局促。

黑板上彩色大字“夸改革成就　赞家乡巨变”之下，是画得栩栩如生的一簇簇小草和鲜花。庄仁站在讲台上，望着底下一双双充满新奇的眼睛，不慌不忙地开了腔。

“这些年，我们的家乡是不是楼房多了道路宽了姑娘也更俊了？家乡为啥越来越美？是党的英明领导，是改革开放让咱们家乡富了美了！”

官兵第一次听庄仁如此上课，一个个听得津津有味，教室里笑声掌声不断。

教室门突然被推开，众人的目光像是被强磁铁吸到门口。庄仁一看，进来的竟然是牛德。

庄仁目瞪口呆地看着牛德，又望了望教室后面的高连长。

牛德命令高连长："把二连叫过来一起听，从头讲！"

二连一到，原本宽敞的教室已是黑压压一片。

牛德大眼瞪着庄仁："紧张啥？按刚才的路子讲！"说完，又踱步上楼。

庄仁刚上完课，牛德在一片掌声和欢叫声中又出现在门口。

牛德看着庄仁："把教案给我。"

庄仁捏着一张小纸片，双手满是粉笔灰，有些不知所措。

牛德双目圆睁，伸长脖子盯着庄仁手中的纸片，问："上课你就拿这玩意儿？"

高连长快步走来，解释说："营长，昨天他就备好教案了，我都审过了。"

高连长又问庄仁："教案呢？"

庄仁轻声答道："没带。"

牛德指着庄仁哈哈笑，喊道："各自带回！"

没过多久，牛德又点名叫庄仁给全营上了一堂政治教育课。

课后回到宿舍，鲁智深一屁股坐到庄仁床头柜上，激动得手脚不安："庄排，实话告诉你，以前兄弟们宁愿干活汗流浃背，也不想坐教室里听课受罪，这下好了，连'牛得很'都被你征服了，我看你成了他的红人！"

庄仁摆摆手："说说服务社那个女人吧。"

庄仁原以为就算在部队最基层，至少也有一两个女军人，结果发现营里清一色男人。服务社的这个女人住在营区北面坡底的家属院，偶尔上篮球场陪张副营长溜达。

鲁智深咽了下口水说："咱们营干部，我看张副营长最幸福。"

"何以见得？"

"你看，营长和教导员家属虽然都已随军住在师部家属院，但离咱们营不近啊，营长教导员想也白想，远水难解近渴嘛。再说，营长教导员一心扑在工作上，好像也不怎么想。"鲁智深吧唧着嘴，逗得另几个战士直乐。

"想啥啊？"庄仁问。

鲁智深一怔，看着庄仁又望着旁边几名战士，尴尬地笑了笑："跟老婆睡觉啊。"

"别笑，我说的可是实话。"鲁智深一脸真诚，"连长家属远在广州，指导员没找对象不说。为啥说只有副营长幸福，难道你们不懂吗？"

鲁智深看着几名战士，目光停留在庄仁身上。

庄仁摇摇头，捅了下鲁智深："快说！"

"副营长家属就在营里，白天咱们累死累活往床上挺尸一样睡，副营长累了往床上一躺，嫂子柔情似水他还累吗？"

庄仁一掌拍在鲁智深肩上，问："你咋知道嫂子柔情似水？"

大伙哄笑起来，个个前俯后仰。

庄仁止住笑："你还别说，有个漂亮女人守着，那才叫真幸福。可是，你们明白张副营长的痛苦吗？"

大伙立马鸦雀无声，个个像饿汉似的盯着庄仁。

"你们想想，张副营长老婆年轻貌美，一天到晚这巴掌大的服务社有多少活啊，副营长整天累得跟猴似的，晚上还能发起多大进攻？那嫂子要是反攻加强攻，副营长哪有招架之力啊？你们只想到饿汉吃肉大快朵颐，根本不考虑饱汉力不从心，副营长白天累晚上更累，你以为他真幸福啊？我看他是有苦说不出！"

庄仁见大家眼睛发直，"哼"一声打起哈哈。

鲁智深瞪着双眼竖起大拇指："庄排，佩服！太厉害了。可以这么说吧，你身在一营虽然没法站得高，但看得远看得透，有思想家战略家风范。我这不是恭维话，是发自内心的。"

庄仁嘿嘿笑："我不过一家之言。你不仅恭维，还恭维得过了火！"

晚饭哨吹响前，大家已从宿舍出来三三两两走到操场，有的追打，有的捏着烟屁股猛抽。一只黑狗与一只白狗在篮球架下亲密厮磨。

鲁智深顺手抓起篮球架下的扫把扔过去，咧嘴斥骂："你这畜生，整天想着干这事，就不知道树立正确的婚恋观！"

黑狗被突然飞来的扫把砸得嗷嗷叫，慌忙丢下白狗夺路而逃。白狗起身抖抖身子，不紧不慢地往大门口方向走去。

张胜利见状，满脸带笑却佯装怒斥鲁智深："都老同志了，能不能改进下教育管理方式？啥叫以狗为本知道吗，啊？"

一名胖胖的老兵嬉笑说："他要改进他就上了。"

"养这么多狗干吗？"庄仁问张胜利。

"预警靠狗，通信靠吼，节假日改善生活。"

大家又是一阵哄笑。

晚上灯一熄，庄仁望着黑漆漆的窗外，感到虫鸣鸟叫就像山洪一般扑面而来。庄仁莫名地想起山脚下家属院里的张副营长。在这漆黑冬夜，还有什么比跟爱人相守更幸福呢？庄仁又想起申颖，一会儿竟沉沉睡去。

又到周末，牛营长照例回机关。晚饭前，高连长说明天若天气好就打柴。

“干吗要打柴啊？”庄仁问鲁智深。

“靠山吃山嘛，营里食堂除了用煤，主要靠兄弟们打柴烧水做饭煮猪食。”

早上，薄云依旧，阳光微露。大伙兴高采烈，今天打柴已是铁板上钉钉的事。

鲁智深悄声对庄仁说：“一会儿我帮你找工具，打柴你不用搞，带上百八十块钱吧。”见庄仁一脸疑惑，又补充说，“一会儿咱们再聊。”

吃过早餐，张胜利跟在庄仁后面走出食堂问：“庄兄，会玩牌吗？”

庄仁直言相告不会。

张胜利咧嘴一笑：“一看就光做学问去了。你们这批下来几个女学员？”

“三大美女，个个倾城倾国。”

庄仁跟张胜利半开玩笑地说：“名花很美，下手要趁早啊。”

张胜利哈哈笑，问庄仁：“你下手了吗？”

庄仁也打哈哈：“想下，一直下不去。”

换上迷彩服时，庄仁问鲁智深：“要走多远？每人打多少？”

鲁智深神秘一笑：“就到老简家附近，去了全知道了。打多少你们干部没定量，看着打吧，我们兵都有要求。”

鲁智深一边麻利地换好迷彩服一边比画着长短。庄仁还要询问时突然哨声响起，大伙从宿舍飞奔出门，蹦跳着到球场上集合。

整齐的队伍刚走出营门就开始散乱。窄窄的山道上，战士们你追我赶，兴奋地奔跑起来。

张胜利冲庄仁喊一声。鲁智深当即扯了下庄仁的袖子，提醒说：“赶紧跟他们一块去吧。”

庄仁应声答“到”，停住脚步回头一看，三名排长和两名志愿兵早已形成以高连长为核心的队形。

张胜利走近庄仁，拍拍他的肩膀：“上山打柴不仅仅在于打柴，到了就知道了。”

高连长看着庄仁，问他会玩牌吗？

“会一点，不很精。”

高连长哈哈笑：“行，人手够，开心玩一会儿。”

路上，庄仁听着高连长不断讲笑话，跟着大家乐呵，感觉原本压抑的心突然敞亮起来。

鲁智深和班里战士已不见踪影。庄仁跟在高连长身旁走了三四里路，一栋两层木楼出现在眼前。

“老简！”高连长双手叉腰，成弓步站在楼前的坡上。

一位中年妇女“哎”一声从木楼一侧闪出：“快上去歇歇，马上准备好！”

中年妇女下坡相迎。高连长笑眯眯地说：“今天有新来的兄弟，加几个菜。”

中年妇女看了眼庄仁，连声应着好咧，扭头喊道：“二妹，泡茶！”

“高连长！”一位瘦削的中年男子快步下楼，老远就朝高连长伸手递烟。

“干吗呢你？喊半天不见人。”

“到山上转了转，刚下来，屋里坐，屋里坐！”

一名老志愿兵挡住中年男子的手，说：“抽我的。”

张胜利从口袋里掏出一包香烟，喊道：“老简，接着。”

中年男子双手接住，露出谦恭的笑，脸上皱纹堆得更加丰富。

张胜利拍了下中年男子的肩膀说：“中午搞好点。”

“放心，没问题！”

二楼西边房里的方桌长凳已摆好，似乎专为高连长一行而设。

庄仁好奇地打量着房间，说：“这房子有异香啊，依山傍水，可远眺，可近赏，真是把酒临风的好去处。”

高连长一拍桌子，指着张胜利几个说：“明白啥叫文化人吗？庄仁就是。你们来多少回了，谁能说出这话，啊？”

张胜利笑着自嘲：“反正我是粗人，打死说不出。”说着，从口袋里掏出两副扑克牌，洗得啪啪作响，像个熟练的魔术师。

高连长叫庄仁与自已做对家，一名老志愿兵与张胜利做搭档，其余人一旁观战。庄仁刚摸几张牌，抬头见一位束着短发穿着短袄的女孩拎着水壶进了屋。

“今天在家休息呀二妹，怎么长这么漂亮了，是找男朋友了吧？”张胜利与女孩开起了玩笑，抓牌时不再往手里插牌，而是摸一张往桌上扣一张，眼睛一直盯着二妹。

“你乱说！”二妹将水壶放到桌上，将倒了开水的杯子挨个轻轻放到桌上，全然不看玩牌的人。

庄仁一边抓牌，一边偷瞟着二妹，感觉二妹一脸素颜，皮肤却天然嫩白。

“请喝茶。”二妹小心地将杯子放在庄仁手边。

高连长兴味盎然地甩牌，突然叫住正要出门的二妹：“二妹，我们常来你可从没这么客气这么柔情啊，这位红牌干部第一次来，我看你对他太客气了。”

女孩回头看了眼庄仁，应了高连长一句“你乱说”便红着脸下楼。

二妹出门时两边微微上翘的嘴角立即烙在了庄仁脑海里。庄仁觉得这嘴角配着二妹的脸，流露出一股任性，更有几分俏皮。庄仁的牌技不济，害得高连长一连几手好牌被吃。

“有二妹，是不是还有大妹三妹啊？”庄仁一边出牌一边嘀咕。高连长苦笑着埋怨庄仁：“你还真是个秀才，我就纳闷你怎么打得这么臭，原来琢磨这事，行了，搞完这盘你下。”

见庄仁有些尴尬，张胜利打着哈哈：“没那么多妹，老简家就这一个二妹。”

一局打完，高连长命令另一位排长顶上。庄仁朝高连长嘿嘿笑：“你们尽兴玩，我去帮厨，牌技不行厨艺还是不错的，等着瞧吧。”

高连长高兴地瞪着庄仁：“还有这招？好！还真是个人才啊。”

庄仁站在楼梯口的窗子前朝对面望去，只见虽已初冬山林却一片苍翠，二妹在楼下东侧弯腰拎着水壶往木盆里倒水，升腾的蒸汽很快将她笼罩。庄仁兴冲冲地下楼，脚下木板吱吱呀呀颤叫着。

庄仁走到二妹身后：“哟，杀鸡了！”

二妹扭头一笑：“怎么不玩了？”

“不会，玩着累，有啥要我做的？”庄仁蹲在木盆边看着二妹。

“不用你做，等着吃吧。”

二妹动作麻利，一脸平和。

“呃，我好像在哪儿见过你，看着你面熟啊。”庄仁凑近二妹，抓起鸡爪顺势给鸡翻了个身。

二妹高高拎起水壶，倒完最后一滴才开口：“在哪儿见过呀，《红楼梦》里吧，我可不是林黛玉。”

庄仁伸手帮着拔鸡毛：“哟，还读了《红楼梦》呢。”

“粗粗看过一遍。”

“其他三大名著呢？”二妹红着脸：“只是走马观花看了下。”

“你都读过了？”二妹看着庄仁，满脸好奇。

“那当然。”

“你可知道这四大名著各有啥特点？”二妹一脸茫然，又是摇头。

“听着啊，我说，《红楼梦》里大部分是女人，《水浒传》里大部分是男人，

《西游记》里大部分不是人,《三国演义》里大部分是人。”

“你乱说!”二妹盯着庄仁，呵呵笑。

庄仁盯着二妹:“别笑，认真听，还有呢。《红楼梦》里女人出身不好嫁人难,《水浒传》里男人出身不好当官难,《西游记》里畜生出身不好成佛难,《三国演义》里男人出身不好创业难。这是不是乱说?”

“接着说呀。”庄仁听着二妹话里有了柔情。

“我没乱说吧?”

“没说你乱说嘛。”

“听着啊，还有喝酒的特点呢。《红楼梦》里的酒要美女陪着喝,《水浒传》里的酒要大碗喝,《西游记》里的酒都是偷着喝,《三国演义》里的酒要煮了喝。”

庄仁说完不再吭声。

二妹抬头问:“完了?”

“想听，下回再说。”

二妹也不追问，只是细细地清理着鸡毛。

拔完鸡毛，二妹打开水龙头，拎起鸡放到龙头下冲洗。

庄仁一把抓住:“我来吧水凉着呢，这水哪儿来的?”

“山上接下来的。”

“明白了，难怪天生丽质。”

二妹问庄仁:“说什么呀?”

“二妹!”外面女人大喊。

二妹应一声，匆匆端起木盆往厨房走，庄仁起身紧随其后。

二妹突然停住，瞪着庄仁低声说:“我妈喊我了，你上楼去，别跟着我。”

“这是家法还是村规?”二妹抿嘴一笑，摇摇头:“都不是!”

“那为啥不能跟着?我想吃鸡，又不吃你。”

二妹扑哧一笑，转身进了厨房。厨房里早已热气腾腾，香味四溢。庄仁见厨房的角角落落收拾得一尘不染，物品摆放也是井然有序，大门口还摆放着几盆绿植，其中一盆还挂满红红的小橘子，不由得惊讶大山深处农家生活的精致与细腻。

二妹喊一声妈，说:“鸡毛拔干净了。”

中年妇女转过身子，伸手接了木盆。

庄仁笑着喊一声:“阿姨好，辛苦您了。”

庄仁发现二妹妈看起来挺年轻，身材不胖不瘦。

“莫客气，这儿有油烟呛鼻子熏眼睛，去上面歇吧。”二妹妈一脸和善。

“没关系，油烟香着呢。”庄仁在灶前蹲下，捏住一块干柴塞进灶膛。

“饿不饿呀，不着急哦，过一会儿饭菜就好。唉，正是长身体的时候，离开爸妈到部队吃苦受累。”二妹妈跟庄仁絮絮叨叨着。

庄仁心头一热，眼眶禁不住有些潮湿。庄仁知道，二妹妈这几句话一下撞击到了心头最柔软的驳岸。从铁锅缝隙边钻出的蒸汽与砧板上葱姜蒜辣椒的气息，混合成挠人肠胃的香味，给人以浓浓的年味。

二妹将一只小凳轻轻塞到庄仁屁股底下，顺手朝灶膛里塞进一块木柴，一会儿木柴便在灶膛里烧得噼啪作响。庄仁见二妹挨着自己，红旺旺的柴火映着她红扑扑的脸庞。

农家酿的谷酒、农家养的鸡鸭、农家种的蔬菜，满满摆了一桌。

“来，兄弟们，为庄仁加入咱们连，干杯！”高连长以这种方式为庄仁分配定岗进行庆祝与鼓励。

一杯酒下肚，庄仁感到从喉咙到肠胃就像灶膛里燃烧的柴火一路烧着，一会儿脑袋就有了眩晕感觉。

“第二杯，希望庄仁好好干，出息了别忘了兄弟们。干！”高连长一仰脖，满满一杯滴酒未剩。

庄仁有些犹豫，说：“有感觉，不能喝了。”

“下连第一次，喝了！醉了躺会儿。”

见高连长发话，庄仁端杯一饮而尽。

尽兴而散时，庄仁听见高连长的嗓音：“老简不容易，热情周到，老规矩，每人一百。”

庄仁这才知道鲁智深叮嘱他带钱的目的。

饭后，高连长与大家玩牌又打了几个轮回，庄仁一头倒下呼呼大睡。离开老简家时，庄仁四处瞟着没见二妹身影。

半路撒尿时，高连长冲庄仁说：“你小子今天醉了，值啊！都睡到二妹床上了。”

酒醒了大半，庄仁挑着鲁智深砍好的柴火，感觉双脚一路离地飘着，又感觉二妹那双澄清山泉般的眼睛，一直盯着自己。这一醉，庄仁分明感到自己已走进二妹的心灵深处。

鲁智深告诉庄仁，二妹就在外边石桥对面的寨子小学当老师，每天早上出傍晚回，都从营区门前的山路过。庄仁跟着队伍横过山路去饭堂时，总要搜寻二妹的身影，可每次都未果。

连日来，营里气氛骤然紧张，因为师里马上将举行共同科目考核。

早餐前，牛德板着脸训话："这次师里考核，谁考不好，不仅给一营丢人，更是一营的罪人！"

饭后，牛德命令全营开展全员额、全专业、全要素军事比武创纪录活动。一时间，单双杠、木马等处人声鼎沸。

"仰卧起坐比武开始！"新纪录不断诞生，又不断被刷新。二连一名战士在呐喊声中连续做了两个半小时。就在掌声四起时，这名战士身体一软，在帆布垫上昏了过去。

"军医！"牛德一声吼，军医立马开展紧急施救。几分钟后，军医向牛德报告："体力严重透支，暂时性神志不清，赶紧送卫生队！"

很快，营里自备吉普车风一般驶出营区。

望着远去的吉普车，庄仁看着鲁智深嘀咕："这比武有点自残味道，钢铁战士也不能这样折腾呀。"

"接着比！"牛德目光如炬，到处督战。

庄仁没练过双杠，下到连里才知啥是一练习二练习。

牛德盯着庄仁，厉声说："没学过也得好好练，不许拖后腿！"

庄仁迎着牛德视线说："营长，这种创纪录还是停一停吧！"

庄仁这一句，好似给训练场扔了颗手榴弹，炸得大伙目瞪口呆。

"说理由！"牛德铁青着脸，双眼死死盯着庄仁。

庄仁还未开口，高连长猛地干咳一声。

"高进军你干吗？让他一吐为快！"

高连长响亮答一声"到"，不再吭声。

"我觉得，比武创纪录是要讲革命精神，但更要讲科学，不能因为蛮干而做出无谓牺牲。"庄仁使劲咽了下口水，看着牛德不说话。

"接着说！"牛德双手背到背后，眼睛仍盯着庄仁。

"军事比武不是简单机械地挑战极限创纪录，追求的是战斗力的整体跃升，既要讲精神、意志，更要讲科学、规律，是官兵超越自我与保持身心健康的和谐统一。官兵超越自我、挑战极限的拼搏精神可嘉，但这样蛮干的创破纪录会不会把大家变成机器人？导致身体受损非战斗减员？再说，未来战争中强敌并不与咱们比仰卧起坐，做五千个与做一个又有什么差别？"

"说完了？"

"报告，完毕！"

牛德仰天大笑，笑得庄仁心惊肉跳。

“累倒一个兵，冒出一个山大炮。好，今天太有收获了，这一炮放得好。现在停止训练，以班为单位围绕科学训练与创破纪录就地组织讨论！”牛德盯着高连长问，“对这个事你有啥看法？”

“庄仁刚下连队，整个一新兵蛋子，没大没小尽睁眼说瞎话，是我没教育管理好，我检讨！”

牛德猛地向高进军伸出右手往下压了压，张开的粗大五指明确示意他立即闭嘴：“答非所问，离题万里，这样思考问题可不行啊。还有，随意扣帽子，这样管兵带兵更不行！”

高进军脸上顿时红一阵白一阵，嘴角抽动一下又低头不语。

牛德大声说：“庄仁说得对，军事训练不能片面追求创纪录，一定要遵循战斗力生成规律，坚持科学当先，既要比出激情，又要促进战斗力跃升！”

高连长猛地抬头热烈鼓掌，大家见状也跟着鼓掌。庄仁看到牛德紧绷的脸随着掌声舒展开来。

高连长嘿嘿笑：“营长，你批评得对，一针见血，入木三分！”

牛营长大手一挥，吼道：“继续训练！”

早餐过后，高连长找到在篮球场溜达的庄仁，低声说：“一会儿他们去训练，你现在去宿舍，我一会儿有话跟你说。”

庄仁一头雾水地进了宿舍，一屁股坐到床头柜上。

一进宿舍，高连长直截了当地向庄仁宣布：“今天你不用训练了，去养殖场，一会儿你跟那边战士交接。”

庄仁这才知道，养殖场那位老兵将休假回家过年。高连长瞪一眼庄仁，一脸严肃：“安排你去养殖场工作是营党委作出的决定，必须坚决执行！”

“是！”

高连长停顿了一下，用明显缓和的语调说：“昨天在训练场上你说得太多，风头出得太过。听我一句话，请夹起你的大尾巴。另外，我要提醒你，去养殖场千万别把情绪撒到猪鸭身上，绝对不能造成猪鸭非正常死亡。”说完，拍了下庄仁肩头，“咱俩老乡，有的话你别不爱听，我得说出来，你好生听着，你年轻有才，但别心高气盛。”

“不会吧，我就说那么几句，营长就把我流放到养殖场？”庄仁一股悲怆涌上心头。

“你小子真以为自己是个士大夫啊，还流放？你还真以为自己是屈原呢。”见庄仁脸色凝重，高连长又说，“养殖场活累一点，但空闲时间多，是个读书学习的好地方。”临走，高连长一再叮嘱庄仁：“对那些猪鸭可不能随便打骂，营长见了可不得了。收拾下，去吧。”说完便大步走出宿舍。

庄仁扯开铺得整整齐齐的床单和叠得棱角分明的被子，将其一股脑卷起，然后用背包带使劲捆扎，然后一手抓起被子一手拿着洗脸盆，去了养殖场。

庄仁走进养殖场时，几头肥猪正昂首站在圈口张望。庄仁凑近一间猪舍，和一头壮硕肥猪对视着。肥猪一副心满意足的安详神态，望着庄仁一声不吭，只是眨眼又摇尾。庄仁朝它吹了声口哨，便走进宿舍。口哨声并未引起猪的回应，倒是在不远处圈着的一群鸡鸭和几只山羊中引发了一阵骚动。

交接时，一位面容沧桑的老兵对庄仁郑重交代：“三餐后及时用小推车从饭堂拉回剩菜剩饭，拌着饲料喂猪，傍晚时必须统计实力。”看着庄仁一头雾水的样子，老兵又补充解释，“统计实力就是认真清点鸡鸭羊的头数!”庄仁从老兵不屑一顾的眼神中明白，再问再辩就会被视为挑衅，便大声应道：“明白!”

虽然在养殖场，但被子还得叠得棱角分明。庄仁叠好被子，仍旧不敢往床上坐躺，无聊地从床底下拿出一只小板凳，在宿舍门口坐下，营区哨声跑步声口号声清晰可闻。庄仁仰面望去，潺潺溪水对面是连绵青山，仿佛众老者以饱经风霜的姿态无语陪坐。没有了嘈杂，庄仁倒觉得与鸡鸭相伴、与猪羊为伍有一种难得的安宁，阅读的冲动瞬间在心底升起。

午饭的哨声同样能够清晰地传到养殖场。吃过午饭，高连长命令庄仁去趟县城买些蔬菜种子，并将行走路线和注意事项一一作了交代，还特地明确三个小时内必须赶回，否则营长会关禁闭。

过了石桥快上公路时，庄仁远远见桥头一位女人的背影很像二妹，便忍不住大喊一声“二妹”。女人转身回头，一脸惊喜地看着庄仁。

果然是二妹。庄仁快步跑过去，在二妹面前兴奋站定。寒风吹过，二妹的鼻尖泛红，脖子上围着一条粉色围巾，一看就是她自己钩的，手里拎着一个布袋。

“上哪儿呀？这么冷怎么出来了？”二妹问。

“去县城买东西。”

庄仁正说着，二妹朝一辆轰隆隆开过来的农用三轮车招了招手。

农用车是山里的重要公共交通工具，车厢顶上蒙着篷布，里边摆着三五把竹椅和两条长凳。

庄仁跃上车厢，伸手将二妹一把拉上，挨着二妹坐下，说：“你手好凉啊。”

二妹将双手夹在大腿间轻轻搓揉，应着：“我不觉得啊，都习惯了。”

二妹准备去县教育局办事，听说庄仁要去买种子，坚持要为他带路。

“怎么，怕人欺负我吗？”庄仁对于二妹的执着好意有些意外。

“谁敢欺负你们当兵的呀，你刚来不熟悉，免得乱跑。”

进城下了车，二妹抢着付钱，被庄仁一手抓住，说：“你带路我付钱，跟我争啥争啊，老百姓还以为我调戏民女呢。”

二妹涨红了脸缩回手：“你乱说什么呀！”

县城里三轮摩托正日益取代人力三轮车，清一色的造型成为县城一景。庄仁好奇地打量着街道两旁，盯着二妹问：“有没有坐大花轿的感觉？”

二妹目不斜视，笑着摇头。

庄仁在县教育局大门外等了不到十分钟，就见两位女孩拥着二妹走了出来。

“二妹，说！”两位女孩不约而同地伸出指头指着二妹。

“说什么？”

“他！”两位女孩又一齐掉转指头指向庄仁。

庄仁一愣：“我和二妹碰巧一块进城，她给我带路呢。”

一位女孩笑着嚷起来：“二妹可不是你喊的，你该叫她丹丹。”

另一女孩也哈哈笑着埋怨二妹：“这么大的事你也不事先透露一下。”

庄仁见二妹的脸顿时红得像她家楼前穿着挂起的红椒。二妹跟两位女孩匆匆打招呼，带着庄仁走了。

坐上返程农用车，庄仁挨着二妹坐在外侧。车厢后面的布帘根本挡不住不断卷进的冷风，庄仁想用身体为二妹挡风。

“怎么她们叫你丹丹啊？”庄仁问二妹。

一番聊天，庄仁才知二妹叫简丹，哥哥两岁时生病夭折，她妈伤心欲绝，生了她以后便没再生。四年前二妹从立青师专毕业回到寨里小学，为的就是跟爸妈在一起，也让爸妈安心。

“我们还同行呢，我师大中文系毕业的。”

二妹调皮地吐舌头：“你是高才生，我哪能跟你比！”

“哈，我现在在养殖场养猪喂鸡呢。”

“别着急，林子再大有些鸟儿也会飞出去的，因为它属于天空。”

庄仁盯着二妹，半晌无语。

“别这么傻傻看呀，都影响你们解放军形象了。”二妹说着，羞得将脸转向另一边。

庄仁挠挠头，不好意思地笑笑：“谢谢你啊，那天在你们家喝多了，差点吐你床上了。”

“喝不了就别喝嘛！”

“唉，你以为我想喝，没办法啊！”庄仁又盯着二妹说，“你家饭菜真好吃。你是不是也会做啊？”

“当然了，这个都不会那不傻瓜呀！”二妹扬起脸笑。

快到营门口时，庄仁问二妹：“我以后叫你二妹还是丹丹呢？”

“叫二妹吧。”

“嗯。再见吧！”

“再见！”

庄仁目送着二妹消失在山路拐弯处，然后跟高连长报告情况。

庄仁还没走到养殖场小道，一辆军车突然开到跟前。

“小伙子，干吗呢？新分下来的吧？”小车上一位上校摇下车窗玻璃，叫住庄仁询问。

“是，去年11月25日从地方入伍大学生训练大队毕业，26日下午快2点时分到一营，现在一营养殖场工作。”

上校“哟”一声下了车，饶有兴趣地跟庄仁聊了起来。一位少校带着一位背着相机的中尉也跟着下车。

很快，牛德和教导员跑了过来。

“曹科长，首长到营里视察也不提前通知啊！”牛德向上校敬了个礼。

“这是北京总部机关报社的梁处长，我们从三零阵地回师里，梁处长临时起意，想到一营看看。”

“欢迎欢迎！”牛德和教导员又热情地向上校敬礼。

“大学生干部当猪倌，我看这是个好新闻！”上校笑盈盈地从口袋里掏出一个黑色小本，边问庄仁边记录。

“首长，”牛德盯着上校，“上营部去吧，这儿冷。”

“没关系，上小伙子宿舍看看吧。”

庄仁远远看见操场上不少官兵朝养殖场这边张望。

上校不停地问着庄仁是如何选择养殖工作的、第一次与鸡鸭猪羊打交道是啥心情、后来是怎么爱上这个岗位的，又问庄仁找对象了没有。

庄仁一一作答，心里觉得好笑。没料到自己从战斗班到养殖场，居然成了上校眼中的好新闻。上校从中尉手中拿过相机，一会儿叫庄仁系上围裙抓起扫把到猪圈打扫卫生，一会儿叫他舀满两桶猪粪挑起走一段。

“放松，平时咋干就咋干，别看我，自然点！”上校咔嚓几下，又低头看着相机，满意地点点头，“行，还真是一把好手。曹科长，咱们不虚此行啊！”

“首长，向您报告下，”牛德激动地接着上校的话，“这小伙素质不错，干一行爱一行。养殖员休假，他积极顶上来，然后养殖员外出学习，他又一直干着，一干就是三个月，不叫苦不叫累。”

“非常难得啊，这样的典型要好好挖掘。上午师里张政委告诉我，他们这批分下来的学员已有四个脱下军装回了老家，啥都不要就走了。”上校一脸凝重地盯着牛德，又看了看教导员，“以后会有越来越多的地方大学生涌入军营，如何尽早将学历优势转化为能力优势，尽快成长为优秀带兵人，这是当前需要关注研究的一个重大现实问题，事关我军人才质量建设啊。”

曹科长拍手叫好，说：“首长看问题就是不一样，站在全局想大事，我们就琢磨不出其中道道。”

上校握住庄仁的手盯着他说：“部队就是进砖出铁的大熔炉，好好干，小伙子！”上校感觉意犹未尽，松了手又与庄仁握了握，“谢谢你啊，让我们不虚此行。”

曹科长拿过梁处长手中的笔和本，说：“咱们师基层单位都是新闻富矿，欢迎首长常来，每次来肯定满载而归。”

“首长，上营部坐坐吧！”牛德仍热情相邀。

“下回吧，这回就不打扰了。”

教导员接过话茬儿说：“首长到营里视察指导，哪是打扰？过一会儿要开饭了，要不到咱们这儿吃点农家菜？”

“不了，师里张政委晚上有安排，我们还得往机关赶。”

曹科长看着梁处长，说：“首长，我们走吧。”

“走！”

小车一走，养殖场又恢复了平静。庄仁坐在宿舍门口，望着溪水里戏水的鸭子发呆。短短几个月，一起分下来的兄弟走了四个。这个消息实在令庄仁感到震惊。“不会是武忠、胡强和崇良他们吧，申颖和雪霏霏呢？”没有机会出门，没有电话可打，写了信也不知寄往何方，这是怎样的一种生存状态呢？庄仁心头突然生出恍若隔世的感觉。

山村的夜晚黑如泼墨。庄仁觉得今晚黑得比往常快一些，猪圈里传来的阵阵鼾声与鸡鸭偶尔发出的惊叫，令人难以平静。庄仁突然悔恨起来，白天怎么就没想到偷偷去一趟师部机关呢，申颖和雪霏霏肯定在那儿。只要见到申颖，被营长关次禁闭也无所谓。“别着急，林子再大有些鸟儿也会飞出去的，因为它属于天空。”这话说得多好啊。二妹的音容笑貌让庄仁久久难以入睡。以往，庄仁挨了床就能睡着。

阴云沉沉，冷雨沥沥。营里共同科目训练照旧进行，能移到室内进行的统统移到室内。早上出操时牛德强调，人员一个都不能落下。

吃过早餐，庄仁用小推车拉上两大桶残汤剩饭，然后一阵紧张快干。庄仁觉得在养殖场干，操心度与任务量一点也不逊于当营长。当连长用不着操心上顿下顿，一切听令而行抓落实，当营长就得管着全营，正如管着养殖场一大群畜生的吃喝拉撒与早出晚归，而且不容出半点差错。虽然压力大，但庄仁已爱上这一行，主要是因为这些畜生对于庄仁推行的军事化管理没有抵触情绪，早上讲评晚上点名时，庄仁看不顺眼的便骂，骂后仍不解气便偷偷打。

“庄排！庄排！”庄仁听出鲁智深在山路上大喊。

“干吗，这儿！”

鲁智深气喘吁吁地奔到庄仁跟前，说：“嫂子来了！”

“嫂子？”

“后面呢。”庄仁朝鲁智深身后一望，见申颖戴着军帽，手握一根棍状物朝宿舍这边走来，婀娜身材被冬装包裹着，脸颊比集训时明显白净。

“庄排我走了，是连长叫我带过来的。”鲁智深跟庄仁使了下眼色，又朝申颖满脸堆笑地说，“嫂子再见！”

庄仁望着一路跑远的鲁智深，又朝申颖嘿嘿笑：“今天是个好日子啊，难怪一早那些畜生都哼哼唧唧，原来你要来！”

申颖将手中滚成圆筒状的报纸摊开递给庄仁：“看看，你出大名了！都轰动师机关了。”

“咋了？”庄仁接过报纸并不急于看，而是依旧盯着申颖，“也不打个电话，一点心理准备都没有。我现在是养殖场场长，管着上百号呢。”

申颖拉了下庄仁，指着一大块图文说：“看这儿看这儿！”

庄仁见一版中心位置赫然印着一行标题——要当就当优秀“猪倌”。文字旁边还配着三张照片。

“这不是上次北京报社梁处长拍的吗，还真见报了啊。”

“用实际行动诠释爱岗敬业。”申颖问庄仁，“三百六十行，你竟然爱上养猪，还那么积极主动，到底怎么想的啊你？”

“搞养殖也是革命工作，我不干你不干，兄弟们上山吃竹子啃松树啊？走吧，屋里坐坐。”

申颖打量着四周，脸上没了笑容。

“武忠和胡强早调机关了，崇良几天前借调到师政治部干部科了。”

“哦，小子都不错嘛！”

“你咋爱上养殖了？”

“哈，好奇心好强啊！大老远跑来就问这个？”

申颖不说话，跟着庄仁进了宿舍。

庄仁盯着申颖：“你说话啊。”

申颖四下打量着，转头问庄仁：“你是不是犯错误了？”

“可能吧！”

“啥叫可能啊？”

庄仁朝申颖张开双臂：“别废话行不，让我抱下！”

“不好！”

“我现在特别想抱一下，你说咋办？”

“你怎么老喜欢这样啊？”

庄仁盯着申颖笑了笑，猛地上前一把将她抱住。

“你要这样，以后我再也不来了！”申颖赌气地用力推开庄仁。

庄仁摇头苦笑，慢慢垂下双臂。

“要不……”庄仁盯着申颖欲言又止。

“说呀！”申颖脱了军帽，摇头捋了下头发。

“要不，咱们结婚吧！”

“现在吗？”

“对，就现在！”庄仁又激动起来。

申颖抬手摸了下庄仁的额头：“你是不是走火入魔了呀，猪圈里求婚我不计较，你说结婚了我们住哪儿？住这养殖场？庄仁你知道吗，当务之急不是结婚，而是——”申颖挥了下手，一着急却说不出话。

“而是啥？慢慢说。”

“以后再说吧。我暂时在宣传科帮忙，到时候还得回司令部作训科。上午一看报纸就急了，趁着赶巧到县城办事，偷偷叫司机班长溜到营里来了，还得赶紧回。”

“谢谢你，快回吧。记住，干活别急！”庄仁陪着申颖走上山路，看着她上了军车直至消失在山路尽头。

第八章　以石相许，对你就这般情深

送走申颖，庄仁悄悄到教室找鲁智深："把专业教材借我，我也想学专业。"

鲁智深瞪大双眼："庄排，你学这玩意儿干啥？实话告诉你，你学这个没一点用。放心，迟早你会调到机关的。"

庄仁叹一声，说："借我看一看，反正有时间，关键是无聊。"

"这都是绝密，哪能放你那儿过夜，咱们上完课都得交营里锁起来。"鲁智深凑近庄仁，一脸惊喜，"嫂子真漂亮，带劲！来一趟你干劲就上来了，要不干吗学专业，是不是？"

"那咋办？把你笔记本借我吧。"庄仁一脸平静。

"也不行。要不，你就待这儿听课得了，反正没人赶你。"

"行！"庄仁一脸笑，"就这么说定了，明天我来。"

庄仁隐隐感到，命运之神正向他徐徐招手。不是吗，申颖刚才说师长和政委都关注到猪倌新闻了。

吃过午饭，庄仁忙着喂猪时被背后突然一声"嗨"吓了一跳。一回头，见二妹乐呵呵笑着。

"嗨啥嗨，跟我打招呼还是跟猪啊？"

"当然是你了，猪又听不懂人话。"

"谁说听不懂，只是它不说人话而已。"

二妹笑起来："你乱说！"

庄仁扔了泔水桶问二妹："今天怎么私闯养殖场啊，我跟你说这也是军事禁区。"

"啊？"二妹转身欲走，却被庄仁伸手一把拉住，"你咋这么傻啊！说，咋想起到这儿来了？"

"昨天住校了，今天休息，顺便来检查指导你的工作。"

庄仁往营部方向张望了一下，瞪着二妹说："你刚才喊一声吓我一跳，吓坏我不要紧，吓着猪了你麻烦大了。走吧，到宿舍坐一会儿。放心，这儿中午没人来。”

二妹抓起宿舍门口的塑料瓢，舀了满满一瓢水帮庄仁洗手。

庄仁抓起窗台上的香皂使劲搓了搓：“低点低点，裤子都被你弄湿了！”

庄仁擦干手，凑到自个儿鼻子底下闻了闻，又送到二妹鼻子前：“闻闻，还有味吗？”

二妹不躲不闪，贴着庄仁手背嗅了嗅：“没了，香着呢！”

庄仁将申颖留下的报纸递给二妹：“看看，不是每一个养猪的都会上报纸哦。”

“哟，都登报了啊，成名人了。呀，这养猪照挺帅的嘛！”二妹像小孩儿看连环画一般，兴奋得一惊一乍。

庄仁哼哈一笑，说：“我没成名人，是那猪照挺帅成名猪了。”

“人猪都帅，行了吧？”

庄仁拉开椅子叫二妹坐，自己则坐在小板凳上，尽情伸展着双腿，盯着二妹问：“中文系本科生在部队养猪，还上报纸，是不是笑话？你说说。”

“也不是笑话，年轻经些事也不是坏事。也许在你之外，这世上不知还有多少人正以天地为庐，苦苦煎熬着呢。也许在你不知道的地方，还有人比你承受着更大更多的痛苦呢。”

“说得好！”庄仁一拍大腿，激动地起身。

“我得走了，你休息吧！”二妹说着转身要出门。

“你以为我是猪啊，吃了睡睡了吃，再坐一会儿嘛。”

“不行，真要走了。”二妹说着就往门外走，却被庄仁一手拦住。

“走也行，那我们拥抱一下，可以吗？”

二妹看着庄仁，满脸难为情，犹豫了一会儿还是点了点头。

“哈，是不是吓坏了？”庄仁笑着站在二妹面前，双手拍了拍她肩头，“别怕，解放军不会欺负人的。下次有机会还来，好吗？”

“嗯！”

“相信爱情吗？”

“相信。”

“你呢？”二妹抬头反问。

“相信啊，我这猪羊鸡鸭都信呢。”

“你眼中的知心爱人是个啥模样？给我描述下。”庄仁问道。

二妹脸颊顿时泛红：“必须有文采有情怀，让我崇拜！”

庄仁禁不住哈哈笑：“干吗要求文采呀？”

“有文采的人心细、有同情心，会体贴人。”

“那有情怀是不是会玩浪漫啊？”

“不是！是有责任有抱负。”

庄仁伸出食指在二妹鼻尖前做了个刮的动作，说：“没看出来呀二妹，挑男人这么有心机！挑着知心爱人了吗？”

二妹盯着庄仁直摇头。

“再见，你赶紧休息吧，我回家了！”

二妹出了宿舍，执意让庄仁止步。

“好吧，欢迎再来！”

庄仁挥挥手，目送二妹上了山道，看着她消失在茂密的枝叶间。

晚饭后沿着山路散步时，庄仁拉了下高连长：“有个小事麻烦问一下。”

高连长领着庄仁走到路边，心满意足地剔着牙。

“就是，干部结婚必须符合哪些条件？”

见庄仁吞吞吐吐，高连长眉头一皱：“怎么搞成这模样了？利索点说！”

“我要是找地方姑娘结婚，男女年龄上有啥规定？”

高连长剔出牙缝里的东西，朝树上一吐，又将牙签扔了出去。

“你对象不在师机关吗？扯地方姑娘干吗？”

庄仁满脸堆笑，解释说：“不想找部队的，天天抬头见低头见，没意思，还是找个地方的吧。”

“嘿！”高连长歪头看着庄仁，“老家的？”

“老家太远，找个本地的吧。”

“你小子不会看上二妹了吧？”高连长脸上起了怒容，“我可特别提醒你，这儿的女人轻易不要上，上了你就下不来。知道吗？”

“啥意思？连长请指教。”

“我看你养猪把自己都养成猪脑袋了，这还听不明白？”

庄仁看着高连长不吭声，一脸无辜状。

高连长大手一挥，瞪着庄仁：“你千万别搞成‘重点人’，毛病多了就会成‘刺头兵’，到时我可帮不了你。”

“有法律规定不能找当地姑娘吗？”

高连长白一眼庄仁，放缓了语气：“战士不行，干部是可以。你不知道，这里不仅情况复杂，女人也多情。你要对她不负责，把肚子弄大了又不管不要，她们可要抡着斧头找你算账的！”

“肚子大了结婚不就行了吗？”

“结婚那还说个球啊!”高连长一把揪住庄仁，“你小子想找当地姑娘?”

庄仁一乐：“这儿的姑娘漂亮多情，你情我愿不犯法，有啥问题吗?”

高连长目瞪口呆：“没问题，她情你愿我也不拦。走!”

过了春暖花开的季节，庄仁突然觉得对二妹的感情一如渐热渐湿的天气，已经发生了质的变化。申颖虽近在师部机关，却如远在天边。庄仁觉得申颖就像一尊美丽性感的雕塑，根本不懂自己的激情，你只能静静地看着她，却无法感知她的温湿度。二妹恰好相反，就像一只欢乐的鸟儿，时不时飞到养殖场，与庄仁一阵开心对话之后又飞走，还不拒绝无碍大方的亲昵。来去之间，既大大方方说笑，又偷偷摸摸避嫌，带给庄仁难以言说的开心与刺激，让他觉得与猪羊鸡鸭打交道也有了诗情画意。

庄仁相信，爱情要么水到渠成，要么枉费心机。爱情与奸情也仅一步之遥，时间才是改变性质与扭转偏见的最强力量。在芸芸众生中找一个用来爱的人，就像走遍大街小巷大江南北最终吃到一盘让人胃口大开的菜肴。跟不合适的人在一起，就像吃着不合胃口的饭菜，虽然硬着头皮也能吃一些，吃下去也能充饥一时，但味蕾根本体验不到快意，肠胃也会报复性地泛酸。跟情投意合的人在一起，最美的境界就是，嘴上嬉笑着，脸上平静，内心的快乐却汹涌澎湃。

对于谈恋爱找啥样的姑娘，鲁智深一直鼓励着庄仁：“自个儿喜欢就行，管别人说啊笑的!”

庄仁喜欢给鲁智深纠偏，说：“老婆嘛，睡只能自个儿睡，可是看并非自个儿看，还有一个拿出手对得起观众的问题。门不当户不对没关系，姑娘一定得好看，好看的姑娘都是老天特别照顾的女人。当然，好看的姑娘若犯错，老天照样会特别惩罚，因为她辜负了老天的特别照顾。”

庄仁的这些观点，总被鲁智深赞同。

大山里的夏夜充满喧嚣，丛林间的夏虫与不眠的飞鸟，是喧嚣曲的主唱。参加完连队晚点名，庄仁打着手电筒回养殖场。虽然只有三百多米的距离，可在这漆黑夜里，每走一步却令人头皮发麻，大小个儿的虫子会突然撞向手电筒，脚下还会冷不丁窜出一条长长的黑蛇。

庄仁走下山路时，远远见通往宿舍的小路上立着一个人影。

“二妹!”

庄仁熄了电筒，眼前的二妹穿着黄底白花短袖绵绸上衣与粉色七分绵绸裤。

“发生啥事了?”

黑暗中传来二妹的笑：“没事，才九点多嘛，睡不着，就走到这儿来了。

我都带手电筒了。”

庄仁摸索着抓住二妹的胳膊，感觉柔软得像老家水塘里的泥巴。

庄仁猛地抱住二妹。

二妹“啊”一声，抓住庄仁一只手：“问你一件事，你得说实话，问了我就回。”

“说吧！”庄仁贴在二妹耳边轻声说。

“你爱我吗？”

“爱！”

“是要娶我的那种爱吗？”

“当然！”

二妹松了手，紧紧抱住庄仁。

“走！”庄仁一手掩着电筒光，一手牵着二妹，轻脚轻手进了宿舍。

“庄仁，我爱你，你呢？”

庄仁不说话，只是紧紧抱着二妹。庄仁感觉又回到了儿时。那时，自己在田间从一个高高草垛上冲下，又憋着劲冲上另一座高高的草垛，是多么惬意。

“二妹！”庄仁轻唤着。

二妹全然忘了应答，任凭庄仁狂野拉扯。庄仁觉得二妹的皮肤像溪水一样清凉，又像溪水中的石头一样顺滑，脑海里又浮现出小时候光着身子在齐膝深的河水里嬉戏的情景。庄仁紧箍着二妹，二妹身子不断颤动着。

“啊！”二妹突然一声惊叫。

庄仁分明听到二妹的身子骨发出一声脆响。夏夜的喧嚣不知不觉已消失，小溪对面公路上驶过的车辆不时将光亮照进宿舍，又被二妹境子般的脸庞反射着。庄仁不停喊着二妹，一股不可遏制的力量瞬间爆发……

“这算答应嫁给我了吧？”庄仁问。

“你还没回答我呢！”二妹懒懒地应着。

“刚才不回答了嘛！咱们结婚吧，好吗？”

“嗯。”

庄仁轻叹一声：“以后就住你家木楼了，好不好？”

“好啊，我天天给你做好吃的。”二妹捧住庄仁的脸，温柔地说，“多吃点长胖些，多攒些力气。”

庄仁送二妹上了山路，望着她慢慢走远才回宿舍。

上午，高连长偷偷上专业教室检查，发现庄仁坐在后面专心致志地听讲。

课间休息时，庄仁问鲁智深：“张胜利好长时间不见，去哪儿了？”

“说是病了，住进了师卫生队。听说，一住进卫生队就搞定了一个红牌，叫雪霏霏，人漂亮名字也好听！”

“你一天到晚没出这沟，消息咋这么灵通啊？”

鲁智深不好意思地挠挠头：“整天跟兄弟们一起，天天都有新消息，大家的耳都张着呢。”

“张胜利得啥病了？”

“他哪有病啊，泡病号呗。他爸当大领导，他还不好请假啊？”

专业课刚结束，教室里突然一阵骚动，大家齐刷刷地朝靠近山路一侧的窗外张望。

窗外的山路上，二妹拎着一袋东西正赶着回家。吸引大家眼光的，自然是二妹婀娜的身姿。

庄仁心里一紧，二妹肯定去养殖场扑了空。

一名志愿兵透过窗户冲着二妹身影大嚷：“瞧二妹这水灵灵的身子，晚上压上去，会不会爽死啊！”

顿时，教室里浪笑声与口哨声四起。

庄仁猛地一拍桌子，朝这名志愿兵大吼：“这么说话不怕脏了你这身军装吗？别人也这样说你家姐妹，你有何感想？”

志愿兵沉下脸，冲到庄仁面前，一把揪住他胸前的衣服怒吼：“一个才来的红牌，你有什么了不起？关你啥事，啊?!”

庄仁指着志愿兵厉声喊：“松开。”

志愿兵非但不松手，反而紧拽一下又猛地一推。鲁智深来不及相劝，只见庄仁后退一步，顺势抓起屁股后的板凳往志愿兵脑袋上砸去。顿时，教室里桌凳倒下一片，地动山摇一般。

“干什么?！谁？”牛德“嘭”地推开教室门，站在门口大吼。

大伙一阵手忙脚乱，将志愿兵和庄仁拉开。

“怎么回事？想造反吗？都给我坐好！”牛德走上讲台，怒气冲天。

志愿兵额头鲜血直流，指着庄仁狠狠地说：“他骂我姐又骂我妹！”

庄仁迷彩服腋窝处扯开了一个大口子，瞪着志愿兵：“你先动手，我只是正当防卫！”

牛德当即断案：“一个一个说清楚！”

弄清了原委，牛德朝庄仁大吼：“他随便一说，你就动家伙？”

“他先动手我不计较，也能忍，但不能忍他用脏嘴污辱二妹！”

牛德脸色铁青地盯着庄仁："接着说！"

"二妹是我要娶的女人，不许他胡说八道！"

空气似乎瞬间凝固，牛德面不改色，高连长却目瞪口呆。

牛德命令高连长："立即召开全营军人大会！"

会上，庄仁被牛德痛批，命令他继续留在养殖场。

对于这样的惩罚，庄仁说不上郁闷，反倒感到满心欢喜，因为可以经常见到二妹。

午饭前，官兵三三两两走出宿舍准备集合列队，突然传来一声短促的警笛声。大家齐刷刷将目光转向营门口方向。一辆深黑色小轿车跟在一辆迷彩越野车后，一同停在了操场旁边。

牛德大吼一声"立正"，然后跑步冲向从黑色小轿车里钻出来的一位头发花白身材略矮的少将大声报告："首长同志，三师一营正准备集合就餐，请首长指示，一营营长牛德！"

少将回礼说："正常进行。"

牛德俯身上前，双手握住少将伸来的一只手，激动地说："日也盼夜也盼，终于盼来首长视察！"

少将松了手，指着旁边的上校说："这是军政治部保卫处耿处长。"又指着一位中校，"这是政治部组织处谢副处长。"

牛德又热情敬礼，不停地说着欢迎到一营检查指导。

"这谁呀？"庄仁碰了碰鲁智深。

"咱们军长，以前在咱营当过营长！"鲁智深瞅了一眼庄仁，一脸自豪地补充，"咱们营有个特点，出将军。"

牛德往队伍前一站，因激动明显有些变声："今天我们非常荣幸，咱们军长、一营老营长来营里视察指导工作，大家掌声欢迎！"

热烈掌声四起。

"首长，请给大家讲几句！"牛德又给军长敬了个礼。没等军长开口，又吼起来，"同志们，让我们以热烈掌声欢迎首长给我们作重要指示！"

军长笑眯眯地环顾队伍，说："今天到营里不视察不指示，就赶上饭点吃顿便饭，顺便找个小伙子帮我理个发。"

"大家谁理得好？给首长来一个！"牛德望着队伍问。

与刚才热烈掌声相比，队伍顷刻间陷入了令人害怕的寂静。

"报告，我！"庄仁猛地举起右手。

牛德如释重负，命令一连二连带进饭堂。队伍兵分两路，各自呼喊着口号走向半山腰上的饭堂。庄仁见张副营长跟着队伍一路快跑，抢先进了饭堂。

“首长，先转转，饭后再理发，如何？”牛德指着篮球场西边坡下的菜地，“首长您看，又大获丰收！”

“牛德，今天来有啥吃啥，不折腾啊，你别叫副营长弄上一桌。”

“首长日理万机，难得下基层，就加首长爱吃的那几样！”

军长呵呵笑：“牛德一见面就给我扣帽子，我还是经常下基层的。”

牛德脸上顿时红一阵白一阵，连忙朝自个脸上拍一巴掌：“说错了，请首长原谅！”

军长一把扯住牛德，训道：“牛德你能不能给身上养点幽默细胞？开个玩笑都开不起，啊！”说着，走上下坡小道。

大伙跟着军长呵呵笑起来。

耿处长冲牛德笑：“首长平易近人，听懂首长的幽默，也是要智慧的。”

大伙又是一阵呵呵笑。

牛德小心翼翼护在军长身旁，却被军长拉到路中间：“当年这坡爬了多少回啊。现在我跑个五公里还行！”

牛德尴尬笑笑，站在一旁伸出双手护着军长，说：“首长这坡有点陡，您小心。”

下到坡底，长条形的菜地上绿意盎然。水泥砌成的约六寸宽的水渠里，满渠清水缓流，一条条笔直的水泥小道将菜地间隔成棋盘一般。

牛德一边介绍情况，一边请示：“首长，再加干红辣子炒韭菜和大蒜炒菠菜，行吧？”

“好！”军长偏头问牛德，“你这儿有个养猪的地方入伍大学生干部，现在怎么样？”

“挺好的，还在营里呢。”牛德答话时，突然有些紧张起来。

庄仁快速吃完，由张副营长带到营俱乐部等候。整容镜被从一楼搬了上来，脸盆、毛巾、香皂、纸巾一应俱全，摆得整整齐齐。

张副营长一再安慰庄仁：“别紧张，就当平日里给战士剪。”

庄仁一脸平静，不停应着“是”。

一阵嘈杂脚步声传来，庄仁昂首挺胸站立。

军长回了庄仁礼又握住他的手问：“小伙子吃了吗？”

“吃过了，首长。”

待军长坐定，庄仁将洁白的围布甩开，轻轻系在军长脖子上，白酒与青椒炒肉的混合香味从军长鼻息与头发衣服中飘散开来，钻入庄仁鼻孔。

“简单修一修就行，放手剪小伙子。”军长长长吁一口气，像是交代庄仁，又像是安慰。

“是，首长!”庄仁屏气凝神，仔细剪着。

“小伙子叫什么呀?”军长望着镜子问。

没等庄仁开口，牛德抢着开始介绍。

“哟，你就是报纸上登的那个地方大学毕业入伍的猪倌啊。”军长偏头打量着庄仁，“真是无巧不成书，今天还真撞上了。”

庄仁不敢吭声，等军长静坐不动时又梳剪并用。

“行啊，牛德，咱们营大学生干部不赖啊，到养殖场能养猪，上讲台能授课，进俱乐部能剪头。”

牛德满脸堆笑，说：“首长为我们树起了好榜样。”

军长闭目养神，一个指头在围布底下轻轻弹着膝盖。

“你了解到战士们都有些什么企盼啊?”

庄仁专注着剪发，对军长的问话一时没回过神来，也不知军长问谁，更不敢抢答。

牛德碰了下庄仁：“首长问你话呢，你了解到战士们都有些啥企盼。”

见庄仁有些犹豫不决，牛德又用力碰了下庄仁：“你了解到啥就说啥，首长就想听真话。”

庄仁脱口而出：“首长，有三盼。”

“说来听听!”

“一盼外出有车，二盼教育有趣，三盼娱乐好玩。”

“哟，说得还挺到位。谢副处长，记着把这几点补充到调研内容里边。”

一旁看得津津有味的谢副处长赶忙找纸笔记录。

边剪边聊，庄仁感到没费多大工夫便修剪完毕。给军长细细清洗之后，庄仁又用双指在军长太阳穴周边轻轻揉按。

“哟，小伙子不错啊!”军长会心地笑了笑。显然，庄仁的揉按给了军长舒服感和获得感。

“行了，不耽误你们休息了，我们走吧。”军长接过耿处长递过来的毛巾擦了擦，握住庄仁的手说，“小伙子谢谢你啊，剪得不错，三个盼也说得好。”

庄仁憨笑，赶紧立正敬礼。

庄仁陪着营连领导送军长上车时，坐到车里的军长又打开车门，盯着庄仁问：“小伙子到部队也有一段时间了，对部队建设发展有什么好的意见建议啊?”

庄仁刚松一口气，没料到军长又冒出一个问题。

“意见没有，建议倒有一个。”

“说来听听！”

“现在信息技术正生动改变着世界，三师这么一支高科技部队，电脑都看不到，很多官兵是电脑盲。没有信息技术，只能在自家门前小河重演刻舟求剑的故事。有了信息技术，就能驾驭训练之舟驶向连通世界的大海。”

见军长沉默不语，牛德朝庄仁低吼：“说话简洁点，这么文绉绉干吗！”

“抢占先机，信息制胜。小伙子你说的是这个意思吗？”军长盯着庄仁问。

“是！”

“好！”军长一掌拍着车门，“走！”

牛德立马上前帮着关好车门。军长又摇下车窗，朝牛德等一列人员挥手致意。

牛德又大吼一声：“敬礼！”迷彩越野车“嘀”一声起步，大家齐刷刷地朝小车敬礼。

庄仁正准备离去时被牛德叫住：“养殖场的事你甭再管了，营里另有安排，你回连里吧，下午起床后你到我房间来。”

“是！”

庄仁刚走出几步，又被牛德叫住：“你以前剪过头没？”

“没有。”

牛德被庄仁这句轻言细语惊得一跳。

“没有？没剪过你说你会剪，敢情你主动揽下这瓷器活儿，凭的全是不问明天过不过活不活的胆量？你拿我一营全体官兵开玩笑呢你，尽瞎搞！”牛德一摆头瞪着庄仁，仿佛眼前的庄仁就是一只猝然下山闯入的猛虎。

庄仁一声不吭，立着不动。这时候哪还能当面与牛德争辩呢，开口只会激起他的斗志。

先前你问的就是会不会剪，没问剪过没剪过。再说，没剪过就不会剪？刚才不剪得好好的吗？庄仁心里嘀咕着，等着牛德训话。

见庄仁一副耷拉样子，牛德放缓语气说：“你动手伤人，脾气太硬，这毛病得改。关键时刻勇气可嘉，又为一营争了光，但这是逞匹夫之勇，毫不考虑后果，万一剪砸了你咋办？这次首长满意就不追究了，下不为例！”

“是！”

“去收拾吧。”

早已到午休时间，大脑皮层的兴奋期一退便转入抑制状态，庄仁感到脑袋一片空白。真没想到，猪倌的日子就这样毫无征兆地结束了。当不当猪倌，全凭牛德一句话。庄仁觉得养殖场的宿舍不仅留存着二妹的气息，更留存着人生中一段美好幸福时光。

养殖场中午的喂养工作高连长已命令别人干完了。庄仁回到宿舍，一屁股坐到床上，望着门口那只蓝色塑料桶里的红色塑料瓢发呆，眼前又浮现出上回二妹抓起塑料瓢舀水帮着洗手的情景。宿舍里属于自己的东西，也就是当初来时一个脸盆能装走、一根背包带能打走的那些。这个红色塑料瓢不是庄仁的，但庄仁决定将它带走。

庄仁感到有些奇怪，这时候竟毫无睡意。以前饭后干完喂养活，双手一洗便睡意浓浓，倒在床上就能睡去。突然，庄仁听到沙沙的脚步声渐走渐近，一个身影闪过窗口出现在门口。庄仁猛地从床上蹦起来，一个箭步冲到二妹身边。

二妹似乎被庄仁吓得有些不知所措："发生什么事了？"

庄仁不吭声，一把将二妹拉进宿舍，紧紧抱在怀里。

"说话呀你，今天有些不正常啊，快说快说。"二妹双颊绯红，在庄仁怀里摇晃着。

庄仁双手环抱住二妹柔软的腰身，贴着她耳边说："一会儿我就搬连里去了，营长不让我干养殖了。"

二妹兴奋地"嗯"一声，双手捧着庄仁的脸，猛地亲吻一下："我就料到会有这一天的！"

庄仁拿出迷彩衣，将破烂处亮给二妹看："带回去，帮我补了。我身上这衣服还是排里班长借我的。"

"怎么扯成这样啊？"

"上午跟一个老兵打了一架。"

"啊？"二妹突然紧紧抱住庄仁，"怎么打架呀？没伤着吧？"

"我没事，把他脑袋给砸破了。"

"拿什么砸的？"

"凳子。"二妹盯着庄仁，眼泪不声不响就淌了下来："以后不要这么冲动。你要出个意外，我怎么办呢？"

二妹将头埋进庄仁怀里，轻轻哭泣起来："庄仁，答应我，我要你每天都好好的，知道吗？"

"嗯。不许哭！"

庄仁吻过二妹的耳郭，二妹破涕嬉笑："好痒。"

庄仁用嘴鼻在二妹耳朵上来回扫着：“还痒吗？”

“痒！”

庄仁的一只手滑入二妹后背，另一只手也随后接应。二妹拍了拍庄仁后背，柔声说：“好几天了我还没来呀，肯定是怀上了。”

“啊？”庄仁放开二妹，惊喜交加，“两亿多兄弟五公里越野，最前面的小子赢了！”

“说什么呢？”二妹拍拍庄仁的脸，“你傻呀，摸摸这，咱们的孩子。”

庄仁哈哈两声笑，猛地揽过二妹，一手轻轻地摸着二妹的下腹：“老天送我一个女人，又送一个孩子，为什么对我这么慷慨啊？”庄仁激动得欢呼雀跃。

“再来一次吧，告别纪念。”庄仁吻着二妹。

二妹摇摇头：“这大白天的不行，你已经冒了一次险犯了一次错，你还没走出这养殖场呢，以后呀在家里你想怎么来就怎么来。记住，小不忍则乱大谋。奖励一下！”说着嘟起双唇。

庄仁迎着二妹的热吻，紧紧将她抱住。二妹临走时，庄仁右手握拳放到她掌心：“这是一块小石头，我们西北集训时在大山沟里捡的，送给永远最爱的人。”

二妹双眼放亮，打量着小石块惊喜喊道：“上面有个头像呢！”

没等庄仁开口描述，二妹一眼就看出了石块上的头像。还有什么言语比这更让人心动呢？

庄仁又一把抱住二妹：“这个就是你啊。你看多像你啊，这样的头发，这样的脸部轮廓。《红楼梦》里怎么唱来着，若说没奇缘，今生偏又遇着你。咱们是有点神奇吧。”

“越看越像，怎么这么巧呢？”二妹握着石块，喜不自禁又在庄仁脸上亲吻。

本来，庄仁一开始想将这小巧石块留给艾昕，后来又想送申颖，没成想二妹居然成了它的主人。看着二妹握着石块离去，庄仁心头涌上一阵轻松快意。

离下午起床号响还差二十多分钟，庄仁轻脚走进班里，将背的拎的全放到一个空着的床铺上。宿舍一切照旧，鼾声还是那么响亮。鲁智深被庄仁轻轻一碰，立马触电般翻身坐起。

庄仁轻声问：“张胜利搞定雪霏霏的消息可靠吗？”

鲁智深顿时鲜活起来，小声说：“有兄弟上师机关见到张排时他自个儿说的，肯定可靠。”

庄仁“噢”一声，默不作声整理着床铺。

鲁智深拨开庄仁，叫他歇着。

“那个雪霏霏不是上次来看你的那位吧?”

“不是，是我们一批的。”

“那好，没夺你所爱就行。”

庄仁坐到床头柜上，看着鲁智深熟练地摆弄。

庄仁有些纳闷，雪霏霏不是一直幸福地爱着吗，咋突然就不爱了呢?

“让我躺一会儿吧。”庄仁懒得脱鞋，蜷着身子侧躺下，感到困意像山一样压过来。

鲁智深蹲到庄仁床前，双眼放光：“庄排，昨天你那一板凳砸下去，全改变了我们对你的看法。”

庄仁以手当枕，睁眼看着鲁智深。

“我们都以为你就一文弱书生，没料到那么猛，绝对彪悍！我现在真懂了和平是打出来的道理。那小子嘴烂得很，大家都烦他，扁他一顿正好!”

庄仁睡意全无，又一骨碌坐起，听鲁智深嘀咕：“我看二妹人挺好的，温柔善良，知书达理，还手脚勤劳，这类女人就是旺夫。”

庄仁忍不住扑哧一笑，伸手在鲁智深脑袋上抓了一把。

广播准时响起，还是那熟悉而又老旧的军歌。宿舍另两名战士醒来，热情地与庄仁招呼着。

鲁智深飞快地从服务社为庄仁买来一瓶矿泉水：“你说副营长媳妇怎么越长越好看呢?”

庄仁接过水，从兜里掏出零钱，被鲁智深一把压住：“这点小钱你掏啥掏。”

“我看啊，不是她越长越好看，而是你越来越喜欢看她了，是不是?”鲁智深被庄仁问了个大红脸，两名战士跟着他一道嘿嘿笑。

几个人正说笑时，高连长走进宿舍，对庄仁一脸严肃地说：“搞利索，营长都起来了，赶紧到他门口等着吧。”

庄仁有些无助：“营长找我干吗，会不会又要挨批?”

“应该不会，但也不能排除。”

“要问些啥呢?”

“快去啊，还能杀了你?!”

庄仁上到二楼，到牛德宿舍兼办公室门口时，见牛德正端坐在桌前悠悠地吹着杯口。

“报告!”

“来!”

庄仁进了房间在两把藤椅的外侧站定，脸盆架上散发出的香皂味与牛德杯里飘出的茶香以及从他身上散出的酒味综合成一股令庄仁找不准感觉的香味，闻着倒也舒服。

“我听说你主动学起了导弹专业，不错，就要这股劲头！说说，信息制胜是啥意思？你放开说，今天不论对错。”牛德既不叫庄仁坐下，也不给他倒水。

庄仁一脸平静地看着牛德：“以信息技术为核心的世界新军事变革，必将改变未来战争模式，谁的信息技术过硬，谁将夺得胜利。”

“何以见得？”

“现在先进技术首推电脑技术，它必将首先用于军事。发达国家的精确制导武器指哪打哪，靠的就是先进信息技术。”

牛德面露愠色：“你别长敌人志气灭自己威风。”

“咱们的信息技术你觉得咋样？”

“全军面上我说不准，但咱们师在这方面还很落后，机关才几台电脑，还专门用来打字。”

“咋学信息技术？”

“学起来不难，难的是转变观念。”

牛德吹了吹杯口，浅浅喝了一口，瞪着庄仁问转变啥观念。

“打个比方吧，当初清朝不顾冷热兵器的军事变革趋势，不断强化骑射，最终被西方坚船利炮轰开国门。第二次世界大战前，法国无视机械化装备发展给陆战战场带来的变化，固若金汤的马其诺防线反而付出了亡国代价。这就是不转变观念带来的后果。”

庄仁见牛德的脸渐渐拉长。

“咱们营搞的模拟训练，你怎么看？”

见庄仁有些迟疑，牛德端起杯子提高了嗓门：“心里咋想就咋说，痛快点！”

庄仁心里压抑已久的一股气突然蹿起，也提高嗓门来了个竹筒倒豆子：“恕我直言，这些训练还停留在生产队水平，不能再热衷于用木板刻电路图、用瓶瓶罐罐拼模型了。这年头如果把具备简单电源显示功能的模拟器材视作高科技，那这样的部队就太搞笑了！”

牛德哈哈直笑，把庄仁吓一跳。

“你说，咱们营如何抢占先机？”牛德明显缓和了语气。

“先买电脑进门，再请师傅传道授业，结合实战探索。”

牛德又端起杯子喝一大口，歪着头问：“这些你是怎么知道的？”

“以前看过一些资料，自己瞎琢磨。”

“有机会帮我买几本这方面的书。记住，今天咱们说的甭跟别人嘀咕。”

庄仁应声答“是”时，牛德起了身：“今天就聊到这儿，你回吧。”

晚上熄灯了躺在床上，庄仁感到找一份结婚申请报告表送各级审批签字，远比帮牛德买资料书紧迫重要，也对于在军人大会上当着全体官兵面作检查说违心话感到憋屈。从军入伍如果连自己心爱的女人都保护不了，还谈啥保家卫国？庄仁吃惊于自己性格的嬗变，以前从未与人起过纷争，这次咋一言不合就跟人动手干架了呢？和平是打出来的，有时候爱情也是打出来的吧。不然，为何冲冠一怒为红颜呢。

庄仁费尽周折，终于从师机关弄到一张结婚申请报告表，瞅准时机拿着悄悄填好的表进了高连长房间。

“想好了？决心下够了？”高连长瞪着庄仁问。

“嗯!”

“丑话我先说到前头，娶老婆可不是买东西，不能说退就退说扔就扔。”

“连长，你放心，我庄某也是个大男人，说到就做到，做到就做好，绝不干对不住良心的事!”庄仁满脸堆笑地说着，从口袋里掏出一包烟放到桌上，“连长，还有一个事，请你帮我提个亲，这事你不出马还干不成。”

高连长笑眯眯地看着庄仁：“看来你是铁心要娶二妹啊。”

“是的。也不是一包烟就打发你。你对我好，我都在心里记着。来日方长，到时再谢吧!”

高连长哈哈笑着拿起烟：“周围十里八户老百姓都是老熟人，这一提亲就相当于泼出一盆水没法收回了，以后可不得耍赖皮。”

庄仁将胸脯拍得咚咚响：“前前后后都想好了，保证不给你丢脸。”

高连长又问：“你跟那天来营里的女红牌是啥关系？”

“一块集训的战友，有关系也是正当关系!”

高连长警告庄仁：“可别在男女关系上栽跟头。”

庄仁忙不迭地赔笑脸，连连说明白。

高连长瞪一眼庄仁，抓起笔在表上签了名。

庄仁伸手拿表时，却被高连长一掌压下：“别急，我话还没说完呢!”

庄仁尴尬地笑着，低眉顺眼地立在一旁。

“成人之美是好事，何乐而不为？啰唆这么多，就是怕你一时糊涂，怕你迷了心窍，知道吗？”

“知道知道!”

“人生路上千万别走错走弯，错一步弯一段很耗人啊!”高连长将表往庄仁面前一推，说：“找个日子提亲吧！”

庄仁啪地敬礼：“谢谢连长，谢谢！”

提亲的事，是二妹告诉庄仁的。按寨子里的习俗，男子看上女子，到了谈婚论嫁这一步，男方得找一位可靠长者，带着男子登门求婚。

那天在养殖场时，庄仁笑问二妹：“提亲的习俗对解放军也适用吗？”

“不提亲就启动不了嫁人的程序。”

庄仁问：“咱俩结婚到底谁娶谁啊？按理是你娶我，应该你到部队提亲才对。”

二妹一听当即扑到庄仁怀里撒娇，说：“不能乱了寨里规矩，叫人背后说三道四。”

“好好好！”庄仁当即满口答应二妹的提亲要求，心想这有何难呢，入乡随俗就是，提亲为的就是让二妹嫁得清清白白大大方方。

又是周末，连里照例上山打柴火。高连长命令大家先打一小时，弄利索后按老规矩集中。

进山路上，在卫生队养得白白净净的张胜利开着庄仁的玩笑说：“兄弟好有福气，雪霏霏都夸你是个大才子呢。”

庄仁打着哈哈说：“哪有福气，只是不得已而为之，也不是大才子，不过是一块革命砖头。”

张胜利住完院回到营里时，买了一大袋高级糖，分了营领导又在连里挨个宿舍发。那天，张胜利特意给庄仁送上一把喜糖，说是和雪霏霏领了结婚证，到时回立青市办酒席。在庄仁眼里，张胜利如何搞定的雪霏霏是个谜。这个谜，庄仁懒得思索，也不愿探问。雪霏霏爱谁嫁谁是她的自由，正如自己要娶二妹。

庄仁跟在高连长身后走进老简家。高连长进了里屋，热情地喊着龙妈，一位老妇人高兴应着。

高连长拉住庄仁：“一会儿我去那边，你待这儿，龙妈跟你说话。她是寨子里出了名的热心肠媒婆。”

庄仁笑了笑，也喊了声龙妈。

龙妈捏了下庄仁的胳膊：“多吃些啊孩子，身上再长些肉就更好了。”

“想找个什么样的？”

“老实就行！”

木质结构楼的里屋与外屋根本谈不上隔音效果。庄仁听得出，高连长与二妹在另一间屋里开始了一问一答。

龙妈问庄仁想找个什么样的女孩。

“能理解支持咱们当兵的就行!”

“二妹是个小学老师。”

“教书好，知书达理。”

“不嫌她农村人?”

“我也是农村人。”

“可你是当官的啊!”

庄仁觉得龙妈的话有些可爱。是的，不光在龙妈眼里，就是在营里战士眼中，军官与战士有着质的区别。这种区别，也将二者的婚恋拉开层次。

庄仁看着龙妈，说:“当官的也得娶老婆，没人规定当官的不准找农村女孩。”

“嗨，谁规定这个啊，可你说你一个当官的，找我们一个乡里女孩，图什么嘛，我们就是为这个心里有些不踏实。”

庄仁见龙妈眼里满是诚恳，听到高连长和二妹此时也不再吭声。高连长三言两语就摸清了二妹的底细，此时和二妹正静坐着听龙妈和庄仁的对话。

庄仁不知该说啥好。图什么呢，那座木楼和十几亩山林到底值多少？二妹每月有多少工资？庄仁从未想过这些。

“就图二妹是个好姑娘。”庄仁感到再也找不到能比这一句更能清晰彻底表达自己真实想法的语句。

龙妈笑着抓起庄仁的一只手拍了拍，连声说好。

龙妈将高连长和二妹爸妈喊到大堂里坐下，看着二妹爸妈时话音中透着坚定:“挑个日子，把喜酒办了吧。”

“你看行就好，我们照办。”老简抽着高连长递过去的烟，一脸乐呵。

二妹妈不停地谢着高连长:“二妹命好，等着等着就等来了这么一个好后生。”

“行啦，我的任务完成了，”高连长说着往外走，“老简啊，今天还是老规矩。”

老简一把拉住高连长，高兴地说:“今天你们都是贵客，午饭算我请客。”

“那不行，一是一,二是二，不可乱规矩，今天你要请客我现在就走。”

老简拗不过高连长:“那就按规矩办吧。”

看着高连长走远，庄仁问二妹:“咋这么快就敲定了?”

二妹羞赧一笑，伸手拍了拍庄仁衣领上的白灰。

庄仁问:“我这算倒插门吧?”

“你要倒插一辈子才叫，我都做好了跟你颠沛流离的思想准备。”

“哟，还真会用词，颠沛流离都用上了，你以为你是嫁给屈原啊，反悔还来得及哦。”

二妹抱住庄仁，一脸幸福地摇摇头，说：“嫁人不疑，疑人不嫁！”

庄仁亲吻着二妹的脸，一把将她抱起。

二妹拍打着庄仁后背：“你轻点！”

庄仁放下二妹：“我跟着连长他们先干一会儿活吧。”

“去吧，小心点！”

庄仁请好假同二妹赶到县城，到民政局办了结婚登记。

上了大街，庄仁好奇地翻着红红的结婚证：“原来就这模样啊，还一人一本。”庄仁高高扬起手，大喊着：“我有结婚证喽！”

二妹一把夺过庄仁手里的结婚证塞进包里，嗔道：“大街上你瞎嚷什么呀，也不注意形象。”

庄仁牵了二妹的手，欢快地唱起来：“梦已经醒来，心不会害怕，有一个女人，那是庄仁老婆。”

二妹昂头“哼”一声，挽住庄仁胳膊，催他去书店帮营长找资料书。

买完书，二妹又买了些花花绿绿的糖，叫庄仁陪她去教育局看上次他见过的那两位女同学。

庄仁问二妹：“都叫啥来着？都忘了。”

“个高点稍胖的叫张晓燕，苗条娇小的那个叫许霞。”

二妹带着庄仁一进办公室，张晓燕和许霞便飞快地关上门，高兴地叫起来。

二妹抓出一把糖分给她俩，又掏出结婚证晃了晃，说：“嫁了嫁了，终于嫁了。”

张晓燕和许霞抢过结婚证，搂着二妹欢天喜地地翻看着。

“大哥，你这么神速就把我们二妹娶了，上次来你们不刚认识吗？”张晓燕盯着庄仁问，一双媚眼里分明有了嫉妒。

庄仁看着二妹，又望着张晓燕讪笑：“夜长梦多兵贵神速嘛。”

许霞接过庄仁的话：“你也太神速了，你是天兵还是天将啊？”

三个女人搂成一团笑得更欢了。庄仁不再说话，只是看着她们笑。

张晓燕和许霞大笑之后，不约而同地像是想起什么，又神秘兮兮地将二妹架到窗前，贴耳小声询问着庄仁听不清的问题。二妹不停摇头，羞得蹲到地上。张晓燕和许霞架着二妹胳膊将她拎起，催她老实交代，直到二妹点了点头才松手。

张晓燕伸手摸着二妹的下腹，一脸惊讶地叫喊道：“都摸得着手脚了！”二妹拍打着张晓燕的手，笑骂她俩刚才掐疼了胳膊。

张晓燕瞪着庄仁说：“你这人真是厉害，咱们全县人民养着的一枝花都被你拐走了，今后可不许欺负她。”

“我一个倒插门哪敢欺负她，我都做好了一辈子做牛马的准备！”

三个女人又是一阵哄笑。

庄仁的婚假批下来之后，在二妹家办婚宴的事也定了下来。

第九章　倒插上门，岂在一亩二分地

周五晚饭前，庄仁按约定在服务社等二妹一同回家。

走进服务社，庄仁见张副营长女人正辅导六岁模样的女儿学习，便喊了声嫂子。

“要什么东西吗？”

“谢谢，就待一会儿。”

“等二妹吧？”

庄仁点头应着，感觉女人风韵十足，难怪兄弟们都喜欢往这儿跑。

庄仁见二妹走近，便招呼她进服务社，介绍说：“这是我们张副营长家属，叫嫂子。”

“嫂子好！”二妹甜甜地跟女人打招呼。

“家在营门口，你们真是幸福啊。”女人看着二妹柔声说。小女孩应着女人的招呼喊叔叔阿姨，抬头露给庄仁一副可爱模样，看得二妹满心欢喜。

走过营区，二妹便大大方方挽住庄仁胳膊。

“家在营门口，你们真是幸福啊！”庄仁学着张副营长女人的口吻问二妹，“幸福吗？”

二妹“咯咯”笑着不答话，使劲搂了下庄仁，问：“想要儿子还是女儿？”

“都想要！”

二妹又一把紧抱：“二选一！”

“儿子！”

“那要是女儿怎么办？”

“女儿就女儿嘛，你看嫂子家女儿多乖多漂亮！”

“到时生了女儿可不准闹情绪啊。”

庄仁用胳膊肘揉了揉二妹胸脯，说：“别这么小家子气好吗，又不是不能生。”

“不能生怎么了？”二妹停下脚步，仰头盯着庄仁。

“不能生我打你屁股！”庄仁顺势亲了下二妹，又在她屁股上掐一把。

二妹无拘无束地伸展着身体，将庄仁撩拨得骚动不已。庄仁猛地抱住二妹亲吻，被二妹轻轻推开。

“这儿让人看见不好，一会儿到家了让你亲个够。再说，你休假我放假，有的是时间。”

庄仁在二妹脸上亲了一个响吻才松手。

太阳刚下山头，白亮余晖映满天空。山风轻拂，成片松竹发出的声响在庄仁听来满是煽情味的鼓动。庄仁在二妹身前蹲下，说：“上来，让俺老猪背你一段。”二妹俯身，双手抱住庄仁的脖子。

“作为寨里第一个嫁给军官的女人，现在有何感想？”

二妹咬着庄仁耳朵说：“当初压力挺大，有人说当官的跟你谈，会不会骗人。有的说你心甘情愿找山里姑娘，是不是身体有毛病啊。”

庄仁放下二妹，佯装生气：“都什么人哪，我还以为民风淳朴心地善良呢，整个都把我想成了流氓骗子，气死我了。”

二妹抱住庄仁放声大笑：“把你气成个大气球！”

二妹家已近在眼前。庄仁觉得平常半个小时的路程，今天好似眨眼就到了。二妹远远地喊了声妈，一只灰黑色土狗吼一声，连蹦带跳地奔向二妹。庄仁吹着口哨，土狗撒着欢嗅着庄仁身上的气息。二妹妈在楼上应着，二妹爸在厨房忙活，屋里屋外弥漫着柴火饭菜的香味。

庄仁不再喊二妹爸老简，而是跟着二妹叫了一声爸。

二妹拿出结婚证：“爸，证都办好了。”

二妹爸“嗯”一声，说收好吧。

庄仁和二妹上了楼，见二妹妈正擦拭着角角落落。

“妈，我们的证办好了。”

二妹妈双手在衣服上用力擦了擦，接过二妹递来的结婚证细细打量着，满脸喜悦地连声说好。

二妹的闺房里里外外装饰一新，透过新挂的粉色蚊帐，清晰可见床上的大红薄被与双人枕，新购置的落地电扇安静地吹着。

“饿了吧，快吃饭！”二妹妈喜笑颜开，端起盆兴冲冲下楼。

庄仁扔下随身带的几件换洗便装，问二妹：“晚上我也睡这儿吧？”

“不是说了嘛，你睡猪圈。”

庄仁抱住二妹，顺势将她仰面放倒在床。听到二妹“啊”一声，庄仁顿时心血澎湃，像一头闯进油菜地里的壮牛，在柔软泥泞的花丛中骄横撒野，恨不得将整个身子埋进花丛钻进地里。

庄仁感到二妹的可贵之处，在于懂他的渴望。在庄仁看来，正是二妹的勇敢与果敢、柔情与多情，让自己收了一飞冲天的梦想，甘愿在深山过凡夫俗子的生活。

“二妹呀，快下来吃饭啦!”二妹妈在厨房喊话。

“噢，来了来了!”二妹大声应着，睁开双眼一动不动地看着庄仁。

庄仁俯在二妹耳边：“我已经饱了。”

二妹穿好衣服，嗔着庄仁不知轻重，拉起庄仁催着下楼。

“饿了饿了!”庄仁使劲抽着鼻子，迅速换上便装，牵着二妹下了楼。

“多吃点，长胖些。”二妹妈乐呵呵喊着，给庄仁和二妹连汤带肉各盛满一大碗。

二妹爸倒出一杯自泡的药酒，又将酒倒入两个小杯，将一杯推到庄仁面前：“这酒烈，你随便喝。”

庄仁吹了吹汤面上的葱花，吩咐二妹帮忙拿汤匙。二妹妈立即起身，按住二妹胳膊，说：“你坐着别动我来。”显然，二妹妈已知晓二妹怀上孩子的事。

饭后收拾与洗刷的事，二妹妈怎么也不让庄仁干。吃完这顿饭，庄仁真切感受到了二妹妈对自己无微不至的关爱，也感受到了二妹爸寡言中的宽厚仁义。

二妹挽着庄仁胳膊沿着屋前小路漫步，土狗一路跟着，不时扑进路边灌木丛。庄仁摸着肚皮，头顶已泛起眩晕感觉，下到肚里的几小杯酒和一大碗汤与肉，从胃里发出幸福的满足感。站在楼前，还隐约能听到官兵吼出的呼号声。庄仁觉得，那是青春四溢的男人们的呐喊，不仅包含着钢铁般的斗志，还有他们的似水柔情。

天色渐暗。二妹和庄仁回到楼前，二妹妈便喊着二妹趁早洗了。

“洗澡。”二妹吩咐庄仁，“拎上木桶去厨房灶台装热水，然后拎到楼上。”

庄仁上了楼，见二妹拿着衣服靠在另一间房门口等着。

“在这儿洗啊?”

“洗澡专用房。”二妹一字一顿说，“这是我妈为咱们特意腾出来的。”

庄仁见房里新装了一个洗漱池，用一根水管连接到楼下。池的一旁立着两个崭新的保温瓶，一个高至大腿的长条形木质澡盆散发出浓浓的桐油清香。

庄仁往楼上又拎回一桶热水时，发现二妹脱得只剩内裤，在镜子前梳理头发。暖色灯光照着古铜色的木墙，二妹白花花的身子尤显嫩白。二妹叫庄仁帮她舀水洗头。一瓢一瓢清洗后，庄仁帮二妹拿过毛巾裹住头发。

二妹一把抱住庄仁说："正准备叫你帮忙呢。"

二妹没一丝忸怩，也少了以往的羞怯。庄仁一手环抱住二妹后背，一手托住双腿，一把将她抱起放进盆里，笑着埋怨："这盆一人宽敞有余，两个又挤不下，再加宽两块板多好。"

二妹惬意地拨弄着水："洗澡就好好洗，难道还想在盆里做丢手绢游戏？"

庄仁吻住二妹双唇："我就想做丢手绢游戏！"

二妹扭头问庄仁："以后，咱就到这儿安度晚年，多清静自在，好不好？"

"我现在就想安度晚年，身在部队还不四海为家？谁又做得了主。再说，穿着军装我还想打一仗呢。"

"我以后不想离爸妈太远。"二妹的伤感情绪说来就来。

庄仁赶紧岔开话题，问："结婚办酒席的事怎么筹备？参加工作了不想再找家里要钱，身上所有的钱也就是攒下的那点工资。"

"什么也不需你出，我只要你的人。"二妹湿湿的脸贴着庄仁，眼里泛着泪花，"打仗不是死就是残，我不想你打仗。"说着，竟黯然落泪。

庄仁安慰二妹："打啥仗啊，我们这号部队哪有机会打啊，存在就是打仗懂嘛。唉，这辈子怕是没机会打了！"

温热水里，庄仁分明感觉到了二妹滚烫的泪，还有她那颗滚烫的心。当初刚分到营里，庄仁内心还是有几分娶不到女人的恐慌，没想到上天为自己准备了一个如此纯朴且善良的女人，原以为二妹不解风情，没想到她曼妙身体内竟怀有如此炽烈且丰富的情与爱。

庄仁用剩下的水给二妹冲了身子，又帮着擦拭干净。庄仁半躺在盆里，心里满是说不出的舒坦。

"做这澡盆肯定是你的主张，就为了要我给你洗，对吧？"庄仁看着二妹问。

"坏呢，特意为你做的呀。我妈说冬天了到下面洗怕你冷。"

"为我做的你干吗先用？"

"还不是为你，笨蛋。"

"真舒服，难怪唐玄宗有了杨美女就从此不早朝，可别让我舒服死喽。"

二妹一把捂住庄仁的嘴，在他肩头抽了个响亮巴掌："叫你乱说！"

山村的角角落落漆黑成一团，虫子们热烈而单调地唱着"唧唧唧"的曲调。二妹妈在厨房烧好开水，仔细灭了灶膛里的火星，催着二妹和庄仁早些睡觉。

二妹熄了灯，偎着庄仁一动不动。庄仁的手脚又开始不安分，却被二妹按住：“睡吧，日子长着呢。”

“睡不着，我说你听行吧？”

二妹搂着庄仁，一会儿便安然入睡。

吃早饭时，二妹为婚房添置东西与爸妈起了争执。

“莫花冤枉钱，哪天他调走了，添的东西不就闲了？”二妹立马堵住了二妹妈的嘴。

二妹爸仍辩解：“庄仁哪天回来住着舒服。”

“哎呀——”二妹将“呀”拖得长长的，“住个三五天还会住坏身子？真是的，他一个大男人也没这么娇！”

庄仁悄悄碰了下二妹：“那就不买好了，装部电话吧，以后我在外，联系也方便。”

“行啊，这个主意好！”

二妹对于庄仁这个建议大加赞同，二妹爸妈也为之叫好。

婚事说办就办。二妹家楼前鞭炮炸响声在山谷回荡，大大的喜字和长长的对联衬着木板红得分外热烈。屋里屋外摆满酒桌，寨子里远近乡亲纷纷前来贺喜。庄仁一身军装，二妹依旧素面朝天，一身大红宽袖长裙恰到好处地遮掩住隆起的腹部。一场以吃饭喝酒为主的世俗婚礼，向大家宣告二妹真真实实嫁给了部队当官的男人，尽管二妹嫁而不出，还是引得乡亲们羡慕不已。

张晓燕与许霞也赶来了。在同学同事一桌，张晓燕给庄仁倒上满满一杯酒，许霞拿出两张火车票晃了晃。

张晓燕问庄仁：“寨里分地了吗？”

“那当然，一亩二，够了。”

“会抽烟吗？”

“不会。”

“会喝酒吗？”

“会一点。”

“好，二妹没看走眼！”

许霞摸着二妹的腹部：“二妹虽没看走眼，却看走火了。”又“唉”一声，“我怎么就找不到这种男人呢，二妹你也不教我。”

庄仁高高端起酒杯，笑问许霞：“结婚前你到底找了多少男人？”

许霞在庄仁胸前推一把：“你这嘴是刀子嘴啊，二妹受得了吗？”

张晓燕和二妹大笑。

“我先干了，庄仁你也干了！”张晓燕“咕咚咕咚”一气喝完，伸手托起庄仁酒杯，“祝你们永远幸福，庄仁当了大官二妹当了官太太别忘了姐妹们，带二妹回老家一路顺利！”

庄仁连连说着谢谢，举杯一口而尽，在张晓燕面前高高倒举起杯子。

“滴酒不剩，是个男人！”张晓燕又催许霞给庄仁倒酒。

高连长是营里唯一一位悄悄应庄仁邀请出席婚宴的干部。

庄仁带二妹走到高连长面前，一脸真诚地说：“感谢连长关心照顾，你随意！”说完，又仰脖喝下满满一杯。

“别傻喝，注意封山育林啊。”高连长告诉庄仁，“营里买回了四台电脑，大家正热火朝天学着呢。”

“四台？营长太厉害了！”庄仁满心惊喜。

高连长吃完便回营里，临走硬是给庄仁随上一份礼。

令庄仁意外的是，鲁智深也赶来了。

鲁智深倒上满满一杯走到庄仁和二妹跟前：“嫂子好漂亮，庄排真幸福，早生贵子，幸福美满。我干了！”

庄仁使劲拦着鲁智深，劝他别喝多了。

“不就一杯酒嘛，不碍事！”鲁智深一仰头，将酒直接倒入喉咙。

庄仁不顾鲁智深阻拦，又回敬他一杯。

鲁智深将庄仁拉到一边：“你和嫂子的大喜事，哪怕关禁闭我也来。”又咂巴着嘴悄悄告诉庄仁，“那边寨子有个姑娘跟我好了两年多，年底退伍了准备回家摆酒席，跟嫂子一样温柔漂亮！”

庄仁一惊，紧紧握住鲁智深的手，“兄弟厉害，好好把握，祝你们幸福！”

鲁智深咧着嘴笑：“吃完我跟连长一块回。对了，营里决定派我到市里学电脑，明天就走。”

“是到地方还是军部机关？”

“地方。”

“行啊，学成归来拜你为师！”

二妹爸带着庄仁和二妹转完全部酒桌后，庄仁脑袋已晕晕乎乎。

待来客散尽，二妹扶着庄仁上楼时，张晓燕和许霞嬉笑着跟了上来，说是要参观二妹的洞房。

庄仁和衣倒下，二妹摸了摸庄仁的额头，又倒了一杯水。庄仁嘴里直哼哼，抬起胳膊无力地摇了摇。

张晓燕见状大嚷：“我说庄仁，你也太不把二妹当回事了吧，这么便宜就嫁了你啊。”

二妹朝张晓燕直瞪眼："别吵了燕妹，你让他歇会儿。你别捣乱了，便宜不便宜我做主。就是你，非要他喝一大杯。"

"哟，忠心护主呢，有了男人就忘了我。这床可是我们以前睡过的，今晚我都还想睡这儿呢。"

庄仁忍不住笑起来，挥着胳膊嘟哝说："张晓燕啊张晓燕，没想到在我之前你居然把二妹睡了，不说还真不知道，你太坏了吧！"

张晓燕和许霞放声大笑，二妹拍着庄仁假装揍打。

"要打就真打，何必打衣服，你舍不得打就让我做一回恶人。"张晓燕说着，双手在庄仁大腿上拍打起来。

"行了燕妹，人家又不跟你进洞房，凑什么热闹？"许霞拉住张晓燕，在一旁长椅上坐下。

庄仁嘴上不灵便，心里却牢牢记住了张晓燕的名字。

天色渐暗，庄仁仍沉睡，二妹在一旁陪着看书。二妹妈上楼看了看庄仁，轻声跟二妹说一会儿该吃晚饭了。

"我们一会儿下来。"二妹说话时庄仁突然醒来，抓住二妹的手喊老婆。

"老婆不好听。"

"那叫啥？"

"二妹。"

庄仁起身将二妹揽到怀里抚摸着她的肚皮。

二妹捉住庄仁的手，说："我妈都上来两趟了，起来该吃晚饭了。"

庄仁喝了几口水，说："那个张晓燕真骚。"

二妹笑着直瞪眼："怎么骂人了？我们几个从小学到师专都在一起，亲着呢。张晓燕结婚办酒席时，都快生了。"

"你看你看，说她你还护着。"

"那我也骚吗？"

"怎么，你不知道啊，但你俩性质不一样，她明显是外骚，你是闷骚，也有可能是疑似，还得进一步确诊。"

二妹一手捂住庄仁的嘴，用力压了压："你这嘴最骚！"

庄仁一说笑，残酒基本醒透，张开双臂从二妹背后抱住，问："你是不是没听说过闷骚这词啊，今天给你好好讲解。"

二妹捂住脖子，摇晃着脑袋咯咯笑："痒死了！"

"你不是看过《红楼梦》吗？宝玉与黛玉之间的爱情，就算得上经典闷骚，他们那样痴心缠绵，但彼此的心扉至死都不肯向对方敞开，宁愿让它在半明半暗中枯朽。”

庄仁“唉”一声，牵着二妹下楼：“这世间好多本该灿烂的爱情，却因闷骚落得凄美结局。你要不骚我怎么提得起劲呢。”

二妹伸手在庄仁胳膊上拍一下：“你别老嘀咕这个词好不好，听着心里都害臊。宝玉与黛玉的爱情是悲剧，跟骚不骚没关系，是社会的问题。”

庄仁眼一瞪：“你跟我背教科书啊，好事不成都怪社会，就像难产，自己不用劲反倒怪地球引力不够，这怎么能行呢。”说着拍了拍二妹后背，“性格决定命运、性决定婚姻哪。”

“好好好，你说的都有理，我听你的行了吧？”

“这就对了。”

晚上，二妹说啥也不让庄仁由着性子找乐了。

“宝宝这会儿睡得正香，不能打搅。再说，明天还得回老家，要注意休养生息啊。”

庄仁将脸埋在二妹胸前直点头。

二妹咬着庄仁耳朵说：“老公，我喜欢你在上面冲锋陷阵的感觉。”

庄仁大笑，一把扯过薄被盖住二妹。

“笑什么？”

“第一次被人叫老公感觉怪怪的。”

“老公公！”

“哪有这么叫的？”

二妹嬉笑着，与庄仁相拥而眠。

庄仁轻抚着二妹小腹，不再说话。

“想什么呢？”二妹问，“是不是想找来找去竟然找着我了？”

庄仁不得不佩服二妹如此精准懂得自己的内心。是啊，寻寻觅觅，竟然跟大山里的这个女人睡到一起成了家。

“你是不是也在想，等来等去竟等到了我这个男人？”庄仁抚摸着二妹带着些许凉意的滑润肌肤感叹，“婚姻就是这样，有人辛辛苦苦寻找，就会有人痴痴呆呆等候。只有狭路相逢，一个不再找，另一个不再等。老婆，你说对吧？”

二妹掐一把庄仁肚皮：“不准叫我老婆。”

“那叫原配？”

“呸！说了叫二妹呀。”

“八十老太了也还这么叫？”

“那当然。”

二妹贴着庄仁耳根说：“你胆子好大啊，那晚在你们养殖场都敢那样。你说，那天你就像疯了一样。”

庄仁嘿嘿笑：“要做猪女婿，不疯能行吗？你不也像疯了一样吗？”

二妹哈哈笑，揪着庄仁的嘴：“你以为你是八戒吗，这猪头刚结婚时不仅长得俊朗，而且干活也勤快，可好景不长，后来变成一副猪样，四处兴风作浪，欺压百姓。你可别成猪八戒哦。”

“那你别老撩我啊。”

“乱说你，那天我都怕得要死，你都违反军纪了知道吗？”

“哈！”庄仁禁不住大笑，“伟大的爱情不是忤逆世俗就是违反天条，那七仙女要老老实实，还有天仙配吗？咱也一样啊。”

“什么呀？你都违反纪律了还有理啊。”

“那把我拖出去斩了，行了吧？”庄仁的手开始在二妹身上游走，“论违纪，你那天可是主犯，知道吗？”

“反正违纪的事咱们不能再干了，还是老老实实好。”二妹叹一声，“也不知道咋回事，那天就像被你灌了迷魂药，身子都不听使唤了。”

“怎么不听使唤？我看你早就欲火中烧，等着我扑倒。”

二妹用力揪着庄仁屁股嗔骂：“你瞎说你讨厌，流氓！”停了一会儿，二妹又幽幽地问：“你说，我们用这种激情的方式相爱，会天长地久吗？”

庄仁一把抱住二妹：“你傻呀，持续保持激情状态不就天长地久了？咋保持知道吗？”说着，又贴在二妹耳边细声催问，“知道吗？知道吗你？”

“痒死我了！”二妹扭着身子，耳朵不停地躲闪着庄仁的双唇。

“激情状态就是高水平进入、高强度保持、高质量创新，懂不懂？”

“那天真是天时地利人和啊，要是放你走了，真不知有没有今天呢！”庄仁咬着二妹耳朵，“说说那晚的感觉。”

“这怎么说呀？”二妹在庄仁怀里有些忸怩，“就是那种排山倒海的压迫，让人有点晕。”

“喜欢吗？”

二妹“嗯”一声，对庄仁的激情不再拒绝与反抗。

缠绵过后，庄仁意识到窗外虫子的欢歌好似从这时起才开始热闹。

“你怎么这么厉害呀？”二妹闭着眼，满脸幸福地问。

庄仁支起胳膊盯着二妹：“天生我材呗。知道吗，男女间志同道合的另一种最佳境界，应该是男欢女爱时的同频共振。看来，摩擦生火不仅是物理现象，也是生理现象，对不对?”

二妹抬起胳膊盖住眼睛，说:“你要羞死我啦。”说着熄了灯，拉过庄仁一只胳膊枕在脖子下，后背紧贴着庄仁前胸，蜷缩在他怀里。

“别说了，睡吧。”二妹抓过庄仁贴在她肚皮上的手，一动不动，一会儿便安然睡去。

吃过早饭，二妹爸妈坚持要将他们送到县城火车站。二妹妈将家里准备好的土特产结结实实装进袋里扎好，一路倒腾绝不让庄仁和二妹用一分气力。

二妹妈一路叮嘱着二妹:“嘴巴要甜多喊人、手脚要勤多做事。”

二妹不停“嗯嗯”应着。

庄仁和二妹上了站台，二妹爸妈这才转身回去。

庄仁手拎肩背，见二妹悄然流泪，逗她道:“别这样，既不出塞也不入藏，开心点！咱们待几天就回。别忘了，我是你们家上门女婿呢。”

二妹脸上绽开笑意，伸手帮庄仁拎着沉沉的迷彩包。火车长长鸣叫一声启动，二妹挨着庄仁，默默地望着车窗外。

下了火车又上汽车，庄仁带着二妹终于回到阔别大半年的老家。

一路上，庄仁一边给二妹指点解说，一边讲述曾经上山放牛下河抓鱼的故事。没了连绵起伏的山，没了满目翠绿，嘈杂而居的数百户大村子全没有寨子里的宁静。站在自家屋前，庄仁发现大门顶上稳稳挂着一块镇政府与武装部联赠的大红“光荣军属”牌匾。

一进门，庄仁连声喊妈，当初离家时跟母亲闹别扭的憋屈感早已烟消云散。

庄仁妈见庄仁模样大变，不仅一身军装，还带回一个漂亮女子，高兴得手足无措。

庄仁跟妈说了几句，牵着二妹说:“叫妈。”

二妹上前亲亲热热叫了一声妈。

庄仁妈应一声，赶忙从屋里拿出一块大圆饼状的鞭炮在屋前展开点着。突然炸响的鞭炮声穿巷过墙，瞬间将沉寂状态的乡亲激活。一时间，男女老少奔走相告，纷纷涌到庄仁家里。

庄仁妈拿出庄仁带回的糖果，兴奋地分发。分到糖果的孩子一哄散去，领了糖果的老少妇女则坐下喝茶，打听着庄仁的事。一位老太走到庄仁跟前，摸捏着庄仁的衣帽，从头到脚细细打量。

庄仁妈提醒着庄仁:“还记得这老人吗？我们屋前面的四老太。”

“哦，我还记得呢。”庄仁热情地跟四老太打招呼。

四老太不吭声，只是摩挲着庄仁的军装，突然泪花滚落，掏出一方手绢擦了擦眼睛，喃喃说："真有出息啊，读了大学又当军官，找个姑娘都跟电视里的一样漂亮。"

四老太惹得大家一阵欢笑，又拉住二妹的手，上下细细看着。

"您好，您身体很好呀！"二妹向四老太鞠躬问好。

"这姑娘不仅跟电视里的一样漂亮，还跟电视里的人一样会说话！"

大伙看着四老太，又一阵哈哈笑。

庄仁妈拿出香烟，叫庄仁给屋里屋外的男人分发。大家正热议时，庄仁爸扛着锄头进了门。

一位须发全白的老汉嚷道："我说庄老汉，你现在就把锄头撂河里去吧，儿子都当军官了，该享福了！"

庄仁爸放下锄头，掏出烟又给大伙发了一圈，笑着说："刚才在菜地里听到鞭炮响，我就判断这响声在我家，还真是。"

大伙又一阵呵呵笑。

二妹全然听不懂大家的话意，只是微微笑。

同村的庄仁小姨妈直夸二妹有福，说："庄仁小时候在家勤勤快快，再苦再累都吃得消耐得烦。"

待众人散去，庄仁妈在屋里撒一把稻谷，"咕咕"几声轻唤，在屋外墙角边觅食的一群鸡争抢着奔进屋里。庄仁妈麻利地逮住一只，叫庄仁爸杀了炖着。庄仁妈用开水泡了鸡，庄仁和二妹还有庄仁小姨妈便忙着拔鸡毛。

庄仁妈拿来小凳塞到庄仁和二妹屁股底下，说："坐着拔，别把脚蹲麻了。"

庄仁和妈唠叨着："我想起来了，那个四老太的儿子早年当兵，后来打仗时牺牲了。我记得那天，两个部队上的人带着一套崭新军装找到四老太家，四老太当即就哭晕了。"

庄仁看着二妹，说："当时我听到哭声就跑去看热闹，还摸了下那军帽上的五角星。"

"四老太可怜呢。"庄仁妈叹一声，"就这么一个儿子，却打仗死了。"又拍了拍庄仁的手，"你到外面千万要小心，遇到发大火、有人落水，千万不能往火里冲、往水里跳。"

庄仁向二妹笑："这事找都找不到，遇上了都会立功受奖呢，起码二等功。"

"还八等功哟，命都没了要那个功做什么？"庄仁妈嚷起来，"救火啊黑烟呛一下一口气就上不来，下水救人，人家会死死抓住你，一会儿就像秤砣一样沉下去。你可要记住妈的话，在部队这两件事不能干。”

“好好好，不救行了吧？”庄仁看着二妹，“我妈就这觉悟，不许笑话！”

“不瞒你说，我也这觉悟。”

“嘿，你好歹读书出来的，怎么能混同于普通百姓呢？”

二妹白一眼庄仁，贴着庄仁额头：“我就这么一个男人，我也是普通百姓啊。”

庄仁妈高兴地将庄仁爸拉到一边：“儿子这次一大一小带回了两个啊！”

“三个也吃得饱住得下！”庄仁爸抑不住满心欢喜。

儿子领证结婚并且儿媳有了身孕，这在村里是可以正大光明宣告的喜事。庄仁爸妈当即商定好办酒日子，逢人还自豪地带一句“儿媳妇过几个月就要生了”。

庄仁妈从柜子里抱出新置的床单被套，乐颠颠地为庄仁和二妹铺床。村里少妇不时三五成群结伴来到庄仁家，给庄仁爸妈祝贺。准确地说，她们来道声祝贺只是借口，想一睹二妹模样才是真。每来一拨，二妹便泡上一壶茶端去，算是给大家行见面礼。对于二妹的美貌，少妇们边喝边欣赏，眼里满是羡慕。

“在车上累了，洗了早点睡。”吃过晚饭，庄仁妈便催促庄仁和二妹好好休息。

庄仁和二妹上床躺下，听见爸妈仍高兴地忙碌着，从堂屋不时传来乒乒乓乓的声响。见墙上挂着一个镜框，二妹立马起身，踩着桌子指着一张张老照片询问庄仁。

“这你们三兄妹吧？哎你小时候好像个女孩子。”二妹指着庄仁和弟妹幼时的合影笑个不停。

“瞎说，啥女孩子，这叫有灵气。那时候我才五岁多点。”

“哎，妈年轻时好漂亮，瞧瞧这对大辫子，真美。爸年轻时也很帅啊，哟，也当过兵啊。”

“困了困了，睡觉。”庄仁半抱半拉着二妹，催她重新躺下。

二妹偎着庄仁说：“你交我的工资，我带一半来了，明天给爸妈办酒席用吧。”

庄仁一怔，抱住二妹在她额头亲吻：“真是好老婆。”

二妹捏住庄仁鼻子：“怎么没记性啊，说了不许叫老婆！”

早饭后，二妹拉着庄仁到庄仁妈前，亲热地喊一声妈，然后拿出信封说：

“这次回家庄仁说要办酒，我们带回了一些钱，您留着用。”

庄仁妈赶紧将信封推了回去，说家里养着肥猪，园里也种了菜，花不了多少钱。

“妈，拿着吧。我和庄仁都有工资，听庄仁说，当年家里送他读书不容易，现在他也该为家里作贡献了。”说着，二妹将信封塞到庄仁妈手里。

庄仁提高嗓门，说：“妈拿着吧，别推来推去了。”

庄仁妈见状，便收了信封。

婚宴如期举行。庄仁爸叫庄仁穿上军装待客，二妹一身素雅长裙尽显端庄妩媚。庄仁家亲友之多，着实让二妹开了眼界。尽管庄仁爸妈筹办时掐着指头算了又算，可来客还是比预算多出了五桌。

“怎么多出这么多呢？”二妹好奇地问。

庄仁说：“亲戚多，人缘好呗。”

吃过早饭，庄仁牵着二妹到河堤上走了一趟。庄仁爸换上胶鞋，坐在大门口，旁边放着一饼鞭炮和两把锄头。

“这要干什么去啊？”庄仁问父亲。

“咱们几个到你爷爷坟上去弄一弄。”

庄仁妈坚决反对让二妹一同前往：“摔伤身子怎么办？”

庄仁爸说：“二妹第一次进庄家门，来了就得去拜一下。”

“不用这么讲究，让她在家休息多好。”

“你知道什么呀，你这个妇道人家！”庄仁爸提高嗓门一吼，庄仁妈便不再答话。

“去就去，好好说！”庄仁白了父亲一眼，扛起锄头就走。

二妹挽着庄仁胳膊，轻声说：“你也好好跟爸说话呀。”

对于庄仁顺利考上大学并出人意料地没回老家教书而是进部队当军官，庄仁几个颇有权威的亲朋都将其中奥秘归于庄仁爷爷的坟山选得好。

庄仁牵着二妹小心上山。庄仁爸走在前面，挥舞着镰刀开路。在一陡峭处，庄仁在二妹身后推，庄仁爸伸手在前拉，二妹喘着粗气才上去。

“为什么非要叫你来呢？”站在半山腰，庄仁爸停下来点了根烟，“庄仁刚上高中时，他爷爷就跟我唠叨，说不要再读书了，该让他结婚，我就坚决不同意。”

山顶上，一座坐北朝南的坟独占山头，坟头上灌木长势兴旺，坟堆周边一丈内外清理得干干净净。站在坟前四望，山下远近成片的几个大村子尽收眼底，村落外侧一条长长的河蜿蜒西行。

庄仁爸在坟前的平地上展开鞭炮，从口袋里掏出锤子和钻子，在墓碑上刻下“孙媳简丹”，又用红漆描红。

“他爷爷啊，今天大孙子和大孙媳妇来给你拜坟了，还有曾孙呢。大孙子有出息了，你要继续保佑他们，保佑曾孙！”庄仁爸跪在坟前自言自语，说完恭恭敬敬叩拜三下。庄仁拉着二妹立在一旁看着。

庄仁爸拧开酒瓶，在坟头洒了一些，然后点燃三根香插进土里：“好了，你们站远一点。”说着点燃鞭炮，响声震得地动山摇一般。二妹躲进庄仁怀里，庄仁双手捂住二妹耳朵，用后背挡着横飞的鞭炮屑。

庄仁爸开始整理坟墓周边的杂草灌木，庄仁帮着开挖排水沟。庄仁爸告诉二妹：“庄仁爷爷奶奶合葬在这儿，坟的西边还有空地，过两年再做两个，将来我和你妈老了就住到这儿。以后，你们有空回家都要上来看一看。”

“好了，回吧。”庄仁爸收了工具，在坟周边又仔细夯了夯，像对庄仁和二妹说，又好似自言自语：“等孩子生下，我再来放鞭炮，在碑上加上孩子名字！”

庄仁的婚假在热闹而又清静中一晃而过。庄仁妈整日幸福忙碌着，把能带走的一样样整理得妥妥帖帖，光新做的布鞋棉鞋和裁剪旧衣做成的尿布就装了一大袋。庄仁抱怨弄太多，庄仁妈说这些尿布好，柔软吸水不伤皮肤，鞋子先穿着，到时回来拿就是。

离家前，庄仁妈将二妹拉到里屋，将二妹来时拿出的信封又塞回她手里，说这是爸妈的一点心意，孩子生了又隔老远赶不过去照看，爷爷奶奶的心意一并带着吧。二妹坚决不收，说：“带来就是留给家里用的，我们不在身边，你们自个多保重。”庄仁在屋外听得分明，进去将钱一分为二，说心意两边都有，都收了别推来推去。庄仁妈笑着收了钱，说好好好收了，给宝宝过年留作压岁钱。

庄仁爸从村里叫了一辆三轮摩托车，告诉庄仁说司机是村里水井旁边超球家的大儿子。庄仁对村里父一辈大都早已模糊不清，对他们的下一代更是知之甚少。村里在原先稻田里盖起越来越多的新房，读书考大学的也越来越少。

三轮车发动时，庄仁妈又叮嘱庄仁：“千万别救人救火，在外多照顾自己，我和你爸身体还好，暂时还不要你们挂牵。”三轮车开出一段庄仁回头时，仍见爸妈立在村头路口张望着。

火车开动时，二妹高兴地掏出一身小衣和一双小鞋仔细打量着。

“好看！妈的手工真好！”二妹将小鞋放在掌心托到庄仁面前，“这应该合脚吧?”

“别担心，长着长着就合了。”

二妹满脸幸福地看着庄仁，脱下庄仁一只鞋挨脚比画着小鞋，忍不住咯咯直笑。

婚假结束庄仁便回到连里。一切还是老样子，有些变化却让庄仁吃惊。官兵学电脑已蔚然成风，牛德被破格调任师参谋长了，高连长三天前调往广州，张胜利也调到军部机关了。让庄仁且惊且喜的是，师政治部电话通知庄仁一归队即到宣传科报到。

回到营里那天，庄仁意外地接到崇良的军线电话。

“你怎么这么难找啊，温柔乡里还没住够吗？赶紧来，有任务等着你!”

“我征求下老婆意见行不?”

“哎哟，有老婆了还真骄傲啊，我告诉你，老婆不同意也得来!”

放下电话，庄仁顿感眼前的山沟天宽海阔。

“去呀!”庄仁告诉二妹自己将借调机关的消息时，二妹予以坚决果断支持，“你要高飞我也拴不住，待在这沟里也不是你的志向，凭本事能飞多高就努力高飞吧，反正我跟着你。”

二妹偎着庄仁聊到很晚才睡。这一夜，庄仁满脑子都是对机关生活的憧憬，明显抑制住了肌肤相亲的激情。

二妹递交停薪留职报告得到批准后便在家安心静养，准备生孩子。庄仁离开木楼那天，二妹一路相送，直送到营部教室附近才止步，摸着肚皮跟庄仁道别：“宝宝，跟爸爸再见!”

在师部机关大门口，庄仁被执勤战士拦住。

“麻烦你给组织科崇秘书打个电话，谢谢!”

执勤战士抓起电话，五个指头并用拨着号码。

“是，崇秘书!”放下电话，执勤战士给庄仁做了个请进手势。

庄仁刚走到国旗杆下，便见崇良跑出办公楼。

“哎呀终于又见面了。走，先上楼见领导，都安排好了。”

“这门岗对自己人也管这么严，我看只是严君子严不了小人吧?”庄仁对刚才受到执勤战士的严查有些不悦。

“啥君子小人，你先让自个儿嘴严起来。到这儿可要管住嘴。”

说话间，一名战士跑过来，一把接过庄仁的背包。

“宣传科放映员小陈，”崇良给庄仁介绍，“你跟他暂住文化活动中心，里外各一间，你住里边，条件有限，先将就下。”

崇良将庄仁领到四楼进了宣传科科长办公室。

“久闻大名，欢迎啊。宣传工作大有可为，希望你大展雄风。”宣传科周科长跟庄仁握手说话时一顿猛咳，直咳得庄仁眼冒金星。

崇良跟周科长说：“咱们一起陪庄仁见见首长，完了再向你汇报。”

周科长边咳边说行行行。

周科长捏着烟屁股还在办公室吸最后几口，庄仁和崇良在走廊等着。

“都抽出肺痨了还舍不得扔，怎么上战场啊？”庄仁一脸蔑视地笑，朝周科长办公室翻白眼。

崇良瞪一眼庄仁：“你少说点！”

一会儿，周科长快步跟上来。路过另一间办公室时，崇良在门口轻敲了一下。

“庄仁！”申颖喊起来，推了一把崇良，“你弄什么呀，也不跟我说一声。”

“回头再说，黄主任正等着。”崇良给庄仁摆下头，“走。”

庄仁盯着申颖点了下头，心里全没了原先那种心动感觉。申颖已恢复成刚到军部招待所时的白净状态，仍留着齐耳短发。庄仁心里感叹，养殖场一别，原本相爱的人居然成了熟悉的路人。庄仁心里更是一惊，有了二妹之后，自己居然忘了还爱过申颖。庄仁觉得申颖就像一碗热汤，焐在怀里能永远保持着暖人的温度，放一边便凉了，而凉了之后即便用再纯青的炉火加热，也没了最初的味道。爱情和婚姻就是这样，两情如果不能相悦，注定不会长久。两颗心如果不同频共振，一拍两散便是自然而然的结局。

“这是我办公室，从这儿往里依次是政委、师长和政治部主任。”

庄仁站在崇良办公室门口往里瞅，转头一瞥见申颖仍靠在门口朝这边张望。

出了政治部主任办公室，庄仁悄声问崇良：“牛德在哪儿？”

崇良笑笑说先别急，先到周科长那里受领任务再说。

进了周科长办公室，崇良将庄仁交给周科长，自个儿回办公室忙去了。

周科长带着庄仁到了申颖办公室，指着申颖对面的桌子说：“你坐这儿，刚来一些情况不明白，申颖多说说。”

周科长一走，办公室就剩下庄仁和申颖。庄仁不知如何开口，四下张望着。

“住的地方安排好了没？都长胖了呀你。”申颖盯着庄仁问。

庄仁笑笑：“住活动中心，小陈在帮着弄。”

“那地方怎么住啊？单干楼没地方了吗？”

“住哪儿都行，一张床就够了。”

“那儿不好住。等会儿叫崇良一起去看看，叫他想办法。”

申颖要跟着去活动中心，却被崇良拦下：“你去干吗，又不是你家属来队？”

申颖朝崇良连呸几下：“偏要去，管得着吗你？”

申颖昂首挺胸，给崇良一脸漠视。

“好好好，去去去。”崇良挥挥手，“走吧。”

宿舍里满是香皂香味。洁白床单水平如镜。晾在门后的毛巾散发着另一种香味。庄仁闻得出，这是帮二妹洗头洗澡擦拭后留下的气息。一张简易铁床、一个铁皮柜、一张桌子一把椅子一个塑料脸盆，是宿舍里的全部家当。

“挺好，谢谢兄弟！”庄仁对眼前的安排和布置很是满意。

走出活动中心时，庄仁问崇良住哪儿。崇良抬手指着与活动中心仅一条马路之隔的对面：“单干楼五层，两人一间。”

“你呢？”庄仁转头问申颖。崇良抢着说：“她跟雪霏霏多幸福啊，合住家属院营职房，厨房阳台卫生间啥都有，不像咱们大小便排队憋到肾崩溃。”

申颖笑着白一眼崇良，说：“中午到食堂吃，晚上叫上武忠和胡强，一起上我那儿做吧，好不容易到一块，我买菜，会做菜的各显身手，行吗？”

崇良对申颖这一建议大加赞同。

趁着申颖下班约雪霏霏一块上街买菜，崇良将武忠和胡强叫到庄仁办公室，关了门讲着各自的见闻。

武忠兴致勃勃地问着庄仁与二妹的故事。

“世道真变了！”武忠拍着桌子感叹，“古代结婚看日子，现在结婚看肚子。”

崇良指着武忠说：“别吃不到葡萄说葡萄酸，你以为看肚子是件容易的事啊。”

胡强叹一声：“我还不知道那个肚子在哪儿呢，庄仁都要当爹了，这是啥世道嘛。”说罢指着庄仁咬牙切齿说，“今晚必须喝！”

“我也想喝，可上午黄主任交代了给政委写授课辅导提纲，下周一得交稿！”庄仁伸出三个指头，“明天加周六日，要搞完万字，五笔输入我都忘了，在电脑上咋写啊！”

崇良在办公楼上远远见申颖和雪霏霏进了大院，便催着下楼会合。

家属院里飘着大蒜青椒炒肉的混合香辣味，让庄仁猛地连打了几个喷嚏。

庄仁摇头晃脑，喊着过瘾。

一进宿舍，武忠便嚷起来："上次来还挺乱的，还是庄仁有面子，看申颖把这屋收拾得跟洞房似的。"

"武忠你眼里心里尽是洞房，是不是想老婆想疯了？"申颖笑武忠。

庄仁四下打量，见不算宽敞的两室一厅，简陋却不失雅趣，角角落落都一尘不染。崇良叫申颖多煮些米饭，不喝酒，几大饭桶都来了。申颖盯着庄仁说，放心你们尽管吃。

庄仁主动掌勺，炒得满屋飘香。雪霏霏在客厅一边看电视，一边给大伙削水果。申颖跟在庄仁身后打下手，不时从庄仁递过来的锅铲上夹一把尝一口，大喊着好吃好吃。武忠与胡强进厨房观赏庄仁炒菜，嘴上的话题依旧是二妹。

武忠戳了下庄仁后背："听说嫂子美貌如仙啊！"

"勉强对得住观众吧，能上讲台灶台，乡里妹子，还行吧。"

武忠一脸贼笑："我知道你说的还行是啥还行，但是打死我也不说！"

武忠和胡强一阵荡笑。

"去去去，别干扰我。"庄仁将武忠和胡强赶回客厅。

"你们男的不是说别人老婆，就是评街上女人，反正张嘴离不开女的，这是不是一种病啊？"申颖站在厨房门口朝客厅问话。

庄仁扭头看了眼申颖："病倒不是，一种特质吧。"

申颖瞪一眼庄仁："还能治吗？"

"啥呀，找个女人自然就好了！"庄仁熟练地翻炒着，"你们别以为我只会喂猪，厨艺可不是吹的，一会儿菜到嘴里别叫唤。"

申颖将最后一盘菜端上桌，招呼大伙坐拢开吃。雪霏霏挨个儿为大伙盛饭时，申颖给每人倒上一杯饮料然后挨着庄仁坐下。

"要不要饭前唱首歌？"崇良冷不丁嚷一声，惊得大伙面面相觑又忍俊不禁。

崇良端起杯子："不唱我就随便说几句。今天的饭主要庆祝两件事，一是庄仁今天起借调到师机关，为他接风。二是雪霏霏调到军部命令已到，为她送行。来，都在杯里，喝！"

申颖敲了敲庄仁的碗："你还真会喂猪炒菜啊。"

庄仁呵呵笑："你以为呢，过日子不会几样能过得去吗？想学可以拜我为师。"

崇良碰了下庄仁："都有家室了，就别再用这个勾引良家妇女了。"

雪霏霏瞪着崇良，怨道："你能不能好好吃饭，我原来以为你作风很过硬呢。”

崇良问雪霏霏：“难道不硬吗？”

武忠和胡强放了碗筷哈哈大笑。庄仁懒得借题发挥，只是“嘿嘿”笑着。

申颖盯着崇良问：“知道我现在最想做啥吗？”

崇良不假思索：“跟庄仁拜师学艺呗。”

申颖白一眼崇良：“我就想用锅铲敲掉你满嘴大牙！”

说笑间大伙胃口大开，将一桌菜一锅饭吃得精光。

崇良打着饱嗝说：“不出一个月，部队就要开赴西北。这次由一营执行导弹抽检发射任务，俗称打靶。”又指着雪霏霏和申颖，“除你俩外，咱们几个都得上，提前做好准备吧。”

申颖立马嚷起来：“为什么不让女干部去，没道理嘛。”

武忠直笑：“女人事多还惹事，你当师长你愿意让女干部去吗？”

申颖一脸不服，硬要武忠举例说明。

武忠嚷起来：“举啥例呀，你去得为你盖个女厕，还得盖女澡堂，麻烦不？”

申颖哼一声：“男的都盖了，为啥就不给女的盖，就是没道理。”

饭后，庄仁到服务社给二妹拨去电话。

“怎么样？”

听到二妹的温柔话音，庄仁心里立刻有了踏实感。

“周六日回不去，得给领导写讲课稿。这机关哪儿好呀，营里到点就睡，这儿到点开始加班。唉！”

“别着急，我好着呢，吃了睡睡了吃，真要长成一个丰满肥婆，你做好思想准备吧。”

“没关系，丰满了柔软，冬天睡觉暖身子也舒服。”

“你在哪儿打电话啊？”二妹急切地问。

“没事，在大院服务中心的电话亭。”

打完电话，庄仁出来见申颖正等在外面。

“哟，你也打？”申颖摇摇头。

“窃听呀？”

申颖仍摇摇头。

“走吧，开始加班。”庄仁说着快步往办公楼走去。

两天一夜，庄仁终于在电脑前写出了万字讲稿。

第十章　是我不对，竟忘记曾经爱过

周一上班号响过，庄仁见黄主任进了办公室，便拿着稿子在门口喊一声“报告”，然后敬礼。

矮胖的黄主任坐在藤椅里，正拧着装满开水的杯子，闭嘴惬意地嚼着茶叶，烟灰缸上架着一支燃着的香烟。见主任点头示意，庄仁赶紧双手递上讲稿。

主任面无表情地快速翻阅，问：“你们科长看了吗？”

“没有。”

庄仁话声刚落，主任就抓起稿子朝庄仁甩过来。

“写的啥玩意儿，重写！”

庄仁感到讲稿像携雷带电一般呼啸着撞上自己脑袋。

庄仁带着讲稿回到办公室不久，崇良便夹着一个暗红色大本子走了进来，问：“讲稿呈主任了吗？”

“看了，刚退我。”

“怎么样？”

“叫我改改。”

崇良见申颖给庄仁倒水，开玩笑说：“别急，好好改，有女秘书真幸福啊。”

申颖赶紧拿出一个纸杯：“来来来，给你也倒上一杯。”

崇良打着哈哈：“别倒，倒了也没工夫喝，交班会马上开始了。”

崇良刚出门，庄仁便快步跟出去，一把拉住悄声问：“这主任人品咋样？”

崇良一脸愕然，压低嗓门说：“背后莫论人非，一会儿方便了再说。”

申颖兴奋地翻着讲稿，问庄仁：“这两天写这么一摞啊？”

庄仁呆呆地盯着桌面不答话，脑子里全是主任甩讲稿的情景。

申颖一连几声轻唤“庄仁”，庄仁才抬头。

“怎么啦？不是想家了吧？才来机关就想成这样子。”

庄仁苦笑：“这样子是啥样子？”

“失魂落魄!”

“那你帮我找回来吧。”

“找啥?”

“魂魄啊。”

申颖抿嘴一笑：“我哪知道你落哪儿了，是不是落家里了?”

“你不知道我落哪儿了，怎么知道我失魂落魄呢?”

申颖直直地盯着庄仁：“你这嘴我说不过，服你行吧?”

庄仁叹一声，拍拍键盘说：“干活干活。”

立青县城早已熟睡，庄仁办公室却灯火通明。又是一夜苦熬，庄仁终于完成了修改稿。

庄仁进主任办公室递上稿子时仅说一句周科长已经改过了，便不再多言。庄仁做好了主任第二次甩稿的思想准备，再甩就立马卷铺盖回连队，大不了脱下军装跟着二妹到寨子里种田。可是，这次主任没有甩稿，接过稿子点了点头，然后朝庄仁摆摆手。庄仁感觉自己就像被主任往外驱赶的一只飞蛾，敬了礼便转身阔步走出去。

那晚，庄仁在办公室改稿改到深夜三点，周科长也跟着一起熬，只不过在电脑上玩了扑克空当接龙又玩扫雷，烟抽了一包又一包，中间还给自己和庄仁泡了一桶方便面，整个稿子基本没瞅一眼。周科长交代庄仁说，让主任改吧，你就说我看了，你这水平还有啥说的。

师政委实弹发射前动员辅导授课在机关礼堂进行，全师官兵集中上大课，庄仁坐在台下聚精会神地听。令庄仁感到欣慰的是，政委基本照着原稿念，现场气氛还不错。

政委授课结束不久，让庄仁意外的是牛德竟然主动到自己办公室来了。

“你这个秀才，一到机关就出彩了!”牛德拍着庄仁肩头说，“还有女秘书呢，难怪稿子写这么漂亮。”

申颖脸颊泛红，说：“参谋长您真幽默，这可没因果关系啊。”

庄仁有些拘谨：“一到机关就领受写讲课稿任务，也没向首长报到，真是抱歉。”

牛德摆摆手：“别张口闭口首长，以后司令部的事还请多多关照啊。”

庄仁有些受宠若惊，赶紧表态：“首长尽管指示，保证随叫随到。”

牛德拍拍庄仁肩头，笑呵呵走了。

庄仁觉得牛德从营长破格晋升为参谋长，脾气着实温柔了许多。牛德到办公室走一趟，也让庄仁心情大好。

庄仁看着申颖感慨地说："我总结出男人三大幸福，想听吗？"

"想啊，快说。"

庄仁扳着指头边数边说："上学碰上一个好老师，上班碰上一个好领导，那个碰上一个好女人。"

申颖扑哧一笑："那个是啥意思？"

庄仁不好意思当着申颖的面说上床，笑着说："过日子碰上一个好女人。"

"那说说女人的三大幸福吧。"

庄仁望着天花板，说："嫁个好男人算一大吧，生个乖孩子也应算一大，第三大应该是有个好工作，对不对？"

申颖轻叹一声说："我一大都没有，是不是真的中国式苦命？"

庄仁笑："以前给你看手相，玩笑而已，可别往心里去。"

申颖问："那要往心里去呢？"

庄仁一脸认真地盯着申颖："硬要往心里去，那就难逃宿命了，真的。"

申颖告诉庄仁雪霏霏准备在立青市办结婚酒。

庄仁尴尬地笑了笑："到机关来我都没给你们带喜糖，好小气吧？"

申颖往门外瞅一眼，小声问："你是不是什么地方得罪主任了？"

庄仁一乐，答道："我还不知道咋得罪他的呢。"

申颖压低嗓门："我亲耳听到主任说要你下去。"

庄仁突然僵住笑脸："下去？下去就下去，回连队趁早，莫名其妙！"

"别啊，赶紧想办法吧，要不找参谋长吧？"

庄仁无语，摇了摇头。

"要不今晚你去主任家一趟？"

"你去过？"

"没，我帮你问主任家的地址吧。"

"谢谢你啊，我上他家干吗呢？"

"你是真傻还是假傻啊，带点东西去看看呗！"

庄仁叹一声，默不作声。

"我陪你去吧，到时你一人进屋，行吗？"

庄仁无奈地点点头。

天彻底黑了下来，黑得墨染一般。申颖约了庄仁一先一后走出机关大院。庄仁这才感觉到，县城公路连着机关大院这段五百多米的道路两侧，成片稻田里青蛙正叫得热闹。申颖远远见一辆三轮摩托车朝大院门口驶来，便挥手示意。

摩托车在马路上疾驰，路边昏黄路灯一闪而过。

申颖在庄仁耳边叮嘱："主任家在县政府大院里，他家属在县政府上班。到了你上去，我在楼下等，完了咱们一块回。"

"嗯。"

庄仁闻到申颖身上洗澡洗头后散发出的香味，扭头见申颖撩拨着湿湿的头发，白净脸上满是平静，感觉心里有着万千句子在翻腾，却一个词也不想说。说啥好呢，要是当初与申颖一直爱着，在漆黑夜里坐着三轮车吹风是何等浪漫，可惜这一幕切换太快，并且似乎永无可能。爱着申颖时，庄仁觉得脑子里满是欢快畅游的欲望，而今没了爱意，竟连挨一下申颖的想法都没了。

"别紧张，说说话吧，想啥呢？"申颖瞟了眼庄仁，一脸灿烂。

庄仁长吁一口气："感觉世上很多事你我都做不了主，我们只是这天地间的过客，一同赶路的人，有的这一站下，有的那一站下，能同行一段都是缘分对吧？"

"是的。"

三轮车突然颠簸一下，申颖身子猛地被甩向庄仁，几乎倒进庄仁怀里。

庄仁大喊："师傅开慢点！"

申颖朝外侧挪了挪："没事，一会儿就到了。"

两条烟、两瓶酒，外加一袋水果。庄仁硬着头皮拎上楼，敲开了主任的家门。

不一会儿，庄仁便咚咚下楼。

"这么快？怎么样？"

申颖从黑暗中走出来。

"不要，全扔了！"

申颖惊得"啊"一声，急得直跺脚："那怎么办？"

庄仁拍拍申颖肩头："走，回机关卷铺盖走人！"

"你说怎么办啊？"

"没扔。你这傻瓜，咋这么好骗啊？"

"真的？"申颖立在原地，抓住庄仁的手不放。

"真的，骗你是小狗。"申颖一把甩开庄仁的手："讨厌！"

申颖又拦了辆三轮车，欢呼雀跃地拉着庄仁坐下。拐上往机关方向的路时，庄仁连忙喊停，付了车费拉着申颖下车。

"还没到呢，干吗在这儿下？"

"这么黑的天，稻田里青蛙唱得这么敞亮，听听吧，谁知道以后咱们还有多少机会走这路，还有多少机会听青蛙大合唱呢。”

“呃，要是主任不收那东西，今晚你是做好卷铺盖走人的准备吗？”黑暗中，申颖一双大眼盯着庄仁。

“走个屁呀，”庄仁叹口气，“这主任差劲，也就值那点东西。”

申颖抓住庄仁的手，问：“告诉我，是不是你不用走了？”

“嗯。”

“好啊！”申颖欢呼雀跃起来，“等你当主任了，可别忘了我。”

“十二级地震震我脑袋也忘不了！”

申颖哈哈直乐：“十二级地震早把我震没了，你忘不忘都无所谓了。”

“知道吗，一个小人物要成为大人物离不开三种人，高人指点、贵人相助、小人作梗。你这个同志是贵人啊。”

申颖笑了笑：“不是吧？”

夜色正浓，蛙声如潮，远处的农家灯火如稻田里的萤火虫一般。

“小时候，我常在蛙声中下田干活，也常在蛙声中收工回家。在田头听青蛙叫，感觉那声音妙啊。晚上读书做题经常到深夜，窗外那遍野的青蛙欢叫声你能想象吗？那声音多富有生命张力！”

申颖挨着庄仁漫步，静静听着他直抒胸臆。

“青蛙的叫声在我看来，是一种最古典最永恒的欢歌，它们在泥土里繁衍不息歌唱不止。能歌唱时，它们尽情唱，不犹豫不压抑，千古不变。它们的生命过程，应该配得上绚烂一词吧。”

“所以你一直以青蛙为榜样，保持青蛙一般的亢奋状态。”

庄仁碰了下申颖胳膊，兴奋地说：“对呀，今天这么懂我了！”

走到一棵高大梧桐树下，申颖突然一把抱住庄仁。

“别这样，咱们都穿着军装呢。”庄仁试着推开申颖，不料被抱得更紧。

“你不是说爱我吗，为何不言不语就结婚了？是我有什么不对吗？”

庄仁无言以对，脑海里又浮现出申颖在养殖场断然拒绝与他肌肤相亲的情景。一切都时过境迁，说啥好呢？一颗最需要温情与温存的心，近在眼前的申颖却全然不知，这样的爱情哪有爱的滋味呢。庄仁一直觉得，幸福的爱情与婚姻应该是彼此就像美食一样，能让对方享受到大快朵颐的欢喜。如果仅是外表招人喜爱，却让人无从下筷，甚或动了一筷便后悔不迭，这样的爱哪有情趣呢？爱情就是这样，不是彼此的菜终究到不了彼此的碗里来。

“你没啥不对，都是我不好！”

庄仁明知与申颖在情感上不对路，却不想用“咱们不合适”当理由，更不愿拿下辈子说事。一个身体早已表白，另一个灵魂却茫然不知，爱情若非情投意合，再袒露心扉又有何用？今晚夜色这么好，黑暗遮蔽了多少世俗的眼光，对于相爱的人来说，实在是欢爱的美好时刻。可是，庄仁却感到以往脑子里似乎为申颖而生的那些欲念，此刻已消失得无影无踪。当初满怀激情追求的，如今摆在眼前却不想要了，这无关思想进步与情感成熟，只是脑子里没了想法。

“我呀没啥出息，就在这山沟过一辈子吧，希望你过得好过得幸福。”庄仁张开双臂，将申颖轻轻抱住。

“告诉我你干吗要这么急急地结婚？是不是讨厌我没女人味？是因为这个跟我赌气吗？”申颖轻声追问。

现在想来，庄仁也觉得有些不可思议和难以置信，下连那阵想申颖都想疯了，怎么在申颖拒绝拥抱离去之后，竟然在记忆与情感里把申颖删除得一干二净呢？当申颖生硬拒绝自己情欲的冲动，二妹又恰到好处出现后，自己竟然忘了申颖，就像在养殖场申颖转身而去时的决然，突然间抹去了自己对她所有爱的记忆。

庄仁叹一声：“别急，后边肯定还有更好的等着你。你这个地主家千金小姐，我呀没福气。”

申颖摇摇头，俯在庄仁肩头抽泣起来。

“你要觉得心里难受，就痛快哭一会儿吧，以后不准再哭了，好吗？”

申颖抱着庄仁哭起来，却明显感到她努力控制着情绪。

一会儿，申颖平静下来，捋了耳边的头发，轻快地说：“走，咱们回吧。我先走，一会儿你跟我后面。”说着又挽住庄仁的胳膊补充，“还是谨慎点吧，我不想影响你，怕人说你闲话。”

“嗯，谢谢你申颖，”庄仁握住申颖的手，“你真是个好人！”

申颖笑着松开手，柔声说：“我不怨你匆匆结婚，只是觉得你不应该待在这山沟，凭才华你应该去军部，去北京。”

申颖果真不怨吗？庄仁不想问个明白，也许真心不怨，也许怨在心口不开，如今都不重要了，在这儿不悲不怨说一会儿心里话，才是最重要的。

“谁该谁不该待在这山沟啊，又不是我一人待这儿。你说，师里有多少女人和小孩都陪着我们待在这山沟。北京哪是咱们说去就去的，长这么大我还没去过呢。”

“我也没去过，只要有机会就去。”

“好啊，以后去北京就找你。”庄仁顺势拉了下申颖的袖子，示意她回大院。

“她好吗?”申颖又冒出一个问题,“如果有个好女人陪着你,待在这山沟里也不枉一世青春。”

“跟你一样好!”

“终于说假话了,肯定比我好!”申颖说着走上马路,径直朝大门岗走去。

雪霏霏调往军部医院不久,便与张胜利办了婚宴。因为实在无法离开,庄仁和崇良等几人均未参加,只有申颖为雪霏霏当了一回伴娘。

申颖又请庄仁、武忠和胡强到宿舍吃饭。大伙吃得正香时,申颖宣布了她要与崇良结婚的消息。更让庄仁感到意外的是,崇良居然闷声不响就考上了指挥学院硕士研究生,过几天就要报到,师政委直接找政治部主任要求庄仁接替崇良任党委秘书。

庄仁将铺盖从文化活动中心搬到了崇良的宿舍兼办公室。

早上刚上班,申颖拿着一本书轻手轻脚地走进庄仁办公室,说:“首长好忙啊。”

庄仁从文件堆里抬起头笑问:“有事吗?”

“耽误你一分钟,崇良这会儿没空,我代他吧。”申颖说着从书中拿出一份红红的请柬,“有空的话欢迎参加,没空的话也不勉强。你先忙吧,走啦!”

申颖转身出了办公室,又轻手轻脚上楼。庄仁细细看着请柬上的每一个字,看着看着眼前便一片通红。

崇良在上学报到前几天,在县城一家酒店举办了婚宴。因为师政委出席并做证婚人,这场婚宴成了参宴嘉宾眼中男才女貌、珠联璧合的最美展示。

庄仁第一次参加大庭广众之下的婚礼,一袭白色婚纱的申颖略施粉黛,显得格外俊俏,丰满双乳袒露上半部分。庄仁觉得那个柔软润滑之处,是自己满怀青春激情触摸过的呀,孤单寂寞时曾无数遍想象它的模样,如今竟旁若无人地展示在众人眼前,喧哗中想多看看申颖却又不敢直视,忍不住看一眼心里又觉得尴尬,既为申颖如此展露感到有些难为情,又为她与崇良以一场不能免俗的婚宴向周遭宣示感到不是滋味。

申颖倒是落落大方,热情招呼着宾客。没等申颖和崇良过来敬酒,庄仁跟胡强与武忠说笑了一会儿,还是悄悄离了席。

庄仁开始了陀螺般的旋转生活,每天除在办公室和会议室间奔走,不是读书看报研究材料,就是坐在电脑前写东西。要写的东西实在太多,上报下发的不说,就连师领导老婆的工作总结与孩子的班里演讲,庄仁都得担下来写利索。尽管苦累,但交稿之后的好评还是令庄仁倍感欣慰。

在办公室每次忙完都是夜深人静，庄仁才疯了一般想念二妹以及二妹高高挺起的肚子。庄仁想回家看看，可回家的念头总在心里打转，不是话到嘴边向科长说不出口，就是连轴转的日子找不到空当。忙完一阵之后，庄仁以为接下来的日子会清闲一些，可接下来的日子依旧忙得连轴转。

再忙庄仁也要抽空在二妹睡前打个电话。电话机就在二妹床头，二妹总是给庄仁以温柔鼓励，叮嘱他别急慢慢来。二妹妈不时在二妹面前埋怨庄仁，说："又不打仗，怎么这么忙呢，真要是打起仗来，我看真指望不了他保护我们这个家。"面对母亲的埋怨，二妹说他忙才好，忙才有出息。话筒里的二妹，让庄仁经常写到深夜还能真切体验到悄悄话的美妙，全忘了苦累。

庄仁嫌在服务中心打电话麻烦，干脆在办公室装了部外线电话。

洗完澡拉上窗帘，庄仁拨通了电话。

二妹欢天喜地，将话筒紧贴在肚皮上让庄仁听："说，听到什么了？"

"像溪水流淌，又像江河滔滔，像战斗结束的战场，又像黎明前的海滩。"

庄仁只觉得话筒里浑浊的声音融化了自己的心。

"还听到什么了？"二妹仍温柔地问。

"听到我老婆白花花的身子了，还有二点五个亿的小蝌蚪在他妈妈的身体内边跑边喊兄弟们冲啊。"

二妹在话筒里欢快笑着，慢慢地声音变得急促起来。

"知道我现在最想做啥吗？"庄仁问二妹。

"想抱儿子吧！"

"错，最想回家抱老婆睡大觉！"

二妹笑呵呵地应着："回家了也只能抱不能用！"

交班会上，师长一脸严肃地宣布了一个绝密消息：执行实弹发射任务前，国防部部长要来师里视察。师长要求一个月内做好各项接待工作。

全师上下包括家属院，人人被赋予任务。翻新招待所、更换办公桌椅、美化营区……营区的每个角落迅速呈现出热火朝天的景象。压在庄仁肩头的，是在副政委具体指导下完成汇报稿与纪录片脚本的撰写。庄仁一直寻着回家时机，可这两项任务让不过三十公里的回家路变得遥不可及。

开完交班会，师政委又领着副政委召集有关人员到政治部会议室开小会。

"首长难得到咱们师里来一趟，一定要拿出高质量的汇报稿和纪录片，全面反映三师革命化现代化正规化建设成果，重点展现我们执行导弹实弹发射前的训练准备情况，让首长放心，让军委放心。"师政委给写稿子拍片子定了调，并向大家征求意见。

庄仁最后一个发言："首长到一线部队也想了解掌握真实情况，不妨反映一些客观存在的矛盾问题与现实困难。"

师政委盯着庄仁答复："这个可以说一点，具体分寸由副政委把握。"

军部机关工作组很快下到师里，当起了这次接待工作的"总导演"。庄仁忙得团团转，白天要研究材料，晚上下了电脑还要陪工作组业务对口的干部外出吃吃消夜解解乏，不知不觉连回家的念头都没了。

就在庄仁忙得没昼夜时，二妹腆着大肚子赶到了机关。

"找庄仁，庄稼的庄，仁义的仁。"二妹看着大门岗执勤战士接连拨了几个电话号码。

"公务班吧，谁呀？我大门岗。庄秘书呢，他家属来了。"执勤战士说完便挂，看得二妹目瞪口呆。

公务员小马飞快地溜进党委会议室，在庄仁身边耳语："嫂子在大门口，刚才门岗打电话了。"

庄仁突然愣住，停下活起身一路飞跑。

二妹和二妹妈在传达室长椅上坐着，张晓燕站在二妹旁陪着说话。庄仁喊了一声"妈"，又朝张晓燕点头示意，且惊且喜地看着二妹的大肚子。

"妈和燕妹陪我到人民医院做了检查，都好着呢，顺便过来看下你。"没等庄仁问话，二妹便开了口。

"你就这么忙吗？"张晓燕瞪着庄仁，一脸怨气说，"老婆到手了就不管了？"

"走，一起到我宿舍休息一会儿，太热了。"庄仁跟执勤战士打了个招呼，拉着二妹朝办公楼走去。走到国旗杆位置时，庄仁抬眼见申颖正站在四楼朝底下张望。

进了办公室，庄仁笑着提醒张晓燕："师长和政委就在我旁边，说话可要小声点儿。"

张晓燕"嗯"一声，朝庄仁做了个鬼脸。

庄仁又跟办公楼入口执勤的战士打招呼，二妹几个才得以允许上楼。

二妹定定地看着庄仁办公室门上嵌着的书本大小的金色红字牌匾。

"党委秘书！"二妹抑制不住满心欢喜，在庄仁耳边喊一声。

"进屋吧。"庄仁扶着二妹在床沿坐下。

小马拿出纸杯，从一个精致铁盒里小心翼翼地倒出茶叶泡上，又从纸巾盒中扯出一张，轻轻擦拭办公桌上的水渍，然后轻脚轻手带上门退了出去，一会儿又端进一盘西瓜。

天花板上的吊扇悠悠转着，从头到脚给人恰到好处的清凉。

“白了，瘦了。”二妹端详着庄仁，伸手在他脸上摸了摸。

张晓燕兴奋地往窗外观望，接过二妹的话说：“他都不回家照顾你，你倒心疼他。”

“哎哟，又动了！”二妹一手托着肚子，一把抓过庄仁的手贴在肚皮上，“感觉到了吗？”

“嗯，小子见了爸激动呢！”

“庄秘书，干啥呢，抓紧啊。”副政委从卫生间出来，甩着湿湿的双手，一把推开庄仁办公室的门。“哟，来客人了！”见屋里有人，副政委吃惊的脸上立马绽放出温和笑容。

庄仁给副政委扯了两张纸巾，又一一介绍，说一会儿就回会议室。

“庄秘书工作很辛苦，也很能干，谢谢你们的理解和支持啊，家里有什么困难请直说，别客气。”副政委说着走出庄仁办公室。

“这一阵挺忙，完了就好了。张晓燕，谢谢你帮我照顾二妹，你的恩情一定牢记在心。”

张晓燕在庄仁办公椅上坐下，笑着“哼”一声：“你现在连老婆都忘了，等你当大官了，恐怕早忘了我。”

“燕妹你别瞎说！”二妹抬手指着张晓燕，“我们走吧，庄仁正忙呢。”

张晓燕连忙起身挽住二妹胳膊，笑眯眯白一眼庄仁。

庄仁迎着张晓燕的目光，笑言：“我们都是小人物，估计一辈子手握镰刀收割卑微，只是努力创造自己的幸福而已，从没想要当什么大官。”

“哟哟哟，这个话我听不懂了！”张晓燕压低嗓门嬉笑。

庄仁将二妹几人送出大院门口，叫了辆等在树荫下的三轮车，扶着二妹上了车，又摸了摸二妹肚皮，才依依不舍地道别：“到了家里给我打电话，慢点。”

“啥时当爸呀？”庄仁刚上到办公楼三层楼梯口，迎面碰上申颖。

“你说呢？”

“我咋知道呀？”申颖嘴一撇，又问，“男孩女孩？”

“当然男孩！”

“这么自信？”

庄仁“嘿嘿”一笑，“不打没把握的仗，不生没把握的娃。不说了，材料组正等我呢，先走了。”说着朝申颖挥挥手，一溜小跑进了会议室。

清晨，庄仁弄完了汇报稿，打开副政委办公室将稿子放到桌上，然后回办公室倒头就睡。写了一通宵，庄仁实在太困，只觉得脑袋里的每一个缝隙都灌满了泥浆，平日里的七情六欲早已烟消云散，倒下睡一觉才是最美妙的享受。

一切按计划进行。师党委班子成员在作战室彩排，模拟国防部部长及陪同首长亲临会场时的座次，走一遍汇报程序。

庄仁睡得正香时，公务员小马急匆匆用钥匙开了门，惊得庄仁猛地坐起。

“秘书，副政委叫你赶紧去作战室!”

作战室就在办公楼后面，前后相距也就三十多米。庄仁顾不上拿纸笔，立马飞奔下楼，又五步一脚上楼。

一进作战室，庄仁就见所有眼睛齐刷刷地盯住自己。师长铁青着脸，一声不吭。其他领导都正襟危坐，个个脸上毫无表情，室内鸦雀无声。

庄仁快步走到副政委身边，弯下腰低声说：“副政委您找我?”

“怎么这么粗心呢，汇报材料少了第十页不知道吗？咋弄的你!”

庄仁突然感到脑袋“嗡”一声爆裂开来，眼前一片空白。

“不对呀，怎么会少一页呢?”庄仁怯生生地站立着，与师长的目光相遇时，只感到眼前又爆裂出一片电光石火。

师长朝庄仁盯了足足两分钟，然后心平气和地问：“庄秘书，知道为啥叫你来吗?”

庄仁望着师长，依旧一脸茫然。

突然，“啪”一声响惊得庄仁魂飞魄散。

“我告诉你，你不要不把师长放在眼里!”师长挥掌重重拍在桌上，咆哮起来，“幸好是彩排走程序，要不然你就是三师的千古罪人！知道吗，你现在连当罪人的资格都没有!”

庄仁睡意全无，一阵心肺俱焚的痛楚涌上心头。

“还待着干吗，赶紧重新打一份!”副政委起身拉了下庄仁。

庄仁将重新打印的汇报稿送到作战室。副政委翻了一遍，转手递给师长，又叮嘱庄仁：“你先别走，到后边坐着。”

庄仁正要迈步，就听到师长沙哑的吼声：“出去!”

“是!”庄仁朝师长敬礼，快步出了作战室。

就在庄仁在办公室呆坐时，师长作出了决定：由副政委通知庄仁不再担任秘书，下午上班前做好工作交接，然后派人送回一营。

副政委走进庄仁办公室，坐在靠门一侧的藤椅上给庄仁做起了思想工作：“对这个要正确看待，千万不能一蹶不振，挫折也是财富，在逆境中更能看出一个人的境界，小平同志不也三起三落嘛。”

对于副政委的絮絮叨叨，庄仁一句都听不进去。为何少一页呢？庄仁回忆着各个环节，当时点了下打印，打印完摞齐了就订了左上角放副政委办公桌上了。庄仁心里琢磨着，嘴上对副政委的话只是机械地应着。副政委一走，庄仁便迅速收拾东西。

“庄仁。”庄仁蹲着整理铁皮柜文件时，根本没注意申颖走了进来，被她一声轻唤吓一跳。

“哟，送行来了，谢谢啊！”庄仁咧嘴一笑，一副漫不经心的样子。

“我刚听说。”申颖说着，眼泪竟然夺眶而出。

庄仁见状连忙抽一张纸巾塞到申颖手里，安慰道：“拜托别这样，咱们还没到生离死别。再说，你这样别人见了还以为咱们情深似海恩恩爱爱呢。来，笑一个！”

申颖被庄仁逗得破涕为笑，顺手朝庄仁胳膊轻轻抽了一巴掌。申颖正欲开口，庄仁抬手将食指竖在双唇中间。

“你走吧，我一会儿就走了，派了放映车。下去就下去，没什么。想想，中国军队在营连的兄弟多着呢，我下连队就是悲剧人生吗？甭为这事浪费眼泪。”

庄仁打好背包停下来，直直地看着申颖：“求你笑一个吧，这一去也许后会有期，也许无期。”

申颖的笑脸还没来得及绽放，又被庄仁的话引得泪花夺眶。

“大小姐啊，有话好好说，你别这样嘛。”庄仁一时手足无措，“郭子仪你知道吗，唐朝军事奇才。安史之乱时莫名其妙挨处分，卸职后闲置京师。整个大唐帝国战火纷飞，这位战神三年多在长安看落日，闲得蛋疼呢，我下到连队算个屁呀！”

申颖还是无语，双手抹一把泪眼，扭头跑了出去。

望着申颖的背影，庄仁心里突然涌起一阵被撕裂的痛楚。

因为庄仁是组织科的人，负责带车并将庄仁交到一营的自然是组织科欧科长。武忠和胡强也许还不知道这事，也许知道了却抽不出时间来送别。

“庄仁！”

庄仁拉开专门用作下连队放电影的吉普车门时，听到申颖在喊。申颖站在四楼挥手，庄仁仰面望着申颖，分明感到有两滴泪从楼上坠下，大手一挥上了车。门岗查了派车单，吉普车鸣笛一声驶出机关大院。庄仁转身张望时，见申颖的身影已模糊在一片枝枝叶叶中。

还是那条山路，还是那样的景致，庄仁却有了不一样的心情，就像养殖场还是那个养殖场，但所有的故事都有了不一样的结局。

吉普车驶入一营时，营长和教导员早已立在门口等候。欧科长下了车，接过营长递上的一根烟，几个人高兴地交谈着。

鲁智深见了庄仁，高兴得合不拢嘴，压低声音说："瘦了呀庄排，我就知道机关特折磨人，回来好，正点吃正点睡，又不用操心。"

"就是嘛，还是跟兄弟们在一起热闹。"回到当初的宿舍，虽然一切照旧，庄仁却有了一些不适。

欧科长抽完烟，将庄仁叫到营长和教导员跟前，说："你家属马上要生了，我刚才跟营领导商量了，这样，你先回家看看，休产假也行。好好干吧，啊。"

"是，谢谢科长！"

庄仁办好休假手续，顾不上吃午饭便兴冲冲往二妹家奔去。老远，就见二妹挺着大肚子在屋前晾衣服。

"二妹！"庄仁大喊一声。

二妹循声张望，朝庄仁走了几步又叉腰站立。

庄仁狂奔起来，二妹笑眯眯的眼和白嫩的脸已清晰可见。庄仁扔下迷彩包，一把将二妹抱起，吓得二妹大喊"快放下"。二妹妈听到响动，赶忙从屋里跑了出来。一听庄仁还没吃午饭，又进厨房忙碌起来。

"怎么回来了？"二妹看着庄仁在龙头下冲洗，高兴得欢天喜地，眼神柔得像雨后山坡上升腾起的薄雾，"不是说忙完才回来吗？忙完了？"

庄仁在二妹脸上亲一口，说："师领导见你这么大肚子了，就叫我回来照顾一阵子，领导也是人，也有老婆要生孩子嘛。"

二妹乐呵呵地给庄仁递过毛巾，眼眶立马有些潮红。

"快吃吧，别饿着了！"二妹妈在厨房招呼着。

桌上一碗盖着荷包蛋的面条，一盘炸得金黄的菜，一碗菌汤，散发着诱人香味。

"哟，这虫子是蜂蛹吧，你爸呢？"庄仁顿感胃口大开。

二妹看着庄仁吃得津津有味："爸进山了，这蜂窝还有一个，昨天爸从山里摘回来的。"

庄仁突然放下筷子，在二妹脸上抚摸了一下。

"好好吃！"二妹推开庄仁的手，又轻轻在他胳膊上掐一把。

唇齿之间有美味，目光所及有爱人，手到之处有感觉。这就是活生生的幸福啊。庄仁将自己被遣送回营的事早已抛到九霄云外，一口气将碗里盘里吃得精光。

“以后要是调北京了，叫爸妈跟我们一块过，饭菜做得好啊。”

二妹哈哈笑，抓住庄仁的手抚摸着：“手艺是次要的，最主要的是它们长在山里。”

“哟，这话说得好！”庄仁起身在二妹耳边说，“山里饭菜好吃，山里老婆有味道！”

二妹妈收了碗筷，催着庄仁和二妹上楼休息。

二妹的娇小身材已完全走样，丰满坚挺的双乳更加饱胀，能装一汪清水的肚脐眼如今窝底隆起突出了肚平线。庄仁抚摸着二妹鼓得发硬的肚皮，手却被二妹一把抓住。

“别动，感觉下宝宝踢腿。”

庄仁将脸贴在肚皮上，嘴里吹着口哨。

“哟，真踢老子一脚！”庄仁真切地感受到来自二妹温暖肚皮里的弹动，亲吻着二妹，得意地说，“一次就怀上，怀上就成长，厉害吧我？”

二妹翻身侧躺，在庄仁怀里蜷缩成田螺状：“你厉害，功劳都是你的，高兴了吧？”

“不不不，老婆也厉害，也有一半功劳。”

“家里的事不需要你做，不在家吧你也能陪我说话，我现在连洗澡都洗不了，正好给你这任务。”

“没问题老婆，保证完成任务！”庄仁拥着二妹，内心涌起解甲归田的快感。

二妹不知何时已安然入睡，庄仁长吁一口气，心里感叹着，时光就这样停下该多好。人类干吗要有战争呢，世间多少生命也是这般快乐孕育，长大了一到战场就成了砍杀对象。敌我不论谁只要死在战场，留给生者的悲痛就是余生。庄仁想着竟有些害怕，如果自己哪天战死，留下幼弱的儿子和悲痛的二妹，他们该怎样活下去呢？

庄仁暗下决定，就是今晚开战，也要陪着二妹平安生下孩子。

二妹起床出去一趟又回到床上时，庄仁刚好睡到自然醒。

“真舒服！”庄仁感到神清气爽，尽情伸了个懒腰。

“舒服你就多睡一会儿呗，看你瘦得跟猴似的。”

“猴怎么了，是没力气还是笨手笨脚？”庄仁说着一把抱住二妹。

“不行，要出人命的，两个啊！”

庄仁有些激情难耐，却被二妹逗得直乐。

“让我看看这大肚子吧。”庄仁吻着二妹白花花的肚皮。

看着庄仁痴痴的模样，二妹紧搂着庄仁打趣："瞧你口水都出来了！"又满是柔情地说，"谢谢老公回来陪我生宝宝。"

庄仁不再琢磨汇报稿缘何漏掉第十页的问题，反倒觉得正值二妹预产期却无意被送回营里，还真是飞来"横福"。如果没这一出，二妹就是进了产房自己也没机会离开师机关大院。和平年代，多少官兵不是以战备训练便是以服务首长的名义忙得团团转，在爹娘病重、老婆难产、家中遭灾之时却难以脱身，只得将急与痛藏在心里。感谢这次意外，对二妹的生产不必留有遗憾了。

二妹突然发现庄仁头部左侧有一根白发："别动，给你拔了。"

"拔啥呀，都亲生的干吗嫌弃它？有白发咱们才像老夫老妻。"

二妹不答话，捏紧白发用劲一拔，给庄仁头皮带来针扎一般的闪痛。二妹侧身躺在庄仁身上，柔声说："这样厮守，应该就是幸福吧。在最需要的时候，你在我身旁，还有什么比这更幸福呢？可是，你想过没有，这样长久厮守，总有一天你会腻的。我说了，我不想让你在这山沟和我厮守一辈子，离开这山沟也许我帮不了你，但一定会全力支持你。懂我的意思吗？"

庄仁轻轻将二妹紧抱，亲吻着她的脸："我会努力的。如果不跟老婆在一起，飞得再高又有啥意思呢？"

"傻瓜，世间哪有朝朝暮暮不离左右啊，一年两年不在一起没关系，都是为了以后长相聚嘛。"

不必出操和叠被子，不再为文字劳神，三餐不用操心，啥活都不许沾边。庄仁感到以往匆匆而过的昼夜如今完全自我掌控，无所牵挂的日子或快或慢地流淌，觉得以往连梦里也想着的在大城市办公楼格子间忙碌的工作，突然间变得远不如眼前锅里有饭菜怀里有女人每一天都在烟火气中过活。

二妹妈得知二妹见红，赶紧张罗请接生婆的事。二妹肚子一阵接一阵疼，跟庄仁说怕是要生了。

庄仁当即告诉二妹妈："去县城医院，我现在找人。"

对于庄仁毫不含糊的话，二妹妈还是商量着说："寨里远近几代人都请接生婆，也没出过事。医院不如家里方便，还花冤枉钱。"

"万一有意外，大小两条命谁负得起责？这个大事听我的，上医院！"庄仁提高了嗓门，一副不容争辩的口气。

二妹爸在屋外抽完烟屁股才进屋，说："还是去医院吧！"

二妹妈连说"好好好"，开始乐呵呵地收拾东西。

庄仁将电话打到张晓燕办公室："燕妹，我庄仁，打搅你了！"

"哟，庄秘书啊，你怎么叫我燕妹啊。"电话那头，张晓燕显然且惊且喜。

“长话短说，我回家休假了，二妹要生了，麻烦你帮忙找个车吧，我只能求助你了，你的大恩大德一定铭记在心！”

“我刚才还想着这事呢，别急，马上！”

待二妹妈收拾妥当，张晓燕正好赶到。

“快快快，上车，今天也是巧啊，我爸的车正好闲着。”张晓燕一下车，便急急地招呼二妹。

“燕妹啊，托你的福，我还是第一回坐小车呢，谢谢你啊。”二妹妈拎着大包小包上车，喜得合不拢嘴。

“谢什么，谁叫我是干妈呀！”张晓燕一口一个干妈，让庄仁听着倍感暖心。

“这干妈谁都别跟我争，只能是我，怎么样？”张晓燕盯着庄仁，一副得意扬扬的样子。

“行，啥都不说了，走吧！”庄仁催着张晓燕抓紧出发。

二妹爸留守在家，二妹妈反复叮嘱：“等电话，到时把母鸡炖好送过去！”

“走！”张晓燕一声令下，小轿车在欢快的音乐声中跑了起来。

“出来时街上好多解放军站岗呢，满街都是警察，听说国防部长要到师部来，一会儿说不定解放路还要拦车哟。以前上边大首长一来，那条主干道我们的车都不让走。”

庄仁对于张晓燕的话感到很是吃惊，转头问：“你这是从哪儿刺探到的情报啊？”

“这还要刺探吗？街上卖菜的都知道哩。”

小轿车驶过拥军桥便不得不停下，庄仁见前边进城主干道果然被堵得严严实实。

“真赶上了，二妹这时候你可别生啊！”张晓燕拍拍二妹肩头，伸长脖子望着桥的另一头。

庄仁有些沉不住气，问二妹感觉怎么样。

“哎哟，又开始疼了！”二妹装作痛苦状，笑嘻嘻应着。

“你这妹子，还以为小孩儿哟，要当妈了！”二妹妈笑脸嗔着二妹。

一阵急促的警笛声由远及近，由驻地和部队警车负责一级警卫任务的长长车队，呼啸着向连接大山深处的一条公路疾驰而去。庄仁知道，密林深处驻有一个技术营，深山里有令人震撼的地下龙宫，那一旦怒吼便足以让地球颤抖的国之重器就蛰居于龙宫之中。

部队的车队一走，张晓燕便催着司机快速奔向医院。

第十一章　秘密出征，咱们都不说再见

当二妹在病房轻松躺下时，一位护士进来查看了一阵，然后给二妹打了一针催产素，又安慰教导一番。

二妹妈准备上街为大家买吃的，张晓燕摆摆手说："先别忙着买，我得回了，还要上班呢。别急，有我这干妈在保证平安无事。"

庄仁看着张晓燕说："到时隆重举办一个拜干妈仪式，行吧？"

"隆重倒不必，有个仪式就行，我就要个名分。"说着，张晓燕打着哈哈出门。

张晓燕下楼不久，二妹便喊肚子疼。

"真的假的？"庄仁问。

"这回是真的！"

医生护士一齐忙了起来。

"送产房！"一位戴口罩的女医生给二妹做了检查，当即给护士下令。

在产房门口，戴口罩的女医生拦下了庄仁。

"我是她老公，也是军人，平常没时间陪，这个时候让我陪陪她吧，谢谢你！"庄仁说着，向戴口罩的女医生敬了个军礼。

女医生对庄仁一笑，双眼便眯成一条缝。不知是张晓燕事先打好招呼，还是被庄仁打动，女医生爽快地答应了庄仁的请求："进吧！"

"妈啊，疼！"二妹双手紧紧抓着床沿，开始喊叫起来。

庄仁抱住二妹的头，问护士能否打麻药，却无人应答。二妹"啊啊"的尖叫声传遍楼道，让人心惊肉跳，庄仁下意识地捂住二妹的嘴，见二妹额头和脸上满是汗水。

女医生像是站在二妹身旁的一位指挥官："好，见着头了。呼气，吸气，注意节奏，用力！"

二妹高亢地喊叫一声，女医生大喊一声："好！"

庄仁分明看到一团灰白的肉"哗"地冲出来。庄仁感到心脏猛地蹿到喉咙，呼吸也变得有些困难。

“儿子！”庄仁心头一热，看见了那个足以证明性别的东西。小家伙已降生，却无“呱呱”哭喊声，一双黏糊糊的小手在空中无助地挥舞着。女医生拿起一个打气筒似的东西，迅速将一端插进孩子嘴里不停地吸着，然后抓起双脚倒拎，朝他小屁股拍了两巴掌，庄仁只觉得清脆的巴掌声在自己心头响起。孩子压抑已久的清脆哭喊声终于从喉咙深处挤出来，刚才灰白的身子很快变成了肉嘟嘟的粉红。

一位护士将孩子放到托盘秤上，朝庄仁喊着六斤九两。庄仁强忍住满眶泪水，硬悬着的心这才开始松软。一番擦拭之后，护士给孩子包扎好脐带又穿好衣服，将一个填写好的手牌套在孩子手腕上，然后抱着孩子打开产房门，将孩子交到二妹妈手里，道着恭喜说是个孙子呢。

“真是顺当，谢谢你们！”二妹妈抱着孩子满脸欢喜。

二妹妈在病房里抱着孩子左看右看时，女医生正揉着二妹肚子。

“不会还有一个吧？”庄仁问。

女医生双眼又眯成一条缝，朝庄仁摇摇头。

庄仁心想这女人肯定长得漂亮，而且心地善良。

“是个儿子，妈抱回房间了。”庄仁贴在二妹耳边告诉她喜讯，却发现二妹目光呆滞，毫无反应。

二妹脸上汗水泪水交融，先前的一头整齐秀发已凌乱不堪。庄仁轻轻帮二妹擦着脸颊，将沾在脸上的乱发理到耳后。

“好了，胎盘下来了，擦一下回病房吧。”女医生对身旁的护士一番吩咐，转身离开了产房。

庄仁赶紧打来热水，将二妹的头和前胸后背擦了擦。换了衣服，二妹被推回了病房。

“哦，爸爸妈妈回来了，我们宝宝的肚子饿了。”二妹妈笑呵呵地说着，将小孩抱到二妹胸前。

小家伙闭着眼睛，小嘴一碰到二妹胸脯便找到乳头贪婪地吮吸着。庄仁看着儿子这般用劲，忍不住咽了下喉咙。

“吓死我了！”庄仁坐到二妹跟前，仔细盯着儿子吸奶。

“知道刚才生的时候我想什么吗？”二妹柔声问庄仁，“我恨死你了，恨你让我怀上。疼啊，疼得就想死，死都愿意，真的！”

庄仁紧紧握住二妹的手，热泪在眼眶里打转，安慰说：“好了，都过来了，老婆辛苦了，我记到心里。”

二妹一手轻轻拍着孩子后背，母性十足地看着孩子：“臭宝宝慢慢吃，够你吃的。”

庄仁见二妹心情大好，说：“嗨，刚才我还以为你要生两个儿子呢。”

二妹摇摇头：“一个够了！”

“干妈来了！”傍晚时分，张晓燕带着四个姐妹兴奋地进了二妹病房。庄仁见过这四个女人，都是二妹上师专时的要好同学。

见酣睡一旁的小孩，张晓燕连忙扒开衣服，乐得手舞足蹈：“嘿，我说是儿子吧！”

女人们一个个兴奋地端详着。

“没剖啊？”张晓燕问二妹。

“没有。”

“切了吗？”

“没有。”

“二妹你真行，人间奇迹啊！”张晓燕用力拍了一把庄仁肩头说，“好好照顾二妹啊，以后你有享不完的福。”

女人们放肆哄笑起来，庄仁不停地向张晓燕道谢。

张晓燕止住笑，一本正经地说：“现在我宣布，拜干妈仪式正式开始，请姐妹们见证，二妹和庄仁的儿子从现在起，正式成为我干儿子，大家鼓掌！”说着从口袋里掏出一个红包，放在孩子身边。

四个女人也说笑着各自掏出红包。

庄仁眼眶一热，觉得眼前几个女人特别是张晓燕的仗义很是暖人心扉。“谢谢，心意领了，红包就不收了，好吗？咱们四海为家，别到时欠大家一堆情啊。”

庄仁话声刚落，张晓燕立马接应：“什么欠不欠的，人情像把锯，你拉来我拉去嘛，不来不往还能成姐妹吗？以后你当了大官，我们有事找去，难道还不见我们？”

“就是！”张晓燕说完，四个女人齐声附和。

“大家的情谊永记心间，以后官再大，你们都是好姐妹！”庄仁说得女人们心花怒放。

“什么姐妹，我们都是你妹！”女人们高兴地朝庄仁嚷起来。

“按世俗的礼节，我至少得给干妈弄双鞋子吧？多大码？”庄仁直直地盯着张晓燕。

“鞋子我倒不缺，要缺就缺一双你们部队女军官的皮鞋，弄一双怎么样？三六。为难的话就别弄了。”

“不难，就这样，一言为定！”

这下，几个女人又炸开了窝。一个嚷道：“那今天我也认宝宝做干儿子，是不是也得给我弄一双啊？”

“是啊，来来来，宝宝给我拜一下！”

女人们扯开嗓门闹起来，争抢着要抱孩子。

张晓燕像是发现问题，问庄仁两张床三个人晚上怎么睡。

“轮着睡吧，不行累了我趴到二妹身边眯一会儿。”

“要不阿姨上我家睡去，庄仁好好陪着二妹和宝宝。”

听张晓燕这么说，二妹妈当即急了：“我老太婆了，晚上没瞌睡，正好照顾宝宝。”

另外几个女人又嬉笑着嚷起来，说那让庄仁去燕妹家好了，燕妹今晚得做好准备啊。

张晓燕脸颊泛起红晕，瞟一眼庄仁：“再乱说，我要揪你们的嘴了！”

女人们又拿宝宝的长相说笑，闹腾一番才散去。

庄仁跟二妹商量：“这儿离师部不远，我找战友去弄双皮鞋吧。张晓燕这么热心，咱们也不能薄待她，对吧？”

“嗯，快去快回吧，等你吃晚饭。”

庄仁赶到师部，尽管亮出军官证还是被执勤战士仔细盘问了一番：“上面有通知，这时候首长正准备用餐，闲杂人员先回避一会儿，机关都推迟半小时开饭。”

庄仁谦恭地向战士请求：“用一下电话好吗？找个人，一分钟。”

“打吧，长话短说！”

电话一通，庄仁“喂”一声便听出申颖的声音。

“饿了没？坐等开饭吧！”庄仁故意压低嗓音。

“庄仁！真神啊你，这么快就知道消息了！”

庄仁听得出申颖的激动与兴奋。

“在哪儿呀你？”

“大门岗。”

“我不信！”

“一个大活人站在传达室，还能骗你？”庄仁正听着，电话突然断了。

庄仁正茫然时，抬眼见申颖朝大门岗跑了过来。

申颖问庄仁：“你东西呢，咋两手空空啊？”

“啥东西？”

“你老远跑过来，一件东西都不带怎么过呀？”

“我都不知道你在说啥，今天是我自个儿过来的，找你帮忙呢。”

申颖一扬头，一头短发朝右甩过去：“你没接到回机关的通知吗？军部借调命令都来了，政委说忙完发射了再放你走。”

庄仁目瞪口呆，急切地问：“真的吗？”

申颖故意一脸委屈，嗔道：“我啥时骗过你啊？你说！”

“什么也不说，祖国知道我，也知道你。”

申颖“哼”一声：“说，要我帮啥忙？”

“弄双女式皮鞋，三六的，行吗？”

申颖哈哈笑起来：“你现在忙啥啊？”

“啥都不忙，解甲归田，赋闲在家！”

“你得告诉我做啥用，我才帮你弄。”

“当礼物送给儿子干妈。”

“啊？”申颖瞪大双眼问庄仁，“都生了？”

“嗯！”申颖垂下盯着庄仁的眼，笑笑说，“以前拉练你跑不快，没想到你是擅长急行军啊！”

庄仁不自在地一笑，没想到如今申颖说起话来如此意味深长。

申颖也要当庄仁儿子干妈，让庄仁一下就急了。

“不行，我得说话算数。再说，一夫一妻，一孩一干妈，你不能破老祖宗规矩呀。”

申颖扬起脸盯着庄仁：“瞎说你，有一孩一干妈的规矩吗？一夫一妻可是新中国定下的规矩。你说，多个干妈会引发地震吗？”

庄仁躲着申颖兴奋的目光，笑问：“说正经的，鞋到底有没有？”问完又叹一声，“以前只知道你穿衣打扮，现在看来还得重新审视你啊。”

申颖白一眼庄仁，提高嗓门说：“你以为这是法院判案啊，还一审二审。我告诉你，你这已是终审了，不能重新审视。”

庄仁“嘿”笑着低头，脸上装作若无其事，心里却乐开了花。

“正好有一双。走吧，上我家取。”申颖拉一把庄仁，一起进了机关大院。

庄仁要按价拨给钱，申颖却坚决不肯。

庄仁压低嗓音说：“我还是在这儿等你，辛苦你取一下吧。”

“等啥呀，都到家门口了，上去吧。”

庄仁走到一棵大树下站定，盯着申颖说：“真不上去了，你知道，以前我也色胆包天，现在这边人多嘴杂，咱们保家卫国还是先保护好自己吧，你说呢？”

申颖哈哈一乐："真会自我表扬！"

望着申颖快步上楼的背影，庄仁突然感觉一段时间没见，申颖还真有些变化。

申颖很快下楼，将一个纸袋交给庄仁，歪着脑袋笑问："真不让我当干妈呀？"

"下回吧。"

申颖哈哈直笑，问："下回是要换老婆吗？"

"想哪儿呀你，你以为这独生子女政策一直独下去吗？等政策变了再生个闺女，不就满足你的无理要求了吗？"

"好吧，我就等着政策变，等你七老八十了，看你怎么生闺女。"

庄仁咬着牙笑，说："我生闺女你也要看啊，知不知羞羞二字？"

申颖脸颊顿时通红，扭头转向一边。

庄仁掂了掂纸袋，说："老婆在医院等我呢，走了，谢谢啊。"

"走吧，到时我上医院看小公子可以吧？"

庄仁看着申颖高兴应着："当然可以！"

庄仁回病房时，正好碰到张晓燕拎着保温盒给二妹送来炖鸡。盒盖一开，鸡肉与葱姜味立刻香飘满屋。

"快来快来，一块吃！"张晓燕招呼着装好一碗端给庄仁。

庄仁舀一勺在嘴边吹了吹，小心送到二妹嘴里。

"嗯，好喝，咸淡正好！"二妹脸上倦容渐去，泛着母爱的光芒。

"谢谢干妈，这干妈十个八个也不嫌多啊！"庄仁将皮鞋拎到张晓燕跟前，叫她试穿。

张晓燕瞪眼问："你会变魔术啊？"

"我可没这本事，这可是正宗军用品。"

张晓燕激动地穿上，欢喜的表情有些夸张："太合脚了。看，干妈的品位一下就上来了！"

张晓燕在屋里学着走正步，逗得二妹妈哈哈大笑。

"哎，说真话，这从哪儿弄来的？我觉得这鞋来得神奇。"张晓燕盯着庄仁问。

庄仁笑答："哎，我是庄秘书啊，弄双皮鞋不至于去偷去抢吧？"

"多少钱？"张晓燕又一脸认真地问。

"你这鸡多少钱？一问钱干妈的品位就降了。"

庄仁瞪得张晓燕哈哈笑："好了不说了。我只是觉得这鞋有些贵重，我这双臭脚配不上。”

“贵重啥呀，干儿子这么贵重你都配得上，还配不上这双鞋?”

二妹听着庄仁和张晓燕打嘴仗，呵呵直笑。

张晓燕美滋滋地将鞋放回纸袋，说:“好，明天就穿上。哼，美死她们。”

张晓燕拎着皮鞋离去一会儿，二妹爸挑着担子找到病房。二妹妈高兴地接过担子，叫二妹爸看看宝宝然后回去。

二妹爸俯身细细端详着熟睡的宝宝，黝黑的脸上露出舒心笑容:“不急，我多看会儿，天黑照样能回。”说着从口袋里掏出一张字条递给庄仁，“今中午那个鲁智深跑到家里，给你留了一张条，催你回机关上班呢。”

庄仁见了字条，才知申颖所说并非戏言。

“东西我爸都给你带来了，明早正好从这儿走。”二妹看了字条，叫庄仁回机关。

“一出差错就立马赶人，有了任务又催命一般召唤，产假还没休完呢。”庄仁心里抱怨，脸上禁不住涌起沉冤昭雪般的快意。

二妹温柔相劝:“催你去肯定要急用你，安心去吧!”

虽是黄昏，天色仍亮。二妹爸收拾好东西出了门，庄仁陪着到楼下。

二妹爸登上三轮车前叮嘱庄仁:“家里的事你不要操心，我们会做好。记住，做事百般好难得有人说你贤，有了错人家会记百年，好好干吧，二妹很看重你。”

庄仁“嗯”一声，看着二妹爸坐上三轮车。这是庄仁进二妹家以来，二妹爸第一次跟他说几句语重心长的话。庄仁听得出，二妹爸的弦外之音是告诫自己别让二妹失望。

庄仁感到病房里的灯光满是柔情。二妹枕着胳膊，握着儿子的小手，含情脉脉地看着他小嘴不时做出吸吮动作。二妹妈时不时端详着小家伙，为他的每个动作咯咯笑。庄仁觉得眼前的景象实在令人留恋，尽管明早就要离别，还是觉得自己幸福，多少官兵在妻子难产、孩子生病甚至父母弥留之际，都无法看上一眼，更不用说陪伴在侧。

吃过早餐，庄仁换上军装，在儿子脸蛋上轻轻一吻，吻得他直皱眉头。

二妹抓起儿子小手轻轻挥着:“爸爸再见，我们也要回家喽。”

庄仁摸摸二妹的头:“有空我会回来的。放心，工作上的事没问题。”

“那去吧。”

庄仁出了病房，在楼道拐弯处被一个穿白大褂的女人拦住。

“你是简丹的爱人吧?”

庄仁听着声音，断定她是为二妹接生的那个戴口罩医生。

“是的，太感谢您了，覃主任。”庄仁见女人的胸牌上分明写着“妇产科主任覃杉杉”字样。

“别客气，你们保家卫国，辛苦着呢，还得谢谢你们才对。再说，这是我们应该做的。”

听着覃杉杉话里的你们我们，庄仁心底涌起一股暖意，对覃杉杉更多了几分敬意。

庄仁赶到机关，先悄悄进了申颖办公室：“你那鞋太合我儿子干妈心意了，谢谢啊。”

申颖笑着看了眼庄仁：“一早别跟我提干妈行不行，说说干儿子吧。”

庄仁一乐：“你这儿还有啥好吃的吗？我想给妇产科医生表达下谢意。”

“不是产科医生也当干妈了吧？”申颖歪着脑袋问。

“没，老婆没遭罪，表达下谢意心里踏实。对我好的人，庄某人都铭记在心。”

申颖呵呵一笑：“才寄到几盒桃酥，还没拆呢。”

“太好了，一盒就够。”

“好事成双，行吧？这应该被某人铭记在心啊。”

“绝对的！”庄仁看着申颖，一脸诚恳。

庄仁敲开组织科欧科长办公室，欧科长不说客套话，直接给庄仁交任务——部队很快便要千里机动执行导弹发射任务，在部队出发前跟申颖拿出一台高质量的文艺演出，当务之急是内容创作与动作排练。

欧科长对庄仁提出了具体要求，问：“有没有信心？”

庄仁明知心里没底，却硬着头皮信心十足地答道：“有！”

武忠见了庄仁，朝他胸前就是一掌：“你小子才休多久啊，就长得细皮嫩肉，有老婆滋润就是不一样，不行我也在县城找个得了。”

庄仁“哈”一声：“只要你找，我保证带一个排的女人让你挑！”

晚饭后趁着难得清闲，申颖、胡强和武忠跟着庄仁去了医院。庄仁拎着两盒桃酥领着申颖几个找到覃杉杉办公室。

刚换下白大褂的覃杉杉听庄仁说明来意，白皙的双颊突然绯红，说：“不用，真不用，心意我领了！”

覃杉杉执意不收，让庄仁既意外又尴尬。

申颖看着覃杉杉说：“收下吧，这是孩子爸爸的一点心意，也是我们的敬意。”

覃杉杉莞尔一笑，露出洁白漂亮的牙齿："那好吧，我尝一片，其余的你们分享，好不好？"说着接过盒子拆了包装，两指捏住一片，"真香，好吃！"

庄仁示意胡强几个列队，喊一声"敬礼"，四人同时整齐立正，向覃杉杉敬了个军礼。

望着覃杉杉远去的背影，武忠两眼放光："哎呀，这个覃主任有意思！"

庄仁拉住申颖激动地说："有了！这不就是一个挺有意思的情景剧嘛，以这事为素材，就叫《一片桃酥》，既表现军人服从命令舍小家顾大家的情怀，又讴歌驻地百姓爱军拥军深情。"

"对啊，"申颖手舞足蹈，兴奋地压低嗓门说，"在情景剧里安排覃主任与武忠一见钟情，最后喜结良缘，是不是升华了？"

武忠的食指差点敲到申颖额头上："你说的啊，我要没跟覃主任喜结良缘，就找你要老婆！"

一连数夜，师里各类装备车忙着深夜微光转运，悄悄开进县城然后驶上专列。

上午，张晓燕赶到师部传达室，说是找庄仁。庄仁接了公务员小马的电话，从礼堂一路小跑至大门岗。

庄仁见到张晓燕既紧张又诧异，问："发生啥事了吗？"

张晓燕悄声说："没事，就是想找你确认下消息真假，是不是要打仗了？"

"打仗？"庄仁瞪大双眼，"打啥仗啊？再等几个月打雪仗吧！"

"我不是开玩笑，县城老百姓都说从山里开出了好多导弹车，说是开往前线，是不是要打嘛？"

"你不会是来刺探军事情报吧？我告诉你，叛国可是杀头之罪啊！"

张晓燕给庄仁一个鬼脸，朝庄仁推一把："说哪儿去了你，我就好奇问一问。"

"安心建设社会主义吧，别乱传乱说。"

张晓燕笑逐颜开，说声"谢谢"转身就走。

"等会儿，"庄仁叫住张晓燕，"明晚师部机关礼堂有文艺演出，我主持并参与编排节目，师领导说欢迎官兵家属观看。想看的话，明晚六点半准时到这儿找我。"

"好啊，太好了！"张晓燕说着满心欢喜地走了。

天色渐暗，机关礼堂前一片欢腾，载满官兵的卡车接连开进，哨声歌声呼号声此起彼伏。

庄仁赶到传达室时，抬头便见张晓燕。

“哟，挺准时啊，看演出干吗弄这么漂亮，又不上台。”

“不上台也要对得住台下观众呀，总不能给你丢脸吧？”张晓燕兴奋得面颊潮红，在庄仁看来很是妩媚。

“快点，七点就要开演了。”

“慢慢慢，我还有一个朋友也来了！”

张晓燕话声刚落，二妹从大树后面闪到庄仁跟前。

庄仁抓住二妹双手，惊喜得不知所措，问：“儿子呢？”

“宝宝我妈带着呢，看完演出了燕妹用车送我回去。”

张晓燕挽着二妹的胳膊向庄仁解释：“本想带干儿子来的，主要是赶夜路怕吓着他。”

庄仁咬牙点点头：“好吧，老子实在太想他了！”

张晓燕“哼”一声看着庄仁：“是想二妹吧，别不好意思说！”

二妹和张晓燕在礼堂中间靠后坐下。演出前，各营连之间照例拉歌，把大礼堂唱得地动山摇。待师领导坐下，值班员一个暂停手势，顿时鸦雀无声。灯光随即暗下，红色帷幕徐徐拉开。庄仁和申颖手持话筒走到舞台中央，一先一后开腔，浑厚与甜美的话音在礼堂回响。张晓燕和二妹瞪眼观望着。张晓燕轻碰下二妹，又朝舞台望去。二妹笑而不语，歪着脑袋瞟一眼张晓燕，转头望着台上。

“梦了多少回，盼了多少天，曾经我们总认为最美好的日子就是新年。”庄仁的声音通过音响传出，浑厚而又充满磁性。

灯光下申颖一脸素颜，饱含深情：“出征前的相聚时刻，时光滑过指间，简单而美丽的片段就是幸福诗篇。”

“生活的底色，如日起日落一般平凡，留存心底倍感温馨的一抹，就是你我真心付出的爱恋。”

“枕戈待旦是我们的职责使命，虽说没有枪林弹雨也要面对千难万险。”

“明天，大国神剑将一试锋芒，请带上首长的重托、亲人的期盼和官兵的祝愿，我们一起出征！”

庄仁和申颖忙忙碌碌策划排练了一个多月的出征主题文艺晚会，在官兵出发前夕终于亮相。庄仁和申颖同时深情喊出“我们一起出征”时，台下掌声雷动。庄仁和申颖既担纲主持，又表演节目，以前所未有的舞台风格和创意形式，给官兵呈现了一台精彩演出。

演出结束，师政委登上舞台，用高亢嗓门说道：“看了演出我很激动，有几个没想到。一是没想到这么短的时间排出一台晚会。二是没想到我们自编自演的节目这么好看。三是没想到没有明星大腕的舞台照样精彩。借此机会，我代表师党委首长，代表机关和全体官兵，向表演官兵致以谢意，特别要向今晚前来观看和未能观看的官兵家属致以崇高敬意，感谢大家的支持与奉献。部队马上就要出征，我们要以一流的组织、一流的作风、一流的操作技能、一流的训练、一流的保障，确保一流成绩实现，圆满完成这次发射任务，以优异成绩向祖国和人民汇报。同志们有没有信心？”

台下响起排山倒海般的吼声：“有！有！有！”

张晓燕和二妹相视一笑，静坐着看官兵有序退场。

“怎么样？”庄仁一边笑问一边挨着二妹坐下。

张晓燕笑眯眯地说：“耳朵都被震聋了！”

二妹抓过庄仁的手：“忙没办法，也要注意休息。一会儿我就回了。”

“放心，白天忙一天，晚上睡觉前精力还略有剩余呢。你带好小宝就是。”

张晓燕拉住庄仁袖子：“哎我问你，最后大喊三声排练了吗？”

“这哪排练呀，部队习惯。没想到吧，男人不用肌肉，用大嗓门也可以展示力量！”

庄仁将张晓燕和二妹送出大门岗，见一辆小车停在路边，司机下了车招呼着张晓燕。庄仁将二妹扶上座位，柔声说：“等我回来！”

二妹掏出一个信封交给庄仁：“上火车了再拆。记住，现在不准看。”

张晓燕大笑：“难舍又难分，这日子咋过呀。”

庄仁看着张晓燕，满脸堆笑地说：“干妈也是妈，多关照干儿子，拜托了！”

“好好好，放心吧，走了。”张晓燕手一挥，小车驶进了苍茫夜色。

凌晨，庄仁给武忠办公室打电话。电话刚“嘟”一声居然就通了，而且接电话的正是武忠。

庄仁兴奋得直喊，武忠却骂了起来：“吓死我了！啥事说，正忙呢。”

“那天我们给人民医院覃主任送桃酥的事，前后你都知道。我叫人把出征文艺晚会的录像脱密之后倒了一个带子，明天我没空，我知道你也忙，但还得劳驾你抽空帮我给覃主任送去。记住，这是一份特别的礼物，一定要让她收下。否则，别回来见我。”

“那我干脆带她来见你，行了吧！”

“不行。就这样！”庄仁说着挂了电话，那边武忠仍对着话筒在怒吼。

天微微亮，蒙蒙细雨中用帆布蒙得严严实实的卡车一辆接一辆连绵数公里，在早起老百姓惊诧的目光中逶迤远去。与此同时，满载装备和官兵的专列也从立青县火车站徐徐启动。

空气中还弥漫着新春的气息与米酒的醇香，远处村寨不时传来鞭炮的脆响。庄仁望着窗外，心里想念着儿子粉嘟嘟的脸，还有二妹不再臃肿的身子。湿冷的日子，躺在床上握着儿子温暖的脚丫该是多么幸福。这一去就是一个多月，与二妹母子隔着数千里之遥，这一路山山水水是怎样的一段距离啊。庄仁感觉心中的想念沉沉的，沉得让人根本不想走动。

二妹叮嘱庄仁上火车了才可拆开的信里都写了些啥呢？庄仁躲进卫生间小心撕开信封，一页纸上二妹工工整整写着一首题为《不说再见》的小诗：

别离是一朵远去的云/起风下雨的日子/我都在寻找/那一身迷彩/即使不能目送你远走/我也要面朝你离去的方向/眺望远方/亲爱的不说再见/因为每一天/你都在我心里/盼你回到我身旁

庄仁眼眶一热，泪水不可抑制地夺眶而出。那晚在礼堂看完演出挨着二妹坐一会儿时，二妹肯定有很多话要说，却一直啥都没说。因为张晓燕在一旁，庄仁拥抱甚至亲吻一下二妹的冲动始终没能实现。庄仁感受过二妹火山喷发一般的激情，如今也懂得了她的克制，这种克制里藏着二妹深情的爱。庄仁这才真切体会到，思念心爱的人是一种妙不可言的幸福，也是一种难以言传的痛苦。

庄仁收好信，冲着卫生间小窗户向外大喊一声“二妹”。

庄仁觉得，直到儿子出生自己心上的压力与心里的压抑才彻底清零。专列出发前一天，组织科欧科长悄悄告诉庄仁，彩排那天师长拍着桌子骂庄仁，其实骂的是副政委，这么大的事如此低级的差错都没把住，能怪师长发那么大的火嘛。当初耳闻安排政治部主任转业的消息时，庄仁心里就涌起一股快感，觉得让这样的领导干部脱军装，那就是为三师除害，但对安排副政委转业还是感到有些惋惜。毕竟副政委人不坏，还手把手教了自己不少机关处世之道和公文写作技巧，没把住那个差错，也许是他看到晋升无望便开始混日子吧，可混日子也不能这样混啊。

武忠和胡强也上了专列。武忠负责装备一摊，胡强跑前跑后管后勤。庄仁这次随队出征的主要任务，用师政委的话说就是大力宣扬执行任务中涌现出来的先进典型，多措并举把重大任务中政治工作做扎实，最大限度地激发官兵的训练热情。

庄仁悄悄问武忠：“那带子你送到覃杉杉手里了吧？”

“送了，收了，高兴得不得了!”

庄仁“哦”一声，不再吭声。突然，列车猛地抽一下，接着车身“咣当”一声响停了下来。

“咋回事?”庄仁问。

武忠说，到立青市南站了，军长来看望任务官兵。

庄仁下了车，跟武忠朝一辆小车停放处跑去。

军长在一位少将和几位大校军官的陪同下，正同几名部队领导一一握手。庄仁拿起相机对着军长和师长拍了几张照片，然后掏出小本速记。

庄仁想起来了，在一营时自己还给军长理过发呢。

军长左手背在背后，右手随着讲话不停变换手势:“送给大家三句话！一要把安全工作放在首要位置，二要充分展示咱们的优良作风，三要刻苦学习专业技术。最后希望部队平平安安去，圆满成功，带着硕果平平安安回。好吧，一路顺风，等着你们胜利归来!”

军长讲完话，突然将目光停在庄仁身上，笑呵呵地说:“猪倌也上前线，好!”

师长立即接过军长的话:“小伙子有潜力，到一线摔打摔打。”

庄仁心里一热，心里感叹军长就是军长，记性真好。

庄仁一路瞪眼欣赏着窗外不断变换的风景，像饥肠辘辘的汉子享受着从天而降的大餐。一路西行，绿色渐少，人也越来越少。一营官兵始终保持着精气神，不是行进时用嘹亮歌声将奔驰的专列变成一个巨大音箱，就是在不知名车站补充给养时将狭长站台变成军体拳训练场，一动一吼，一吼一杀，杀声如雷，吼声震天，整齐划一的动作加上一片扎眼的军绿，看得过往老百姓目瞪口呆。

申颖几次找师领导主动要求参加实弹发射任务，均被拒绝。

师政委和颜悦色地解释:“不是你不能干，是你不适合。”

申颖争辩说:“电影电视里的军事行动都有男有女，至少有一个女的吧。这次干吗清一色男的?”

“电影电视里那是演戏，咱们可不是闹着玩!”

无论申颖怎么跟师政委磨嘴皮子，最终还是未获批准。

临行前申颖问庄仁:“说实话，你愿不愿意我去?”

庄仁笑答:“我愿意你去你就能去吗?”

“就问你希不希望我去?”

“当然希望，可我的希望只能在田野上自生自灭啊。”

“有空给我打电话行吗?”

“这没问题。”

“那一路平安，咱们都不说再见，好吗?”

庄仁有些疑惑，笑着问：“为啥不说?”

“不说就是不说!”

庄仁想起二妹的离别诗，这才隐约感觉出申颖心里有话，只是不愿说。

胡强成了专列上的大忙人。每到一站，除采购食物、补充水源、掌握行车时间外，还要协调军供站为专列供应饭菜。出发前在申颖家小聚时，庄仁笑话胡强最命苦。申颖和武忠一听齐声喊冤，嚷着要庄仁拿出证据。庄仁说，后勤工作的特点就是一天到晚跑跑颠颠，野外驻训后勤官兵都是戴绿帽背黑锅看别人打炮，命还不苦吗？申颖和武忠一阵开怀大笑后再也不争了，胡强倒是对庄仁连连称谢，说理解万岁。

专列行驶三天两夜之后，绿色已基本从窗外消失，闯入眼帘的是光溜溜挺立在凛冽寒风中的白杨、灰黄的远山、干渴的土地、稀落的村庄以及身裹冬衣头戴各式帽子的人们。在如此干渴贫瘠的荒野中繁衍生息，该是怎样的痛苦不堪？庄仁心中莫名涌起怜悯。

专列鸣笛一声，速度慢了下来。铁路旁低矮的施工棚前，一群手操各式工具的男人望着军绿色火车咧着嘴笑，一群放学回家的孩子朝专列挥手欢呼追逐着，几位驻足的农民兄弟顽皮地朝专列敬礼。眼前的中老年男人和少不更事的孩子们，无一例外透着灰黑的脸与干涩的唇，但庄仁感觉他们的眼神竟是那样的阳光十足。

专列又飞驰了一天，终于停歇下来。西北以它独有的沙尘和出奇的干冷迎接这支来自南国的部队。四百多名官兵未作休息，马上投入紧张的卸载和宿营工作。又一通忙碌后，有的刚洗净脸上的沙尘就发现鼻子已经出血。让庄仁称奇的是，刚放下的洗漱杯，洗把脸的工夫竟与石板牢牢冻结在一块。每到一处，三师官兵的脚步铿锵有力，口号地动山摇，歌声响彻云霄，更让庄仁感到一路跋涉三千多公里处处令人壮怀激烈。

晚上，任务官兵会餐。头三杯以及师长带着几位部门领导挨桌敬的酒、技术营领导和一营领导分别敬的酒，还有鲁智深跑过来敬的酒，庄仁都实实在在地喝了下去。

饭后，庄仁带着几分醉意加班，一直忙到深夜两点。

“冷不冷?”

庄仁正眯眼校对稿子时，被身后冷不丁响起的问话吓一跳。

“师长!”庄仁迅即起身敬礼。

师长拿起《发射快报》细细看着，庄仁分明听得清师长粗重的呼吸声。

“图文并茂，不错。栏目设计也不错，这个下了功夫!”师长突然笑起来，“甭搞了，陪我查铺去吧!”

室外，狂风卷起漫天黄沙。那些伸在被子外面的胳膊、搭在床沿上的腿脚，都被师长一一放进被窝。

查完铺，师长拍拍庄仁肩头说:“赶紧休息，别弄了。”

“是!”

庄仁回到宿舍，又在电脑前忙了一个多小时。

庄仁早上打印完快报，又以班为单位挨个宿舍分发。最后，庄仁轻轻敲了敲师长宿舍的门。

“来!”

令庄仁有些意外的是，师长居然戴着眼镜在看材料。

“师长，经主任审定，第一期《发射快报》印出来了，已发至各班。”

“好。辛苦了！哟,《凌晨查铺》，还写我了啊，挺快的。”师长低着头，视线穿过镜片上方聚到庄仁身上。

“师长，这个有新闻价值，暖兵心。”

师长听庄仁一说，露出孩童般的微笑。

瞅准指挥所暂时无人的时机，庄仁抓起电话就拨。占线，重拨，又占线，再拨。终于，电话通了。

“热线电话真的好热，针扎不进水泼不进啊。”庄仁一说完，就听到申颖在话筒里嚷了起来。

“这么久了才打电话，怎么样啊?”

“幸亏你没来，要来了黄沙黄土非得把你埋这儿!”

“对了，昨天上街碰到嫂子和小宝宝了。”

“啊?”庄仁急切地问，“干吗呢他们?”

“别紧张，嫂子带小宝宝打预防针呢。”申颖拖着长腔不紧不慢地唠，“哎呀，我拍拍手，宝宝竟然伸手要我抱呢。”

庄仁听着，心里顿时乐开了花:“好玩吧，赶紧生一个呗!”

“我才不急，哪像你那么猴急啊!”

庄仁刚挂电话，武忠便“咚咚”跑了过来，一脸讪笑:“帮个忙行不?”

“说。”

“用文言文帮我写封情书，百字以内，就当你用，今天交我!”

庄仁瞪着眼傻笑，止住笑才问："你确定你不是生物钟紊乱或者荷尔蒙失调?"

"我也给你搞双皮鞋，男式女式你定。爽快点，帮还是不帮?"

"帮，必须帮。不过，我得提醒你，后果自负啊!"

武忠出门时回眸一笑："我也提醒你，明天凌晨四点四十分起床，乘大客去看卫星发射，必须穿大衣!"

望着武忠的背影，庄仁大喊："有点邪门啊你!"

凌晨，一切按计划行动，一声长哨划破黎明的寂静。天刚蒙蒙亮，三师任务官兵的驻地便热闹起来。这是一次千载难逢、千金难买的近距离观看卫星发射的良机。观摩人员忙着整队登车，疏散人员却忙着撤离。

"好家伙，你们是不是激动得一夜没合眼？反正我就眯了一会儿。"师长和机关保障人员登上同一辆大客时，嚷着跟大伙聊了起来，引发车内一阵热烈应和。大客开上公路，庄仁不由"呀"一声叫起来。并不宽敞的公路上早已车水马龙，一长溜大客小车宛如一条扭动的长龙，朝着不远处的发射塔架奔去。

下了公路，大客开始在沙丘上爬行。二十分钟后，大客开到一个高坡顶上。一下车，大伙便各自散开抢占有利地形。庄仁看到山头上人头攒动，乌压压一片。这是一片空旷而自由的地带，最佳观望角度之选。

师长喊庄仁："来这儿，这个角度好!"

庄仁蹦跳着跑到师长身旁，用相机对了对前方。

"以前看发射，我也是站这个位置。"师长裹紧大衣，跟庄仁唠叨着。

庄仁俯瞰发射场坪，只见山谷包裹之下的发射塔架高高耸立于寒风中。

"师长，这风不影响发射吧?"

"不会，放心!"师长的话里满是自信。

坡顶上能清晰地听到指挥员下达"三十分钟准备"口令。一会儿，两颗红色信号弹接连划破长空。

"十五分钟准备，别紧张!"师长像是自言自语，又像在叮嘱庄仁。

庄仁不敢吭声，应着师长"嗯"一声，觉得有点害怕，离塔架这么近，万一火箭掉下来砸到这山头上，这一片岂不葬身火海？如果死在这儿，二妹和儿子咋办?

"五分钟准备"之后又传来"三分钟准备"。庄仁分明听得出，指挥员报完"两分钟准备"之后再报"一分钟准备"时，语气明显变得短促有力。读秒倒计时开始，庄仁感到心脏跳到了嗓子眼。

“十、九、八、……一，点火！”口令来不及在山野回荡，一片橘红色火焰便从塔架底部喷啸而出。刹那间，震耳欲聋的声音扑面而来，脚下的大地好似“哗啦啦”在开裂。火箭飞天直上，直刺苍穹。庄仁感到自己的心脏随着惊天动地的呼啸而剧烈跳动，也随着惊心动魄的轰响飞到云天深处而渐趋平静。

“太震撼了！”庄仁除了用这句表达观后感，实在找不出更恰当的语句。

返回驻地时，师长大声说：“我说你们都别激动，看了咱们的导弹发射，就知道什么叫惊天动地了！”

庄仁心里又多了一个念想，可此时想给二妹打个长途电话的冲动，已成为压倒一切的欲望。

“这儿邮局在哪儿？有没有邮局啊？”庄仁悄声问武忠。

“有，想打电话还是寄信，找我啊。你看，你帮了我，这会儿就用着我了，对不对？”

“对，吃你的坐你的睡你的，不帮你我在这儿都活不下去了。”

武忠压低嗓子“嘿嘿”笑着，得意地说：“知道我好就行，情书赶紧的啊！”

忙完手头的活，庄仁迫不及待地赶到邮局给二妹打长途。

“小宝呢？”

“刚睡着。”

“你那边现在暖和了，我们这儿还得穿大衣。”

“过得习惯吗？”

“不习惯也得过啊，天天北风吹，眼都快吹瞎了。”

“瞎了我给你带路。”

“都看不见你了，带路还有啥意思啊？”

庄仁和二妹亲亲热热地聊着。

“今早上天没亮近距离看卫星发射了，我的娘啊，真吓人！”庄仁悄声向二妹描述着早上的所见。

电话那头，二妹温柔地应着：“卫星发射电视上不经常放嘛，喊一声点火就飞起来了。”

经历观看卫星发射的紧张时刻之后，再听听二妹有些黏糊糊的嗓音，庄仁顿感心底明亮亮地暖和了许多。

庄仁顶风赶往驻地时，半路上遇上兴冲冲跑来的武忠。

“快回去，师长找你呢！”

“找我干吗？”

武忠扯着庄仁的衣袖催促：“快跑，回去你就知道了！”

庄仁和武忠喘着粗气赶到驻地，从军政治部干部处新调任的师政治部黄主任板着脸命令庄仁带上相机立马上车。

好家伙，这么多将军！庄仁一下车就被眼前的将校军官镇住了，三位少将和十多位上校以上军官陪着一位中将。原来，北京总部的一位副司令员前来三师视察发射部队。

在发射阵地，一营值班员朗声报告：“首长同志，三师发射一营正在对照细则校对规程、背记规程讲解原理，请指示！”

中将回敬军礼说：“继续训练！”

操作间处处是铿锵有力的口令声，各个显眼处都装贴着“发射必成功”“一弹系全师　人人共荣辱”“严密组织　精心操作　一丝不苟　确保成功”字样的大红条幅。

庄仁一边感受着眼前令人震惊的巨型导弹，一边忙着速记和拍照。

中将戴着一副金丝眼镜，头发花白，头顶微秃，左右肩头上金色松枝簇拥着两颗金色的五角星，身材不高不矮，因为没有挺起的腹部，一身军装看起来很是合体。

“部队训练热情高，官兵精神状态好，这就有了成功的起码保证！”中将说起话来嗓音不高，但说一句是一句，不讲半句废话，“这次任务事关武器列装，对于军事斗争准备意义重大、影响深远，是一个里程碑式的任务，咱们一定要在确保成功上有所作为！”

“是，首长！”围在中将身边的将校军官异口同声地应着。

一路跟着总部工作组转阵地、听汇报、看演示，庄仁几乎将记录本写满了。目送工作组离去，庄仁不再为这期《训练快报》内容犯愁。整理记录时，庄仁脑子里不断浮现跟在副司令员身后拎包拿杯的那位上尉。庄仁想，他一定是首长秘书。室外又刮起狂风，漫天黄沙裹挟着沙石一路恣意冲撞。庄仁憧憬着或近或远的未来，希望自己也能像那位上尉一样跟着首长到处视察，或是坐在窗明几净的总部机关办公楼里忙碌。

胸怀这种憧憬，庄仁在老式营房忙碌着，苦累却满心快乐。刚下到一营时，庄仁迫不及待地想看导弹却难得一见，而今每天看到以往神秘兮兮的导弹毫无遮掩地将各个部位呈现在眼前，庄仁就莫名想起二妹。

第十二章　利剑出鞘，心随导弹万里飞

吃过早饭，庄仁跟着武忠进了测试间。见巨大弹体横卧，庄仁满眼好奇，忍不住问一位胸前别着“发动机组组长”字牌的小伙子：“兄弟这是干啥啊？我是师机关政治部庄秘书。”

小伙子看一眼庄仁，半晌才吭声：“进行弹体内外部查看。”

“我也看看，行吧？”庄仁说着在一个压力表前蹲下来。

“只准看不能动！”

“明白。”庄仁盯着压力表看了一阵，便起身大喊武忠，却不见其踪影，又转头问刚才答话的小伙子，“组长，这压力表指针为啥会突然跳一下？小幅度跳呢。”

小伙子突然发笑，露出一口白牙：“不可能，是你两个眼皮同时跳吧？”

“你自个儿来盯，看有没有。”

小伙子皱着眉头在压力表前蹲下，蹲了六七分钟，果然见指针晃动了一下，当即惊叫一声：“别动，有情况！”

一会儿，三师师长和总师赶了过来，军里导弹专家戴总师来了，连航天部专家也来了。

航天部专家问庄仁：“小伙子，你是怎么发现这个故障的？”

“刚才我一直盯着，还以为眼皮跳呢。”庄仁的答复逗得大伙忍不住笑起来。

“老戴啊你还别说，这个故障就是有多年操作经验的号手也不一定能发现得了。”航天部专家一脸严肃地指着庄仁，“敢和时间较真，敢和问题较真，这正体现了我们部队的过硬作风。祝贺你小伙子，你排除了一个很可能导致发射最终失败的潜在隐患！”

航天部专家说完，大伙报以热烈掌声。庄仁一脸平静，心里却波澜骤起。

不知不觉一个多月一晃而过。当二妹在电话里告诉庄仁山前坡后的油菜花开得正灿烂时，三师任务官兵迎来了最忙碌的时刻——北京总部司令员在发射前七个小时来部队驻地召开预想预防座谈会。又是一大群将校领导作陪，军部政委和三师政委也千里迢迢地赶到了发射基地。

被选定的操作号手代表雄赳赳气昂昂地向总部司令员汇报有关情况。以毫米计的瑕疵、测试厂房的突然停电、个人探索总结的操作技巧……一个个充满专业术语的故事，让庄仁听得摸不着头脑。司令员不时插话，高兴地点头。在庄仁看来，司令员不仅熟悉装备，还和蔼可亲，肩头上金色松枝簇拥着的三个金色五角星，更让人感到一股牢牢掌控撒手锏武器的强大力量。

司令员带着浓浓的家乡口音讲话了："我们已经具备圆满完成任务的能力，关键是下面七个小时如何发挥到最佳状态，我强调四点。"

庄仁张耳倾听，飞快记录，不时盯着打开的录音机。听司令员简要讲完四点，庄仁心底情不自禁地涌起敬佩之情。司令员就是司令员，说话水平就是不一般。

"总之，要相信科学，相信自己，相信武器。我就讲这么多。最后祝愿同志们满怀自信，轻装上阵，把技术水平发挥到最佳状态，圆满完成这次发射操作任务!"

军长问现场官兵："大家有没有信心?"

"有！有！有!"

耳边众声齐吼，庄仁突然有些热泪盈眶。

发射前七小时，预想预防座谈会结束后，一营教导员找到庄仁，堆着满脸谦恭的笑："一会儿在七号发射塔架下营党委组织3名新党员和57名老党员，举行新党员入党宣誓仪式和老党员重温入党誓词活动。热忱邀请三师大秀才参加指导!"

"教导员别客气，什么大秀才。我不仅是党员，还是一营的党员!"

教导员连声道谢，凑近庄仁说："请多写写我们营，兄弟们不容易啊，有的老婆生孩子连电话都顾不上打，三十多人一来就水土不服，病倒了还坚持干。十五名号手主动放弃报考军校，四十多人主动推迟婚期和休假，真的是无怨无悔!"

"太好了，谢谢教导员提供好线索。"

庄仁当即找黄主任请示参加一营活动与写稿的事，得到爽快批准。

激动之余，庄仁感觉自己犹如西北大地上抢先吐芽冒绿的白杨，心里涌动着难以抑制的激动。

座谈会上，总部司令员特意提起了三师办的《训练快报》，不但当众夸奖一番，还坦言自己第一次见到这么有意思的刊物。司令员翻阅时，庄仁注意到他看了目录又翻动几页，然后细细浏览。

"这个创新好!"司令员竖起食指说，"'心理导航'栏目开得好，文章写得也不错，为我们整个部队研究并抓好重大任务中的心理工作进行了先行探索，提供了有益借鉴。”

司令员临走时，上尉秘书找庄仁要走了一整套《训练快报》。

碧空如洗，路边杨柳在微风中轻舞。面对发射塔架，庄仁和大家一起举起右拳诵读入党誓词。庄仁感到有些奇怪，亲历了这一动作，紧张的心算是真正放松了下来，也真正体验到了热血沸腾的感觉。仰望长空，庄仁心里感叹千里迢迢赶到这儿，真不虚此行。亲历与感受这些不为常人所见、难为常人所知的事，生命的单调底色突然间变得五彩斑斓起来。

真切感受到热血沸腾的，当数一营官兵。饭前，一营突然接到指挥部命令：所有参与导弹装填对接人员全部就位。大家风卷残云般吃完饭，又风一般集合登车。紧张的三个半小时之后，一丝不苟地完成了导弹装填对接。

发射点火时间定在晚上十时二十一分。庄仁放眼望去，不由得感叹这戈壁滩的月色美如画，地上没有一丝风，天空没有一丝云，一轮满月与发射架上直刺苍穹的乳白色导弹对视。

高音喇叭里传来了倒计时口令：三、二、一，点火！

庄仁坐在距发射架三公里外的沙坡上。这是一个绝好的天然观景台，官兵有的紧攥着鼓槌，有的紧抱着锣鼓，都紧捂大衣，无一人发出半点声息。

突然，远处塔架下闪出一团红红的火光。庄仁感到身子开始随大地摇晃，“轰轰轰”的闷响猛烈撞击着鼓膜。这巨响是战略导弹告别大地的声音，导弹脱离塔架的几秒时间就是大国利剑出鞘的一刻。

“要倒！”有人猛然惊叫起来。

“谁说倒？老子揍死你！”

“别吵！”

庄仁无心打量周边，只看到导弹颤抖着扶摇直上，感觉全身每一根神经都被它牵扯着。短短三秒，导弹冲出塔架，直上九天。

大家不约而同地惊叫起来，一个个迅即卧倒在地。

庄仁分明感到导弹朝头顶压来，也迅速卧倒。一团亮光仍在夜空呼啸飞行，亮光身后一条白色弹道如浩空垂下的白色长练。

高音喇叭传来的声音瞬间被沙坡上的吼叫声淹没。官兵突然站起来猛地脱了大衣，扔了迷彩帽，鼓足劲敲打锣鼓。

庄仁仍紧裹大衣，瞪大双眼追寻着星宇中那仍在运动的亮光。亮光身后突然闪现一道耀眼光环。

“有光环！”庄仁抬手指着天空惊叫起来。

胡强碰了碰庄仁，大声说："你别制造紧张气氛，那是弹体分离瞬间释放出来的，正常现象！"

夜已深，大地已沉睡，发射部队却开始沸腾。数百平方米的餐厅里，白酒的醇香与荤素菜肴的气味早已充分混合，强烈刺激着大伙的嗅觉神经。

总部司令员笑眯眯地端着一杯酒，站在餐厅话筒前："同志们，圆满成功来之不易，我代表总部政委，代表其他领导同志，代表总部机关，对发射成功表示热烈祝贺，对同志们在执行任务期间所表现出的顽强拼搏、无私奉献精神表示崇高敬意，向全体任务官兵表示亲切慰问。你们不畏困难，把压力变成动力，以娴熟的技术、过硬的作风，取得了发射成功。来，我敬大家一杯！"

庄仁带着醉意回到空空的指挥所，抓起电话就拨。

"我一直等着呢，就知道你会打过来。"

电话那头，申颖依然精神抖擞，好似还有几分奔放。

"这么晚了你咋还不睡呢？"

"你不也没睡嘛！"

"你又不跟我睡，跟我较啥劲呀？"

"喝多了吧你，讨厌！"申颖笑嘻嘻地应着庄仁的酒话。

"告诉你，发射成功啦！刚才，想象一下，如潮的掌声、酒杯相碰的脆响，混合成一曲怎样的美妙乐章，想象得出来吗？你这笨蛋！"

"想不出，我笨！"申颖仍笑嘻嘻地应着。

庄仁与申颖聊得正欢时，武忠和胡强相拥着乐颠颠地闯了进来。

胡强瞪眼看着庄仁："别挂别挂，这么晚打军线跟谁倾诉呢，有情况！"说着一屁股坐到桌上，看着庄仁的话筒说，"男人啊，往往将最大的秘密最先告诉红颜知己！"

武忠立马凑过来："咋用告诉一词啊，叫分享懂不懂？"

庄仁推一把胡强骂道："你们两个鸟人想红颜知己想疯了吧？"

"别挂！"胡强猛地抢过话筒，"给我！"又朝庄仁摆摆手，满是柔情地对着话筒说，"喂您好，谁呀？这么晚了还不睡对身体不好哦。"

申颖一串甜甜的笑声传了过来，让胡强一激灵。

"哟，申颖啊，我还以为庄仁这小子跟哪个红颜知己吹牛呢。别聊了，明天咱们就开始撤了！"

撤场归建，一路南进，一路欢歌，豪迈与喜庆充溢着专列。在庄仁看来，专列与铁轨的摩擦声听起来都无比悦耳。发射的事就让它留在那片戈壁吧，所有关于这次发射的细枝末节，庄仁都写进了日记，现在满脑子想的除了二妹和儿子，还有更多的事情。

庄仁感到忙忙碌碌的官兵身上，都散发着一股让人只可意会不可言传的气场。这种气场，一如奔赴前线与敌人真枪实弹交火直至将敌人全歼之后毫发无损地走下战场时的淡定。庄仁感到仿佛一夜之间深刻洞察了生命的本质，灵魂深处好似烙印上了死过一回的记忆。尽管大家心知肚明，这次发射成功是在军委首长直接指挥决策、参试各方大力配合、航天专家把关下取得的，但谁又能否定三师特别是一营兄弟们的付出和努力呢？

专列上，黄主任将庄仁叫到跟前布置工作："请按照一次发射多方受益长期受益的原则，及时搞好政治工作总结，突出成果，发展成果。"

庄仁分明感到，这位新任主任对自己还是持肯定态度的。庄仁知道，黄主任刚才用的这个"请"字，是自己用勤奋与智慧争取来的。在发射基地，无论组织篮球赛还是联谊晚会，无论是为师政委写讲话稿还是出板报，庄仁都让上下叫好。师政委后期到发射基地观看发射时，也明确表示发射中政治工作搞得有声有色，庄仁功不可没。

专列呼啸前行，庄仁开始闭目养神。所有的苦累，此时已成过眼云烟，装填在心里的是一种踏踏实实的收获感。就像怀着强烈生儿育女心愿的女人，不畏艰险千里迢迢去见心上人，在短暂的灵与肉的欢娱中怀上他的骨肉，然后又一路无怨无悔辛苦而返。这一次，庄仁有一种真切体验女人怀孕的感觉。如果把皮囊里一颗不甘平庸的心比作子宫的话，领导赋予的任务与任务提供的平台就是受精卵，自己的勤奋与智慧则是催生受精卵发育的母液。

清晨，一阵急急的过山雨热情洗刷着驶进立青县城的专列。刀枪入库，各就各位。一阵轰鸣之后，任务部队的装备车又消失在苍翠大山之中。见惯了部队行动的老百姓，对于车辆的归来倒是习以为常。

大客驶进师部营区，机关大院顿时热闹起来。家在机关院内的干部，将文件资料锁进办公室便直奔家门。早得知男人回来的女人也许烧好了洗澡水，也许请假在家做好了男人爱吃的早点。庄仁背着大包小包下车时，见申颖正朝大客张望着。一个多月不见，庄仁觉得带着几分睡意的申颖更显妩媚。

申颖接过庄仁肩头的背包，兴奋地嚷起来："哈，还说苦，苦啥呀，你们几个都胖了！"

"是吗？"庄仁凑近申颖小声问，"你怎么没一点变化啊？"

"我起居严格按机关作息，不熬夜，不赌气，不暴食，怎么样，保养得还行吧？"申颖带着傲娇口吻应着。

庄仁瞪一眼申颖："答非所问！"在庄仁看来，几个月不见，婚后申颖的肚子挺起来应该是顺理成章的事，可事实上申颖的身材和脸蛋一如昨天。

见庄仁几个卸了行李，申颖提议："晚上到我家小聚一下吧，让我犒劳下任务官兵。"

"行啊，给你一个机会。记住，少弄肉，多弄些青菜萝卜之类的素菜，怎么样？"庄仁盯着武忠征求意见。

"我恐怕参加不了，我有事，去看个人。"武忠躲闪着庄仁的目光。

申颖和胡强疑惑地盯住武忠。

庄仁一把扯住武忠的袖子，歪着脑袋问："有情况啊你小子，说，是看女人吧？"

武忠老实地点点头。

申颖一乐："那去呗，这事谁拦着都不人道，对不对？"

庄仁忍不住笑起来："申颖什么时候有了菩萨心肠啊，这个变化我真没看出来。"

武忠正要走，却被庄仁一把扯住："这样吧，你把那女的叫过来，也让我们见识考察下，反正要见对不对，吃了饭你们走，咱们不拦，怎么样？"

胡强讥笑庄仁："你拦得住吗？热恋中的男人都跟发情水牛似的，暴躁着呢。"

庄仁逼问武忠："说，谁啊？"

"覃杉杉。"

庄仁一听，"哎呀"叫一声，用力拍了下脑门："不说不说了，我全明白了，叫你送盘带子没想到送出一段情，难怪叫我写文言文情书。"说着又摇摇头大笑，"真相大白得太迟了！"

庄仁进了办公室，急急给二妹拨电话："老婆，我回来了，完好无损！都请好假了，明儿上午回家。准备好哦，一个多月的积蓄，全都送给你！"

二妹开心一笑，将话筒贴到儿子耳边柔声说："哦，爸爸回来喽！宝宝，叫爸爸！"

庄仁凝神屏息，听见话筒里传来儿子稚嫩的"呀呀"叫声。

清清爽爽洗了个澡，又自由自在睡了个觉，到下班时间庄仁才赶到家属院。

庄仁上到申颖那栋楼，见门没锁，居然留着一条缝。

庄仁敲了两下进了屋，见申颖坐在小板凳上正用小刀刮着生姜皮。

"那两小子果然没来。怎么不关门啊你？"庄仁往厨房看了看，在沙发上坐下。

"懒得起身为你开。"申颖仍穿着军裤，只是将上衣换成了一件白蓝相间的碎花衬衣，又在外面套了件粉色的针织背心。

“你这身混搭还挺有女人味的。”庄仁说笑着又将门开启拳头宽的缝。

申颖推一把将门关住，白一眼庄仁：“外面上上下下的，吵死了。”

庄仁看看表笑了笑，从沙发旁抓起另一个小板凳挨着申颖坐下，将垃圾筐放到自己脚边，又从申颖手里夺过小刀和生姜。

“我都胖了，也不见你胖起来啊？”庄仁说着将一把大蒜递给申颖。

“胖什么胖，我这样不挺好嘛！”

“崇良这小子没事你叫他常回来啊，一个巴掌拍不响，两个黄鹂鸣翠柳才有意思嘛。”

申颖哈哈笑，兀自剥着蒜。

“我是觉得迟生早生反正要生，早点生好，生完了接着玩呗！”

申颖盯着庄仁，像是发现新大陆：“双休日你把嫂子和儿子接过来吧，让我玩玩。”

“我都还没玩呢，明天请好假了回家一趟。”庄仁一说完，就发现申颖亮亮的眼神立即暗了下去。

庄仁漫不经心地询问申颖和崇良的生育计划。

“秘密，不告诉你！”申颖抓起沙发上的零食袋，晃着脑袋抓起几片山楂。

庄仁瞪着申颖：“要吃你自个儿吃，我不爱吃这个！”

“咚咚”敲门声突然响起。申颖开了门，见武忠和覃杉杉拎着沉沉的塑料袋立在门口。

“覃主任，欢迎欢迎，快进来，不用换鞋！”申颖埋怨武忠，“水果啥的都买齐了，今晚你们都吃完了才能走。”

庄仁起身鼓掌，不停地喊着热烈欢迎。武忠和覃杉杉拎着袋子走进厨房时，庄仁瞟一眼申颖压低嗓音说：“看见了吧，真的好上了。”

武忠挽起袖子，咧嘴笑了笑：“都认识了，我就不介绍了。怎么着，今晚让我和覃杉杉露一手如何？”

申颖热情招呼着覃杉杉：“来，覃主任坐沙发。不着急，庄秘书的手艺好着呢。”

庄仁瞪着武忠直嚷：“以前你咋不露一手呢？今天我当着覃主任的面，给你提几点要求啊，希望你婚前婚后一个样，我和申颖在场不在场一个样，以后职级高了对覃主任始终一个样。”

覃杉杉红着脸，说：“你们就叫我覃杉杉好了，大家有缘聚到一起，以后都是好朋友。”

覃杉杉转向庄仁，高兴地说："哎你家儿子长得真好，小眼睛特像你。"

庄仁得意地笑起来："都说像我，那我就放心了。"

武忠碰了下覃杉杉："看你说的，啥以后都是好朋友？现在就是了！"

庄仁问覃杉杉："文艺演出的录像带看了吗？"

"看了，真不错！部队表演的节目就是不一样，你们俩主持，真是天生一对！"

庄仁接过覃杉杉的话："这你就错了，我们天生就不是一对。"又转头问申颖对不对。

申颖看着庄仁不说话，只是笑着大口啃苹果。

吃过早餐，庄仁给二妹打了个电话便一身军装出了大院。

一路上山花满目，成片或断片的油菜花开得正灿烂。

二妹抱着儿子在养殖场附近的山路上等候。庄仁远远见了一路飞奔，张开双臂一把抱住二妹和儿子。儿子肥嫩的手里攥着三根油菜花，不时执着地往嘴里送。

"臭小子，看你妈把你饿的，没奶都改吃草了吗？"

"什么呀，奶水多着呢，他现在抓到什么就往嘴里送。"

庄仁顶着儿子的额头，用鼻尖磨着他嫩嫩的鼻子。没想儿子猛地抬头，张开小嘴吮吸着庄仁的鼻尖。庄仁在儿子左右脸上亲了又亲："走，回家喽！"

庄仁吆喝着，一手拎着包，一手抱着儿子。

二妹爸妈早早开始张罗午饭，厨房飘出的灶烟与肉香直扑庄仁鼻孔，鼻腔嗅觉细胞发出的信息让庄仁心里油然而生一股惬意的幸福感。庄仁照例又要陪着二妹爸喝上几小杯。在这暖暖的午间，大脑里的微醺感觉，在庄仁看来已变成一种看得见摸得着的幸福。

二妹给儿子喂饱了奶水，二妹妈便笑眯眯地将孩子抱了过去，说部队太辛苦，催着庄仁好好休息一下。

庄仁从二妹妈手中抱过儿子，说："让我抱抱。"

二妹妈小心翼翼地将小宝移到庄仁怀里，笑呵呵地应着："让宝宝认一认爸爸也好。"又叮嘱庄仁，"喝酒了小心点，别摔着孩子了！"

"没事，这点酒算啥呀。"庄仁喊一声点火，一把将儿子抛到空中，又双手接住，吓得二妹妈大声嚷起来，一把从庄仁手里夺过孩子。

床上的铺盖二妹妈早已换过。庄仁抱着儿子，一个劲地在他身上嗅着，边嗅边说臭小子还真一身奶香味。

二妹笑哈哈往床上一滚。庄仁将儿子放到床上，握着他肉乎乎的脚掌，用鼻子来回蹭着嗅着。二妹拨开庄仁脑袋，提醒他别挠脚心小心以后走不稳。

庄仁抚摸着儿子嫩嫩的屁股，说哪有这回事啊。没有内衣的束缚，二妹嫩白丰满的胸脯尽收庄仁眼底。庄仁笑二妹这段时间尽拣好的吃，身子都肥得流油了，像个土财。二妹转头伸出指头在儿子小脸上刮一下，笑着说你这个臭宝宝身子都肥得流油了，像个土财。庄仁压到二妹身上，贴着她耳际悄声说，时间好快啊，看着那晚咱们在养殖场，眨眼儿子都会爬了。二妹翻身坐起抱过儿子，说那边冷水热水都准备好了，赶紧洗个澡吧。说着，抱起儿子下楼。

几杯白酒早已引燃庄仁心中的火苗，二妹抱儿子下楼的眼神更是将火苗熊熊燃烧起来。二妹一个人上楼回到房间时，庄仁将她一把紧紧抱住，又转了几圈才将她放倒在床。二妹闭了双眼嚷着我转晕了。

"老公。"二妹轻声唤着，似乎有些迫不及待，倒让庄仁莫名其妙感到有些紧张。导弹高高耸立在发射架上的情景又闪现在庄仁脑海中，耳际分明传来高音喇叭里的"点火"声音。

"还和养殖场一样嘛!"庄仁咬着二妹耳根说话时，感觉身体就像冲出塔架的导弹直上云霄，又好似从万米高空轰隆隆自由坠落。

"老公，你好久没抱我睡了!"

"今晚好好抱!"

醒来睁眼时，庄仁恍若身在发射基地。二妹枕着庄仁的右胳膊，仍甜甜香睡。庄仁抽出胳膊，侧身细细看着二妹。二妹有感应似的醒来，慵懒地靠着庄仁。

"上周我的命令下了，调到政治部宣传科了。"

庄仁调去师里的命令早已下，说这话时故意撒了一个小小的谎言，不想这时说出很快就要借调军政治部的事。

"好啊。"二妹一骨碌爬起来。

"那你想办法往县城调吧。"

"怎么调呀?"

庄仁扳过二妹身子:"张晓燕爸不是县教育局局长吗，咱们请她帮忙如何?"

"请她还不是要她爸帮，能行吗?再说，我走了寨子里的孩子怎么办?"

庄仁抱着二妹坐起:"你离开这寨子，那些孩子自有人来教。离开寨子不是你不热爱教育工作，而是给那些热爱这项工作的人腾位子，是盘活人才资源，知道不?"

二妹垂下眼皮："找人帮忙有多难你知道不，正因为不想求人，这几年我才懒得调动，反正离家近。"

"你别说，以前你懒得调动还真懒对了，要调动咱们就没戏了。明天我找张晓燕，你在家带儿子，我快去快回。"

二妹看着庄仁一脸坚决，半晌才"嗯"一声。

"那进县城了小宝怎么办？"

"先调动，调动办好了其他都好说。"

二妹滑下身子，将头枕在庄仁肚子上，不再吱声。

事不宜迟，庄仁说找就找。傍晚下班前，庄仁拨通了张晓燕办公室的电话，约好下班时间在教育局大门口见面。

庄仁远远见张晓燕推着自行车往外走，在大门口一侧等着。

"对不起啊，占用你时间了，害你迟些回家。从西北执行任务回来，给干妈捎了点特产，尝尝吧！"

"谢谢谢谢。说吧，什么事？"张晓燕将自行车推到一处清静街边，显然对庄仁在电话里提及的"重要事情"感到好奇。

"恳请你出马，帮二妹调到县城，哪个学校都行，相信你能办得到，好吗？"

张晓燕圆睁双眼："你怎么知道我办得到啊？"

"帮帮我吧，只有你能帮我们了。我已调到师部了，不怕你笑话，秤不离砣公不离婆，我不想跟二妹过分居的日子。"

张晓燕忍不住笑起来，脸颊倏地绯红，问："那你怎么谢我呀？"

看着张晓燕笑眯眯的双眼，庄仁从口袋掏出一个鼓鼓的信封："一点心意，不成敬意！"

张晓燕伸手一挡，将庄仁往后推一把："我不稀罕这个，这应该是你和二妹的血汗钱，我可不能要。"

"什么血汗钱，又不是做牛做马赚。"

"反正这个我不能要。"

"那你要啥？"

庄仁不敢看张晓燕的眼睛，只是盯着她的嘴唇。在庄仁看来，张晓燕有着如二妹一样的嘴唇，上面一层亮亮绒毛也是充满青春活力。

"我要你对我好！"张晓燕咬着嘴唇，直直盯着庄仁。

庄仁突然愣住，全然没想到张晓燕会提出这一要求。庄仁感到呼吸有些困难，尴尬地笑笑说："你别跟我使美人计啊，你要这样我就将计就计了！"

张晓燕一阵开怀大笑，笑得庄仁也跟着傻笑起来。好一会儿，张晓燕才停住："跟你开玩笑呢，别忘了我可是小宝干妈啊，这个忙我得尽力帮，不然还真对不起干儿子，对吧？"

"谢谢你燕妹，"庄仁眼眶有些潮湿，"你帮了我们很多，我们都铭记在心，真的！"

"这个特产我收下，其他东西我什么都不要，你就好好疼二妹吧，做她的好男人。"

庄仁盯着张晓燕点点头："今天你真好看！"

张晓燕又大笑起来："你可别骗我，我可是善于把骗人的话当真话听。"

"不骗你，真的，外表美，心里更美。"

张晓燕抿着嘴，一脸灿烂。

望着张晓燕骑车远去的背影，庄仁心里涌起一股热流。

不到一周，二妹便调到了县城三完小。

张晓燕带着几个姐妹去三完小看二妹，一进屋便尖叫起来。先前又脏又黑的四壁，如今被涂成了天蓝色。洁白的书柜、淡雅的窗帘、可伸缩的台灯以及铺着碎花塑料布的餐桌，细微之处尽显精致和书卷气息。二妹给大家倒茶，又拿出水果，说这都是庄仁弄的。

"前边那块空地我准备弄成菜地，总的原则是利于战备、便于生活。怎么样？"庄仁向几个女人炫耀着，仿佛辛苦而甜蜜的劳动成果已结满枝头。

"好个世外桃源！"张晓燕跺脚嚷起来，"二妹你幸福得没道理啊！"说完又拽着二妹在她耳边悄声嘀咕。

二妹涨红着脸，不停地朝张晓燕身上拍打。

三完小将久未住人的一间杂物间分给了二妹。张晓燕当初领着二妹打量时，就感觉它不是人住的地方。没想到庄仁忙前忙后，将这间十余平方米的宿舍收拾成了温馨小屋。

晚上，庄仁加完班后已过十一点。走出机关大院，一路小跑不到二十分钟便到三完小。一路上庄仁想着，谁说容易得到性就容易失去爱？当初毫无预谋地将二妹变成女人，那种狂野的爱，恰恰是高起点进入甜蜜婚姻的开端。生活虽然多有不足，但处处有美。比如今夜的美，就美得让人想重复以往动人心魄的狂野。

窗户上映着灯光，二妹正坐在桌前。庄仁敲了敲窗户，轻声说："老婆开门，是我！"

二妹开了门，嗔道："有门不敲干吗敲窗啊？"

"敲门多没情调！"庄仁关了门，一把抱起二妹问，"白天张晓燕在你耳边说啥呢？”

“不告诉你！”二妹在庄仁怀里扭动着身子。

“不说我也知道，肯定说的那个事呗。对不对？”

“不对不对！”二妹一把紧紧抱住庄仁。

潮水般的激情渐渐退去，二妹拥着庄仁轻叹：“这辈子怕是真的要跟你颠沛流离，今天只是一个开始，对不对？”

庄仁哈哈乐：“你成语还用得挺溜啊，什么颠沛流离，这是县城三完小，是立青县城最好的小学。你不是火车站汽车站摆地摊，知不知道？再说，没有颠沛流离，哪来花好月圆？”

“好吧，我说不过你。你说，小宝怎么办？”二妹说着，眼泪突然滑落。

“你爸妈不是带得好好的嘛，你在这儿掉眼泪，说不定小宝正哈哈乐呢！”庄仁替二妹擦去眼泪，宽慰说，“有空咱们回家看看小宝。看一次小宝长大一点，回家一次有一次惊喜，多好。以后住房条件好了，将你爸妈接来一起住，咱们一家团团圆圆，他们帮我们做些家务活动筋骨，我们努力工作报效祖国。多好啊！”

二妹不再接话，抓过庄仁的胳膊枕着，将脸紧紧贴在他胸前。

庄仁睡意蒙眬时，突然被二妹推醒：“你说我是不是该减肥了啊？”

庄仁抚摸着二妹嫩白的肚皮，禁不住为她冒出这个念头直乐：“我可没觉得你肥啊，我倒喜欢你这样有肉的感觉。”

“真的？”二妹一骨碌爬起来，趴到庄仁胸脯上。

“真的，第一视觉效果好，第二手感不错，第三既有温度又有柔软度。反正我抱着压着都舒服，我告诉你我可不想抱白骨精啊。”

二妹心满意足地从庄仁胸前溜下，兴奋地在庄仁大腿上揪一把。庄仁亲吻着二妹：“你还没肥到那个程度。不过话说回来，减肥可不是一件容易的事，长在身上的肉都是能呼吸有生命的，哪能说减就减得掉啊。”

“说了半天，你还是嫌我肥啊。”

“不肥，我说了不肥就不肥！”庄仁翻身又压到二妹身上，“别太跟自己过不去，有就有吧，都是亲生的肉，健康就好。”

“你说得好听，现在说不肥，肉多了你又嫌肥，”二妹顺势推一把，温柔劝庄仁，“你歇着点，明早要赶回去，还出操呢。”

“不碍事！”

庄仁不敢跟二妹说军政治部借调自己的事，但军政治部宣传处那个陈干事几次打电话催自己赶紧跟师政治部黄主任请示，然后赶紧报到。庄仁感到为难，借调到军部当然求之不得，可自己怎么跟黄主任提这事呢？按程序也该陈干事向黄主任请示。庄仁琢磨着，这黄主任虽然从军政治部调来，可屁股决定立场，他肯定舍不得放人，师政委就更不用说了。

陈干事被任务压得喘不过气来，终于亲自给黄主任打电话了："首长，很想您啊。首长一上任，三师政治工作就一片红火。"

黄主任高兴地打哈哈："小陈啊，欢迎来三师检查指导，这里是新闻富矿，还希望兄弟们一如既往地大力支持啊！"

陈干事跟主任聊了半天，最后终于说起庄仁借调的事。

"庄仁刚参加完发射任务回来，很多东西要整理，科里实在没人，政治部尤其缺能人，一时还真走不了。这样吧，等老兵走了，你们借调也好，正式调也罢，我这边都好说，你看行不行？"

"好啊，首长就是这么豪爽。"陈干事苦笑着挂了电话。

借调的事，庄仁只能隐而不语，哪一边都不敢问，也不想问。庄仁想，不去也好，正好跟二妹过一段小夫妻的甜蜜日子。

庄仁执行任务回来才知道，二妹没坐完月子便上班了。晚上做饭时，庄仁心疼地批二妹，说："不要命了，攒工资也要爱护身体嘛。"

二妹跟庄仁商量："燕妹买了手机，她爸帮忙的礼以后找机会再送，干脆给你也买个手机，反正要用。"

"这玩意儿太贵，买它干吗？以前没用不照样好好的？"

二妹嗔着庄仁："机关干部得有机关干部的样子，也方便联系。"

"那你也买一个吧。"

"我就在学校，现在没必要，到时再说吧。"

申颖早庄仁几周买了手机。虽然在办公室面对面，不忙的时候申颖冷不丁给庄仁发条短信，就着天上地下的事说几句。庄仁觉得短信很有趣，一种完全由个人掌控的文字游戏，嬉笑怒骂打情骂俏皆成文，完全不同于机关公文。

下午上班不久，鲁智深竟然来到了庄仁办公室。

"庄排！"鲁智深立在门口敬礼。

"哟，好兄弟，好久不见！"庄仁紧握鲁智深的手，指着申颖介绍说，"这是申干事。"

"我们见过。我鲁智深。"申颖起身跟鲁智深握手："我知道你，你这名好记。"

鲁智深激动地看着庄仁："好有福气啊庄排，家里嫂子漂亮，办公室申干事漂亮。"

庄仁笑着点点头，问鲁智深有啥需要帮忙。

“我决定退伍，名单已报到机关了。以后见你也是越来越没机会，刚好上机关办点事，提前道个别。”

庄仁抄了手机号给鲁智深：“好好干，发财了可别忘了我！”

“哪能呢，这辈子都记着。”

“欢送老兵时，我一定去火车站送你！”

“谢谢庄排，凭你的本事，肯定能当将军。我是认真的！”

庄仁忍不住哈哈笑：“当将军不指望，能当将军身边的人就不错了。”

临走，鲁智深也抄下了申颖的手机号。

庄仁坚持将鲁智深送出大门岗，问：“你那个温柔又漂亮的小姑娘呢？”

“说好了，退伍那天坐一趟火车走。都四个多月了！”

“怀上了？”庄仁大吃一惊。

“嗯！”庄仁盯着鲁智深，“人家姑娘都跟你了，一定要待她好。你待她好，她一辈子乐为你做牛做马，给你带来福气和财运，懂吗？”

“懂！”鲁智深给庄仁敬了个礼，挥手转身离去。

忙忙碌碌中，老兵离别季说到就到。

庄仁早早问到鲁智深的离队时间，深夜带着二妹赶到火车站。

站台上敲锣打鼓，很是热闹。

“庄排，真来了，嫂子也来了！”鲁智深胸戴红花，一身军装，只是摘了帽徽和军衔。

“她呢？”庄仁问鲁智深。

“上了后面那节车厢。”

“好啊，都在计划中。还是那句话，干字当头，勤劳致富。祝你们幸福，等着你好消息！”

鲁智深眼一眨，泪水便滚落脸颊，与庄仁紧紧拥抱在一起。

鲁智深看着二妹，深情叫一声嫂子，解释说：“我对象也是你那寨子的，叫李晓月。”

二妹惊喜地“哦”一声：“我们认识呀，长得漂亮，人挺好的。找到她你真找对了，祝你们幸福！”

老兵一走完，陈干事又给庄仁打来电话：“赶紧报到吧，这边直接给你下调令了！”

刚挂完陈干事电话，庄仁又接到黄主任电话：“过来！”

进了黄主任办公室，庄仁见他笑容满面。

“知道调令的事吧？”

“陈干事刚告诉我了。”

“抓紧把手续办了。说实话，从工作角度讲，政委和我真不愿放你走。但是，向上级输送优秀人才，也是三师的荣誉和成绩。记住一句话，你是三师出去的人，任何时候都要想着三师，我们也是一起战斗过的兄弟嘛！”

“谢谢主任，这一段时间您手把手教了我很多，真是胜读十年书，您的教诲一定铭记在心。”

“办完手续了，跟师首长道个别。去吧！”

“是！”

庄仁办完手续，又风风火火地将原来装在秘书办公室的外线电话转到了三完小二妹宿舍。

吉普车在三完小门口停下，庄仁拎着大包小包下了车。

“搬回来跟老婆住，免得早出晚归。”没等二妹问情况，庄仁便主动开口。

“不会吧？”二妹满脸疑惑，“这么离不开老婆，怎么得了你？”

“笨蛋，告诉你我调军部了，下周一报到。”

二妹“呀”一声，惊得不知所措。

“先吃晚饭，边吃边说！”二妹赶紧端出饭菜，看着庄仁吃得津津有味。

“吃啊，摆着碗筷敬菩萨呀？”

“不行，你说完了我再吃。”二妹搬过小凳，紧挨着庄仁。

“明晚正好周五，武忠说请吃饭送行。碰巧崇良也回师里了，胡强、申颖和覃杉杉都参加，我把燕妹也叫上。吃过饭咱们回寨里，跟爸妈和小宝待一天，星期天下午回县城，下周一上午就去市里了。”

二妹呆呆地望着庄仁，端起碗像是喃喃自语：“完了，这下我们相隔一百多公里了。”

武忠在城东临近河边的酒楼订了一个大包间。

见人已到齐，武忠以自己嘴笨为由，拽着崇良非要他讲几句。

“好，恭敬不如从命。喝酒的喝酒，喝饮料的喝饮料，都倒满。来吧！”崇良端起酒杯起身，“主要祝贺庄仁高升，其次祝贺武忠马上当爹，最后祝我老婆顺利考研，干杯！”

武忠赶紧按住覃杉杉：“这么个大肚子，你就别起来了！”

一阵杯子相碰的脆响之后，申颖一仰头喝下半杯米酒，崇良也一饮而尽。

庄仁端杯盯着崇良，惊叹说：“读了研究生做学问真不一样啊，酒量大了，口才也更好了。”

崇良抹一把嘴应着庄仁：“你赶紧喝了！”

庄仁指着覃杉杉的肚子笑问："是男还是女啊？"

覃杉杉看了眼武忠，眯眯笑着却不答话。

武忠得意地说："要啥来啥，我就喜欢闺女！"

"牛啊！那你敬亲家公我一个呗！"

庄仁一句话，撩得满屋子喊叫。

武忠跟庄仁碰了杯："闺女名字我都取好了，就叫武晴，晴天的晴。你家小子叫啥？"

大伙一阵哄笑，武忠依旧瞪着庄仁。

"我家儿子叫庄靖，生在立青县嘛，以纪念这份旷世情缘。"庄仁碰了下二妹，"对吧老婆？"

崇良瞥一眼庄仁："行了行了，拜托别搞这么肉麻，吃下的好东西我可不想吐出来！"

覃杉杉笑眯眯地看着武忠："别结亲家了，我们家闺女高攀不起哦。"

庄仁一听就嚷起来："什么高攀不起，生了到时告诉我，我抱我们家去！"

二妹朝庄仁肩头拍一巴掌："你抱回家你养，我可不敢养，养不好我赔不起。"

饭桌上有了孩子的话题，不仅酒喝得快，话也说得开。崇良和申颖跟着大伙乐，来杯就碰，碰了就喝。

胡强端起杯给大伙敬酒："你们都幸福，我那老婆远在老家，可怜我们一天到晚守活寡。来吧，代表我那老吵着要我转业的老婆，敬各位！"

张晓燕一圈喝下来，依然面不改色，谈笑风生。

窗外月光如水。庄仁醉眼蒙眬，二妹偎在庄仁胸前柔声说："好好干，实在不行就回来。"

"回来干吗？我倒不认为这山沟有多差多坏，但它真的不适合我。我前脚迈出了，就没想过后脚还要退回来。"

"要不我们到县城买房子吧，燕妹买了一套，以前带我看了，挺不错的。要不，等你稳定了，到市里买也行。"

庄仁拥着二妹不吭声。

二妹娇声摇着庄仁："你说话呀。"

"傻瓜，房子不是当务之急知不知道，当务之急是你我要不断提高能力素质，然后做出有目共睹的佳绩。你把房一买，就相当于把根扎这儿了，根一扎下你就哪儿都不想去了，是不是？万一哪天调我去北京呢？"

二妹"哈"一声笑，一骨碌爬起来："这样的话，我们分开短则一两年，长的话三五年，那可难为你了。”

“也难为你呀！”庄仁一把抱住二妹，“为了长远幸福，难个三五年不算啥，不怕，咬咬牙不就过去了，对吧？”

“听你的老公！”

“所以，咱们在一起时，就要用好分分秒秒，让每一分每一秒都充满恋爱的感觉！”

二妹喊一声老公，扑进庄仁怀里。

临近离别，庄仁因长久以来对军部机关生活的憧憬马上成为现实而兴奋不已，二妹则因庄仁突然要远去有着说不完的心里话。

“你知道吗？燕妹想离婚！”二妹轻叹一声，让庄仁猛地一惊。

“为啥？”

“为啥？这些年她老公赚了钱，不知不觉变坏了，经常在外打牌喝酒，家里基本见不到人。燕妹爸也管不住他。”

“怎么这样？燕妹多劝劝他呀！”

“劝他？燕妹生下女儿后，男的不高兴，硬要她偷偷再生一个，可燕妹又不想，男的喝多了回家就耍酒疯，还打她。”

“混账王八蛋，生闺女又不是她的错！”庄仁咬牙切齿，“实在劝不了就离呗，没男人还活不下去啊？”

“你知道吗，燕妹男人刚结婚那阵对她可好了。”二妹“唉”一声问庄仁，“以后你会不会打我呀？”

庄仁伸出右手，高高扬起，又轻轻落下：“我打，我这样打！”说着，拳头从二妹胸前往下腹一路慢慢滑下。

陪着儿子和二妹，庄仁感觉木楼的日子分外惬意，笑嘻嘻地看着二妹说：“我都不想去军部机关了！”

二妹“哼”一声：“你现在是心满意足，我看你恨不得现在就想飞过去！”

崇良和申颖将车开到三完小门口时，庄仁、二妹和张晓燕早已等在路边。

庄仁一拉开车门就哈哈乐：“两口子都来送，也太热情了吧！”

崇良看一眼申颖：“我去市里倒火车回学院呢，顺便送送你。”

庄仁见申颖一脸平静，便不再开玩笑。

快进站时，庄仁盯着二妹：“回吧，带好儿子，照顾好自己！”

庄仁给张晓燕敬个礼：“我家没啥值钱的，也就老婆儿子最贵重，都交给你保管了。”

“放心，干妈不辱使命！”

庄仁挥挥手，跟二妹和张晓燕也跟申颖告别。

列车汽笛长鸣。远眺渐渐远去的立青县城，庄仁感觉心里快意与离愁混杂着发酵，高高飘扬在师部机关办公楼前的国旗从视野中闪过。“再见了，立青县！”庄仁在心里与县城告别。初到两年，就给这座群山环抱的小城留下了自己的爱和爱人，还有那些奋斗的青春。这些，都是活生生的牵挂啊。

“无名小卒的成长不能靠个性，而要靠实干。”跟牛德道别时他的一番话又在庄仁耳边回响。

牛德破格提拔，让庄仁敬佩不已。庄仁觉得牛德不愧是专家型领导，他探索创新训练考评机制，依托计算机技术构建导弹模拟训练平台，既成全了自己的仕途，也让三师跨入全军军事训练一级单位行列。

庄仁询问牛德的成长感受时，牛德面带微笑地掰着指头算：“组织培养，这是第一。个人奋斗，必不可少。部属的支持帮助，也很重要啊。以后，还请你多多帮我，行不行？”

“首长，这个义不容辞！”

崇良望着窗外发呆。

庄仁问：“是不是有点时光倒流的感觉？看着当初咱分到这儿，今天又往回走了！”

崇良咧嘴一笑，依旧望着窗外。

“咦，那晚你俩都喝酒了，也不封山育林？”

“刺探个人隐私不好吧？”

庄仁眉头一皱，赶紧转换话题：“猜猜五六七八年之后，我们的生活会变成啥样？”

“该咋样就咋样吧，咱们就像鸟拉出来的一粒种子，它拉哪儿就在哪儿发芽生根，好多事你根本控制不了。”

“咋控制不了？你考研了，我也调走了，这不是变化吗？你小子好好干，到时三师政委就是你的。”

崇良哈哈笑：“那你好好提拔我啊！”

第十三章　缘散缘聚，林鸟飞入北京城

转眼，申颖考上了工程学院研究生。

崇良从指挥学院毕业又下到营里，不久便被提拔为教导员。庄仁与二妹聚少离多的分居生活一过就是三年，朝夕相处的美满日子也才过两年多。

上午，庄仁正在办公室埋头写东西，突然接到崇良电话："中午没事吧首长？今天我请客，咱们小聚一下，申颖也来了。"

听着崇良语气轻松，庄仁在电脑前转一转脖子，顿感心情灿烂："哎我说，老两口双双来市里，也不提前说一声，让我接个站呀。都这么大岁数了，浪漫还没玩腻啊？"

崇良嘿嘿笑："我在军部医院呢，见面说。"

庄仁心一紧："咋了兄弟，怎么到医院了？"

"哈，鸟事都没有！今天高兴，到时咱们喝点，一会儿见！"崇良说着便挂了电话。

"下午还要接着写，不能喝啊！"庄仁看着手机直摇头。

下了班，庄仁骑自行车一会儿便赶到军部医院对面的饭店。

庄仁一进包厢，崇良便起身敬礼："首长见一下基层官兵还真不容易啊。喝点吧，难得见一回，保证不让你难受。"

庄仁懒得回礼，一把将崇良右手拉下："说正事，怎么了这是？"

申颖看了眼庄仁，答道："他老感觉胸口难受，总是忙得团团转又没时间看。这回不是我逼着，还不想上医院。"

庄仁见申颖依旧保持着原有身材，全身上下不仅搭配得体，还时尚新潮。

"军部医院查完了还不放心，又到市一医院自费做了检查，这下放心了！"

庄仁听申颖说完，立马"嚯"一声："没病就是大喜事呀，现在不庆祝更待何时？不过下午真有事，我少喝点，你们两口子多喝点，这是喜酒啊！"

"花点冤枉钱值，高兴！"崇良满脸灿烂，拧开酒瓶就往庄仁杯里倒，被庄仁一手拦住。

"下午真有事，大红脸首长见了不好！"

申颖抓起筷子敲着庄仁盖住杯子的手：“人家今天真是高兴，想跟你喝点就喝点呗，又不是没酒量。”

庄仁盯着申颖，又看看崇良：“好，那下午不写了，陪你们喝一次！”

申颖接着又敲庄仁：“别走极端呀，喝一点就是，没叫你耽误工作。”

崇良咧嘴直笑，给庄仁杯子倒一半便停住：“这么多行不？还是老婆会说话啊。”

庄仁盯着申颖手中的筷子叹一声：“你瞧你这筷子，一生正直，总为别人尝尽酸甜苦辣，多像贤惠的申颖，也像我老婆。”

申颖白一眼庄仁，嘴里“啧啧啧”几下：“到了大机关，表扬艺术就是不一样！”

“糟糠之妻多多鼓励嘛，哪像你们，三师史上首对研究生模范夫妻，这在三师可是前无古人后无来者啊！”

“行了行了，喝酒，我看你又要表扬自个儿老婆了。”崇良抓起杯子就跟庄仁碰，喝下一大口。

“你小子幸福啊，老婆从县里调到市里，儿子又进了最好的小学，我们还在山沟折腾呢。”

庄仁喝口水，瞪着崇良点头：“你都连着两年调职调衔，你算算你比我快多少啊！该立功时我又走了，没提前调过一次，老婆小孩受尽颠沛流离之苦。”

“你让我也尝尝颠沛流离的滋味呗，得了便宜不能这么卖乖啊！”崇良叹一声，“当初一块到三师的兄弟就我们老两口了，雪霏霏调北京了也不跟咱联系了。胡强被代职副师长看中，也跟着去了北京。武忠转业到立青县，当起了大老板，牛着呢，我这主任跟他比，差太远了！”说着将杯子端到庄仁眼前，“你小子估计又要高升了。不说了，走一个！”

送走崇良和申颖，庄仁硬着头皮在办公室撑了一下午，不停地喝水以浇灭酒精在血管里燃起的火，眼睛盯着资料，双手在键盘上飞快地敲。庄仁想，中午要不是申颖在场，自己肯定不会这么喝。

晚上，二妹偎着庄仁又说起买房的事。

“睡吧，困死了，中午陪崇良两口子喝酒没睡呢。”

“你听我说呀！”二妹搂过庄仁，“三中对面有个新开发的小区，我同事还有大院里不少人都交定金了，我看过了还真不错，哪天我们去看看吧。”

“看什么看，这山沟沟的房子有啥看头你说？”

“什么山沟沟，好歹也是市区，买了房儿子上学我上班都近，你来去也有班车，多方便。”

“妇人之见。”庄仁“嘿嘿”笑着。

庄仁感到中午喝下的几杯酒已转化为澎湃的激情，申颖的模样突然在脑海中闪现，闭上眼倒越发清晰。庄仁觉得上研究生之后的申颖，全身上下明显多了一种说不清的韵味。这种韵味，可随时给人以清纯、优雅和端庄，也随时给人以爽朗、妩媚和妖娆。

二妹的思维却仍在房子上。

“咱们攒下的钱付个首付没问题，这部队小房子只能凑合着住，咱俩一起洗澡都洗不开，这也不是真正意义上的家，对吧？”

“嗯！”庄仁吻上二妹，双臂像是粗壮有力的绳索，将二妹紧紧捆住，突然感觉申颖在脑海中消失，消失在一个遥不可及的黑暗尽头，于是猛地追赶起来，远远地只能望见模糊背影。

“老公，哪天咱们还是去看看那房子，好吗？”

“这周六去，行吧？”

二妹一骨碌翻身爬起：“真的？”

“再不看以后就没机会了。”

“什么意思老公？”

庄仁在二妹屁股上轻拍一掌：“知不知道，我第一眼看你时你身上哪个部位让我着迷？”

“你说嘛！”

“你猜。”

“猜不出！”

庄仁又一巴掌拍在二妹屁股上：“笨，就这儿啊！当初见你，一眼就喜欢上了，旺夫！”

“讨厌！”二妹扭动着身子往庄仁怀里钻，拿过庄仁一只胳膊枕着，又将另一只放到自己胸前，“你抱着我呀！”

“周六还是别看了！”庄仁往二妹头发里长吁一口气。

“为啥？”二妹猛地从庄仁怀里钻出。

庄仁在二妹脸上亲吻：“老婆，我要借调到总部政治部了，过几天去北京。”

二妹惊得“啊”一声：“你说，去北京有啥好啊？”

“我们还是把家安到北京吧，”庄仁搂着二妹，“我不想在这放眼望不到边的山里终老一生，其实在哪过日子没对错，只有自己喜欢不喜欢，我就是想过自己喜欢的生活。”

“你不是说军部机关有人不愿去北京吗？还不是因为北京压力大。”

“什么压力不压力，压力这东西，来对了是好事，对不对？”

二妹扑哧一笑，笑得身子在庄仁怀里直抖：“你瞎说！”

“我跟你说啊，咱们家在发展方向上你要听我的，甭跟别的女人叽叽歪歪知道吗，你是跟我过日子，心要跟我想一处在一起，知不知道？”

“知道老公！不一直听你的嘛！”二妹故意拖着哭腔，用嘴鼻在庄仁脸上又拱又擦，“到一起没过几年，又要分开！”

“睡吧睡吧，不是说距离产生美嘛，趁年轻让咱们也美一美。”

二妹伸手捏住庄仁的鼻子：“美？你想得美。你现在是饱汉，当然心里美，等你饿了可别叫唤！”

庄仁一把紧搂住二妹在她耳边不停地吻着：“还是老婆懂我啊！”

熙熙攘攘的立青市火车站候车室，二妹挽着庄仁相送。

“少喝酒，千万别醉，啊！”二妹不断地柔声叮嘱，“那陈干事干吗不愿干这行，你一来接他这一摊，他就去了干部处，一个重要原因就是他不想喝酒。这可是他请咱们吃饭那次他自个儿说的，对吧？”

“他呀把酒当毒药，怎么不难受？他老说啥知道不？喝喝喝，这酒喝起来有什么鸟意思。”庄仁挤着嗓子学陈干事说话，逗得二妹呵呵笑。

二妹悄悄用劲搂了下庄仁的胳膊，悄声说：“我喜欢你喝那么一点晚上发作的感觉。记住了，在外可别喝醉啊。”

庄仁用胳膊肘顶了顶二妹的腰：“放心吧，能喝多少我心里有数，不想喝了谁也劝不动。我得为自己，更为老婆儿子着想吧！”

“这就对了老公。”

“咱们有军线，联系方便着呢。哪天把你爸妈接来住一段，你们也热闹点。回吧，我走了。”

火车穿行在山间。庄仁望着窗外思绪万千，斗转星移近十载，那些吃过的苦与受过的累，今日终于结出了希望的果，漫长却令人欣慰。庄仁在铺位上看了一会儿书，犹豫一阵还是给申颖发去一条短信：今日去北京，机关借调。边看书边等申颖回信息，一等就是两个多小时。

手机突然响起，庄仁昏睡中抓起接听，是申颖打过来的。

申颖刚说完“祝贺啊”，火车“呜”一声驶进隧道。

“发短信吧，没信号了！”庄仁挂了手机，给申颖发短信。

“我有些纳闷，你俩老大不小了，这么喜欢孩子干吗不生呢？”庄仁写完短信又盯了半天，还是发了出去。

又是一个多小时的等待，申颖才回复：“谁能预测昨天的选择，会有今天的结果呢。也许命中注定，也许因果轮回，一切都是求福得福求苦得苦。”

庄仁不再回复，也没了心思看书，出神地望着窗外。庄仁猜想，申颖话里有话，似乎有难言之隐。

火车终于进站。庄仁远远见胡强在站台快步追过来。

胡强在车厢口接了庄仁行李，高兴得大笑：“来得正好。走!”

“你慢点，我这有生之年第一次来北京，可别把我搞丢了，家里还有老婆小孩呢!”

胡强又夺过庄仁手中的包：“丢个球啊，跟着我还怕啥呀。”

胡强左拐右拐，在停车场一角站住。

“自个儿开军车啊，技术行不行?”

“别废话，上车。”

胡强关了车门，一路盘旋而上，在庄仁目瞪口呆中驶上马路融入车流。

“刚才停地下面吗?”

“嗯。”

“哎呀，北京就是不一样，机关干部还能开军车，咱们那边摸都不能摸。还出早操吗?”

胡强憨憨一笑，摇摇头。

“你小子一步登天，就你幸福。老婆孩子都来北京了吧?”

“幸福个鸟啊，离啦!”胡强仍憨笑着，“我现在是快乐单身汉，没老婆一身轻。你住的地方要是不利索，干脆跟我同居吧，但你得下厨给我弄好吃的。衣服带够了没？这秋天一过就吹北风了，小心冻得你鬼叫。”

庄仁张望着窗外的高楼大厦：“干吗离啊，你小子来北京就陈世美了吧?”

“人家才不稀罕到北京呢。散了也好，都翻身得解放了。”

“在北京买房子了吧你？哦，那不中央电视台嘛！哇，这塔多高啊?”庄仁一惊一乍地望着窗外，见一处问一处。

“这点工资也想在北京买房？如果真想买，那你真是个有理想有抱负的好青年!”

“这边机关干部的房子怎么弄呢?”

“你说怎么弄？有钱的买，没钱的等着分，分不到就租。”

“你呢?”

“租啊。单位出钱。”

汽车驶进总部机关大院，胡强在办公楼前停住："到了，晚上咱俩外面吃吧，顺便喝一点。你来得正好，我有个材料急着要，帮我加班好好弄弄，这个有辛苦费。"

"没问题，辛苦费就免了吧。"

"你客气啥，你弄给你，别人弄给别人，肥水不流外人田嘛，这是规矩。"

庄仁掏出手机拨电话："喂，奇秀老师您好，我到办公楼下了，一会儿就上电梯。九层九一六对吧？好的，一会儿见！"

胡强拎着行李，将庄仁领进电梯。

庄仁在办公室门口喊一声"报告"，然后立正敬礼。

正抓着话筒眉飞色舞地打电话的奇秀立马放下话筒，走到庄仁跟前，半惊半喜地说："你就是庄仁啊，久闻大名！"

"谢谢，过奖了。这都离不了您的帮助，还望一如既往地赐教。这些年您又不莅临我们那儿检查指导，好让我零距离学习。"

庄仁指着胡强给奇秀介绍："这我战友，后勤部的胡强。"

奇秀跟胡强握了手："谢谢你帮我跑一趟，本来我去接的，他都不让。"

胡强看着庄仁，说："你先安顿吧，有事打电话，我先走了。"

办公室坐北朝南，三张办公桌靠墙一溜整齐摆着，奇秀居中，她的南面是中校罗干事，庄仁在奇秀的北面。收拾好办公桌，庄仁抓过一摞新到的报纸，饶有兴致地翻看着。

奇秀用笔点了点庄仁手中的报纸："以后甭叫您呀您，叫得我感觉一下就老了，咱们不是同一年吗，现在都零距离了，都听我的啊。"

"是！"

"别老是是是，跟新兵蛋子似的。"

"是！"

"你看你看，又来了！"奇秀抿嘴笑着瞪一眼庄仁，"会修洗衣机吗？我洗衣机坏了，洗一次得踹好几脚才洗完，好烦。"

"这是最新款洗衣机吧，能将脚踹能转化为机械能？"

奇秀忍住笑："你这嘴也够贫的，会不会修啊？"

"我判断，很可能线路有问题，用我们农村人的话说就是接触不良，应该能修。"

"那好，走。我有工具你帮着弄，晚上请你吃饭。"

奇秀带着庄仁风风火火地下楼。

奇秀宿舍在老旧筒子楼二层朝阳一侧，宽宽的楼梯，长而黑的楼道两侧挤挤地摆着液化气罐与燃气灶以及各式橱柜。

“你站这儿别动，千万别碰墙。”奇秀一说话，楼道里的声控灯全亮了。

庄仁站立不动，看着奇秀撩起布帘，然后开锁进屋。透过帘子，见奇秀宿舍收拾得还算整洁利索。

“这边。”奇秀取了工具将庄仁带到公共洗漱间，将钳子电笔等工具一股脑地递给庄仁，然后双手胸前一交叉，一副考官模样。

庄仁望着奇秀问：“现在踹着还能用，我这一修要是踹都踹不动了，可别叫我赔啊。”

奇秀呵呵笑：“你就死马当活马医吧。”

庄仁拆开洗衣机挡板，发现一根红色电源线已断开：“你看你看，都被你踹断了！”说着吩咐奇秀找来打火机，扯出断开的红线两端烧一下，然后用钳子拧到一起。

“有绝缘胶布没？”

“没有。”

“膏药呢？”

“有。”

庄仁撕开奇秀找来的一片膏药包好线头，重新装好挡板，说：“试试吧，点火。”

奇秀雀跃地开了洗衣机，将一抱衣服丢进桶里，洗衣机欢快地洗着，没了以往的故障。

“真行，你来得真是时候！谢谢，就这么定了，晚上我请。你先回办公室吧，我一会儿过去。”

出了奇秀宿舍楼，庄仁立马给胡强打电话：“情况有变，晚上不能跟你吃了。”

“我就不骂你见色忘友了。是那个奇秀老师请你吧？”

“是的，不是我故意啊，根本没法拒绝。”

“行了，那你跟美女共进晚餐吧。不过吃完得给我干活，等着你啊。”

“好好好！”

“我提醒你啊，刚来可别闹出啥绯闻啊，机关大了啥人都有，千万别断了自个儿的进京路。记住，谨慎点不坏事。”

庄仁“哦”一声：“好兄弟，帮你熬通宵都值！”

“这就对了嘛！”电话那边，胡强“嘿嘿”笑，一脸得意地点上一根烟。

请庄仁吃饭的事，奇秀说到做到。下班时，奇秀叫庄仁一块坐电梯下楼，可一连几趟上不去。庄仁想走楼梯，被奇秀一把拉住。

奇秀开着车。庄仁坐在后排，望着天际的灿烂余晖，兴奋感叹：“北京的秋天真美，北京的机关干部真自由。”

奇秀一脸平静，说：“时间一长你就没这感觉了。”

“咱们要开多久才到？”

庄仁一问完，奇秀就机关枪似的扫过来：“没到就坐着，到了就下。我告诉你，你这急性子脾气要改，等个电梯都没耐心。”

庄仁尴尬地笑笑：“老师说话声音真好听。”

奇秀瞟了眼右侧后视镜，车子轻缓地拐上右侧道路，朝庄仁“哎”一声：“给你提一个要求行吗？”

庄仁立马正襟危坐：“当然行。”

奇秀伸手关了收音机，说：“以前老打电话，觉得你土得可爱，以后调北京了希望你永葆乡土气息。”见庄仁不言语，又补充说，“北京能人多啊，油子也多，就希望你别成油子。还有，以后别叫我老师，昨天还感觉自己水嫩水嫩的，你这一喊明显老了。”

庄仁朝奇秀伸出两个指头晃了晃，说：“你这是两个要求了。”

奇秀踩住刹车等红灯，扭头问庄仁：“落实有难度吗？”

庄仁一拍胸脯：“保证不折不扣地落实。”停了停，又接着说，“出奇地秀丽，真是人如其名，原以为你这名附会了啥奇妙典故，没想到这么直白。我说，我现在就是游子，离家远行的游子。”

奇秀一拍方向盘，笑着说：“完了，现在你就跟我油了。”

晚高峰的车流，像一条缓流的小河。眼前的一切，对庄仁来说全是新奇。

奇秀要庄仁说说到办公室后对她的感觉。

庄仁又伸出两个指头晃了晃：“两个舒服，一口北京腔听起来舒服，一副娇小身材看起来舒服。”

奇秀大笑：“什么娇小，我都不比你矮好不好？”

“奇秀老师，有空教我开车吧。”

“又来了，不教！”

庄仁听得出，奇秀是真烦他叫她老师。

“教可以，但得付学费，还得叫师傅。”

一路走走停停开了近一小时才到目的地。庄仁跟着奇秀进了涮羊肉自助火锅店。

奇秀深吸一口，朝庄仁得意一笑说：“好久没闻这味了，就喜欢自个儿掌控味道的感觉。”

看着奇秀陶醉的样子，庄仁吸了下鼻子，却连打三个喷嚏。

奇秀抿嘴直笑，挑靠窗位子坐下：“一想二骂三牵挂，有人牵挂你啊。”

庄仁看着奇秀用开水仔细烫着餐具，说：“牵挂我的不是我妈就是儿子他妈，吃个饭有必要这么讲究吗？”

奇秀笑靥如花，却默不作声地烫着。

庄仁又问：“要上战场了你咋办啊？”

奇秀白一眼庄仁：“不是没上嘛，怎么才来就处处看我不顺眼啊你，是不是不想干了？”说着将开水轻轻倒进庄仁碗里，替他烫着碗筷茶杯。

庄仁一脸讪笑：“哪敢看你不顺眼呀。”

看着盘里鲜红成卷、摆叠有序的羊肉，庄仁说：“这是我人生第一次向羊下毒手。”

“我还第一次开车拉你呢，轮得到你下毒手吗，你就享受吧。”

头顶灯光映照，桌上热气升腾。庄仁觉得偌大的L形店堂毫无嘈杂感，而且桌椅间疏密有度，正好让人放松说笑又不互扰。在庄仁眼里，奇秀不仅美不胜收，还有着一种特别的趣味。

奇秀问庄仁：“你的那些随笔散文小小说之类的东西很有画面感，挺有趣，都源于生活吧？”

庄仁故作吃惊地反问：“咋看出来的呀？”

奇秀敲着盘子：“我问你呢。”

庄仁往椅背一靠，说：“但凡伟大的作品，实质上多是自传性的。”

奇秀白一眼庄仁：“我看你不仅油，还挺牛的。”

奇秀边吃边揉颈椎，嘴里喊着疼死了：“完了一块去机关体育馆游泳，怎么样？”

“是不是要像电影里穿三点式的小裤头啊？这个太暴露了，我不敢。”

奇秀笑得前俯后仰，问：“会游吗你？”

庄仁立马起身，亮出狗刨式泳姿，让奇秀忍俊不禁。

“今晚真的没空，后勤部那胡强都在办公室等着要我帮他弄材料，都说好了。”

奇秀端起水杯跟庄仁对碰：“好吧，不过你不能太土啊，我现在考虑是不是要把你带坏一点点呢。”

庄仁朝奇秀瞪眼：“你可要把握好度啊。”

庄仁执意要结账，被奇秀生生拦住。

奇秀怒嗔："还有没有诚信你？说好了我请，要请下次你请。"

奇秀付了钱眼睛却盯住庄仁钱包里的照片，一把夺过去仔细端详着。

庄仁指点着照片解释："这我儿子，一岁多照的，这我老婆，这我亲妈。"

奇秀一脸羡慕："你这个土包子咋娶了这么漂亮的媳妇啊。"说着笑嘻嘻地将钱包还给庄仁。

庄仁装作生气，质问奇秀："到底我哪儿土啊？"

奇秀眉头一扬，说："哪儿都土。"

回来一路绿灯，畅通无阻。奇秀开了音乐，神情惬意。

庄仁望着车窗外，感叹说："北京这溢彩流光的世界，没想到这么势利。"

"又怎么啦你？"奇秀开心地笑起来，"一个大男人怎么跟大妈似的，刚来就跟北京较上劲，犯得着吗你？"

庄仁有些气呼呼："车就停这么一会儿，都收十一块，太唯利是图，太小家子气了。"

奇秀哈哈笑："你今天让我开胃又开心啊，人家收这点钱不至于影响你对北京的第一印象吧，如果这样你就太小家子气了。我告诉你，北京就是这样，让你爱不释手，又让你悔恨交加，以后你会懂的。"

庄仁默望着窗外，感觉北京的繁华美好是如此生动如此贴近，伸手一抓又遥不可及。

庄仁几乎每晚都泡在办公室，除了读书看报写东西，就是与二妹和儿子聊天说悄悄话。庄仁这才佩服起二妹来，在家时从二妹身上得到的心满意足，实在让人对这世间生不出任何挂牵与想念，待那心满意足的感觉消失殆尽，才深切体验到这世间其他一切并不重要，最重要的就是当初的心满意足。在庄仁看来，从大山里的家到北京这段长长的距离，就像一条鞭子紧勒着彼此想念的心。幸好，那时调到军部机关不久就找人在家里装了军线电话。这不用转接的免费长途，能让庄仁每晚与二妹娘俩尽兴说笑，让庄仁感觉千里之遥不过一墙之隔。每当儿子熟睡后，庄仁说出渴望与二妹肌肤相亲的话，二妹在电话那头只是一声"嗯"，也能消止内心不断膨胀的激情。庄仁告诉二妹："等我下了调令，你们就过来。"二妹又一声"嗯"，这在庄仁看来，就是对自己努力的最好鼓励。

晚上，庄仁刚挂二妹电话，一个陌生号码突然显现在庄仁手机上。

"庄仁，我是雪霏霏。不解释怎么打听到你的，我儿子发高烧了，你能帮我找辆车吗？不好意思这么晚了麻烦你。我刚学车，家里车不敢开。"雪霏霏挂了电话等着庄仁回复。

庄仁感觉脑袋瞬间被掏得空荡荡，只好拨通胡强的手机：“在哪儿?”

胡强好似带着醉意在嘀咕：“出京了，两天后回。”

庄仁挂了胡强电话，又找出奇秀手机号，却犹豫不定。这么晚了不敢打扰她啊，可不找她就没人可找。一咬牙，还是拨了过去。

“在办公室啊你，笨，不知道用座机打吗，你这是长途，挂了我打过去。”奇秀正躺在床头看书，立马用军线回了过来。

奇秀叫庄仁迅速赶到她宿舍楼下。

庄仁熄灯锁门，飞一般地赶到时奇秀已在车里等候。

“不好意思!”

“上车，把你战友手机号给我。”

庄仁报完雪霏霏手机号又解释：“女的，也在后勤部。”

奇秀抿嘴一笑，拨通了雪霏霏手机：“没事，都战友。你那小区离这儿不远，我知道。别着急，我们一会儿到。”

奇秀驶出大院，在空旷的马路上一路飞奔。庄仁觉得车里静寂得有些尴尬，扭头看一眼奇秀，竟然发现她外套里面穿着睡衣。

“唉，好多年没联系了，都不知道人家咋找到我的。”

“要找你还不容易？人家不是万分无助，也不会这么晚找你，别辜负这份光荣的信任啊，同志哥。”奇秀乐呵呵说笑。

到雪霏霏家楼下，奇秀吩咐庄仁上楼，自己在车里等着。

雪霏霏家房门轻掩，庄仁轻敲几下，一位五十来岁的女人立马开门喊道：“霏霏，你战友来了!”

女人热情招呼着庄仁进屋不用脱鞋。

雪霏霏快步走出来，没一句客套话，拉着庄仁径直走进卧室，说：“孩子睡了，烧得烫，帮我抱下楼，他爸京外出差了。”

雪霏霏从门口取下提包，回头对女人说：“妈我们去了，别着急。”

女人“嗯”一声，叮嘱雪霏霏多加小心。

庄仁深吸一口气，一把将孩子抱起，嘴里温柔地嘀咕着：“臭小子，长得真结实啊。”

雪霏霏跟在庄仁身后，说：“幸好你来了，真急死我了。”

平常车水马龙的路上此时鞍马稀疏。奇秀从辅路驶进高速，又从高速驶进城区，不到半小时便赶到医院。奇秀停好车，随雪霏霏和庄仁一起进了门诊楼。

待验完血、打上吊瓶，雪霏霏才露出笑容，跟庄仁和奇秀道谢：“麻烦你们了，太感谢了！”

雪霏霏抱着儿子，嗓音有些沙哑。

奇秀毫无倦容，说：“嗨，都战友客气啥，下回说不准我还有事找你帮忙呢，孩子没事就好。”

庄仁看了看奇秀：“谢了谢了，这账我记心上。”

奇秀忍不住打了个哈欠，笑：“把我当观音菩萨呀。”

看着一头秀发有些凌乱的雪霏霏，庄仁心里感叹缘分这东西真不可思议。有些缘分是为了相逢，有些缘分却是为了分离。从真正意义上说，自己与雪霏霏说不上有过分离。各奔东西数年，再见竟是这种方式。

输液室静得让庄仁感觉无话可说。奇秀和雪霏霏不时望着输液瓶，看着细长针尖慢慢滴出药液。庄仁看着雪霏霏儿子，想着他该与自己儿子差不多大。奇秀盯着输液瓶又打了个哈欠，将目光停在庄仁身上。鬼使神差一般，庄仁竟跟着奇秀打了个哈欠。

“都你传给我的。”庄仁朝奇秀眨眨眼，“平常这个点早睡了吧？”

奇秀看着庄仁笑答：“不告诉你，不该问的别问。”

输液终于结束，庄仁和奇秀将雪霏霏母子送回家时已近深夜两点。

车子飞奔，奇秀见庄仁有些睡意，便侧脸笑问：“那雪霏霏是旧爱吧？”

庄仁看着奇秀，完全没了睡意：“手没拉过，嘴没挨过，胸没碰过，你说是不是？”

“那不一定！”

“呃，我说你有强迫症吧？”

“没有！”奇秀脖子一扬，“今晚这么折腾，打算怎么谢我？”

庄仁“嘿嘿”一笑，说做牛做马都行，任你选，本人毫无怨言绝不抵抗。

宿舍楼周边一片昏暗。奇秀停好车，却坐着不动，摇脖掐腰要庄仁拉一把。

庄仁赶紧帮奇秀拉开车门：“走，送你上楼吧。”

奇秀经庄仁半拉半扶才下车，说：“有个丫鬟照顾，真是幸福啊。”

“那下辈子做你丫鬟，悉心照顾你，跟你享富贵，怎么样？”

“只怕你做不好还受不了我抽你。”

庄仁将奇秀送到宿舍门口，低声说：“早点休息，太晚了就不进去了。”

庄仁撩起门帘看着奇秀掏钥匙开门。

“进啊，谅你没这胆。哼，压根就没想让你进。”

“晚安晚安，真不知用啥话表达谢意，给你敬个礼吧。”说着，庄仁挺直腰杆，朝奇秀敬了个军礼，然后将门往外一拉。

听到奇秀将门反锁，庄仁才轻步下楼。

胡强出差一回到办公室就给庄仁打军线电话，说：“晚上补上吧，请你吃饭。别人说有空请你吃饭你可以不信，事实上这句话在北京真的还不能信，但我告诉你，我说这话你就得当真。今晚就咱俩！”说着挂了电话。

庄仁走出办公室，拨通胡强手机：“行行行，要不把我办公室美女叫上吧，人家可是大家闺秀又没结婚，万一被你看中了呢？一会儿我请她，定好了回你短信。”

“行，这才是好兄弟！”胡强一听，顿时激动不已。

“这回我请你，咱们说好了，上回帮人写东西赚了三千。”对于庄仁的邀请，奇秀爽快答应，又瞪着庄仁开玩笑，“有这等好事那还不你请啊？但我得提醒你，要把本姑娘吃肥了嫁不出去，你可要负责任。”

“行，但我不能负全责。”

“废话。我懒得动车，就近吃吧。”

“行。”庄仁通知胡强将饭点定在了附近。

下班后庄仁在奇秀宿舍楼下等候，等了约半小时奇秀才款款下楼，远远朝庄仁吆喝一声“走”。

庄仁远望着奇秀，见她一袭上黑下白吊带裙外套着黑色长袖连衣裙，长至脚踝高约一尺的白边露在连衣裙摆外，两根黑色细绳在腹间扎成蝴蝶结，一双黑色中跟皮鞋不轻不重地击打着地面。

奇秀走到庄仁身边，带着一股淡淡幽香：“光傻傻看，也不知道赞美一句。”

庄仁一脸严肃：“都这么美了，我还废话啥呀。走吧。”

胡强在饭店门口候着庄仁和奇秀。

庄仁给胡强介绍奇秀说：“军旅作家，社会学博士，不要太崇拜啊。”

“幸会幸会！”胡强满脸堆笑，帮着奇秀拉开门。

三人言谈尽欢，吃得更是尽兴。

奇秀问庄仁：“现在不怨北京唯利是图小家子气了吧？”

庄仁故作紧张状：“我这一说，是不是把北京人民都给得罪了啊？”

奇秀“哼”一声：“你明白就好。”

胡强摸不着头脑，问一旁倒水的女服务员：“送水果吗？”

“送，但要收费。”

“那快送吧。”

女服务员端上一盘不大不小的长条状水果。

庄仁问：“这叫啥？”

女服务员双手下垂，立在一旁作答：“新上市的乳瓜。”

庄仁看一眼奇秀，顿时乐了：“当了大半辈子农民，我听说过乳娘乳猪啥的，还没听说过乳瓜呢，这瓜有乳的成分吗？”

“那乳瓜的乳是何意？”庄仁伸长脖子问女服务员。

“小的意思！”

庄仁缩回脖子“噢”一声：“明白了，这乳跟乳鸽的乳是一个意思，对吧？”

奇秀一脸安然地看着庄仁与女服务员你来我去。

女服务员面露微笑，说：“对对对，这位先生思维好敏捷。”

庄仁“哎呀”一声叹息，说：“你看你们北京房子这么贵，我连一个‘乳房’都买不起。可怜呀！”

女服务员忍不住笑起来，羞赧地将头偏向一边。

奇秀皱起眉头，抓起筷子在庄仁菜盘上敲得咚咚响。

服务员一看，识趣地退出包厢。

胡强笑着直摇头，瞪着庄仁：“你好歹算半个文人吧，能不能在小姑娘面前斯文点啊？”

“来来来，吃瓜吃瓜！”庄仁抓起乳瓜给奇秀和胡强各递上一条。

出差的任务喊来就来，而且落到了奇秀和庄仁头上。为完成好这次任务，部长还将奇秀和庄仁叫到办公室明确纪律和要求。

一大早，处里司机拉上奇秀和庄仁直奔首都机场。因为目睹过卫星发射、执行过实弹发射任务，庄仁对这次亲历女子发射分队执行实弹发射任务不是太好奇，但对第一次坐飞机还是感到有些不安。奇秀显然对出差轻车熟路，安慰说别怕，跟她走就是。

空姐开始播报飞机马上起飞。

“要是飞到半空摔下来怎么办？”

庄仁悄声问身旁的奇秀时，遭到奇秀膝关节的碰击：“还是不是男人？要上前线不早尿裤裆了？”

庄仁一脸苦笑说：“这不一样啊，打仗我能拼命反击，可以最大限度地避免伤亡。绑在这座位上，绝对坐以待毙。”

奇秀双目圆睁，瞪着庄仁：“要摔我跟你一起摔，行了吧。”

“要是摔到地面我没了，你还活着，这还叫一起摔吗？”

奇秀斜眼看着庄仁："你烦不烦啊?"说着冷不丁将一块口香糖塞进庄仁嘴里。

飞机开始加速。庄仁闭上眼，心里默数着飞机从加速到腾空而起的时间。

"应该是四十六秒。"庄仁刚开口身子便不由自主地往后一靠，双手猛地伸出，紧抓住前面座椅靠背两侧上角。奇秀瞥一眼庄仁，伸手抓住他胳膊，悄悄用力将其拿回放到庄仁腿上。

庄仁略显惊恐地盯着奇秀，张着嘴却说不出话。飞机突然大角度右倾，庄仁猛地坐起身子，双手又紧抓住前座两侧。看着庄仁如落水一般无助挣扎自救，奇秀不再出手，只是两只胳膊交叉搭在胸前，头靠着后座，侧面盯着他发笑，笑完才悄声问："真没坐过飞机呀?"

庄仁没好气地应道："我咋感觉这是坐火箭呢?"奇秀笑着用力拍下庄仁胳膊，嗔骂："你这农民式的纯真好可爱。"庄仁突然感到一阵眩晕，赶紧闭了眼缩成一团。

过了好一阵，奇秀碰了碰庄仁。庄仁睁开双眼，却目不转睛地望着过道上的空姐，就像小时候盯着进村的卖货郎担子里花花绿绿的吃食。

"刚才还生不如死，空姐一来就视死如归了。"奇秀碰了下庄仁。

对于奇秀的嘲讽，庄仁只是朝她眨了眨眼，也不答话，张开双臂伸了个懒腰，伸手招呼空姐："给我也来一条毯子好吗?"

"对不起先生，毯子刚发完了。"

"怎么我要就发完了，难道飞一趟就这样让我感冒着凉大病一场?"

奇秀一声不吭，看着庄仁与空姐理论。

"不好意思先生，真的没有了，要不我给您倒一杯开水吧。"

"一杯开水？洗头嫌烫洗脚嫌少，给我一杯开水干吗?"

空姐满脸堆笑，说："捧着可以暖手，喝下可以暖身子呀。"

"你们航空公司这是把开水当活人使吧？有创意!"

空姐依旧满面笑容，只是不再说话。

奇秀在庄仁手上猛地拍一下，对空姐说："谢谢你，你走吧。"

空姐欲笑非笑应着奇秀："谢谢您，真不好意思。"

望着空姐的婀娜背影，庄仁轻声朝奇秀"呸"一声："你搅和啥啊?"

奇秀白一眼庄仁，面露鄙视神情："跟空姐骂个俏就不晕了？难怪，第一次见空姐嘛。"

"别说这么难听行吗，我就不认为这些空姐美得过你。"

奇秀朝庄仁得意地"哼"一声，一脸灿烂。

庄仁美滋滋享受着早餐，将空姐发给的几样东西吃得干干净净，又要了一杯热茶。

飞机开始轻微颠簸，机舱广播立即传来空姐的声音："飞机遇到气流，请系好安全带。"

庄仁对奇秀笑笑，说坐飞机感觉跟跑市区差不多嘛。飞机平静一阵后又开始颠簸，庄仁透过机窗分明看见机翼开始颤抖，感受到明显的震动。机舱广播又响起请支起小桌板、停用卫生间的提示语。

庄仁直起身子盯着奇秀："不会吧，我这头一次就这样啊。"

"别废话！"奇秀瞪一眼庄仁，若无其事地看着杂志。

舱外的阳光干净得无一丝杂质，薄纱般的流云不时在机翼边飘过。庄仁不再说话，暗暗用后背使劲顶着座椅。飞机又一阵剧烈颠簸，乘客中有人失声尖叫起来。飞机刚飞出一片淡薄云层，又穿入另一片白得耀眼的云团，猛然往下一坠，瞬间的失重感让庄仁头晕目眩。奇秀盯着庄仁双眼，一把紧握住他右手。庄仁觉得奇秀的眼神虽然看不出慌乱，但用力紧握的手却明明白白传递给自己一股力量。

"别怕，"庄仁反倒满脸轻松了，笑着宽慰奇秀，"死到临头，咱们谦虚地向猪学习吧。知道猪为啥心宽体胖？因为它懂得反正一死不如视死如归的哲学。"

奇秀不答话，只是用力握了下庄仁的手。

颠簸了近半小时，飞机终于趋稳。

庄仁问奇秀："既然遇到强对流，为啥飞机不往上或往下躲一躲呢，干吗一直与强对流斗啊？你知道刚才我最怕啥吗？"

奇秀一脸无辜地摇摇头。

"我就怕飞机颠散架。"

"胆小鬼，以后打仗被抓，颠你两下我看你就乖乖投降了。"

庄仁望着窗外："以后再坐飞机，先喝二两白酒，一觉睡过去随它怎么颠。"

下了飞机，庄仁和奇秀被前来接机的五师政治部李副主任迎上装备车。

出了机场路，庄仁顿时为眼前的风景所震撼。戈壁滩上洁白的云朵仿佛飘浮在头顶，远处深灰色山顶上覆盖着一层白雪，极目之处无一棵绿树甚至连一棵枯树也没有。庄仁将手伸出车窗外，感觉光亮透明的空气透心凉。

奇秀也将手伸出车外，大声感叹说："活着真好啊！"

庄仁向李副主任说起机上颠簸的事，李副主任笑："你们都是大福大贵之人，死神哪敢下手啊！”

“不是不敢下手，这次是它失手了。”说笑间，庄仁连忙翻出相机，摇下车窗拍摄路边奔跑的骆驼，一会儿又叫司机停下拍摄不远处的山顶雪景和云朵。

奇秀禁不住感慨：“咱们要是每年都有机会外出执行任务就好了。”

李副主任嘿嘿笑：“执行任务可不好玩，咱们每年上半年要上西北待两三个月，下半年去东北待两三个月，家里啥都顾不上。”

庄仁碰一下奇秀，说：“这个世界有的人一辈子活在繁华地带，有的一辈子守护荒凉。同样是服役，有的十几年身在机关，有的却苦在基层。”

奇秀一脸真诚：“所以要向李副主任这样的官兵致敬。”

李副主任憨笑着说：“不不不，你们大机关也不容易。”

长长的坡路下孤零零立着一间房。奇秀一见，立即兴奋喊叫起来。

“这路就是古代丝绸之路的一部分，这房子相当于古代客栈。”李副主任介绍说。

装备车从坡顶飞一般驶下。就在距房子不到两公里处，突然一声巨响，装备车猛地一震，庄仁见一道黑影从眼前飞过。

“坐好，爆胎了！”李副主任大喊。

一阵尖厉的刺耳声随着车子停下才消失。庄仁见奇秀抚摸着胸口，显然吓得不轻。下车查看时，庄仁见装备车前左轮伴着车轱辘全然飞出，只剩下光亮亮的车轴。司机迅速从后备厢取得工具，又搬出全新车轮胎装上。

“幸好这兄弟技术好。看来，老天是不肯饶过你呀。”庄仁看着奇秀开玩笑。

“本姑娘命大，老天没办法！”奇秀手搭凉棚，远望着那间房子。

庄仁嘀咕着：“客栈老板娘也不来帮帮咱们，真是的。”

奇秀惊疑地问庄仁：“你看见人了？”

“嗯，老板娘头裹白纱，身穿长袍，国色天香啊。”

李副主任给司机递上一根烟，哈哈大笑。

奇秀这才回过神来，用力朝庄仁肩上拍打。

在驻训地吃过晚饭，李副主任向奇秀和庄仁建议：“这边天黑得晚，出去转一会儿吧。”

庄仁皱起眉头：“今天不是个好日子，还是消极保平安吧。”

李副主任指着远处的羊群说：“去看看吧，既然来了，也体验生活嘛。”

奇秀毫不客气，轻轻说了句：“走！”

一上车，奇秀便叫司机停下："班长你歇会儿，我来。放心，我驾龄估计比你年龄小不了多少。"

奇秀吼一声，车子便在戈壁滩上飞奔起来，车后高高扬起的灰白色尘土，如一条从地面迎风起舞的白缦。

进了草场看了羊群，李副主任又指着不远处的山体说："那半山腰有个露天温泉，反正出来了，去考察一下吧，几分钟就到。"

也不等奇秀表态，李副主任当即命令司机往山上开。

车子一拐，猛地冲上山道，绕几道弯就到了。置身游走的云团，奇秀兴奋地挥舞着双臂。露天温泉下方有一个不大不小的天然水池，四周虽不甚干净，水质倒也清冽。三辆当地牌照的车子停在温泉旁边，上游一块巨石后面不时传来女人的欢笑声，水面上的热气散发着洗发水的香味。

几个男人起身离去。庄仁一屁股坐下，脱了鞋袜便将脚伸进水里，烫得哇哇叫爽。奇秀也脱了鞋袜，小心翼翼地将双脚伸进水中。

庄仁盯着奇秀白嫩的双脚说："露天温泉露马脚。"

奇秀调皮应道："本宫泡脚不许笑。"

"高原野温泉，泡脚不羡仙。伸手可摘云，不问流几年。"庄仁仰望蓝天感慨，看着奇秀又自言自语，"哈哈好诗，表达出诗人热爱祖国大好河山，寄情山水的真挚情感与忘我境界。"

李副主任忍不住击掌夸赞庄仁："果然是大机关的大才子！"

奇秀斜眼瞥一眼庄仁，问："你确定是烫了臭脚才来了吟诗的灵感？"

"不，灵感来自你的大脚。"

奇秀伸手往池里一蘸，扬手朝庄仁脸上一弹。

庄仁大叫一声，抹一把脸，逗得奇秀和李副主任直乐。

实弹发射动员大会在野外举行，临时搭建的主席台上红旗猎猎。庄仁和奇秀被五师领导带着见军政委。

"哎呀，可把美女记者盼来了，欢迎啊，一路辛苦了。"军政委笑呵呵地与奇秀握手。

"首长好！首长印堂发亮神采飞扬啊！"

庄仁看得出，军政委与奇秀挺相熟，也感到这位政委与自己军里政委的风格完全不一样。

激情澎湃的动员大会之后，奇秀和庄仁在李副主任的引领下走进女子发射分队帐篷。单从覆盖在地面上的那张伪装网来看，外人绝对猜不到在戈壁滩挖出的一个U形槽里，竟藏着导弹部队女兵的宿营地。贴着大红对联的帐篷、鹅卵石铺成的小路、帐篷上弹壳之类的装饰品、一字排开的板报以及挂在U形槽一侧的横幅，装扮出一个别有洞天的女兵世界。

“一号操作手竟然是个上等兵，这么大的事怎么就摊上你了呢?”

“戈壁滩一待这么久，手机都不准用，怎么管住千里之外的对象呢?”

庄仁和奇秀面对比男兵还粗犷的女兵，不断抛出话题，引得大家仰面大笑。庄仁记住了一号操作手靳霞——一个不苟言笑，一笑脸上便荡漾两个美丽酒窝的大学生女兵。

出了伪装网，女兵们央求奇秀为大家照张合影。庄仁被推到中间，两侧女兵将胳膊支在他肩上，每人摆出各不重复的姿势。奇秀一声“准备”，便将远处的雪峰和近处的白云，还有眼前女兵的豪放以及庄仁略显羞赧的神情定格。

一早用餐后，奇秀和庄仁穿着棉大衣坐上装备车，跟随车队奔向发射阵地。太阳还在远处低矮的藏青色群山之下，但天空已经透亮，除了天地相接处有一些云朵之外，广袤天际无一丝杂质，蓝得令人窒息。发射车低声轰鸣着，乳白色导弹早已竖起。

从指挥所传来向发射末区和北京报告的洪亮声音。十多名身穿沙漠迷彩棉袄的女兵带着小马扎，坐在离发射车约一公里外观望。

奇秀拉着庄仁悄悄走近发射车，在一个低洼窝地蹲下:“就这儿，距离跟角度正好!”

“太近了吧，咱还年轻啊。”

奇秀朝庄仁吼起来:“你能不能男人一点，对得住这身军装吗你?”

“这不为你好嘛，我都有老婆孩子了，可你正年轻貌美啊。”

奇秀推一把庄仁:“我告诉你，想和本姑娘死一块，你都没这福气，也没机会!”

庄仁赶紧转换话题，摸着脚边一丛绿植说:“知道吗，这叫骆驼刺，在寂寞中绽放，在贫瘠中生长，不怨命运不公，只为心中梦想，多美多坚强的生命，是吧?”

“你这么说话，让人听起来多舒服啊。”

不远处，七名女兵一路跑向散兵坑。一会儿，指挥所传来发射倒计时口令。一声惊雷般炸响，地面烈焰腾空，导弹在震耳欲聋的轰鸣声中留下一道耀眼的白练，不过三五秒便遁入天际。奇秀命令庄仁:“快，去指挥所拍，一会儿有末区毁伤镜头。”

指挥所也是搭在戈壁滩上面积不过二十平方米的帐篷，帐篷顶上盖着一道迷彩伪装网。大伙都全神贯注地盯着大屏幕，根本无人注意到奇秀和庄仁的进入。大屏幕一侧显示着导弹飞行倒计时，一侧显示着末区布设。就在倒计时趋零时，庄仁见大屏幕上画面轻微闪动一下，地面猛地一颤，导弹爆炸产生的冲击波激起漫天灰尘，瞬间掩盖住了爆心区的附属物。

麦克风里传来稀稀落落的掌声。指挥所开始报告导弹落点及毁伤效应。“导弹准确命中目标！”庄仁这才明白，麦克风里传出的掌声来自北京。

戈壁滩上，女兵们欢呼蹦跳着抱成一堆。庄仁拉了下奇秀，扛起摄像机朝外面跑去。在发射车旁，庄仁见女兵们正忙着撤收装备，个个脸上挂着喜庆的泪水。

庄仁打开机器，伸手拦住靳霞：“怎么样，哭了吗？”

靳霞抹一把脸，笑着答：“哭了。想不哭根本控制不住。”

“这发射车还能二次利用吗？”

“能啊，重新布线喷漆，它还有第二春第三春哩。哈哈！”

庄仁没想到，这个温柔女兵还有如此的幽默感。

第二天，还是这群女兵，还是这样的蓝天，还是这个发射阵地。那边女兵们正忙着发射操作，这边发射车上已拉起大红横幅，女兵们胸前佩戴大红花，在发射车前或搂或抱，摆出各种姿势，以远处竖起的导弹为背景合影。

又是一次圆满成功的发射。两台发射车并成一排，音箱话筒一摆，发射现场便成了庆祝会场。

在军政委陪同下，从北京总部赶来的中将副政委满脸微笑，向女兵们转达总部首长的问候：“首次开赴高原，首次转战部署，首次实弹发射，你们成功亮剑，以圆满成功的实际行动，向党和人民交出了一份优异答卷，标志着我军第一代女子发射单元全面形成实战能力！”

奇秀和庄仁换上便装，还是由李副主任送至机场。路上，李副主任对庄仁和奇秀感慨地说：“这些女兵不容易，好好报道她们，像她们这样年纪的女孩子，有的在家撒娇享福，她们却在戈壁练兵。”

“副主任您放心，我们肯定要做好文章。”奇秀用力拍了拍庄仁肩膀。

当庄仁和奇秀乘坐的航班在夜色中降落首都机场时，女兵们戈壁发射导弹的画面正在央视《新闻联播》中播出。此时，远在千里之外的崇良正在学习室跟官兵一起收看。看到庄仁与奇秀在戈壁滩出镜，崇良点点头会心一笑。

第十四章　如蚁赶路，我怎么能没有你

自从与奇秀吃过一次饭，胡强便对她发起了猛烈的爱情攻势。庄仁知道，胡强如自己当初遇上二妹一样犯了一见钟情的毛病。可胡强奋战一年多，却毫无乐观预期。庄仁觉得那种四目相对便天地一新的感觉，是建立在郎有情女有意基础之上的，胡强热情不减可奇秀不温不火，其中肯定出了问题。

午餐后，机关干部出了餐厅三五成群地走进操场散步。庄仁跟着奇秀悠闲地走上跑道，享受着冬日阳光。

庄仁装作漫不经心的样子问奇秀："我看胡强挺好的，你这样铁石心肠让人家打持久战不好吧？"

奇秀两手插兜，仰头朝左右甩着短发："哈，这问题积蓄已久了吧，我就料到你会替他打抱不平。"

"这哪是打抱不平，我觉得你俩挺配的。"

"般配？我呸！我就不喜欢他老堆着笑脸献殷勤，你不觉得没趣吗？"

"我们农民出身的人，就知道吃饭就好好吃，哪像你们有趣味的人，明明有电却关灯点蜡烛，还要放音乐。"

奇秀从兜里抽出右手，在胸前伸出食指戳向庄仁："有话好好说，不许挖苦讽刺！"

庄仁再也不想撮合奇秀与胡强了，可胡强依旧努力着。

快下班时，庄仁约了胡强到机关大院附近的小店喝一点。

庄仁在靠墙一边坐下，直截了当地跟胡强交底："你呀，别再在奇秀身上费劲了！"

胡强一惊，盯着庄仁问："她应该是瞧不起我吧，我总感觉她富贵气逼人。"

庄仁笑着宽慰："怎么会瞧不起呢，你不爱吃糖醋排骨，能说你瞧不起猪吗？舌头不喜欢菜，那是菜不对味蕾。再说，你的感觉也有问题，在乎她的富贵气，不就把自个儿弄贫贱了吗，你把她当女人就够了。"

胡强苦笑摇头："追女人比谋打赢复杂得多，这个我比不过你。"

“解放军在战争中学习战争，你得在追女人中学习追女人。”

胡强有些沮丧，问：“你说我这辈子还能找到好女人吗？”

庄仁伸出右手在胡强面前晃着拇指和小指：“送你六个字，耐心等，勇敢上！”

庄仁和胡强慢慢喝着，在谈论房子、女人和未来中不知不觉将一瓶半斤装白酒喝了个底朝天。

“不喝了，多了！”庄仁眼角一片明显泛红，端起茶杯跟胡强用力一碰，“我都想回去算球！”

胡强端着的水杯停在嘴边，问：“回哪儿？”

“回立青市！”

“干吗呀这是？”胡强放下水杯，瞪着庄仁，“不会是被奇秀这美女喜欢上了吧？”

庄仁骂一句：“你胡扯啥啊，不关她的事。都两年了也不下命令，你说再这么下去有盼头吗？”

“嗨！”胡强喜笑颜开，找服务员要了二两装的酒，用劲拨开庄仁盖住酒杯的手，“平分，行了吗，不行我再多点。咱俩把这点喝了，把话也说透，行不？”

“熬这么久了就不能再顶一阵吗？来吧！”胡强一手端杯，一手替庄仁拿起杯子，“不想进京肯定不是你的追求吧，是节外生枝还是多愁善感，你说？”

庄仁接过酒杯，又从胡强杯里倒回一些，目视两个杯子齐平才作罢。

“上回跟奇秀出差，坐飞机差点摔死，坐小车差点翻车，太恐怖了。我不想轰轰烈烈，只想活着能平平淡淡，死的时候能开开心心。再说，在这儿四户陌生人合租一套小三居，再这样住下去都废了。那长城故宫天安门又美又雄伟，跟我有啥关系啊你说！”

胡强抹一把脸哈哈笑，眼瞅着庄仁，手却一直跟庄仁碰着杯：“大难不死，还不喝一个，赶紧！”

看着庄仁咽下一口，胡强突然将指头伸到庄仁眼前：“你这既是节外生枝，又是多愁善感，那六个字我还你，耐心等勇敢上。”说完一巴掌拍到庄仁肩头，“听我的兄弟，别走！”

胡强的酒与话，让庄仁平静地睡了一夜。可一觉醒来，庄仁感到离开北京的念头仍堵在胸口。

午餐后奇秀照例又要在操场走几圈。

庄仁跟上去问奇秀：“有个事，我一直犹豫着，征求下你意见行吗？”

奇秀立马伸出一只手："婚恋上的事别跟我说！"

庄仁盯着奇秀的手，笑呵呵道："真想剁了你这手！你说，咱们部长那边我要不要送啊？"

"送啥？"

庄仁咂巴下嘴："要不要给他打点一下？"

奇秀又伸出食指戳向庄仁："你可别瞎弄！"

"要不我回老单位得了。"

"神经病你！"奇秀瞪着庄仁，一脸怒气，"干吗回啊，军部机关的日子你还不知道？比这儿更一地鸡毛。一直没下命令，是因为你们军政委一直不放你，部长都给你们政委打了几个电话，知道吗？北京集中了全国最好的教育、艺术和医疗资源，还有政治与金融资源，别说这个跟你没关系啊，到时候你会感受到的。"

庄仁不吭声，远望着西边天空徐徐下降的飞机。

奇秀走近庄仁，悄声说："告诉你吧，马上要下命令了，高兴了吧?!"

庄仁猛地转头，怔怔地盯着奇秀。

果然，不到一周庄仁就拿到了调令复印件，当即请假回立青市办调动和随军手续。奇秀不说庄仁也知道，在自己调京这件事上，奇秀是帮了大忙的。

武忠接到庄仁要回立青县的短信，立马呼朋引伴。

中午，武忠带着覃杉杉接了站又在县城宴请庄仁一家，张晓燕带着两位姐妹也前来相陪。

一进包间，张晓燕便大喊，将庄仁儿子一把搂在怀里，惊喜得直尖叫："儿子啊，你都长得跟干妈这么高了！"

武忠朝庄仁嚷："干吗这么急啊？晚上就在城里住，给你们订房间不行吗？崇良这小子忙，真来不了。"

庄仁朝武忠拱拱手："他跟我打电话说了，没事。这几天忙着收拾，累坏了。今晚带老婆小孩回寨里陪一下岳父母，明上午从市里回北京，火车票都订好了。"

张晓燕将两瓶酒拎上桌，看着庄仁说："武总有好酒，今天先留着。我这酒每人都尝尝！"说着麻利地拆了包装，给每个女人倒了半杯，其余分头倒进庄仁和武忠杯里。

武忠端起酒杯招呼："来吧，首都北京的贵客来了，祝贺庄仁高升和嫂子一家成为北京人！为了幸福生活，干杯！"

庄仁见覃杉杉眉头一扬便喝下一口，笑着连连击掌："你们都很幸福，我多努力吧！欢迎大家去北京玩，我能接个站！”

张晓燕嚷着到时要到二妹家喝酒，喝完了打麻将。

“说好了啊，燕妹！”庄仁端杯与张晓燕相碰。

庄仁刚喝完，武忠又将杯子端到庄仁面前：“吃完了大伙都去我那水上庄园体验体验，好吧！到我那儿吃了晚饭再送你们回寨里，保证不耽误。这点杯中酒，咱俩干了。一会儿我再敬嫂子！”又招呼着覃杉杉，“来啊，我聪明漂亮贤惠的老婆陪北京首长喝一个！”

“武总，财大气粗，行啊你！”庄仁说着，端杯跟武忠和覃杉杉碰了下一饮而尽。

武忠给庄仁碗里舀一勺菜，说：“财不大，气也没粗，腰倒粗了。脱了军装做点自个儿喜欢的事，勤劳致富也是报效祖国嘛，对不对？”

第二天，武忠与张晓燕约好，带着覃杉杉和几位女士，各自开车赶到寨里，将庄仁一家送到火车站。

崇良也带着司机急急赶到，见了庄仁便嚷：“失敬啊首长！”

看着崇良从车里搬出的大小纸箱，庄仁笑着说：“我咋上车啊？”

武忠一拍手掌：“放心，我们给你弄上车，那边我要胡强接你！”

崇良将庄仁拉到一边，压低声音说：“不好意思啊兄弟，昨天也没陪你，这点小意思给儿子的，你就代收下！”说着，往庄仁裤兜里塞进一个厚厚信封。

张晓燕指着几个纸箱说：“这都是你们爱吃的，以后我年年寄！”临别又抱着二妹，刚开口便热泪盈眶。

庄仁感到脑袋仍昏沉沉，晃着脑袋拍了拍张晓燕的肩：“咱们后会还有期嘛。”

张晓燕一抹泪水应着：“照顾好二妹啊。到时上北京你一定要接我，要不我会丢的。”说着兀自哈哈笑。

庄仁一手握住张晓燕的手，一手拍着胸脯：“放心，我进车厢接你，丢了我赔！”

“你赔？你拿什么赔？”张晓燕又一阵大笑。

火车奔驰，风景依旧。虽然还是这条返京路，但庄仁心情大好。一纸调京命令，庄仁不仅顺利办妥了转移北京的行政、组织、被装等各种关系，更找到了人在高处被高看的感觉。军部和三师机关领导以及其他师团部队领导得知庄仁回来办调京手续，也纷纷热情宴请或是欣然作陪。两年多北漂日子终于结束，庄仁感到心间长出的根须如同舰船抛下的锚，已牢牢深抓着北京的泥土了。

二妹偎着庄仁，细声问："现在住的还是原先租的房子吗?"

"换了一个小区。"

"还是合租?"

"嗯。三居住四户，先凑合吧。"庄仁伸手在二妹腰间紧搂一下，二妹皱着眉头靠在庄仁肩上不再吭声。

庄仁借调北京第一年的暑期，二妹带着儿子到北京小住了十来天。玩倒是玩得开心，对租住的房子却不甚满意。这次到北京，二妹不再是带着儿子拎包入住，而是将家打进了一堆行李之中。

胡强开了一辆军牌面包车给庄仁接站，拉了满满一车。

"哦，到家了!"

庄仁掏出钥匙开门时，儿子在门口欢呼跳跃着。

庄仁安在北京的这个家，其实只是一间带阳台的卧室。卧室除一张床、一张书桌和一个小小的圆桌外，实在不能再摆下他物，书桌上的电脑显示器配了一个信号器还兼作电视用。卧室东侧是一个三角形状的阳台，庄仁早先在此摆放了一张折叠式单人床。一堆东西搬入后，与其说是儿子的卧室，倒不如说是储藏室，一扇玻璃拉门将阳台与卧室隔成两个天地。儿子在床上翻滚着，看来很是喜欢属于自己的这个角落。三居室的客厅被隔成一间次卧，余下空间便成了公共过道，昼夜全靠灯照明。卫生间散发出浓浓的尿骚味，一根横着的铁杆上挂满了男女各式衣服。

"其他屋里都什么人啊?"二妹从卫生间出来，皱着眉头问庄仁。

"一个是机关同事，另两户是地方青年，男的长发齐肩，女的小巧玲珑，具体干吗的没问过，看起来应该都是正经人，整天都见不着。"

二妹在床沿坐下，问庄仁还要租多久。

"快到期了。"

二妹盯着庄仁："到时咱们自租一套吧，小点没事。"

庄仁瞪大眼睛："单位报的租金有限额，多出部分得自己出。"

"出就出。儿子上学了，你上班了，我一人待屋里，怕。"

听着二妹说怕，庄仁紧攥住她的双手。

二妹温柔地说："这段时间我先在家待着，家里的事你就别管了，过一段试着找工作。"

好不容易从山村调入县城，刚安定又跟着庄仁调市里，现在市里的工作也舍弃了。二妹不提这个，庄仁也能体会得到她内心的失落。

庄仁跟奇秀打电话，邀她晚上吃饭："给你带了好吃的，略表谢意吧。"

“嫂子来了，恐怕以后再也没机会体验你的手艺了。”

“想吃还不好说，上胡强那儿做一顿不就得了？”

“你说得轻巧，嫂子同意吗？”

庄仁哈哈笑：“你这是小人之心啊，嫂子贤惠着呢。”

挂了电话，庄仁又约胡强，不料胡强一开口就是连珠炮。

“我都订好了。先说清楚啊，今晚我来，嫂子侄儿来了必须我请，谁请都不合适。还有，今晚我不能喝酒，要喝你陪美女喝。”

胡强下了班张罗饭局，让久别的一场相聚情浓意浓，也让二妹感到异乡的北京充满了人情味。

庄仁牵过二妹，盯着奇秀介绍说：“我家原配媳妇简丹，小名二妹。”

奇秀笑逐颜开地盯着二妹，又看了看庄仁说：“嫂子好年轻漂亮啊。呃，你们男的找对象，是不是都喜欢又年轻又漂亮的？”

庄仁“嘿嘿”应着：“你是男的你不也这样！”

胡强呵呵笑：“嫂子一直沐浴在爱的春风里，真的越活越俊美。”

庄仁瞪一眼胡强，又看看奇秀，打着哈哈说：“你听听，进步很显著吧。只是这用词，太过奢华。”

二妹也喜欢上了北京的天气，就像庄仁刚来北京时一样，全然没了南方潮乎乎的感觉，干燥衣被贴着肌肤都会让人莫名地生出快感。安静下来的夜晚，白炽台灯映衬的卧室，因为拥挤这时候反倒充满温馨味道。庄仁开了台灯，又将玻璃门上的帘子拉得严严实实。二妹尽情伸展着四肢，享受着局促空间里的一份安宁。

庄仁抚摸着二妹小腹，在她耳边轻语：“等了很久等到今天，不纪念下？”

“来吧！”二妹鱼跃般翻身趴到庄仁身上。

二妹饥肠辘辘般的主动，瞬间唤起庄仁的激情。庄仁感到自己就像重新获准驾驶坦克的战斗员，一声令下便在茫茫戈壁开足马力左冲右突，开着开着便感觉坦克已在天空飘飞。

房子租期快到时，庄仁四处寻访，终于在机关大院附近独租了一套小两居。房子虽小，二妹很是满意，说一家三口住着正好，就喜欢关起门来就我一家的感觉。二妹时不时买回一些绿植、挂钩之类的小物件，不断提升居家的舒适度。

儿子上学的事办妥后，二妹便开始试着找工作。头一次出门，便被一家教育培训机构录用，不知不觉开始了忙碌日子，也开启了早出晚归模式。晚上偶尔有应酬，总要提前给庄仁打电话通报。庄仁在家带儿子吃，等接到二妹发来的公交车将到站的短信，便骑上自行车去接应。

周五晚上，二妹在单位忙了一阵稍晚才动身回家。庄仁将饭菜保着温，然后辅导儿子学习。庄仁手机“叮”一声响，儿子应声说：“妈妈短信！”

庄仁一见，果然是二妹发的“马上到站”。

二妹下了公交车，欢快地跳上自行车后座，一只胳膊揽着庄仁的腰，另一只手轻拍庄仁后背：“走吧。”

庄仁将铃铛拨得叮当响，转头问二妹：“感觉北京怎么样？”

“挺好的！”二妹头靠着庄仁后背，一只手伸进庄仁裤袋。

“痒！”庄仁缩手在腹股沟拍一下，身后传来二妹略带自抑的欢笑。

晚上，庄仁在电脑前忘情写着。儿子早已入睡，二妹半躺在被窝里看书。庄仁正构思着一部长篇小说，二妹并不知晓。早年因工作关系结识奇秀时，创作的梦想就在庄仁内心悄然生长，这几年一直满怀激情、不动声色地写着，幻想有朝一日名动天下。

“一天到晚忙呀忙，只因老爷催文章。三更不知夜里黑，白了青丝笑血糖。”二妹望着庄仁，“老公，别太辛苦，早点睡吧！”

庄仁转身，见二妹用被子将脖子捂得严严实实，双眼含情脉脉。

“好诗啊，老婆！”

“官样文章你一辈子也写不完，得细水长流。快睡吧，好冷。”

庄仁看着二妹笑：“瞧你这眼神，我看不是要我暖被子，对不对？别急，马上！”

没来暖气的初冬，夜里寒意袭人。庄仁关了电脑匆匆洗漱，坐在床边擦完脚便顺势往里一滚，二妹手脚并用撩起被子，就像一只半蹲着张开双翅的母鸡欢喜招呼着小鸡钻入毛丛。

庄仁紧抱着二妹，双手贴着她后背不停摩擦，双脚盘住一只脚，害得二妹缩在被子里咬牙切齿小声尖叫着喊冷。庄仁捏住二妹肚皮，却被二妹一把打开。

“干吗，肥了还不敢面对？”

“过个冬只怕又要肥一圈，怎么得了！”二妹后背贴着庄仁前胸，享受着庄仁的抚摸。

“只要不是恶意增肥，也不算给地球添负担。”庄仁搓揉着二妹肚皮，“别怪我没提醒你啊，有时候让女人显老的，不是年龄，是这肥肚皮！”

二妹猛地侧身，轻咬着庄仁耳朵：“你以为我愿意呀。快点，帮我减减吧！”

庄仁感觉自己被二妹暖湿的手抓握住，仿佛整个身子都被拎起，然后被扔进深不可测的沼泽地带。

“热！”二妹撩开被子，抚摸着庄仁有些潮湿的后背。这一次，二妹没像以往将身子缩到庄仁怀里，而是从庄仁身后将他抱住。

庄仁忍不住发笑：“你这短胳膊短腿的，这么抱着不累吗？”说着翻过身一把抱住二妹。

“燕妹离婚了，她今天打电话告诉我了。”二妹的话让庄仁大吃一惊。

庄仁叹一声：“变质的婚姻，离了自己干净。这世上最深的爱恋，有的就是熬不过时间。人活一辈子就像蚂蚁赶路，最爱不是在赶路中遇见，就是在赶路中失去。是不是？”

“所以我怕！”二妹突然抱紧庄仁。

“怕啥呀？”

“怕你哪天不要我了！”

庄仁用劲搂住二妹抖了抖，哈哈笑：“出个题考考你吧。一天晚上，一美少妇扔垃圾不巧摔倒。你猜垃圾桶边的单身老汉见此说了句啥？”

“不知道！”

“不知道吧，我告诉你，老汉说谁这么狠心啊，这么好的媳妇说不要就不要了，不要我捡回去了。”

二妹抱住庄仁，满是撒娇语气：“不好笑！”

庄仁捧住二妹的脸，在她鼻尖上亲了亲：“老婆这么好，怎么舍得扔呢！”

“胡强怎么样？”庄仁突然兴奋起来，抱着二妹又抖又摇。

二妹一头雾水：“什么呀？”

“跟燕妹说说，胡强离了一直没找，把他俩弄一块多好啊。”

二妹忍不住笑起来：“可能吗？人家在北京机关，又分了团职房，不找本地姑娘也得找个在北京上班的吧，他能看上燕妹呀？”

“不不不，”庄仁有些激动起来，“男人找女人，往往不在乎配不配，而在乎感觉，感觉对了就配，懂不懂？明天我跟燕妹和胡强说说，说不定能成，信不信？”

“要你你愿意吗？”

“看你说的，能这样假设吗？”庄仁又用劲搂了一把二妹。

“弄成当然是好事，真要成了我天天给你倒水洗脚。”

灿烂晨光照在办公楼顶层，像是烧红的烙铁。庄仁走到办公楼偏僻处，拨通了张晓燕的手机：“燕妹，上班了吧？”

“正在路上走呢，马上到办公室了。”接到庄仁电话，张晓燕明显感到惊喜。

“当初不说好来北京玩吗，这么久了也请不动你。再不来，我都老得动不了了。”

话筒里传来张晓燕的哈哈笑声。

“来吧，我分了房子，营职房小是小，但二妹收拾得挺利索，从厨房到卫生间、从卧室到阳台，还有衣帽间，都她设计的，欢迎参观。来住几天吧，说好了，我上车厢接你，保证丢不了！”

张晓燕心情大好，却故意跟庄仁玩起小心眼：“才同意我住几天？几天我就不去了！”

“说错了，随你住，二妹陪你睡，行了吧！”

“这还差不多！”

“那一言为定，订好车票了告诉我，等你消息啊。”

中午快下班时，庄仁又拨通胡强电话：“中午请我吃个便饭吧，就在你们饭堂，你们那儿美女多菜又好。”

“请你吃个大便！”电话那边，胡强忙得不可开交，歪着脖子夹着话筒，“说正事！”

庄仁不愠不烦，悠悠地说：“事关你前途命运，请不请你自个儿定。”

胡强在办公楼一层大厅等着庄仁，见了面迎上来就笑问：“啥事？”

庄仁嘻哈应着：“一会儿吃饭时细说。”

胡强将庄仁拉到一棵柏树下，低声吼道：“饭堂人多嘴杂，啥好事到那儿说不等于架个大喇叭？要说在这儿说完，不说拉倒！”

庄仁朝胡强戳了戳指头：“长话短说。那立青县的张晓燕还有印象吧，前段她离婚了，那男的太差劲才离。张晓燕跟我老婆一块长大，人美心善性子直，这个你也知道，你不也心善性子直嘛，你俩投缘啊。生活没有标准答案，不伤其余不负自己，也许娶她就是最好选择。不考虑下吗？”

没等庄仁说完，胡强便仰天大笑：“你这鸟人要是干骗子这一行，绝对优秀！”

庄仁一摆手：“正经点。你要有意的话，我打电话邀她来北京玩，你呢休几天假陪着。早出晚归陪几天，不就搞定了吗？注意，你别主动打她电话发邀请。”

胡强瞪着庄仁：“干吗我不能啊？”

这回轮到庄仁仰天长笑：“一说就钟情了吧？你打你请当然行，我就怕人家觉得你饥不可耐，被你吓得不敢来。人家说不上大家闺秀，也算是小家碧玉，在立青县城也算是体面人家。”说着凑近胡强细语，“山里妹子，品质好。我来安排吧。听我一句，珍惜余生中的机遇，不是每个人都能遇上这样的好女人啊。”

胡强笑着拉一把庄仁：“走，中午不请你吃大便，吃个便饭吧！”

晚上，庄仁在饭桌上跟二妹说起撮合胡强和张晓燕的事，惊得二妹目瞪口呆。

“不会吧？胡强真愿意啊？”

“啥不会吧，你准备从今以后每晚给我倒水洗脚吧！”

二妹笑着用筷子在庄仁碗边敲了敲：“你别吹牛。真要成当然好啊。行吧，今晚就给你洗一次，明天双休你得陪我逛，好吗？”

庄仁脸一扬，甩给二妹一连串“好”。

慢悠悠吃过早餐，庄仁和儿子各推一辆自行车出了门。二妹在庄仁后座上又开始唠叨：“咱们不能这辈子就住着部队公寓房吧，以后儿子结婚了难道还跟咱挤一块？还得拼一套房子吧，反正大小得要一套。”

庄仁转头问二妹：“今天到底想逛商场还是楼盘？”

二妹嬉笑：“走哪儿逛哪儿，都看看吧，我总感觉在这儿没自个儿的房子就像浮萍一样漂着，老公你呢？”

庄仁哈哈笑：“住着公寓房踏实，花光积蓄欠一屁股债那才漂呢，买房你先看看账户余额啊。”

“停停停，”经过一个在建小区时，庄仁叫住儿子，“到这儿歇会儿看看。”

二妹一脸欢喜问庄仁：“今天你不会把私房钱都带身上了吧？”

庄仁指着眼前的巨幅广告，一副咬牙切齿的模样：“带了比私房钱更值钱的东西，知道啥吗？”

儿子一旁帮腔：“命呗。爸，对吧？”

庄仁瞥一眼儿子：“你瞧这广告多霸气，不买房你就是不会过日子。这不明摆着鄙视我吗？”

庄仁一进门，短裙紧裹圆臀的售楼小姐便笑脸相迎，热情洋溢地问：“一看先生就是成功人士早年得志，是买第二套房吧？”

庄仁心花怒放地应着：“成功人士也算吧，但只是早年得子，今天买个第三套玩玩，多少钱一平方米啊？”

售楼小姐略显尴尬，依旧笑得甜蜜，引导庄仁和二妹在沙发上坐下，端上茶水后递上楼盘资料：“均价在两万五到两万七之间，看先生具体买的楼房面积。”

庄仁拉过二妹，指着一套两居户型图说：“布局不错，一百零八呢，三世同堂正好。”

二妹抬眼问售楼小姐：“这套总价多少？”

售楼小姐像是被启动了咨询按钮的机器人，伶牙俐齿地应着：“总价二百九十万多一点，后天摇号办卡，摇中号的话先付一万抵五万。”说着抓过计算器，在庄仁和二妹面前“啪啪”按着，“付了首付，月供一万六。”

庄仁拍拍手中资料朝二妹笑：“听清没，把你卖了看够不够！”

二妹眉头一皱，默不作声。

庄仁盯着售楼小姐，以坚决语气说：“房还是要买的，还贷二百年后，老子又是一条好汉。”

售楼小姐满脸带笑，及时接过话茬儿：“先生真幽默，一看就是幸福中人。”

庄仁看着售楼小姐“嘿嘿”笑：“你销售业绩不错吧，一看就是受过专业训练的，我要是用不着那么多套房，今天不在你这儿买下一套真对不住成功人士的称号。”

儿子不耐烦地催庄仁：“爸走吧，这事回家了你们再研究。”

“好好好。”庄仁抓份资料出了售楼部。

庄仁跟二妹建议：“不行咱们买套一居吧，我看四十四平的不错。总价不高，月供四千多。”

“太小了吧？”

庄仁反手掐了一把二妹大腿：“小？买得起吗你？”

晚上，儿子早已入睡，庄仁却热情高涨，拿着卷尺对照楼盘资料在房间不停比画：“你信不信，经我这一改造，这四十四平能当七十平用。”

“信信信！你是谁呀？你是我们家顶梁柱，你精力充沛、智慧过人，说得到做得到，帝国主义都要被你全部消灭掉。”

二妹靠在床头玩手机，头也不抬地应着。

庄仁止不住哈哈笑，好像四十四平的房子已入手。

“真要付了首付，咱就真成穷光蛋了，这首付还真是一笔血债。”二妹冷不丁给庄仁甩一句。

庄仁叹一声：“等老子发了买两套房，一套自住，一套串门。”

“老公，还是多保重身体早点睡吧，别房子没买人先疯了！”

庄仁简单洗了一把，一上床便抱着二妹。

庄仁正缠绵着，二妹手机突然响起。

“燕妹，真的？都上车十多个小时了才说，你真行！”二妹兴奋地喊起来，“明上午我和庄仁一块接你，他在家呢，你跟他说。”说着将手机递给庄仁。

“闺女放假了要跟同学玩，不愿跟我去北京，那我一个人看干儿子去，真要住你们家哦。”

庄仁听着张晓燕的声音，觉得耳根直痒痒：“行啊。”

庄仁瞬间被张晓燕的热情感染，扯开嗓门喊起来：“请你多少回请不动，刚买车你就来了，我说你这人架子还挺大。”

电话那头，张晓燕刚洗完澡，一身清凉装半躺在床上吹电扇：“不是架子大，是我这干妈命好！”

挂了电话，庄仁和二妹一骨碌跳下床，将房里可要可不要的杂物装了七八袋。

庄仁跟二妹商量：“明早把这些扔了，再好好整理下儿子房间。燕妹来了咋睡啊？要不你跟她睡这大床？”

二妹一扭身子：“不行，咱们的床不能睡别的女人，亲娘都不行。我陪她睡儿子下铺，儿子睡上面。”

“你们两个唠叨影响儿子。”

“到点了就睡呗。”

“那行，”庄仁说，“她热心帮过咱们，咱也热情待她。”

二妹靠着庄仁叹一声：“这几年燕妹其实过得挺苦，这回咱们好好陪陪她。”

“那当然，”庄仁又一骨碌坐起，“我还得给胡强说一声！”

二妹拦着庄仁：“这么晚了打电话吵他，不好。”

“他一个人过有啥吵不吵，现在不是箭在弦上，而是箭已离弦，还不打就误事了！”说着拨通了胡强手机。

胡强还在办公室忙，一字一顿应着庄仁：“我记得没跟你明确说过我爱张晓燕吧！”

庄仁脸一沉，嚷起来：“都啥时候了你不爱也得爱，人家就奔着你的爱才来北京的，知不知道？”又“嘿嘿”一笑，明显缓了语气，“你呀听我一句劝，保证后半辈子不做单身汉。别不好意思，这岁数了都不会撩女人活着还有意思吗你？你不会撩不仅自个儿不动情，人家也不发情。兵家之道，赢在进攻。追好女人也是这个理，知不知道？明早你把你自个儿和屋子好好收拾下！”

庄仁说完挂了电话，刚一放下又抓起手机按重拨键。

胡强接了电话，没好气地朝庄仁吼："你有完没完？"

庄仁"哈哈"一笑："忘了一句，明天中午你定个地方点好菜，我买单，咱们两家！"说完挂了电话往床边一扔。

二妹关了灯，抱住庄仁："你这不是强扭吗？"

庄仁温柔地给二妹一吻："有些事你不强扭根本办不成。你忘了，当初我就是强扭才让你成了我老婆呀。"说着猛地翻转压住二妹，"来吧，强扭一下！"

火车缓缓驶进站台时，张晓燕站在卧铺窗口的身影一晃而过。二妹兴奋地朝张晓燕挥手，大喊着"燕妹"，又拽着庄仁一路小跑。

火车终于停下，庄仁叫二妹在车厢外等着，自己侧身挤进车厢。

"燕妹！"庄仁挤到张晓燕面前喊一声，见她两手拎着小包大袋，原本伸出想跟张晓燕相握的手，立马抓住那些小包大袋。

"这几个我拎着，行李架上和铺底下还有呢，你弄吧。"张晓燕容光焕发，满面笑容。

"哎呀一个人带这么多，你会变三头六臂呀。等他们先走吧，反正终点站。"庄仁挨着张晓燕整理大包小包。

"行啊，有你反正不怕丢了。"

庄仁正集中行李时，二妹走过来喊一声"燕妹"，双手一把捧住张晓燕的脸。

张晓燕晃着胳膊，对二妹说："纵菌跟蜂蛹，你妈妈做好了的，别流口水啊！"

庄仁摞好行李，引着张晓燕走到过道："都是最爱啊，先替儿子谢谢干妈，这季节纵菌还有吗？"

"正多呢！"张晓燕转头跟二妹聊着，"我也买了些新鲜纵菌，特意挑的小乌菌，用茶油熬了，两三斤吧，够你们吃一段。"

二妹一脸灿烂："我就想你会给我带这个！"

长长的站台上人流涌动。一阵风吹过，张晓燕嚷着喊冷。

二妹笑着埋怨："你也是，要美不要命。这南北两重天，上车了赶紧加衣！"

庄仁看着张晓燕："哪有这么严重，让首都人民看看立青县的漂亮妹子，这是一种什么情怀啊，感冒了也值！"

二妹白一眼庄仁："你瞎说！"

张晓燕凑近庄仁，打着哈哈："什么漂亮妹子，都老太婆了，我离了，一身轻了。"

庄仁侧身轻碰下张晓燕："这个二妹跟我说了，就要敢于斗争，只有砸断铁锁链，妇女才能翻身成自由人。"

张晓燕大笑："我就喜欢听你这文化人说话！"

"好吧，一会儿我再说。洗手间在那边，二妹陪你去吧，东西我看着。车就停前边，路上还得跑个把小时呢。"

"那去洗下手吧，别弄脏车了。"张晓燕挽着二妹，转身往卫生间方向走去。

庄仁注视着张晓燕的背影。只见她身穿颈口镶着一圈白边的圆领黑色长袖衫，搭着洁白长裙与高跟凉皮鞋，垂于脑后自然扎着的马尾，在熙熙攘攘的人群中显得别有风韵。庄仁觉得，即使此刻没有二妹的陪衬，单看张晓燕，她那轻盈步履间的摇曳多姿，在任何人看来也是一幅看不够的风情画。

大小行李塞满了后备厢，又码到后座。庄仁拉开副驾驶车门，弓腰做了个请的手势："燕妹坐前边，第一次来嘛，看看北京市容市貌，老婆到后座陪吧。"

张晓燕笑眯眯地上车："车很新啊，真干净！"

"凑合吧，就是司机老了点。"

张晓燕哈哈笑："明年来北京，那还得老司机接啊。"

"当然，七老八十了我都亲自接。"

"我哪能活到七老八十哟。"

庄仁拧开一瓶矿泉水递给张晓燕："多喝水，延年益寿，争取活到一百零九。"

张晓燕接过矿泉水，笑得尖叫起来。

庄仁拨通胡强电话，说："仙女已下凡，保持高戒备，约一小时。"

张晓燕笑问庄仁："你这暗语够神秘啊。"又问二妹，"儿子呢？"

二妹"哎呀"一声，边拨手机边应着张晓燕："一早上培训班去了，估计这会儿往回走了。喂，儿子啊，上车了，好！干妈来了，你给干妈说几句。"说着将手机给了张晓燕。

待张晓燕挂了手机，庄仁按下按钮，一曲《昨夜星辰》的婉转旋律在车里回响。张晓燕兴奋地望着前方的车流，得意地说："没生儿子怎么啦，我不还有一个干儿子嘛，哼！"说完又一阵哈哈笑。

二妹问张晓燕："你家果果今年上高几了？"

"高二，明年准备考大学，都愁死我了。"

庄仁呵呵笑："愁啥呀，填志愿时选几所北京学校，考过来了到时候我给她做好吃的送去。”

“她哪有这福气!”

庄仁喊起来:“什么呀，是你舍不得吧?二妹妈当初就是害怕她来北京吃苦受累，这不好好的嘛。”

“那是她遇上了你呀。”张晓燕叹一声,“这世上好男人难遇，女人遇上了是福，遇不上就是命。”

车子驶上高速路，速度明显快了起来，一曲《万水千山总是情》又接续响起。

“呃，这些老歌我喜欢!”张晓燕问二妹,“来北京这些年了，感觉怎么样?”

“习惯了，也就这样，只是没那么多七七八八的事。”

庄仁接过二妹的话:“燕妹，我有一个感觉，就是大家说起来都在北京，实际上各自都活在一个不为人知的角落。”

“可哪个角落也都在北京啊!”张晓燕两眼放光，兴奋地打量着窗外的一景一物。

庄仁觉得张晓燕的兴奋突然为自己带来了一股北京人惯有的自豪感:“打个比方吧，北京好比一个上演人生大戏的剧院，只有演不完的戏，没有卖不完的票。北京是一座热闹而寂寞的城市，是一个机遇无限的职场，是一个包罗万象的圈子，它的包容在于容得下所有人，它的狭隘在于容不下所有人的梦想，它的功利在于每一个地方都得花钱。”

张晓燕忍不住拍手叫好:“文化人就是会说!”

碧空如洗，车流如织。一路上张晓燕东张西望，二妹见啥说啥。

说笑间，庄仁转头瞟一眼张晓燕，问:“那个胡强你还有印象吗?以前在立青县的时候我俩都在师部机关。”

“有啊，那时我们还一块吃过几次饭呢，怎么了?”

庄仁忍住笑:“这个胡强啊这几天激动坏了，他离婚好几年了一直没找，那天我无意间告诉他你要来北京，你猜他啥反应?”

张晓燕一头雾水应着:“你说啊，我哪知道!”

“两眼发绿光!”庄仁一出口，张晓燕便笑得发颤。

庄仁又悠悠絮叨:“先给你道个歉，我跟他说了你离婚的事，他一听就感慨万分，仰天长叹说苍天相助送我仙女啊。他还要给你打电话，当场被我拦下了。胡强能力跟人缘都不错，当处长两年多了，分了团职房。我说你们要是结婚了，你和果果的北京户口都能解决，果果考北京的学校也没问题。”说着激动起来，“这个都是其次，我告诉你一句大实话，胡强喜欢你知道不，就像我当年喜欢上二妹一样。另外，我还告诉你燕妹，爱情和婚姻本来就是用来选的，勇敢地选你自个儿喜欢的，别在意别人的嘴。中午胡强替我安排好了饭，见面了一起聊吧。”

张晓燕红着脸大笑：“我怎么感觉像是突然进了电视剧啊！”

二妹说：“胡强这人还真不错，喜欢就好，有了感觉就下决心，到时我当伴娘！”

张晓燕又笑个不停。

庄仁将车停在饭店院内时，胡强带着庄仁儿子走了过来。

张晓燕一下车便大喊着儿子，张开双臂一把紧抱住：“庄靖，还认得干妈吗？上初二就这么高了，长慢点！”

“干妈好！昨晚我爸妈说起您要来，半夜我都梦见您了。”

张晓燕心花怒放，用力挽住庄靖的胳膊。

庄仁瞪着儿子问：“既然做梦，你咋知是半夜？”

“梦一醒我看表了啊。”

张晓燕大笑：“好儿子，梦到干妈都把自己梦醒了。”

庄仁拍了拍张晓燕的肩头，说：“松了吧，干儿子又飞不了。人家胡强胡大处长恭候你多时了！”

胡强伸出大手，张晓燕红着脸一把握住。

“欢迎欢迎！北上千里多寒意，晓燕飞来满眼春啊。”

庄仁双眼圆睁，笑问胡强：“我能用一句话点评吗？”

“可以呀。”

庄仁大吼：“真是好诗！人家情人眼里出西施，这大冷天张晓燕一来你满眼春色。真绝，这满眼春仨字胜却万语千言！”

胡强一把按住庄仁肩头：“早晚凉防感冒嘛，人家来北京我感觉满面春风不行吗？你以为就你会写诗啊。”说着又提醒张晓燕，“饿了吧，赶紧进去！”

包间里早已热气腾腾香气四溢。一落座，庄仁便盯着张晓燕问：“喝点解解乏吧，啤的还是白的？你定，反正我们两家就住在马路对面的院子里。游玩计划都做好了，到时胡强呈你审阅。”

张晓燕大笑：“你们是要把我当首长吧，那行，我就不客气了。喝点白的吧，难得一聚！”

胡强立马开了一瓶白酒，将四个杯子一溜摆开挨个倒上。

二妹拦着胡强少倒些，又吩咐儿子：“一会儿吃好了你先回，下午还有游泳训练呢。”

庄仁端起杯子，叫儿子倒上饮料，喊道：“第一杯，热烈欢迎张晓燕来京游玩！”

胡强端杯跟张晓燕碰了一下：“热烈欢迎。下周我休假，愿为首长效劳！”

庄仁伸长脖子吞下酒，朝胡强咬牙切齿地骂：“你这个死鬼！”

二妹也端起酒杯跟张晓燕相碰：“燕妹，终于在北京相见了，喝一个！这几天咱俩一起睡。”

“哟哟哟，那我得先谢庄仁，来！”张晓燕端杯伸向庄仁，“不好意思啊，来了不光麻烦你，还占用二妹几天。”

“没事，不过我声明啊，二妹就是我固有老婆，本人拥有无可争辩的主权。干了！”

张晓燕笑得将杯中酒洒出大半。

庄仁又嚷：“饭后休息一会儿，三点出发，去鸟巢转转。晚饭在我家，我下厨，胡强早点来帮厨啊！”

饭毕，趁着二妹和张晓燕走进卫生间，庄仁拉着胡强出了饭店，悄声叮嘱他拿出游玩计划，又顺手将一提袋塞到他手上：“这是张晓燕亲手给你做的坝菌，她不好意思送你。都一大把年纪了，还保持羞涩能力，你俩真天生一对，羡慕啊！”

胡强嘴上应着放心，手却一把推开，说晚上大家伙儿一块尝。

庄仁又凑到胡强耳边细语：“凡事预则立，不预则废。先陪着游玩两天，过几天我叫老婆赶她上你那儿睡去。这个拿着吧，我那儿还有，到时你尝的就不是蘑菇的味儿了，知道吗？”

见张晓燕和二妹出来，庄仁吆喝一声：“走，回家！”

一进屋，张晓燕便脱了鞋子光脚挨间房打量，兴奋地跟二妹说：“这一看就是书香门第啊。”

二妹递给张晓燕拖鞋：“赶紧穿上，凉！什么书香门第，没产权的公寓房，也没怎么弄，反正还要搬新建团职房。”

“好啊，下回来我住新房。”

庄仁笑了笑：“下次来，你准备做新娘吧。”

张晓燕朝庄仁直瞪眼：“你别瞎说啊！”

第二天，庄仁、二妹和胡强陪着张晓燕快意地感受着北京风情，白天游景点、逛商场，晚上吃美食、看电影。

第三天，庄仁趁热打铁将张晓燕交给了胡强。胡强或远或近每到一处都贴心陪着，一路无微不至地照顾着张晓燕。

八达岭长城上游人如织，张晓燕被挤到胡强胸前寸步难行。胡强看着张晓燕，说："嫁给我吧，让长城见证，我会好好对你的。"

张晓燕无处躲藏，为胡强这一求婚方式感到有些尴尬。

"如果不被挤成这样，你什么时候开这口呢？"

"决心已下，随时开口。"

张晓燕轻叹一声，幽幽地说："到北京玩一趟竟然嫁到北京了，别人会怎么说我啊？"

"爱情和婚姻本来就是用来选的，自己的事何必在意别人呢？"

张晓燕红着脸笑起来："为这个事，庄仁跟你是不是专门开会研究了？"

"我们不在一个党支部啊？"

张晓燕"呵呵"笑："怎么你俩说的话都一样啊？"

"只能说我跟他对爱情和婚姻有着共同的理解与认同，一路货色嘛！下午回大院还早的话上我那儿坐坐吧，侦察一下，也好了解我的情况，好吗？"

张晓燕点头"嗯"了一声。

晚上，二妹和张晓燕洗完澡穿着睡衣在沙发上私语。庄仁一副劳模样，认真擦着地板。

"除了玩得开心，还有其他收获吧燕妹？"庄仁站在沙发前问。

二妹朝庄仁挥挥手："去去去，咱俩正说话呢。"

庄仁洗完澡出来，见二妹和张晓燕仍谈兴正浓，打着哈欠催二妹："老婆睡吧！"

"不是说好了我陪燕妹睡嘛。赶紧睡你的！"

"哎呀你不提醒我都把这事给忘了。"庄仁打着哈哈跟张晓燕道晚安。

"晚安晚安，二妹咱们也睡吧。"张晓燕起身张开双臂，尽情伸着懒腰。

直到游玩结束踏上返程列车，每一晚尽管庄仁有意无意找理由，还是没能将张晓燕赶到胡强那边去。

送站时，张晓燕与二妹相拥而别。

胡强拿出一个用报纸包得严严实实的东西送给张晓燕，说："一件小礼物，上车了再看吧！"

列车刚启动，张晓燕便迫不及待地撕开，一本精美影集露了出来。几天来的开心镜头一一定格在眼前，与庄仁搭肩，与二妹搂腰，与胡强相偎的每一个镜头，张晓燕此时分明都能感觉到温度。

列车飞驰，张晓燕耳边回响着一个声音。

“不顾一切地爱，结果只有两种，要么得到一生的知己，要么得到一生的教训。牛郎和织女，许仙与白娘子，都是不顾一切地爱，结果都是悲剧。你知道吗，悲剧的根本原因在于他们自身不够强大啊。我们有过教训，为什么不好好再爱一次，你说呢?”

这是胡强的声音。

张晓燕躺靠在床头，细细品赏着每一张照片。在相册的最后一页，张晓燕发现留着胡强写的一张字条，上面写着：“等你回来!”

第十五章　奈何别离，幸好张臂能抱你

晚间，空气中的水汽终于扛不住不断下降的温度，在羞羞答答地试探性抛洒一阵白末之后，瞄准一个多月滴水未降的京城大地开始使性子玩乐般投放。没有强劲北风的干扰，雪越下越大，纷纷扬扬的雪花从夜空中坠落，恣意与路灯缠绵，像一个不再半推半就的多情熟女，以携雷带电的姿势撩拨。雪花在路灯伞状光束里飘落，很欢快的样子。路灯静默着，冷眼瞥着雪的热烈，就像灯光下孤独的行人面无表情地看一眼地铁口热吻的情侣。

又是一年入冬以来的第一场雪，照例在大街小巷激起过大年一般的喜庆氛围。

庄仁在电脑前专注地敲着键盘，二妹在穿衣镜前选配第二天要穿戴的衣物。突然，庄仁听到楼上地板一阵杂乱的咚咚脚步声，然后从窗户又传来“下雪了”的呼叫声。在北京生活这些年，庄仁深切感受到冬日里流淌在房间管道里的热流，源源不断地转换并辐射出令人不易察觉的暖风，不仅给体表细胞以惬意，而且更撩起皮囊内的情欲，这种感觉在冻彻骨髓的南方无论如何是体验不到的。

二妹扔下衣服冲到阳台，仰望着夜空中正下得热烈的雪。

“冷，关门!”庄仁朝二妹吼。

“老公，快来看!”二妹将庄仁拉到阳台，缩到庄仁怀里喊叫着。

“妈，您手机响!”儿子拿着二妹手机送到阳台。

“燕妹啊!”二妹接了手机，又拉着庄仁回到屋里。

“刚看电视，北京下雪了，冷吧。”千里之外的张晓燕在立青县城的家里背靠沙发，盖着薄被窝在长条形烤箱旁，兴奋地跟二妹聊着。

二妹大笑，说:“燕妹你别骗我，北京下雪电视这么快就播了，是胡强告诉你的吧?”

张晓燕嬉笑应着:“电视上有啊，我刚看呢。”

二妹没猜错。刚才大雪纷扬时，胡强透过窗户望着城区夜空拨通了张晓燕的电话，虽然聊的是冷的雪，却温暖着彼此的心。张晓燕一听胡强说下雪，便哆哆嗦嗦地叫着好冷啊。胡强说:“你又不卖炭还盼着天冷吗，来北京吧，光着脚丫都不冷。不行我去立青县接你。”张晓燕不再言语，只是听着。直到胡强追问在干吗，张晓燕才开口说在听你说呢。

庄仁朝二妹伸手要手机，说我跟燕妹说几句。

“燕妹，大雪都下了，你还不下啊，赶紧下定决心吧，别让胡强想你想疯了。”

“庄处长，你说什么呢?”

“哟，今天叫我把职务都带上了，是叫胡处长叫习惯了吧?”庄仁盘腿坐在床上,“我说燕妹，我不是催婚啊，我知道你就是顾虑别人说三道四，其实你早都动心了，你先听我说。”庄仁在二妹面前挥了挥手。

张晓燕应了句好吧，便不再吭声。

“这事有啥好顾虑呢，你嫁他娶是两情相悦，你又不是卖身求荣，是追求自己的幸福知不知道?你嫁人是有现实好处，那又咋样?这是老天特意留给你的，不是从别人手里夺皇位抢矿山。我跟你说，连小兔子小松鼠都知道挑身强体壮家里冬储食物多的配偶。你说为啥?难道张晓燕连小动物都不如吗?你嫁他是跟他一起过日子，既共享欢乐，也共享苦难，对不对?平常干净利索，在这事上你咋这么黏糊呢?我都忍你很久了，我告诉你!”说到最后，庄仁猛地吼了起来。

二妹听到张晓燕在手机里哈哈大笑。庄仁按了免提，又调小些音量。

“庄仁啊，你这话要从胡强嘴里说出来，我现在就去北京!”

“他长年在后勤干，养成的习惯就是少说多做，甚至不说就做，不像我政工干部婆婆嘴。就在这个冬天，把好事办了，我给你们免费当狗头军师，行吧?”

“别挂别挂,”二妹从庄仁手里拿过手机，急急地问张晓燕,“燕妹，你弄微信了吗?”

“才弄，还没来得及加你呢。”

“你看看，刚才这雪哪是电视里播的呀，是胡强用微信给你直播吧，赶紧加我。”二妹挂了电话，兴奋地忙着跟张晓燕加微信。

庄仁抓起床头军线电话，拨通了胡强座机:“用微信给千里之外直播北京下雪，比赏雪打雪仗更有意思更撩人啊。”

胡强一怔，旋即哈哈笑起来。

“你小子严肃点，我说正事。要说你不骚吧，你还知道用微信让张晓燕看北京的雪。说你骚吧，到现在都没把人追到手。”

二妹瞪一眼庄仁，一巴掌拍在他脚丫上，抓起手机去了客厅。

庄仁起身关了卧室门，接着说："追女人既要粮草先行，更要勇于冲锋啊。"

胡强又一阵哈哈笑。

"傻小子我告诉你，张晓燕等着你娶呢，你傻乐啥呀。听我的，你啊尽快去一趟立青县，到了再跟她联系，进门就带一枝玫瑰和一只老母鸡，浪漫与实惠兼顾。见面就说一句话，老子今天娶你来了！"

胡强依旧笑，骂庄仁："臭小子早告诉我这一招啊。"

庄仁懒得争辩："到时摆一两桌小范围公示一下，女人在乎名分，就给她正大光明的感觉嘛。"

"听你的，兄弟！"

庄仁大嚷："听我的没错兄弟，别让我操碎了心好不好？"

胡强笑得起劲时，庄仁毫不犹豫地挂了电话。

二妹依旧通过微信兴奋地与张晓燕分享着新分团职公寓房的喜悦。

"睡觉，这大雪之夜多美好啊，来吧！"庄仁将二妹拉到床上，一把将她放倒。二妹双手不离手机，身子或俯或仰任凭庄仁摆弄。

奇秀也分到了团职房，与庄仁同一栋，只是两人各住东西单元。

庄仁吃过午饭出食堂时，突然接到奇秀电话："在哪儿？干吗呢？"

"吃饱了撑着，正前往你家呢。今天啥事啊，大半天见不着你人。"

"小气鬼，房子装修好了也不请参观，上次你要到我这儿看，拦你了吗我？"

庄仁手机里传来奇秀的哈哈笑："快来吧有事求你。"

庄仁"嘿嘿"笑，压低声音说："大白天不好吧？"

奇秀嗔着庄仁说："你正经点，这回是请你帮忙。"

庄仁不时跟熟人打招呼，边与奇秀通话边漫不经心地走着。

"听你的口气，这个忙除了我以外，你自己根本无法解决，对吧？"庄仁问。

奇秀高兴地连喊"是的是的"。

"我帮你这个忙会使你身心愉悦，对吧？"

"对的对的。"奇秀语气越发调皮。

庄仁上到四楼，见奇秀房门虚掩，便轻推进去。一位正趴在餐桌上学习的小女孩抬头望过来，让庄仁心里一惊。

奇秀脸泛红晕，招呼着庄仁快进屋。

“奇云暄，叫庄叔叔。让庄叔叔给你辅导下。”

“庄叔叔好。”小女孩甜甜地朝庄仁打招呼。

庄仁朝小女孩做了个夸张的大角度鞠躬：“同学们好。”

小女孩被庄仁逗得呵呵笑。

“过来，坐下。”奇秀捏着庄仁衣袖，将他牵到桌旁，“这是我侄女奇云暄，今天生病了没上学，我弟两口子忙不开，暂时搁我这儿了，刚好有一道数学题不会做，你以前不是在家教儿子奥数嘛，耽误一点睡眠时间，求你了，数学我都一抹黑。”

庄仁“哦”一声，朝奇秀眨眨眼，问：“是亲侄女吗？”

奇秀在庄仁肩头拍一巴掌：“别啰唆，开始吧。”

庄仁板着脸看一眼奇秀，又满脸堆笑地看着小女孩：“小朋友，把题目给我看看。”

小女孩瞪着一双清亮的眼，将作业本移到庄仁面前。

“一堆棋子，三个三个数最后余五个，五个五个数最后余三个，七个七个数最后余两个，问这堆棋子共有多少个？”庄仁拍着大腿嚷起来，“作孽啊，祖国花朵这么小就让这等难题折磨，罪过罪过。”

“笔墨伺候呀。”庄仁朝奇秀做一个鬼脸，又问小女孩学过方程吗？小女孩摇摇头。

庄仁又问：“学过方程组吗？”

奇秀推一把庄仁：“你尽废话，方程都没学咋学方程组呢？”

庄仁叹一声：“现在的中小学都让培训搞乱套了，我问清楚好对症下药啊。”说着摸一下女孩的头，“不难，叔叔免费教你好方法，以后考上北大清华要记得请我吃饭哦。”

庄仁算出结果，看着一旁静坐的奇秀说：“验证下，看对不对？”

小女孩欢呼雀跃起来：“叔叔真厉害！”

庄仁站起身：“小朋友以后有什么不懂的尽管问叔叔，好吗？不过太难了我可要收你姑姑的钱。走喽！”

庄仁说着换鞋出门。奇秀看着庄仁，连连称谢。

小女孩追到门口问庄仁：“叔叔，您结婚了吗？”

庄仁一愣，问：“这不是你的作业题吧？”

小女孩笑笑说：“要是您还没结婚，就赶紧和我姑姑结了吧！”

庄仁朝小女孩“嘿”一声：“怎么，跟你姑姑结婚了，好让我以后免费教你数学，对不对？”

“不是，您要跟我姑姑结婚了，生个小弟弟肯定特聪明。”

庄仁看着奇秀：“这孩子比你厉害。告辞了！”

奇秀将庄仁送到电梯口，似笑非笑地说：“离了吧，给你生个聪明娃。”

“想得美你，我还想赚你课时费呢！”

奇秀咯咯笑，朝庄仁“呸”一声：“想得美你。”

周六上午，胡强从办公室打电话到庄仁家：“要弄个汇报片在全军会议上放，咱们介绍经验，脚本改了几稿领导不满意，没屁事来帮我弄下嘛，反正对你来说小菜一碟。”

庄仁骂一声，说：“你多陪陪张晓燕啊，把女人娶进门就要多疼，这结婚一年半载的也是新媳妇。”

“尽量吧，我这几个手下哪怕有一个像你这么厉害，我都敢放下面子叫他大爷，都不行啊兄弟，你说我咋办？”胡强一副哭腔，“你以为我乐意放着媳妇不陪啊，我这处长当得比奶妈还难受。”

“我过两天要出差，手头一堆事要弄呢。行吧，一会儿过去。”

忙到天黑，庄仁帮胡强终于弄利索了脚本，没料到又被他缠着要帮忙弄另一个材料。

庄仁拍着胡强办公桌骂起来：“不是辛苦费润笔费的问题，你一搞一通宵，还连着转，这个忙法要出人命的！”

“看你说的，飞机掉下来还有活口呢。咱们在三师的时候不也常搞通宵吗？”

“那时咱们童子身，硬朗着呢。你上回体检不查出问题了吗？别不当回事啊。”

“行了行了，婆婆妈妈像个老女人！”

“这样，文字稿我先拿着过一遍，”庄仁叹口气，“你别折腾了，晚上好好休息，明天上午我来，行吧？”

“谢谢兄弟。这个拿着！”胡强将一个信封塞进庄仁裤袋。

临走，庄仁又瞪着胡强：“这桑拿天干活别太拼啊！”

“明白，兄弟！”

第二天上午吃过早餐，庄仁进办公楼时发现立在一层大厅中间的布告板上贴了张打印白纸，大大的“讣告”二字很是分明。上前一看，这讣告竟是胡强猝死的消息。

“连续加班劳累过度，因公牺牲，年仅40岁。”

庄仁感到心脏锥刺一般疼痛，立即拨通了昨天跟着胡强一块弄材料的柯助理手机。

柯助理说，胡强忙到深夜，累了在沙发上倒头一睡，谁知悄无声息睡过去了。

昨天还有说有笑，这会儿竟然到殡仪馆了。庄仁呆若木鸡，简直不敢相信自己的耳朵。又拨张晓燕手机，发现关机。给胡强家里座机拨过去，也无人接听。庄仁努力控制着抖动的手，拨通二妹电话："赶快拿好车钥匙，到地下车库等我，咱们马上去殡仪馆！"

"说什么呀？"二妹显然被庄仁的话吓着了，带着哭腔嚷起来。

庄仁挂了电话，犹豫几下还是将消息告诉了奇秀。

"胡说八道你！"奇秀竟然骂了起来。

"千真万确，下午在殡仪馆火化。赶紧走，我马上到地下二层，一块去看看吧。"

"我马上下楼。"

二妹听到胡强的死讯，当即大哭："燕妹怎么办？苦命的燕妹啊。"

奇秀从庄仁手里夺过车钥匙，说："我来开，你跟嫂子坐后头吧。"

车子一路开得飞快，庄仁抓着二妹的手，提醒她说："一会儿见了燕妹，别哭哭啼啼的，她肯定伤心，哭不能解决问题，咱们既要帮着她处理好当前的事，更要帮她走好下一步的路。"

二妹看着庄仁，不再哭泣。

庄仁望着车前方，像是跟奇秀说话，又像是自言自语："胡强真的是忙死的。因公牺牲，连烈士都评不上。真要打仗死在前线，也是为国捐躯，至少还是烈士。这么累死，唉！"

奇秀听着庄仁说话，一路不应答。

去了殡仪馆又去八宝山公墓，虽然没干一点体力活，庄仁却感觉累得虚脱。

回机关大院时，二妹拉着庄仁的手晃了晃："你别再经常写到深更半夜，听到吗？"

庄仁面色凝重长叹一声："我写东西是享受，他写才是要命。要不，我走算了！"

二妹瞪着眼问："走什么呀？"

"转业。"这个念头悄悄在庄仁心上磨了好一些日子。庄仁不想一身军装穿到退休，这并非讨厌军旅生活，只是内心一直渴望着择机换另一种活法。

庄仁在办公室字斟句酌地写转业报告时，一个陌生但显示北京本地的手机号突然打了进来。庄仁懒得拿手机，只是伸长脖子看着手机屏幕，庄仁特意设置的狼嚎手机铃声执拗地响着。

当初奇秀第一次听到这铃声时，着实被吓一跳，问庄仁那么多手机铃声干吗选这种凄厉的嚎叫。庄仁大笑："说你又不是狼，咋知道凄厉。"奇秀反讥说："你懂你是狼啊，瞧你身上一股孤独思想者的味儿。"庄仁笑奇秀狗鼻子，连这味都能闻到。庄仁不得不承认，奇秀说的思想者其实活得热闹死得孤独这一句，几年来一直烙在自己心上。

庄仁拗不过，还是接了陌生号。

"还记得申颖吗，我就是啊。明晚咱俩一起吃龙虾，我想你不应该拒绝，对吧?"

庄仁惊诧不已，消失八年多的申颖竟然出现在北京。对于申颖的邀约，庄仁有些犹豫。对于申颖本人，有些失望更有些生气，只为她这些年主动断绝彼此联系从此音信全无。

申颖根本没有挂电话的心思，依旧像老熟人一样唠着："你放心好了，我还是良家妇女呢。"

申颖这一句，突然让庄仁一直紧绷的嗓子慢慢舒展开。庄仁客客气气地说："谢谢你呀，那明晚见。"

八年前庄仁去三师时，还特意提前给申颖打电话。申颖说："来嘛，好吃的东西多着呢，我请你吃龙虾。"崇良碰巧出差，便委托申颖好好款待庄仁。晚上，申颖约朋友陪庄仁一起吃龙虾，吃完又去唱歌。夜里快十二点回招待所时，申颖在招待所门口停住，说太晚了不上去了。庄仁摇晃着身子笑申颖真是一个好干部。返京时，庄仁给申颖发去短信"几年未见一时见，竟半夜无眠。今挥手自兹去，谁知又几年。他日见龙虾，笑看你多少不变"。申颖回复一串"哈"，后面还跟着一句"我永远不老"。

庄仁轻叹一声，感觉岁月如梭，十年八年也只是一晃而过，人活着多像世间的沙砾，总被时代的浪头推来搡去，最终有人被推上岸，有人莫名不知去向，还有人被推散多年后居然又被推到一块。

华灯初上，灯火阑珊。庄仁按申颖发的微信位置导航，到了目的地便在马路边停车拨申颖手机，刚说到小区门口了却被挂断，正纳闷时申颖"咚咚"敲了两下拉开车门，一脸微笑地立在车门边，红色高领毛衣外面套一件仅罩住双肩的无袖黑色长裙，长发束成一把垂于右胸前。庄仁看着申颖，觉得她明艳的模样被路灯的光影大大抵消，给人恰到好处的热烈。

"上来啊!"庄仁朝申颖招手。

申颖坐到副驾驶，侧身盯着庄仁问："怎么还老样子啊你？好奇怪。怎么样？"

庄仁笑，目不斜视地回应："满脸胶原蛋白，纯天然美女，胸以下全是腿！"

申颖事前设想与庄仁这样见面时的种种场景与对话，还是没料到他既没握手也没瞪眼，多年没见竟毫无客套，自己一场悄无声息的消失在他眼里就像昨天离去今天又见。

说笑间便到了吃龙虾之地。庄仁感觉眼前的景致甚合自己此时的心境，马路两旁清一色的精致四合院并排延伸，形成并不宽敞却人气旺盛的一条街，店面上方的招牌以及横挂在马路上方印着龙虾图案的一片灯笼，将街道映得红彤彤一片。

以前庄仁帮机关二级部领导干了活，也被带到这儿吃喝。龙虾使得这爿角落闻名京城，但庄仁觉得这儿除了虾贵菜贵停车贵之外，并无特别之处，众人吃虾其实吃的是一种新奇，就像古时文人墨客进戏院，其实不在看戏，而是一睹戏角的芳容。

庄仁与申颖在靠窗卡座面对面坐下。庄仁不想先开口，只是端详着申颖。说什么好呢，眼前的申颖光彩照人，比当年愈加风姿绰约，又何必问询她消失的那些年呢？

还是申颖先开口："看什么呢你，这眼神。"

"这眼神咋了？"庄仁笑，"感受到了太阳般的温暖还是鞭打一样的难受？"

申颖一脸顽皮状凑近庄仁："好像对我这些年的情况没兴趣呀。"

庄仁喝口水，朝申颖"嘿嘿"笑："都良家妇女，估计也没多大可读性，往者不可追啊。怎么想着今晚吃龙虾了？"

申颖抓着杯子跟庄仁手中的杯子一碰："你还这么可爱呢。"

庄仁端杯回碰一下，"哼"一声："你想说的是可恶吧？"

申颖笑眯眯骂着讨厌，拿起庄仁的手机说："快点，加微信。"

龙虾上了桌，申颖饶有兴趣地看着庄仁的朋友圈，庄仁却迫不及待上手："吃啊，饿了。微信，只能微信知道吗？好久没吃了，还真想。吃龙虾，趁早啊！"

"哈，来自南方的郎。这微信名有意思，"申颖仔细戴着薄薄的手套，伸长脖子问，"干吗要趁早吃呀？"

"哪天龙虾成了保护动物，再吃就犯法了。你掐指算下，世上物种哪个不是因为你们人类过度喜爱而濒危？"

申颖闭唇嚼着，眼睛却紧盯庄仁。

“还有，龙虾本身算不上美味，但绝不能等同于青菜萝卜，它的神奇功效，不仅仅在于激起味蕾兴奋，而且滋阴壮阳。”

申颖掩嘴哈哈笑，笑得满脸泛红。

尽兴吃完，庄仁启动车子问申颖：“知道老头老太为啥不爱吃龙虾吗？”

申颖夸张地瞪大双眼，说：“是不需要滋阴壮阳了吧？”

庄仁摇摇头：“笨蛋，告诉你，一是他们觉得龙虾壳硬肉少，没啥吃头。二是他们发现自己不再需要轰轰烈烈的爱情，要的只是一个不离开自己的爱人，冷的时候能给一件外套，胃难受的时候能端一杯热水，难过的时候能给一个拥抱。”

申颖瞪大双眼，一脸惊喜地鼓掌：“成熟了成熟了，当年那个傻了吧唧的男人长大了。我敢肯定，这些年你不是经历了刻骨铭心的磨难，就是读了很多洗涤心灵的书。”

“错，”庄仁哈哈笑，“勤勤恳恳干工作，吃吃喝喝过日子，周而复始，如此而已。”

“龙虾还爱吃吗？”

“废话！”

“那下次还请你吃。”

“不行，这东西真壮阳，吃多了怕控制不住局面。”

申颖拍一下庄仁胳膊，却笑着欲言又止。

庄仁将车子开到申颖楼下，见周边参天大树成片，便知小区的高档程度。

“还早，上去坐坐，喝杯茶吧。”

“算了吧，我能忍受人家热烈勾引，却受不了炫富，特别是炫大房子。”

申颖笑着快步走近庄仁，一把挽住他胳膊，问：“这样叫不叫热烈勾引？”

庄仁拿开申颖胳膊，悠悠地说：“其实，活着没几次死别，更多的是生离。感谢这和平年代啊，张开双臂还能拥抱到你。下次炫点咖啡茶什么的，我喜欢。”

“可你没拥抱啊。”申颖直直地看着庄仁，“光说不练假把式。”

庄仁犹豫数秒，张开双臂将申颖轻轻环抱，贴着耳际用力吸了吸鼻子。

申颖咯咯笑，推开庄仁：“有龙虾味吧？”

“女人味。”

“走吧，慢点开。”

申颖进卫生间仔细洗了手，坐到马桶上点开庄仁的朋友圈。

庄仁上了主路，听到手机响了一声，看到屏幕上有一条微信。直到前方道路亮起红灯，庄仁才点开，一看是申颖发来的。

“专职司机、家庭老师、保洁保健、后勤部长、赚钱苦力，你现在成神了呀!”

庄仁快速回复:“过日子而已。”

进机关大院时，庄仁又听到来微信，便将车停到路边。

又是申颖发来的:“好能干的郎啊!”

“别玩太晚，对手机不好!”

“关心手机胜过关心我呀!”申颖在文字后面附上一串敲打表情符。

“到家了，早点休息吧。”庄仁发出这一句，申颖便不再回复。

在办公室，即使奇秀不时进进出出，庄仁仍感到眼里满是申颖的影子，便给申颖发去微信:“昨天跟你待一会儿，怎么回来半边脑子都是你呢，是我老了吗?”

过一会儿申颖才回复:“有人记挂是一种幸福！只能说明你还年轻。时间能沉淀许多事情，希望岁月让这份友情更加珍贵和浓郁!”

“有时候我假设，要是你成了我媳妇，我们该是怎样的一种人生?”

“人跟人之间的缘分不是一言两语说得清的，谁也不知道事先会遇见谁，又会错过谁，或许这就是命运的机缘吧。庆幸的是，我们今生有缘相见，希望一直有缘相知，谢谢你曾经对我寄予厚爱，唯有珍惜，希望你一直都好，一切都好。”

庄仁突然觉得对申颖的失望与生气一下子烟消云散，之所以离散多年一开口依旧是那种话，最主要的还是战友感情和深埋心底的那份情没变也没丢。

转眼又临近春节，是否回老家过年又成了庄仁和二妹晚睡前反复讨论的话题。

晚上，庄仁靠在床头长叹:“不回吧老头老太孤单寂寞，对不起养育之恩。回吧，不仅一票难求，而且那边太冷。还有，你家我家哪家不去于心都不忍，两头跑又太折腾。对不对?”

二妹一脸茫然地望着庄仁，突然“呀”一声:“问问燕妹吧，别忘记她了。”说着抓起座机便拨，“在家呢燕妹，过年回县城吗？我叫庄仁给你订票。啊？感冒了，我这就和庄仁过去。”

二妹挂了电话命令庄仁赶紧穿衣服去燕妹家，又到厨房拿了块生姜和一把葱白，临出门还从抽屉里找出一盒药。

步行也就二百来米的距离，二妹敲开了张晓燕家门。张晓燕有些慵懒，气色倒还好。

见张晓燕拿纸杯要倒水，庄仁一把拦住：“别动别动，也不想喝，赶紧泡包冲剂，这药效果不错。喝完再喝我熬的姜汤，包好！”说完转身进了厨房。

二妹伸手在张晓燕额头上一摸，说：“烧呢，赶紧吃药，一会儿让庄仁给你刮下痧吧，去去寒气，他这两招治感冒还真管用。”

张晓燕苦笑说：“也没少穿，早上起来就感觉头晕没劲。”

张晓燕喝完药和汤，额头已渗出一片密密汗珠。

“来燕妹，趴我腿上，”二妹拍拍沙发，又命令庄仁，“老公，给燕妹刮下背。”

张晓燕顺从地趴到沙发上，二妹将张晓燕后背衣服高高撩起。

庄仁双手在张晓燕背上用力上下搓着，搓完又将调羹伸进装满热水的杯子：“有点疼，忍一忍啊。”

“没事，你尽管刮！”

张晓燕将头枕在二妹腿上，闭目享受着。庄仁从左到右、从上至下边细细刮着边唠叨：“这周末闺女回家了晚上到我家涮火锅，咱们喝点！”

张晓燕一连“嗯”几声，不知是哼还是应允。

庄仁看着张晓燕白花花的后背，心里没一丝色欲。这些年跟眼前这个女人结下的情谊，庄仁觉得早已超越了红尘中的男欢女爱，没一点血缘关系却亲得像家人一样。

那次处理完胡强后事不久，张晓燕用军线打到庄仁办公室，仍沙哑着声音：“卫生间灯管坏了，能帮我修修吗？”

庄仁立即放下工作，到大院门口的五金店买了灯管，很快帮张晓燕换好。

临出门时，张晓燕突然从背后抱住庄仁，“嘤嘤”哭起来。

庄仁站着不动，安慰说：“心里难受，想哭就哭吧。”

张晓燕内心积蓄已久的“堰塞湖”，被庄仁这句瞬间扒开一个缺口。

一会儿，张晓燕才平静下来，红着双眼说：“我想回立青县。”

“啥意思？”

“不想待北京。”

“都过来了怎么回啊？闺女大学毕业了不在北京成家？留下！我们都在呢。”庄仁盯着张晓燕，直到她默默点头。

这件事，庄仁一直没跟二妹说过。

二妹轻拍着张晓燕的脸，叫起来：“啊呀你看，都刮出来了，就是受凉了！”

待庄仁用干毛巾在背上又用力搓一遍，二妹这才放下张晓燕后背的衣服，催她快穿上羽绒服好好捂一会儿。

张晓燕穿上羽绒服，高兴地说：“感觉好多了！”

“养好身子，周末大吃一顿。”庄仁故意流着口水说话。

张晓燕搂住二妹：“咱们一块回老家过年吧。”

“行啊。”二妹欢呼雀跃。

晚上庄仁洗漱后上床，说：“经认真考虑、慎重决策，本人现在宣布，今年回寨里过年，我家那边不回了。”

二妹放下手机，扑到庄仁怀里，抱住亲了又亲：“为老公作出英明伟大正确的决定，我决定奖励一下。”一阵翻云覆雨之后，二妹懒懒地窝到庄仁怀里，像是醉了一般。

庄仁其实也想回自己老家过年，来回奔波花钱暂按不表，自己可是村里唯一一个靠读书上大学，然后靠着个人努力步步往高处走直至走进京城的人，带上老婆孩子回家过年，在父老乡亲面前着实是一件光宗耀祖的事，父亲特别享受这种感觉。更重要的是，庄仁想通过这种方式让儿子好好体验乡愁。去二妹家过年，不仅有柴火烟味的缭绕与农家饭菜的浓香，更有远离鸡零狗碎的嘈杂与鸡飞狗跳的喧嚣，虽然在寨子里少了面子上的荣光，二妹爸妈的贴心服侍，也能让人找到把姑爷过成大爷的感觉。

决定去二妹家过年，庄仁是顺着张晓燕的心思，更主要的还是为了陪张晓燕回北京。万一她心思大变，铁了心在县城住下来呢。庄仁想，二妹未必能说服她。

庄仁忙着四处找火车票时，申颖给庄仁发微信邀他一起吃饭：“北京又要唱空城计了，好多都吃腻了，找个地方吃点特别的吧。”

“莫非想吃唐僧肉？”庄仁逗乐着回复。

“今天点了上回吃的那家，但一个人吃没感觉。”

“养你，起码一要有个猪场，二要有口鱼塘。”

“哈，今天没点美容猪蹄和水煮鱼，要了份水煮牛肉。”

庄仁转换话题，问：“过年是回娘家还是出国？”

“见面了就告诉你。”

“好吧。”庄仁痛快答应。

庄仁见了申颖，边脱羽绒服边故意板着脸问：“又请我吃大餐，是不是有房有车有大量存款找我扬眉吐气来了，啊？知道排在人类十大常见错误行径之首的错误是啥吗？”

申颖笑得身子直颤，一副扬眉吐气的神情："快说，排第一的是啥？真不知道。"

"孤单时才想起异性朋友。"

申颖笑得前俯后仰："其他的呢？"

"另外九种毛病你肯定有，我直说了啊。"

"说吧，受得了。"申颖往后一靠，双手抱在胸前，笑眯眯地盯着庄仁。

"想得到爱时才付出、有职位时才努力工作、失败时才记起忠告、生病时才懂生命脆弱、散伙时才后悔没珍惜、有人赞赏时才自信。"

庄仁突然顿住，问申颖还剩几个。

申颖调皮地伸出三个指头。

"别人指出才知道出错、腰缠万贯才想助人为乐、病入膏肓才觉得活着好。"

庄仁说完，申颖双手拍得啪啪响。

庄仁不得不承认，原先那个不解风情的女人，而今不仅有了女人味，还有些风情万种，不因她依旧迷人的身材与恰到好处的衣饰，而是一种成熟的感觉。

申颖往庄仁盘里夹菜，盯着筷子问："现在正写大作吧？"

"你咋知道？"庄仁有些吃惊。

"嘿，还真猜对了啊！"申颖有些得意，"我还不知道你，不做一件名扬天下的事，怕是睡不着觉。"

"就直说死不瞑目嘛。哎，你这身衣服穿得好。"

"哟，学会哄女人开心了。"

"我写东西别的靠想象没问题，唯独女人穿啥戴啥，想起来特费劲，非得上街盯漂亮女人。"

申颖"呵呵"笑，用鞋尖轻踢了下庄仁。

"今儿你算是给我当一回模特。"

申颖"呸"一声："你呀，心里总住着一个人，一个现实中找不到的人。"

庄仁嘴里嚼着，心里却一震，感觉申颖这随口一句正戳中心窝。

"我开始学哲学了，"申颖调皮地问，"看得出来吗？"

庄仁瞪眼摇头："你以为我能透视看得见你花花肠子？有啥用啊？"

"学了哲学，看花不只是花，看树不只是树。"

"停停停，"庄仁伸出右胳膊，歪着头问，"你现在看我是啥？"

"不只是大活人，还是大男人。"

庄仁讥笑："你学的是解剖学吧。"

"快写快写，出版了签名送我一本。"申颖立即转移话题。

"用拨动心弦的文字，给寂寞者以热闹，给闷骚者以会意，让有爱者更欢喜，满足对烟火气的追求，专治失眠与冷漠，这书值得看吧？"庄仁起身穿袄，斜眼看着申颖。

申颖红着脸拉一把庄仁，乐呵呵地说："走！"

庄仁的转业申请终于批了下来，整个政治部年度转业对象也随之传遍机关大院。庄仁主动脱军装，也在机关产生不小轰动。

周一早上部里交班会一结束，庄仁便交接工作、清理办公室。庄仁想尽快搬离，怕自己再久留一些会心生悔意，不在其岗不占其位也是自己的脾气。让人委婉催着搬不仅尴尬，而且恶心。

奇秀推门而入，一改以往敲了门温柔一笑而入的常态，劈头盖脸地问："你就这么讨厌这身军装？"

庄仁从书柜前转头看着奇秀："谁讨厌了？"

"再等等调副师走不更好吗？"

庄仁哈哈笑："等副师？你以为等红绿灯啊。醉翁之意不在副师也。"

"找到发财路子了？"奇秀"哼"一声，两眼放光，骂庄仁见利忘友，"你一身本事，何必自主择业？进中央机关呗，那里有才的美女多。"

庄仁白一眼奇秀："干吗呢，怎么你总觉得我左右没个红颜知己就活不下去，是这样吗？你还不知道机关是个名利角斗场吗，有才华遇上英明领导还好，万一被无能还混账的领导与凶恶成性的小人包抄，我赴汤蹈火找死吗？"

奇秀调皮地吐舌头。

庄仁递给奇秀一个礼盒，说："好茶，尝尝，下次来看你记得给我泡上。农民的孩子，能在北京混个处长，也知足了，只是觉得精神世界还不够富有，所以走算了。"

"每天这么忙，是不是还感到孤单寂寞？是不是特想拥有红粉知己呀？"

庄仁朝奇秀轻声吼："你身上有一大蠢知道吗？"

奇秀笑着摇头。

庄仁也摇头："看透别说透，以后我就懒得教你了。"

奇秀一走，庄仁关上门，忍不住给申颖发微信："我脱军装了，自主。"

"哈，是不是等了好久终于等到今天，梦了好久终于把梦实现？"申颖立即回复，居然附上一串玫瑰表情符。紧接着又发来一句"当年我复员呢"。

轻飘飘的最后一句，庄仁感到携风带电。在庄仁眼里，女军官选择复员，既要内心的大无畏，又需背后的强支撑。复员则意味着申颖当年从部队净身而出，干部身份与工作安置一概舍弃，没有电一般的毅然决然或风一样的义无反顾，最美年华时的女人是无法做到这一点的。

庄仁有点好奇，申颖为啥选择复员呢，要是图钱这根本得不到多少。对于这个，申颖不主动说，庄仁绝不会问询。在有一搭没一搭的微信往来中，倒是申颖一条一条发，一步一步解开了庄仁心中的疑问。

申颖研究生毕业回三师当年就与崇良离婚了，然后复员脱军装，一直没要小孩，也一直单身。

庄仁回复说："我还一直记得你们在立青县城婚礼上的场景呢。"申颖回一句，说现在看世上的浪漫，大都是浪费。庄仁脑海里一直烙着那天申颖穿着低领婚纱的样子。庄仁琢磨着，浪漫本来就是以爱的名义在时间、金钱和感情上铺张，爱情和婚姻就是这样，如果不能天长地久，浪漫自然会变质成浪费。只是，天长地久的爱，再浪费也值。庄仁原本写好这几句，拇指在发送按钮上犹豫了一会儿，最终还是从尾删到头。申颖都懂到这个份上了，再阐述还有啥意义呢？也许，申颖不想再要浪漫，或者看淡了浪漫，甚或根本瞧不起了。

每次，申颖回一条微信，庄仁便久久盯着文字回味，有时会情不自禁陷入沉思。申颖笑庄仁反射弧太长初显老年痴呆症状。申颖笑归笑，对于庄仁的微信却总是收到即回，庄仁不再回复时也不追不催。

对于庄仁主动脱下军装，二妹和张晓燕都只是安慰并鼓励他做自己喜欢的事，让庄仁心热一时。可申颖发来的几句微信，却让庄仁心里好长时间泛起波澜。申颖说，转业其实就是一批一批人前赴后继，前面的走乏了看淡了，后面的继续前人走腻歪了的路。其实大家都一样，无论到哪个岗位，终归是错过了年轻时自己最好的时光。当然，只要寻找，还是能找到另一种最美时光的。就这几句，庄仁感觉自己久处暗屋时申颖突然撩开围在窗户外厚厚的帷幕，让一片亮堂堂的光照了进来。

八年彼此未见也未联系，现在看庄仁觉得申颖像是修炼归来，身上不仅多了自己想要的味道，而且微信交流时总有令人怦然心动的感觉。

庄仁交接完工作又迅即交出办公室，除春节前想方设法购买回立青县城的火车票外，整日就是埋头写作。二妹和儿子一出门，家里的安静与空荡让庄仁开始觉得日子变得漫长起来。申颖或皮或俏的话，更是让庄仁萌生出闯荡社会找个高薪工作的冲动。

上午，庄仁写了一阵忍不住给申颖发微信："能不能帮我找个实习岗位，中餐免费有停车位、环境安静不常开会、待遇尚可不怕缴税的那种，苦点累点无所谓。”

庄仁放下手机喝一口水，申颖便回了过来：“早给你找好了！今晚一块聚下吧，你见个人，保证你的自主生活不孤单寂寞。别想多了啊，不是红粉佳人。”

庄仁懒得在手机屏幕上一笔一画写，立即拨通了申颖手机：“啥情况？你不会是中情局派来的吧？”

“是的，是的，”申颖在手机里哈哈笑，“晚上你别开车，我接你。放心好了，良家妇女不会陷害忠良的！”

“见谁啊？”

“呵，这么大岁数了好奇心还挺重，先不说！”

下午五点刚过，庄仁便接到申颖微信：“首长，我在机关大院外面等您呢。”

庄仁回一句“马上到”，当即换了鞋抓起羽绒服风风火火地下楼。

庄仁一上车，便瞪着申颖说：“穿太少了吧你？”

车里暖烘烘的，一股幽幽香水味让庄仁仿佛遁入幻境。庄仁摸了摸申颖靠背上挂着的蓝色双面呢皮草大摆外套，又伸手捏了捏申颖的加绒加厚红色衬衫，说：“有外套宁可挂着也不穿，是要趁着寒冬把最美最傲人一面展示给我看是吧？”

申颖不说话，笑着启动车子，一会儿便上了高速公路。庄仁盯着申颖的深色裤子问：“这叫啥裤，整个一副春风又绿江南岸的模样。”

申颖忍不住哈哈笑：“首长，这叫阔腿裤。”

庄仁往后一靠，拉开羽绒服：“你别首长首长的好不好，现在我是明白了，少数受党教育多年的高级党员领导干部，为何会在香车美女面前败下阵来。你想想，不败是一件多么艰难的事啊。”

申颖猛按下喇叭，瞟一眼庄仁问：“我看起来像糖衣炮弹吗？”

“当然不是，糖衣炮弹有多大杀伤力啊，你看起来更像糖衣导弹。”

申颖快到停车场时拨了个电话，说声“马上到”就挂断了。

车刚停稳，车门便被一位仪表堂堂的中年男人拉开，在他身边站着两位漂亮女子。

“庄排，还认得我吗，我鲁智深，咱们三师一营一起战斗过啊！”中年男子伸手用力握住庄仁的手，“快，进去吧，外边冷！”

庄仁感觉恍如隔世，大喊：“兄弟，是你啊！”

进了包间，鲁智深很是激动，指着身旁的女子介绍："这我媳妇，跟嫂子一个寨子的。"

庄仁笑笑，说："李晓月嘛！"

鲁智深拉一把女子，大笑："你看，庄排还记着你名字呢，我就说过一回。"

庄仁看着李晓月感叹："这世道不公平啊，我家媳妇还是村姑模样，弟妹都成了贵妃。"

鲁智深又指着披肩长发的漂亮女子说："公司秘书，晶鸿，结晶的晶，鸿门宴的鸿，你叫她小晶。"

申颖调皮地给庄仁补一句："这我闺密，很亲的哦。"

庄仁起身伸手礼节性地跟晶鸿握了一下，说："人美身材好，果然翩若惊鸿，当初看《洛神赋》是不是看上瘾了？学中文的对吧？"

晶鸿杏眼圆睁，吃惊地问："您不会是公安局局长吧？"

庄仁指着申颖："她是中情局局长，我是派出所所长。"

大伙一阵笑。

鲁智深举起酒杯："今天见庄排，那山沟里的日子又历历在目啊。那年退伍连里安排欢送会，你猜咋了？三个家伙上台致欢送词，竟然都是从报纸上剪下来的同一篇文章，是你写的。可热闹了，哈哈！"

庄仁双眼一眯，抓起杯子跟鲁智深一碰："干了！"

两人一仰脖，一大杯白酒一滴不剩，看得申颖和晶鸿直皱眉头。

申颖盯着庄仁，不紧不慢地介绍："鲁总现在是资产近十亿的老板，也是省里有名的优秀共产党员。"

庄仁端起酒杯："感谢好时代，祝贺好兄弟。弟妹，也祝贺你啊，不仅选中了好男人，而且成就了好男人！"

杯子一碰，庄仁和鲁智深一大杯酒又下了肚。

喝着喝着，庄仁慢慢知晓了鲁智深的全部故事。当年退伍后，鲁智深在老家干了八年村委会主任，之后到京城东二环开公司做裘皮服装销售，赚了钱又回村里当村委会主任。

"老哥，你怎么样？"鲁智深问庄仁。

"媳妇儿子都在京。奉献二十年，祖国知道我，今年自主择业了。"

庄仁刚说完，晶鸿端起庄仁水杯，说："我敬您，一起喝水吧。"

几个人互相加了微信，晶鸿又央求庄仁介绍部队情况。

"想嫁军人是吗？没找对象吧？"庄仁问晶鸿。

申颖抢着说："人家小姑娘呢。"

庄仁"哦"一声，笑了笑："现在部队条件倒不艰苦，准确说是寂寞型艰苦，营区都山清水秀鸟语花香，但住久了就受不了。待遇嘛，吃喝住穿祖国包干，最大的好处就是男人没机会变坏。"

晶鸿双手拍得脆响，又端起水杯跟庄仁碰。

庄仁看着晶鸿说："你别光拍手掌，嫁解放军你可别等着他疼你，而是你要准备一颗疼他的心。去年冬天我去了东北，在林海雪原住帐篷生炉子，那挂在帐篷上的冰挂一米多长呢。比如现在，咱们把酒言欢，那帮兄弟正流血流汗、爬冰卧雪呢。"

晶鸿好奇地问庄仁："您在部队这么多年，有什么特别感受？"

"没啥特别的，升官发财不如自由自在，活着回家就是人生赢家。"

申颖打断晶鸿："你问一晚上都问不完，下来你俩私聊。"

吃喝谈笑间庄仁才知道，当年申颖脱了军装到北京打拼，碰巧转到鲁智深手下，从一线员工干到了如今的副总经理。

鲁智深又给庄仁倒酒，刚倒小半杯就被庄仁伸手盖住。

"行了行了，喝多了睡一觉今晚的事全忘了，留一半清醒吧。还记得以前咱俩把啤酒灌到水壶吗？"

"当然记得，历历在目！"鲁智深激动地说，"今天高兴，咱们喝点，完了申颖送你。"

庄仁端起水杯，跟申颖和晶鸿碰杯："敬两位美女，谢谢你们。"

"老哥，"鲁智深挨近庄仁，一脸真诚，"我这儿就缺你这样的干将，希望老哥加入，咱们一起做强做优，如何？"

庄仁盯着鲁智深，半晌才开口："我呢，想打仗偏偏总打不起来。这样，明天给你一个答复，行吗？"

"行，老哥还是这脾气。待遇你放心！"

鲁智深按捺不住激动，说："好啊，老哥，今天太有收获了。申颖，你立大功啊，该怎么谢你呢？"

"鲁总，不会一高兴赐我给首长为奴吧？"

晶鸿看着申颖，笑着说："申姐，我看你是喜欢给首长当奴。既然这样，鲁总就成全吧。"

"去，小心掌你嘴。我俩多少年的战友情，你懂不懂？"

晶鸿朝申颖做个鬼脸，连连说懂。

第十六章　有爱相伴，能爱就要爱个够

晚餐尽欢而散。晶鸿载着鲁智深两口子离去，送庄仁回家的任务自然落到了申颖身上。

“你们鲁总现在人咋样?”庄仁面朝申颖侧着靠背，有些迷迷糊糊地问。

“特能干，也很正派，所以公司做得不错，我也乐于跟他打拼。这些年，他投入公益活动的资金加起来不下两千万，都自个儿掏的真金白银。”

“江湖上说，到兄弟手下打工是一大傻。你说，我要不要去?”

“听从内心召唤吧。个人认为，去了你更能施展才华，真的。再说，勤劳致富嘛，干吗跟钱过不去?”

庄仁伸手轻轻拍了拍申颖肩膀:“我一直想，多年以后如果我和你，就这样再也不联系或是联系不上，可突然有一天，你我在喧嚣的人群中相遇，第一句话说什么呢?”

申颖扑哧一笑，大喊:“你好，请问这是地球吗?”接着又反问庄仁，“第一句你说啥呢?”

“我说，你咋还在我们地球上啊?”

庄仁看着申颖抿着嘴乐:“这么多年干吗不另找一个?”

“等好的呗。”

“啥叫好的? 病了一个劲打电话叫你吃药的算吗? 不，千里送药到你手中才是。如果只是等，那永远只是一片飘在天边的云。”

“那就飘着呗。”申颖满脸带笑，“干吗千里送药啊，小病不用人关心，大病有人关心也没用，生老病死都是季节下达的命令，闻令而动，听令而行就好了。”

“哈!”庄仁用力晃了晃脑袋，与其说是为了摆脱酒精的困扰，倒不如说是惊讶于这些年不见的申颖竟修炼到这般境界，嘴上仅应一声，心里却翻腾不已。

申颖的车在机关大院门口警戒线外停下，庄仁却没下车的意思。

申颖抬手碰了碰庄仁膝盖，温柔地说:“首长，咱们到了。要不我去传达室登记下，送你进去？”

庄仁长长地打了个哈欠，眼皮也不抬，摇了摇头说：“让我坐着飘一会儿吧。你干吗开这么快，闯红灯了吧？”

“要不我陪你去公司视察一下？顺便上我办公室喝杯茶，你好下决心。”

庄仁抬头盯着申颖，见弱光下申颖双眸明亮，平静呼出的气息中带着几分暗香，视线从她眼睛掠过，望着大门岗说：“别再诱惑我了。走了！”说着下了车。

申颖从后备厢拎出两个纸袋交到庄仁手里，说是鲁总的见面小礼。

庄仁抓住申颖的手，借着酒力将她往车上推：“这风要是把你给吹病了，我可没工夫千里送药。”

“行不行啊你？”

“我还没醉卧沙场过，行得很。记住，以后不准问我行不行。”

“到家了微信告诉我。”

庄仁裹紧衣服，盯着申颖点点头。

庄仁刷了出入证，站在通道入口边望着申颖。

申颖按了下喇叭，掉了头便消失在夜风中。

庄仁带着醉意开了门，倚靠在卧室门框上，见二妹正坐在电脑前忙活。

二妹瞟一眼，又紧盯着电脑屏幕，急急地问：“老后天，三张立青县硬座，票贩子一张收费一百五。要不要？快点定！”

“要！”庄仁果断下令。

对于票贩子的狠心收费，庄仁压根就恨不起来。这些天，二妹一个劲催庄仁买回立青县的火车票。可庄仁给几个相熟的票贩子打了电话，竟没一个有回音。

“燕妹娘俩加上我们三个，才三张硬座，这怎么回啊？这么远的路你也不想办法。你倒是找机关的人帮着买卧铺啊！”二妹无助地望着庄仁，急得要掉眼泪。

“你以为我是首长啊？别着急，咱们走一步看一步。这年头连票贩子都没招了，哼！”庄仁叹一声，拎起手中的纸袋朝着二妹喊，“过来！有礼物。”

“裘皮呀！”二妹开了客厅灯，在沙发上展开细细欣赏，“得多少钱啊？怎么价签都没有？”

庄仁看着二妹笑：“笨，剪了。”

二妹穿上裘皮，又穿上皮鞋配上手提包，甚至连胸前首饰也一并配上，在进门过道对着镜子转来转去：“怎么样？好看吧。”

庄仁感叹："你这一穿，穷村姑立马变地主富婆了！"

二妹将另一件套到庄仁身上，挽住他胳膊对着镜子笑。

庄仁简单洗漱了便往床上一倒，望着天花板问二妹："鲁智深成功创业，邀我加盟，你说我去还是不去呢？"

"你愿意你就去，不想去也别硬撑。"

庄仁笑二妹："男人不硬撑还叫男人吗？"说着一把扯过被子，闭了眼顿感脑门酒意汹涌，很快便沉沉睡去。

二妹在电脑前弄完火车票才小心上床。尽管小心翼翼，还是将庄仁弄醒了。

二妹抱着庄仁交代："折腾三个小时，又弄到了两张硬座，上了车再补吧。我留了字条在桌上，明天上午你记得取票啊，到时票贩子打你电话。"

早餐过后，庄仁发微信问申颖："我要是不跟鲁智深干，你会不会失望？"

申颖正在地库停车，拿起手机刚回复"有点"，又收到一句"去了会不会有艳遇啊"。

申颖看了下手表，干脆又坐进车里："可能吧，但商场如战场，更多的应是枪林弹雨。"

"我喜欢冒着敌人的炮火前进！"

申颖盯着手机屏幕，平静的脸蛋像花儿一样绽放，回了一句"放下秀才的面子和官员的架子，你一定会很出色的"，并附上一个拥抱表情。

庄仁细细看了看申颖的话，然后给鲁智深发去微信："以前没上战场，现在上商场大干一番吧。放心，兄弟我不会摆秀才面子和官员架子的。"

很快，鲁智深给庄仁回了电话："老哥，不，庄总，你办公室已布置好了，今天有空的话过来看看吧，不是催你干活啊，先侦察下熟悉熟悉地形地貌。你看这样行不，一会儿我让晶鸿开车去接你，第一次上公司必须接，以后你自个儿折腾，行吧？"

"那何必折腾晶鸿呢？"

"不，这个折腾有现实意义。你时间宝贵，车上可听听晶鸿介绍有关情况，有什么疑问直截了当问。"

"那行。"

"对了，"鲁智深又问，"那两件衣服还合身吗，不行正好带回换。公司产品，你和嫂子就免费做个形象代言吧。"

庄仁哈哈笑，说合身得很。

庄仁刚挂电话，一个陌生电话便打了进来，催庄仁到大院门口交钱取火车票。外面北风劲吹，庄仁觉得走一遭实在受罪，便抓起车钥匙下到地库。

票贩子是个大学生模样的年轻小伙。

庄仁捏着车票，对着太阳光反复照了照，瞪着票贩子说：“这玩意儿如果假的，你现在还可以明明白白说，退钱走人就完了。刚才我都拍下了啊，要是骗我，可别怪我手下无情，知道我干吗的吗？”

小伙望了望持枪站岗的战士，咧嘴讪笑：“大哥，我哪敢骗您，保证真的。”

庄仁掉头时，抬眼见奇秀一身军装从大门口东侧的门诊部出来，便摇下车窗连按喇叭。

奇秀带着寒意坐进副驾驶位子，抓着系在脖子上的军绿色围巾捂住鼻子问：“干吗呢？”

“病了？有人叫你多喝开水，没人送药吧？不病你不知道谁爱你，不醉你不知道你爱谁。哈哈，这话有道理吧！”庄仁看着奇秀开起了玩笑，“去哪儿呀？”

奇秀干咳几声：“回家。”

庄仁伸手拉下奇秀抓着围巾的手：“干吗呢，都没脸见我了是吧，咋回事？”

奇秀哈哈笑：“感冒了，不是怕传染你嘛。”

“传我？没一点亲密接触能传吗？退一万步说，就是传我嘴里眼里，来一个死一个，来两个死一双。哈，我现在刀枪不入！”

奇秀故作吃惊状，歪着身子看着庄仁：“气色不错，军装一脱就跟太阳肩并肩了呀！”

庄仁哈哈笑：“活着就是活一种心态嘛。”

正说着，晶鸿来了电话，庄仁犹豫一下还是按了免提。

“庄总，我大约十分钟后到您大院门口，不好意思啊这边有点堵。”

“别急，我在家。一会儿我到大门口等你。”

庄仁一挂电话，奇秀便指着他鼻子训起来：“明白了，你这脱军装原来是金蝉脱壳啊。说出逃可能比较中肯，但我看出轨可能更接近实际！”说着哈哈笑起来。

“出你个肺！”庄仁朝奇秀吼起来，“你不会是心理变态吧？自己喜欢单身，别人接触个女的就出轨，这是啥鬼逻辑？”

庄仁将车子开到地下，停在靠奇秀那边单元的电梯附近。

“急啥呀，命中如果有，他注定会不远万里来给我送药。”

庄仁灭了车，盯着奇秀哼一声："我看就那个阎王爷来给你送药。挑人你到底卡着啥标准啊？"

奇秀伸手朝庄仁胳膊"啪"地抽一下："你瞎说，再怎么挑，最起码得是个男的活的吧？"

"你废话！"庄仁瞪一眼奇秀，下了车想上楼，奇秀却坐着一动不动。

庄仁凑近奇秀："有这么一句话，说世上总有一个爱你的人，有一天会穿越汹涌人潮，怀着满腔的热情和目光里沉甸甸的爱，走到你身边，抓紧你。你信这话吗？"

奇秀轻轻应着："信。"

"你长点脑子好不好，这鬼话也信，难怪你找不到人！"

过了早高峰，地下车库此时甚是安静。庄仁拉开副驾驶门，叫奇秀下车。

奇秀摇摇头："再等五分钟，好吗？"

庄仁点点头又唠叨："人们常说婚姻是爱情的坟墓，有个好坟是多么幸福知道吗？该结婚的时候不找人，跟暴尸街头有何两样你说。北京这么大，我就不信没适合你的人。"

奇秀扬着头下车，故意推一把庄仁："你是站着说话不腰疼，有合适的我不找我有病啊？"

"你呀就是懒字当头！"

奇秀走两步又回头，问："这算不算你最后一次批我？"

庄仁"哈"一声："批了这一次我还活在这地球呢。下次把我惹火了直接揍人。"

"你敢！"奇秀一甩头，露出令庄仁欢喜的灿烂一笑。

庄仁朝奇秀挥挥手："找个时机请我吃顿饭吧。今儿有事，先走了！"

奇秀盯着庄仁走远，不见了人影才进电梯。

庄仁出了大门岗在传达室刚坐下，便接到晶鸿电话。

"辛苦你晶鸿。哟，车不错嘛，收拾得真利索，是不是像部队接待首长一样专门搞一次大扫除？"庄仁拉开车门坐到后排，跟晶鸿开玩笑。

晶鸿呵呵笑，却不启动，转身盯着庄仁："没呢庄总。很荣幸，接您第一次去公司。您干吗不坐副驾驶呢？"

庄仁瞪着晶鸿眨了眨眼，一拍脑袋："你看你看，这机关待久了，都不自觉学起首长来了。"

待庄仁下车坐到副驾驶，晶鸿才抿嘴一笑将车开动："庄总您真有福气啊，住个大院壁垒森严，还有人扛枪站岗放哨。我刚停那路口，就有一个小伙子上来警告我，一看就是便衣战士。”

“福气谈不上，咱们小老百姓都是沾首长光。”庄仁觉得晶鸿心直口快，但也话里藏话。

有晶鸿开车，以往令人抓狂的长长的等红灯时间特别是拥堵地段的腾挪，在庄仁看来都变成了难得的温柔时光。庄仁本想问晶鸿为何要自己坐到副驾驶位子，又不好开口，便询问起一些有关鲁智深公司的事。

问着问着，庄仁话题一转，问晶鸿：“不介意跟解放军叔叔谈恋爱吧？”

“为啥要介意呢？”

庄仁觉得晶鸿的这一答复让人心花怒放：“个人认为，成为军人的妻子，这应该是爱军人的最高境界。你说对不对？有些人认为自己纳税供养了军人，却不知军人用青春和生命守国门，换来大家睡觉和饭局的安宁。”

“这个我懂。我能问您一个问题吗庄总？”晶鸿笑着问。

“当然可以。”

“嫂子是怎么爱上您的？或者说，您是怎么爱上嫂子的呢？”

“哈，我们那会儿哪有时间爱呀爱的，当时一见她漂亮就起了色心，跟抓坏蛋一样追呗，那时候就觉得这乡土爱情是世上最浪漫的事儿。”

晶鸿瞟一眼庄仁，抓着方向盘笑：“哪天带嫂子给我们看看，行吗？”

“没问题。”

晶鸿问：“跟军人谈恋爱，有多大成功率呢？”

庄仁笑了笑答：“以我并不丰富的情场经验，告诉你跟军人恋爱的一个基本定律，愿不愿听？”

“愿意，您说。”

“爱情嘛需要机遇，也需要激情，一个真正值得爱的人，你根本用不着死皮赖脸追，一场真正幸福的婚姻，也用不着百般考验。当天看对眼的，第二天你就可以跟他领证。你不妨做个有趣的调查，那些多年没找到真爱的，大都是机关算尽的。这个信不信？”

晶鸿调皮地伸了下舌头，又紧咬双唇“嗯”一声。

“庄总，问您一个隐私问题不介意吧？”

“为啥要介意呢？”

晶鸿忍不住发笑，笑完了才问：“您跟嫂子结婚前谈过几个女朋友？”

庄仁伸出右手，不紧不慢地掐着指头。晶鸿瞟一眼庄仁高高举着的右手，忍不住又笑起来。

庄仁三个指头自信地定格在空中：“大学做贼似的暗恋过两个，正儿八经谈过一个，都算谈过吧。初中高中时的青春萌动，那跟爱情都不沾边，不作数。”

“那您还说情场经验不丰富，真是谦虚！”

庄仁哈哈笑，觉得晶鸿不仅有着率直性格，身上还洋溢着难得的俏皮与可爱。

“军婚不是每个人都能拥有的。”庄仁伸手调小收音机音量，“一身戎装并不妨碍真情流露，军婚照样充满浪漫与情趣。是不是？我得告诉你一个事实，在当前和今后一段时期，军婚的城乡差别很难消失，你懂我的意思吗？”

晶鸿调皮一笑，摇摇头：“不懂，我是不是很笨？”

“是有点笨。通俗点说吧，军人的婚恋，比如男的在北京机关，那你还能过上老公孩子热炕头的日子。要是部队在大山里，那恭喜你，你们每一次重逢都胜过新婚。这下懂了吧？”

晶鸿哈哈笑，笑得脸上泛起红晕。

说笑间，车子已到停车场。晶鸿停好车打了电话，然后与庄仁一同进了电梯。

鲁智深带着几位高管候在电梯口。

“老哥，欢迎！”庄仁刚走出电梯，右手就被鲁智深一把紧握住。

申颖礼节性地伸手跟庄仁握了一下，笑容满面地说：“庄总，欢迎您！”

在庄仁看来，申颖这身商务装有着异于军装的别样妩媚，也不掩干练劲头。从电梯口到不远处的楼道，是夹道欢迎的一溜职员。

“这场面有点奢华，是不是有点过啊？”庄仁边走边悄声问鲁智深。

“这又不是部队和政府机关，哪有过不过的！”鲁智深大笑，做了个请的手势，领着庄仁进了一间大会议室，一队随从尾随其后。

鲁智深安排庄仁在自己右侧坐下，然后大嗓门开腔：“这位就是此前我多次提到的庄仁庄副总。今天，是庄总正式上任。以后业务上的归口工作，我在此明确一下。”

鲁智深就工作安排讲了不到十分钟，然后将目光转向庄仁：“讲几句吧？”

庄仁目光往两边一扫，起身面带微笑说：“今天算是非正式上任吧。既然上任，我向鲁总和各位兄弟表个态。”说着提高嗓门，“战场商场都一样，将军的责任不是讨士兵喜欢，而是让士兵在战场上胜利归来。老板的责任不是讨员工喜欢，而是让员工获得更多认可、更高收入和更美好生活。员工的责任也不是讨老板喜欢，而是用实际行动完成任务指标。假装打仗与假装工作的后果一样严重，因为根本没人陪你演戏！为了公司的发展，为了美好生活，我们一起奋斗吧!”

庄仁停顿了一会儿，在鲁智深耳边低语，“就讲这么多，行不行?”

“行!”鲁智深满脸堆笑，伸起双臂带头鼓掌，大伙也跟着热烈鼓掌。

庄仁注意到，刚才说话时申颖一直盯着自己。

鲁智深又握住庄仁的手:“好! 太好了! 你来了，咱们公司必将扩大战果。现在散会，大家各自忙吧!”

鲁智深将庄仁带到自己办公室。刚坐下，晶鸿便悄无声息地端了杯茶进来，放在庄仁身边的茶几上又悄无声息退了出去。

“挺简约啊!”庄仁环顾四周，感觉鲁智深的办公室像个野战指挥所。

鲁智深打了个哈哈，说:“一切便于生活、利于战备。”

“还是战略应急值班部队的思维与作风!”

鲁智深抓起电话就拨，说了声“过来吧”。一会儿，申颖便满脸带笑地走了进来，顺着鲁智深指的方向，在庄仁一旁沙发上坐下。

包括鲁智深在内，公司几位核心领导看着是独立办公，其实整个办公区只是由一个大开间隔出多间，嗓门稍大彼此间还能听得到。从办公室富有个性化的装饰以及方便舒适的配置看，庄仁知道鲁智深说的便于生活，还是充满了人文关怀。

“你觉得咱们公司在经营管理与产品策略上怎么样? 咱们直截了当开门见山啊。”鲁智深盯着庄仁。

“公司产品定位高端，从消费看，一个不易忽视的特点就是买的不用、用的不买。这是一种被动消费，说得不好听，某种程度上是腐败在拉动消费，我想这种状态肯定不会长久，现在中央对军地都加大了反腐力度，以往那种公款消费肯定会降下来，还得把握这一形势，注重产品转型，在做精高端的同时，瞄准中低消费阶层做文章。”

鲁智深轻拍桌面，两眼放光:“老哥说得好。哎呀，你早来该多好。申颖到公司的情况她告诉你了吗?”

庄仁笑着摇头。

鲁智深简要给庄仁说起在北京与申颖相遇并合作的事，末了又补充:“为了公司的发展，申颖还真立下了汗马功劳。一开始看到网上有你不少文章，我就跟申颖商量找你，那时候不是想要挖墙脚，就是找到你续上战友情。她怕影响你，我也怕打扰你，就一直没联系。现在好了，咱们光荣会师了。有老哥在，我们就有了做大做强的定盘星。”

“咱们有缘。缘这东西还真是奇怪!”庄仁握住鲁智深的手，“定盘星我做不了，我现在跟你们学，甘当小学生，冲锋陷阵没问题。”

“哈，跟一阵你全明白了。中午叫申颖一块吃个便饭咋样？”

庄仁起身应着：“一会儿得赶回去，准备回立青县过年，节后开始大干。你忙你的吧，家里还一堆事。我到申颖那儿看看就走。”

“行，那我就不客气了。你俩聊，我先出去办个事。”说着鲁智深将庄仁领进申颖办公室，然后匆匆出门。

庄仁环顾四周，盯着申颖直笑。

“坐啊，傻笑什么呀？”申颖突然有些局促，脸上泛着不自在的笑。

庄仁长吁一口气，说：“没想到，十多年前咱俩一个办公室，如今又到了一起。上次咱俩一块吃龙虾后，我就常想象你上班的模样。”

申颖灿烂一笑，往转椅里一坐：“说，把我想成啥样了？”

“左手一杯热咖啡，右手一支激光笔，在投影仪前讲PPT，高跟鞋踩着寸土寸金的地板，‘嗒嗒嗒’地响，阳光穿过玻璃墙，照着曼妙身材闪闪发光。”

申颖起身在庄仁面前踮脚转一圈，双手叉腰盯着庄仁：“好有画面感。你说的啊，这身材不曼妙我要你赔！”

庄仁伸手摸了摸申颖办公桌上一丛小巧玲珑的淡紫色多肉，漫不经心应着：“我陪，陪你上班！”

申颖撩开庄仁的手：“看就好好看，别动手呀。”

庄仁仍一脸欢笑：“小东西身材太曼妙了，诱惑我的手啊！”

申颖哼一声又坐下：“你想象的八九离十远着呢，现实是我已放弃高跟鞋，因为每天在两点一线之间奔波。大冬天端杯热咖啡，不光提神醒脑，更重要的是取暖。”

庄仁意味深长地看一眼申颖，说：“做生意不容易，做生意的女人更不容易啊！”

申颖显然对庄仁充满关怀的感慨不领情，朝他白一眼应道：“第一天到公司，就别这么悲天悯人满腔菩萨心肠行吗？做生意跟打仗一样，得拿贡献率领众服人。做女人，想热情活泼就别怕人家骂你骚，想素面朝天就不必在乎人家说你黄脸婆。打扮漂亮点怕啥呀，妖就妖呗。矜持点看上去冷又咋了？”

庄仁脸上依旧带笑，心里却猛地一震。岁月这把杀猪刀，不仅没在申颖身上留下打拼的沧桑印记，虽然风骚的存量看起来似乎并没有明显增加，但曾经的没心没肺与无欲无求几乎难觅影踪，溢于言表的深刻与理性却如同她略施粉黛的面容，见一回便能让人回味无穷。这种味道，加上她令人心旌摇荡的身材，浑身散发出的妩媚就分明给人只可远观而不可亵玩的强势气场。

申颖不仅说出了庄仁想要说的略带油腻的话，还毫不掩饰地道出了自己的“女人观”。庄仁觉得申颖身上散发着的这股气息，让自己清醒地意识到，这个即将履职的岗位根本不需要大机关里那种含蓄委婉表达的心机与善听弦外之音的聪明。

申颖问庄仁：“小说写作进展如何？”

“等写完这一个就接着写下一个。”

“行啊，我全力支持。”

“你咋支持？半夜起来替我磨墨泡咖啡？”庄仁冲申颖笑。

“行啊。”

“算了吧，你磨墨泡咖啡岂不要毁我写作，”庄仁止住笑，盯着申颖说，“其实写东西是一种煎熬，不过也是一种修行，主要是能让本大人消除荒废感。”

申颖反倒打起哈哈：“那就好好写呗，期待你一鸣惊我！”

庄仁一脸不怀好意的笑，盯着申颖说：“小心惊到你半身不遂。”

“行啊，全身不遂都值。”

出了公司回家前，庄仁到超市买了一堆路上吃的和往二妹家带的东西。

庄仁找机关要了一辆军车，将张晓燕娘儿俩和自个儿一家拉到火车站。

在候车室，见儿子与张晓燕闺女亲密无间地玩着手机，庄仁凑到张晓燕耳边说：“这俩家伙还真有些天然的姐弟情呢。”

张晓燕原本平静的脸上绽放笑意，伸手在庄仁儿子头上摸了一把。

庄仁盯着二妹说：“等政策放开了，咱们再生一个小的，大的干脆送燕妹得了！”

二妹冲张晓燕笑：“只怕放开了，你又怪我生不出了。”

说笑间，一个嗓门突然在庄仁身后大喊：“谁要硬卧？四张到立青县的！”

庄仁回头一望，见一位中年男子右手举着车票左右环顾，当即朝他挥手吼：“给我！”

中年男子挤过人群看着庄仁说：“我不是票贩子，刚才老总一个电话，我们几个走不了了。”

“是票贩子又怎么了，票贩子也要吃饭穿衣嘛，今天我看你就是活雷锋。但是，我必须警告你，绝不能用假票坑我。”

“绝对真票。要是假的出了车站我——”

中年男子当面要发毒誓，被庄仁一把打断，一字一顿说：“你看着我，我的是硬座，你的票我全要了。现在钱不是问题，要是骗我，我会天涯海角追杀你，信不？”

“这有监控看着呢。大过年的，你说这话干吗？把你票给我，我帮你退票，你出退票费，补我差价就OK了。”

“行，给他票，补他差价！”庄仁瞪着二妹下令，像是炮火硝烟中的指挥官。

二妹抓住庄仁胳膊，悄声说你还是陪他去退，顺便找车站工作人员查下票的真伪。

“没必要！给他钱。”

众目睽睽之下，中年男子从二妹手中接过钱，说了声新年快乐便消失得无影无踪。

张晓燕一直盯着庄仁，却不开口。

儿子拉一把庄仁，说：“爸，我看你才是帮骗子发财的活雷锋。”

周围的男男女女也凑过来，七嘴八舌说这家伙肯定是骗子。

“他都祝我新年快乐，我看他就不像个骗子！”庄仁大声喊着，将大伙逗得一阵哄笑。

两个下铺面对面，一中一下在隔壁。直到火车开动换了票，庄仁悬着的心才踏实下来。

张晓燕一脸兴奋，挨着庄仁问：“你怎么知道那人就不是骗子呢？”

庄仁得意地看着二妹和张晓燕：“好人一路平安哪。我是好人，骗子都不忍心骗我。”

二妹满心欢喜地给家里打电话。

二妹妈接了，喜得手舞足蹈：“好好好，都准备好了，就等你们三个来。快到了打电话吧。”

二妹不停地应着，又将儿子喊过来，递给他手机说：“外婆给你准备了好吃的，想你呢，说几句！”

儿子高兴地喊着外婆好，皱起眉头听着外婆蹩脚的普通话。

庄仁等儿子结束通话，拨通崇良手机：“首长好啊，我代表首都人民并以个人名义向兄弟致以新春祝福。忙不忙？”

千里之外的崇良，正在哨所忙着检查：“别管我忙不忙，你来了我们才叫过年！”

庄仁压低嗓门哈哈笑：“行啊，明下午五点半到你地盘，回丈母娘家吃晚饭，方便请送我一下。”

崇良大骂：“晚饭时间了不吃就走？北京待久了是不是都像你这么薄情寡

义？别扯，明晚就在我这儿吃，住套房，睡大床，有兴趣老两口可在床上玩摔跤。等你啊！”

“行！”庄仁挂了电话，乐呵呵地对二妹和张晓燕说，“崇良在立青县当团政委，明晚咱们在他那儿吃晚饭，饭后的安排到时再说。”

张晓燕微皱眉头说：“我去不好吧？”

“怎么不好？都好兄弟，多个人也就添双筷子，去吧，又不是不认识。何况，你还是咱们总部机关的军嫂呢。”

等到车厢熄了灯，庄仁便去了硬座。一开始，张晓燕坚决要让庄仁先睡一会儿再去。庄仁使劲压住张晓燕肩头，说我坐下就能睡，你有这功夫？你们几个睡这儿我就踏实，你过去我还不放心呢。

“上火车啦。今年不跟首都人民喜迎新春了。”刚坐下，庄仁便给申颖发微信，并附上一串企鹅欢跳的表情。

申颖带着拥抱表情回复说：“不跟就不跟，能惦记北京人民也感到温暖啊。”

申颖窝在沙发上，在家陪父母看电视。

庄仁兴致勃勃地跟申颖聊着，全忘了车厢里的嘈杂与拥挤。

“想过没有，等你老了，想过一种啥生活呢？”

申颖回复一句：“比如夏天吧，头戴草帽，骑车往八达岭奔。”

庄仁瞪大双眼：“那我只能在北五环路边卖矿泉水，顺便免费提供打气筒。”

申颖回复一串“哈”，接着回一句：“你瞧我们，写的都是老年痴呆期的文字，配的却是青春期的表情。”

火车准时停靠立青县火车站，崇良带着数名官兵在站台等候。

出了车厢，庄仁一把握住崇良的手：“兄弟还亲自接啊！”

“你都亲自坐，我还不亲自接？团长有事晚上陪不了，我代他敬一杯。”

庄仁斜眼看了眼崇良：“官当大了，酒量也大了啊？”

“没什么大不大，不能喝也得陪好吧。”崇良悄声问庄仁，“去三师吗？一步之遥啊，趁机追忆下曾经骚动的心吧。”

“物是人非，算了吧。”

崇良打着哈哈，也不勉强。

两台车驶出车站。庄仁望着窗外陌生的昏暗街道问崇良当官的感觉如何。

崇良不再打哈哈，叹一声：“说不苦不累，那是骗党骗自己。”

车子驶入营区，在招待所前停住。庄仁下了车，尽情伸了个懒腰，兴奋地说：“年味很浓啊！”

“这山沟可比不上首都北京！”崇良陪着庄仁进了房间，“先洗洗，一会儿吃。”

庄仁打量着房间，朝崇良直瞪眼：“我说这超标得太厉害了吧？”

崇良哈哈笑：“闲着也是闲着，你来了盘活下嘛。”

卫生间的马桶让庄仁眼前一亮。庄仁俯身看了看一旁的文字说明，然后气定神凝地坐上去，然后按了下按钮，一股温热水射了出来，像一只温柔的手浣洗着，带给莫名的酥痒感。洗完，又按下吹风按钮，一股暖风将裆部吹出一阵快意。

“马桶不错！”庄仁出了卫生间问二妹，“用了没？”

二妹直摇头。

“舒服，比贴身丫鬟还舒服。”

庄仁跟二妹正开玩笑时，一位少校跟崇良耳语了一下。

“走，吃饭！”崇良招呼着下楼。

餐厅里灯火辉煌，大圆桌静静地旋转着，桌上一片热气腾腾。庄仁按崇良引导坐定，左右一看，发现除崇良外一概不熟。

崇良简单介绍几位作陪领导后，起身提高嗓门致欢迎词：“在新春佳节即将到来之际，我们很荣幸迎来了北京首长、文字高手、风流才子庄处长及其沉鱼落雁倾城倾国的夫人和天资聪颖前途无量的公子……”

庄仁绷着脸忍住笑，任由崇良即兴发挥。

三杯酒喝完，崇良的脸开始泛红。

庄仁连嚷喝太快，要控制节奏。又看了看崇良，高高举杯说：“你这一帮兄弟今晚本该回家，却把最美时光献给了我这个陌生男人。所以特别感谢兄弟们。第二呢……”

崇良忍住笑，指着自己人命令：“愣着干吗，你们跟这个最美男人喝啊！”

庄仁瞪眼晃脑，跟前来碰杯的一杯接一杯喝。

庄仁开始感觉脚下生风，捅了捅崇良：“说了不超标，一喝就放飞自我了。尽欢而散，各自带回吧，我还是回寨里。”

崇良一脸夸张表情：“这就放飞自我了？你放我鸽子吧，都老夫老妻了急啥啊？”

出了餐厅，崇良拉住庄仁说：“你真心要走，我就不留了，给你弄了箱酒和一点土特产，不亲自送了。”

庄仁点点头，又用力握住崇良的手：“好好干吧兄弟，三师政委的位子等着你呢，组织不会让老实人吃亏的。”

崇良像是受到惊吓一般，用力推着庄仁上车：“别别别，我们就听党话干好活，其余啥都不想！再说，这世界不让老实人吃亏让谁吃亏啊？老实人吃亏了也还是老实人嘛！”

张晓燕也喝得有些醉意蒙眬。庄仁扶着张晓燕上了车，说：“燕妹，你们娘儿俩干脆上二妹家住得了。要不，将闺女送回家，你去。今晚让二妹陪你睡，行不行？”

看着张晓燕无力地靠在二妹肩上，庄仁回头给二妹使了个眼色，说：“那都回寨子，热热闹闹过一晚，明天弄车送她们回城里。”

庄仁知道，今晚张晓燕放开喝，既是高兴，更有悲情。如果胡强还活着，两家一同回立青县，该多美妙啊。胡强与张晓燕果真是天造地设的一对。只是可惜，幸福美满转眼逝如云烟。

二妹爸妈早就在家门口等候，车一到便欢天喜地招呼着。屋里红红的炭火散出暖暖的热，被新做的被子罩在桌子底下。在这样暖洋洋的火旁吃着瓜果喝着茶，实在太惬意了。

庄仁酒意稍醒，跟二妹和张晓燕说笑起来。二妹搓捏着庄仁手指说：“你看崇良多会当官，真的挺大气。”

庄仁当即甩手，面带怒色：“怎么？是说我不会跑不会送没出息吧？”

二妹浑身哆嗦一下：“老公，我不是这意思啊。”

“你知道个屁，你以为崇良是靠跑靠送当政委的吗？那你就看扁了他。他对我好，是给我面子懂不？你没见他小我两岁都一头白发了，早离婚了孩子都没有，你说他当这官图啥啊？等着瞧吧，他还会高升。他这种人当官，才是军队和国家之福，知道吗？”

“知道了老公！”

张晓燕笑着拉了下庄仁：“你这样子都吓着二妹了！”

庄仁紧绷的脸突然绽出笑容，端起茶杯，喊声燕妹：“咱们啊，来不及做的事，就留给下一年好了。来不及付出的情感，就留给下一个人。来不及说的话，也可以留给下一次相逢。对吧？”

张晓燕神情明显高亢起来，端杯用力跟庄仁碰了下，大声道：“对！”

庄仁睡到自然醒，听到对面房里不时传来二妹与张晓燕的说笑声。二妹啥时离开自己睡到张晓燕床上，庄仁丝毫没有察觉。在没有暖气的南方，早上这暖暖的被窝，实在是拴心留人的好地方。

庄仁尽情伸了个懒腰，捂在被窝里的手机突然响起。

“起床了起床了!”武忠粗犷的嗓音嗷嗷叫，随后又是一阵开怀大笑，“北京首长来了，都不喊我，小老百姓真的好可怜啊!”

庄仁缩在被窝里哈哈应着:“昨晚在崇良那儿搞多了，幸好没叫你。”

“别说了，赶紧出来吧！等会儿，我老婆跟你说!”武忠吼着说完，将手机递给了覃杉杉。

“兄弟你好啊，没打扰你休息吧?”覃杉杉的嗓音明显比武忠低了八度，而且还有一股久违的柔意，“昨晚听崇良说你们一家回来了，怕打搅你们，现在才打电话。中午就算了，晚上请你们一家子，好好体验下我们这边的乡土气息，崇良也答应过来。好久没见，你们一定要来哦。”

待庄仁应了好好好，覃杉杉才喜笑颜开地将手机交给武忠。

武忠要庄仁早上简单吃点就去他那儿边喝茶边钓鱼聊天。庄仁也想去放松下，又感到回来一趟时间太紧，还得多陪下二妹爸妈。更重要的是，庄仁计划早餐后上张晓燕家给她父母拜年，当年二妹从寨里小学调到县城三完小，就是张晓燕爸帮的忙，这个情庄仁和二妹一直惦记在心。

听说庄仁要用车，武忠一口答应，说一会儿到你那儿，让我尝尝给首长当司机的滋味。

庄仁挂了电话，咬牙切齿地穿好衣服，将对面房门轻轻推开五指宽。房门“吱呀”一声，二妹和张晓燕还有闺女一同伸长脑袋望向庄仁。

进了房间，庄仁在床边坐下，盯着二妹说:“一会儿武忠到这儿，咱们吃了饭上燕妹家拜年，中午、晚上去武忠那儿玩，棋牌歌舞垂钓洗浴吃喝一条龙。”

张晓燕接过话茬儿，说:“我跟家里说好了，中午都上我家吃。”

庄仁当即击掌:“行，饭后一块去武忠那儿玩，难得疯一次。都老熟人。都起来吃早餐吧!”

随着庄仁一声吆喝，窝在床上的三个女人一掀被子，喊叫着开始穿戴。

大伙刚津津有味地吃完二妹妈下的猪血瘦肉面，武忠便将面包车开到了楼前，从车上搬下四个纸箱，又在屋前水龙头下洗手，往身上擦一把才笑嘻嘻地上前握住庄仁的手:“路上顺便弄了点水果，尝个鲜。哪天回北京?”

庄仁伸手挡开武忠递过来的香烟，摆摆手说:“过完年上学的上学，上班的上班。这些年也不见你带老婆孩子上北京玩，小康日子过得太爽了吧。”

武忠将烟转递给二妹爸，哈哈笑:“哪里，首都北京才爽呢。”

武忠穿着牛仔裤，敞开的皮夹克里面就一件衬衫。

庄仁伸手将武忠胸口拍得咚咚响:“兄弟你这身体行啊!”

武忠望着张晓燕，不好意思地将皮夹克往胸前一拢，大喊："上车!"

庄仁将三个精致礼盒放进车后座，挨着张晓燕坐下。

儿子庄靖坐在副驾驶位子，好奇地望着马路两边连绵不断的山，问庄仁："在这儿要当逃兵，只怕逃不出去吧?"

庄仁喝一声，瞪着儿子说："要当就当优秀士兵，干吗当逃兵呀? 我告诉你，这儿可是你的诞生地，你的梦里老家，好好感受感受。"

二妹摸了下庄靖后脑瓜："一会儿到了可要大声叫外公外婆，听到没? 这边外公外婆也很喜欢你。"

庄靖手一挥，嚷道："没问题!"

张晓燕听着，一脸灿烂。

张晓燕爸早些年从县教育局局长位置退下，在家过着悠闲自在的日子。原本有些冷清的家，因为张晓燕带着闺女、庄仁一家还有武忠的到来，立马变得热闹起来。

庄仁将鲁智深送自己的皮裘带给了张晓燕爸。

"这很贵吧?"当庄仁拿出皮裘叫张晓燕爸穿上身，张晓燕爸当即瞪着庄仁问。

"这算什么呀。阿姨，您瞧这多合身，张叔穿着别脱了!"庄仁看着张晓燕妈，满脸真诚。

张晓燕妈连连点头，将庄仁拉到身边坐下："庄仁啊，燕妹二妹真比有的亲姐妹还亲，你也帮她不少。我就问你一件事，燕妹一个人在北京，又没工作，你说回县城是不是更好呢? 你在北京见多识广，我想听听你的想法。"

庄仁早已料到，这个问题不仅经常在张晓燕心头打架，也在她爸妈脑子里扎了根。虽然张晓燕上面还有一个哥，但听张晓燕妈的语气，她还是不情愿女儿到人生地不熟的北京过苦日子。

"庄仁，我们不把你当外人，你就直说。"张晓燕爸很享受地穿着皮裘，端坐在沙发上看着庄仁。

张晓燕和武忠也盯着庄仁。

"张叔，阿姨，今天来拜年，也正好说说这事。"庄仁笑了笑，向张晓燕爸和武忠递上名片，"我年前脱了军装自主择业了，到这个公司干，一年有个五十多万吧，老总是以前我手下的兵。燕妹过了年就到这公司上班，做人力资源管理，算是老本行吧，待遇还可以。这个我已办妥，你们放心。"

张晓燕有些吃惊，武忠更是目瞪口呆。庄仁刚才说张晓燕工作的事，二妹都未耳闻。庄仁一直不动声色地解决着张晓燕的后顾之忧，觉得将结果和感想在这个时刻说出来，远比跟一个个唠叨要好得多。

张晓燕爸妈相视一笑，脸上满是惊喜。

庄仁看着张晓燕爸妈，依旧不紧不慢地说："燕妹和女儿都北京户口了，孩子毕业了肯定在北京工作。胡强留下的房子和其他东西，也没人找燕妹要，都是她的，就在北京安安心心过吧。你们或者家里亲戚什么的以后到北京玩，也有个落脚的地方，多好啊。县城有县城的安逸，但也有不如意，北京有北京的不易，但格局大啊，是不是？"

武忠将巴掌拍得哗啦啦响，指着庄仁吼："来了不喊我喝，原来是当老总了！"

"啥老总，给人家打工呢，一会儿上你那儿取经，多教教我啊。"

张晓燕爸喜上眉梢，脱了皮袭催大伙上桌："火锅好了，咱们喝点，我就喜欢跟有出息的年轻人喝！"

说是喝点，张晓燕爸却一个劲跟庄仁碰杯，一会儿两人便喝下二两白酒。张晓燕更是带着抑制不住的喜悦，给庄仁敬了一杯又一杯。庄仁从张晓燕和她爸妈的笑脸上看得出，张晓燕已不再为是否回北京纠结了。

带着几分醉意，庄仁一上车就大嚷："晚上不能再喝了，要喝你们喝！"

"不喝？"武忠瞥一眼庄仁，顺手递给一个橘子，"吃吧，解酒好着呢。不喝我请你干吗？一会儿钓几杆就好了。"

张晓燕从庄仁手里拿过橘子，剥得干干净净又递给庄仁。

庄仁眯眼咬着透心凉的橘子："这冷天真受不了，一会儿我烤火歇会儿行不，让我消消酒。武忠我告诉你，你可要守法经营，千万别弄那些乱七八糟的东西。"

武忠大笑，摇头晃脑大唱起来："就算孤独和无助，一定要闯出，再难再苦再迷路，拒绝黄赌毒……"

第十七章　男欢女爱，既是痴情也是傻

覃杉杉早在家门口等候。一下车，庄仁冷冷的手便被覃杉杉握得暖意洋洋。眼前一栋依山傍水而建的房子，像是一座城堡，屋里富丽堂皇的陈设更让庄仁感觉有些高调。房子不远处的三栋小楼呈品字形，以木质廊道相连，廊道之下是一片水塘。

二妹禁不住大呼小叫地惊叹。庄仁从心底里羡慕武忠，嘴上却笑骂他大地主大土豪。武忠嘿嘿笑，说上门女婿给人家打工呢。

武忠骨子里就有搞经营的一股劲儿，办事有头脑、交友重义气的特点，更让他在这三省交界的一片江湖中呼风唤雨。当年，武忠说娶覃杉杉就结婚了，说转业就脱军装了。做上门女婿这些年，将覃杉杉家靠近山塘边的一片荒地拓建成集餐饮、娱乐、休闲于一体的生态农家乐园，每天门前车水马龙。

武忠和覃杉杉安排好二妹与张晓燕几个钓鱼挖莲藕，又陪着庄仁回房间烤火喝茶。

眼前的覃杉杉在庄仁看来，虽然接连生下一儿一女，但身材依旧凹凸有致，而且肤嫩肉白，有着令人着迷的风情。

庄仁眯着眼问覃杉杉："嫁给这小子现在不后悔吧？"

覃杉杉伸手捏一下武忠鼻子，笑答："都成老太婆了，后悔还有什么用啊？"

庄仁白一眼覃杉杉："过分，这么秀恩爱，也不顾及我这颗沧桑的心。"

"你还要怎样啊？要风得风，要雨得雨！"武忠朝庄仁嚷起来。

庄仁盯着武忠缓缓开口："我有个想法，必须说给你们听。不说，我怕自己会后悔。你俩想过到北京买房吗？你们折腾几年，赚了些钱可以试试嘛。毛主席农村包围城市的革命思想，不只是用来指导打胜仗的啊，也可以用来发财！"

覃杉杉和武忠似乎被庄仁的话惊得回不过神来。

武忠和覃杉杉对于北京的房价完全两眼一抹黑。庄仁说起北京的房价，武忠便"嗷"一声圆瞪双眼，伸长脖子嚷："北京的房子是用金砖砌的吧？跌价了怎么办？”

庄仁端坐身子：“想发财也要趁早啊，不然以后你可能连资格都没有！”说着一拍脑门盯着覃杉杉，“对了，你们还真没资格。叫张晓燕来。”

张晓燕带一身冷气进屋，将双手伸进盖着被子的桌子底下，抓了下庄仁的手，满脸含笑，盯着庄仁问：“什么事呀？”

“开个投资短会。”庄仁兴致勃勃地指着武忠鼻子，“我今天跟你签个不平等条约，燕妹出买房资格，你们出钞票，我来投保并负责协调，如果跌了，我赔你全部损失。如果升值，你卖了废除本条约时我和燕妹只要一成收益。有一点你要明白，这条约里你是八国联军我是腐朽的清王朝，行不行你看？不买的话那就借我点钱，银行利息照付，啥时要提前告我，保证还。信不信我的实力和人品？”

武忠眉开眼笑，说：“怎么不信你呢，覃杉杉最崇拜你了！”

庄仁眉头一皱，对着覃杉杉哈哈笑：“真的吗？”

覃杉杉脸颊绯红，笑着“嗯”一声。

“来的时候我都看好了房子，过了年就折腾，要不咱两家买一块，也好替你们照看。买不买，你们今天不必给我答复，但借钱得答应。”庄仁双眼在覃杉杉和武忠身上来回扫。

覃杉杉双眸含笑，盯着庄仁说：“过了年咱们就去北京，一起行动。”

庄仁“嚯”地坐起，大喊：“笔墨伺候，现场起草不平等条约！”又笑呵呵盯着武忠，“你交点学费值啊兄弟，要有战略思维啊。”

武忠斜眼看着庄仁：“你要写就写，可别反悔啊。”

庄仁一拍大腿：“写！当初叫你跑腿，你娶了个好老婆。现在叫你买房，让你赚大钱，不写我才后悔呢。记住，咱们亲兄弟明算账啊。”

一旁默默听着的张晓燕终于开口，看着覃杉杉说：“这主意不错，还真是个赚钱的路子。”

崇良姗姗来迟，上下除换了件便装外套，其余都是军装。一坐下，便盯着武忠提要求：“晚上不喝啊，要喝你们喝！”

庄仁看一眼崇良：“不喝请你来干吗？”

崇良眉头一扬，随即嘿嘿笑：“喝点喝点吧，刚才我态度不对，我检讨。今晚估计十二点前都睡不了。”

庄仁拍着崇良后背哈哈笑。

“开始嗨起来吧！”武忠提议，“难得聚一起，先唱一会儿吧，吼几嗓子再喝，怎么样？”

覃杉杉开了间最大的包厢，音乐伴着旋转灯光响起，庄仁的脚掌立马生出想踩着鼓点移步的冲动。二妹拿着话筒唱起《城里的月光》。

庄仁凑近崇良耳边问：“你那个申大美女呢？不能老藏着掖着啊。”

崇良一脸笑：“早离了。失散多年，从此萧郎是路人啊。我还想问你呢。”

覃杉杉催庄仁点歌。

“给我来首《忘情水》，我这嗓子以前还迷倒过不少妹子呢，今天重温旧梦吧。你们先来，我跟崇良唠几句。”

旋律响起，覃杉杉将话筒递到庄仁面前：“赶紧重温旧梦！”

崇良大喝一声，带头鼓起了掌。

庄仁起身做了个扩胸动作，接过话筒便深情地唱起来。

唱毕，庄仁将话筒塞给覃杉杉：“不行不行，功夫全废了。”

武忠端着高脚酒杯，摇了摇递给庄仁：“先喝点红的润润喉，嗓子保养得不错啊。”

庄仁喝完，又凑近崇良：“有个北京小姑娘，要才有才，要貌有貌，对解放军很感兴趣，你看做压寨夫人行吗？我这就把她照片发你。事成了再谢吧！放心，考察过一段了，我公司的人。”

“你公司？”崇良瞪眼盯着庄仁，“你还有公司了？”

庄仁脖子一扬：“嗨，忘告诉你了，今年转业了，自主。”

崇良朝庄仁狠狠骂了句，说自己还想过了年去北京找庄仁办事呢。

庄仁刚给崇良发去晶鸿的照片，就收到崇良发来的一个手机号码。

崇良一脸贼笑，问庄仁：“不陌生吧？要不拨下试试！”

“是申颖吗？玩啥刺激伙计？”庄仁不动声色地看着崇良。

“什么呀，你老情人。”崇良不动声色地说，“艾昕艾美女。”

庄仁心头一震。那个远去且陌生的艾昕，仿佛突然间从远方奔来。

庄仁盯着屏幕上的手机号笑了笑，拨了下又立马挂了，说：“不打搅老情人是一种慈悲，不拒绝小姑娘是一种善良。物是人非，还是算了吧！”

崇良一把抓住庄仁的手嚷：“别别别删，一日夫妻百日恩，同窗四年呢。”

“好吧。唱歌！”庄仁拉起崇良，跟武忠一同吼起了《咱当兵的人》。

唱完，覃杉杉领着庄仁上了另一栋小楼，楼道间满是鱼肉与葱辣姜蒜混合的香味。

武忠端起酒杯要讲几句，却被庄仁一把压住。

“我来说，今天太爽了，为我们友好地推高北京房价作出应有贡献干杯！兄弟们过了年北京见！”

武忠怯怯地盯着庄仁，赔着笑脸说："兄弟，买房的事我看还是算了吧，我对北京有恐惧症。借钱没问题，喝！"

上了酒桌端起杯，庄仁不想再讨论北京的房价，更不想评说武忠的突然变卦。对于武忠敬过来的酒，都打着哈哈爽快喝下。

庄仁懂得武忠心思一百八十度拐弯的原因。更重要的是，庄仁知道不能在买房这件事上让覃杉杉感到尴尬，更不能让两口子不和，武忠突然反悔原因在哪儿并不重要，重要的是自己若干预过深，难免会在武忠和覃杉杉之间横生芥蒂。庄仁内心也有些尴尬，刚才满腔热情撰写"不平等条约"流露出的过于殷勤，极可能让武忠产生了自保式警惕。

喝得正酣时，庄仁点开手机刚收到的微信，竟是张晓燕发来的。庄仁不动声色回了句"饭后再议"。

崇良对于庄仁毫无征兆地脱下军装似乎感到难以接受，说："我正需要你帮我再润色修改几篇文章呢。"

"这不妨碍嘛，不过我提醒你，一年写个两三篇署名文章就够了，为啥？你说为啥？"庄仁瞪着崇良问。

崇良直摇头，盯着庄仁笑："北京首长最有资格说。"

"我说啊，你写得好，还老写，一有重大写作任务领导就会想到你，说你会写。一到提拔使用，领导就说你只会写。"

崇良拍桌子嚷："你脱军装还是闹情绪嘛，我看根本原因还是跑官要官不成。"

覃杉杉笑着圆场："你们已经把最美青春献给了部队，建功社会造福人民也是报国嘛。"

庄仁盯着覃杉杉喝了杯中酒，说："献倒是献了青春，也不知道是不是最美。"又盯着崇良，"我不是要官没要成，是善意提醒你。"

武忠又朝庄仁举杯，大喊："来来来，咱们献过最美青春的走一个。"

庄仁喊一声"走"，抬手就往嘴里倒，说："酒不错！还有多少？"

武忠应道："就这么多，不开了！"

庄仁感到脖子以上好似着了火，刚才虽然喝下的酒远超出平日的量，头和胃却都不难受。这种临场发挥，庄仁觉得跟酒量没多大关系，主要在心情。在庄仁看来，武忠的变卦也没坏自己心情，即将上任的这份远超乎预期的高薪工作，才是解酒药，不仅让人有一种脚踩大地头在云端的感觉，更让人油然而生锐不可当的力量。

尽欢而散出门时，庄仁握住张晓燕的手，意味深长地说："这件事只要做，不说过五年十年，过五个月，就会证明你做对了。”

“好。那就各自带回吧！”张晓燕学着庄仁的口头禅，还模仿他的一贯语气，逗得二妹和覃杉杉直乐。

车开动时，庄仁才发现覃杉杉当了司机，武忠在副驾驶位子上。崇良司机开过来的军车，拉上张晓燕回了城东方向。

到了寨子，武忠从后备厢搬下一箱酒，对庄仁说：“既然你说不错，那就尝尝吧。买房你缺的资金，我保障，行吧？啥时要打电话！”

“你看你看，我夸你酒好，是报实情讲真话。”

“夸酒送酒，夸老婆就别想了！”武忠上了车，又摇下车窗。

庄仁哈哈笑：“谢谢好兄弟！”又朝覃杉杉挥手，“慢点覃总，到北京出发前可要告诉我啊！”

二妹妈提前开了电热毯，将床铺暖得热烘烘的。

庄仁将二妹拉到跟前，举起手机叫她看。

“回北京我也跟你买房。”二妹口里念着，一脸灿烂，“燕妹有勇气啊！”

庄仁叹口气：“你知道武忠干吗变卦吗？一个习惯了县城的人，你突然要他拿出全部家底，投到北京的一个陌生角落，能不害怕吗？这个事强求不得啊。燕妹真要买了，过两年你看吧，比她上十年班都强。哎，顺房者昌，逆房者亡啊。”

早上，二妹妈开门时的吱呀作响声，让庄仁突然醒来。庄仁看了下表，才六点刚过，窗帘外已有亮光。在北京这个时候，庄仁也是习惯性醒来。窗外的枝头，已有不同嗓音的鸟儿在叫。几只麻雀也许为了保护各自的领地吵得不可开交，一只居然立在窗沿上，像泼妇骂街一般喳喳叫，大吵一阵后又“轰”一声飞走。一阵鞭炮声翻山越岭，隐隐约约穿窗而入。放出笼的鸡鸭鹅时而低声浅唱，时而放开喉咙吼叫。

二妹也醒了，瞄一眼庄仁时见庄仁正瞪眼看着自己，禁不住扑哧一笑，翻过身便将后背往庄仁身上黏。庄仁抚摸着二妹下腹说：“老了咱们就住这儿，还这么睡，好吗？”

二妹又扑哧一笑，嘴上不说话，身子却黏庄仁更紧。

庄仁贴着二妹耳边说：“你今天跟你爸妈吹个风，有个三五万的话，先借我们，回去得凑购房款啊。”

“不是武忠答应缺多少他保障吗？我爸妈这点钱你也盯着，是不是太那个了，亏你说得出口！”

庄仁听得出，二妹话里有明显的烦躁。

“什么盯着？我这是借，不是巧取豪夺，到时连本带利还。”庄仁耐着性子解释，“武忠是答应了，他今天答应借，明天不借咋办？再说，他今天借你五十万，过两月半年要钱，你还不还？从哪儿弄？”

“我不管，反正我爸妈的钱不能动。你怎么不找你爸妈借呢？”二妹扭着腰应着，话里明显有了怒意。

“好好好，不动就不动吧。我告诉你，我爸妈都说好了，答应借我四万。”庄仁轻推一下二妹，“没钱买不了房，到时候可别怪我。”

“我不管，你住哪儿反正我跟着你。”

“无怨无悔跟着睡大街，这也是一种美德，但睡大街不是我们的追求，你我都得为幸福生活主动作为，你说对不对？”

二妹不再吭声，只是听着庄仁絮絮叨叨地说。

春节在久盼中姗姗而来，却在吃喝玩乐中一晃而过。

庄仁觉得，春节是个吃喝殷实生命恣意的时节，老一辈灶台边快乐忙着制造，年青一代则尽情享用变着法子消耗。年前，一家人旋风般归来，没几天又风一般归去。在乡村，父母远走留下年幼孩子、儿女远走留下年迈父母、年轻力壮男人远走留下风华正茂妻子，早已司空见惯。

庄仁路过一营门口时了解到，一营已移防至二十多公里外的县城东边的城乡接合部，养殖场也毫无生机。尽管有二妹陪着，在养殖场也找不到故地重游的喜悦，更无重温旧梦的快感。置身曾经油菜花盛开的梯田，也体验不到回归大自然的滋味，却唤起年少时泥田里艰辛劳作的记忆。乡土中藏着的儿时回忆，也因久居闹市而日益疏离。

庄仁甚至觉得早晚收到的一堆微信短信祝福，只不过是朋友隔空投送的最美好却也是最无用的话。一年到头，那些防不胜防的爆炸滑坡垮塌，还有家里家外的不如意，简单回复一句万事如意新春大吉之类的话，都会无端让人感觉敷衍。除夕夜烤火时，庄仁给申颖发去了新年问候“愿新的一年大难不死”。一会儿，申颖回复“愿你也一样”。庄仁觉得这样的句子才是最美祝福。眨眼新年渐远，顺心不顺心、快乐不快乐的事都已上路，谁能躲得开正朝自己撞来的那个呢？遇大难而不死，谁说不是最高层级的幸福呢？

又回到北京，那干冷而新鲜的空气，配上透亮阳光与如洗碧空，庄仁顿感心情大好。

庄仁开车办事回来，从地下停车场一层转到三层，终于在一个角落找到停车位。灭了车刚拔出钥匙，突然被对面大灯照得睁不开眼。灯熄了，一阵笑声又起。庄仁眼前一亮，见奇秀下了车，一身运动休闲装，大红双面绒连帽衣服外套一件黑色马甲，全黑运动裤配一双灰色运动鞋，齐肩秀发在脑际用橡皮筋束着。

“新年好啊庄总！”奇秀笑呵呵地走近庄仁问候。

庄仁心花怒放，觉得奇秀不仅天生就是一副好衣架，而且特会穿，随便穿戴随意梳妆，要么热烈奔放，要么风情万种，要么温婉雅致，总给人怦然心动的视感。

“谁谁谁呀这是，大白天调戏人！”庄仁故意咬牙切齿，瞪着奇秀的脖子，“也不弄个围脖，露着白花花的肉不冷吗？你这是参加国际名模大赛载誉归来还是设伏等我往枪口上撞呀？”

奇秀被庄仁逗得哈哈笑，从他手中夺过车钥匙，拉开车门坐了进去，盯着庄仁说：“笨，运动衣配围脖，不搭呀！占用十分钟问问你，请说实话。”

庄仁倚着车门，满脸堆笑，抬手看了下表：“现在计时开始。”

奇秀收了笑：“新年有啥忙的？”

“赚钱买房啊。”

“非要买房吗？”

“嘿，听你这口气，好像要送我一套。没自个儿的房，你不觉得心里漂得慌吗？再说，没房以后咋娶儿媳妇？都实话吧？”

奇秀呵呵笑：“送你一套积木，你自个儿搭城堡吧。”

庄仁叹口气：“这房子太贵了，弄个两居吧钱再凑点也基本够，可住着又不爽。弄个三居吧，又缺钱，我这心被房子扯得七零八碎，知道我这颗老心脏多么需要抚慰吗？”

“哈！”奇秀毫无顾忌地笑，“你这么能挣还差钱，在我这儿哭穷是有益你身心健康吧。差多少呀？”

庄仁伸出三个指头在奇秀面前晃了晃。

“不会是三百万吧？”奇秀故意一脸夸张表情。

“哪儿呀，三十万！”

“这样，我借你，成全你三居梦。”奇秀盯着庄仁，眼睛不停地眨。

庄仁心里一震，凑近奇秀：“我可没喜儿做抵押，到时别逼我以身相许啊。”

奇秀白一眼庄仁：“要还是不要？”

“要！”庄仁当即掏出银行卡，“我想啊，上辈子我在你们家先做牛后做马，今世你良心发现给我报恩来了，对吧？”

“对你个肺！”奇秀用手机拍完银行卡下了车。

“别走别走，”庄仁笑着拦住奇秀，“现在开始，免费加钟，接着问。”

奇秀锁了车，将钥匙扔给庄仁，又拉着他往电梯方向走。

“我要嫁人了，二手海归博士。”奇秀随意一说，却让庄仁心头一震。

庄仁停下脚步，问：“这二手是你制造的吧？”

“人家散了我才介入。”奇秀脸上泛起得意神情。

“我就说你一副掉爱河里的样儿，原来遇上真爱了。喝喜酒得通知我吧？”

“俗！我想用重走长征路的方式欢度蜜月，咋样？”

“白天路上晚上床上，你这考验加折磨，博士受得了吗？培养个博士不容易啊。”

奇秀脸上泛起红晕，抽一下庄仁胳膊：“你这人三句话不离那事，我真服了你！”

庄仁一副得理不饶人的口气：“什么三句话不离那事？你们白天赶路晚上不睡觉吗？我提醒你，可别让爱情冲昏了头脑，注意排查博士有无敌特背景啊。绝不能背叛祖国。既不能主观故意，也不能疏于失察。懂吗？”

“不懂！”奇秀笑着朝庄仁吼起来。

庄仁跟着奇秀进了电梯，却被奇秀一把推出。奇秀指了指右侧：“你那边！”

“咋报答你呢？”庄仁笑逐颜开地看着奇秀。

“再给我家做牛做马呗。”

电梯门关上时，庄仁眼里满是奇秀白里透红的样子。

晚上，庄仁跟二妹一起一笔一笔算计着购房款。

“情况有变，可以买三居了，大投入大回报啊！”庄仁向二妹漫不经心地说，“你爸妈我爸妈还有武忠的钱都不用借了，我找这边战友借了三十万。”

二妹一惊，问：“找谁呀？”

“奇秀。”

二妹一脸迟疑，问：“借这么多，是她借的还是欠你的？不然，你们这是好到啥地步了呀？”

“说啥呢你？”庄仁双目怒睁，“这么多钱我是捡了还是抢了藏她家里啊？说你脑子笨吧想这事居然比编剧还厉害，人家马上要结婚了，男的海归博士呢。”

“要结婚了还借你这么多，要不是转移私房钱，就是好到不正常！”

“啥不正常，这都十多年的战友情，你以为关系好就不正常？那你去借个三十万来，我允许不正常，行吗？你以为靠打情骂俏的暧昧关系就能借到钱，那你试试。我能借到钱靠的是啥知道吗？德行，你懂不懂？”

庄仁盯着二妹，连珠炮似的开火。

二妹双眼低垂，轻声问：“那她要心甘情愿请你上床，你上吗？”

“那就礼节性上一下喽！”庄仁说完，忍不住嘿嘿笑，伸手在二妹鼻子上刮一下，“人家是正经女人，她借我钱当然也不排除转移婚前财产，但有一点我们必须明白，她是真心帮我，咱们得记住人家的好心，你说是不是？”

二妹抬眼看着庄仁，摇摇头嘀咕：“反正这个事我觉得你们不正常。”

中午，庄仁约了申颖在楼上餐厅一同就餐。刚坐下，申颖便苦着脸唠叨：“过个年都肥了四斤，看得出来吗？”

“四斤算啥，不就两碗饭吗，又没集中堆在胸前。再说，你一身衣服严严实实，我又没火眼金睛，咋看得出来？”

庄仁话音刚落，申颖便用筷子戳到庄仁碟里，一脸抗议表情：“你真是个唐僧。”

庄仁将申颖的筷子夹到一边，跟申颖说起了买房的事。

“哟，这第几套了？”申颖脸上明显多了欢喜。

“哪能第几套，就这一套还欠一屁股债。”

申颖收了笑容，盯着庄仁问：“你不会找鲁总和晶鸿借钱了吧？”

庄仁大口吃着，摇摇头：“找机关战友借了点。”

申颖又调皮地将筷子戳到庄仁碟里：“咋不找我啊，不把我当战友了？”

庄仁俯身靠近申颖，轻声道：“我不想毁了咱们多年来的兄弟感情。”

“说，还需要我援助吗？”

庄仁摇摇头，说：“真的不需要了，谢谢。”

“不要拉倒。”

庄仁静音的手机屏幕上突然显出“雪霏霏”字样。

“接呀！”申颖盯着手机，又盯着庄仁。

庄仁接了雪霏霏来电，话筒里的声音申颖也听得清清楚楚。

“崇良明下午到北京，我帮他订了宾馆。你知道了吧？”

“你这一说我才知道啊。来干吗？”

“好像是看病。”

正说着，崇良打了进来，庄仁匆匆挂了雪霏霏的电话。

崇良在电话那头哈哈笑：“热线电话真热，又跟美女吧？”

“嗯，正调情呢，被你打断了！”

崇良又一阵哈哈：“我明天下午到北京西站，明晚你召集下那几个走和没走的兄弟，还有中央和国家机关的几个，一块聚聚，我请客。你忙你的，到时我打车过去。”

庄仁骂一声，朝崇良吼：“你就告诉我车次，其他都甭管。好吧，先这么着挂了，回头联系！”

申颖盯着庄仁，说：“你们聚吧，我不掺和。”

庄仁“嗯”一声点点头。

庄仁与申颖心照不宣地守着一种默契。在庄仁面前，申颖从不主动探听昔日战友的近况，也从未要求庄仁替她保密个人情况。庄仁从不追问申颖的过往，对于现时的她，在这帮战友包括崇良面前也不言及。庄仁喜欢与申颖的这种距离感，既可以一本正经，也可以亲密无间。

下午刚上班，趁着晶鸿前来送资料的空当，庄仁小声交代她说：“晚上有个饭局，真诚邀你参加，希望你不要拒绝，因为你将大有收获。”

晶鸿满脸惊喜，瞟了眼一道薄墙之隔的申颖那边。庄仁又小声叮嘱：“申颖有事去不了，你只管欣然前往，我把地址发你。记住，此事不足为外人道也。”晶鸿抿嘴微笑着点头。

庄仁又找了个安静地方拨通了雪霏霏手机，问：“崇良来北京看病，啥病？”

雪霏霏一时支支吾吾。

“要不要命？”

雪霏霏忍不住笑，笑完解释：“崇良要我帮他挂生殖中心专家号，还叮嘱我甭告诉别人。”

“你傻呀，叫你甭告诉别人你连我都不说，崇良那是爱面子，咱们得想法子帮他。这事不是不能，就是不行，治好不就没事了嘛。”

当庄仁说出他们结婚几年离了也没孩子时，雪霏霏禁不住“啊”一声，显然吃惊不小。庄仁叮嘱雪霏霏：“这事你知道就行了，晚上再说，一会儿我去接他。”

雪霏霏突然雀跃，也想去车站接崇良，却被庄仁一口拒绝。

庄仁叫雪霏霏提前到宾馆等候，还特意提醒她备些水果，买上几份时政报纸和文摘类杂志，另外准备一套洗漱用品，弄一瓶擦脸油。庄仁说：“这是给崇良对等待遇，咱们去他那儿都超标准接待，他来了咱们也得有个礼数，而且人家马上要当师政委了。”

“遵命，庄总。”对于庄仁的安排，雪霏霏顽皮地回应。

庄仁进站接到崇良，还没握住手便骂：“你这鸟人啥意思啊？神神秘秘的，会小情人是吧？”

“老情人老情人！”崇良嘻哈应着，“我怕你忙，首都北京这么大，出门一趟浪费你半天啊。”

“半天算个球，接个站又不要冒枪林弹雨！”

崇良忍不住哈哈笑。

车子驶出停车场，崇良又发感慨：“有车有房，小日子爽，还是你们北京人幸福啊。”

“你就只看有车有房爽的表面，就看不到搞车搞房要脱几层皮，晚上小范围啊，你爱喝不喝，我告诉你啊，上次跟你说的那个对你有些崇拜的北京女孩，今天我特意邀她过来，你啊抓住战机力争大获全胜，争取抱得美人归。”

崇良差点从副驾驶位子蹦起来，冲庄仁嚷：“搞什么鬼？”

庄仁不急不躁地说：“不是我批评你啊，你管得好上千人，咋就搞不定一个女人呢，这个你要反省，我就跟你直说吧，你能力突出，短板也很明显，对吧？”

崇良没了爽朗哈哈，讪笑着朝窗外张望。

庄仁依旧唠叨：“人发育成熟了活着为啥呢？你说。”

崇良没想到庄仁突然冒出这个让人摸不着头脑的问题，也不知庄仁下一步会抖出啥包袱，笑了笑答：“你比我活得潇洒明白，你说我听。”

“夫妻一场，表面上看是为生儿育女、发家致富，说到底还不是为了共享人世间的男欢女爱嘛。实现不了这一点，夫妻一场也只是如猪狗一般，所有的同床异梦与辛苦忙碌，便少了人的意义。人，大活人啊，”庄仁右手忍不住在空中挥一下，“你说对吧？”

崇良不接庄仁的话，嚷道：“思想性与可操作性都非常强，高屋建瓴发人深省啊。说，接着说！”

“婚前看重灵魂有趣没错，但灵魂这玩意儿你太看重吧，就容易败给柴米油盐。婚后的日子就是床上一件事，床下一堆事。家家都有一本经，不好念啊。”庄仁叹口气，“搞定女人其实很简单，但也得讲技术。”

崇良冲庄仁嚷：“我提醒你可别犯生活作风问题啊。”

“放心，我技术都用在正道上，我现在是给你传道授业解惑，你搞明白没有？记住我一句话，给女人农民式的勤快、明星式的风骚、黑社会式的保护，搞不定你骂我。”

崇良笑得止不住：“你这家伙！”

等红灯时，庄仁用免提拨通了雪霏霏手机：“还有一会儿首长就到了。”

雪霏霏应道："一切准备就绪，恭候首长和庄总驾到。"

崇良冲庄仁手机大喊："你们两个搞什么啊今天？"

雪霏霏一阵咯咯笑："我在房间等着你们呢。"

在宾馆房间门口，崇良跟雪霏霏握手说笑着寒暄。

桌上摆着一大把水仙百合，花香与水果香交混扑鼻，沁人心脾。

崇良直嚷："你们这是干吗啊？"

庄仁呵呵笑，看了眼雪霏霏又盯着崇良："看见没，雪霏霏这是农民式的勤快，值得肯定表扬啊！"

崇良笑着刚进卫生间，又惊嚷一嗓子，出来时嘴里又连说谢谢。

"都要当大领导了，咋就这么沉不住气呢？"

崇良叹一声："你这超标准接待啊。你不是不知道，我能当啥大领导，咱们就好好干活，哪天部队不要了我回家陪老婆小孩，过不上武忠那样的神仙日子，那就凑合着过点小日子吧。"

三个人在房间里聊了一阵，又转移到饭店包间。

饭点时间刚到，另外一女三男如约而至。一番握手寒暄，庄仁感慨地说："兄弟们准点到齐，让我坚信一个理，就是队伍散了不要紧，心在一起就宝贵。哎呀，全贵这小子又迟到了！"

庄仁刚要开骂，在中央机关一直以"处长都当老了"自嘲的全贵双手合十进了包间，不停朝大家致歉："北京的路啊，这大周末要能跑到三十四十，真是高潮迭起享受人生！"

大伙一阵哄笑，屋里气氛顿时活跃起来。全贵见庄仁几个一脸贼笑，又看着崇良补充说："在北京享受高潮难啊兄弟，一天到晚忙得没完。还有，这降压药一吃，血是下去了，欲望也跟着下去了，你们有没有这种感觉？"

庄仁见雪霏霏有些难为情，便朝全贵摆摆手，笑道："好啊，全贵克己复礼好党员，好歹你手上有权啊，这可是好药。"

全贵哈哈笑："你还别说，搁以前这药效还真行，现在就别提啦！"

"行了不扯这个，"庄仁喝口水忙转换话题，"时辰已过，还一嘉宾马上到，我公司秘书。"

全贵几个齐声嚷起来，庄仁一本正经地解释："是我公司女秘书，不是本人秘书。"正说笑时，服务员敲了两声推开门，大伙齐齐朝门口望去。

"庄总，不好意思，对不起各位，迟到了！"晶鸿一身清新脱俗的着装和淡淡香水味，给整个包间顿添青春气息。

庄仁指着崇良右侧空椅说："小晶，这儿！"

晶鸿满脸带笑，跟崇良说了声“您好”，温顺坐下。

“先给你介绍下小晶，在座的我们都是一伙的，你不熟。”

晶鸿盯着庄仁小声说：“我现在跟您也是一伙呀。”

“没错，咱们在一屋肯定一伙了。”庄仁挥挥手，压住大伙的哄笑，抓住崇良胳膊向晶鸿介绍，“这位崇良，我师大历史系同学，一流的才子，但不风流，属闷骚偏闷，不像我闷骚偏骚，现在是团政委，马上师政委，未来的共和国将军。”

庄仁介绍时，晶鸿笑着起身从包里取出名片挨个分发。

庄仁主持开了饭局，桌上便热闹起来。曾经一同上学同根同土培育的才子佳人，而今各自长成千姿百态的人生。彼时的快乐与青春，在酒精的催化与追忆的煽情下，发酵成彼此无猜的情谊。

崇良以茶代酒，跟庄仁碰杯：“感谢！还是你幸福啊，儿子优秀老婆贤惠。”雪霏霏也端起杯，跟庄仁和崇良相碰，夸庄仁说：“他呀现在是极品男人。”

庄仁得意起来，却装作满脸谦虚，笑着说：“男人嘛有机会放荡谁愿意做极品啊，没机会的苦楚谁知道呢？”

“我知道，”在市委机关干处长的马健应声指着庄仁嚷，“极品男人的苦楚，或者说爱好，就是喜欢劝失足妇女从良，拉良家女子下水。”

大伙一阵哄笑。庄仁看了眼晶鸿，瞪着马健不紧不慢地说：“你这研究是业余爱好还是主攻方向啊，上班就好好上班，别在寸土寸金的地方瞎玩儿！我听说北京极品男人还有一个特点，就是敢在人民大会堂装爷，能在小女人面前掉泪。”

趁大伙哄笑时，雪霏霏起身离席，庄仁在崇良耳边唠一句也出了门。

庄仁追上雪霏霏问：“干吗呢你？”

“让我也表现一下呗，每次都你们请。”

庄仁夸张地瞪一眼雪霏霏，将她拉到一边，低声吼道：“去去去，报恩无门心里苦闷是不是？”

“在家你也这么豪横吗？”雪霏霏笑问。

庄仁朝雪霏霏翻白眼：“别打探个人隐私好不好？”

庄仁结完账刚要走，不料被雪霏霏拉住：“你地方上有没有律师朋友？”

“有啊，有个北京律师事务所的合伙人，挺能干的，想干啥？”

庄仁立马想起古悦梅。当年参加部队组织开展的送法下基层活动时，庄仁就结识了这位美女律师，和她很是对脾气。

雪霏霏喜不自禁："帮闺密打离婚官司，求你了。"

庄仁乐呵呵地掉头往房间走，扭头丢给雪霏霏一句"没问题"。

酒足饭饱，大家在饭店门前握手道别，或打车拼车或乘地铁公交，一会儿便融入北京的迷离夜色里。这样的夜晚与这样的热闹，北京的男男女女每天都在上演着各类转瞬即逝与刻骨铭心。

庄仁有些微醉，司机的职责自然落到了晶鸿头上。

庄仁叫崇良上车时，崇良一脸惊诧，说："这就两脚路，我自个儿走回去。"

庄仁将崇良拉到后排一并坐下："又不杀你，长夜漫漫彼此陪一会儿吧，难得见。"又问晶鸿，"跟首长留了手机号加微信了吗？"

晶鸿高举右胳膊，亮出剪刀手："啾了！"

庄仁碰一下崇良，说："前面马路左侧有个茶楼，咱们仨一块坐坐，你也难得来，先感受下北京，以后进京了心里也有个数。"

三个人慢喝慢聊，因为有庄仁的说笑与晶鸿的好奇，两个小时像是一晃而过。

将崇良送回宾馆后，晶鸿又开车将庄仁送到部队大院门口。

晶鸿想打车回家的想法刚说出口，便遭到庄仁断然否决。

"这不有车吗，打啥车啊，落到流氓手里好受是吗？"庄仁命令晶鸿，"开我车回去，明早开到公司，今天你的使命算是圆满完成。记住我一句话，美妙的婚恋，一半是阴谋，一开始就是。一见钟情，美吧？其实就是两个人见色都起意！"

"一堆话！"晶鸿朝庄仁扮了个鬼脸，摁下喇叭走了。

走在大院里，庄仁忍不住给申颖拨了手机："跟你汇报下今晚情况如何？"

申颖正盘腿坐在沙发上看书，电视开着似乎只是为了制造热闹的声响。

"其实今晚你参加一下也没关系，有啥深仇大恨？"

"在哪儿呀你？是不是喝多了？"

"刚进机关大院，放心，头脑清醒、步履轻盈着呢！"

申颖哈哈笑两声："没深仇大恨，参加吧也没啥大不了的，我就是不想强作欢颜。"

让庄仁感到暖心的是，申颖一开口便是对自己安危的关切。庄仁听得出，申颖和崇良之间破镜重圆已全无可能，当初郎才女貌如胶似漆的一对，早已形同路人，如今连普通朋友都不愿做。庄仁琢磨着，既然无深仇大恨，那其中必有让申颖腻到骨子里难以释怀的东西，如果不是灵魂上的无趣，就是肉身上的无味，还有什么比这更腻人呢？做朋友也好，做夫妻也罢，谁是谁的盘中菜，谁对谁的胃口，很多时候刚吃一口很欢喜，吃多了自然就生挑剔。

庄仁舒舒服服睡到床上，耳边仍回响着刚才进屋前申颖说过的话："有些事再念念不忘，也不会有回响，也许割舍才是最好的办法。总抓着不放，那不是深情，是傻。"

看着二妹躺坐一旁饶有兴趣地玩手机，庄仁长吁一口气，像是自言自语，又像说给二妹听："人活一辈子，看似走南闯北，实际就是在兜兜转转中离散与重逢，一切自有安排。就像第二天开车上路，那路况跟车况，看起来都突如其来，其实早成定局。"

二妹眼不离手机，伸出一只手在庄仁脸上抚摸，笑着问："哪个红颜知己今天又拨动了你的心弦呀？"

庄仁拿开二妹的手，囔道："睡觉。"

"还早呢，你先睡。"

"你少看点手机行吗？老抱着手机，是跟它能灵魂对话还是思想交流？可以多看看好书，多锻炼锻炼嘛，老不动这一身肉上来了怎么下得去呢，搞搞卫生拾饬拾饬也好。你看你吃完抱着手机沙发上看半天，然后床上看半天，连蹲个卫生间都看半天。"

"又来了是不是？喝酒受刺激了吧，今晚没灵魂对话就看我不顺眼，对不对？"

"你跟我对话不行啊？我就弄不明白，你这微信一天到晚戳啊戳有啥意思，朋友圈的热闹，一是晒照二是营销三是聊骚四是抢红包，除此之外就是寂寥。今天加这个明天加那个，能加到几个真心朋友？看多了强行卖萌跟美颜照片会得病，知道吗？"

"你今天咋回事啊？要搞批斗会吗？"

"我才懒得批，对装睡的人，再怎么批批得醒吗？人家发圈你不停刷屏，跟母鸡下蛋时你傻傻瞅着鸡屁股有啥区别你说？"

"得了吧你，管好你自个儿就行了。"二妹明显有了不耐烦，"要不你跟红颜知己聊啊，别跟我像大妈似的唠唠叨叨。"

庄仁忍不住"唉"一声长叹，感觉心里有些憋屈，二妹的话就像从头浇下的一盆冷水，瞬间浇灭了早已储蓄的激情。庄仁心里叹息，早些年如果说婚姻是爱情的坟墓，那么这年头手机真正就是婚姻的棺材，这北京的夜里，有多少带着激情想睡却与抱着手机不睡的另一半正憋屈着厮守呢，之所以同床共枕却同床异梦，不是价值观的背离毁了相濡以沫，就是灵魂的分道扬镳打破了花好月圆，本用来沟通的手机恰好充当了无言的代言人。有了便于联系沟通的手机特别是微信，为什么身边人反倒更难于联系沟通了呢？那些没有手机的日子真的很快乐，想念和牵挂是那样的真实而具体，而不像现在发一段微信语音或文字心头的想念和牵挂就倏然消失，仿佛手机成了富有情感的机器，人只是操作机器的工具。庄仁胡乱想着，索性关了手机倒头大睡。

北京冬季的寒冷抽丝一般退去，春天急匆匆地就来了，而且一来就暖意分明。

吃过午饭，庄仁陪着申颖在附近商场闲逛。趁着申颖试穿衣服，庄仁拨通了古悦梅的电话。

古悦梅刚吃过午饭，在办公室看手机。

“首长好，好久没听到首长亲切的声音，又高升了吧？”

“我是那种官瘾很大的人吗？”庄仁不仅喜欢古悦梅的直性子，也喜欢听她悦耳的话音，“上次请你出马帮我战友，是不是至少得请你吃顿饭以表谢意吧？”

“嗨！那美女雪霏霏跟老公办离婚分割财产，小事一桩，应该还满意结果吧。”

庄仁心里一顿。雪霏霏不是说帮闺密吗，怎么帮到自己头上了呢？

“你怎么样？”古悦梅问庄仁，“随时欢迎加盟我所，这边美女如云，零食免费，还不打卡，薪酬嘛我很大程度上能做主。”

隔着手机，庄仁似乎都能看到古悦梅神采飞扬一脸灿烂的神情。

“我还好，就是离了也不用打官司。”

庄仁刚说完，古悦梅的哈哈笑便直扎耳根。

“我问你过得怎么样？首长！”

“别首长首长，我脱了军装才发现真正过上了打仗的日子。”

“有魄力有战斗力！我这儿还是欢迎你啊庄总。”

庄仁开玩笑地说：“不行，有个定律你知道吗，女人强大了以后就没男人什么事了。我要过去，最怕靠着女强人吃软饭。”

古悦梅以前对庄仁坦言，欣赏他的这种说话方式，更欣赏他的才干。庄仁心里对古悦梅有一股说不出的亲和感，但也有一股恐惧感，总感到她太强大。

上一次庄仁牵线请古悦梅帮助雪霏霏闺密办理离婚案子后，古悦梅居然主动邀请庄仁吃饭。那还是北京秋意正浓的时候，饭间古悦梅就抛出绣球，诚邀庄仁加盟她的律所。

那一次，庄仁差点动了心思。那时，庄仁同二妹日渐同床异梦，鲁智深的公司因熟悉而日渐少了新鲜感，加上李晓月不断作梗也让人生烦。让庄仁心动的，薪酬是一个方面，更主要的是富有挑战性的工作，还有古悦梅的热情与魄力。

那天，古悦梅开着暗红色的保时捷接了庄仁一路畅通开到饭店门口，还未停进车位，古悦梅便兴奋地朝庄仁感叹："奇了怪了，怎么每次跟你一块吃饭，就一点都不堵车呢？"

古悦梅带着庄仁在一个幽静的角落坐下。庄仁觉得，眼前的古悦梅脱了职业装换上休闲服饰，呈现出跟申颖完全不同的另一种韵味。

庄仁主动开口说："我脱军装了，也没混个名堂，一直不好意思跟你说。"

"嘿，过分低调就是耍大牌了吧，我都知道你现在牛。看来，这男人要成功有时也得脱，但你脱得不俗啊。"

庄仁知道，古悦梅肯定从雪霏霏那儿了解到了自己的一些近况。

古悦梅问庄仁："要是脱军装前就跟你对接好，是不是咱们今天成同事了？"

庄仁也感慨："历史真的没有假设啊，那时候真想走，谁给一个台阶，那肯定就朝谁那儿滚了。"

古悦梅对庄仁说出"滚"字笑个不停，说："没关系先忙吧，哪天有空上我所里坐坐。"

饭后，古悦梅送庄仁回新房子时，递给庄仁一个纸袋："顶好的咖啡，一定要尝尝。"

庄仁迎着古悦梅有些迷离的眼神笑："我发现饭局的最大陷阱，就是喝酒不喝酒，最后跟着人家走，最可怕的就是这种诱惑。"

听着庄仁带着俏皮的话，古悦梅心花怒放。庄仁想，聪明的古悦梅肯定能听懂自己的话里话。

脱军装的这两年，日子确实也让庄仁心花怒放。干副总的这段时间，公司业务全面发展甚至更上层楼。这方面，鲁智深看在眼里喜在心上，连鲁智深老婆李晓月也改变了对庄仁的态度。当初李晓月以为庄仁转业了无路可走，才凭着与鲁智深的熟络关系进了公司，还对鲁智深为庄仁开出如此高薪抱有怨言，现在对庄仁不仅脸上多了些笑容，内心也有了几分敬意。

庄仁曾对自己一入职便进到高层也有过疑虑，却被鲁智深一句话打消得干干净净。

"用人不疑，疑人不用，有时是一种无奈。用人要疑，疑人要用，这才是境界。什么合适不合适，别人用资金入股，你用智慧入股，殊途同归，各取所长嘛！"

当初，鲁智深就引进庄仁在公司董事会上也强调过这一句。这一句，也一直温暖着庄仁内心。

古悦梅今天的加盟邀约同样温暖着庄仁的心，可这个时候怎能离开公司呢，本来离开申颖和张晓燕等一帮要好朋友就令人不舍，奔着更高薪酬舍弃自己奋力拼斗过的团队，这在庄仁看来就是不地道。

庄仁全盘挑起了公司的品牌策划、文化建设以及内外宣传，申颖则集中精力推行国内分层销售战略，还兼顾开拓海外市场，两人干得风生水起。

庄仁联合几家电视台，策划推出了几场优秀退役军人招聘秀。庄仁雷厉风行的办事风格、向军队学管理理念与追求卓越完美的工作标准，让公司上下刮目相看。更让鲁智深激动的是，庄仁在此期间居然创作出一首歌词《热血依旧》，申颖联络着朋友作曲并录制。鲁智深试听一次便赞不绝口，当即让这首歌在公司上下唱响。

鲁智深在酒店摆下庆功宴，照例又对有关人员论功行赏。

"这次全国范围内的招聘秀，高扬爱国爱军基调，将优秀人才选拔、产品宣传推介与家国情怀有机融合，社会反响好，经济效益也好，感谢兄弟们的努力，感谢我们的团队！"鲁智深登台致辞，握住庄仁的手感慨，"一开始我捣鼓你转业，真有点愧对部队啊，毕竟这是从长城上挖砖。现在看，也是强军固本，对不对？"

庄仁打趣说："取之于军，用之于军，殊途同归，各取所长嘛！"

领奖人员上台时，庄仁发现晶鸿居然不见人影。

"晶鸿呢？"庄仁问申颖。

"生病住院了。"

庄仁盯着申颖"哦"一声，心里一惊。

庄仁在医院旁的小商店买了把康乃馨，上楼轻轻推开了晶鸿的病房门。

"庄总，你怎么来了？甲状腺结节，良性，没事儿！"没等庄仁询问，晶鸿先报了病情，然后将庄仁介绍给前来探视的父母及两位闺密。

"哎呀，我检讨，前段时间忙，把大家当牛马使，让小晶忙病了。你还别说，你穿这病号服温柔多了。"

晶鸿乐得笑："我平常不高冷吧？"

晶鸿爸见状，当即给晶鸿妈使眼色："庄总，我们还有事，就先回了。"

看着大伙远走，庄仁问晶鸿："你爸妈知道崇良吗？"

晶鸿笑着摇头，惊得庄仁直瞪眼。

“他们不会把我当你们家准女婿吧？”

晶鸿忍不住笑：“不排除这可能，反正他们习惯性把跟我接触的男性一律视为准女婿。”

“崇良知道你病了吗？”

“干吗要让他知道？我可不想为难他。”

“女友病了，都不让他知道，没天理？”庄仁像是找到兴奋点，开始唠叨起来，“找老公这件事，你可别随遇而安，就得使出种种考验，不大浪淘沙哪得极品男人？”

晶鸿盯着庄仁不说话。庄仁两眼放光：“他要能来，我看你就放心嫁算了。你说呢？”

“庄总，你是哄我赌一把呀？”

“赌啥赌，婚姻跟打仗一样，要么志在必胜，要么按兵不动。”

见庄仁开始拨手机，晶鸿挣扎着要下床，央求庄仁别打。

临走，晶鸿又恳求庄仁别将生病的事告知崇良。庄仁摆摆手，朝晶鸿嚷：“活着见一面少一面，不告诉他告诉谁呀？记住，医院里的生活百态，才是去伪存真的人生。小病陪，大病形影不离，这种爱情才牢靠。爱情不仅是精神的真情陪伴，也是肉身的真心照料啊。”

晶鸿乐起来：“谢谢庄总，您不仅是策划高手，还是情感专家，真服您了！”

庄仁呵呵笑：“别着急，你休养，我接着策划。”

出了病房，庄仁拨通崇良电话说起晶鸿生病的事：“大病倒不是，小手术，你要能来，那不感天动地啊。”

崇良嘿嘿笑：“出去还得向军部首长请假呢，我试试吧。”

“尽最大力争取吧。一会儿把证件号发我，我给你订机票，到时接你。”

“谢谢谢谢，谢谢啊庄总！”

“谢个鸟啊，兵贵神速！”

第二天一早，庄仁到首都机场接了崇良。一见面，就指着崇良鼻子一本正经地说：“成败在此一举，千万别搞尽人事听天命那一套，四目相对深情凝望也不灵，现在就要该出手就出手，这事扯两年多了吧，再不转型我都受不了。”

庄仁帮崇良提着盒子敲开了晶鸿的病房。

看到如天降一般的崇良，晶鸿惊叫起来，晶鸿爸妈更是喜笑颜开。庄仁将盒子递给晶鸿妈，说："这位是晶鸿的好朋友崇良，在南方部队刚升任师政委，听说晶鸿住院特地飞过来看望，还带来了那边的新鲜蘑菇，煲个排骨汤吧，这东西养身祛病挺好的！"说着，庄仁拆开了冷藏盒。

晶鸿手舞足蹈，一把抱过盒子。盒子里，一堆橙红和紫褐色的大大小小蘑菇紧挨着，似仍在熟睡之中，一股大山里的泥土和松针腐味的清香很快盖过了房间里的药味。晶鸿使劲闻了闻，满眼柔光地看着崇良。

庄仁碰了下崇良："说话呀你！"

崇良嘿嘿笑，看着晶鸿："真巧，今早我带上冷藏盒赶飞机，路过街边集市时还真有卖，三斤多。"

晶鸿爸妈连连称谢，从晶鸿手中拿过盒子走出病房，忙着给晶鸿炖汤去了。

庄仁"哎呀"一声，对崇良笑笑说："抓紧时间共诉衷肠吧，我得去公司，下午我送。"说着，出了门快步追上晶鸿爸妈。

庄仁送崇良去机场时问战况如何。

"还行！"

"啥时候领证了在北京摆几桌，公示一下还是有必要的吧？"

"她说就在这两三个月之内，我正忙呢哪有空啊！"

"她是想孩子在九月之前出生呗？"

崇良一脸惊疑，问庄仁："你活神仙啊，这都知道？"

庄仁一阵哈哈荡笑，笑过之后又摇头感叹："你傻啊，孩子九月前出生上学的话不必耽误半年。女人啊，果然是天下第一的情感动物。"

笑过之后，庄仁又板起脸批崇良："你早上说买蘑菇的事，什么真巧啊你这个蠢货，你就说一大早出门，一口气跑了八条街才找到，还差点误了航班。你那样说，人家想你就是抱着能买着就买，买不着拉倒的心思，根本没把女人放心上。这结婚前适度哄骗女人不是个道德问题，知道吗？"

"那是啥问题？"

"根本就不是问题，顶多也就是见色起意，不在男女作风范畴。"

崇良一听，仰头一阵哈哈笑。

第十八章　荣华富贵，不如沉醉烟火气

送走崇良从机场返回过收费站时，庄仁突然收到申颖的微信："人呢，头晕。"

庄仁常笑申颖发微信比发电报还省字。申颖总跟庄仁重复惯用的理由——你又不是看不懂。其实庄仁觉得申颖的这种电报体甚合自己胃口，简短中既流露出一看能懂的情绪，还挺有简约的画面感。

庄仁用免提拨了申颖手机，说："今天甭加班了，提前走一会儿吧，陪你逛逛如何？我到公司前面马路等你，大约过一小时到。"

"天哪，你怎么知道我要逛？"

"你不说头晕吗，你别开车了，坐我的。"

"行啊，今日太想逛一逛了。"

庄仁听得出，申颖有些黏糯的嗓音里有止不住的快意。

申颖一上车，庄仁便笑问："有时光倒流的感觉吧，咱俩像不像大学翘课的一对儿？"

"没有！"申颖脱口而出，"没你经历丰富，真没这感觉。"

庄仁嘿嘿笑："去哪儿？"

"附近商场转转吧，我可不敢耽误你回家做饭。"

"看你说的，好像我一餐不做饭这地球就没了烟火气。今天不行，明天上你家做饭，丰富下你的人生经历，如何？"

申颖双眉跳跃，盯着庄仁热烈回应："行啊。"然后张开双臂，咿咿呀呀喊着，尽情地伸着懒腰。

申颖收了手臂，侧身看着庄仁问："哎，你小说写得怎么样了？"

"怎么，真的想用它来治失眠吗？"

"认真点，到哪步了？"

"真想一睹为快吗？"庄仁叹一声，"在公司拿其薪要谋其政，家里还得灶台不断火，一边构思一边写，戏里戏外都快疯了，再等等吧。"

"我一朋友正急着找好本子，你要弄好了，哪天我召集大家一块坐坐，怎么样？”

庄仁猛瞅一眼申颖，大喊：“贵人啊！”

申颖哈哈笑：“好作品不是说写就能写出的，考虑过暂时放下公司的活儿，静下心来写吗？”

庄仁一时无语，望着前方闷头开车。对于申颖提出的这个问题，庄仁还真没想过。上班拿工资，这是生活；码字写小说，算是理想。庄仁内心一直想着在琐碎中超脱，更想在平凡中脱俗，可总感到挣不脱生活的尘网，理想虽在眼前却总是连尾巴都抓不住。

见庄仁不答，申颖也不追问。下了车，庄仁陪着申颖走进商场。

“哟，这也有皮草，咱看看去！”申颖拉着庄仁，兴奋之情立马洋溢于脸。

上到四层，庄仁和申颖直奔皮草区。

一位面容姣好的女服务员热情迎上来：“两位好，欢迎光临，看看吧，有不少新款。”

“那件，拿过来好吗？”庄仁抬手指着模特身上的一件白色外套询问，“啥皮？”

“英国进口的水貂皮。”

申颖静静地看着庄仁和服务员一问一答。

“多少钱？”

“四万五。”

“折后吗？”

“这个不打折。”

“脏了怎么洗呢？”

“我们终生保养。”

“掉毛吗？”

“头一个月掉一些，稳定以后就不掉了。”

“稳定？你的意思是说，该掉的都掉完了，然后就不掉了，对吧？”

“不不不，刚开始……”

申颖高兴试穿，将庄仁一把拉到跟前：“你这是体验生活还是锻炼舌头？”

“挺好。”庄仁一脸高兴地看着申颖。

“啥挺好？”

“衣服不错，身材挺好。”庄仁忍不住又问服务员，“这得用几只水貂啊？”

“选用好部位的皮，得六七只吧。”

“水貂好养吗？”

“这个……先生您是想养吗?”

“我想试试，能给我弄到一对公母吗？钱无所谓。”

申颖脱了外套递给服务员，道一声谢谢便拉起庄仁往外走，带着挖苦语气说:“我看你乐于把跟漂亮姑娘饶舌当成一种享受。”

“错!”庄仁理直气壮，语气却低眉顺眼,“你不管公司营销吗？你看人家小姑娘多耐心多专业啊，她刚才的表现你也见了，态度决定销售啊，难道不值得我们学习吗?”

“我这是第一次听到把有理有节调戏小姑娘说得这么超凡脱俗。”申颖挨近庄仁，一脸灿烂。

“我有必要吃着碗里看着锅里吗？何况我碗里的比人家锅里的强多了，对不对?”庄仁说着，伸出一个指头戳了戳申颖胳膊。

“呸，还自然而然把我也带上了，你别搞错，我可不是你碗里的。你呀，我看整个就是生命不息色心不止。”

见旁边一位中年男子果断为身边的漂亮少妇买下一件皮草，申颖不等庄仁开口便悄声问:“出个题考考你，说实话。你说男人疼媳妇的最好方式是啥?”

“买呗!”

申颖忍不住笑:“你要陪媳妇逛这儿，买几件?”

“再好的皮草不如温柔一抱。”

申颖哈哈笑:“你讨个好媳妇真是捡了大便宜，老实说，是抱来的吗?”

“对，月黑风高之夜抱来的。”庄仁分明感觉到，陪着申颖逛一会儿，还真让她逛出了精气神。

路灯亮起回到大院地下车库时，庄仁竟又奇迹般遇上奇秀。

庄仁一脸惊喜，没来得及开口，奇秀便感叹:“每次我最想见你的时候，说见就见，怪了!”

“没见着的时候都是最不想见，天遂人愿，对吧?”

奇秀咯咯笑，推着庄仁往车辆出口方向走，说:“甭上电梯了，从这儿上到院子里走走，我有事跟你说。”

奇秀一袭浅白印花长袖裙，碎花点缀的荷叶边裙摆充满春日气息，全身上下高低起伏，层次分明，令庄仁赏心悦目。

“我自主择业了。没想到吧？你江湖广路子多，不帮小女子找个美差体验体验美好余生吗?”

庄仁刚才还有些紧张的心顿时舒展开来，打着哈哈说:“帮没问题，但机关这边的兄弟会不会认为是我把你给拐走了呢？饿死事小，绯闻事大啊，这个可得认真考虑哦。”

奇秀哈一声：“大家早就这么说了！”

“说啥呢？”

“哼，机关上下应该都在传吧，说是没看出来，庄仁这小子不仅能挣钱，女人缘也不错。这个言外之意还要我解释吗？”

“你别拿这个讹我，有一腿跟没一腿那是天壤之别。”庄仁斜着眼瞪奇秀，“当我傻瓜是不是？说说跟博士的幸福生活吧。”

“好吃懒做，被我休了。”

“啥时休的？”

“两年了。”

庄仁先是一惊，继而怒骂：“王八蛋，果然骗色，没骗财吧？”

奇秀摇摇头，欢快一笑：“压根就没让他上过床，没请他吃过饭。”

庄仁看看左右，压低嗓音问：“那怎么满足他呢？”

“你咋这么好骗啊，骗你的，傻瓜。”

庄仁板起脸，指着奇秀鼻尖骂：“骗子，真被你骗了。早说啊，两年前我刚好离了啊，你要说了我肯定娶你。唉，后来又破镜重圆了。”

奇秀没了满脸的笑，惊愕地问：“怎么会这样？说，赶紧说，不说清楚不让走。”

庄仁咧嘴笑：“你才傻瓜，骗你呢。这样，把你个人基本情况弄个纸质稿给我，最好现在。”

“那你等会儿，我去趟办公楼，东西还在办公室。”

望着奇秀渐走渐远的背影，庄仁突然对在此生活了近十年的部队大院生出一股复杂的情感。新买的商品房已装修好，再放两个月就要搬家了，眼前偌大的运动场以及每天在此走圈的熟与不熟的人，从此也就要成过眼云烟了。这里的烟火与热闹，跟城里的每个小区一样，谁出谁进都改变不了它原本的气息。以后再要想与奇秀在大院内偶遇，恐已毫无可能。偌大的北京城，两个相熟的人一旦散开，在地铁饭店或商场剧院的相逢实在没多少可能。

奇秀拿了资料交给庄仁，接着有板有眼地唠起后勤部部长在去年党委扩大会议现场被带走，还有一位退休中将副司令在侍弄菜地时被带走再没进家门的故事。

庄仁听着却不评议，哼一声说：“莫羡琼楼最上层哪，那琼楼一塌，就成了青苔碧瓦堆，过好现在的自在日子，再找个像我这般踏实的男人吧。”

“现在这新社会，实在太适合一个人过日子了!”奇秀哈哈笑，催庄仁赶紧回家。

第二天，庄仁一上班就走进鲁智深办公室，直截了当地提出了辞职回家写小说的想法。

早已适应彼此直性子脾气的鲁智深还是有些震惊，问：“干得不顺心还是跟申颖闹别扭了？写小说不是借口吧?”

庄仁将写小说的事和盘托出。

鲁智深点点头，盯着庄仁笑：“老哥你这只能算暂时离职啊。投资影视正是我考虑的公司发展新方向，你写的肯定没问题，题材也好，咱俩合作一把。肥水不流外人田，行吧?”

“行啊。”庄仁将奇秀的个人资料递过去，“怕公司缺人让你上火，我找了个替补，以前我处里的美女调研员，这回自主择业，挺有才，供参考吧。”

鲁智深笑着调侃：“这替补能当男人使吗?”

“两用人才，放心使。”庄仁早深谙鲁智深为最大限度盘活人力资源而秉持并践行的“女人当男人用、男人当牲口用”理念。

鲁智深哈哈笑，用力拍了下庄仁的肩头。

快下班时，庄仁给申颖发微信：“按计划行动，上你那儿做饭。”

申颖当即回了个OK表情符。

乘电梯下到车库时，庄仁告诉申颖自己向鲁智深提了辞职的事。申颖不作答，只是盯着庄仁竖起大拇指。

申颖上车系好安全带，庄仁仍扶着她车门唠叨：“我给鲁智深推荐了一位替补，我们政治部一位女干部，还请申总多帮带啊。”

“走吧，一会儿路上堵了。”申颖关了车门，摁下喇叭便启动车子。

庄仁拍了拍车门，申颖又立即刹住，摇下玻璃盯着庄仁。

“慢点，别急，堵一点有啥关系呀，人山人海、车水马龙正是国泰民安的现状，是繁花似锦的烟火气，哪天大街上变得空旷寂寥，任你策马奔腾，那肯定出大问题了。”

“待到大街空旷寂寥，跟你一起策马奔腾，可好?”说着，申颖哈哈大笑起来，“走吧!”

庄仁这才上车，紧随其后。刚上到路面，庄仁手机响起，一看是申颖打的。

“政治部的那位女干部，想必才貌双全倾城倾国吧?”

庄仁按了免提，眼睛跟踪着前方不远处申颖的车子，应道：“经商之才肯定不如你，至于貌，想必正常男人见了都想扑倒。”

申颖在车里一阵笑："我看就你想吧？"

没了公司里男男女女的面孔和街面上陌生的眼光，申颖从淑女模式自然转换到了当年军部报到集中时的状态。

申颖的笑让庄仁猛然想起当年集训结束大伙在省城转火车时，那天清晨自己就激情难耐地将申颖压在身下。现在看来，那个狂野动作正是扑倒。按申颖不念过往的性子，庄仁料想申颖早已忘记那一幕。也许藏在她心间的最深处，谁说得准呢。

"你又乱扣帽子，昨天你说我生命不息色心不止，哪有啊？我告诉你，我现在看美女，感觉再美的女人都不如房子好看。"

"那我呢？"

"你？你跟房子一样性感！"

"哈，现在可是心直口快啊！"申颖放声大笑，"好好开车，别老盯着街上漂亮女人。"

庄仁夸张地"哎哟"一声，大嚷："申颖你眼睛真好使啊，刚才还真见了个漂亮女人。"

一路说说笑笑，庄仁觉得眨眼间便到了申颖所住的小区。

申颖领着庄仁进屋换鞋，开了灯又将窗纱拉上，将包往沙发上一扔，说："喝啥自个儿拿，冰箱都有。"

庄仁打量着宽大而又装饰精美的客厅，以略带夸张的嗓音喊道："不识豪宅真面目，只缘身在屋门外啊。太太太奢侈了你，一人住这么个大房。"又指着申颖打哈哈，"我知道了，你哪是叫我来做饭啊，明明就是赤裸裸炫房。哎呀，你的处心积虑用心良苦，唯我能懂。能弄杯温开水吗？"

申颖取了纸杯，笑吟吟地接上水递给庄仁："别傻站着呀，我饿了，赶紧动手。菜昨天买好了，都搁冰箱呢。"

庄仁端过杯子凑在鼻子底下使劲吸了吸，问："没下啥药吧？一喝下去我这老党员就成你刀板上的肉了。"

"放心，保证不把你切成八大块。"申颖哼一声进了卧室，换了一身宽松的居家衣服，往客厅沙发上一躺，又盘腿坐起，看着庄仁笑骂，"你不说这种话会心律失常吗？"说着又跳下沙发，扯着庄仁袖子将他拉进厨房，"我先煮饭，一会儿给你打下手，红烧黄鱼、蒜爆青椒、农家小炒肉、清炒莜麦菜，另外一个紫菜汤，行吗？"

"你高兴就行。"庄仁拉开冰箱，见荤素齐全，果蔬满满，"行啊，还挺会享受的。"

申颖满脸得意："那当然！"

庄仁捧着从冰箱拿出的一堆菜进了厨房，申颖紧跟着打下手。

厨房一应俱全，整洁有序。庄仁凑近申颖问："厨房利用率还挺高啊，房子买的时候也不便宜吧？"

申颖伸出胳膊将庄仁往外推："当初租房租烦了，就咬牙买了。"说着又挨近庄仁，"它现在涨十倍百倍有啥用啊，它就我一安乐窝，换成一堆百元大钞有啥用你说。每年春秋季节，我喊我爸妈过来小住一段。"

"不换钞票可以换一麻袋黄金啊！"

庄仁突然"嗷"一声惨叫放下切菜刀，右手紧紧抓握住左手。

申颖脸色大变，慌忙跑到客厅找手机要打120。

庄仁连忙制止："又不要命打啥120呀，急救包呢？"

申颖摇摇头，几乎哭出来。

庄仁松了双手伸到申颖面前，哈哈大笑。申颖朝庄仁双手一顿猛抽，没好气地说："你吓死我了！"

"屋里单调，制造点热闹。"

申颖白一眼庄仁："你可以制造热闹，但别胡闹！"

庄仁贼笑过后感叹，说："你看影视剧里面，主人公进厨房肯定要切手指头，主人公上前线说打完这仗就回家结婚最后肯定在激战中牺牲。好遗憾，我进厨房从没切过手，基本没摸过枪，更别说打仗。"

申颖懒得接茬儿，板着脸说："下不为例啊，演技再好也甭给我演。"

电饭锅开始咕噜咕噜响。申颖洗好葱姜蒜，又冲下手，跟庄仁说："看会儿电视吧你，我冲个澡。"

庄仁叫住申颖："知道为啥生活离不开葱姜蒜吗？"

申颖不搭理，转身进了卫生间。庄仁慢步跟过去，将卫生间门推开一道小缝唠叨："生活为啥离不开葱姜蒜呢，人生匆匆，能将就就将就，不能将就就算了。这是标准答案。哎我要不要洗啊？"

庄仁见申颖在镜子前笑得前俯后仰。

见庄仁依旧立在门口，申颖索性开门，双手抱胸盯着庄仁："你不装可爱会难受吗？"

"不不不，我不问怕你骂我榆木疙瘩禽兽不如啊。"

"想多了吧！"申颖笑着将门关上。

庄仁知道申颖只是顺手关门，并未反锁。一会儿，卫生间响起哗啦啦的流水声。

庄仁敲了敲卫生间门，喊："你手机响了！"

"给我拿过来啊，你这个笨蛋！"申颖躲在门后，探出湿漉漉的脑袋，磨砂玻璃门映着模糊身影。

"我不喜欢拿别人手机，要拿你自个儿拿。"

"不拿拉倒！"申颖嘻哈一笑，又将门关上。

一会儿，申颖出了卫生间，一股素雅清香与葱姜蒜的气味悄然交汇。申颖点开手机一看，当即朝庄仁瞪眼："哎你这人怎么这么讨厌啊？"

"有这么严重吗？"庄仁觍着脸嘿嘿笑，"就想现场出题考考你，看看幸福爱情是不是躲着你。"

申颖用毛巾盘起湿湿的头发："真够用心良苦的，出题吧！"

"请听题，当你一人在家淋浴时，房间电话突然响起，这时你的反应是——"庄仁竖起右手食指，盯着申颖说，"听清楚，是一人在家。四选一，选完我就知道你是啥样的人了。A裸身出来接听，B根据响铃时长决定，C懒得理睬，D裹上浴巾接。答题开始。"

申颖呵呵笑，央求庄仁重复一遍又问："你选哪个？"

"我是考官，我问你呢！"

"不，你先说！"申颖抓起小方枕朝庄仁扔去，"说，我要你先说。"

"我选A。"

"那我也选A。"

"那你刚才懒得接？"

申颖不答话，朝庄仁哼一声，拧开一个小瓶往手心倒，然后往脸上脖子上抹。

"说，我是啥样的人？"申颖盘腿坐着，"几个选项都啥意思？"

"其他就不说了，选A说明你这人遇到真情特别单纯，容易放低身段，不吝啬付出以维系真感情。"

"那裹上浴巾接说明啥？"

庄仁哈哈笑："别骗我，用浴巾包着出来接应该是你的真实想法，对不对？"

申颖笑着催庄仁说答案。

"说明你会营造假象，为不让对方发现真相，不得不辛苦维持。"

申颖不辩不评，只是哈哈笑。当年，在三师申颖宿舍做饭时，庄仁觉得申颖正是这种真自我状态，与公司里那副稳重、精明与忙碌模样判若两人。

申颖像看热闹般在一旁看着庄仁炒菜时，鲁智深正开车与李晓月走在回家的路上，车里仍播放着鲁智深爱听的《热血依旧》。

当初试听时，鲁智深就对庄仁和申颖说，这词曲写到我心坎儿里去了，还开玩笑地说就是为他量身定做。体会到鲁智深如醉如痴般的欣赏，申颖有次跟庄仁感慨，说打动一个人的最有效方式莫过于给他写首歌，还央求庄仁给她也量身打造一首。庄仁当即允诺，说如果哪天你要远走高飞，就给你写一首，让歌声陪伴你，乐得申颖当场给庄仁敬礼。

在车上，鲁智深说起庄仁离职的事，李晓月就止不住嘀咕，先前对庄仁因业绩突出攒下的好感，也因他推荐奇秀进公司一笔勾销。

“他这不是折腾公司吗你说，说不干就不干，还真把自己当首长呢！”这一次，李晓月毫无顾忌地在鲁智深面前直抒对庄仁的怨气，“走也没关系，公司照样转，可他推荐一个没结婚的大龄转业女干部，这是什么意思？之前他推荐张晓燕，念在老乡情分上我一句没说，这次我得问问他。”

鲁智深带着怒意瞪一眼李晓月：“你问啥？他的业绩都明明白白摆在这儿。他本人咋样，他推荐的人咋样，大伙不都见了吗？你想问啥你说？”

“我就怀疑他跟这个女的有问题，别到时弄得公司鸡飞狗跳！”

“鸡飞狗跳？”鲁智深大笑，“你以为在你们寨子里打群架吗？公司这么多年连只青蛙都没跳过。你不作调查就怀疑，根据怀疑就下结论，是不是小肚鸡肠？”

李晓月冷笑一声：“我小肚鸡肠？凭感觉，我就知道这女的是庄仁红颜知己，我还没用情人小三之类的词儿呢。不信，你走着瞧。我还得给二妹提个醒。”

“你瞎说啥呀你？”鲁智深拍着方向盘，“我警告你，这事你别帮倒忙。用人要疑，疑人要用，懂不懂？我倒是提醒你多长些谋略，凡事计长远。”

李晓月提高嗓门嚷：“我才不管什么谋略，我也提醒你，这种没结婚漂亮又走南闯北的女人，天生会来事，你小心点，离她远点！”

鲁智深大笑，骂道：“你绕一大圈，原来是要警告我。申颖没结婚漂亮又有才，这么多年我跟她不相安无事吗？”

“时代不同了嘛！”

“什么时代不同？论年纪奇秀跟申颖差不多，你以为她才十八岁情窦初开见了成功男人就往身上扑啊！”鲁智深收了笑容，嗓门也大了，“论情分咱们是货真价实的战友，她有能力来干活，也是我们的造化，怎么她要来公司在你眼里就是是非非一堆，没一点好事呢？你这是凭啥呢？我看你现在心思都长歪了。”

李晓月不甘示弱，争辩道：“凭啥？凭我的直觉。”

“直觉?”鲁智深冷笑一声，“你就凭直觉大搞莫须有？莫须有懂吗？我告诉你这是无理取闹无事生非，有你这么干的吗?”

“我这不也是好心嘛!”李晓月也提高了嗓音。

“再嚷试试!”鲁智深猛地踩了下刹车，朝李晓月大吼一嗓子，“再嚷就给老子滚下去。”

李晓月身子一颤，不再吭声。

鲁智深踩一脚油门，哼一声：“更年期谁都有，能这么更吗?”

鲁智深与李晓月一路带着火药味互怼时，申颖与庄仁正大快朵颐地吃着。

申颖毫不在乎吃相，感慨地说：“好吃，真好吃，从没吃过这么好吃的菜。果然是人间烟火气，最抚仙女心呀。”

“好好说话！”庄仁朝申颖瞪眼，“问你，如果不把男女私情扯到这菜里，你实话实说我手艺咋样?”

申颖放下碗筷，贴着桌子昂首挺胸，双手相叠像乖乖小学生一般，又似乎有些蒙冤的委屈，盯着庄仁说：“刚表扬你时，我心里真的很纯净啊。”

庄仁没想到申颖冷不丁冒出这么一句让人忍俊不禁的话，更没想到她还弄出这么一个可爱模样，便抑制住心中欢喜，笑骂道：“饭桶!”

“有趣的灵魂万里挑一，好吃的美味不能浪费呀。”

两人将饭菜一扫而光。庄仁高兴地起身收拾碗筷，申颖连忙争抢，被庄仁伸手拦住：“还是我来吧，我天生一双农民手，你洗了还得洗手擦油，多麻烦。”

申颖乐呵呵地看着庄仁麻利洗碗，问：“在家你都这么做吗?”

“做啊。知道吧，生活的仪式感主要来自做家务，它的意义在于，用庄重认真的态度去对待生活中看似无趣的一地鸡毛。”

“哟哟哟，越说越来劲了!”

庄仁瞟一眼申颖，满脸堆笑地问：“听过牛郎织女的动人传说，你肯定没听过铁饭碗的香艳故事。想听吗?”

申颖略作沉思，盯着庄仁点点头。

庄仁有些犹豫，说：“算了，太香艳了，免得你又批我一张口就离不开那档子事。”

“不行，讲!”申颖不依不饶。

“一会儿你自个儿上网搜。”庄仁嘿嘿笑，“其实，这是由古代官员家漂亮性感女仆不小心摔碎碗被罚而引发的餐具改革，最后竟演变成了流传千百年的人事制度，这个有意思啊。”

申颖递给庄仁一张纸巾擦手，又递上牙签和刚沏上的茶，然后抓起手机坐到沙发上。庄仁惬意地剔着牙，看着申颖专注浏览的神情，料想她正看着铁饭碗的故事。

庄仁见申颖的笑脸渐渐变红，起身喊："下次我也试着在你这摔碎个把碗，看主人敢不敢罚我。酒足饭饱，打道回府喽！"

申颖替庄仁拿了车钥匙，走到门口看着他换鞋。庄仁从申颖手中漫不经心地接过车钥匙，冷不丁被申颖伸出双臂紧紧抱住。

"今晚天时地利人和，没给你一点机会，你是不是觉得我没趣？"申颖贴在庄仁耳边柔声细问，"当初我没顺你意，所以成不了你媳妇，对不对？"

"可能吧，历史不能假设，时光不能倒流。"庄仁看着申颖，"生活中有太多的理由让我们行色匆匆，行色匆匆中不知多少人竹篮打水一场空。幸好，我们还有这份情谊。"

庄仁双手放到申颖肩头，又慢慢滑到腰间，感觉申颖的身子柔软而温热。

"可我感觉一场空。"申颖问，"当初你是真喜欢我吗？"

庄仁笑："我这身子骨能骗你吗？"

"呸！"申颖双唇噘起，依旧直勾勾地盯着庄仁问，"喜欢我啥呢？"

庄仁盯着申颖不答话。男人喜欢女人，一句话怎么说得清呢。可真要答复喜欢啥，庄仁倒不知从哪儿说起，喜欢她一身与众不同的气质，喜欢她走动时全身器官互相配合散发出的撩人感觉，喜欢她在自己面前不设防不做作不掩饰，更喜欢她干净利索的直性子。可喜欢的还不止这些，要把这些从嘴里明明白白说出来，既说不出口，更觉得一旦说出来就不会再喜欢了。也许申颖不知道，男人喜欢女人，往往一句喜欢就足以表白内心的全部情感。而女人恰恰相反，感觉男人把对自己的喜欢描述得越生动细致，才越是真爱。

"说话呀，问你呢。"

"我不知道啊。"

"讨厌。回吧，路上慢点。我有个感受，就是认真做饭的男人最不允许错过。"

申颖站在门口挥手，看着庄仁哈哈笑着进电梯。

庄仁开了家门，见客厅没开灯，也没开电视，只有主卧灯亮着。庄仁喊一声老婆，也无人应答，便快步走到卧室门口，见二妹靠在床头正专注地玩手机。

"儿子住校，家里还真清静。"庄仁换了鞋又换衣服，跟二妹唠叨着，"你说手机这玩意儿是不是比原子弹都厉害，不仅干掉了电视电脑和座机，还干掉了照相机手电筒和银行卡，电子家电金融三大行业如今都被手机毁了，下一步怕要毁掉整个地球！”

二妹仍盯着手机，问：“是跟红颜知己共进晚餐吧？”

庄仁有些吃惊，以往二妹对于自己有应酬不回家做饭，事前只要说一句便一概不问。听着二妹说话的语气，庄仁便知她心里既有怨气也有醋意。

“跟战友简单吃了点，酒都没喝。”

“是跟奇秀大美女吧？”二妹抬起头，盯着庄仁问。

“咋了？跟她吃个饭是违反党章还是家规了？”庄仁挨着二妹坐下，笑嘻嘻地伸手向二妹下巴摸去，却被一把推开。

“离职这么大的事你跟人家商量，都不跟我说。你跟她这么礼尚往来是不是大大超出了学雷锋的规格？”

庄仁呵呵笑：“跟学雷锋还真差远了，人家雷锋不仅上门帮力气活，而且给钱给物那都是真金白银，我跟她亲兄弟明算账，不拿一针一线。我跟人家吃个饭跟你回家抱着个手机玩，性质不一样吗？”

“亲兄弟？哼！”二妹扔了手机，起身站在庄仁面前怒气冲冲地说，“庄仁我告诉你，你别把我当傻瓜，你这点小九九还想瞒我吗？”

“瞒你啥？”庄仁板起脸，抓起自个儿手机瞪着二妹，“真想现在就当你面给奇秀打电话求证，可我实在丢不起这人！”

二妹坐到床头，黯然泪眼双流。庄仁重重叹一声，转身进了儿子房间，看了手机又看书，一看就是两个多小时。庄仁洗漱完毕进了主卧，见二妹仍靠坐床头闭目养神，便催她洗漱睡觉。

“别碰我！”二妹拉开薄被裹了身子，倒头朝里睡下。

庄仁进了另一间卧室，睁着双眼睡下。这是庄仁第一次见二妹生气，也是结婚以来第一次跟二妹起这么大的纷争。以往彼此闹个小小矛盾或别扭，都是庄仁主动来一场肌肤相亲便将问题解决在床头。现在看，二妹似乎不理这一招了。庄仁懒得猜测这场突如其来的战争的成因，枕着胳膊细细回味着跟二妹近二十年的婚姻。当初，大家为了爱情各取所需，将彼此视为在对的时间对的地点遇上对的人。一路走来，没有花花世界的诱惑，也没有滚滚红尘的牵扯，柴米油盐的咏叹调里多的是喜乐，各自不同的道也并未影响彼此的交融，可两人间的疏离咋说来就来了呢，而且一来就势如天崩地裂。

庄仁又坐起，翻看微信通讯录，一长串的名字而今只能用熟与不熟来区分。时间多像一流湍急的河啊，青春的水花被冲开之后，河面上看到的只是有去无回的人。

晚上，鲁智深在公司组织了一个小型冷餐派对，将庄仁的离职告别与奇秀的入职欢迎一并进行。鲁智深将庄仁的离职定性为“另有重任，暂时离岗”，对奇秀的加盟作了热情洋溢的夸赞。

申颖坐在庄仁不远处，悄然给他发微信：“果然是美人。我要是男的，也想扑倒她呀。”

庄仁望一眼申颖，当即回复：“上回为抑制扑倒已憋出内伤，请给我报销医药费。原来你不冷，热着呢。”

见申颖一时未回复，庄仁又发去一句“那天出门时真想来个扑倒”。直到散场时，庄仁仍未收到申颖的回复，只是出门时见申颖悄悄送一个顽皮眼神。

派对结束，一上车鲁智深又打开音响播放《热血依旧》，激昂豪迈的旋律在车里响起，鲁智深禁不住跟着哼唱起来。

> 万里征程／营盘春秋／摸爬滚打不畏血汗流／仗剑天涯／报国青春不言愁／军号仍在耳边回响／军旗还在心中飘扬／热血依旧／初心不改／铁汉温柔／他乡故乡功名无所求／本色依然／百姓忧乐在心头／若有列强胆敢进犯／若有战事祖国召唤／
>
> 敢一声吼／牺牲奉献不说看透／艰难困苦默默承受／拼搏奋斗拥抱优秀

待鲁智深听完歌，李晓月立即跟鲁智深唠叨起来：“提醒你啊，这奇秀还真有姿色，老党员要保不住晚节后果很严重哦，我不惩罚党会惩罚的。”

“这话从网上学来的吧，”鲁智深哼一声，“又来了是不是？我告诉你，老子本色依旧，永远不变！”

“我问了，这奇秀啊就是庄仁的红颜知己，他俩好着呢，都好多年了。”

鲁智深眉头一皱，满脸疑惑地瞪李晓月一眼：“问谁了你？”

“二妹啊。”

李晓月语气轻松又有些得意的话引得鲁智深怒不可遏，骂道：“你这不是瞎折腾吗，你问二妹干吗呀，你想过耍这种小聪明的后果吗？”

鲁智深不依不饶地逼问李晓月究竟跟二妹说了啥。

李晓月一说完，鲁智深便大骂：“你自以为对人家好，这不挑拨离间吗？你说奇秀是他红颜知己，你说是就是？你自以为对公司好，好在哪儿？我这老脸都被你丢尽了！你这一弄，对他们造成的伤害，对公司造成的损失有多大，你知不知道？”

鲁智深一发飙，李晓月便噤若寒蝉。其实，鲁智深早就感知了李晓月对庄仁的不满，也委婉警告过她，没料到李晓月这次居然给二妹打电话嘀咕了一通。

事态发展果然不出鲁智深所料。二妹跟庄仁由赌气迅速恶化成冷战，不仅拒绝庄仁的端茶倒水，连庄仁上床之后的亲热也断然拒绝。

晚上，儿子依旧住校，二妹照例跟庄仁分床而睡。洗漱完毕，庄仁主动溜到二妹床上，伸向她的手被生硬甩开。任凭庄仁侧面强攻，二妹始终抱着薄被抵挡。庄仁原想以一场肌肤之亲结束尴尬状态，没想二妹根本不给机会。

早上，二妹洗漱完便冷着脸拿包换鞋。对于庄仁“晚上回家吃吗”的问话，也是懒得回应。

听着二妹出门的脚步声，庄仁忍不住嘀咕：“这不胡闹嘛！”

庄仁静静地打量着每个房间，窗帘的颜色及尺寸、书桌的大小与式样，都是二妹选定并得到庄仁夸赞的。搬家时二妹焕发出的爱心和干劲，着实令庄仁感动。当初刚从出租房搬进机关大院营职公寓房时，二妹拥着庄仁在耳边柔情说：“咱们在北京终于有了房，有了自己的房，睡觉的感觉都不一样！”

看着眼前这张大床，庄仁感觉突然失忆，想不起以往与二妹灵肉相融时飘飘欲仙的感觉。庄仁曾跟二妹感叹，幸福的婚姻其实就在一张床，婚姻的不幸，要么是床没好地方放，要么有好地方，床却没充分用好。

庄仁不禁苦笑，曾经得意的这个结论，如今竟跟自己与二妹的状态根本对不上号。站在静静的房里，庄仁突然间有些恍惚，不知道该做什么好。待了一会儿，便开始收拾好电脑，又拿些衣服和生活用品，不紧不慢地装了一行李箱，又用背包带捆了一套铺盖，然后坐在沙发扶手上给二妹写了一段话发过去，这才开车去了新房那边。

新房离部队机关大院也就三五公里。当初看房时，庄仁和二妹就憧憬着，等儿子娶了媳妇住进新房，给小两口做了饭菜一家人高高兴兴吃过，老两口不紧不慢走回大院，这样的日子多好啊。在庄仁看来，当初的憧憬就像一个阳光下泛着五光十色的气泡，如今从空中跌碎在地。

新房客厅仅摆着新购置的沙发和餐桌，客房也只新添了一张床，其余的包括那张大床和儿子的床，庄仁跟二妹商定都继续用。机关一位没分到公寓房的小伙早就联系了庄仁，说好等庄仁搬了就租住。

庄仁将电脑摆到餐桌上开了机，然后用手机对着电脑拍了张照，写一句“新房写新作”给申颖发了过去。

对于庄仁的微信，申颖大都秒回：“快写吧，等着读呢。写作是痛并快乐的撕扯，阅读是或远或近的陪伴。”

“都害我想念了。”庄仁给申颖发去这一句，心里便有些后悔，没心思写，耐心等着申颖回复，觉得一分一秒都漫长。

等了五分钟，申颖终于回复：“安心写，把网断了手机关了。这不是建议，是命令且不准申辩。记住，你能扛住多少寂寞，就能驾驭多少荣光，这世间没有从天而降的运气，只有不为人知的努力。甭回复，行动吧！”

庄仁一乐，毫不犹豫地关了手机。

窗外阳光灿烂，小区里的白玉兰、桃花和海棠开得正艳，人造微型湖边的一圈杨柳早已绿意盎然。庄仁没心思观赏这些，这些景致哪比得上文字排列组合中的快乐与期待呢。中晚餐以方便面或饼干之类的东西简单对付，也满是有滋有味的享受。

写到深夜，庄仁满意于一天的写作成果，拿起手机想开机，犹豫了一会儿还是放到一边。庄仁觉得申颖说得对，这时候不扛住寂寞，哪能写出精彩呢？

合上电脑，庄仁和衣睡到沙发上，对于二妹的胡闹又突然心生感激，这不正好可以让自己一鼓作气写作吗？那就让她闹一阵吧。庄仁觉得，女人胡闹有时就是对男人的一种求助依赖，粗心男人才视之为无端狂躁。女人撒娇有时就是对男人一种爱的需求，无趣男人才视之为庸人自扰。女人打扮有时就是对男人眉目传情，心虚男人才视之为别恋移情。

虽然恼火于二妹的倔强，但庄仁还是忍不住想念二妹。晚上有二妹多好啊，冷天可暖背，洗澡可搓背，累了可揉背，痒了可挠背。要是今夜二妹也陪着，即便挤在这并不宽敞的沙发上，也丝毫不会妨碍激情的宣泄。庄仁心里念叨着，等写完了再说，一切将恢复正常。暗夜里，庄仁觉得并不遥远处有一份荣耀正亮堂堂照着自己的心。

一连五天，庄仁就像深度入戏的舞者，完全沉浸在写作当中，指尖跃动下的电脑恰如抛展长袖的戏台。庄仁觉得这种没有纷扰的写作实在惬意，更觉得和二妹咬牙买下的这套房实在太值当，不说这小半年来涨得令人欢喜的房价，就是有这么一个属于自己的清静写作之所，真是今生值得庆幸的一件大喜事，谁说强求没有欢喜呢。

又是艳阳高照的早晨，窗外刮起呼呼作响的风。庄仁拉开窗帘，见楼顶上空一片湛蓝，应该是冷空气又进京了。庄仁打心里喜欢冷空气，甚至觉得带来降温的冷空气有一副热心肠，一到北京城不光将地面吹得干干净净，更将有着说不清道不明怪味的灰蒙蒙的霾吹得无影无踪，让鼻孔特别是肺得到彻底放松。

庄仁心情大好，简单吃了点零食又坐到餐桌前，将早已构思好的情节和段落在指尖的敲击中变成屏幕上的文字。

“庄仁呀。”轻轻一声喊，喊得庄仁心惊肉跳，是张晓燕的声音。

庄仁猛地向右扭头，见张晓燕、二妹和儿子庄靖进了屋。庄仁压根就没听到二妹插钥匙开门的声响。

张晓燕满脸灿烂，看着庄仁哈哈笑：“慰问团来喽，大作家辛苦啦！”

二妹将拎着的一袋东西放到餐桌上，默不作声。儿子双手提着几个沉沉的袋子，进了门便往沙发上扔。

庄仁慌忙起身，盯着二妹几个吃惊地问：“你们都没上班上学呀？”

张晓燕又哈哈笑：“今天周六呢大文豪先生。我计划下月搬了，你们呢？”说着，拉上二妹挨个房间打量，不停地夸赞。

二妹应着张晓燕，说：“这些你上回都看过的，我们也差不多下月搬。”

张晓燕在屋里转了一圈，又站在庄仁跟前盯着他的双脚大笑：“怎么得了，再写个十天半月，我看你都要成神仙了。”

庄仁这才发觉两只拖鞋左右穿反，双脚一只穿了袜子，一只却光着。不用顺着张晓燕的目光琢磨，庄仁明白这几天自己不梳不洗不刮，早已头发凌乱胡子拉碴，全然没了在公司上班时从头到脚一丝不乱的模样。庄仁压根就不在意张晓燕的笑，丝毫没有难为情的感觉，因为两家的关系早已从朋友之谊变成了骨肉亲情。

“闺女呢？”庄仁问张晓燕。

“说是忙着写毕业论文。”

二妹收拾好房里垃圾，叫儿子带下去，又嘱咐他先去干妈那儿帮忙从车里拎东西上楼。张晓燕跟庄仁道别，说不打扰你写了，一口一声喊着儿子，高兴地拉着庄靖出门。

张晓燕带上门时，庄仁跟二妹的视线便碰在一起。

“坐呀，沙发挺舒服的。”庄仁先开口，伸手拉二妹却被甩开。

二妹铁青着脸，说：“庄仁你太让我失望了！”

“怎么了？”庄仁皱起眉头，将二妹往沙发上抱。

二妹挣脱开来，泪也流了下来：“说走就走，手机一直关到现在，就这么铁石心肠。你说，是我变了还是你变了？你过你想要的日子吧，我不拦你。我也想好了，咱们没法过了，离吧！”

“谁变谁不变啊，你说我想要过啥日子？”庄仁瞪着二妹嚷起来，“什么铁石心肠？我就关了手机专心写东西，半个月就弄利索了。我这么辛苦不都为了你们嘛!”

“以后你用不着为我们了。你的房子全给你，我不要。”

“哈，你看你,”庄仁嘿嘿一笑,“共同财产啊，房都不要，我看你想离根本就没一点诚意!”说着，又一把抱住二妹。

这次，二妹不再挣脱，任凭庄仁将她放倒在沙发上。

“安全吗?”庄仁气喘吁吁，在二妹耳边问。

二妹紧闭双眼，紧抿双唇，脸绷得有些变形，却始终一言不发。

“反正放开二胎了，要不咱们再生一个。”庄仁紧搂着二妹，亲吻着她的唇，感觉自己就像一辆失控的高速列车，眼见前方的断桥却根本没时间思考和操作，只能山呼海啸般冲撞过去。

二妹蜷缩着侧卧在沙发上，用胳膊埋住脸，身子开始颤动。

庄仁拿开二妹的手，见她正悄无声息地哭泣，身子的颤动显然是因为强憋住气息。

“又怎么啦?”庄仁顶着二妹的头温柔地问，伸手替她抹眼泪。

二妹手机突然响起，二妹应声“来了”就挂断了。庄仁听得到，是张晓燕打来的。

“这是你我的最后一次。咱们还是离了吧，我是认真的。只是求你别跟爸妈他们说，也别让燕妹和儿子他们知道。这几天你把手机开着，算我最后求你。”二妹一脸平静，说完便去了张晓燕那边。

庄仁呆呆坐着，脑袋一片空白，一股虚脱般的感觉突然袭来，瞬间淹没了敲击键盘的激情与心思，激灵一下立马开了手机。“叮叮叮”几声响，三条微信闪过屏幕。庄仁点开一看，一条是张晓燕前天发送的图片，画面上张晓燕和闺女还有二妹，一起围坐点蜡烛吃蛋糕。一条是晶鸿四天前发来的敬请参加婚礼的电子请柬。一条是三天前崇良发送的庄仁当年在西北荒漠采写女兵导弹发射分队时与发射女兵合影照及一行说明文字“左三是我老婆”。

庄仁长叹一声，恍如隔世——这次居然将二妹生日忘得一干二净。看着崇良发来的这张当年头顶蓝天立在大漠之上，自己居中，十名大学生女兵分立左右的合影照，庄仁对左三位置的晶鸿竟毫无印象。

晚上，庄仁约了申颖一起吃饭。

庄仁出了停车场，目光一扫便锁定不远处正等着的申颖。

申颖老远朝庄仁挥手，一件敞胸长袖蝙蝠衫套在灰色吊带背心外，浑圆的肚脐加上腰身与胸脯的曼妙曲线一览无遗，黑色紧身牛仔裤配一双深黄色尖嘴细高跟鞋，简约时尚中满是青春活力。

一段时间不见，庄仁感觉申颖愈加妩媚，却没心思打趣，二妹上午的话已根除了内心的情欲。

“怎么样？”一落座，申颖便兴奋地问。

“再弄几天就完了，准备出样。”

“行啊！来，庆祝下！”申颖端起水杯跟庄仁相碰。

“后天崇良晶鸿结婚，在京小范围摆酒，知道吗？”

申颖一乐：“今天尽好消息啊。是你当的红娘吧？你真行。”

“无心插柳而已。”

“我去不了，代我致歉，顺便代我随份礼吧。”

庄仁意味深长一笑，点了点头，又凑近申颖问：“你说，两个人要相处多久才能彼此全面了解，又要多深入了解才敢厮守一生？”

申颖呵呵笑，伸出食指在庄仁脑门上一戳：“背桥段呢你，入戏很深啊。”

崇良与晶鸿的婚礼在北京如期举行，证婚人自然是鲁智深。

晶鸿在回答婚礼司仪“最想感谢现场一个人是谁”的提问时，感慨答道：“除了感恩父母感谢同事，我要特别感谢我们的庄总庄大哥，是他给我送来了这位兵哥哥！此时此刻，我想请庄总上来分享我们的喜悦。”

庄仁毫无思想准备，只得在热烈掌声中硬着头皮上。

庄仁接过话筒，说：“送出的男人被新娘满意签收，我悬着的心硬着陆了！”

顿时，台下笑声与掌声响成一片。庄仁伸手跟崇良握了下接着说：“跟各位朋友报告一下，我曾经也是军人，跟新郎新娘一起战斗过。”庄仁望着投影仪屏幕上现出的当年在戈壁滩与女兵导弹发射分队的合影照，“晶鸿，我问你，倒在解放军身上是啥感觉？”

显然，晶鸿被庄仁的突然一问问得发蒙。

晶鸿摇摇头，大声说：“我还没倒过呢，您有经验您说。我是前一段崇良见了这照片告诉我，才知这中间首长就是您呀。”

“我也是前段时间他发我这照片，才知那小女兵就是你。同事这么久了，你跟我玩隐蔽斗争呢！”笑声四起之后，大厅里环绕着庄仁富有磁性的男中音：“人活一辈子，这种感觉真的百年不遇。当灾难来临命悬一线时，你最安全的选择，莫过于倒在解放军身上。倒一阵子是信任，倒一辈子是托付！怎么样，倒一个？”

庄仁看着晶鸿，司仪立即领着大伙起哄，不停地大喊着“倒一个”。不得已，晶鸿眼一闭便朝崇良倒去。崇良张开双臂，差点没抱住，引得又一阵哄堂大笑。

稍加停顿，庄仁收住笑，一本正经地看着崇良和晶鸿，说："婚姻是百年大计，切不可偷工减料。希望你们在今后的日子里，无论幸福泛滥还是鸡毛满地，双方多加强战略沟通、良性互动与信任培育，有效管控分歧，一定要避免战略误判，防止擦枪走火，特别要及时化解重大区域性风险。只要双方共同维护核心利益，坦诚相待，恪守恋爱期间达成的共识，多做维护地区和平稳定的事情，幸福就一定地久天长。谢谢！"

庄仁一番话，将婚礼推入喜庆高潮。

庄仁走下来正要落座时，被鲁智深走过来揽住肩头一起走到一个没人的角落。

"有件事我这边没做好——"

鲁智深直抒胸臆，却被庄仁抬手打断："甭说了，离职是我的主意，不是你拦不拦的事，再说，你拦得住吗？"

"老哥，不是这个！"

庄仁笑笑，提高了嗓门："咋婆婆妈妈了？这不是你的性子。"

"嫂子还好吗？"鲁智深轻声问，一眼不眨地盯着庄仁。

"好啊，好好的。"

"老哥跟嫂子还好吗？我不是打听个人隐私，就听一句实话。"

庄仁盯着鲁智深半晌，说："实在不行就和平散伙吧。就跟你说，保密。"

"明白！"鲁智深轻叹一声，不追不劝，使劲咬了咬牙，将腮帮子咬成了一块铁疙瘩。

鲁智深和庄仁回到酒桌时，崇良和晶鸿正端杯过来敬酒。

"晶鸿，"鲁智深起身以水代酒跟崇良和晶鸿碰杯，"今天我还是忍不住给你布置一项工作，行不？"

晶鸿调皮应道："鲁总，坚决完成任务！"

"你啊把刚才庄总的视频剪成小片配上文字，到咱们内部群发一下。太精彩了，值得大家学习。"鲁智深将目光移离晶鸿，又转向崇良，"没问题吧老哥？"

"没问题。"崇良猛地提高嗓音，"来，喝酒喝水都行，为庄总的精彩致辞喝一个！"

奇秀、李晓月和公司另几位高管也一起跟庄仁碰杯。

"不好意思，说明下，我这是水啊，"庄仁一饮而尽，咂巴着嘴瞪着崇良笑，"怎么弄得跟我当新郎官似的！"

崇良和晶鸿敬完酒转身到了邻桌。鲁智深给李晓月舀了一勺红烧鳜鱼，说："这你的最爱。李晓月同志啊，啥事一旦战略误判后果非常严重，是不是？"李晓月表情有些尴尬，用膝盖碰了下鲁智深。

"庄总，"奇秀笑眯眯地朝庄仁喊话，"你别怪，谁叫你天天看起来像个新郎官呢？"说着，给自己面前的酒杯里倒上半杯白酒，"借新人的美酒，我敬庄总一个，一是感谢，二是谢谢。"

庄仁白一眼奇秀哈哈笑："行啊，以前滴酒不沾，现在出手就大杯。鲁总，公司今年的业绩我看非比寻常啊。"

"那我陪一个！"鲁智深抓起酒杯，用力往桌上一放，叫李晓月倒酒。

第十九章　那么爱吧，用真情换你愿意

婚宴尽兴而散，奇秀得意地上了庄仁的车。来时奇秀就想搭庄仁的车，微信联系时得知庄仁在新房那边写东西便一口拒了他回大院接她的主意。

奇秀喝过几杯白酒，早已脸颊绯红，扭头看一眼庄仁说："也不欢迎我参观下豪宅，是不是金屋藏娇啊？"说着伸手开了天窗，惬意地往后一靠，张开双臂托住车顶。

"开天窗干吗？人可爱了呼出的酒气闻着都香，跑了多可惜。"庄仁伸手拿下奇秀的左胳膊，"影响安全驾驶了，知道不？"

奇秀缩了胳膊，交叉放在胸前，朝庄仁侧过身子："讨厌，你别转换话题行吗？"

"啥豪宅呀，家徒四壁，我一人在那儿凑合着写东西。"

"哼，不欢迎，说啥都是理由。"奇秀依旧侧身嗔着。

庄仁瞅一眼右侧倒车镜时，眼角余光分明见奇秀大半个胸口一览无遗。庄仁嘿笑一声，说："我看你便装随便穿，好看又撩人。"

"是吗？"奇秀得意地坐正身子。

"嗯。"

想着当初奇秀出借大笔款项才顺利买下这套房，庄仁也想顺便领她上楼看看，但奇秀那种敢做敢当、痛快淋漓的性子，在天时地利的环境条件下真要是不顾一切主动扑上来，对于这种互信基础上自然而然的欲火，庄仁觉得自己缺乏抵挡的底气与实力。庄仁相信，男女间激情萌芽的独处游戏，就像一场危险的蓄水试验，虽然最初你情我不愿，但最终结局往往水漫金山。这事儿跟先前嘴上说不喝不喝上了酒桌却喝大完全不一样，男女间灵肉的贪欢有了第一次定会创造第二次，从此一发难收。

"哎，今天你表现挺脱俗嘛，我看可以出台当情感导师了。"奇秀双眼迷离，转头瞟一眼庄仁。

"出台？"庄仁嚷起来，"我是吃那种技术饭的人吗？"

奇秀开心大笑，将座椅调低了些，闭了眼朝庄仁侧卧。

“我提醒你啊，过日子得细水长流，工作别用力过猛，酒呢也要适当喝，好好的年轻人可别弄出一身老毛病，让它把自个儿打了折扣。”

庄仁见奇秀不说话，瞟一眼又自言自语，“今天他俩婚礼弄得挺好，对吧？知道吗，结婚往往不是因为爱情走到了这一步，而是过日子需要一个人陪吃陪睡才有意思。为啥有的人明知对方不是自己的真爱，还心甘情愿共度余生呢？因为害怕孤独终老啊。想想，老了病床旁边亲朋无一子，奋斗终生到头白骨一堆无人知，不好吧？”

奇秀仍不搭话。庄仁接着唠叨：“这时代的确太适合一个人过了，可人类毕竟还没进化到雌雄同体啊。有人跟没人爱，是完全不一样的人生体验。比如，他在巴黎，得知北京刚才发生三级地震，立马打电话问候你。你都没感觉到，人家就牵挂你了。这是啥？这就是爱啊。”

奇秀哈哈笑：“你就是个唐僧，我就是个雌雄同体，知道吗？”笑完又提醒庄仁，“我的事你别操心行不行，你幸福其实我也幸福着呢。”

“行啊。听你这么说，我就可以含笑人间了。”

车子驶进大院，庄仁在奇秀一侧单元停下，伸手拍了拍奇秀大腿：“到了，回家好好睡个午觉吧。”

“这么快就到了。”奇秀拢了拢头发，冲庄仁甜甜笑，“谢谢给我出台啊！”

奇秀下车时庄仁一扭头，见二妹和儿子正并肩走到车边。奇秀喊了声嫂子，跟二妹热情招呼着：“中午参加同事婚礼，回来搭了庄总车子。”

二妹满脸笑意，夸奇秀长裙好看身材好。奇秀咯咯笑着道谢，转身进了楼道。

庄仁摇下车窗问儿子：“吃午饭了吗？”

儿子拎起包装袋晃了晃：“我跟妈在外头吃过了。”

“你们先上去吧，我停好就来。”庄仁朝儿子喊话时看了眼二妹。

二妹目不斜视，跟儿子并肩径直往前走。

庄仁进了屋，见儿子在镜子前试穿新买的衣和鞋，二妹在一旁观赏。庄仁伸手摸了下二妹的头，围着儿子转一圈：“挺好挺好！”说着洗一把手进了卧室。

二妹见庄仁上了床，没好气地说：“待这儿干吗？去那边写啊！”

“让我歇歇行吗，儿子周末回家了，吃顿团圆饭睡个团圆觉不过分吧？”

二妹不搭话，从衣柜扯出一条薄被扔给庄仁，又将他身上的那床扯下盖到自己身上。

庄仁手机微信“叮”一声响，正要点开，就听到二妹说：“我把民政局的网上预约短信转你了，按上面说的咱们一块办了吧。”说着转身背对着庄仁。

庄仁看了下微信，一把扳过二妹身子，压低嗓音吼起来：“你到底中啥邪了啊？这么多年了我可没干对不住你的事儿。退一万步说，就算犯错误，也不至于这样吧。人家好心好意借一笔钱帮我，你就发现奸情了？这是啥脑袋里出的啥逻辑啊？”

二妹闭着眼，一声不吭又转过身去。

庄仁一下坐起来：“共产党对手上沾满鲜血的战犯，也给改造机会。你这么弄，你不觉得太铁石心肠了吗？说实话，我也是一心想着写个名动天下的东西，忘了你生日什么的，是伤了你的心，几句话说清楚不就完了吗？”

“那还跟人家成双成对，你跟奇秀过呗！”

“你真要下定决心离，我也不反对，但我得跟你说清楚，我跟奇秀没任何不正经，你别把我也把她给看歪了。”

“都明明白白摆在这儿，还辩解有意思吗？你跟她从车库出来上操场一起散步，多亲密啊。跟她一起在外面赴宴把酒言欢，多甜蜜啊。这都是我亲眼所见，还有别人告诉我的就不说了。你跟她过吧，我成全你们。”二妹说完，呼地拉上被子蒙住头，不再搭理。

庄仁长叹一声，心里有些难受，二妹啥时竟然盯梢自己了？庄仁伸手拿过手机刚调成静音便有一条微信消息进来，一看是申颖发的。

“随礼多少？转你。”

“免费午餐，不收礼。”

“哈。别人结婚，你大出风头，挺会抢戏嘛。”

庄仁从申颖的龇牙表情看得明白，申颖已从朋友圈见了崇良和晶鸿的婚礼视频，当即回复一个偷笑表情。

申颖又发来一条：“你哪闷骚啊，我看你外骚得很。”

刚用微信时，庄仁觉得朋友圈就是闷骚表达的自由广场，它的热闹只不过是对传统低调文化的叛逆，好似一股强劲的暖湿季风，让压抑中的男女快意升空，自由自在地歌舞。这种感觉，犹如突然政策允许，扔掉长年不许扔的裹脚布和束胸巾，浑身散发的舒爽感觉，爽得人直打激灵。除必要工作外，庄仁和申颖现如今都不爱发圈，也懒得点赞。庄仁觉得，朋友圈的热闹与寂寥，就像庄稼一样，自有兴替。对庄仁的这一观点，申颖深以为然。

“回大院了，睡觉呢。”

庄仁这么一句，申颖便不再回复。申颖知道庄仁有铁打的午睡习惯，在公司时即便再忙，都要倒头眯一会儿。庄仁曾跟申颖开玩笑说，中午不睡，下午崩溃。其实真要忙起来，庄仁也忘了午睡，干活加班照样精力充沛。

庄仁迷迷糊糊睡了一觉，醒来已不见二妹，犹豫一阵还是忍住了一咬牙去新房那边的冲动。庄仁一直觉得，一纸婚约本来就是个形式主义。这几天也想明白了，二妹这般较劲要离，绝非另有所爱，而只是给自己男人一种惩罚。要离，那就痛快答应离吧。不敢离或拖着不离，二妹才觉得自己有鬼有愧呢。

庄仁抬起胳膊捏着脖颈走到客厅，见二妹在沙发上正兴趣盎然地盯着手机。庄仁摆好棋盘，将儿子从电脑前拉下来，叫他陪着玩了几盘，然后一个人进了厨房，有哼有唱忙着准备晚餐。

晚上睡觉，二妹还是坚持各盖各的被子。

庄仁看着二妹专注玩手机，说："我看你离了是要嫁给手机，对不对？"

"你过你的，管我干吗？"二妹应着，头也不抬。

庄仁抓过手机，无聊地翻着微信通信录。突然记起崇良曾发给自己的那个手机号码，是艾昕的。以前，庄仁也悄悄在微信新的朋友里输入过那个号码，可每次指尖都犹豫着。不是没有勇气戳一下搜索，而是没了心思。还搜索干吗呢？当初月色朦胧，在校园樱花园艾昕可是拥着自己说过要爱一辈子。可是，在最渴望她的温柔时，她却写来了分手信。每忆起这个，庄仁便不想再彼此打扰。

可现在，庄仁感到似乎有双看不见的鬼手操控着自己的指尖。几步下来，手机屏幕上显出了"边微笑边青春"，地区标注为冰岛，个性签名写着"择一城终老，携一人白头"，大头照是一只立在荷叶边缘的蜻蜓特写。庄仁点了下添加到通信录，写下"还记得吗？庄仁"，犹豫一会儿还是发走。艾昕会不会添加自己呢？结果只有两种，要么加要么不加。不加的话就拉倒，如果过上两三天再加，那也拉倒吧。对于艾昕的态度，庄仁心里作了充分的估计和应对，说不上忐忑，只是充满期待。

很快，两条微信消息闪现在屏幕上。是艾昕的，她不仅通过验证，还发了"首都才子好啊"，紧接着又发了个握手表情。庄仁一时不知回复啥好，犹豫了一会儿才回复一句"在冰岛还好吗，现在很冷吧"。

艾昕很快回复："冷得冒汗呀！"

"欢迎来北京！"

"好啊，去了找你。"

庄仁边聊边删聊天记录，趁空余快速浏览艾昕的朋友圈，知道她在上海。一来一往十多分钟之后，庄仁主动结束聊天。

二妹背靠枕头，仍在一旁静静地盯着手机。庄仁将手机撂到床头柜上，枕着双手直直地望着屋顶。今夜依然跟二妹同床而眠，两人却好似望洋相隔的两座岛屿。突然间，艾昕的笑靥浮现在了庄仁眼前。

“过往，要么在时光的沃土里长成摇曳的花，给今日留些温情的追忆。要么在心口结出难以磨灭的疤，为深夜熬到天明准备N个理由。曾经的梦里人，还会在清凉的早晨遥寄你一个大大的拥抱吗?”

艾昕刚刚聊过的话还在庄仁耳边默默回响。艾昕的文字还是这般温婉，既有画面的动感，也有暖人的温度，给庄仁的感觉依然如昨。

庄仁轻叹一声，心想艾昕大约是早已忘却她写过的分手信，或是早已放下过往，灿烂向着徐徐而来的生活。庄仁闭着眼琢磨着明天的构思，一会儿便入睡。

第二天吃过早餐，庄仁便去了新房那边。开了电脑，却盯着屏幕呆呆坐着，忽又掏出手机给申颖发微信。

“欢迎来我这儿参观，也不亲自慰问下，写东西经常写死人知道不?”

“不去。”

“怕劫色?”

“瞎说啥呢，你集中心思加油写啊，人家等着本子呢，可别叫我放空炮。”

庄仁不想在手机屏幕戳着指头写，便给申颖拨了过去:“占用两分钟，问你个问题。如果不把婚姻比作鞋，用啥最合适喻体能精准表达出你的婚恋观?”

“你还真写进了状态。”申颖正趴在枕头上看手机，接了电话哈哈笑着打了个滚，“哎呀怎么说呢，婚姻吧跟鞋一样，舒服也只是一阵子，不合脚了要么扔，要么忍。有时候，婚姻更像夹在两指之间快要燃尽的香烟，你不掐不扔，那就等着挨烫。”

“你又不抽烟，咋扯到烟呢?”

“我就烦烟，才扯它。满意吗?”

“满意，相当满意!”庄仁乐呵呵地挂了手机，又埋头写起来。

按二妹的约定，两人准时在民政局婚姻登记中心会合。窗口空荡荡的，办事人员的语音叫号一连叫了几个，始终无人露面。等了几个空号，便轮到庄仁。办事人员显然见惯了悲喜，一脸平静地查验证件，简单问几句便完成了换证。庄仁翻看着离婚证，除封面文字由烫金改为烫银外，感觉跟结婚证在外观上并无差异。

庄仁有些不相信，跟二妹二十年的婚姻说散就散了，心里竟没一点悲戚，完全没有像去交管所交违章罚款时的悔与怨，甚至还因经历如此人生体验而内心悄然生出一种获得感。除公寓房无法分割外，庄仁逼着二妹在协议书上签了字，将新房给了她，还将自己银行卡里的一些钱款也转到了她账上。

办完事拐到大厅一角时，庄仁听到宣誓室传出诵念的声音，便忍不住探进身子张望。两对显然刚领证的男女各持一个大红对开册子，齐声念着："今后，无论顺境还是逆境，无论富有还是贫穷，无论健康还是疾病，无论青春还是年老，我们都风雨同舟，患难与共，同甘共苦，成为终生的伴侣！我们要坚守今天的誓言，我们一定能够坚守今天的誓言！"

没等两对小夫妻将最后一句念完，庄仁便闪了出来。一抬眼，发现二妹已不见踪影。来时还空无一人的咨询台前已排起长长队伍，庄仁有些恍惚，原来结婚离婚，就是世间人的得与失，也许男女就是在这样的离合中才保持爱的平衡与永恒。

阳光有些刺眼，颇有烧灼感。庄仁在登记中心前的小公园里站定，怔怔望着停车处，那儿也不见二妹的身影。蓦地，庄仁感到心口涌起一丝疼痛，耳边仿佛飘过缠绵的旋律——

风来了又去霾去了又来/生的熟的人大街上走着就不再见/红尘中的思念/说不清谁对谁更眷恋/我想着你的眼想亲吻你的脸/爱来了又去恨去了又来/冷的热的心偎依中笑着说着就变/爱着的从前/你枝我叶青春过那片天/我记着誓言忘了你泪水的咸

手机铃声突然响起，庄仁冷不丁吓一跳，定睛一看是雪霏霏打过来的。

庄仁看了眼手机屏幕，又朝四周张望寻找着二妹的身影。雪霏霏的电话铃声执着地响，庄仁虽然有些不情愿，但还是接了，以轻松口气喂一声然后直呼雪霏霏名字。

"庄仁，方便吗？是不是又忙呀？"

听着雪霏霏有些明快的语气，庄仁还是拿不准她打电话的目的，便问："有啥需要帮忙吗？"

雪霏霏笑了笑，说："刚从云南回来，给你带了些水果，还有蘑菇，挺新鲜的。现在给你送过去吧。"

庄仁立马应道："别别别，水果啥的家里都有。这会儿路上正堵，跑一趟时间成本太高。留着自个儿吃吧，你吃就当我吃，真的。"

"那送你一套房子，我跑一趟就值了吧？"雪霏霏仍旧笑着，语气里明显有了嗔怨，“我知道你家啥都不缺，水果和蘑菇我是特意给你带过来的，今天还特意请了假。上次你叫古悦梅古律师帮我忙，还没感谢你呢。”

庄仁明明记得古悦梅为雪霏霏代理离婚官司后，雪霏霏除了律师费还用一堆红酒茶叶还有螃蟹卡表达了谢意，现在说还没感谢，只能说明要么她已忘记，要么在随口找理由，便呵呵笑一声：“都谢过了，芝麻大的事甭谢了又谢。”

雪霏霏不依不弃，说：“就当找你聊聊天呗。难道非得红颜知己邀你才欣然同意？”

庄仁坐进车里，手机听筒里雪霏霏的说话声明显清晰了，听雪霏霏这么一说，当即打消了硬着头皮拒绝的念头。

“切！你说说，让我欣然同意的红颜知己是个啥模样？”庄仁一边应着雪霏霏一边启动车子，“我这会儿在外边办事，正好离你那儿近，我现在开车过去，行吧？”庄仁一说完，就听到雪霏霏混合着快活与得意的笑。

庄仁赶到时，雪霏霏已等候在研究所大门外，脚边放着两个大盒子。没等庄仁摇下车窗，雪霏霏便拉开后侧车门，麻利地将盒子放进车里，又高兴地坐到副驾驶位置，说：“直走，我在前边一家餐馆订了地方，咱们先过去坐坐，饿了就吃，怎么样？”

“走。”庄仁吆喝一声，开动了车子。

“哎你发表意见呀，不行可以换地方，我是觉得那儿的饭菜太合你胃口了。”

“那我换地方我傻啊。”

雪霏霏被庄仁逗得笑个不停，笑完又问：“今天我就假装你红颜知己，行吧？”

庄仁不说话，只是嘿嘿笑一下，又吹了一声口哨。

“我知道某人的红颜知己标准太高，既要容颜养得了双眼，又要情趣配得上口味，还得步子追得上内心的念想。”说着，雪霏霏侧身问庄仁，“男人是不是都喜欢性感女人？”

庄仁哈哈笑：“你今天的味道大不一样啊，这是要摆啥宴？”

“保证不摆鸿门宴！”

“有啥事需我出工出力的，尽管说。”

雪霏霏避开庄仁的话，问庄仁：“你怎么看我今天味道不一样啊？”

“看透又说透，还问得很尖啊。”

“慢点慢点，就这儿！”雪霏霏打断庄仁的话，指挥他靠边停车。

庄仁抬眼打量着饭店门面，跟着雪霏霏走了进去。看着庄仁有些尴尬的神情，雪霏霏笑了笑："咱们是有点早，但早有早的好处，免得到时没座排队，先说说话喝点茶，行吗？"

庄仁在临街靠窗的座位坐下，叫雪霏霏退了早前订好的包间，说这儿视线好空气也好。

就在雪霏霏爽快地退了包间，又从包里拿出精致筒装茶叶，吩咐服务员泡上的空当，庄仁给二妹发微信问"回家了吗"，发现竟然发不出去，二妹居然把自己拉黑删除了。庄仁心里一顿，面对雪霏霏却声色不改。

"哎，我那问题你还没回答呢。"雪霏霏俯身凑近庄仁。

庄仁一脸茫然，问："啥问题？"

"男人是不是都喜欢性感女人啊？"

"当然啦，你是男人你不喜欢？除非你脑子有问题，要不身体有疾病。性感女人不是露肉，她的特质就是不仅会露，而且会穿，连内衣内裤都不马虎。"

雪霏霏瞪大双眼，满脸笑意地看着庄仁："接着说，我喜欢听。"

"我说实话吧，性感女人都是男人的梦中情人。外秀内惠，魔鬼身材加真性情，这种性感会要命。像你这样，一言不发眉眼照样有风情，会要人命的！"

雪霏霏捂着嘴将头垂到胸前笑个不停，止了笑又抬头问："哎你有多少红颜知己？"

"我又用不着批发兼零售，你说我有多少？"

雪霏霏又一阵笑，接着轻叹一声："时间过得好快啊，眨眼我们都老了！"

庄仁瞪着雪霏霏，喝口茶又不紧不慢地说："瞎说，老啥老，如果我九十一岁处于单身状态，你主动帮忙给我介绍一个四十四的女子，我肯定会生气地告诉你，她太老了！"说着，眯眼蹙眉脸上挤出一副怒气冲天的模样。

"我才不主动帮呢，干吗惹你生气呀！"

说说笑笑，边吃边喝，大半天一晃而过。雪霏霏的如花笑靥，给庄仁一些时空错乱感。二十年过去，当年一大早在立青市火车站广场相遇并在早餐店邻桌的那个女孩儿，如今愈加活色生香。虽然一上午心里都难受，可庄仁觉得还是有必要在雪霏霏面前表现出足够的自信与洒脱，因为岁月早已解体与她之间那生不逢时的人生初见的缘分，已完全用不着自作多情，更用不着冷漠绝情，自带些温情足矣。

雪霏霏坚持要买单，夺了庄仁手机塞到自己包里，又抢了他手中钞票。

庄仁拗不过便由了她。出饭店大门时，雪霏霏扯了下庄仁袖子，将手机交到他手里，又将钞票塞进他裤袋里，笑笑说：“送我回呗，不然你九十一岁单身了，我可不帮你介绍二十八的女孩儿。”

“你看你看，你就想惹我生气，有十八的干吗要介绍二十八的呀？”庄仁瞪一眼雪霏霏，哈哈笑，“当然，实在找不到十八的，二十八的也行。”

“你这个家伙，难怪一二十年了总是老样子，原来是心不老啊。”

庄仁听着，雪霏霏的语气里有玩笑，似乎也有幡然醒悟。

庄仁将雪霏霏送回研究所时，决定回部队大院，让儿子和二妹尝尝雪霏霏送的这些水果和蘑菇。

钥匙插进锁孔，转动后还能开门。屋里静静的，陈设一切照旧。庄仁吁一口气，感到有些欣慰。虽然微信被二妹拉黑，但房门锁还没换，想回家还进得了门。

想着小说写作已耽搁大半天，庄仁果断出门，径直开车前往新房子那边，副驾驶位置上放着从水果和蘑菇中分出的少部分。庄仁想，雪霏霏在研究所门口下车时一再叮嘱庄仁多吃点，那就尝尝吧，算是应了雪霏霏的美意，也算填充空寂的胃。

一连几天，庄仁足不出户晨昏不辨地亢奋写着，不再关手机，只是调至静音，将它反扣在电脑旁，只在午间小憩时浏览一会儿。

中午，庄仁简单吃过一碗面条，翻看手机时竟发现一个小时前古悦梅打进了三个未接电话，便立马回过去。

古悦梅接了电话，全然没有以往的客套，直截了当地问：“雪霏霏出事了，知道吗？”

“不知道，啥事？”

“雪霏霏叮嘱我了，我得替她保密。”

“不会是因为窃密卖密吧？”

“不是。”古悦梅的语气平静而坚决，给庄仁以明显的语音起伏感。

庄仁猛地提高嗓门：“是啥你说呀！”

古悦梅一阵沉默。庄仁以为手机信号断了，看下手机发现通话还在继续，便缓下语气，问：“你在单位吧，我去你那儿，就一会儿，行吗？”庄仁知道古悦梅工作紧张忙碌，分分秒秒都金贵。

挂了电话，庄仁立马给雪霏霏拨去电话，一连几次都打不通，以往可查看她全部朋友圈的微信，现在居然成了一条直线。庄仁有些发蒙，前几天还顾盼多情、谈笑风生的雪霏霏居然把自己拉黑了。

庄仁风风火火驱车赶到古悦梅的律师事务所，直接敲开她的办公室，在她对面椅子上一屁股坐下，压低嗓音问："到底咋回事？别倒水，不渴。"

古悦梅起身倒了杯水，端到庄仁手里，说："别急啊你，我想这事儿现在告不告诉你都没多大意义，这结局我还真没法替她报仇雪恨。"

"遇害了？"庄仁瞪着古悦梅，吃惊地问。

"可以说被杀，但从法律上很难认定。"

庄仁摇摇头，一脸苦笑，举起双手朝古悦梅作揖："你们律师就是善于把简单问题复杂化，一句话说得清的事儿，非得绕半天，你就一句话告诉我咋回事不就完事了？"

"我琢磨着，这事儿还得告诉你，不然我也没法办下去。前天，她跳楼了。之前她把一些视频和图片资料快递给我了，委托我替她惩罚恶人，也就是她前夫。她说她信任我，还预付了一笔费用，特意叮嘱我不要把这事告诉任何人。她老公长期对她家暴，你不知道吧？"

庄仁摇摇头，不再吭声。原来，雪霏霏送水果和蘑菇，笑靥如花地请吃，无所顾忌地说笑，那释放出的本真青春气息，都是人生进入倒计时的回光返照。都说人到中年了就笑得不纯粹哭得不彻底，可庄仁觉得雪霏霏那天的笑与哭既纯粹又彻底。

"这个民事赔偿希望渺茫，"古悦梅盯着庄仁，"但报案走刑事追究，还是有可能的。"

庄仁怔怔地看着古悦梅："她那男人咋那么狠啊，王八蛋！"说着叹一声起身告辞。

古悦梅伸手将庄仁拦在门口："冒昧问下，她不会是你红颜知己吧？"

庄仁摇摇头，拿开古悦梅的胳膊，正色道："朋友一场，你尽力帮帮，需我出力尽管说。"

"她要我转告你一句话。"

庄仁走出门，猛地止步，转过身望着古悦梅。

古悦梅走近庄仁，嘴角泛起笑意，轻声说："她要我转告你，谢谢你。另外，你刚才说啥张胜利来着？她老公不是这人啊。"

庄仁心头又一震，盯着古悦梅叹一声："前几天她请我吃便饭，有说有笑的。怎么弄成这样呢？你忙吧，记住，别放过恶人。"

坐进车里，庄仁突然停住启动车子，毫不犹豫地拨了二妹手机。庄仁盯着手机屏幕，听着嘟了四声响二妹才接。

庄仁不假思索脱口而出："明早风大，注意安全。"

二妹虽然只应句“上班呢”便挂了，但这一句让庄仁还是倍感踏实。庄仁舒展开刚才紧绷的脸，对着后视镜龇牙笑了笑，又调整座椅靠背倾斜度，双手枕在脑后闭眼躺下。反正停车收费，就让它收好了。庄仁觉得这会儿在车上静静躺几分钟，远比在家或宾馆睡几小时舒服。这种舒服并非停止劳动让肢体得到放松，而是让大脑换一种方式思考。活着，腿不断要赶的路似乎赶不完，要做的事只要命还在也做不完，管它呢，现在都暂时放一边好了。

庄仁闭上眼，几天前雪霏霏的音容笑貌又浮现眼前。

那天庄仁问雪霏霏干吗非要走到这一步，把雪霏霏问得一愣，但很快就知道庄仁所指。雪霏霏明白，自己不说离婚的事，时间一久庄仁自然会从古悦梅那儿知道真相。

“我挣扎了很久，精神世界荒芜得厉害。不是谁不好，而是已无共同语言，婚姻了无活力，与其纠结不乐，不如一刀两断。”

庄仁觉得雪霏霏的眼神有了以前不一样的清亮，说：“我有过深切的纠结体验，比如脱不脱军装。其实，挣扎就是活着的常态，只不过有的从容，有的窘迫，有的真实，有的文饰。”

“我就是又窘迫又文饰，以前，我渴望新生活，却缺乏勇气，但这条路谁也帮不了谁，个中滋味自己最是清楚。还好，终于盼到了脱胎换骨的这一天。”

“婚姻若没了活力，还真不如早早放弃，就像一棵半死不活的苗，花再多气力也难回生，不如干脆拔了。我看你现在内心很强大嘛。”

雪霏霏哈哈大笑，说：“我就是内心不够强大，遇事常折磨自己，纠结自扰。还好，我有自己的追求和热爱，尚可支撑。”

“我一直挺纳闷的，当年为啥你就没感觉到我对你有好感呢？”

“你一直没表白啊！”

庄仁听得明白，雪霏霏的回答没有犹豫，也没有尴尬。

“我常想，若是当年我鼓起勇气向你表白了，会是怎样的结果呢？那时我是沉住气想等等再表白。哪知道一下到连队，就是咫尺天涯，后来根本就找不到你人了。”

“当年你表白也没用，那时我心思根本不在山沟，只是后来失恋了才作出另一种选择。我们兜兜转转，时间地点一直就不对。”

庄仁一乐，说：“以前没对的，都是时间有错。”

雪霏霏呵呵笑，笑得脸发红，问：“你说我这人是不是挺挑剔？”

庄仁瞪着雪霏霏不置可否。

“不瞒你，到北京两年后我们就分床睡，很快就离了。接着又找了一个，一阵童话般的浪漫蜜月后，我根本就没那想法了，完全不用敷衍了事，也不必借口大姨妈来了。”

庄仁有些吃惊，雪霏霏竟然说出如此私密的话，又不好意思追问，只是忍不住冲她一笑。怎么会这样呢？婚姻原本就是一床一被，需要肌肤相亲愉悦两情。在激情澎湃的青春季，剥夺或是自我剥夺肌肤相亲的冲动与需求，该是怎样的残忍呢？庄仁借调到北京跟二妹分居的日子里，夜深人静时满脑子都是那想法，甚至夏夜里迎面风吹过来，那衣服与身体的摩挲都能激起想与二妹肌肤相亲的渴望。

“你还别说，活得受罪过得憋屈，有的时候主要原因还真出在挑剔二字。”庄仁悠悠地说，但声调明显高了，手也开始在空中比画起来，“比如买房子，好多人挑得很，不是认为小区绿化欠佳就是觉得闹中不能取静，不是对人车不分离不中意，就是对安保不放心，买套房恨不得把所有小区的优点都归拢到一块儿。谈婚论嫁吧，一开始也是挑，结婚生娃了更挑，一个嫌对方没情趣没品位，另一个讨厌对方坏毛病多还没本事，你忍我忍突然都憋不住了，一爆发就天崩地裂。”

“不是这个，他有些钱，既跟正经女人好，又偷偷到外面瞎混。”说着，雪霏霏便泪水直流，身子不停颤抖。

庄仁递给雪霏霏一张纸巾，不知用啥话相劝。显然，这个时候批判男人显然没多大意义，最有意义的莫过于雪霏霏清醒时不能说出的那些话，趁此时机让她说个痛快。

可雪霏霏痛快之后，却从这个繁华世界骤然凋零。庄仁难以想象，在装修考究、陈设豪华却又暴力肆虐的家里，雪霏霏鲜花一般的躯体承受了多少不为人知却被摄录下来的暴力蹂躏，还有那些伤在内心看不见的疼。

庄仁伸了个懒腰，然后坐正身子，又调整好座椅，刚发动车子又停住手脚，拨通了申颖手机。

“好久没想你了，打个电话问候下。”庄仁一说完，便听到申颖吃吃笑。

申颖边笑边问：“大作写完了吧？”

“完了。”

“太好了！”申颖兴奋起来，“来我这儿吧，今天我在家，附近有美食店，让我好好犒劳下你，行吧？”

庄仁突然觉得申颖发来一股魔力，拉着车子飞奔起来。

庄仁将车开进申颖所在小区。刚下车，申颖便在他身后问：“是好久没想我了吗?”

庄仁见了申颖，眼光便不再挪往别处。在庄仁看来，眼前的申颖这一身实在令人耳目一新，透明黑色丝袖不紧不松包裹着胳膊，手腕处留着三四寸长浅白色袖口，咖啡色敞领马甲的左侧胸前订着一朵蝴蝶花，半片莲叶状的黑色镶边盖住双肩，红色七分裤艳而不俗。

“怎么可能?”庄仁耸耸肩，朝申颖眨巴双眼，“好久没见你，想死我了。”

申颖看起来心情大好，伸手在车窗玻璃上敲得咚咚响，一把拉住庄仁：“哎你这人啥时学会赖皮了？刚才打电话还说好久没想你了。”

“是吗?”庄仁瞟一眼申颖，嘿嘿一笑。

“完了，油腻了。说吧，吃啥?”

“不啰唆，你吃啥我吃啥。”

“时间还早，上我那儿坐一会儿喝杯茶，可以吗?”申颖站定，转身征求庄仁意见。

庄仁看一眼申颖，一脸平静，说：“可以啊。”

申颖一扭头，命令庄仁：“走!”说着，又扯住庄仁袖子，“要不这样，我给一传媒公司的朋友邱总打个电话约他过来，你把你本子的事跟他聊一聊，行吗?”

“太好了!”

庄仁盯着申颖拨通电话，清楚听见手机话筒里传出带着北京腔的男中音：“聊一聊吧，饭就不吃了，耽误时间。那我现在把一个会议调整下，大约一小时到你那儿。一会儿见!”

申颖挂了手机，扯了下庄仁袖子：“走吧，先上去吧。邱总分管公司融资业务，真的忙，不是因为你在这儿就不吃。”

庄仁“嗯”一声，朝申颖点点头。

申颖开了房门便开始摆弄茶具。看着庄仁换过鞋径直在沙发上一屁股坐下，申颖朝庄仁直笑：“哎你这架势，好像回自己家啊。”

庄仁长叹一声：“我现在也是孤家寡人啊!”

申颖拨茶叶的手停在空中，望着庄仁问：“啥意思?”

庄仁斜眼看着申颖，扬了下头答道：“离了。”

“骗人!”

庄仁抓起手机在屏幕上又点又戳，然后伸手递给申颖。

“啊?”申颖大吃一惊，“不会吧，还真离了，为啥？不会是因为奇秀吧?”

庄仁起身一把夺过手机，瞪着申颖嚷：“奇了怪了，怎么你也这样认为?

说说你根据啥判断的？现在说！”

申颖坐到沙发上，盯着庄仁手机说：“我不是认定你跟奇秀有啥问题，我是感觉有人利用奇秀制造了矛盾，或者说挑起了事端。当然也不排除你以心底无私的接触给了旁人眼见为实的误会。她在公司干得不错，人挺好，能力也强。”

庄仁一脸苦笑，盯着申颖问：“一个净身出户的油腻中年男人，申总还要吗？不要我就当厨余垃圾处理得了。”

“要啊。”申颖应着，带着斩钉截铁的神情。

“不挑了？”

“我本来就没挑！”

庄仁哈哈笑：“你养我啊？”

“当然。”

“别撩我，”庄仁叹一声，“我现在成了油腻单身男人喽。”

申颖将左腿坐到沙发上，正面盯着庄仁，抓握住庄仁右手：“那么，爱吧。”

庄仁的心铿锵跳动着，感觉自己就像在深水中狂奔。

申颖侧过身，将头埋进庄仁怀里。一会儿又抬起头，盯着庄仁柔声说：“我愿意，只是请你给我法律意义上的欢爱，我不想背骂名，也不想做露水夫妻，能答应我吗？”

庄仁缩回右手，帮着放下申颖裙摆，久久不作答。

申颖一骨碌翻身跪坐起来，双手捧住庄仁的脸，直直地盯着庄仁的眼睛：“别转换话题，你还没答应我呢，我说我现在愿意，你呢？”

庄仁听得明白申颖将重音放在我愿意上面的意思，抬手轻轻抓住申颖双手，又轻轻放到申颖背后，然后猛地一把将她推倒，整个身子重重压了上去。

申颖只是轻声尖叫一下，仍目不转睛地盯着庄仁。

“我愿意。”庄仁说着，搂住申颖拉开她背后的拉链。

申颖猛地紧抱住庄仁脖子，生怕他像风儿一样消失。

申颖柔声说：“你没洗，洗一下吧。”话声刚落，申颖手机突然响起，庄仁条件反射般下地，替申颖拿了过来。

申颖接过手机一看，轻轻拍打庄仁胳膊时还嗔骂一句“真讨厌”。

“喂邱总，哦好嘞，我们在小区门口等着。行行行！”申颖接完电话，发现庄仁已将自己内外恢复齐整，便抱住在他脸上亲吻一下，“走，咱们下去。”

“叫他上来呀，你这笨蛋。”

“不行，”申颖一脸毅然决然，“这儿除了我爸跟你，别的男人不能来，也没来过，这是原则问题。”

庄仁伸手轻托起申颖下巴，将竖起的大拇指触到申颖鼻尖：“好同志！”

申颖朝庄仁大拇指一巴掌拍去，又在他脸上亲吻一下，然后挽住胳膊出门。

进了电梯见四下无人，庄仁盯着申颖笑：“不冷嘛你，以前跟那刺猬一样，都不能碰，怎么现在一根刺都没了？”

申颖用肩膀靠了下庄仁：“都用光了！”

在电梯里，庄仁将雪霏霏的死讯告诉了申颖。不用催问，庄仁也将雪霏霏的死因和盘托出。

申颖猛地抱住庄仁，“哼”一声说：“我才不那么傻！”

出了小区左转十来米，申颖便举起右手喊着邱总。一位高大壮硕、脚蹬跑鞋、纯白T恤配大短裤，看起来五十来岁的男子，站在车旁朝申颖挥手。庄仁叫不出那辆车的名字，感觉车灯与自己腰齐平，忍不住多瞄了几眼。

男子看了眼申颖，跟庄仁握了下手，直截了当地说：“邱明亮，你的情况申颖都跟我说了。”又指着旁边酒店，“干脆，咱们坐大堂里聊一会儿，走。”

庄仁看了看申颖，对邱明亮说：“一块吃个便饭吧邱总，正好也到了饭点。”

邱明亮抬手摇了摇，又指了指酒店大门。

“那听邱总安排，走吧。”申颖说着从包里拿出一瓶水递给邱明亮。

酒店大堂很是清静，进门一角的几个长短沙发空无一人。三人围着一张小圆桌刚坐下，邱明亮便盯着庄仁发话：“说说本子的基本结构和矛盾冲突吧。”

庄仁抬腕看了下表，又看了下申颖，不紧不慢地讲起来。

“不行，你这没冲突可不行！”邱明亮听了不到几句，便皱起眉头挥动手中矿泉水瓶，提高嗓门打断庄仁的话，“你可能没理解我的意思，我给你举个例吧。”

庄仁静静地听着邱明亮讲述公司近几年投资制作的几部叫座又叫好的电视剧中的冲突情节。待邱明亮讲完，庄仁又开始不紧不慢地讲述。

“这就对了！”邱明亮耐着性子听一阵，拧开瓶盖“咕咚咕咚”喝起来，“你这么一说，感觉还挺有意思，说实话我没时间从头到尾看你本子，你得按我的要求好好弄。”说着又掰着指头给庄仁提修改意见。

“没问题，按邱总说的办，我尽快！”庄仁当即表态。

邱明亮又挥挥手，指着庄仁对申颖笑了笑：“这家伙，一看就是军人作风。”说完又转向庄仁，“也不必这么急，慢慢弄吧，不改个七遍八遍都不灵，出个好东西哪这么容易？刚才我说这些，不是在这儿耍大牌，也不是作为资方任性，干这行得按规律办哪，得引来现金流，不赚钱那不瞎折腾吗，对不对？”

庄仁连声应着对对对时，邱明亮突然起身：“就这样吧，下回咱们再合计，我得走了。”

申颖和庄仁不断道谢，笑脸目送邱明亮。

庄仁碰了下申颖：“他刚才要不是耍大牌、任性，是啥啊？”

申颖抓过庄仁的手，朝他做个鬼脸：“你要适应这种沟通方式，人家是行家里手，也是直奔主题不废话，咱们听劝才名利双收，知道吗？”

“那当然，这事儿靠面子靠不住，关键还得靠本子！”

“吃啥呢？说好了，今天我犒劳你。”申颖眉飞色舞，旁若无人，“星光不负赶路人，时光不负有心人。等着你名声大震呢，好好改吧。”

庄仁凑到申颖耳边轻声说：“在楼上不犒劳过了吗？我都饱了。”

申颖一愣，随即咬唇皱眉，假装怒目而视。

“那吃点高能又滋补的呗。”

“哎！”申颖用力抓握一下庄仁的手，压低嗓音说，“这在外头，你正经点好吗？”

望着大街上裙裾飞扬五彩缤纷的时髦女人，庄仁有些恍惚，感觉申颖一如当年容颜未改秉性没移，只是从当初的不谙风月进化成风情万种。

申颖挽着庄仁走进一家饭店，朝里一望见座无虚席，只得在门口仅有的一张空桌边坐下。

“这儿的菜好吃，就这儿行吗？”申颖拿过菜单盯着庄仁征求意见。

“当然行。”庄仁说着无意望一眼门外，见一女人款款走过，不到一秒钟的犹豫，便起身追了出去。

庄仁跟在女人身后，细细端详着她的背影，感到全身血液直往脑门上冲。这不正是艾昕吗？明里暗里想念着的艾昕居然以这样的方式出现在眼前？真的是人生何处不相逢啊。没想到，这么多年不见，今天竟然像天意一般撞见。艾昕还是熟悉的披肩长发，修长身材依旧散发着熟悉的风韵。庄仁感到心脏怦怦直跳，想张嘴喊唇齿却像被胶带粘住一般，于是快步超了过去，然后停住转身装作寻找门店，眼睛却定定落在迎面走来的这位女人身上。

女人走近时与庄仁坦然对视，依旧款款前行。擦肩而过时的一番细细打量，庄仁终于看清女人并非艾昕。刹那间，庄仁怦怦跳动的心倏又平静。

庄仁回到饭店，看着申颖笑眯眯重新坐下。

申颖点完菜，将菜单本递给服务生，转头问庄仁："干吗呢你？"

"我说追着看美女，你信吗？"

"好吧，我信。"申颖笑着摸一下庄仁的手，"怎么样喝点吧，好事成双来两罐啤酒，喝点才显犒劳的诚意与质量，对不对？集训时水壶里灌啤酒，亏你想得出。"

申颖随口而出的唠叨话，让庄仁一下子感到那些久远的记忆又鲜活起来。庄仁压低嗓门，说："别怪我没提醒你啊，酒后不能开车，喝多了还容易失去理智。"

申颖眯着眼伸手在庄仁胳膊上装作用狠劲拧一把，又摊开手找庄仁要车钥匙和身份证。庄仁二话不说，立马掏出放到申颖手上。两人目光相遇时，禁不住都会心一笑。

申颖问："笑啥？傻不傻你？"

"扣车扣证，你这是要搞大事啊。"

申颖呵呵笑，叫服务员拿来两罐啤酒，端起水杯跟庄仁相碰，半发嗲地拖着腔说："别紧张好不，不会卖掉你的。来吧，让我们为见证一位非著名作家诞生干杯。"

庄仁拉开啤酒罐跟申颖轻轻一碰，感到内心深处先前在房间被她撩得春心荡漾甚至难以按捺的骚动，全被刚才神似艾昕却终不是的女人给抵消了，甚至心里还涌起淡淡的失望与忧伤，对于接续那种骚动已没了心思和力量。而眼前的申颖，分明像熟睡醒来之后浑身每个细胞都充盈着活力，那眼神明亮而多情。在庄仁看来，申颖流露出的神态，全是恋爱中的女人才有的情绪。庄仁想，先前的一阵肌肤之亲，应该是开启了申颖久闭的欢爱之门。

说说笑笑吃喝完，庄仁因四罐啤酒下肚而脸红头晕，只想找个安静又安全的地方躺一会儿，借助酒精的麻痹让脑子暂时不思不虑，也许沉沉睡一觉，才是清除缠在脑子里的纷纷扰扰的最好办法。申颖依旧容光焕发，笑容可掬，若无其事的眼光里似乎藏着一股烈火，给一个火星就能燎原的那种。

"哎呀超标了超标了，回你那儿歇会儿怎么样？"庄仁打着饱嗝盯着申颖，又用力咽着，"我保证老实歇着，绝不借酒耍疯，说到做到。"

申颖用力捏了下庄仁手腕，做半撒娇状："别急啊，出去溜达一下再回，好吗？"

"那走吧，你开！"

看着申颖这般兴致勃勃，庄仁懒得问去哪儿，爱去哪儿就由她去吧，可甜可咸的日子，你侬我侬的滋味，也许正是申颖此时的内心渴望。眼前的这种感觉，暂不论长久，却真真切切。只要申颖高兴，那就由着她吧。

庄仁嚷着怕晒，便坐到后座，双手一伸搭在申颖肩头，说："我不陪你坐前头，坐后面也不妨碍陪你说话，对吧？"

"可你妨碍我开车，拿下来吧，一会儿让你——"

庄仁盯着反光镜，见申颖表情有些羞涩，便双手揉捏着催她把句子说完整。

"你要困了就躺着歇个够，一会儿我叫你。"

庄仁哈哈笑着抓过靠垫，将腿架到车窗上，惬意地躺下，笑过之后又嚷道："我提醒你啊申颖，你要养我就得养后半辈子，可不能养几天就放羊了。这个咱们要不要签个供养合同呢？"

"切，这么个低级问题不应该庄总说出来呀。"

庄仁有些困，却毫无睡意，一路闭目和申颖打着嘴仗。

"到喽，下车吧。"申颖一喊，庄仁便一骨碌爬起来，张眼一望，见车子没回申颖所住小区，而是停在了民政局婚姻登记处。

庄仁停下脚步，怔怔地望着申颖。

"走吧，"申颖挽住庄仁胳膊，笑盈盈地说，"给你办供养手续。"

庄仁只觉得二妹的身影刹那间清清楚楚闪现在脑海里。虽然跟二妹离婚了，可自己一直觉得与二妹还是真的夫妻，只不过暂时未同床共枕而已。真要跟申颖结婚，那就斩断了与二妹所有的牵连。

"愿意吗？"申颖问。

庄仁感到无法拒绝申颖的眼神。是啊，二妹都斩钉截铁要离也离了，答不答应申颖与她还有啥关系呢。庄仁跟着申颖拍照、签字，一会儿结婚证便人手一本。

庄仁捏着结婚证仔细看着，感觉有些恍惚，也有些诧异，那些办证所需的证件今天怎么就齐齐都带在包里呢，申颖肯定不知道这个。而且，大厅咨询台前也只有七八人在等候，未预约也用不着排长队。庄仁想，与申颖的结合如果不是天意和命中安排，那就是机缘巧合造化撮合。

"还办啥手续？"庄仁问。

"回家。"

庄仁心里一热。刚才还是申颖的住所，现在居然变成了两人的家。

回去的路上，申颖将车子开得飞快。

一进屋，申颖端详着结婚证，一把紧紧地抱住庄仁的脖子，说："今天锁粉了!”

“锁粉?”庄仁掰开申颖胳膊,“啥意思?”

申颖笑着又将庄仁双臂环抱，在他脸上亲了又亲:“就这么锁啊，你这个傻直男！快去洗，我准备下就来。”

“哎你干吗不弄条铁链子呢?”庄仁感到酒劲虽下去一半，但剩下的另一半仍让人深有困兽感。

见庄仁待在原地嘀咕，申颖从卧室跑过来，一口气将庄仁剥得只剩内裤，然后一把将他推进卫生间。

“你也来啊!”庄仁一把抓住申颖的手。

“我换下床单就来。”申颖伸手揪了一下庄仁肚皮,“等会儿。这得讲究。”

庄仁松了手，打开水龙头哗啦啦冲着，猛地吼唱一句“如果要飞得高，就该把地平线忘掉”。刚唱完，又探出头朝申颖大喊,“过来，问你一句话!”

申颖双手抱着床单，靠在卫生间门框上，满脸堆笑地看着庄仁:“问吧。”

“都如你所愿，此刻有啥感受?”

申颖哈哈笑:“这年头好多年轻人都找不到对象，我小半天就搞定一个极品男人，都觉得好奢侈，做梦一样。”

庄仁猛地抓住申颖，旋风般将她拽进了卫生间。庄仁感到花洒喷出的水，正一点点将自己淹没，申颖像是及时救难的英雄，抱着奋力游动，给人以力量，以生的希望。

第二十章　藏你于心，把最爱还给最爱

清早，庄仁习惯性早早醒来。透过厚实遮光窗帘的亮光，不仅早已将昨晚入睡时卧室一角通宵亮着的粉色微光完全覆盖，也将昨晚室内温馨浪漫亦仙亦幻的基调还原成凌乱模样。从小区不远处主干道传来的车流声，穿过窗户两指宽的缝隙涌入静静的房间，让人辨不清外面的世界到底是骤雨初歇积水成河还是波涌连天惊涛拍岸。

庄仁短暂数秒发蒙之后立刻回过神来。昨晚，居然跟申颖共度了具有法律意义却无任何仪式感的新婚之夜。

昨晚洗漱过后，申颖将庄仁赶到沙发上，不紧不慢地更换床单。庄仁卧躺在沙发上，不想追问申颖下午换了干吗晚上又换，只是隔一会儿便远远地问申颖好了吗。这种卧躺，与其说是坐享其成，倒不如说是养精蓄锐。昨天下午与申颖从浴室到床上灵肉相融的共舞，让庄仁消耗得有些虚脱。望着申颖仅用一条睡裙包裹着的躯体，庄仁觉得她躯体内似乎蕴藏着无尽的能量，一度逼着自己开足马力来呼应。庄仁想，申颖又换床单大约是在意昨天下午她掉落在床单上的眼泪。在进入近似五公里越野冲刺阶段时，申颖突然紧抱着庄仁放声大哭，泪流不止。

庄仁有些慌乱，抓过被单替她擦拭，笑申颖就像饿扁肚子的叫花子突然吃到一大碗法式鹅肝，申颖羞恼得嘴里直嚷双腿乱踢。

窗帘上的光愈加透亮，申颖依旧枕着庄仁的左胳膊熟睡，半个身子俯压着庄仁左侧，从鼻孔呼出的气息均匀地轻吹着庄仁耳郭。庄仁纹丝不动，不仅忍着耳朵上的轻微痒痒感，还强忍尿意，生怕惊醒申颖。

申颖突然一动，一只手从庄仁胸前横扫过，最后垂落到自己的腿上。

申颖笑着钻进庄仁怀里，咬着庄仁耳朵半嗔半嗲说："那年集训结束晚会上你拉我出来摸了我，到我姐家里趁她出门又这样。你说你——"申颖咽下半句话，眼瞪着庄仁，眼神里却全无责怪，有的是庄仁能懂的怀念。庄仁明白申颖说的"又这样"，指的是当初庄仁将申颖扑倒压在沙发上。

"你说你流氓不流氓?"庄仁接过申颖的话大笑，"你看你看，多小心眼你这人，都二十多年了还耿耿于怀，我早放下了。”

“说得轻巧，我可放不下。”

庄仁大笑，嘴里不停念着小心眼，突然被申颖吻住双唇。

“再来一次！”申颖以命令式的口气，贴在庄仁耳边轻语。

“你以为我铁打的吗？”

“你就是铁打的，我就是小心眼！”

迎着申颖火辣辣的眼神，庄仁像是突然遭遇暴风雨的赶路客，毅然决然地扔掉雨伞一头扎进风雨中，边跑边脱衣服，自由自在地狂奔起来。

庄仁有气无力时，听到申颖在耳边轻声说：“我请几天假，跟我回趟老家，见一下我爸妈，好吗？”

庄仁不置可否，问：“咱们是不是要在北京摆一桌啊，这个事得公示一下吧，哪怕在最小范围。”说着翻身坐起，“昨天你干吗掉眼泪啊？”

申颖不说话，伸手在庄仁肚皮上轻轻揉。

“问你话呢？”庄仁抓住申颖的手，“该报的仇现在你都报了，内心有啥感觉？”

“解气，行了吧！”申颖猛地将庄仁肚皮一揪，旋即又放开轻抚，嘴唇也凑到庄仁耳边，“这世间人潮汹涌，遇见就不容易，能快乐睡到一起就是老天的造化了。”

庄仁搂住申颖，不再说话。还说啥呢，不用探问也知道，那些年申颖与崇良无育的婚姻肯定也是无性，想必也是毫无快乐可言，要不两人也不至于早早散了，庄仁曾未唤醒的意识一朝醒来，才这般放下矜持近乎疯狂地享受。庄仁早就摸准了申颖的性子，大凡不合自己胃口的果断予以断舍，合心合意的则当机立断拿下。庄仁觉得申颖这一点倒也像自己的性子，所以一直悄悄欣赏着。走到今天这一步，庄仁说不清自己是对申颖身子的向往还是对她直性子的欢喜，抑或两者兼而有之。

庄仁不想急着跟申颖回娘家，解释说：“你也别请假了，这几天我就集中精力对小说作最后修改，你啊正常上下班，我呢好好侍候你，行吗？”

申颖忍不住拍手叫好。

庄仁抓住申颖的手问：“邱总那天说投拍我这小说预算至少得一个亿，你说我得赚多少啊？”

“放心，多少个亿都是你的。”

庄仁双眼滴溜一转：“你也放心，这大房子我一间都不要。”

申颖忍不住哈哈笑，用额头顶着庄仁脑袋问：“你会发脾气吗？”

“你要对不住列祖列宗，当然会发脾气。要对不住祖国母亲，还会大义灭亲呢！”说着叹一声，“钱呀房呀都什么东西，生不带来死不带去，很多时候我们只是从左手倒右手。”

“好了好了，不说了，起来弄吃的吧，肚子饿了。”申颖一骨碌爬起来，又拉一把庄仁，“一起吧。”

“我都起不了。这时候真要鬼子进村，我只能投降了。”

申颖抬手朝庄仁屁股拍一巴掌：“瞧你这没出息的样儿，你这投降可是既对不住列祖列宗，又对不起祖国母亲。”

庄仁大笑，一把抱住申颖翻滚起来。

一连几天，庄仁一人在申颖房里潜心写作时，心里突然会生出一种不知身在何处的虚幻感，觉得跟申颖早晚腻在一起的日子虽早有想象却突如其来，且被申颖划算成酝酿已久的新婚宴尔。有时半夜醒来，庄仁看着身边香甜入睡的申颖，甚至觉得这兜兜转转二十年，突然拿到一纸结婚证书，于申颖只不过是情侣间短暂别离又重聚之后的修成正果。

早上，这边庄仁将申颖送到电梯口时，公司那边张晓燕敲开了鲁智深的办公室。

对于张晓燕的到来，鲁智深有些吃惊。

“鲁总，有件事，必须当面给您说清楚。”张晓燕一开口便让鲁智深一愣，“我说庄仁跟奇秀在地下车库手牵手亲亲热热，在车里还搂搂抱抱，您信吗？而且，有人还到处传这事。”

鲁智深皱起眉头：“痛快点，说清楚。”

“那好。您都不信的事，在晓月姐口里都成了活生生的事实，您知道庄仁和二妹为啥离婚吗？就因为晓月姐将这个跟二妹说了，说得有鼻子有眼。二妹一时气昏了头才决心离。这是二妹亲口告诉我的，还叮嘱我不要告诉别人。不瞒您说，晓月姐说的我绝不相信，我知道庄仁不是那种人。这个既是家务事，也是公司的事，这个案子鲁总不断一断吗？我想，把这事弄个水落石出，对个人和公司都好。您说呢？”

张晓燕虽然跟李晓月是正儿八经的同乡，但与她并未深交，也说不清谁大谁小，打北京第一次见面便主动开口叫她姐，主要是出于对鲁智深的敬重。

“必须得断！”鲁智深铁青着脸看着张晓燕，“你去忙吧，这事你知道就行了，别再跟人讲，好吗？”

张晓燕刚转身，又被叫住：“你呀在我这儿还是叫庄总好，不能庄仁庄仁地叫，他也是我老哥嘛。”

张晓燕顿时满脸绯红，看着鲁智深不住地点头。

“忙去吧。”鲁智深朝张晓燕笑着挥了下手，抓起电话就拨，“过来下！”

李晓月满脸带笑径直走了进来。

其实李晓月的办公室就在鲁智深隔壁，鲁智深拨电话叫她，并非为几脚路懒得动，也不是钱多不顾细谨，这些年他一直实行公司军事化管理，将家与公司处理得泾渭分明，现在李晓月在他眼里就是一名普通员工。

鲁智深叫李晓月关上门，瞪眼就问：“上次问你捣鼓庄总和他媳妇的事，你根本没一五一十说啊，最多一五一六，我就想知道你这么做到底出于啥目的？”

李晓月一愣，脸上笑意瞬间消失，一脸不耐烦：“怎么又扯起这事了，还有完没完啊？”

“说啥？你良心喂狗了吗？”鲁智深猛拍桌子，指着李晓月怒吼，“你几句话弄得人家妻离子散，这事搁你身上你心安吗？你用这种下三烂的办法折腾人，瞎眼了吗你，你看不到他们的业绩？他们是我请来的高人能人！”

鲁智深咬牙切齿，将胸脯拍得咚咚响。

李晓月怒目圆睁，顶着鲁智深辩解：“有业绩又怎么样？谁不会拿出业绩？我是说了，庄仁走了你不觉得公司更好管了吗？还说我瞎眼了。”说着朝鲁智深哼一声，“我不管，兔子吃起窝边草来，公司恐怕要乱套了！”

鲁智深猛地抬手，李晓月脸上一声脆响。

李晓月被鲁智深一巴掌抽得目瞪口呆。

“我就纳闷了，你昧着良心这么做究竟想得到啥你说。你是想赶走奇秀弄臭庄仁？你有这能耐？庄仁离职是要创作，人家还兼着干公司活呢。退一万步，他俩就是有那种关系，也轮不到你来拆，懂不懂？何况你是无中生有挑拨是非陷害忠良，是拿软刀子杀人，知道吗？你这是要毁掉公司！”

鲁智深缓了下语气，手指头仍敲着桌面：“记住，必须当面说清，必须赔礼道歉，必须诚心悔过！”说着又拨电话，压低嗓门说，“请到我办公室来一下。”

一会儿，门口传来敲门声。鲁智深应声“来”，奇秀推门而入，朝李晓月点点头，带着笑意望着鲁智深说：“鲁总，请指示。”

“这会儿没指示，跟你谈个事。”鲁智深瞥了眼奇秀，“我媳妇在少数人中散布你跟庄总关系不正常的坏话，对你名声造成不良影响，今天李晓月她给你致歉。”

李晓月看着奇秀，说了句“对不起”。

奇秀哈哈笑：“嫂子，鲁总，这干吗呀你们。说实话吧，我是想嫁给庄总，可他看不上我。我看，事到如今这不良影响压根就没发挥作用，要发挥作用我得谢你们呢。”

鲁智深皱起眉头看着奇秀，李晓月更是目瞪口呆。刚才，鲁智深说起此事原委时，对庄仁与二妹离婚的事只字未提。

奇秀笑呵呵出门时，鲁智深提醒她说：“这事到此为止，大家各自相安吧。”

奇秀过了自己办公室径直上到楼梯处，兴奋地拨通庄仁手机：“你信不信，有人说我跟你有一腿！”

庄仁在申颖书房中正翻看剧本，本来接到奇秀电话就有些让人心旷神怡，这“有一腿”更让庄仁忍俊不禁。

庄仁忍住笑问：“是朝阳群众还是海淀网友说的？我看是你自个儿在捣鼓炒作吧。”

“切！告诉你吧，是西城大妈。”

“我知道，是李晓月嚼舌头吧，那原话咋说的？”

“哟，反应挺快呀，就是说咱俩关系不正常有了不良影响呗。”

“那你刚才说有一腿！”庄仁笑着朝奇秀吼起来，“这两码事知道不，有一腿是肯定事实，问题已经严重了。说不正常是瞎起哄，还处于捕风捉影阶段。”

奇秀咯咯笑，说：“这事到此为止，大家各自相安吧。”

“安啥安，我得找她问个明白。”庄仁故作生气，“我无所谓，但不能让一个黄花闺女跟着我臭了名声，对不对？”

“行行行，你快点去问吧。哎我就不明白，这李晓月把咱俩扯一块，她想干吗？”

“你这个笨蛋，”庄仁大笑，“她弄这一出为的就是防你跟鲁总有一腿，不知道吧？”

“你瞎说，她无不无聊！”

“天下本无事，女人自扰之啊。”

“行了，不跟你说了，我来电话了。”

下午快下班时，鲁智深给庄仁打电话，问本子的事进展如何。

“我正要跟你说这事呢，进展挺顺利，要开拍了。”

“好！”鲁智深一下激动起来，“晚上咱们边喝边聊，我跟申颖说好了，我这边就我和李晓月，你看还叫谁？”

“不叫了，就咱们几个吧。”庄仁觉得这时候叫上奇秀怎么说都不合时宜。

申颖开车进了饭店停车场，拍了拍庄仁大腿，说：“蒙尘的珍珠，终会惊艳四方。一会儿在鲁总两口子面前你低调点。”

“我低到尘埃里，有花也不开，行了吧？”庄仁扫一眼申颖，本想品评她的一身穿戴，可转念一想，她有独特的衣着美学观念，说啥都不好，说一句都白费唇舌。但庄仁还是觉得申颖一身穿着有些高调，粉色宽大丝巾从嫩白脖颈两侧垂至大腿，贴身而穿的深红色毛衣将挺拔双峰尽显。毛衣领边镶着宽约一指的绿绸，在颈胸交接处调皮地呈弧状拐弯，止于上面第二粒纽扣，一头长发瀑布般垂下。

“我这身怎么样？”庄仁没想到，申颖竟然主动要自己点评。

“媚而不俗，艳而不惊，又挺又美！”

“哼，”申颖忍不住笑，“就知道你要这么说。”

申颖锁了车，双手抱住庄仁胳膊，偎着他肩头往酒店走。庄仁笑笑，不再还嘴，试着拿开申颖的手，不料被抱得更紧。

“我合法男人，想怎么着就怎么着，咋了？”

“刚才谁要我低调来着？”

“两码事！”

“我觉得谈恋爱最好别弄得跟连体婴儿似的。”

“我愿意！”

申颖挽着庄仁走进包间时，庄仁分明看到李晓月一脸惊愕，鲁智深倒是淡定，喊着坐坐坐。

庄仁朝李晓月笑了笑：“我们办证一段时间了，也没请大家吃个饭什么的，今晚算是小范围吧。说好了，我来啊。”说着又转向申颖，以自嘲口吻说，“我有个体会，中年夫妻要给人以幸福印象，要么情深，要么戏足。是吧？”

申颖不假思索“嗯”一声。

鲁智深朝庄仁笑：“老哥，你现在是真入戏了！哎呀，这世界所有的横空出世，都是一场不动声色的厚积薄发。申颖，是吧？”

“是，你的创业故事不就说明这一点嘛。”

鲁智深摆摆手，说：“我算不上，我说的是老哥的作品。对了，今晚我来，早就说好了的。”说着又看了眼李晓月。

李晓月正要开口，庄仁从包里掏出一个本子递给鲁智深：“这是剧本，等播了再出版吧。申颖作了沟通，投资方欢迎鲁总加盟，他们说本子高扬奉献精神和爱国精神主旋律，整体接地气有看头，市场预期应该不错。”

“那还说啥，咱们投！”鲁智深端杯跟庄仁碰到一起。

散场回家路上，李晓月开着车跟鲁智深抱怨：“给庄仁道歉的话不是我不说，你也见了，饭桌上我压根就没机会说。”

“算了吧。”鲁智深伸手按开天窗，点燃一根烟，长吁一口说，“有文化的人，说话就是有文化，你呀根本没法听出来。庄仁走的时候说的那句话，就是说给你听的，知道不?”

李晓月不再吭声，脑子里又浮现出申颖跟庄仁秀恩爱的一幕。

饭后离席时，申颖拿车钥匙的手挽住庄仁胳膊时，不小心戳到庄仁腰间。对于申颖的抚摸加道歉，庄仁嘿嘿笑说：“你从背后开枪打我，我依然相信是枪走火。”

当时，李晓月还忍不住扑哧一笑。

鲁智深这么一点拨，李晓月顿时面露愧色。

洗漱过后，申颖打开音响，班得瑞轻音乐顿时弥漫房间。申颖挨着庄仁坐到沙发上，庄仁将手中的书捧到申颖眼前。这是申颖在书中空白处写有评语的一本小说，庄仁好奇地看着申颖写下的那些文字与画过的痕迹。申颖瞟一眼书，冷不丁在庄仁脸上亲一下，然后云朵一般飘至客厅窗户边练起了瑜伽。

庄仁看着申颖尽情享受着肢体的舒展与折叠，禁不住又想起二妹来。这个时候二妹若是一个人的话，肯定沉浸在手机的世界里。庄仁突然觉得自己很奇怪，以往牢牢掌控在自己手中的生活，竟然完全失去了控制。二妹说离，一段美好的婚姻便散了；申颖说要，一个原先根本没成想的二人世界，如今竟活生生地触手可及。

这是对旧情的倦怠还是对新意的追逐，是无奈的顺从还是内心的召唤呢？庄仁在心底问自己，感到很难定性这些变故的前因后果。二妹和申颖都有好看的皮囊，但比起有趣的灵魂，庄仁还是觉得申颖更对胃口。申颖在北京这么多年，有些非富即贵的朋友，能毫不犹豫选择自己，用她的话说，是不想把温柔留给明天，不想把时间浪费在等待，能拥有的时候就牢牢抓紧，能爱的时候就好好爱。

就在庄仁无边际思虑时，申颖结束动作，洗了手喝过水，重又挨着庄仁坐下，从他手里拿过小说，枕着庄仁大腿，双脚在空中使劲蹬着，呀呀呀地直叫唤。

又一番折腾，申颖才起身，一手抓着书一手拉着庄仁：“走，上床。”

“能不能加个请字，我又不是来配种的。”

申颖哈哈笑，抓起书拍向庄仁屁股，然后一把搂住，嘴里不停地喊着“请”。

上了床，申颖便安静看书。庄仁掏出手机对着申颖拍照，申颖听到声响立即高兴地摆姿势。“别看我镜头，继续看书!”庄仁情绪高涨，边拍边嚷，“美美美，这模样儿太美了！我说看书也要趁早啊，如果身材胖得走样了，再怎么认真看都像是点菜。”申颖哈哈笑着要看照片效果，庄仁得意地点开手机相簿。

“不错，发我。”申颖在庄仁脸上亲一下，又继续看书。

庄仁刚发完，手机便来了一条微信消息。

“我要到北京来了。”

庄仁点开一看，感觉头皮一震，居然是艾昕发来的。

“欢迎欢迎，热烈欢迎!”

原来，艾昕趁暑期带着妹妹和各自的孩子要来北京游玩。

“肯定要骚扰你哦。”

“没事，正好闲着。前两天北京有点小雾霾，现在好了，天好看地好看。”

“北京城哪都好看!”

聊过几句，庄仁便跟艾昕道晚安，转向申颖说：“明儿我大学同学带妹妹共四人来北京玩，明天我接个站，晚上请他们吃个便饭，你也参加吧。”说完又补充说，“女同学啊。”

申颖头也不抬：“那我就不参加了。”

“参加吧，二十多年不见的校友，你也是家属嘛。”

申颖放下书，朝庄仁笑：“你好好陪吧。上过大学，哪个男的没个前女友啊，明恋暗恋的那种，我就不去搅局了。”说着打开床头粉色台灯，抬手关了顶灯，一把将庄仁扑倒，吻住庄仁双唇，“来吧!”这一次，照样是轰轰烈烈，起承辗转之间尽是势均力敌的拼搏。庄仁觉得申颖内心深处有着不可预测的炽热和用之不尽的激情，在二人世界里随时喷发。

浪潮退去，是海静月明般的平和。申颖抱着庄仁，一会儿便香甜入睡。庄仁却有些恍惚，脑子里的话语又无声无息流淌起来。是的，这人世间的事，不管你怎么抗争或顺从，一切都会尘埃落定，就像这美好之夜，从喧嚣的早晨归于漆黑的沉寂。凡事皆可抵挡，唯独没法与时间交锋。一场欢喜一场痛，一场生死一场梦，经历了才叫生活。生活的诗意，其实跟会不会写诗、是否找对诗意之人似乎丝毫没关联。你向往诗意人生，便能诗意地活着。你认为已错过诗意年代，你的生活便满是忙碌滋味的一地鸡毛。

早上，申颖出门时提醒庄仁：“投拍协议都签了，你等着名声大震吧。女同学难得来一趟，热情接待吧!”说完在庄仁脸上狠吻一下，然后快意出门。

庄仁仔细研究了进站路线及停车信息才开着导航出发，提前上了站台，在车厢门口从艾昕手中接过行李箱，说：“没想到，说见就见着了。”

“哎，庄总，你怎么还老样子，这世道真的不公平啊！”一见面，艾昕看着庄仁便兴奋地感叹，毫无生疏感，接着又介绍妹妹、儿子和侄女。

庄仁拍了拍两个孩子的肩，笑着说：“大小伙，大美女啊！”又转向艾昕妹妹问，“那时我上你们家，艾红才初中毕业吧？这边走，这儿你不学军事地形学，绕几圈都有道理！”

艾红有些紧张，叫了声庄总，又转头招呼两个孩子喊庄叔叔。

“这世道太不公平啦！”艾昕拢了拢披肩长发，“哎你真没变化，怎么做到的？我都成老太婆了。”

“别乱说，人世间哪有这么美的老太婆。”

艾昕呵呵笑：“嘴可比以前甜多了，身边如云美女催化的吧？”

“没，就家里一个，那才是正宗胖老太婆。”

“得了吧，你这话要让人家听到，晚上怕要跪键盘哦。”

庄仁哈哈笑：“我告诉你一件挺奇怪的事，我是不信封建迷信的你知道。”

听庄仁这么一说，艾昕神情严肃地盯着庄仁，连艾红也瞪过来一双好奇的眼。

“说呀，啥奇怪的事？”艾昕忍不住催问。

“那我说了。”庄仁眨巴着眼，“前两天我在一饭店门口吃饭，突然望见门外有一女的走过，跟你一模一样啊。”

庄仁说着突然伸手指向艾昕，冷不丁将艾昕吓一跳。

“然后呢？”艾昕小心问。

“然后我猛地追了出去，跟在她后面仔细看了看。结果怎么着？你们猜猜。”

艾昕笑而不语，艾红倒是大方摇了摇头。

“结果，我不认识她，她也不认识我。”

艾昕和艾红忍不住哈哈笑。

“这事怪在哪儿你们知道吗？”

艾昕几个又是摇头。

“怪就怪在那女的走之后，你们就来了！”

艾昕看着庄仁喜剧般的表演，呵呵笑应着：“你以前没这么逗啊。”

庄仁笑着摇头：“这年头人们习惯把真话当笑话，我看你也是这种人啊。”说着给大家分发矿泉水，然后领着艾昕上了副驾驶，边开边说，“现在去你们预订的宾馆，洗洗然后咱们去北大清华逛逛，给孩子们来个现场教学，怎么样？以后考到北京，寒暑假我负责接送。”

艾红立即喊起来：“乐乐、小英，听见叔叔话了没？好好努力哦。”

“同志们，有没有信心？有！有！有！”庄仁自言自语演着双簧，逗得艾昕直乐，“晚上我请同志们吃饭，明天早餐后咱们奔长城，回来看鸟巢，后天游故宫、天安门，这两天我负责摄影、导游兼司机，有不周之处不包涵也得包涵啊。”

两个孩子学着庄仁最后一句，哈哈大笑。

艾昕碰了下庄仁，说：“庄总，你是大忙人，送我们到宾馆就很知足了，其余我们自个儿安排吧，两个孩子的爸也是忙来不了。”

庄仁嘿嘿笑，朝艾昕扬一下头，说：“正好这几天闲得慌，你们来就是天大的事。我们都是共产主义接班人，接班还早着呢，不急。”

路上，庄仁掐着指头给艾昕聊着那些熟悉的在京校友。艾昕看一眼庄仁，感慨地说：“在学校，你们是精英。在北京，你们还是精英啊！”

“啥精英？多少都有些精神病倒是真。”

庄仁跟艾昕对视一笑，分明见艾昕眼神里有一种久违的熟悉感。

到了宾馆，艾昕在前台办入住手续时，艾红突然将庄仁拉到偏僻一角，小声说：“庄总，有件事我想我还是现在告诉您，请您别介意。”

庄仁笑呵呵地应着：“不介意，啥好消息？”

“当初你到部队后，我姐寄给您的分手信，其实是我写的，您写给她的那封信我也没让她看。我错了，我私下拦截了您写给我姐的信，我知道这样不道德，无论如何请您原谅！”

庄仁突然怔住，问：“这事你姐现在知道吗？”

艾红摇摇头：“以后我再选个时机告诉她吧。”

如烟往事在庄仁脑海里像烟一般掠过，几乎看不到清晰的轮廓，那些曾经刻骨铭心的细节早已被岁月的浪花磨蚀得一片模糊，既不能重来，也不再重要，何必拘泥呢？

片刻的魔幻感觉之后，庄仁恢复刚才笑眯眯的神态，问：“那时你是舍不得你姐远嫁他乡啊？”

“不！”

“是怕我哪天牺牲在前线让你姐守活寡吧？”

艾红毫不犹豫地“嗯”一声。

庄仁哈哈笑，故作恶狠狠的模样，说：“你可太太太爱你姐了，我真想毙了你。”说笑着又叮嘱艾红，“记住，时过境迁这事就别告诉她了。快去吧，你姐叫你了。”

艾红转身走几步又回头问庄仁：“您真不怪罪我呀？”

庄仁挥挥手，笑着说：“那还怎么着，还真心想另外赔一个姐给我吗？算啦，都过诉讼有效期了，相逢一笑泯恩仇吧。”

“谢谢您！”艾红说着，扭头朝艾昕那儿快步走去。

庄仁陪艾昕几个吃过晚饭，一上车便给申颖打电话，说活动结束了正往回走，又询问她晚上想吃啥。申颖开车缓慢走在车流中，说冰箱里都有回家随便弄点吃吧。对于庄仁提出的炖排骨汤建议，申颖眉头一跃，笑着连连说好。

申颖进屋时，屋里已是肉香扑鼻。庄仁上前给申颖拿了拖鞋，刚起身便被申颖抱住。

“鲁总下班时跟我说，他想在国外拓展业务，重点考虑法国，到时得派人过去。还有，邱总想挖你过去，当然是出高价，比我值钱多了。你有啥想法？”申颖松开庄仁，转身进了衣帽间。

庄仁靠在门口问：“你不会想去法国吧？说好了养我，别赖啊我提醒你。”

申颖背着庄仁脱了套装，往身上罩了件宽松无袖长裙，随即伸手扯出胸罩，转身又抱住庄仁，大笑着说：“好好好，我走前保证送你上托管班，行了吧？”

申颖冲完澡出来时，庄仁已将炖好的排骨汤端上了桌。

“好喝！”申颖咽一口向庄仁吐舌头，“真香！”

“邱总那边得有个回复吧，你有啥好主意？”庄仁问申颖。

“那边吧也许更能成全你，但你得做好当牛马的准备。鲁总这边呢也正需要你。我想啊，你最好能两头兼顾，一头为了生活，一头为了理想，正合你膨胀的野心与情怀，是不是？不管怎样，鲁总这头不能丢，因为他需要你，他是个好人。”

庄仁将申颖轻揽入怀，说：“你咋这么能懂我呢？”

庄仁将艾昕几个送上火车后便往公司奔。一个小时前，鲁智深打电话约庄仁到公司坐坐。庄仁一算，到今天离开公司已整整一年零三个月，其间基本远离了公司里的人与事。

庄仁琢磨着鲁智深国外开店布阵，申颖、奇秀和另几位董事谁是最佳人选的时候，艾昕几个在火车上挤着脑袋高兴地争看庄仁为他们做的北京两日游影集。

游长城时，艾红悄悄告诉庄仁，昨天吃过晚饭就将写分手信的事告诉了她姐。第二天在树荫下小憩时，艾昕挨着庄仁坐下，感叹当年同寝室的八姐妹如今四散各地，当初铁心不谈恋爱的却最先嫁了，熬过四年异地恋的现在还单身，那个铁娘子式的班长毕业后却做了全职太太。

艾昕感叹大学时光的时候，笑看着庄仁说："如果按照当初的选择，很多事情今天肯定就不一样，有时一点点外力就让我们的人生偏向了轨道，阴差阳错也有美，求而不得也是福，所有的失去总会以另一种方式归来。"

庄仁也接过话头感叹，说那时虽然看不清远方，但满怀希望。一别两散后，同学间就少了联系，有的完全断了音信，好像从没亲密过，谁知肌肤是有记忆的呀。庄仁说完，见艾昕举起塑料小扇遮脸，只露出一双笑眼。

既然心照不宣，彼此心领神会，过去了的那就让它过去吧。昨晚回申颖住处时，庄仁就在心里安慰自己。所以在游长城难得有自拍良机时，庄仁在三脚架上按下相机自拍键后就刻意在艾红身边站定，拍下那张两个孩子站中间，艾昕与艾红各站一边的合影照。游玩中，庄仁也没跟艾昕单独合影。

鲁智深跟庄仁聊完，顺便告诉庄仁说张晓燕想辞职的事，提醒他及时了解情况并做好她的思想工作。庄仁大吃一惊，满脸止不住的兴奋突然僵住，这才想起有一段时间不曾跟张晓燕联系。

庄仁将张晓燕叫到客户接待室，然后将门虚掩着，直截了当地问："啥情况？辞职干吗？"

"都散了，在北京待着也没啥意思，还是回立青县吧。"张晓燕低眉低语。

在庄仁看来，眼前的张晓燕满脸炉熄火尽的戚容，全没了以往灵动活泼的感觉。未等庄仁开口，张晓燕抬头便问："二妹说跟你离，那是一气之下做出的蠢事，她真以为你跟奇秀好呢，后悔得要死。你也真是的，这么快就跟申颖结了，你知道这样多伤二妹吗？"

庄仁轻叹一声，问："这些都是李晓月跟她说的吧？"

"她说不说又有啥关系，事情不就这样吗？"张晓燕轻叹一声，"是啊，也不能全怪你，都是命，也是缘。"

庄仁碰一下张晓燕，换成轻快语气："你呀别走，至少二妹需要你。再有，李晓月捣鼓这点事，看在鲁总面上，我忍着也没吭声。你说，我是一阔就变脸变心的那种人吗？二妹干出蠢事可理解，也可原谅，你不能这样蠢知道吗？你要走二妹很快就会垮掉，你信不信？抬起头看着我的眼睛，不许辞职，不能回立青县。"略作停顿又盯着张晓燕说，"咱们后半生的日子都在北京过了，知道吗？你也可以在这儿再找一个称心如意的嘛。"

"称心如意？你说得轻巧。"张晓燕一脸苦笑，有些茫然地盯着庄仁，"还能找到称心如意的吗？"

"记住，未来要和你共度余生的那人，其实在与你相同的时间里，也忍受着同样的孤独，他一定也怀着满心期待，正马不停蹄赶来和你碰面。"庄仁掏出手机，对张晓燕做了个暂停手势，然后拨通了李晓月手机：“弟妹啊忙吧，耽误几分钟跟你说个事。”

到公司这么久，庄仁突然想起这还是第一次跟李晓月通电话。庄仁不想跟李晓月见面谈，不是怕场面尴尬，而是不想给她压力。显然，李晓月对庄仁的突然来电有些不安，当即接通并客气喊了声庄总，笑问有啥指示。

“哈，没指示呢。我说啊，申颖也好，奇秀也罢，都是值得信任的朋友，也是公司可以倚靠的力量。鲁总我们几个，都一起从那边山沟里走出来，彼此都知根知底对吧，不管对公对私，说话一定要实事求是，懂我的意思吗？”

“您说。”李晓月嘴上客气着，心里对庄仁的心知肚明却故意装糊涂。

“不说了，再要说就把几个人叫到一块跟你当面说。是你的财富，是你的幸福，你守好了别人抢不走。懂我意思吗？”

“嗯，不太懂。”

庄仁不再说话，说句“好吧”便挂了。

张晓燕看着庄仁仍不说话。

“出问题了不用怕，及时解决就是，对不对？回吧，抽空跟二妹聊聊。要称心如意的还得四处找，还等人家送货上门吗？说半天了，给我笑一个呀！”

张晓燕莞尔一笑，然后快步出门。

庄仁又折回鲁智深办公室，让鲁智深颇感意外。

“耽误几分钟，私事。”庄仁平静地看着鲁智深，“弟妹说些话，你可能知道，如果在公司传播的话影响不太好。”

鲁智深牙一咬，眉头便高高皱起：“老哥我明白你意思，也说过她几回，看来得加大力度。这女人啊生起事来，比搅拌机还厉害。”

“将军赶路，不打小兔，得做好一人一事的思想工作。记住，以情动人、以理服人是上策。”庄仁一脸真诚，“弟妹没坏心眼，她是怕别的优秀女人把你抢走，更是为了捍卫公司利益。”

鲁智深忍不住嘿嘿笑，拍拍庄仁肩头，说：“明白，放心吧！”

庄仁忙得不可开交，常常刚忙完公司的事便被邱明亮拽着去拍摄地说戏，全然顾不上脸面的讲究，胡子拉碴也懒得计较，晚上回来往往累得倒头就睡。申颖看着庄仁黑白颠倒辛苦忙碌，在他面前愈加温柔似水，开玩笑说庄仁长出这一脸络腮胡子的模样耐看又性感。

深夜，庄仁突然被一阵手机铃声吵醒，一看竟是儿子打来的。

“爸，你在外地出差还是在北京？我妈病了，能回来吗？现在。”

“我一会儿回，怎么了？”

“都吐得厉害。”

申颖搂着庄仁迷迷糊糊问：“谁呀，这么晚了啥事?”

“我媳妇病了，我得过去看看!”

申颖开了台灯，问：“谁病了?”

“我儿子说，他妈妈病了。”

“你刚才说什么来着?”申颖坐起来，盯着庄仁问。

庄仁单腿坐到床上，将申颖的头抱在胸前，缓声说：“对不起亲爱的，刚才我说错了。你接着睡吧，我去看看。”

“那我也去!”

“你又不是医生，太晚了就别折腾你，听话啊，我去了就回。”庄仁将申颖轻轻扑倒，在她肩头亲吻一下，然后关了台灯出门。

庄仁在车流稀少的路上疾驶。夜空里，一轮明月高照。庄仁觉得今晚的月亮特别有人情味，仿佛从苍茫人海中升起，清凉的光里还带着一股烟火气。

二妹对于庄仁的到来很是吃惊，才知儿子悄悄给庄仁打过电话。庄仁在二妹床头坐下，伸手摸了下额头，问：“怎么了?”

儿子应道：“要不要上医院啊?”

“你去睡吧，我来。”庄仁将儿子打发到自个儿房里，坐在床边盯着二妹问，“怎么样现在?”

二妹的视线先是停留在庄仁凌乱的头发上，继而落在庄仁脸上。庄仁脸上长出浓密的络腮胡子，二妹可是第一次见。在二妹眼里，庄仁始终是干干净净、潇洒儒雅，眼前的模样跟先前竟判若两人。二妹摸了摸庄仁脸颊，一下扑进庄仁怀里抽泣起来。低声抽搐了一阵，才平静坐起，说：“明天有空的话，陪我去医院，把孩子拿掉。”

庄仁一惊，突然感到大脑一片空白，默默算了算，二妹怀上这孩子，应该是上次两人在新房子的事，现在算来也快四个月了。

“不能拿!”庄仁语气坚定，“几个月了都是一条命啊，拿掉那是作孽知道吗?现在政策已经允许生，那就生下来，我养，行了吧。这是上天馈赠我们的珍贵礼物，必须收下，错过这个这辈子就再也不会有了。”

庄仁细细一算，这应该是二妹怀上的第六个孩子。生下儿子后，因安全期算错和把控失误，二妹四次怀上后都跟庄仁一阵悔不当初的抱怨，然后不声不响作了处理。有一次吃药卧床几个小时后，二妹用盆接住了那东西端给庄仁看。那是一个直径不足一厘米的毛茸茸浅白色球状体，几处蓬松表面还附着血丝或血块。眼前的小东西就是爱的结晶啊，可惜已没了生命气息。每一次意外之后，庄仁都深感愧疚，好长一段时间没了肌肤相亲的心思。

鲁智深到法国开办实体店的事很快确定下来，申颖在竞争中成为最佳人选。让庄仁倍感吃惊的是，这些年彼此断了联络的日子里申颖居然学会了一口流利的法语。

晚上，庄仁虽然有些不情愿，还是对申颖表示祝贺。申颖低语："张晓燕说的对，我只是在大街上捡到了别人不小心掉落的心爱之物，完璧归赵才是有礼貌。你呀心还在那边，你还是回你那个媳妇那儿去吧。我不是生你气，也不是小家子气，懂吗？"

庄仁这才知道，张晓燕为自己与二妹破镜重圆竟然找申颖谈了一回。申颖离婚的态度之坚决，一如二妹当初。申颖飞巴黎前，跟庄仁有说有笑办了离婚手续。

在离机场安检不远处，申颖众目睽睽之下抱住庄仁痛快哭了一场，然后在耳边轻语："有些人天生注定散了之后会重逢，有些人天生适合彼此的灵魂和肉体，我呀知足，谢谢你给我的陪伴。"

"好了，你以为从此山水不相逢了吗？"庄仁在申颖腰间轻轻捏了捏，"一年半载就回了，别弄得生离死别似的，狠狠地赚帝国主义的钞票，等你平安归来。"

"我把时间留给你，慢慢老去；你把我留给时间，慢慢忘记。这样最好。"最后告别时，申颖吻了吻庄仁，又抓住他右手，在手背上咬出一圈牙印，然后从包里掏出一串钥匙，"替我保管，回来找你要。"

庄仁用下巴蹭了蹭手背的牙印，笑着应道："放心吧。现如今错过的人追不回，无关的也没心劲去交，过好每一天吧，出入平安最好。"

返回时上了高速，庄仁细细回味着和申颖一起奔机场时说过的话。刚接上申颖时，庄仁如见老朋友一般说笑，只是在细微之处不动声色地展露温情。申颖能体味到庄仁为她所做的精致贴心之举，却高兴不起来，一阵沉默后才感慨，说自己现在是懂了，生命中真正爱你的人，往往难得陪着走完一生，而只是在某段时光里带给你刻骨铭心的温柔，留下值得回味一生的滋味。完了又笑着感叹，说人也要知足啊，能吃到好厨师做的菜就是福分，何必非要嫁给厨师吃一辈子呢。

庄仁笑申颖自从学了哲学，想问题看人生就是透彻。对于申颖的感慨，庄仁不是不懂，对于这些年和她一路走来的欢喜与失落，岂止无话可说，只是此时不想当面再言，生怕哪一句刚好触及申颖心底的软弱，瞬间让她崩溃。

临近市区道路，车子速度明显慢了下来。庄仁突然有些好奇，二妹肚里的是男孩还是女孩，该取啥名字呢，要是闺女就太好了，每天给她梳妆打扮陪她做游戏，听她在耳边奶声奶气喊叫，该是多幸福。庄仁突然感觉到，这个年龄再生养个孩子，闺女儿子都行，来啥就是啥吧，就是互相陪伴，我陪你长大，你陪我变老，我帮你坚强，你让我柔软，从此无忧无争，还有啥不能放下呢？

庄仁又想到申颖，这个时候她应该在候机大厅听音乐吧？

告别申颖到地下停车场时，庄仁给她发去了一首歌曲《幸福就要抓手里》，说是给她量身打造的礼物。

庄仁想的没错，在候机大厅申颖正戴着耳机闭目欣赏着欢快中带缠绵、浅白中有深情的旋律。泪水悄无声息地从申颖眼角流出，滑过脸颊之后接着涌出的泪珠又沿着泪痕坠落。

庄仁记得申颖曾央求自己给她量身打造一首歌，最初只当玩笑，当申颖去意已定时，便一气呵成为她作词并找朋友谱曲录制。申颖远走高飞独在异乡时，这首歌带给她啥样的心情呢。想着，庄仁打开音响，静静听着悄悄听过数遍的这首歌。

立在支架上的手机突然进来微信消息。庄仁有一种自信直觉，肯定是申颖发来的。点开一看，果然是申颖发的："不会写歌词的司机不是个好作家呀，好听！"很快，申颖又发来一条微信："当年集训时，早上我洗漱杯里的那朵玫瑰，是你放的吧？你不用回答，我绝对相信是你干的。"

庄仁长吁一口气，给申颖回复了一枝玫瑰表情。看着申颖数秒后发来的一个拥抱表情，突然感觉这个极简的小人儿模样的符号不仅可爱，还似乎有了温度和体重。让庄仁甚感欣慰的是，最后离别时脑海里留印着申颖灿烂的笑脸。陪着排队安检时，申颖突然转头问庄仁："下次回来了，还给我当一回厨师，行吗？""什么话呀你这说的！"庄仁装作不耐烦地朝申颖翻白眼，眼神却是柔柔的，"必须的！弄一身才华却没个服务对象，想想也挺伤自尊的。"申颖旁若无人地笑起来，用力抓握了下庄仁的手。

庄仁调大音量，熟悉的旋律在车里热烈回响，掩盖了车外的嘈杂。

聚散最容易勾起回忆／还是你的祝福最美丽／你的笑脸和你的甜蜜／让我忘记距离入了戏／哄哄哄我一下没关系／我知道幸福要抓手里／比如平凡的每一天呀／乘飞机不被导弹误击／走大街上不掉深坑里／买彩票中奖不被作废／坐火车不为霸座生气／酒后回不被代驾算计／撩骚能撩到红颜知己／朋友圈里说笑有生机／房屋出租不遇死

赖皮／网购吃穿用正合心意／对象处熟就喜结连理／年底账上余额有惊喜／热热闹闹能自在呼吸／潇潇洒洒与你在一起／千帆过尽可忽略不计／繁花落尽却为你惦记／你的声音和你的气息／让我忘记别离入了戏／再哄哄哄哄我没关系／我知道幸福要抓手里／

再听着熟悉的歌词，庄仁完全有了全新的感觉。庄仁知道，这是申颖已经听过的缘故。

听完歌，庄仁突然拨通了张晓燕手机："还想当干妈吗？"

张晓燕上班正忙着，一时没回过神来。

"得空帮我给二妹爸妈打个电话，一定要动员他们来北京帮我们带小孩。"

"你在哪儿？"张晓燕突然兴奋起来，走出办公室躲到一个偏僻角落，"当然要当啊，我一会儿就打电话。你说个日子，我去接他们，怎么样？"

"我在路上，一会儿回公司。下午下班了你坐我车，咱们一块回大院。"庄仁挂了电话，瞟一眼车子上方，感觉天空湛蓝湛蓝，蓝得简直有些假，却又是千真万确，让人内心生出一股按捺不住要跳跃触摸的冲动。

一路开着车，庄仁突然还是希望二妹肚子里的是女孩儿，心想，女孩儿多好啊，当她如花似玉，我或许青丝转白，皓齿掉光，那就一门心思给她做美味佳肴讲世事沧桑。不远处空中翻飞的一只风筝在风挡玻璃视野里很是扎眼，庄仁抬眼一望，心想要是有了闺女，就用爱搓成长长的绳子，从小牢牢系在她身上，长大了任她飞得再高再远，一拉就回到身旁。是啊，如果生下闺女然后养大她，哪一天自己如果不认旧时的人与路了，那闺女肯定还在心尖之上。

想着，庄仁竟然忍不住笑出声来。